AF178880

## Zum Buch

London 1939: Während die Stadt sich für den Krieg rüstet, befindet die zwölfjährige Meredith sich mit einer Gruppe evakuierter Kinder auf dem Weg nach Kent. Dort soll sie Zuflucht bei einer fremden Familie finden. Staunend und eingeschüchtert zugleich zieht sie auf das herrschaftliche Schloss Milderhurst, wo die siebzehnjährige Juniper mit ihren Zwillingsschwestern und ihrem Vater, dem bekannten Schriftsteller Raymond Blythe, lebt. Sie taucht ein in eine Welt der Geschichten und der Fantasie – bis ihre Eltern sie zwei Jahre später nach Hause zurückholen und der Kontakt zu Juniper unvermittelt abreißt. Meredith zerbricht beinahe am Verlust ihrer engsten Vertrauten, für den sie keine Erklärung findet. Nie ist sie nach Milderhurst zurückgekehrt, doch jetzt, Jahrzehnte später, führt eine geheimnisvolle Spur ihre Tochter Edie zu den alten Blythe-Schwestern. Hinter den düsteren Schlossmauern kommt mehr ans Licht, als Edie sich je hätte vorstellen können – doch vielleicht ist es noch nicht zu spät, Vergangenheit und Gegenwart miteinander zu versöhnen.

## Zur Autorin

KATE MORTON, geboren 1976, wuchs im australischen Queensland auf und studierte Theaterwissenschaften in London und Englische Literatur in Brisbane. Ihre Romane erschienen weltweit in 34 Sprachen und 42 Ländern und eroberten ein Millionenpublikum. Alle Romane sind SPIEGEL-Bestseller. Kate Morton lebt mit ihrer Familie in Australien und England.

# Kate Morton

# DIE FERNEN STUNDEN

## Roman

*Aus dem Englischen*
*Charlotte Breuer und Norbert Möllemann*

Wilhelm Heyne Verlag
München

Die Originalausgabe THE DISTANT HOURS erschien erstmals
2022 bei Allen & Unwin, Australia.

Penguin Random House Verlagsgruppe FSC® N001967

Vollständige Taschenbuchausgabe 02/2025
Copyright © 2010 by Kate Morton
Copyright © 2010 sowie 2012 der deutschsprachigen Ausgabe
by Diana Verlag, München
Copyright © dieser Ausgabe by Wilhelm Heyne Verlag, München,
in der Penguin Random House Verlagsgruppe GmbH,
Neumarkter Straße 28, 81673 München
produktsicherheit@penguinrandomhouse.de
(Vorstehende Angaben sind zugleich
Pflichtinformationen nach GPSR)

Redaktion: Heiko Arntz
Umschlaggestaltung: t.mutzenbach design
Umschlagabbildung: Shutterstock.com (vanhurck, ZoranKrstic,
TEEDA.Y, Natalya Voronova, Dave Head, Pawel Piotr)
Satz: Leingärtner, Nabburg
Druck und Bindung: GGP Media GmbH, Pößneck
Printed in Germany
ISBN: 978-3-453-42854-6

www.heyne.de

*Für Kim Wilkins, die mich ermutigt hat anzufangen;
und Davin Patterson, der bis zum letzten Punkt
an meiner Seite war.*

Schsch! Hörst du ihn?

Die Bäume hören ihn. Sie wissen als Erste, dass er kommt.

Horch! Im tiefen, dunklen Wald erzittern die Bäume, ihre Blätter rascheln wie Silberfolie, ein verstohlener Wind geistert und schlängelt sich glitzernd durch ihre Kronen und flüstert, dass es bald anfangen wird.

Die Bäume wissen es, denn sie sind alt und haben es schon vielmals erlebt.

Es ist Neumond.

Es ist Neumond, wenn der Modermann kommt. Die Nacht hat sich weiche Lederhandschuhe übergezogen und ein schwarzes Laken über dem Land ausgebreitet, eine List, eine Verkleidung, ein Bann, damit alles in süßem Schlaf schlummert.

Undurchdringliches Dunkel. Doch auch die Dunkelheit hat ihre Nuancen, ihre Konturen. Schau: Der dichte Wald ist ein rauer Pelz, die Felder sind eine Flickendecke, das Wasser im Schlossgraben glänzt wie Sirup.

Und dennoch. Wenn du nicht ganz großes Pech hast, siehst du nicht, dass sich etwas bewegt hat, dort, wo sich nichts regen dürfte. Und du kannst dich glücklich schätzen, denn niemand, der gesehen hat, wie der Modermann sich erhebt, lebt lange genug, um später davon zu berichten.

Da – siehst du? Der stille, schwarze Schlossgraben, der schlammige Schlossgraben liegt nicht mehr spiegelglatt da.

Eine Blase hat sich gebildet, wo er am breitesten ist, eine große Blase, ein leichtes Kräuseln rundherum, eine Ahnung …

Aber du hast dich abgewendet! Und das war klug. Ein solcher Anblick ist nichts für deinesgleichen. Wenden wir unsere Aufmerksamkeit lieber dem Schloss zu, denn auch dort regt sich etwas.

Hoch oben im Turm.

Schau hin, und du wirst es sehen.

Ein kleines Mädchen schlägt seine Decke zurück.

Man hat es Stunden zuvor zu Bett gebracht; im Nebenzimmer schnarcht seine Kinderfrau leise, träumt von Seife und Lilien und hohen Gläsern mit warmer, frischer Milch. Aber irgendetwas hat das Mädchen geweckt. Vorsichtig setzt es sich auf, rutscht über das saubere weiße Laken, stellt die blassen, schmalen Füße auf den Holzboden.

Kein Mond steht am Himmel, den es anschauen oder der ihm Licht spenden könnte, und doch fühlt es sich zum Fenster hingezogen. Das blasige Glas ist kalt; das Mädchen spürt das Flirren der eiskalten Nachtluft, als es auf das halbhohe Bücherregal mit den ausrangierten Kinderbüchern klettert, den Opfern seiner Ungeduld, erwachsen und flügge zu werden. Es zieht das Nachthemd über die blassen Beine und legt das Kinn in die Mulde, die sich zwischen den Knien bildet.

Die Welt ist da draußen, Menschen bewegen sich darin wie Aufziehpuppen.

Das alles will es sich demnächst mit eigenen Augen ansehen. Zwar sind alle Türen in diesem Schloss mit schweren Schlössern und die Fenster mit Riegeln versehen, aber sie dienen dazu, den dort draußen nicht hereinzulassen, nicht dazu, das Mädchen festzuhalten.

Der dort draußen.

Das Mädchen hat Geschichten über ihn gehört. Er *ist* eine

Geschichte. Er ist eine alte Legende, und die Riegel und Schlösser sind Überreste einer Zeit, als die Menschen noch an solche Dinge glaubten. An Gerüchte über Ungeheuer in Schlossgräben, die auf der Lauer lagen, um Jagd auf schöne Jungfrauen zu machen. Über einen Mann, dem vor langer Zeit ein Unrecht getan wurde und der immer und immer wieder auf Rache sinnt.

Aber das kleine Mädchen – es würde finster dreinblicken, wenn es wüsste, dass man es so bezeichnet – fürchtet sich nicht mehr vor den Ungeheuern und Märchen seiner Kindheit. Es ist unruhig. Es ist ein Kind der modernen Zeit und es ist auch nicht mehr klein und es will endlich fort. Dieses Fenster, diese Burg können ihm nichts mehr bieten, aber vorerst muss es sich damit begnügen, und so schaut es niedergeschlagen hinaus.

Da draußen, in der Ferne, im Tal zwischen den Hügeln, sinkt das Dorf in den Schlaf. Ein dumpf rumpelnder Zug, der letzte an diesem Abend, kündigt seine Ankunft an: ein einsamer Ruf, der unbeantwortet bleibt. Der Bahnhofswärter mit Schirmmütze stolpert heraus, um die Kelle zu heben. Im nahe gelegenen Wald begutachtet ein Wilderer seine frisch erlegte Beute und träumt davon, nach Hause ins Bett zu kommen, während am Dorfrand, in einer Hütte, wo die Farbe von den Wänden abblättert, ein Neugeborenes weint.

Vollkommen gewöhnliche Vorkommnisse in einer Welt, wo alles einen Sinn ergibt. Wo man Dinge sieht, wenn sie da sind, und Dinge, die nicht da sind, allenfalls vermisst. Eine ganz andere Welt als die, in der das Mädchen erwacht ist.

Denn dort unten, ganz nahe bei dem Mädchen, das seinen Blick in die Ferne schweifen lässt, geschieht etwas.

Der Graben hat angefangen zu atmen. Tief, tief unten im Schlamm schlägt das nasse Herz des begrabenen Mannes. Ein leises Geräusch wie das Stöhnen des Windes steigt aus den Tiefen auf und vibriert dicht über der Oberfläche. Das Mädchen hört es, nein, es spürt es, denn die Fundamente des Schlosses sind eins mit dem Schlamm, und das Stöhnen dringt durch die Steine, die Mauern empor, Stockwerk für Stockwerk und unmerklich durch das Bücherregal, auf dem es sitzt. Ein einst heiß geliebtes Buch fällt um, und das Mädchen im Turm erschrickt.

Der Modermann öffnet ein Auge. Verschlagen blickt es hin und her. Denkt er in diesem Augenblick an seine verlorene Familie? An die hübsche, zierliche Frau und die beiden kleinen, wohlgenährten Kinder, die er zurückgelassen hat? Oder gehen seine Gedanken noch weiter zurück, zu den Tagen seiner Kindheit, als er mit seinem Bruder über die Wiesen, durch das hohe Gras lief? Oder denkt er vielleicht an die andere Frau, die ihn vor seinem Tod liebte? An ihre Schmeicheleien und Aufmerksamkeiten, an ihre Weigerung, seine Weigerung hinzunehmen, was den Modermann am Ende alles gekostet hat ...

Etwas verändert sich. Das Mädchen spürt es und fröstelt. Legt eine Hand an die eisige Fensterscheibe, wo sie auf dem feuchten Film einen sternförmigen Abdruck hinterlässt. Die Geisterstunde ist angebrochen, auch wenn das Mädchen nicht weiß, dass man sie so nennt. Jetzt ist niemand mehr da, der ihm helfen kann. Der Zug ist fort, der Wilddieb kuschelt sich an seine Frau, und selbst das Neugeborene schläft und hat es aufgegeben, der Welt mitzuteilen, was es weiß.

Im Schloss ist nur das Mädchen am Fenster wach. Die Kinderfrau hat aufgehört zu schnarchen, und sie atmet so leicht, dass man meinen könnte, sie sei erfroren. Auch die Vögel im Wald sind still, sie haben die Köpfchen unter die zitternden Flügel gesteckt und die Augen zu dünnen, grauen Linien geschlossen, um nicht sehen zu müssen, was sich da nähert.

Nur das Mädchen ist wach. Und der Mann, der im Schlamm

erwacht ist. Sein Herz pumpt jetzt schneller, denn seine Zeit ist gekommen, und sie ist kurz bemessen. Er bewegt seine Hand- und Fußgelenke und steigt aus seinem schlammigen Bett.

Sieh nicht hin. In Gottes Namen, schau dir nicht an, wie er durch die Oberfläche bricht, wie er aus dem Graben steigt, wie er sich auf dem schwarzen, nassen Ufer aufrichtet, die Arme streckt und Luft holt. Wie er sich erinnert, wie es sich anfühlt zu atmen, zu lieben, zu leiden.

Schau dir lieber die Gewitterwolken an. Selbst in der Dunkelheit kannst du sie kommen sehen. Wütende, wie Fäuste geballte Wolken, die sich übereinanderwälzen und miteinander ringen, bis sie sich direkt über dem Turm vereinen. Bringt der Modermann das Gewitter oder das Gewitter den Modermann? Niemand weiß es.

In seinem Zimmer neigt das Mädchen den Kopf, als die ersten, zögernden Tropfen gegen die Fensterscheibe und seine Hand klatschen. Es war ein schöner Tag, nicht zu heiß, der Abend war kühl. Nichts deutete auf mitternächtlichen Regen hin. Am nächsten Morgen werden die Leute sich über die feuchte Erde wundern, sie werden sich am Kopf kratzen, einander anlächeln und sagen: Das ist ja ein Ding! Und wir sind nicht einmal wach geworden!

Aber sieh nur! Was ist das? Eine unförmige Gestalt klettert an der Turmmauer hoch. Sie klettert schnell und geschickt, wie es eigentlich unmöglich ist. So ein Kunststück kann doch kein Mensch vollbringen!

Die Gestalt erreicht das Fenster des Mädchens. Zwei Augen vor seinen Augen. Das Mädchen sieht sie durch das blasige Glas, durch den Regen, der jetzt in Strömen fällt, sieht ein schlammbedecktes, abscheuliches Geschöpf. Das Mädchen öffnet den Mund, um zu schreien, um Hilfe zu rufen, aber genau in diesem Moment verwandelt sich die Szene.

*Er* verwandelt sich. Durch die Schlammschichten, durch Generationen von Finsternis und Wut und Trauer sieht das Mädchen das menschliche Gesicht. Das Gesicht eines jungen Mannes. Ein vergessenes Gesicht. Ein Gesicht voller Sehnsucht und Traurigkeit und Schönheit. Und ohne nachzudenken öffnet es das Fenster. Um ihn einzulassen, damit er vor dem Regen geschützt ist.

Raymond Blythe,
*Die wahre Geschichte vom Modermann*, Prolog

*Teil eins*

# Ein verlorener Brief findet seinen Bestimmungsort

## 1992

Es begann mit einem Brief. Ein Brief, der lange verschollen war, der ein halbes Jahrhundert überdauert hatte, heiße Sommer und kalte Winter, in einem vergessenen Postbeutel auf dem dämmrigen Dachboden eines unscheinbaren Hauses in Bermondsey. Ich muss manchmal daran denken, an diesen Postbeutel, an die Hunderte von Liebesbriefen, Lebensmittelrechnungen, Geburtstagskarten, Kinderbriefen an die Eltern, die dort beieinanderlagen, bebten und seufzten, während ihre nie angekommenen Botschaften im Dunkeln flüsterten. Wie sie darauf warteten und warteten, dass jemand sie fand. Denn es heißt, dass ein Brief immer einen Leser sucht, dass Worte, ob es einem gefällt oder nicht, es an sich haben, den Weg ans Licht zu finden, ihre Geheimnisse preiszugeben.

Aber ich werde sentimental – eine Angewohnheit aus der Zeit, als ich mit einer Taschenlampe Romane aus dem neunzehnten Jahrhundert las, während meine Eltern glaubten, ich schliefe. Eigentlich wollte ich sagen: Merkwürdig – hätte Arthur Tyrell an jenem Heiligabend 1941 nicht einen oder zwei Grog zu viel getrunken und wäre er nicht nach Hause gegangen und betrunken eingeschlafen, anstatt die Post auszutragen, hätte der Postbeutel nicht all die Jahre unbemerkt auf seinem

Dachboden gelegen, bis Arthur Tyrell fünfzig Jahre später starb und eine seiner Töchter den Beutel fand und bei der *Daily Mail* anrief, dann wäre vielleicht alles ganz anders gekommen. Für meine Mutter, für mich und vor allem für Juniper Blythe.

In allen Zeitungen und in den Fernsehnachrichten wurde darüber berichtet. *Channel 4* hat sogar eine Sondersendung gebracht, in der einige der Empfänger über ihren Brief sprechen sollten, über die Stimme aus der Vergangenheit, die so unerwartet zu ihnen sprach. Da war eine Frau, deren Verlobter damals bei der Royal Air Force gewesen war, und dann dieser Mann mit der Geburtstagskarte von seinem Sohn, der evakuiert worden und eine Woche später von einem Bombensplitter getötet worden war. Es war eine gute Sendung, fand ich – teilweise sehr rührend, mit manchmal kuriosen, manchmal traurigen Geschichten, das Ganze angereichert mit Originalaufnahmen aus dem Krieg. Ein paarmal musste ich sogar weinen, was allerdings nicht viel heißen will, denn ich habe ziemlich nah am Wasser gebaut.

Meine Mutter hat bei der Sendung nicht mitgemacht. Man hatte sie angerufen und gefragt, ob in ihrem Brief etwas stand, was sie gern mitteilen wollte, aber sie hatte Nein gesagt, es habe sich nur um eine ganz gewöhnliche Bestellbestätigung von einem Bekleidungsgeschäft gehandelt, das es längst nicht mehr gebe. Aber das stimmte nicht. Das weiß ich, weil ich zufällig da war, als der Brief kam. Ich habe ihre Reaktion auf den Brief miterlebt, und die war alles andere als gewöhnlich.

Es war an einem Morgen Ende Februar, der Winter machte uns noch ordentlich zu schaffen, die Blumenbeete waren gefroren, und ich war gekommen, um meiner Mutter bei der Zubereitung des Sonntagsmahls zu helfen. Ich mache das hin und wieder, weil meine Eltern sich darüber freuen – obwohl es für gewöhnlich Hühnchen gibt und ich Vegetarierin bin und genau weiß, dass meine Mutter irgendwann im Lauf der Mahlzeit ein sorgenvolles Gesicht aufsetzt, bis sie es nicht mehr aushalten kann und anfängt, mir Vorträge über Proteinmangel und Anämie zu halten.

Ich stand gerade an der Spüle und schälte Kartoffeln, als der Brief durch den Schlitz in der Haustür fiel. Normalerweise kommt sonntags keine Post, und das hätte uns gleich auffallen sollen, aber das tat es nicht. Ich selbst war viel zu sehr damit beschäftigt, mir zu überlegen, wie ich meinen Eltern beibringen sollte, dass Jamie und ich uns getrennt hatten. Seitdem waren schon zwei Monate vergangen, und irgendwann würde ich ihnen reinen Wein einschenken müssen, aber je länger ich es vor mir herschob, desto schwerer fiel es mir. Und ich hatte meine Gründe, warum ich nichts sagte: Meine Eltern waren Jamie gegenüber von Anfang an skeptisch gewesen. Außerdem können sie nicht gut mit Problemen umgehen, und meine Mutter würde sich noch mehr Sorgen machen, wenn sie hörte, dass ich jetzt allein in unserer Wohnung lebte. Aber vor allem fürchtete ich mich vor dem unausweichlichen, peinlichen Gespräch, das auf meine Eröffnung folgen würde. Zu sehen, wie sich im Gesicht meiner Mutter zuerst Verwunderung, dann Entgeisterung und schließlich Resignation spiegeln würde, wenn sie feststellte, dass von ihr als Mutter jetzt irgendeine Art von Trost erwartet würde …

Aber zurück zu dem Brief. Das Geräusch von etwas, das durch den Briefschlitz geschoben wurde und leise zu Boden fiel.

»Edie, kannst du mal nachsehen?«, sagte meine Mutter.

Sie deutete mit einer Kinnbewegung in Richtung Flur und gestikulierte mit der Hand, die sich nicht im Innern des Hühnchens befand.

Ich legte die Kartoffel weg, wischte mir die Hände an einem Geschirrtuch ab und ging die Post holen. Es war nur ein einzelner Brief, der auf der Fußmatte lag: ein offizieller Umschlag der Post, dessen Inhalt als »Nachsendung« deklariert wurde. Ich las meiner Mutter die Aufschrift vor, als ich in die Küche kam.

Sie hatte das Hühnchen fertig gefüllt und war gerade dabei, sich die Hände abzutrocknen. Stirnrunzelnd, eher aus Gewohnheit als aus Besorgnis, nahm sie den Brief entgegen und klaubte ihre Lesebrille von dem Kürbis in der Obstschale. Sie betrachtete den Postaufdruck und begann, den äußeren Umschlag zu öffnen.

Ich hatte mich wieder dem Kartoffelschälen zugewandt, eine Aufgabe, die mir im Moment dringlicher erschien, als meine Mutter beim Öffnen der Post zu beobachten, deswegen habe ich leider ihr Gesicht nicht gesehen, als sie den kleineren Umschlag hervorzog, das dünne Notpapier sah und die alte Briefmarke, als sie den Brief umdrehte und den Absender auf der Rückseite las. Aber seitdem habe ich mir oft vorgestellt, wie die Farbe aus ihrem Gesicht wich, wie ihre Finger zu zittern begannen, sodass es mehrere Minuten dauerte, ehe sie in der Lage war, den Umschlag aufzureißen.

Was ich mir nicht vorzustellen brauche, ist das Geräusch. Das entsetzte, kehlige Keuchen, gefolgt von heiserem Schluchzen, das so plötzlich kam, dass mir das Schälmesser abrutschte und in den Finger schnitt.

»Mum?« Ich ging zu ihr und legte ihr einen Arm um die Schultern, wobei ich darauf achtete, dass kein Blut auf ihr Kleid tropfte. Aber sie sagte nichts. Sie konnte es nicht, erzählte sie mir später, nicht in diesem Augenblick. Sie stand stocksteif da, und Tränen liefen ihr über die Wangen, während sie sich den Umschlag an die Brust drückte, einen seltsamen kleinen Umschlag aus so dünnem Papier, dass ich den gefalteten Brief darin erkennen konnte. Dann, nachdem sie ein paar wirre Anweisungen zu dem Hühnchen, dem Ofen und den Kartoffeln erteilt hatte, ging sie nach oben und verschwand in ihrem Schlafzimmer.

In der Küche wurde es bedrückend still, nachdem meine Mutter fort war, und ich schlich nur noch auf Zehenspitzen herum. Meine Mutter weint nicht leicht, aber dieser Augenblick – ihr Schreck und der Schock, den er bei mir auslöste – kam mir vage bekannt vor, als hätte ich dasselbe schon einmal erlebt.

Nach einer Viertelstunde, in der ich die Kartoffeln zu Ende geschält hatte, die Möglichkeiten durchgegangen war, wer der Absender des Briefs sein könnte, und mich gefragt hatte, wie ich mich verhalten sollte, klopfte ich schließlich an ihre Tür und fragte sie, ob sie eine Tasse Tee wolle. Sie hatte inzwischen die Fassung wiedergewonnen, und wir setzten uns einander gegenüber an den kleinen Resopaltisch in der Küche. Während ich so tat, als würde ich nicht bemerken, dass sie geweint hatte, begann sie zu sprechen.

»Ein Brief«, sagte sie, »von jemandem, den ich vor langer Zeit mal gekannt habe. Als ich zwölf, dreizehn Jahre alt war.«

Ein Bild fiel mir ein, an das ich mich dunkel erinnerte, ein Foto, das auf dem Nachttisch meiner Großmutter gestanden hatte, als sie im Sterben lag. Drei Kinder, das jüngste meine Mutter, ein Mädchen mit kurzem, dunklen Haar, das im Vordergrund auf etwas hockte. Seltsam, ich hatte Gott weiß wie oft am Bett meiner Großmutter gesessen und konnte mich doch nicht an das Gesicht des Mädchens erinnern. Vielleicht interessieren sich Kinder ja erst dann dafür, wer ihre Eltern vor ihrer Geburt waren, wenn etwas passiert, das mit der Vergangenheit zu tun hat. Ich trank meinen Tee und wartete darauf, dass meine Mutter fortfuhr.

»Ich glaube, ich habe dir nicht viel über diese Zeit erzählt, nicht wahr? Über die Zeit im Krieg, im Zweiten Weltkrieg. Es war eine schreckliche Zeit, all die Aufregung und die Zerstörung. Es schien …« Sie seufzte. »Na ja, es schien, als würde die Welt nie wieder normal werden. Als wäre sie aus dem Gleichgewicht geraten und nichts könnte sie wieder ins Lot bringen.« Sie legte ihre Hände um ihre dampfende Tasse und schaute hinein.

»Meine Familie – Mum, Dad, Rita, Ed und ich –, wir wohnten in einem kleinen Reihenhaus in der Barlow Street, im Stadtteil Elephant and Castle, und am Tag nachdem der Krieg ausgebrochen war, wurden wir Kinder in Schulen gesammelt, zum Bahnhof gebracht und in den Zug gesetzt. Das werde ich nie vergessen, wie wir in Reih und Glied zum Bahnhof marschierten, mit Namensschildern und Gasmasken und unseren Taschen, und wie die Mütter, denen es nicht geheuer war, dass wir fortgeschickt wurden, die Straße heruntergerannt kamen und dem Wachmann zuriefen, er solle ihre Kinder freilassen, und wie sie dann den älteren Geschwistern zuriefen, sie sollten auf die jüngeren achtgeben und sie nicht aus den Augen lassen.«

Eine Weile kaute sie auf ihrer Unterlippe, während sie das alles in ihrer Erinnerung noch einmal durchlebte.

»Du hast bestimmt große Angst gehabt«, sagte ich. In unserer Familie berührte man sich nie viel, sonst hätte ich vielleicht ihre Hand genommen.

»Anfangs ja.« Sie blickte auf und schaute mich an, dann nahm sie die Brille ab und rieb sich die Augen. Ohne ihre Brille wirkte sie verletzlich, ungeschützt, wie ein kleines, nachtaktives Tier, das vom Tageslicht verwirrt ist. Ich war froh, als sie die Brille wieder aufsetzte und fortfuhr. »Ich war noch nie von zu Hause weg gewesen, hatte noch nie eine Nacht getrennt von meiner Mutter verbracht. Aber meine älteren Geschwister waren ja bei mir, und als wir im Zug saßen und eine der Lehrerinnen Schokoladenriegel verteilte, wurde die Stimmung gelöster, und wir kamen uns beinahe vor wie auf einer Abenteuerreise. Kannst du dir das vorstellen? Es war Krieg, aber wir sangen Lieder und aßen Birnen aus Dosen und spielten ›Ich sehe was, was du nicht siehst‹. Kinder sind sehr belastbar, manche regelrecht gefühllos.

Irgendwann kamen wir in einer Stadt namens Cranbrook an. Dort wurden wir in kleineren Gruppen auf Busse verteilt. Der Bus, in dem meine Geschwister und ich saßen, brachte uns zu einem Dorf namens Milderhurst, wo wir in Zweierreihen zu einem Haus mit einem großen Saal marschierten. Ein paar Frauen aus dem Dorf erwarteten uns bereits mit einem eingefrorenen Lächeln und mit Listen in der Hand. Wir mussten uns in Reihen aufstellen, während die Leute umherliefen und ihre Wahl trafen.

Die Kleinen gingen schnell weg, vor allem die hübschen. Ich nehme an, die Leute dachten, dass sie mit denen weniger Arbeit haben würden, dass sie nicht so stark den Geruch von London an sich hätten.« Sie lächelte schief. »Die haben ihren Irrtum schnell eingesehen.

Mein Bruder wurde gleich zu Anfang ausgewählt. Er war groß und kräftig für sein Alter, und die Bauern brauchten dringend Helfer. Kurz darauf wurde Rita zusammen mit ihrer Schulfreundin mitgenommen.«

Ich konnte nicht mehr an mich halten. Ich nahm die Hand meiner Mutter. »Ach, Mum.«

»Schon gut«, sagte sie, zog ihre Hand weg und gab mir einen Klaps auf die Finger. »Ich war nicht die Letzte. Es waren noch andere da. Zum Beispiel ein kleiner Junge mit fürchterlichem Hautausschlag. Ich weiß nicht, was aus ihm geworden ist, aber er stand immer noch in dem Saal, als ich ging.

Weißt du, später habe ich noch jahrelang angeschlagenes Obst gekauft, wenn ich es im Geschäft in die Hand genommen hatte. Ich konnte mich nicht dazu überwinden, es erst von allen Seiten zu prüfen und dann wieder zurückzulegen, wenn ich sah, dass es Stellen hatte.«

»Aber irgendwann wurdest du mitgenommen.«

»Ja, irgendwann wurde ich mitgenommen.« Sie sprach plötzlich ganz leise und nestelte an etwas in ihrem Schoß herum. »Sie kam ziemlich spät. Der Saal war schon fast leer, die meisten Kinder waren fort, und die freiwilligen Helferinnen waren schon dabei, die Teetassen wegzuräumen. Ich hatte angefangen zu weinen, aber so, dass es niemand merkte. Dann plötzlich rauschte *sie* herein, und der ganze Saal, selbst die Luft wirkte wie verwandelt.«

»Verwandelt?« Ich zog die Nase kraus und dachte an diese Szene in *Carrie*, wo die Elektrik explodiert.

»Es ist schwer zu erklären. Hast du es schon mal erlebt, dass jemand sofort eine bestimmte Atmosphäre verbreitet, wohin er auch kommt?«

Vielleicht. Ich hob die Schultern. Meine Freundin Sarah ist eine Frau, nach der sich alle umdrehen, wenn sie auftaucht, nicht unbedingt ein atmosphärisches Phänomen, aber dennoch …

»Nein, natürlich kennst du das nicht. Es klingt ja auch albern … Was ich meine, ist, dass sie anders war, so … Ach, ich weiß nicht. Einfach anders. Schön auf eigenartige Weise, langes Haar, große Augen, mit denen sie sich wild umsah. Aber nicht nur das machte sie auffällig. Sie war damals erst siebzehn, im September 1939, aber die anderen Frauen wirkten wie eingeschüchtert.«

»Ehrfurchtsvoll?«

»Ja, ich glaube, so kann man es sagen, ehrfurchtsvoll. Sie waren überrascht, sie zu sehen, und unsicher, wie sie sich verhalten sollten. Irgendwann hat eine der Frauen ihre Sprache wiedergefunden und gefragt, ob sie behilflich sein könne, aber die junge Frau wedelte nur mit ihren langen Fingern und sagte, sie sei gekommen, um ihre Evakuierte abzuholen. Genau das hat sie gesagt – nicht *eine* Evakuierte, sondern *ihre* Evakuierte. Ich saß auf dem Boden, und sie ist direkt auf mich zugekommen. ›Wie heißt du?‹, wollte sie wissen, und als ich ihr meinen Namen nannte, hat sie mich angelächelt und gemeint, ich müsste doch bestimmt müde sein nach der langen Fahrt. ›Möchtest du gern mitkommen und bei mir wohnen?‹, fragte sie dann, und ich habe genickt, das nehme ich jedenfalls an, denn daraufhin hat sie sich zu der Frau umgedreht, die vorher so resolut aufgetreten war, der mit der Liste, und hat ihr erklärt, sie würde mich mitnehmen.«

»Wie hieß sie?«

»Blythe«, sagte meine Mutter, einen kaum wahrnehmbaren Schauder unterdrückend. »Juniper Blythe.«

»Und der Brief war von ihr?«

Meine Mutter nickte. »Sie hat mich zu ihrem Auto geführt, einem Luxusgefährt, wie ich es noch nie gesehen hatte, und ist mit mir zu dem Haus gefahren, wo sie zusammen mit ihren beiden älteren Schwestern lebte, Zwillingen. Es ging durch ein schmiedeeisernes Tor über eine gewundene Zufahrt zu einem riesigen, prächtigen Bau, der sich mitten in einem Wald befand. Schloss Milderhurst.«

Es war ein Name wie aus einem Schauerroman, und mich befiel ein leichtes Frösteln bei der Erinnerung an das Schluchzen meiner Mutter, als sie den Namen der Frau auf der Rückseite des Briefs gelesen hatte. Ich hatte schon alle möglichen Geschichten über evakuierte Kinder und merkwürdige Vorfälle gehört, und ich fragte mit tonloser Stimme: »War es unheimlich?«

»Nein, überhaupt nicht. Kein bisschen unheimlich. Ganz im Gegenteil.«

»Aber der Brief – du hast doch …«

»Ich war einfach überrascht, mehr nicht. Eine Erinnerung an eine Zeit, die ich längst vergessen hatte.«

Sie schwieg. Ich dachte darüber nach, wie einschneidend die Evakuierung gewesen war, wie angsteinflößend und verwirrend es für sie als Kind gewesen sein musste, an einen unbekannten Ort geschickt zu werden, wo alles anders war als zu Hause. Meine eigenen Kindheitserinnerungen waren mir noch sehr präsent, der Schrecken, den es bedeutet hatte, wenn man sich vorübergehend in einer fremden Umgebung befand, an die verzweifelten Bindungen, die man notgedrungen einging – an Gebäude, an verständnisvolle Erwachsene, an Freunde –, um die Zeit zu überstehen. Der Gedanke an die Freundschaften brachte mich auf eine Idee: »Bist du nach dem Krieg jemals wieder hingefahren, Mum? Nach Milderhurst?«

Sie blickte erschrocken auf. »Natürlich nicht. Warum hätte ich das tun sollen?«

»Ich weiß nicht. Um zu sehen, was sich verändert hatte, um die Leute wiederzusehen. Deine Freundin zu besuchen.«

»Nein«, erwiderte sie mit Bestimmtheit. »Ich hatte meine eigene Familie hier in London, meine Mutter brauchte mich. Außerdem hatten wir viel zu tun, die Aufräumarbeiten nach dem Krieg … Das Leben ist weitergegangen.« Und damit senkte sich der vertraute Schleier wieder zwischen uns, und ich wusste, dass das Gespräch vorbei war.

Am Ende gab es doch kein festliches Sonntagsmahl. Meine Mutter meinte, ihr sei nicht danach, und fragte, ob es mir etwas ausmachen würde, wenn wir das Hühnchen diesmal ausfallen ließen. Es schien mir lieblos, sie daran zu erinnern, dass ich sowieso kein Fleisch esse und eigentlich nur gekommen war, um meine Tochterpflichten zu erfüllen. Also erklärte ich mich einverstanden und riet ihr, sich ein bisschen hinzulegen. Gute Idee, sagte sie, und während ich meine Sachen zusammenpackte, war sie bereits dabei, zwei Aspirin zu schlucken, und ermahnte mich, meine Mütze aufzusetzen bei dem kalten Wind.

Mein Vater hat die ganze Angelegenheit verschlafen. Er ist älter als meine Mutter und seit einigen Monaten in Rente. Das Rentnerleben bekommt ihm nicht. Während der Woche streift er durchs Haus auf der Suche nach Dingen, die repariert werden müssen, und treibt meine Mutter in den Wahnsinn, und die Sonntage verbringt er in seinem Sessel. Das gottgegebene Recht des Hausherrn, erklärt er jedem, der es hören will.

Ich gab ihm einen Kuss auf die Wange und ging durch die eisige Kälte zur U-Bahn, müde und doch aufgewühlt und ein bisschen niedergeschlagen bei dem Gedanken, allein in die höllisch teure Wohnung zurückzukehren, die ich bis vor Kurzem mit Jamie geteilt hatte. Erst irgendwo zwischen Kensington High Street und Notting Hill Gate fiel mir auf, dass meine Mutter mir gar nicht gesagt hatte, was in dem Brief stand.

## Eine Erinnerung bringt Klarheit

Während ich dies niederschreibe, bin ich ein bisschen von mir selbst enttäuscht. Aber hinterher ist man immer klüger, und jetzt, wo ich weiß, was es zu finden gab, frage ich mich natürlich, warum ich mich nicht gleich auf die Suche gemacht habe. Und ich bin nicht ganz dumm. Meine Mutter und ich trafen uns ein paar Tage später zum Tee. Auch diesmal traute ich mich nicht, ihr von den Veränderungen in meinem Leben zu erzählen, aber ich habe sie wenigstens nach dem Inhalt des Briefs gefragt. Sie winkte ab und sagte, es sei nichts von Bedeutung gewesen, nur ein knapper Gruß; dass ihre Reaktion allein der Überraschung geschuldet war. Da wusste ich noch nicht, dass meine Mutter eine gute Lügnerin ist, sonst hätte ich ihre Worte angezweifelt, hätte nachgehakt oder genauer auf ihre Körpersprache geachtet. Aber so etwas macht man halt nicht. Instinktiv neigt man dazu zu glauben, was die Leute einem sagen, vor allem in der Familie, bei Menschen, die man gut kennt, denen man vertraut. Zumindest ging es mir so. Bis dahin jedenfalls.

Und so vergaß ich das alles: Milderhurst und die Evakuierung meiner Mutter und sogar den eigenartigen Umstand, dass sie mir vorher noch nie davon erzählt hatte. Es ließ sich leicht erklären, wie die meisten Dinge, wenn man sich Mühe gibt: Meine Mutter und ich kamen gut miteinander aus, aber wir hatten uns nie sehr nahgestanden und waren nicht unbedingt erpicht darauf, uns vertraulich über die Vergangenheit auszutauschen. Über die Gegenwart übrigens auch nicht. Erst recht nicht über die Zukunft. Anscheinend war die Evakuierung für meine Mutter eine angenehme, aber unbedeutende Erfahrung gewesen, und so gab es keinen Grund, mir davon zu erzählen. Ich erzähle ihr weiß Gott auch nicht alles.

Schwerer zu erklären war das seltsame und zugleich heftige Gefühl, das ihre Reaktion auf den Brief in mir auslöste, die unerklärliche Gewissheit, dass es da eine Erinnerung gab, die ich einfach nicht zu fassen bekam. Etwas, das ich gesehen oder gehört und dann vergessen hatte und das jetzt durch die dunklen Windungen meines Gehirns geisterte, ohne irgendwo zu verharren, sodass ich es hätte benennen können. Und so zerbrach ich mir den Kopf, ob vielleicht vor Jahren, irgendwann einmal ein Brief eingetroffen war, der sie auch zum Weinen gebracht hatte. Aber es war zwecklos, das verschwommene Bild wurde nicht scharf, und schließlich sagte ich mir, dass wahrscheinlich meine Fantasie mit mir durchging, meine blühende Fantasie, von der meine Eltern schon immer gesagt hatten, sie würde mich noch eines Tages in Schwierigkeiten bringen, wenn ich nicht aufpasste.

Zudem drückten mich ganz andere, größere Sorgen. Nämlich die Frage, wo ich wohnen würde, wenn die Miete für die Wohnung fällig werden würde. Die Mietvorauszahlung für sechs Monate war Jamies Abschiedsgeschenk gewesen, eine Art Wiedergutmachung für sein miserables Verhalten. Aber im Juni war Schluss. Ich hatte in den Zeitungen und in den Schaufenstern von Immobilienbüros nach Ein-Zimmer-Apartments gesucht, aber bei meinem bescheidenen Gehalt erwies es sich als äußerst schwierig, etwas zu finden, das halbwegs in der Nähe meines Arbeitsplatzes lag.

Ich arbeite als Lektorin bei Billing & Brown, einer kleinen Verlagsdruckerei in Notting Hill, die Herbert Billing und Michael Brown Ende der Vierzigerjahre gegründet hatten, um ihre eigenen Theaterstücke und Gedichte herauszubringen. Ich glaube, anfangs genoss der Verlag hohes Ansehen, aber seit der Markt zunehmend von den Großverlagen beherrscht wird und das Interesse der Leser an Nischentiteln immer mehr zurückgeht, drucken wir nur noch Sachen, die wir unter uns wohlwollend als »Spezialität des Hauses« oder weniger wohlwollend als »Machwerk« bezeichnen.

Mr. Billing – Herbert – ist mein Chef, und er ist außerdem mein Mentor und mein bester Freund. Ich habe nicht viele Freunde, jedenfalls nicht von der lebenden, atmenden Sorte. Das heißt nicht, dass ich traurig und einsam bin, ich gehöre einfach nicht zu den Menschen, die gern eine Menge Leute um sich haben. Ich kann mich gut mit Worten ausdrücken, allerdings nicht mit gesprochenen, und ich habe schon oft gedacht, wie wunderbar es doch wäre, wenn ich Beziehungen auf dem Papier führen könnte. In gewisser Weise tue ich das sogar, denn ich habe zig Freunde der anderen Sorte, Freunde zwischen Buchdeckeln, auf Hunderten von Seiten, gefüllt mit großartigen Geschichten, die nie ihre Faszination für mich verlieren, die mich an die Hand nehmen und in Welten von abgrundtiefem Schrecken oder überwältigender Freude führen. Faszinierende, verehrungswürdige, treue Wegbegleiter – einige davon voller Weisheit –, die mir aber leider kein Gästezimmer für einen oder zwei Monate anbieten können.

Denn obwohl ich keine Erfahrung mit Trennungen hatte – Jamie war der erste Freund, mit dem ich mir eine Zukunft hatte vorstellen können –, war mir irgendwie klar, dass dies der Moment war, in dem man Freunde um eine Gefälligkeit bat. Weswegen ich mich an Sarah wandte. Wir waren Nachbarskinder und sind zusammen aufgewachsen, und Sarah flüchtete immer zu uns, wenn ihre vier jüngeren Geschwister sich in kleine Monster verwandelten. Es schmeichelte mir, dass ein Mädchen wie Sarah unser biederes Reihenhaus als Zufluchtsort erwählte, und wir blieben beste Freundinnen während der ganzen Schulzeit, bis Sarah mal wieder beim Rauchen hinter den Toiletten erwischt wurde und den Mathematikunterricht gegen eine Ausbildung zur Kosmetikerin eintauschte. Inzwischen arbeitet sie freiberuflich für Zeitschriften und beim Film. Ich freute mich für sie, dass sie solchen Erfolg hatte, aber leider bedeutete das auch, dass sie in der Stunde meiner Not gerade in Hollywood weilte, wo sie Schauspieler in Zombies verwandelte, und ihre Wohnung samt Gästezimmer an einen österreichischen Architekten untervermietet hatte.

Eine Zeit lang war ich sehr beunruhigt und malte mir detailreich ein Leben als Obdachlose aus, bis Mr. Billing – Herbert – mir, wie ein echter Kavalier, das Sofa in seiner kleinen Wohnung über dem Verlag anbot.

»Nach allem, was du für mich getan hast?«, rief er aus, als ich ihn fragte, ob er sich auch ganz sicher sei. »Du hast mich vom Boden aufgelesen! Du hast mich gerettet!«

Er übertrieb. Ich habe ihn nie am Boden liegend vorgefunden, aber ich wusste, was er meinte. Ich war schon seit ein paar Jahren im Verlag und war gerade dabei, mich nach einer etwas anspruchsvolleren Stelle umzusehen, als Mr. Brown starb. Der Tod seines Partners war ein solcher Schicksalsschlag für Mr. Billing, dass ich ihn in dem Moment unmöglich alleinlassen konnte. Er hatte niemanden außer seinem verfressenen, übergewichtigen Hund, und auch wenn er nie darüber gesprochen hat, so wurde mir doch durch das Ausmaß und die Intensität seiner Trauer klar, dass Mr. Brown und er mehr als Geschäftspartner gewesen waren. Er aß nichts mehr, wusch sich nicht mehr und betrank sich, als eingefleischter Abstinenzler, eines Morgens mit Gin.

Mir blieb eigentlich keine Wahl: Ich begann für ihn zu kochen, konfiszierte den Gin, und wenn wir in die roten Zahlen gerieten und ich sein Interesse nicht wecken konnte, übernahm ich es, Klinken zu putzen, um uns Aufträge zu besorgen. Seitdem drucken wir Prospekte für ortsansässige Unternehmen. Als Mr. Billing davon erfuhr, war er so glücklich, dass er meinen Einsatz reichlich überbewertete. Er fing an, mich als seinen Protegé zu bezeichnen und sprach auf einmal wieder voller Zuversicht über die Zukunft von Billing & Brown, darüber, wie er und ich den Verlag zu Ehren von Mr. Brown wieder auf die Beine stellen würden. Seine Augen begannen wieder zu leuchten, und ich schob meine Suche nach einem anderen Job vorerst auf.

Und seitdem sind acht Jahre vergangen. Was Sarah ziemlich amüsiert. Es ist schwierig, jemandem wie Sarah, einer kreativen, klugen Frau, die ausschließlich nach ihren eigenen Bedingungen arbeitet, zu erklären, dass andere Menschen andere Kriterien für ihr Wohlbefinden im Leben haben. Ich arbeite mit Menschen zusammen, die ich bewundere, ich verdiene genug Geld, um meinen Lebensunterhalt zu bestreiten (wenn auch nicht in einer Drei-Zimmer-Wohnung in Notting Hill), ich verbringe meine Tage damit, mit Wörtern und Sätzen zu spielen, und helfe dadurch anderen Leuten, ihre Ideen zum Ausdruck zu bringen und sich den Traum zu erfüllen, ein gedrucktes Buch zu veröffentlichen. Außerdem ist es nicht so, dass ich keine Aufstiegschancen hätte. Erst im vergangenen Jahr hat Herbert mich zur stellvertretenden Verlagsleiterin befördert – auch wenn wir zwei die einzigen Vollzeitkräfte im Verlag sind. Es gab sogar eine kleine Zeremonie mit allem Drum und Dran. Susan, unsere Teilzeitkraft, hat einen Trockenkuchen gebacken und ist an ihrem freien Tag ins Büro gekommen, und wir haben mit alkoholfreiem Wein angestoßen, den wir aus Teetassen tranken.

Angesichts der drohenden Räumung nahm ich Mr. Billings Angebot an. Es war eine ausgesprochen rührende Geste, vor allem, da seine Wohnung wirklich sehr klein ist, aber es war meine einzige Option. Herbert freute sich riesig. »Wunderbar! Das wird Jess gefallen, sie ist immer ganz aus dem Häuschen, wenn Besuch kommt.«

Und so war ich in jenem Mai gerade dabei, die Wohnung, die ich mit Jamie geteilt hatte, leer zu räumen und die letzte, leere Seite unserer Geschichte umzublättern, um allein eine neue zu beginnen. Ich hatte meine Arbeit, meine Gesundheit und jede Menge Bücher; nun musste ich tapfer den grauen, einsamen Tagen entgegensehen, die sich endlos vor mir erstreckten.

Alles in allem kam ich ganz gut zurecht. Nur hin und wieder gestattete ich es mir, in den Tümpel meiner Gefühlsduselei zu tauchen. Dann suchte ich mir eine stille, dunkle Ecke – wo ich mich besonders gut meiner Fantasie hingeben konnte – und malte mir in allen Einzelheiten die traurigen Tage aus, an denen ich durch unsere Straße schleichen, vor unserem Haus stehen bleiben und zu dem Fenster hochblicken würde, wo ich meine Kräuter gezogen hatte und wo jetzt die Silhouette eines Fremden erscheinen würde. Stellte mir vor, wie ich einen Blick auf die unsichtbare Grenze zwischen Vergangenheit und Gegenwart zu werfen versuchte und den körperlichen Schmerz der Gewissheit spüren würde, dass es keinen Weg zurück gab ...

Als Kind war ich eine Träumerin und habe meine arme Mutter damit zur Verzweiflung gebracht. Wenn ich mal wieder durch eine Pfütze stapfte oder wenn sie mich aus dem Rinnstein zerren musste, um mich vor dem 209er-Bus zu retten, sagte sie jedes Mal kopfschüttelnd: »Es ist gefährlich, am helllichten

Tag zu träumen!« oder »So passieren Unfälle, Edie! Du musst aufpassen!«

Meine Mutter hatte gut reden, sie war die pragmatischste Frau, die je geboren wurde. Aber was nützten ihre Ermahnungen einem Mädchen, das ganz in seiner eigenen Welt lebte, seit es sich die Frage stellen konnte: »Was wäre, wenn …?« Natürlich hörte ich nicht auf zu träumen, ich lernte nur, es besser zu verbergen. Aber in gewisser Weise behielt sie recht, denn mein Hang, mich in Gedanken ausschließlich mit der trübseligen, freudlosen Nach-Jamie-Zukunft zu beschäftigen, führte dazu, dass ich vollkommen unvorbereitet war auf das, was dann geschah.

Ende Mai rief ein Mann im Verlag an, der sich selbst zum Medium ernannt hatte und ein Manuskript über seine Erfahrungen mit der Geisterwelt in der Romney Marsh veröffentlichen wollte. Wenn ein potenzieller neuer Kunde uns kontaktiert, tun wir, was wir können, um ihn zufriedenzustellen, und so kam es, dass ich in Herberts altem Peugeot nach Essex fuhr, um mich mit dem Mann zu treffen und wenn möglich einen Vertrag mit ihm abzuschließen. Da ich nur selten Auto fahre und volle Autobahnen verabscheue, machte ich mich vor Tagesanbruch auf den Weg, in der Hoffnung, dass ich auf diese Weise unbeschadet aus London herauskommen würde.

Ich war um neun Uhr dort, das Gespräch verlief gut – wir wurden uns einig, es kam zum Vertrag –, und um Mittag war ich schon wieder auf dem Heimweg. Inzwischen herrschte wesentlich mehr Verkehr, dem Herberts Auto, mit dem man nicht schneller als neunzig fahren konnte, ohne zu riskieren, dass man ein Rad verlor, nicht gewachsen war. Obwohl ich, wenn möglich, auf der Kriechspur fuhr, wurde ich ständig angehupt und mit finsteren Blicken bedacht. Es tut der Seele nicht gut, als Ärgernis betrachtet zu werden, vor allem, wenn man keine

Wahl hat. Also verließ ich in Ashford die Autobahn und fuhr weiter über Landstraßen und Dörfer. Mit meinem Orientierungssinn ist es nicht weit her, aber im Handschuhfach lag ein Straßenatlas, und ich stellte mich darauf ein, regelmäßig anzuhalten und die Route im Atlas nachzuschlagen.

Nach einer halben Stunde hatte ich mich hoffnungslos verfahren. Ich weiß immer noch nicht, wie es dazu gekommen ist, aber wahrscheinlich lag es unter anderem daran, dass der Atlas schon ziemlich überholt war. Und daran, dass ich gedankenverloren die Landschaft bewundert hatte – die mit Schlüsselblumen gesprenkelten Felder, die Wildblumen am Straßenrand –, anstatt auf die Straße zu achten. Wie auch immer, ich wusste nicht mehr, wo ich war, und fuhr gerade durch eine schmale, schattige Allee, als ich mir eingestehen musste, dass ich keinen blassen Schimmer hatte, in welche Himmelsrichtung ich überhaupt unterwegs war.

Aber noch machte ich mir keine Sorgen. Früher oder später würde ich auf eine Kreuzung stoßen oder zu einer Sehenswürdigkeit kommen oder den Stand eines Gemüsebauern finden, wo man mir netterweise ein großes, rotes X in meine Karte malen würde. Ich musste am Nachmittag nicht mehr ins Büro, alle Straßen führten schließlich irgendwohin, ich brauchte einfach nur die Augen offenzuhalten.

Und so entdeckte ich es. In einem Gestrüpp aus wild wucherndem Efeu. Es war einer von diesen alten, weiß gestrichenen Wegweisern aus Holz, in die die Ortsnamen geschnitzt sind. *Milderhurst*, stand darauf, *3 Meilen*.

Als ich anhielt und das Schild noch einmal las, sträubten sich mir die Nackenhaare. Eine seltsame Ahnung überkam mich, und die verschwommene Erinnerung, die ich seit Februar, seit dem Eintreffen des Briefs bei meiner Mutter, nicht zu fassen bekam, nahm auf einmal Konturen an. Ich stieg aus wie in Trance und folgte dem Wegweiser. Mir war, als würde ich mich selbst von außen beobachten, ja, als wüsste ich im Voraus, was ich vorfinden würde. Und vielleicht war es auch so.

Denn nach einem knappen Kilometer, genau dort, wo ich es erwartet hatte, stand es. Aus einem dichten Brombeergestrüpp erhob sich ein großes, eisernes Tor, das einmal herrschaftlich gewesen war, dessen Flügel jetzt jedoch schief in den Angeln hingen. Sie lehnten gegeneinander, als würden sie gemeinsam eine schwere Last tragen. An dem kleinen Torhäuschen hing ein verrostetes Schild mit der Aufschrift »Schloss Milderhurst«.

Mein Herz pochte wie wild gegen meine Rippen, als ich die Straße überquerte und auf das Tor zuging. Ich packte mit jeder Hand eine Stange, spürte kaltes, raues, rostiges Eisen an den Handflächen. Langsam beugte ich mich vor und drückte die Stirn an das Tor. Mein Blick folgte dem Schotterweg, der in einem Bogen den Hügel hinauf und über eine Brücke führte, bis er sich in einem dichten Wald verlor.

Alles sah wunderschön und überwuchert und romantisch aus. Aber es war nicht der Anblick, der mir den Atem raubte. Die Erkenntnis traf mich wie ein Schlag, die absolute Gewissheit, dass ich schon einmal hier gewesen war. Dass ich schon einmal vor diesem Tor gestanden, zwischen seinen eisernen Stangen hindurchgelugt und die Vögel beobachtet hatte, die wie Fetzen des Nachthimmels über dem dichten Wald umherflatterten.

Einzelheiten gewannen an Schärfe, und es war, als träte ich in einen Traum ein, als wäre ich wieder das Kind von damals. Meine Finger umklammerten die Eisenstangen, irgendwo tief in meinem Körper erkannte ich die Geste wieder. Genau so hatte ich es schon einmal gemacht. Die Haut an meinen Handflächen erinnerte sich. Ich erinnerte mich. Ein sonniger Tag,

eine warme Brise spielte mit meinem Kleid, meinem Sonntags-
kleid, am Rand meines Blickfelds der große Schatten meiner
Mutter.

Aus dem Augenwinkel schaute ich zu ihr hinüber und sah,
wie sie das Schloss betrachtete, die dunkle, ferne Silhouette am
Horizont. Ich hatte Durst, ich schwitzte, ich wollte in dem See
planschen, dessen glitzernde Oberfläche ich durch das Tor sehen konnte. Ich wollte mit den Enten und den Reihern und
den Libellen, die zwischen dem Schilf am Ufer herumschossen,
im Wasser schwimmen.

»Mum«, sagte ich, aber sie antwortete nicht. »Mum?« Sie
wandte sich mir zu und schaute mich an, und für einen kurzen
Moment schien sie mich nicht zu erkennen. In ihrem Gesicht
lag ein Ausdruck, den ich nicht verstand. Sie war eine Fremde,
eine Erwachsene, deren Augen Geheimnisse bargen. Heute
kann ich diese seltsame Gefühlsmischung mit Worten beschreiben: Reue, Liebe, Trauer, Sehnsucht. Aber damals war ich ratlos. Erst recht, als sie sagte: »Ich habe einen Fehler gemacht. Ich
hätte nicht herkommen sollen. Es ist zu spät.«

Ich glaube nicht, dass ich etwas darauf erwidert habe. Jedenfalls nicht gleich. Ich hatte keine Ahnung, was sie meinte, und
ehe ich dazu kam, sie zu fragen, packte sie mich an der Hand
und zog mich so ruppig, dass mir die Schulter wehtat, von dem
Tor weg und über die Straße zu unserem Auto. Vage roch ich
ihr Parfüm, das sich mit der warmen Luft, mit den ungewohnten Landgerüchen mischte. Sie ließ den Motor an, und wir
fuhren los. Ich beobachtete gerade zwei Spatzen durch das Sei-
tenfenster, als ich es hörte. Es war der kehlige Schluchzer, der
gleiche kehlige Schluchzer, den sie ausgestoßen hatte, als der
Brief von Juniper Blythe eintraf.

## Die Bücher und die Birds

Das Tor zum Schloss war verriegelt und viel zu hoch, um hinüberzuklettern – nicht dass ich es versucht hätte, wenn es niedriger gewesen wäre. Ich bin schon immer ziemlich unsportlich gewesen, und jetzt, nachdem die Erinnerung zurückgekehrt war, hatte ich Pudding in den Knien. Ich fühlte mich sonderbar verloren und hilflos. Ich ging zu meinem Wagen zurück und saß eine Weile da und überlegte, wie ich weiter vorgehen sollte. Viele Möglichkeiten hatte ich nicht. Ich war viel zu aufgewühlt, um Auto zu fahren, erst recht die lange Strecke bis London, und so ließ ich schließlich den Motor an und fuhr im Schritttempo ins Dorf Milderhurst.

Auf den ersten Blick sah es genauso aus wie all die anderen Dörfer, durch die ich an dem Tag gekommen war: eine einzige Straße mit einem kleinen Rasenplatz am Ende, daneben eine Kirche und gegenüber eine Schule. Als ich vor dem Gemeindehaus parkte, sah ich plötzlich all die müden Londoner Schulkinder vor mir, rußverschmiert nach der endlosen Zugfahrt Richtung Osten. Ein geisterhaftes Bild von meiner Mutter, vor vielen Jahren, lange, bevor sie meine Mutter wurde, wie sie sich mit den anderen Kindern in Reih und Glied aufstellt und auf eine ungewisse Zukunft wartet.

Ich schlenderte die Hauptstraße entlang und versuchte vergeblich, meine aufgescheuchten Gedanken im Zaum zu halten. Also gut, meine Mutter war noch einmal nach Milderhurst zurückgekommen, und ich war bei ihr gewesen. Wir hatten vor dem großen Tor gestanden, und sie war völlig durcheinander gewesen. Ich konnte mich wieder daran erinnern. Es war passiert. Aber mit der einen Antwort, die ich gefunden hatte, waren nur lauter neue Fragen aufgetaucht und schwirrten um meinen Kopf wie Motten ums Licht. Warum waren wir hier gewesen? Warum hatte sie geweint? Was hatte sie gemeint, als sie zu mir gesagt hatte, sie habe einen Fehler gemacht, es sei zu spät? Und warum hatte sie mich vor drei Monaten angelogen, als sie gesagt hatte, der Brief von Juniper Blythe habe keine Bedeutung?

Die Fragen kreisten noch in meinem Kopf, als ich mich unverhofft vor der offenen Tür eines Buchladens wiederfand. Ich glaube, es ist etwas ganz Natürliches, dass man sich in Zeiten großer Verwirrung dem Vertrauten zuwendet. Die hohen Regale und die zahllosen säuberlich aufgereihten Buchrücken übten eine ungemein beruhigende Wirkung auf mich aus. Umgeben von dem Geruch nach Druckerschwärze und Leim, den Staubflöckchen, die im streifigen Sonnenlicht tanzten, der warmen, stillen Luft, konnte ich wieder freier atmen. Ich spürte, wie mein Puls sich beruhigte und meine Gedanken die Flügel anlegten. Es war schummrig in dem Laden, was mir nur recht war. Ich suchte nach meinen Lieblingsautoren wie eine Lehrerin, die ihre Schüler aufruft. Brontë – alle drei anwesend, Dickens – anwesend, Shelley – mehrere hübsche Ausgaben. Ich brauchte sie gar nicht aus dem Regal zu nehmen, um zu wissen, dass sie da waren; sie leicht mit den Fingern zu berühren reichte mir.

Ich ging an den Regalen vorbei, las die Titel auf den Buchrücken, stellte hier und da ein Buch, das an den falschen Platz geraten war, wieder richtig zurück, bis ich in den hinteren Teil des

Ladens gelangte, der nicht mit Regalen vollgestellt war. Auf einem Tisch in der Mitte stand ein Schild mit der Aufschrift: »Heimatgeschichten«. Daneben stapelten sich Heimatkundebücher, Bildbände und Bücher von Autoren aus der Gegend. *Geschichten von Mordbrennern, Landfahrern, Vagabunden; Die Abenteuer der Schmuggler von Hawkhurst; Eine kleine Geschichte des Hopfenanbaus.* In der Mitte, auf einem hölzernen Ständer, entdeckte ich einen Titel, der mir vertraut war: *Die wahre Geschichte vom Modermann.*

»Ach!«, rief ich, nahm es vom Tisch und drückte es an mich.

»Mögen Sie die Geschichte?« Wie aus dem Nichts war die Verkäuferin aufgetaucht und schüttelte ihr Staubtuch aus.

»Ja«, sagte ich. »Natürlich. Wer mag sie nicht?«

Als ich *Die wahre Geschichte vom Modermann* zum ersten Mal las, war ich zehn Jahre alt und lag krank im Bett. Ich glaube, ich hatte Mumps – eine von diesen Kinderkrankheiten, die einen für Wochen ans Bett fesseln, und ich muss ziemlich quengelig gewesen sein, denn das mitfühlende Lächeln meiner Mutter war immer verkniffener geworden. Eines Nachmittags, als sie sich eine kurze Atempause auf der High Street gegönnt hatte, kam sie mit frischem Optimismus zurück und drückte mir ein zerlesenes Buch aus der Bücherei in die Hand.

»Vielleicht muntert dich das ein bisschen auf«, sagte sie vorsichtig. »Es ist eigentlich für etwas ältere Kinder, aber du bist ja ein kluges Mädchen, und wenn du dir Mühe gibst, wirst du es schon verstehen. Es ist zwar dicker als die Bücher, die du sonst liest, aber versuch mal, es zu Ende zu lesen.«

Wahrscheinlich habe ich, anstatt ihr zu antworten, nur voller Selbstmitleid gehustet, ahnte ich doch nicht, dass ich kurz davorstand, eine Schwelle in eine Welt zu überschreiten, aus der es kein Zurück geben würde, dass ich etwas in den Händen hielt, dessen bescheidenes Erscheinungsbild seine Macht Lügen strafte. Jeder wahre Leser hat ein Buch, hat einen Moment wie den erlebt, wie ich ihn hier beschreibe, und als meine Mutter mir das Buch aus der Bücherei mitbrachte, war mein entscheidender Moment gekommen. Damals wusste ich es noch nicht, aber nachdem ich tief in die Welt vom *Modermann* eingetaucht war, konnte die Wirklichkeit nie wieder mit der Welt der Romane konkurrieren. Seitdem bin ich Miss Perry unendlich dankbar, denn als sie diesen Roman über den Tresen schob und meiner gestressten Mutter zuredete, ihn mir zum Lesen zu geben, hatte sie mich entweder mit einem viel älteren Mädchen verwechselt, oder sie hatte tief in meine Seele geschaut und dort ein Vakuum entdeckt, das gefüllt werden musste. Ich gehe von Letzterem aus. Schließlich besteht die eigentliche Aufgabe einer Bibliothekarin darin, ein Buch mit seinem wahren Leser zusammenzubringen.

Ich schlug das vergilbte Buch auf, und vom ersten Absatz an, in dem beschrieben wird, wie der Modermann in dem tiefen, dunklen Schlossgraben aufwacht, von dem furchtbaren Moment an, in dem sein Herz zu schlagen beginnt, ließ es mich nicht mehr los. Mein Herz klopfte, ich bekam eine Gänsehaut, meine Finger zitterten in Erwartung, Seite um Seite umblättern zu dürfen, die schon voller Eselsohren waren von den zahllosen Lesern, die die Reise vor mir angetreten hatten. Ich besuchte prächtige und furchterregende Orte, ohne das mit Papiertaschentüchern übersäte Sofa im Reihenhaus meiner Eltern jemals zu verlassen. Der *Modermann* hielt mich tagelang gefangen, meine Mutter begann wieder zu lächeln, mein geschwollenes Gesicht sah wieder normal aus, und mein neues Ich war geboren.

Noch einmal fiel mein Blick auf das handgeschriebene Schild – »Heimatgeschichten« –, und ich sagte zu der strahlenden Verkäuferin: »Raymond Blythe war also hier aus der Gegend?«

»Aber ja.« Sie schob sich feine Haarsträhnen hinter die Ohren. »Er hat oben in Schloss Milderhurst gelebt und geschrieben, und er ist auch dort gestorben. Das ist das prächtige Anwesen ein paar Kilometer außerhalb des Dorfs.« Ihre Stimme nahm einen wehmütigen Ton an. »Zumindest war es mal prächtig.«

Raymond Blythe. Schloss Milderhurst. Mein Herz klopfte inzwischen ziemlich heftig. »Hatte er vielleicht eine Tochter?«

»Er hatte sogar drei.«

»Hieß eine davon Juniper?«

»Genau. Das ist die jüngste.«

Ich dachte an meine Mutter, ihre Erinnerung an die Siebzehnjährige, die die Luft elektrisch aufgeladen hatte, als sie den Gemeindesaal betrat, um »ihre Evakuierte« abzuholen; die 1941 einen Brief geschrieben hatte, der meine Mutter hatte in Tränen ausbrechen lassen, als er fünfzig Jahre später eintraf. Plötzlich hatte ich das dringende Bedürfnis, mich irgendwo zu stützen.

»Die wohnen alle drei noch da oben«, fuhr die Verkäuferin fort. »Es muss was mit dem Wasser im Schloss zu tun haben, sagt meine Mutter immer; sie sind jedenfalls noch sehr rüstig. Außer der Jüngsten natürlich.«

»Was ist denn mit der Jüngsten?«

»Demenz. Ich glaube, das liegt in der Familie. Eine traurige Geschichte – sie muss mal eine ausnehmende Schönheit gewesen sein und klug dazu, als Schriftstellerin ein vielversprechendes Talent. Aber dann hat ihr Verlobter sie verlassen, damals im Krieg, und davon hat sie sich nie wieder erholt. Ist verrückt geworden. Sie hat immer darauf gewartet, dass er zu ihr zurückkommt, aber er ist nicht gekommen.«

Ich öffnete den Mund, um zu fragen, was aus dem Verlobten geworden sei, aber sie war in ihrem Element und offenbar nicht bereit, Fragen aus dem Publikum zu beantworten.

»Zum Glück hatte sie ihre beiden Schwestern, die sich um sie kümmern konnten – die zwei gehören einer aussterbenden Rasse an; haben sich früher für alle möglichen wohltätigen Zwecke engagiert –, sonst wäre sie in einer Irrenanstalt gelandet.« Sie warf einen kurzen Blick hinter sich, um sich zu vergewissern, dass wir allein waren, dann beugte sie sich vor. »Als ich klein war, ist Juniper immer durch das Dorf und die Felder gestreift, das weiß ich noch. Sie hat niemanden belästigt, das nicht, ist einfach nur ziellos umhergewandert. Uns Kindern hat sie eine Heidenangst eingejagt. Aber Kinder gruseln sich ja gern, nicht wahr?«

Ich nickte eifrig, und sie fuhr fort: »Sie war wirklich harmlos. Sie hat sich nie in Schwierigkeiten gebracht, aus denen sie nicht wieder allein herauskam. Außerdem braucht jedes ordentliche Dorf seinen Sonderling.« Ein Lächeln umspielte ihre Lippen. »Jemanden, der den Geistern Gesellschaft leistet. Hier drin können Sie mehr über sie lesen, wenn Sie möchten.« Sie zeigte mir ein Buch mit dem Titel *Raymond Blythe in Milderhurst*.

»Ich nehme es«, sagte ich und gab ihr zehn Pfund. »Und den *Modermann*.«

Ich war mit meiner braunen Papiertüte schon fast aus der Tür, als sie mir nachrief: »Wenn Sie das so sehr interessiert, sollten Sie vielleicht eine Besichtigung machen.«

»Im Schloss?« Ich schaute zurück in den schummrigen Laden.

»Am besten, Sie wenden sich an Mrs. Bird. In der ›Home Farm‹, der Pension in der Tenterden Road.«

Ich musste ein paar Kilometer in die Richtung fahren, aus der ich gekommen war, um zu der Pension zu gelangen, einem schindelverkleideten Bauernhaus mit einem großen, üppig blühenden Garten, in dessen hinterem Teil sich weitere Gebäude erahnen ließen. Zwei kleine Gauben ragten aus dem Dach, und um den hohen Backsteinkamin flatterten ein paar weiße Tauben. Die bleiverglasten Fenster standen offen, um die warme Luft hereinzulassen, und die rautenförmigen Scheiben blinzelten in der Nachmittagssonne.

Ich parkte unter einer gewaltigen Esche, deren ausladende Äste einer Seite des Hauses Schatten spendeten, dann stapfte ich durch ein sonnenverwöhntes Blumengewirr: duftender Jasmin, Rittersporn und Glockenblumen, die sich über den Rand des mit Backsteinen gepflasterten Wegs ergossen. Zwei fette weiße Gänse watschelten vorbei, ohne mich auch nur eines Blickes zu würdigen, als ich aus dem gleißenden Licht in einen schummrigen Raum trat. An den Wänden hingen Schwarz-Weiß-Fotografien vom Schloss und den dazugehörenden Ländereien, alle, laut Bildunterschrift, aufgenommen für die Zeitschrift *Country Life* im Jahr 1910. An der hinteren Wand erwarteten mich ein Tresen mit einem goldglänzenden Schild, das »Rezeption« verkündete, und eine kleine, füllige Frau in einem königsblauen Leinenkostüm.

»Ah, Sie müssen die junge Frau aus London sein.« Sie blinzelte hinter einer Hornbrille und lächelte, als sie meine Verwirrung bemerkte. »Alice aus dem Buchladen hat angerufen und mir Bescheid gesagt, dass Sie kommen würden. Sie haben sich ja richtig beeilt. Bird meinte, Sie würden mindestens eine Stunde brauchen.«

Ich warf einen Blick auf den gelben Kanarienvogel in dem prunkvollen Käfig, der hinter ihr von der Decke hing.

»Er wollte schon zu Mittag essen, aber ich habe zu ihm gesagt, Sie würden wahrscheinlich genau in dem Moment hier ankommen, wenn ich die Tür zumache und das Schild raushänge.« Sie lachte ein heiseres Raucherlachen, das tief aus ihrer Kehle kam. Ich hatte sie auf Ende fünfzig geschätzt, aber dieses Lachen gehörte einer viel jüngeren, viel durchtriebeneren Frau, als der erste Eindruck vermittelte. »Alice sagt, Sie interessieren sich für das Schloss.«

»Richtig. Ich habe erwähnt, dass ich das Schloss gern besichtigen würde, und da hat sie mich hierhergeschickt. Muss ich mich irgendwo anmelden?«

»Meine Güte, nein. So offiziell ist das alles nicht, ich mache die Führungen selbst.« Ihr stolzgeschwellter Busen bebte im Leinenjackett. »Das heißt, früher.«

»Früher?«

»Aber ja, und zwar mit Begeisterung. Anfangs haben die Damen Blythe das natürlich selbst gemacht. In den Fünfzigerjahren haben sie damit angefangen, um die Instandhaltungskosten aufzubringen und sich vor der Übernahme durch den National Trust zu schützen – mit denen will Miss Percy nichts zu tun haben, das kann ich Ihnen versichern –, aber vor ein paar Jahren wurde es dann alles ein bisschen zu viel. Jeder hat seine Grenzen, und als Miss Percy nicht mehr konnte, war es mir eine große Freude, für sie einzuspringen. Eine Zeit lang habe ich pro Woche fünf Führungen gemacht, aber heutzutage gibt es kaum noch Besucher. Anscheinend ist der alte Kasten in Vergessenheit geraten.« Sie sah mich fragend an, als könnte ich ihr die Launen des Menschengeschlechts erklären.

»Also, ich würde mir das Schloss sehr gern von innen ansehen«, sagte ich freudig, hoffnungsvoll, vielleicht sogar ein bisschen ungeduldig.

Mrs. Bird blinzelte hinter ihrer runden Brille. »Selbstverständlich, meine Liebe, und ich würde es Ihnen auch gern zeigen, aber ich fürchte, es gibt keine Besichtigungen mehr.«

Ich war so enttäuscht, dass es mir einen Moment lang die Sprache verschlug. »Oh«, brachte ich mit Mühe heraus. »Ach so.«

»Es ist wirklich eine Schande, aber Miss Percys Entschluss steht fest. Sie sagt, sie ist es leid, ihr Haus zu öffnen, nur damit rücksichtslose Touristen überall ihren Abfall verteilen. Tut mir leid, dass Alice Ihnen eine falsche Information gegeben hat.« Sie hob ratlos die Schultern. Es entstand ein verlegenes Schweigen.

Ich wollte mich schon höflich in mein Schicksal fügen, aber jetzt, wo ich die Aussicht dahinschwinden sah, Schloss Milderhurst von innen zu sehen, gab es plötzlich nichts mehr, was ich mir dringender wünschte. »Es ist nur … ich bin eine so große Bewunderin von Raymond Blythe«, hörte ich mich sagen. »Ich glaube, wenn ich nicht als Kind den *Modermann* gelesen hätte, wäre ich nie in einem Verlag gelandet. Wäre es nicht möglich … ich meine, könnten Sie nicht ein gutes Wort für mich einlegen und den Besitzerinnen versichern, dass ich nicht zu den Leuten gehöre, die Abfall in ihrem Haus verteilen?«

»Na ja …« Sie runzelte die Stirn und überlegte. »Das Schloss ist eine Augenweide, und Miss Percy ist äußerst stolz auf ihren Familiensitz … Sie arbeiten in einem Verlag, sagten Sie?«

Unbeabsichtigt hatte ich das Zauberwort ausgesprochen. Mrs. Bird gehörte zu einer Generation, für die das Wort »Verlag« eine Ehrfurcht gebietende Aura besaß. Mein winziger, mit Papier übersäter Arbeitsplatz und mein bescheidenes Gehalt taten nichts zur Sache. Ich klammerte mich an diese Gelegenheit wie eine Ertrinkende an ein Floß: »Billing & Brown, Verlag und Druckerei, Notting Hill.« Plötzlich fielen mir die Visitenkarten ein, die Herbert mir anlässlich der kleinen Beförderungsparty überreicht hatte. Ich hatte nie welche bei mir, jedenfalls nicht aus beruflichen Gründen, aber sie waren praktisch als Lesezeichen, und so konnte ich schnell eine aus *Jane Eyre* herauszupfen, dem Buch, das ich immer in der Tasche habe für den Fall, dass ich mal irgendwo Schlange stehen muss. Ich überreichte die Karte wie einen Hauptgewinn.

»Stellvertretende Verlagsleiterin«, las Mrs. Bird und musterte mich über ihre Brille hinweg. »Na so was.« Ich glaube nicht, dass ich mir den ehrfürchtigen Ton eingebildet habe, der jetzt in ihrer Stimme mitschwang. Sie spielte mit dem Daumen an einer Ecke der Karte, presste die Lippen zusammen und nickte schließlich entschlossen. »Also gut. Geben Sie mir ein paar Minuten, dann rufe ich bei den alten Damen an. Vielleicht kann ich sie ja dazu überreden, mich heute Nachmittag für Sie eine kleine Führung machen zu lassen.«

Während Mrs. Bird leise in einen altmodischen Telefonhörer sprach, setzte ich mich in einen Sessel mit tiefer Knopfpolsterung und öffnete das braune Päckchen mit meinen neuen Büchern. Ich zog den *Modermann* hervor und strich mit den Händen über den glänzenden Umschlag. Es stimmte, was ich gesagt hatte – auf die eine oder andere Weise hatte die Begegnung mit Raymond Blythes Geschichte mein ganzes Leben bestimmt. Als ich das Buch in den Händen hielt, lief mir ein Schauer über den Rücken, und ich wusste ganz genau, wer ich war.

Das Bild auf dem Deckel war dasselbe wie bei der Ausgabe der West-Barnes-Bücherei, die meine Mutter vor fast zwanzig Jahren mitgebracht hatte. Ich lächelte und nahm mir fest vor, es ihr zu schicken, sobald ich nach Hause kam. Endlich würde eine zwanzig Jahre alte Schuld beglichen.

Denn als ich wieder gesund war und den *Modermann* in die Bücherei hätte zurückbringen müssen, war das Buch nicht mehr da. Meine Mutter suchte wie verrückt, während ich beteuerte, es sei mir ein Rätsel, aber es blieb spurlos verschwunden, es befand sich auch nicht in dem Chaos unter meinem Bett, wo sich sonst fast alles fand, was vermisst wurde. Nachdem wir alle Ecken und Winkel ergebnislos durchstöbert hatten, wurde ich zur Bücherei abgeführt, um mein Geständnis abzulegen. Meine arme Mutter erntete einen vernichtenden Blick von Miss Perry und wäre vor Scham fast gestorben, aber ich war zu sehr erfüllt von dem köstlichen Gefühl des Besitzes, um Schuld zu empfinden. Es war der erste und einzige Diebstahl, den ich je begangen habe, aber daran ließ sich nichts ändern; das Buch und ich gehörten einfach zusammen.

Mrs. Birds Telefonhörer landete mit einem lauten Knall auf der Gabel, und ich zuckte zusammen. Aus ihrem Gesichtsausdruck schloss ich, dass sie schlechte Nachrichten für mich hatte. Ich stand auf und humpelte zum Tresen – mein linker Fuß war eingeschlafen.

»Eine der Schwestern ist leider nicht wohlauf«, sagte Mrs. Bird.

»Ach?«

»Die jüngste, sie hat einen Rückfall erlitten, der Arzt ist unterwegs, um nach ihr zu sehen.«

Ich bemühte mich, mir meine Enttäuschung nicht anmerken zu lassen. Es gehörte sich nicht, ungehalten zu reagieren, wenn eine alte Dame erkrankt war. »Wie bedauerlich. Es ist hoffentlich nichts Ernstes.«

Mrs. Bird wischte meine Bedenken fort wie eine harmlose, wenn auch lästige Fliege. »Es geht ihr bestimmt bald wieder gut. Das ist nicht das erste Mal. Sie hat diese Anfälle seit ihrer Kindheit.«

»Anfälle?«

»Verlorene Zeit, so hat man das damals genannt. Zeit, an die sie sich nicht erinnern konnte, meistens, wenn sie sich sehr aufgeregt hat. Es hat etwas mit dem Herzrhythmus zu tun – zu schnell, zu langsam, genau weiß ich es nicht mehr, aber sie wird ohnmächtig und kann sich hinterher nicht mehr erinnern, was sie getan hat.« Noch etwas schien ihr auf der Zunge zu liegen, doch sie presste die Lippen zusammen und sprach es nicht aus. »Ihre älteren Schwestern werden heute alle Hände voll zu tun haben und wollen nicht gestört werden, aber sie möchten Sie nur ungern abweisen. Das Haus braucht Besucher, sagen sie. Sind schon sonderbar, die beiden. Denn normalerweise sind sie nicht gerade erpicht auf Besuch. Aber wahrscheinlich wird es wohl doch ziemlich eintönig, wenn sie immer nur allein dort herumgeistern. Sie schlagen stattdessen morgen am späten Vormittag vor.«

Ein Anflug von Unruhe überkam mich. Ich hatte eigentlich nicht vor, über Nacht zu bleiben, aber der Gedanke, wieder abzufahren, ohne das Schloss von innen gesehen zu haben, machte mich plötzlich kreuzunglücklich. Vor Enttäuschung hatte ich einen Kloß im Hals.

»Wir haben ein Zimmer frei, wenn Sie möchten«, sagte Mrs. Bird. »Das Abendessen ist im Preis inbegriffen.«

Ich musste am Wochenende einiges aufarbeiten, Herbert brauchte sein Auto, um am nächsten Nachmittag nach Windsor zu fahren, und ich gehöre nicht zu den Menschen, die sich aus einer Laune heraus entschließen, an einem fremden Ort zu übernachten.

»Einverstanden«, sagte ich. »Dann also morgen Vormittag.«

## Raymond Blythe in Milderhurst

Während Mrs. Bird die Formalitäten erledigte und die Angaben von meiner Visitenkarte abschrieb, entfernte ich mich, ein paar Floskeln murmelnd, und ging zur Hintertür, um einen Blick nach draußen zu werfen. Das Haus und einige Nebengebäude umschlossen einen Hof: eine Scheune, ein Taubenhaus und ein Bau mit einem konischen Dach, von dem ich später erfuhr, dass es sich um ein Malzhaus handelte. In der Mitte befand sich ein runder Teich. Die beiden großen Gänse glitten majestätisch über das von der Sonne gewärmte Wasser, während die kleinen Wellen, die sie machten, einander zu den mächtigen Ufersteinen jagten. Auf der anderen Seite inspizierte ein Pfau den Rand eines sauber getrimmten Rasens, hinter dem sich eine von Wildblumen gesprenkelte Wiese bis zu einer in der Ferne sichtbaren Gartenlandschaft erstreckte. Eingerahmt von der Tür, in der ich stand, wirkte die sonnenbeschienene Landschaft wie ein Schnappschuss von einem längst vergangenen Frühlingstag, der wieder zum Leben erwacht war.

»Großartig, nicht wahr?«, sagte Mrs. Bird plötzlich hinter mir. Ich hatte sie gar nicht kommen hören. »Haben Sie schon mal von Oliver Sykes gehört?«

Als ich den Kopf schüttelte, nickte sie, erfreut, mich aufklären zu können: »Das war ein Architekt, er war zu seiner Zeit sehr berühmt. Und ziemlich exzentrisch. Er hatte ein Haus oben in Sussex, Pembroke Farm, aber Anfang des zwanzigsten Jahrhunderts, kurz nachdem Raymond Blythe zum ersten Mal geheiratet hatte und mit seiner Frau von London hierhergezogen war, hat er ein paar Umbauarbeiten am Schloss vorgenommen. Es war einer seiner letzten Aufträge, bevor er zu seiner Kavalierreise auf den Kontinent aufgebrochen ist. Er hat einen runden Teich anlegen lassen, wie unseren hier, nur größer, und er hat den Schlossgraben komplett umgestaltet und daraus ein riesiges, ringförmiges Schwimmbad für Mrs. Blythe gemacht. Sie war eine ausgezeichnete Schwimmerin, heißt es, sehr sportlich. Dem Wasser hat man eine Chemikalie beigegeben …« Sie legte einen Finger an die Wange und runzelte die Stirn. »Gott, wie hieß die noch?« Sie ließ die Hand sinken und rief: »Bird?«

»Kupfersulfat«, antwortete eine geisterhafte männliche Stimme.

Ich schaute wieder nach dem Kanarienvogel, der in seinem Käfig nach Körnern suchte, dann betrachtete ich die Bilder an den Wänden.

»Ja, ja, natürlich«, fuhr Mrs. Bird unbeirrt fort. »Kupfersulfat, damit es azurblau aussah.« Ein Seufzer. »Aber das ist schon lange her. Leider hat man Mr. Sykes' Schlossgraben schon vor Jahrzehnten aufgefüllt. Der Teich gehört nur noch den Gänsen, er ist völlig veralgt und verdreckt.« Sie gab mir einen schweren Messingschlüssel und tätschelte mir die Hand. »Morgen gehen wir zusammen zum Schloss. Es ist gutes Wetter vorhergesagt, und von der zweiten Brücke aus hat man eine fantastische Aussicht. Wollen wir uns hier um zehn Uhr treffen?«

»Du hast morgen früh einen Termin beim Vikar, Liebling.« Wieder ertönte diese geduldige, warme Stimme, aber diesmal entdeckte ich, wo sie herkam. Aus einer kleinen, kaum sichtbaren Tür hinter dem Empfangstresen.

Mrs. Bird schürzte die Lippen und dachte über diese rätselhafte Änderung ihrer Pläne nach. Schließlich nickte sie langsam. »Bird hat recht. Wie schade aber auch.«

Dann hellte sich ihre Miene wieder auf.

»Macht nichts. Ich lasse Ihnen eine Wegbeschreibung da, sehe zu, dass ich meinen Termin so schnell wie möglich hinter mich bringe, und dann treffen wir uns am Schloss. Wir werden nur eine Stunde bleiben. Mehr möchte ich den Damen nicht zumuten, sie sind schon sehr alt.«

»Eine Stunde ist mir recht.« So konnte ich mittags schon wieder unterwegs nach London sein.

Das Zimmer war winzig, mit einem Vierpfostenbett, das raumgreifend in der Mitte prangte, einem schmalen Schreibtisch unter dem Bleiglasfenster und sonst wenig Komfort. Aber die Aussicht war umwerfend. Das Zimmer befand sich im nach hinten gelegenen Teil des Hauses, und vom Fenster aus sah man die Wiese, die ich durch die Hintertür erspäht hatte. Aber vor allem hatte man von hier aus einen wesentlich besseren Blick auf den Hügel, der sich zum Schloss hin erhob, und über dem Wald konnte ich so gerade den in den Himmel aufragenden Turm erkennen.

Auf dem Schreibtisch lag eine säuberlich gefaltete karierte Picknickdecke, und daneben stand ein mit Obst gefüllter Korb. Plötzlich überkam mich Heißhunger. Es war ein milder Tag, die Umgebung war wunderschön, und so nahm ich mir eine Banane, klemmte mir die Decke unter den Arm und ging mit meinem neuen Buch, *Raymond Blythe in Milderhurst*, wieder nach unten.

Im Hof duftete es nach Jasmin, dessen weiße Blütenpracht sich über das Dach einer hölzernen Laube am Rand des Rasens ergoss. Riesige Goldfische schwammen träge in dem runden

Teich und neigten ihre dicken Körper hin und her, um die Nachmittagssonne zu grüßen. Die Stimmung war himmlisch, aber ich blieb nicht im Hof, denn eine kleine Baumgruppe lockte mich an, und so stapfte ich durch hohes Gras und Butterblumen über die Wiese. Es war zwar noch kein Sommer, aber der Tag war warm, die Luft trocken, und als ich die Bäume erreichte, hatten sich auf meinem Scheitel Schweißperlen gebildet.

Ich breitete die Decke an einer Stelle aus, wo das Sonnenlicht den Boden sprenkelte, und streifte die Schuhe ab. Irgendwo in der Nähe plätscherte ein Bach, und Bienensummen lag in der Luft. Die Decke duftete angenehm nach Waschmittel und zerdrücktem Gras, und als ich mich daraufsetzte, bildeten die langen Halme einen grünen Paravent um mich herum, sodass ich mich ganz allein fühlte.

Ich lehnte *Raymond Blythe in Milderhurst* gegen meine aufgestellten Knie und strich mit der Hand über den Buchdeckel. Mehrere Schwarz-Weiß-Fotos waren so arrangiert, als wären sie jemandem aus der Hand gefallen und dann fotografiert worden. Hübsche Kinder in altmodischer Kleidung, Picknicks an einem glitzernden Teich, ein paar Schwimmer, die vor dem Schlossgraben nebeneinander posierten, ernste Blicke von Menschen, für die es noch an Zauberei grenzte, dass man ihre Gesichter auf Papier bannen konnte.

Ich schlug die erste Seite auf und begann zu lesen.

### Kapitel 1: Der Mann aus Kent

*Manche behaupteten, der Modermann sei nie geboren worden, sondern immer da gewesen, so wie der Wind und die Bäume und die Erde; aber sie irrten sich. Alle Lebewesen werden geboren, alle Lebewesen haben ein Zuhause, und das war beim Modermann nicht anders.*

Es gibt Autoren, für die die Literatur eine Gelegenheit darstellt, unsichtbare Berge zu erklimmen und herrliche Fantasiereiche zu beschreiben. Für Raymond Blythe jedoch stellte die eigene häusliche Umgebung die wichtigste und dauerhafteste Quelle der Inspiration dar, sowohl in seinem Leben als auch in seinem Werk. Die Briefe und Artikel, die er im Lauf von siebzig Jahren verfasste, kreisen stets um ein und dasselbe Thema: Raymond Blythe war zweifellos ein heimatverbundener Mensch, für den das Land, das seine Vorfahren seit Generationen ihr Eigen nannten, einen Ort darstellte, wo er Ruhe, Zuflucht und letztlich seinen Glauben fand. Selten wurden die eigenen vier Wände eines Autors so eindeutig für fiktive Zwecke verwendet wie in Blythes Schauerroman für junge Menschen *Die wahre Geschichte vom Modermann*. Doch schon lange bevor er sein wichtigstes Werk schrieb, hatte das Schloss, das sich mitten in der Grafschaft Kent stolz auf seinem fruchtbaren Hügel erhob, umgeben von urbaren Feldern, dunklen, wispernden Wäldern und den Lustgärten, über denen das Schloss heute noch thront, dazu beigetragen, aus Raymond Blythe den Mann zu machen, der er später sein sollte.

Raymond Blythe wurde am heißesten Tag des Sommers 1866 in einem Zimmer im zweiten Stock von Schloss Milderhurst geboren. Er war das erste Kind von Robert und Athena Blythe und wurde nach seinem Großvater väterlicherseits benannt, der seinen Reichtum auf den Goldfeldern Kanadas erworben hatte. Raymond war der älteste von vier Brüdern, von denen der jüngste, Timothy, während eines heftigen Gewitters im Jahr 1876 auf tragische Weise ums Leben kam. Athena Blythe, die sich als Lyrikerin einen gewissen Ruf erwarb, war untröstlich über den

Tod ihres jüngsten Sohnes und versank, so hieß es, kurz nach der Beerdigung des Kindes in eine tiefe Depression, von der sie sich nie wieder erholte. Sie nahm sich das Leben, indem sie vom Turm von Schloss Milderhurst sprang, und ließ ihren Mann, ihre Dichtung und ihre drei kleinen Söhne zurück.

Auf der gegenüberliegenden Seite befand sich ein Foto von einer schönen Frau mit kunstvoll arrangiertem dunklen Haar, die sich aus einem Fenster lehnt und vier kleine, der Größe nach aufgereihte Jungen betrachtet. Das Foto war auf das Jahr 1875 datiert und besaß die Unschärfe, die so typisch ist für viele frühe Amateurfotos. Der kleinste Junge, Timothy, muss sich bewegt haben, als die Aufnahme gemacht wurde, denn sein lächelndes Gesicht war verschwommen. Der arme Kleine, er ahnte nicht, dass er nur noch wenige Monate leben würde.

Ich überflog die nächsten Absätze – unnahbarer viktorianischer Vater, Schulzeit in Eton, ein Stipendium für Oxford –, bis Raymond Blythe das Erwachsenenalter erreicht.

Nachdem er 1887 sein Studium in Oxford abgeschlossen hatte, zog Raymond Blythe nach London, wo er zunächst als Autor für das Magazin *Punch* arbeitete. Im Lauf des folgenden Jahrzehnts veröffentlichte er zwölf Theaterstücke, zwei Romane und eine Sammlung mit Kindergedichten, aber aus seinen Briefen geht hervor, dass er trotz seines literarischen Erfolgs in London unglücklich war und sich nach der grünen Landschaft seiner Kindheit zurücksehnte.

Es ist anzunehmen, dass das Stadtleben für Raymond Blythe erträglicher wurde, nachdem er 1895 Miss Muriel Palmerston geheiratet hatte, eine allseits bewunderte junge

Frau, von der es hieß, sie sei »die hübscheste Debütantin des Jahres«, und in der Tat lassen seine Briefe aus jener Zeit auf einen deutlichen Sinneswandel schließen. Raymond Blythe wurde Miss Palmerston von einem gemeinsamen Bekannten vorgestellt, und nach allem, was man darüber weiß, passten die beiden gut zusammen. Sie teilten dieselben Interessen, Aktivitäten an der frischen Luft, Wortspiele und Fotografie, und gaben ein ausnehmend hübsches Paar ab, das regelmäßig die Klatschspalten der Tageszeitungen zierte.

Nach dem Tod des Vaters im Jahr 1898 erbte Raymond Blythe Schloss Milderhurst und kehrte mit Muriel nach Kent zurück, um sich dort niederzulassen. Viele Berichte aus jener Zeit lassen vermuten, dass die beiden sich schon lange Kinder wünschten, und als sie nach Milderhurst zogen, brachte Raymond Blythe in seinen Briefen recht offen seine Bekümmernis darüber zum Ausdruck, dass er immer noch nicht Vater geworden war. Das Elternglück sollte jedoch noch einige Jahre auf sich warten lassen. Noch 1905 äußerte Muriel Blythe in einem Brief an ihre Mutter die Sorge, dass ihr und Raymond letztlich der »Kindersegen verwehrt bleiben« könnte. Es muss sie mit großer Freude erfüllt haben und sicherlich auch mit Erleichterung, als sie nur vier Monate nach diesem Brief erneut an ihre Mutter schrieb, um ihr mitzuteilen, dass sie endlich »guter Hoffnung« war. Nach einer schwierigen Schwangerschaft, während der sie über längere Zeit ans Bett gefesselt war, brachte Muriel im Januar 1906 Zwillingstöchter zur Welt. In Briefen an seine beiden Brüder beschreibt Raymond Blythe diesen Augenblick als den glücklichsten seines Lebens, und die zahlreichen Fotos im Familienalbum legen Zeugnis ab von seinem Vaterstolz.

Auf den nächsten beiden Seiten befanden sich lauter Fotos von zwei kleinen Mädchen. Sie sahen sich natürlich zum Verwechseln ähnlich, aber eins der beiden Mädchen war kleiner und zarter als das andere und schien etwas weniger selbstbewusst zu lächeln. Auf dem letzten Foto saß ein Mann mit welligem Haar und einem freundlichen Gesicht in einem Sessel, auf jedem Knie ein Kleinkind im Spitzenkleidchen. Etwas an ihm – das Funkeln in seinen Augen vielleicht oder die Art, wie er zärtlich jedem Kind eine Hand auf den Arm gelegt hatte – drückte seine tiefe Liebe zu den beiden aus, und als ich das Foto näher betrachtete, fiel mir auf, dass es aus dieser Zeit kaum Aufnahmen gibt, auf denen ein Vater in einer so simplen häuslichen Situation zu sehen ist, wo er einfach nur seine kleinen Töchter vergöttert. Ich hatte Raymond Blythe bereits ins Herz geschlossen, als ich weiterlas.

Aber das Glück sollte nicht von Dauer sein. Muriel Blythe starb an einem Winterabend des Jahres 1910, als ein Stück roter Glut aus dem offenen Kamin sprang, an dem sie saß, und in ihrem Schoß landete. Ihr Reifrock fing sofort Feuer, und sie stand lichterloh in Flammen, bevor jemand ihr zu Hilfe eilen konnte. Der Brand vernichtete den Ostturm des Schlosses und die große Bibliothek der Familie Blythe. Mrs. Blythe erlitt schwerste Verbrennungen, und obwohl sie in feuchte Tücher gewickelt und von den besten Ärzten behandelt wurde, erlag sie einen Monat später ihren schrecklichen Verletzungen.

Raymond Blythes Trauer um seine Frau war so groß, dass er nach ihrem Tod jahrelang keinen einzigen Text veröffentlichte. Einige Quellen behaupten, er habe an Schreibhemmung gelitten, andere glauben, dass er sein Arbeitszimmer verriegelte, das er erst wieder betrat, als er mit der Arbeit an seinem bis heute berühmten Roman *Die wahre Geschichte vom Modermann* begann, entstanden 1917 in einer Phase intensiver Schreibtätigkeit. Obwohl das Buch gemeinhin als Jugendlektüre gilt, sehen einige Kritiker in der Geschichte eine Allegorie des Ersten Weltkriegs, dem so viele junge Leben auf den schlammigen Schlachtfeldern in Frankreich zum Opfer gefallen sind; vor allem werden Parallelen gezogen zwischen dem Modermann und den Scharen von Soldaten, die nach dem grauenhaften Gemetzel versuchen, in die Heimat und zu ihren Familien zurückzukehren. Raymond Blythe selbst wurde 1916 in Flandern verwundet und als Invalide nach Milderhurst zurückgebracht, wo er noch lange auf die Hilfe mehrerer Pflegerinnen angewiesen war. Die unbekannte Identität des Modermanns und die Suche des Erzählers nach dessen ursprünglichem Namen und seinen Lebensdaten, nach seinem Platz in der Geschichte, werden häufig als Allegorie auf die vielen unbekannten Gefallenen des Ersten Weltkriegs gedeutet und auf das Gefühl der Heimatlosigkeit, an dem Raymond Blythe möglicherweise nach seiner Heimkehr litt.

Trotz zahlreicher wissenschaftlicher Abhandlungen über das Thema bleibt die Wahrheit über die Entstehung vom *Modermann* ein Rätsel. Raymond Blythe hat sich bekanntlich nur sehr zurückhaltend dazu geäußert, was ihn zu dem Roman inspiriert hat, und sagte nur, es sei ein »Geschenk« gewesen, dass »die Muse« ihn »geküsst« habe und dass die Geschichte ihm plötzlich als Ganzes vor Augen gestanden habe. Vielleicht ist gerade das der Grund, wieso der *Modermann* bis heute nichts von seiner Faszination verloren hat, ja geradezu zu einer modernen Legende wurde. Über die Entstehung und die Vorgeschichte des Romans wird in literaturwissenschaftlichen Kreisen nach wie vor lebhaft diskutiert, aber was die Geschichte inspiriert hat, gehört immer noch zu den literarischen Rätseln des zwanzigsten Jahrhunderts.

Ein literarisches Rätsel. Ein Schauder kroch mir über den Rücken, als ich die Worte atemlos wiederholte. Ich liebte den *Modermann* wegen der Geschichte und wegen der Gefühle, die die Worte und Wendungen in mir auslösten, wenn ich sie las, aber zu wissen, dass die Entstehung der Geschichte geheimnisumwittert war, machte die ganze Sache noch besser.

Raymond Blythe hatte als Autor bereits in hohem Ansehen gestanden, aber der ungeheure literarische und kommerzielle Erfolg von *Die wahre Geschichte vom Modermann* stellte sein bisheriges Werk in den Schatten, und von da an war er nur noch bekannt als der Autor eines der Lieblingsbücher der Nation. Die Aufführung des *Modermann* als Theaterstück im Londoner West End im Jahr 1924 bescherte ihm ein noch größeres Publikum, aber obwohl seine Leser ihn immer wieder darum baten, weigerte sich Raymond Blythe beharrlich, eine Fortsetzung zu schreiben. Ursprünglich war der Roman Blythes Töchtern Persephone und Seraphina gewidmet, aber in späteren Ausgaben wurden in einer zweiten Zeile die Initialen seiner beiden Ehefrauen hinzugefügt: MB und OS.

Denn parallel zu seinem beruflichen Erfolg war Raymond Blythe auch in privater Hinsicht ein neues Glück beschieden. 1919 hatte er wieder geheiratet, eine Frau namens Odette Silverman, die er in Bloomsbury auf einer Party bei Lady Londonderry kennengelernt hatte. Miss Silverman stammte aus sehr einfachen Verhältnissen, aber ihr Talent als Harfenistin verschaffte ihr Zugang zu gesellschaftlichen Kreisen, die ihr andernfalls unzugänglich gewesen wären. Die Verlobungszeit war sehr kurz, und die Heirat verursachte einen kleinen Skandal wegen des fortgeschrittenen Alters des Bräutigams und der Jugend der Braut – er war über fünfzig und sie erst achtzehn und damit nur fünf Jahre älter als seine Töchter aus erster Ehe – und aufgrund ihrer unterschiedlichen Herkunft. Es ging das Gerücht, Odette Silverman habe Raymond Blythe mit ihrer Jugend und Schönheit den Kopf verdreht. Das Paar wurde feierlich in der Kapelle von Milderhurst getraut, die seit der Beerdigung von Muriel Blythe zum ersten Mal wieder geöffnet wurde.

1922 brachte Odette eine Tochter zur Welt. Das Kind wurde auf den Namen Juniper getauft, und auf den zahlreichen Fotos, die aus jener Zeit existieren, ist zu sehen, wie blond und hellhäutig die kleine Juniper war. Trotz scherzhafter Bemerkungen darüber, dass immer noch kein Stammhalter da war, spricht aus Raymond Blythes Briefen seine große Freude über den Familienzuwachs. Leider war auch diesmal das Glück nur kurzlebig, Gewitterwolken ballten sich bereits am Horizont. Im Dezember 1924 starb Odette an Komplikationen im frühen Stadium einer zweiten Schwangerschaft.

Erwartungsvoll blätterte ich weiter, um mir die Fotos anzusehen. Auf dem ersten war Juniper Blythe vielleicht vier Jahre alt. Sie saß mit ausgestreckten Beinen da, die Füße über Kreuz. Ihre Füße waren nackt, und an ihrem Gesichtsausdruck ließ sich erkennen, dass man sie in einem Augenblick stiller Nachdenklichkeit überrascht hatte – und dass sie sich nicht darüber freute. Sie schaute mit ihren mandelförmigen Augen, die ein ganz klein wenig zu weit auseinanderstanden, in die Kamera.

Zusammen mit ihrem feinen, blonden Haar, den Sommersprossen auf ihrer Stupsnase und dem kleinen Schmollmund erzeugten diese Augen eine Aura zu früh erworbenen Wissens.

Auf dem nächsten Foto war Juniper als junge Frau zu sehen, so als wäre dazwischen keine Zeit vergangen, und dieselben katzenartigen Augen schauten jetzt aus einem Erwachsenengesicht in die Kamera. Es war ein Gesicht von großer, wenn auch eigenwilliger Schönheit. Ich erinnerte mich an die Beschreibung meiner Mutter, wie die anderen Frauen Platz gemacht hatten, als Juniper den Gemeindesaal betrat, die Atmosphäre, die sie um sich her verbreitete. Als ich jetzt das Foto betrachtete, konnte ich mir das gut vorstellen. Sie wirkte neugierig und geheimnisvoll, zerstreut und wachsam zugleich. Ihre Züge, die Andeutung von Emotionalität und Intelligenz, ergaben ein faszinierendes Gesamtbild. Ich suchte in der Bildunterschrift nach dem Datum: April 1939. Das Jahr, in dem meine zwölfjährige Mutter sie kennenlernen sollte.

Nach dem Tod seiner zweiten Frau vergrub Raymond Blythe sich angeblich in seine Arbeit, aber abgesehen von einigen wenigen Kolumnen für die *Times* veröffentlichte er nie wieder eine Zeile von Bedeutung. Kurz vor seinem Tod arbeitete Blythe noch einmal an einem Buchprojekt. Dabei handelte es sich jedoch nicht, wie viele gehofft hatten, um eine Fortsetzung vom *Modermann*, sondern um eine umfängliche wissenschaftliche Abhandlung über die nichtlineare Beschaffenheit der Zeit, in der er sich über seine den Lesern vom *Modermann* bekannte Theorie ausließ, dass die Vergangenheit die Gegenwart durchdringen kann. Die Abhandlung wurde nie vollendet.

In seinen letzten Lebensjahren verschlechterte sich Blythes Gesundheitszustand zusehends, auch mental, denn er war davon überzeugt, dass der *Modermann* aus seiner berühmten Geschichte auferstanden sei, um ihn zu verfolgen und zu quälen. Wenn man an die Tragödien denkt, denen so viele seiner Lieben zum Opfer gefallen waren, war der Gedanke, mochte er auch abstrus sein, so unbegreiflich nicht, und nicht wenige Besucher des Schlosses teilten Blythes Ansicht. Natürlich entspricht es der allgemeinen Vorstellung, dass ein historisches Schloss von einem Spuk heimgesucht wird, und es ist begreiflich, dass ein so beliebter Roman wie *Die wahre Geschichte vom Modermann*, der sich innerhalb der Mauern von Schloss Milderhurst abspielt, dieser Vorstellung reichlich Nahrung bietet. Ende der Dreißigerjahre konvertierte Raymond Blythe zum Katholizismus, und in seinen letzten Lebensjahren war der Priester der einzige Besucher, den Blythe auf seinem Schloss noch empfing. Er starb am 4. April 1941, nach einem Sturz vom Burgturm, womit er dasselbe Schicksal erlitt wie seine Mutter fünfundsechzig Jahre zuvor.

Am Ende des Kapitels war ein weiteres Foto von Raymond Blythe abgedruckt. Es war ganz anders als das erste – der lächelnde junge Vater mit den Zwillingen auf den Knien –, und während ich es betrachtete, fiel mir mein Gespräch mit Alice im Buchladen wieder ein. Vor allem ihre Bemerkung, dass die psychischen Störungen, unter denen Juniper Blythe litt, in der Familie lagen. Denn dieser Raymond Blythe hatte nichts mehr von der zufriedenen Gelassenheit, die mich auf dem ersten Foto so berührt hatte. Im Gegenteil, er schien von Ängsten geplagt: In seinen Augen lag Argwohn, der Mund war angespannt, das Kinn verkrampft. Das Foto war auf das Jahr 1939 datiert, da war Raymond zweiundsiebzig, aber es war nicht allein das Alter, das die tiefen Furchen in sein Gesicht gegraben hatte. Je länger ich das

Foto betrachtete, umso mehr war ich davon überzeugt. Beim Lesen hatte ich den Eindruck, dass die Autorin es metaphorisch gemeint hatte, als sie Raymond Blythes Verfolgungswahn beschrieb, aber jetzt wurde mir klar, dass das nicht der Fall war. Der Mann auf dem Foto trug die angstverzerrte Maske anhaltender innerer Qualen.

Die Abenddämmerung senkte sich über das Land um mich herum, füllte die Senken zwischen den Hügeln und Wäldern von Milderhurst, glitt über die Wiesen und schluckte alles Licht. Das Foto von Raymond Blythe verschwamm in der Dunkelheit, und ich schlug das Buch zu. Aber ich machte mich nicht auf den Rückweg. Noch nicht. Ich gönnte mir noch einen Blick durch die Lücke zwischen den Bäumen auf das Schloss, das auf dem Hügel thronte, eine schwarze Masse unter einem tintenblauen Himmel. Mit klopfendem Herzen stellte ich mir vor, wie ich am nächsten Morgen seine Schwelle übertreten würde.

Die Figuren im Schloss waren an jenem Nachmittag für mich zum Leben erwacht, beim Lesen waren sie mir unter die Haut gekrochen, sodass ich das Gefühl hatte, sie schon immer gekannt zu haben. Obwohl mich der pure Zufall nach Milderhurst geführt hatte, fühlte es sich richtig an, dass ich hier war. Dasselbe hatte ich empfunden, als ich zum ersten Mal *Sturmhöhe* und *Jane Eyre* und *Bleak House* gelesen hatte. Als würde ich die Geschichte schon kennen, als würde sie etwas über die Welt bestätigen, das ich schon immer geahnt hatte, als hätte das Buch die ganze Zeit auf mich gewartet.

## Verklungene Stimmen eines Gartens

Wenn ich die Augen schließe, sehe ich immer noch den glitzernden Himmel vor mir: das klare, strahlende Blau, das sich über der frühsommerlichen Morgensonne wölbt. Wahrscheinlich ist mir dieses Detail in Erinnerung geblieben, weil bei meinem nächsten Besuch in Milderhurst Gärten, Wald und Felder in metallischen Herbsttönen leuchteten. Aber nicht an jenem Tag. An jenem Tag wurde alles neu geboren. Die Luft war erfüllt von Vogelgezwitscher und Bienengesumm, und die wunderbar warme Sonne zog mich den Hügel hinauf zum Schloss.

Ich ging und ging, bis ich, als ich schon fürchtete, mich in dem endlosen Wald zu verlaufen, durch ein verrostetes Tor trat und einen verwahrlosten Badeteich vor mir sah. Er war kreisrund und hatte einen Durchmesser von mindestens zehn Metern. Das musste der Teich sein, von dem Mrs. Bird mir erzählt hatte, entworfen von Oliver Sykes, als Raymond Blythe seine erste Frau mit ins Schloss gebracht hatte. Natürlich ähnelte er seinem kleinen Bruder unten am Bauernhaus, und doch sprangen mir sofort die Unterschiede ins Auge. Während Mrs. Birds Teich munter in der Sonne glitzerte und der Rasen bis an die Randsteine heran sorgfältig geschnitten war, hatte man diesen Teich hier schon lange sich selbst überlassen. Die Randsteine waren von Moos überzogen, einige waren sogar herausgebrochen, und in den Lücken hatten sich Sumpfdotterblumen und Margeriten angesiedelt, die gelben und weißen Köpfchen zur Sonne geneigt. Auf dem Wasser schoben sich wuchernde Seerosenblätter übereinander, die von einer Brise aufgefächert wurden, sodass der Teich aussah wie ein gigantischer schuppiger Fisch. Ein riesenwüchsiges Tier, eine exotische Anomalie.

Ich konnte nicht bis auf den Grund des Teichs sehen, jedoch seine Tiefe erahnen, denn am gegenüberliegenden Ende befand sich ein Sprungbrett. Das hölzerne Brett war verwittert und geborsten, die Federn waren verrostet, und es grenzte an ein Wunder, dass das Ding noch nicht in sich zusammengebrochen war. Vom Ast eines ausladenden Baums hing eine hölzerne Schaukel an zwei Seilen, erstarrt in der Umklammerung von Dornenranken, die bis in die Krone geklettert waren.

Die Ranken hatten sich nicht mit den Seilen begnügt: Sie hatten sich munter und ungehindert auf dieser seltsamen, verlassenen Lichtung ausgebreitet. Durch das unbezähmbare Gestrüpp hindurch erspähte ich einen kleinen gemauerten Pavillon – wahrscheinlich ein Umkleidehäuschen –, dessen kuppelförmiger Dachaufbau über dem Grün emporragte. Die Tür war mit einem verrosteten Vorhängeschloss gesichert, und die Fenster, soweit sichtbar, waren mit einer dicken Schmutzschicht überzogen, die sich nicht wegwischen ließ. Auf der Rückseite jedoch war eine Scheibe eingeschlagen, und zwischen den Scherben hindurch, an deren spitzester ein graues Pelzbüschel aufgespießt war, konnte ich ins Innere lugen. Was ich mir natürlich nicht entgehen ließ.

Staub, so dick, dass ich ihn riechen konnte, jahrzehntealter Staub, der den Boden und alles andere bedeckte. Der Raum war ungleichmäßig beleuchtet, was den Fenstern der Dachkuppel zu verdanken war, deren Läden schief an den Scharnieren hingen oder abgerissen waren und auf dem Boden lagen. In den Lücken schwebten Staubfäden, die sich in schmalen Lichtstreifen zu Bändern wanden. In einem Regal lagen ordentlich gefaltete Handtücher, deren Farbe unmöglich zu erraten war, und an der gegenüberliegenden Wand trug eine stilvolle Tür ein Schild mit der Aufschrift: »Umkleideraum«. Ein hauchdünner, rosafarbener Vorhang flatterte gegen einen Stapel Liegestühle, ein seit Gott weiß wie langer Zeit von niemandem beobachtetes Schauspiel.

Als ich vom Fenster wegtrat, nahm ich plötzlich das Geräusch meiner Schuhe auf dem trockenen Laub wahr. Eine unheimliche Stille lag über der Lichtung, nur unterbrochen vom sanften Rascheln der Seerosenblätter, und einen flüchtigen Moment lang konnte ich mir vorstellen, wie es hier ausgesehen haben musste, als alles noch neu war. Die allgemeine Verwilderung wich einem exquisiten Anblick: lachende Menschen in altmodischen Badekostümen, die auf ihren Handtüchern lagen, an Erfrischungsgetränken nippten, erwartungsvoll auf dem Sprungbrett federten, um schließlich ins kühle Nass zu tauchen …

Und dann war das Bild verschwunden. Ein Blinzeln und ich stand wieder allein vor dem überwucherten Pavillon. Der Ort strahlte eine Atmosphäre unsagbarer Trauer aus. Warum, fragte ich mich, hatte man den Badeteich sich selbst überlassen? Warum hatten die letzten Besitzer ihn aufgegeben, das Umkleidehäuschen verschlossen und sich nie wieder darum gekümmert? Die drei Schwestern Blythe waren zwar mittlerweile alte Damen, aber das waren sie ja nicht immer gewesen. In all den Jahren hatte es sicherlich manch heißen Sommer gegeben, ideal, um in dem Teich zu schwimmen …

Ich sollte Antworten auf meine Fragen finden, wenn auch noch nicht so bald. Auch andere Dinge würde ich erfahren, geheime Dinge, Antworten auf Fragen, von denen ich mir noch nicht die geringsten Vorstellungen machte. All das lag noch vor mir. Als ich an jenem Morgen in dem abseits gelegenen Garten von Schloss Milderhurst stand, schüttelte ich diese Gedanken einfach ab und konzentrierte mich auf die Aufgabe, die vor mir lag. Abgesehen davon, dass mich die Erforschung des Badeteichs meinem Besuch bei den Schwestern Blythe keinen Schritt näher brachte, hatte ich auch das unangenehme Gefühl, dass ich hier auf der Lichtung überhaupt nichts zu suchen hatte.

Ich las Mrs. Birds Wegbeschreibung noch einmal gründlich durch.

Genau wie ich angenommen hatte. Da stand nichts von einem Teich. Eigentlich hätte ich längst die Vorderfront erreicht und stattliche Säulen passiert haben müssen.

Allmählich beschlich mich ein mulmiges Gefühl.

Das hier war auf keinen Fall der südliche Rasen. Und Säulen waren auch nirgends zu sehen.

Zwar wunderte es mich nicht, dass ich mich verirrt hatte – das gelingt mir sogar im Hyde Park –, aber es war ausgesprochen ärgerlich. Die Zeit drängte, und wenn ich nicht zurückgehen und noch einmal von vorn anfangen wollte, blieb mir kaum etwas anderes übrig, als auf gut Glück weiter den Hügel hinaufzugehen. Auf der anderen Seite des Teichs gab es ein Tor und dahinter eine steile Steintreppe, die in den überwucherten Hügel gehauen war. Mindestens hundert Stufen, die ineinanderzusinken schienen wie nach einem gewaltigen Seufzer. Aber die Richtung stimmte, also machte ich mich auf den Weg. Es war eine simple Frage der Logik. Das Schloss und die Schwestern Blythe befanden sich irgendwo da oben: Wenn ich immer weiter hochstieg, würde ich irgendwann ans Ziel gelangen.

Die Schwestern Blythe, so nannte ich sie inzwischen wohl schon automatisch; es war bereits zu einem stehenden Begriff für mich geworden wie »die Brüder Grimm«. Merkwürdig, wie schnell sich manche Dinge so ergeben. Bis zu dem Tag, als Junipers Brief eintraf, hatte ich noch nie etwas von Schloss Milderhurst gehört, und jetzt zog es mich dorthin wie eine kleine Motte in eine große, helle Flamme. Angefangen hatte alles mit meiner Mutter, mit der überraschenden Nachricht von ihrer Evakuierung, dem geheimnisvollen Schloss mit dem schauerlichen Namen. Dann war die Verbindung zu Raymond Blythe dazugekommen – der Ort, an dem der *Modermann* entstanden war, unfassbar! Aber jetzt, als ich mich der Flamme langsam näherte, wurde mir bewusst, dass etwas Neues meinen Puls beschleunigte und mich erregte. Vielleicht lag es ja an dem, was ich gelesen hatte, oder daran, was Mrs. Bird mir am Morgen beim Frühstück erzählt hatte, auf jeden Fall waren es irgendwann vor allem die Schwestern Blythe selbst, die mich faszinierten.

Das Thema Geschwister hat mich eigentlich schon immer interessiert. Die Nähe, die zwischen ihnen herrscht, ich finde sie faszinierend und verstörend zugleich. Die gemeinsamen Gene, die zufällige und manchmal so ungerechte Verteilung des Erbguts, die Unentrinnbarkeit der Familienbande. Meine eigenen Erfahrungen in dieser Hinsicht sind gering. Aber auch ich hatte einmal einen Bruder, allerdings nur für sehr kurze Zeit. Bevor ich ihn richtig kennenlernen konnte, war er schon begraben, und bis ich genug begriffen hatte, um ihn vermissen zu können, waren seine Spuren längst sorgfältig beseitigt worden. Zwei Urkunden, eine über seine Geburt, eine über seinen Tod, in einem schmalen Ordner in einem Aktenschrank, ein kleines Foto in der Brieftasche meines Vaters und eins im Schmuckkästchen meiner Mutter waren alles, was noch sagen konnte: »Ich war hier!« Abgesehen davon gibt es noch die Erinnerungen und die

Trauer in den Köpfen meiner Eltern, aber sie teilen sie nicht mit mir.

Auch wenn es fast nichts Greifbares oder Erinnerungswürdiges gibt, womit ich ein Bild von Daniel heraufbeschwören könnte, so habe ich doch mein Leben lang dieses Band gespürt. Ein unsichtbarer Faden verbindet uns so selbstverständlich wie Tag und Nacht. So war es schon, als ich noch klein war. Ich war in meinem Elternhaus anwesend, er war abwesend. Unausgesprochene Sätze, die immer mitschwangen, wenn wir glücklich waren: *Wäre er doch auch bei uns*; und wenn ich sie enttäuschte: *Er hätte das nicht getan*; und wenn ein neues Schuljahr begann: *Da drüben, die Jungs, das wären seine Klassenkameraden.* Der entrückte Blick, der manchmal in den Augen meiner Eltern lag, wenn sie sich allein wähnten.

Ich behaupte nicht, dass meine Neugier auf die Schwestern Blythe viel, wenn überhaupt etwas, mit Daniel zu tun gehabt hätte. Jedenfalls nicht direkt. Aber ihre Geschichte war so schön: Zwei ältere Schwestern entsagen ihrem eigenen Leben, um sich ganz der Pflege ihrer jüngeren Schwester zu widmen. Ein gebrochenes Herz, ein verwirrter Verstand, eine unerwiderte Liebe. All das führte dazu, dass ich mich fragte, wie alles hätte sein können und ob Daniel jemand gewesen wäre, für den ich mein Leben geopfert hätte. Sie gingen mir nicht mehr aus dem Kopf, diese drei Schwestern, die derart miteinander verbunden waren. Sie wurden gemeinsam älter und verbrachten ihren Lebensabend in ihrem alten Familienstammsitz, die letzten Überlebenden einer angesehenen, geheimnisumwobenen Familie.

Vorsichtig stieg ich höher und höher, vorbei an einer verwitterten Sonnenuhr, vorbei an einer Reihe geduldiger Urnen auf stummen Sockeln, vorbei an zwei steinernen Hirschen, die sich über ungepflegte Hecken hinweg in die Augen sahen, bis ich die letzte Stufe erreichte und der Boden sich vor mir ebnete. Knorrige Obstbäume mit ineinander verflochtenen Kronen bildeten einen Laubengang, der mich vorwärtszog. Es war, als läge dem Garten ein geheimer Plan zugrunde, dachte ich; als gäbe es eine für mich bestimmte Ordnung, die auf mich wartete und nicht zuließ, dass ich mich verirrte, sondern vorsah, dass ich den Weg zum Schloss fand.

Romantische Flausen, natürlich, was sonst. Ich kann nur vermuten, dass der steile Anstieg mich schwindlig gemacht und mir die Sinne vernebelt hatte. Wie auch immer, es hatte mich gepackt. Ich kam mir verwegen vor (wenn auch verschwitzt), eine Abenteurerin, die Raum und Zeit überwand, um ungeahnte Entdeckungen zu machen. Nun ja. Es spielte keine Rolle, dass diese spezielle Mission nur dem Besuch bei drei alten Damen und einer Führung durch ein Landgut galt; vielleicht hatte ich ja Glück und man bot mir eine Tasse Tee an.

Dieser Teil des Gartens war ebenso verwildert wie die Lichtung um den Badeteich, und als ich unter den Baumkronen entlangging, die sich wie zu einem Tunneldach bogen, kam ich mir vor wie im Skelett eines prähistorischen Monsters. Riesige Rippen wölbten sich über mir, während lange Schatten die Illusion erzeugten, als würden sie sich auch unter mir krümmen. Ich beeilte mich, das Ende des Tunnels zu erreichen. Dort angekommen, blieb ich wie angewurzelt stehen.

Vor mir, in düstere Schatten getaucht, obwohl es ein warmer Tag war, stand Schloss Milderhurst. Allerdings war ich auf der Rückseite des Gebäudes gelandet, wie ich stirnrunzelnd feststellte, als ich die Nebengebäude und die außen liegenden Wasserrohre sah und nirgendwo Säulen, einen Rasen oder eine Auffahrt entdeckte.

Und dann plötzlich dämmerte es mir. Ich musste eine Abzweigung verpasst haben und war den Hügel auf der Nordseite hinaufgewandert, anstatt mich dem Schloss von Süden her zu nähern.

Ende gut, alles gut: Ich war heil angekommen und bestimmt nicht allzu spät dran. Irgendwann war mir ein ebener Streifen mit hohem Gras aufgefallen, der sich am ummauerten Schlossgarten entlangzog. Diesem folgte ich, bis ich schließlich – Tusch! – über Mrs. Birds Säulen stolperte. Und am Ende der Rasenfläche erhob sich, wie es sich gehörte, die Fassade von Schloss Milderhurst bis hoch in den Himmel.

Das Gefühl, eine Zeitreise angetreten zu haben, das mich beim Aufstieg befallen hatte, verstärkte sich nur noch. Das Gebäude strahlte eine theatralische Würde aus und nahm meine Anwesenheit überhaupt nicht zur Kenntnis. Die Schiebefenster schauten gelangweilt durch mich hindurch Richtung Ärmelkanal, und ihr Ausdruck träger Beständigkeit verstärkte mein Gefühl, unbedeutend und vergänglich zu sein und dass das großartige alte Bauwerk schon zu viel erlebt hatte, um sich von mir in seiner Ruhe stören zu lassen.

Ein Schwarm Stare stob von den Schornsteinen auf, ließ sich in den Himmel tragen und kurvte dann hinunter ins Tal, wo Mrs. Birds Haus stand. Das Geräusch und die plötzliche Bewegung verwirrten mich.

Ich sah den Vögeln nach, als sie über die Baumwipfel glitten und krächzend auf die winzigen roten Ziegeldächer zuflogen. Mrs. Birds Haus schien so weit weg, dass ich plötzlich überwältigt wurde von der abstrusen Vorstellung, ich hätte auf meinem Weg den Hügel herauf irgendeine unsichtbare Linie überschritten. Ich war *dort* gewesen, und jetzt war ich *hier*, also musste etwas weitaus Komplizierteres geschehen sein als ein simpler Ortswechsel.

Als ich mich wieder zum Schloss umdrehte, sah ich, dass unter dem Torbogen des Turms eine große schwarze Tür offen stand. Seltsamerweise war sie mir vorher gar nicht aufgefallen.

Ich überquerte den Rasen, aber an den steinernen Stufen zögerte ich. Neben einem Windhund aus verwittertem, grauem Marmor saß dessen Abbild aus Fleisch und Blut, ein schwarzer Hund der Sorte, die ich später als »Lurcher« kennenlernen sollte. Er hatte mich offenbar die ganze Zeit beobachtet.

Jetzt sprang er auf und versperrte mir den Weg, während er mich mit seinen dunklen Augen musterte. Ich brachte es nicht fertig weiterzugehen. Mein Atem ging flach, und ich fröstelte. Ich empfand jedoch keine Angst. Es ist schwer zu erklären. Als wäre er der Fährmann oder ein altmodischer Butler, jemand, dessen Erlaubnis ich brauchte, bevor ich meinen Weg fortsetzen konnte.

Er trottete geräuschlos auf mich zu, ohne den Blick von mir abzuwenden. Als er mit seinem Fell leicht meine Fingerspitzen berührte, lief mir ein Schauer über den Rücken. Dann drehte er sich um und trabte davon. Ohne mich eines weiteren Blickes zu würdigen, verschwand er durch die offene Tür.

Als würde er mich auffordern, ihm zu folgen.

## Drei verblühte Schwestern

Wenn das Vergehen der Zeit einen Geruch hat, dann den von Schloss Milderhurst. Es roch nach Schimmel und Ammoniak, einem Hauch von Lavendel und jeder Menge Staub, nach dem Zerfall von massenhaft altem Papier. Doch unter alldem lag noch ein anderer Geruch, nach etwas, das halb verfault oder vergoren ist. Ich brauchte eine ganze Weile, um herauszufinden, was für ein Geruch das war, aber ich glaube, jetzt weiß ich es. Es ist die Vergangenheit selbst. Gedanken und Träume, Hoffnungen und Verletzungen, zu einem Gemisch gebraut, das langsam in der abgestandenen Luft fermentiert und sich nie ganz auflöst.

»Hallo?«, rief ich und verharrte auf der obersten Stufe. Ich wartete eine Weile, und als keine Antwort kam, rief ich noch einmal, diesmal lauter: »Hallo? Ist jemand zu Hause?«

Mrs. Bird hatte mir gesagt, ich solle einfach hineingehen, dass die Schwestern Blythe uns erwarteten und wir uns im Haus treffen würden. Sie hatte mir eingeschärft, nur ja nicht zu klopfen oder die Glocke zu läuten oder meine Ankunft sonst wie anzukündigen. Ich hatte meine Zweifel gehabt – da, wo ich herkomme, gilt unaufgefordertes Eintreten schon fast als Hausfriedensbruch –, aber ich tat, wie mir geheißen: Ich trat durch den Torbogen in einen runden Raum. Es gab keine Fenster, und es war ziemlich düster, obwohl die Decke über eine Lichtkuppel verfügte. Ein Geräusch lenkte meine Aufmerksamkeit nach oben, wo ein weißer Vogel, der zwischen den Dachsparren hereingeflogen war, in einem Streifen staubigen Lichts flatterte.

»Ah, da sind Sie ja.« Die Stimme kam von links, und als ich mich hastig umdrehte, sah ich eine sehr alte Frau in einem Türrahmen drei Meter von mir entfernt, den Lurcher neben sich. Sie war groß und hager, trug einen Tweedanzug und eine hochgeschlossene Bluse mit Kragen, was sie männlich wirken ließ. Überhaupt war jede Weiblichkeit längst verwelkt. Das kurze weiße Haar, das auf dem Kopf schon schütter wurde, wuchs über den Ohren in störrischen Büscheln. Ihr ovales Gesicht hatte einen wachsamen und intelligenten Ausdruck. Mir fiel auf, dass sie sich die Augenbrauen vollständig ausgezupft und in der Farbe geronnenen Bluts nachgezogen hatte. Es hatte etwas von Theaterschminke und wirkte ein wenig grimmig. Sie stand leicht vorgebeugt und stützte sich auf einen eleganten Stock mit Schildpattgriff. »Sie müssen Edith sein.«

»Ja.« Ich trat näher, streckte ihr meine Hand entgegen, plötzlich atemlos. »Edith Burchill. Guten Tag.«

Ihre kühlen Finger berührten meine Hand, und ihr ledernes Uhrarmband rutschte geräuschlos auf ihr Handgelenk. »Marilyn Bird hat Sie schon angekündigt. Mein Name ist Persephone Blythe.«

»Vielen herzlichen Dank, dass Sie mich empfangen. Seit ich von Schloss Milderhurst gehört habe, bin ich ganz versessen darauf, es von innen zu sehen.«

»Tatsächlich?« Sie verzog die schmalen Lippen zu einem Lächeln so schief wie eine Haarnadel. »Und warum, wenn ich fragen darf?«

Das wäre natürlich der Augenblick gewesen, ihr von meiner Mutter zu erzählen, von dem Brief, von ihrer Evakuierung als kleines Mädchen. Die Erinnerung hätte Percy Blythes Gesicht aufleuchten lassen, wir wären spazieren gegangen und hätten Neuigkeiten und alte Geschichten ausgetauscht. Es wäre das Natürlichste auf der Welt gewesen, weshalb ich selbst überrascht war, als ich mich sagen hörte: »Ich habe in einem Buch darüber gelesen.«

Sie gab ein gelangweiltes »Aha« von sich.

»Ich lese sehr viel«, fügte ich hastig hinzu, als könnte diese Wahrheit meine Lüge mildern. »Ich liebe Bücher. Ich arbeite mit Büchern. Bücher sind mein Leben.«

Der Ausdruck ihres runzligen Gesichts erschlaffte angesichts einer derart harmlosen Antwort, was nicht verwunderlich war. Meine erste Lüge war schon öde genug gewesen, aber die zusätzlichen biografischen Informationen waren schlichtweg dämlich. Ich konnte mir nicht erklären, warum ich nicht einfach die Wahrheit gesagt hatte, die erheblich interessanter gewesen wäre. Wahrscheinlich war es das unbewusste, kindische Bedürfnis, meinen Besuch als etwas Eigenes zu betrachten, etwas, das von der Zeit, die meine Mutter vor fünfzig Jahren hier verbracht hatte, nicht berührt wurde. Was auch immer es sein mochte, als ich den Mund aufmachte, um eine Kehrtwendung zu machen, war es zu spät: Miss Percy hatte mir bereits bedeutet, ihr und dem Lurcher durch den düsteren Flur zu folgen. Sie ging zügig und leichtfüßig, der Stock schien nur ein weiteres theatralisches Accessoire zu sein.

»Schön, dass Sie pünktlich sind«, sagte sie über die Schulter zu mir. »Wenn ich etwas verabscheue, dann Unpünktlichkeit.«

Wir gingen schweigend weiter. Mit jedem Schritt blieben die Geräusche von draußen weiter zurück: das Rauschen der Bäume, das Vogelgezwitscher, das entfernte Plätschern eines Bachs. Geräusche, die ich gar nicht wahrgenommen hatte, bis sie verstummten und ein eigenartiges Vakuum hinterließen, so intensiv, dass meine Ohren zu summen begannen und ihre eigenen

Fantasiegebilde heraufbeschworen: Flüstergeräusche, wie von Kindern, wenn sie spielen, sie wären Schlangen.

Es war etwas, das mir bald vertraut werden sollte, diese sonderbare Abgeschiedenheit im Innern des Schlosses. Geräusche, Gerüche und Anblicke, die außerhalb der Mauern ganz deutlich waren, schienen irgendwie in dem alten Gemäuer stecken zu bleiben, unfähig, sich den Weg ins Innere zu bahnen. Es war, als hätte der poröse Sandstein über die Jahrhunderte ungezählte Eindrücke aufgesogen, die in ihm gefangen waren wie die gepressten Blumen, die zwischen den Seiten von Büchern aus dem neunzehnten Jahrhundert aufbewahrt und vergessen wurden und eine Barriere zwischen drinnen und draußen bildeten. In der Luft draußen lag vielleicht noch eine Ahnung von Butterblumen und frisch gemähtem Gras, aber im Innern des Schlosses roch es nur nach angehäufter Zeit, dem modrigen Atem von Jahrhunderten.

Wir gingen vorbei an einer Reihe verlockender verschlossener Türen, die ich am liebsten geöffnet hätte, bis wir schließlich am Ende des Korridors, kurz bevor er um eine Ecke bog und im Düsteren verschwand, zu einer Tür kamen, die einen Spaltbreit offen stand. Ein Streifen Licht lächelte von innen und dehnte sich zu einem Grinsen aus, als Percy Blythe die Tür mit ihrem Stock aufschob.

Sie trat zurück und gab mir mit einem deutlichen Nicken zu verstehen, ich solle vorausgehen.

Ich betrat einen Salon, der in verblüffendem Kontrast zu dem düsteren holzgetäfelten Korridor stand, aus dem wir gekommen waren: Die ehemals leuchtend gelbe Tapete war mit der Zeit verblasst, sodass das lebhafte Muster nur noch schwach zu erkennen war, und ein riesiger, rosa und blau und weiß gemusterter Teppich, mittlerweile verschossen und fadenscheinig, reichte bis fast an die Fußleisten. Gegenüber dem mit kunstvollen Ornamenten versehenen offenen Kamin stand ein Sofa, merkwürdig lang und niedrig, das von häufiger Benutzung zeugte und trotzdem ausgesprochen einladend wirkte, und daneben eine Singer-Nähmaschine, in die ein Stück blauer Stoff eingespannt war.

Der Lurcher trottete an mir vorbei und machte es sich auf einem platt getretenen Schafsfell bequem, das unter einem mindestens zweihundert Jahre alten, großen Gemälde lag: eine Szene mit Hunden und Hähnen, die Oliv- und Brauntöne im Vordergrund verblasst wie zu einem stummen Einerlei, während der Himmel im Hintergrund auf ewig dämmerte. Die Tapete an der Wand hinter dem Lurcher war fast vollständig durchgescheuert.

An einem runden Tisch saß eine Frau im Alter von Percy, den Kopf tief über ein Blatt Papier gebeugt, wie eine Insel in einem Meer aus Scrabblebuchstaben. Als sie mich bemerkte, nahm sie ihre riesige Lesebrille ab, ließ sie in eine verborgene Tasche ihres langen Seidenkleids gleiten und stand auf. Ihre Augen waren graublau, die Brauen unauffällig. Ihre Fingernägel jedoch waren passend zum Lippenstift und zum großen Blumenmuster auf ihrem Kleid rosafarben lackiert. Zwar war sie anders gekleidet, schien jedoch ebenso wie Percy auf eine perfekte äußere Erscheinung zu achten, die irgendwie altmodisch war, auch wenn die Kleider selbst nicht alt zu sein schienen.

»Das ist meine Schwester Seraphina«, sagte Percy und trat zu ihr. »Saffy«, sagte sie mit übertrieben lauter Stimme, »das ist Edith.«

Saffy tippte sich ans Ohr. »Du brauchst nicht so zu schreien, Percy, meine Liebe«, erwiderte sie leise in einem singenden Tonfall, »mein Hörgerät ist eingeschaltet.« Sie lächelte mich zurückhaltend an und blinzelte, weil ihr die Brille fehlte, die sie aus lauter Eitelkeit abgenommen hatte. Sie war ebenso groß wie ihre Zwillingsschwester, aber aufgrund einer optischen Täuschung, die durch ihre Kleidung oder das Licht oder durch ihre Haltung verursacht wurde, wirkte sie kleiner. »Alte Gewohnheiten ändern sich nicht«, sagte sie, »Percy war immer die Bestimmende. Ich bin Saffy Blythe, und es ist mir wirklich ein großes Vergnügen, Sie kennenzulernen.«

Ich trat auf sie zu und schüttelte ihr die Hand. Sie war das Abbild ihrer Schwester oder war es zumindest früher einmal gewesen. Die vergangenen achtzig Jahre hatten unterschiedliche Linien in die Gesichter der Schwestern gegraben, aber bei Saffy war das Ergebnis irgendwie weicher, freundlicher. Sie sah genauso aus, wie man sich eine alte Dame in einem Herrenhaus vorstellt, und sie war mir auf Anhieb sympathisch. Percy flößte einem Respekt ein, aber bei Saffy musste ich an Haferplätzchen und handgeschöpftes, mit Tinte beschriebenes Papier denken. Erstaunlich, wie der Charakter die Menschen prägt, wenn sie älter werden, indem er sich von innen seinen Weg sucht und seine Spuren hinterlässt.

»Wir haben einen Anruf von Mrs. Bird erhalten«, sagte Saffy. »Ich fürchte, sie ist im Dorf aufgehalten worden.«

»Oh.«

»Sie hat sich mächtig aufgeregt«, ergänzte Percy tonlos. »Aber ich habe ihr gesagt, dass es mir ein Vergnügen sein würde, Sie herumzuführen.«

»Mehr als ein Vergnügen«, fügte Saffy lächelnd hinzu. »Meine Schwester liebt dieses Haus wie andere Leute ihren Ehepartner. Sie freut sich über die Gelegenheit, damit anzugeben. Und das zu Recht. Dieses alte Haus macht ihr alle Ehre: Allein ihrer jahrelangen unermüdlichen Arbeit ist es zu verdanken, dass es immer noch in einem guten Zustand ist.«

»Ich habe nur getan, was notwendig war, um zu verhindern, dass die Mauern um uns herum einstürzen. Mehr nicht.«

»Meine Schwester neigt zur Bescheidenheit.«

»Und meine zur Starrköpfigkeit.«

Die Frotzelei war offenbar Teil ihrer normalen Konversation. Sie hielten inne und wandten sich mir lächelnd zu. Einen Augenblick lang war ich völlig konsterniert, denn ich musste unwillkürlich an das Foto in *Raymond Blythe in Milderhurst* denken und fragte mich, welche dieser beiden Damen welcher Zwilling gewesen sein mochte. Dann nahm Saffy Percys Hand. »Meine Schwester kümmert sich schon ihr ganzes Leben lang um uns«, sagte sie, und als sie ihre Zwillingsschwester voller Bewunderung anschaute, wusste ich, dass sie das kleinere, zartere der beiden Mädchen auf dem Foto gewesen war, das so unsicher in die Kamera lächelte.

Dieses zusätzliche Lob schien Percy gar nicht zu behagen. Sie nestelte an ihrem Uhrenarmband herum und murmelte: »Lass es gut sein. Wer weiß, wie lange noch.«

Es ist immer schwierig zu wissen, was man sagen soll, wenn sehr alte Leute über den Tod und sein nahes Bevorstehen sprechen, also tat ich, was ich jedes Mal tue, wenn Herbert andeutet, ich könnte Billing & Brown »eines Tages« übernehmen: Ich lächelte, als hätte ich etwas falsch verstanden, und betrachtete den sonnendurchfluteten Erker.

Und da bemerkte ich die dritte Schwester; das musste Juniper sein. Sie saß stocksteif in einem verschlissenen grünen Samtsessel und schaute durch das offene Fenster auf die Parklandschaft hinaus. Dünne Schwaden von Zigarettenqualm stiegen aus einem Kristallaschenbecher auf und ließen ihre Umrisse unscharf erscheinen. Im Gegensatz zu ihren Schwestern war an ihrer Kleidung nichts Gepflegtes. Sie trug die internationale Tracht des ewigen Patienten: eine schlecht sitzende hochgeschlossene Bluse, die in eine unförmige Hose gestopft war. Außerdem war ihre Kleidung voller Fettflecken, als hätte sie sich beim Essen bekleckert.

Vielleicht spürte Juniper meinen Blick, denn sie drehte den Kopf ein wenig zu mir. Ihr Blick war glasig und unstet, was auf starke Medikamente schließen ließ, und als ich ihr zulächelte, zeigte sie keine Reaktion, sondern starrte mich an, als wollte sie mich mit ihrem Blick durchbohren.

Während ich sie anschaute, nahm ich ein leises Geräusch wahr, das mir vorher nicht aufgefallen war. Ein kleiner Fernseher stand auf einem Beistelltisch unter dem Fenster. Gerade lief eine amerikanische Sitcom mit diesen penetranten Dauerdialogen, unterbrochen von Lachkonserven, die wie Störrauschen klangen. Die Situation kam mir vertraut vor, der laufende Fernseher, der warme, sonnige Tag draußen, die schlechte, abgestandene Luft drinnen: eine wehmütige Erinnerung an meine Besuche während der Schulferien bei meiner Großmutter, bei der ich tagsüber fernsehen durfte.

»Was willst du hier?«

Der plötzliche eiskalte Schlag machte die angenehmen Erinnerungen an meine Großmutter zunichte. Juniper Blythe starrte mich immer noch an, aber ihr Gesichtsausdruck war jetzt alles andere als leer. Er war entschieden abweisend.

»Ich, äh … hallo«, sagte ich, »ich …«

»Was hast du hier zu suchen?«

Der Lurcher stieß ein klägliches Jaulen aus.

»Juniper!« Saffy eilte zu ihrer Schwester. »Liebes. Edith ist unser Gast.« Sie nahm das Gesicht ihrer Schwester sanft in beide Hände. »June, das habe ich dir doch erzählt, erinnerst du dich nicht? Ich habe es dir alles erklärt: Edith ist hier, weil sie sich das Haus ein bisschen ansehen möchte. Percy macht eine kleine Führung mit ihr. Du brauchst dir keine Sorgen zu machen, Liebes, es ist alles in Ordnung.«

Während ich nur noch den dringenden Wunsch verspürte, mich in Luft aufzulösen, tauschten die Zwillinge einen Blick aus, der so selbstverständlich auf ihre verwitterten Gesichtszüge trat, dass sie ihn zweifellos schon unzählige Male zuvor ausgetauscht haben mussten. Percy nickte Saffy schmallippig zu, und dann verschwand der Ausdruck wieder, ehe ich begriff, warum dieser Blick mir ein derartiges Unbehagen bereitete.

»Also dann«, sagte sie mit gespielter Fröhlichkeit, die mich zusammenzucken ließ. »Die Zeit wird knapp. Wollen wir, Miss Burchill?«

Erleichtert folgte ich ihr aus dem Zimmer um eine Ecke und in einen weiteren kühlen, dämmrigen Korridor.

»Ich zeige Ihnen zuerst die hinteren Zimmer«, sagte sie, »aber dort werden wir uns nicht lange aufhalten. Da gibt es nicht viel zu sehen. Schon seit Jahren ist alles mit Tüchern abgedeckt.«

»Warum das?«

»Weil die Zimmer nach Norden liegen.«

Percy hatte einen schneidenden Tonfall, wie ihn früher die Sprecher beim Rundfunk hatten, als die BBC noch bei allem, was eine Nachricht wert war, das letzte Wort hatte. Kurze Sätze, perfekte Diktion, und ein Punkt war ein Punkt. »Im Winter alles zu heizen ist unmöglich«, sagte sie. »Aber wir sind ja nur zu dritt und brauchen nicht viel Platz. Es war einfacher, einige Türen für immer zu verriegeln. Meine Schwestern und ich haben uns im Westflügel eingerichtet, in der Nähe des gelben Salons.«

»Klingt vernünftig«, sagte ich. »In einem Haus dieser Größe muss es ja Hunderte von Zimmern geben. All die Stockwerke. Ich würde mich wahrscheinlich andauernd verlaufen.« Ich merkte selbst, dass ich nur noch drauflosplapperte, aber ich konnte nichts dagegen tun. Meine Unfähigkeit, Small Talk zu betreiben, die Aufregung, endlich im Innern des Schlosses zu sein, die Beklommenheit nach der Szene mit Juniper ... wie auch immer, es war eine tödliche Kombination. Ich holte tief Luft und fuhr zu meinem Entsetzen fort: »Aber Sie wohnen ja schon Ihr Leben lang hier und haben bestimmt kein Problem damit …«

»Tut mir leid«, erwiderte sie scharf und drehte sich zu mir um. Selbst im Dämmerlicht konnte ich erkennen, dass sie bleich geworden war. *Sie wird mich auffordern zu gehen*, dachte ich; *mein Besuch ist zu viel für sie, sie ist alt und müde, und ihrer Schwester geht es nicht gut.*

»Unserer Schwester geht es nicht gut«, sagte sie, und mich verließ der Mut. »Es hat nichts mit Ihnen zu tun. Sie kann manchmal sehr grob sein, aber sie meint es nicht so. Sie hat eine schwere Enttäuschung erlebt. Eine schlimme Sache. Vor langer Zeit.«

»Sie müssen sich doch nicht rechtfertigen«, sagte ich. *Bitte schicken Sie mich nicht fort.*

»Sehr freundlich, aber es ist mir ein Bedürfnis. Diese Taktlosigkeit. Sie kommt nicht gut zurecht mit Fremden. Es ist eine große Belastung für uns. Unser Hausarzt ist vor zehn Jahren gestorben, und wir haben immer noch keinen neuen gefunden, mit dem wir zufrieden sind. Sie ist manchmal völlig verwirrt. Ich hoffe, Sie glauben nicht, unwillkommen zu sein.«

»Ganz und gar nicht, ich kann das vollkommen verstehen.«

»Das hoffe ich. Denn wir freuen uns sehr über Ihren Besuch.« Wieder dieses schmale Haarnadel-Lächeln. »Das Schloss mag Besucher; es braucht Besucher.«

## Hausgeister

Am Morgen meines zehnten Geburtstags fuhren meine Eltern mit mir ins Bethnal-Green-Museum, wo wir uns die Puppenhäuser ansehen wollten. Ich weiß nicht mehr, wie sie auf die Puppenhäuser gekommen waren, ob ich mich dafür interessiert hatte oder ob meine Eltern in der Zeitung etwas über die Sammlung gelesen hatten, aber ich erinnere mich sehr genau an den Tag. Es ist eine dieser wenigen frühen Erinnerungen, die ewig bleiben; rund und in sich geschlossen, wie eine schöne Seifenblase, die nie geplatzt ist. Wir sind mit dem Taxi hingefahren, was ich sehr schick fand, und danach waren wir in einem feinen Café in Mayfair. Ich weiß sogar noch, was ich anhatte: ein Minikleid mit Rautenmuster, das ich mir monatelang gewünscht und an diesem Morgen zum Geburtstag bekommen hatte.

Und dann erinnere ich mich auch noch sehr deutlich daran, dass wir meine Mutter verloren haben. Vielleicht ist dieses Erlebnis, und weniger der Besuch der Puppenhäuser, der Grund, warum dieser Tag nicht in dem chaotischen Sammelsurium meiner Kindheitserinnerungen untergegangen ist. Die Welt stand plötzlich kopf. Erwachsene gingen nicht verloren, nicht in meiner Welt: So etwas passierte Kindern, kleinen Mädchen wie mir, die am liebsten ihren Tagträumen nachhingen und nicht aufpassten, wo sie hintraten, und überhaupt viel zu selbstvergessen waren.

Aber nicht diesmal. Diesmal, es war unerklärlich, unfassbar, war meine Mutter verschwunden. Mein Vater und ich standen in der Schlange, um ein Souvenir-Heftchen zu kaufen, als es passierte; langsam schoben wir uns vorwärts, jeder in seine Gedanken vertieft. Erst als wir an der Kasse standen und zuerst die Verkäuferin, dann einander stumm anblinzelten, wurde uns plötzlich bewusst, dass unser traditionelles Familiensprachrohr fehlte.

Ich habe sie schließlich gefunden; sie kniete vor einem Puppenhaus, an dem wir schon vorbeigekommen waren. Es war groß und düster, mit vielen Treppen und einem Speicher, der das ganze Dachgeschoss einnahm. Sie erklärte mir nicht, warum sie noch einmal dorthin zurückgekehrt war, sondern sagte nur: »Solche Häuser gibt es wirklich, Edie. Richtige Häuser mit echten Menschen darin. Kannst du dir das vorstellen? So viele Zimmer?« Ihre Mundwinkel zuckten, als sie leise in einem langsamen Singsang fortfuhr: »*Alte Mauern, die von fernen Stunden singen.*«

Ich glaube nicht, dass ich etwas geantwortet habe. Erstens blieb keine Zeit – genau in dem Moment kam mein Vater, er war ganz aufgeregt und wirkte irgendwie persönlich getroffen – und zweitens wusste ich einfach nicht, was ich sagen sollte. Obwohl wir nie wieder darüber sprachen, dauerte es ziemlich lange, bis ich die Vorstellung ganz aufgab, dass es draußen in der großen, weiten Welt solche Häuser gab, mit echten Menschen darin und Mauern, die singen konnten.

Ich erwähne das Bethnal-Green-Museum hier nur, weil mir, als Percy Blythe mich durch dunkle Flure führte, die Bemerkung meiner Mutter wieder einfiel, immer deutlicher, bis ich ihr Gesicht vor mir sah, ihre Worte hörte, so klar, als stünde sie direkt neben mir. Vielleicht hatte es ja etwas mit dem seltsamen Gefühl zu tun, das auf mir lastete, während wir das gewaltige

Haus erkundeten, mit dem Eindruck, irgendwie Opfer eines Zaubers zu sein, der mich auf Miniaturgröße geschrumpft und in ein Puppenhaus befördert hatte, wenn auch in ein ziemlich heruntergekommenes. Eins, dessen Besitzer den Kinderschuhen entwachsen war und sich anderen Obsessionen zugewandt hatte; der alles einfach sich selbst überlassen hatte, die Zimmer mit ihren verblassten Tapeten und verschlissenen Seidenstoffen und den mit Binsenmatten ausgelegten Böden, die Vasen und ausgestopften Vögel, die schweren Möbel, die in stummer Hoffnung darauf warteten, wieder benutzt zu werden.

Aber vielleicht kam das auch alles erst später. Vielleicht kamen mir die Worte meiner Mutter zuerst in den Sinn, denn natürlich hatte sie an Milderhurst gedacht, als sie mir von echten Menschen in richtigen Häusern mit vielen Zimmern erzählt hatte. Was sonst sollte sie dazu gebracht haben, so etwas zu sagen? Der entrückte Gesichtsausdruck war das Ergebnis ihrer Erinnerungen an diesen Ort gewesen. Sie hatte an Percy, Saffy und Juniper Blythe gedacht und die seltsamen, geheimnisvollen Dinge, die ihr als Kind widerfahren sein mussten, als sie von Südlondon nach Schloss Milderhurst verpflanzt worden war. Dinge, die noch nach fünfzig Jahren eine solche Macht auf sie ausübten, dass sie wegen eines verloren gegangenen Briefs in Tränen ausbrach.

Wie auch immer, jedenfalls war bei Percys Führung an jenem Morgen meine Mutter immer bei mir. Ich hätte mich nicht dagegen wehren können, selbst wenn ich es gewollt hätte. Egal, wie eifersüchtig ich darauf beharrt hatte, meine Erkundung des Schlosses als etwas Ureigenes zu betrachten, ein Teil meiner Mutter, von dem ich weder etwas geahnt noch gewusst hatte, war ganz offensichtlich untrennbar mit diesem Haus verbunden. Ich war es nicht gewohnt, etwas mit ihr gemeinsam zu haben, und allein die Vorstellung ließ die Welt schneller rotieren, aber nach einer Weile merkte ich, dass ich eigentlich gar nichts dagegen hatte. Im Gegenteil, ich war froh darüber, dass mir ihre eigenartige Bemerkung im Museum nicht länger ein Rätsel war, ein Mosaikstein, der nirgendwohin passte. Es war ein Fragment aus der Vergangenheit meiner Mutter, das irgendwie heller und interessanter zu sein schien als der Rest.

Und so kam es, dass, während Percy mich herumführte und ich zuhörte, mich umsah und nickte, ein geisterhaftes Londoner Kind still neben mir her ging, ängstlich und mit großen Augen: Es war auch zum ersten Mal hier. Und es gefiel mir, dass es da war; am liebsten hätte ich über die Jahrzehnte hinweg seine Hand genommen. Ich fragte mich, wie das Haus wohl im Jahr 1939 gewesen war und wie viel sich in den vergangenen fünfzig Jahren verändert haben mochte. Ob sich Schloss Milderhurst schon damals angefühlt hatte wie ein schlafendes Haus, träge, staubig und dämmrig. Ein altes Haus, das den Zeiten trotzte. Und ich fragte mich, ob ich wohl Gelegenheit bekommen würde, das kleine Mädchen zu fragen, ob es noch hier war. Ob ich es jemals würde finden können.

Es ist unmöglich, alles wiederzugeben, was ich an jenem Tag in Milderhurst zu hören und zu sehen bekam, und es ist auch unwichtig für den Fortgang dieser Geschichte. So vieles ist seitdem geschehen; Ereignisse, die danach stattgefunden haben, vermischen sich längst in meiner Erinnerung, sodass es schwierig ist, meine ersten Eindrücke von dem Haus und seinen Bewohnerinnen herauszufiltern. Ich werde mich also bei meiner Erzählung an die Anblicke und Geräusche halten, die mir am lebhaftesten in Erinnerung geblieben sind, und auch nur diejenigen Ereignisse erwähnen, die einen Bezug zu dem haben, was danach kam und was vorher geschehen war. Ereignisse, die niemals in meinem Gedächtnis verblassen dürfen – und werden.

Zwei wichtige Dinge wurden mir während der Führung klar. Erstens hatte Mrs. Bird reichlich untertrieben, als sie gesagt hatte, Milderhurst sei ein bisschen vernachlässigt. Das Schloss war völlig heruntergekommen, und nicht etwa auf schicke, morbide Art. Zweitens, und das war noch bemerkenswerter, Percy Blythe war für diese Tatsache völlig blind. Ungeachtet der dicken Staubschicht auf den schweren Möbeln, der stickigen, staubgeschwängerten Luft und der von Generationen von Motten zerfressenen Vorhänge sprach sie über das Haus, als stünde es in seiner Blüte, als würden hier elegante literarische Salons veranstaltet, bei denen Mitglieder der königlichen Familie sich unter Künstler und Intellektuelle mischten, und als würde eine Heerschar von Bediensteten unsichtbar durch die Flure eilen, um die Anordnungen der Familie Blythe auszuführen. Ich hätte Mitgefühl für sie empfinden können, weil sie so sehr in ihrer Fantasiewelt gefangen war, aber sie war so ganz und gar nicht der Typ Mensch, der Mitgefühl hervorruft. Sie war alles andere als ein Opfertyp, und so verwandelte sich mein Mitleid in Bewunderung, in Respekt vor ihrer hartnäckigen Weigerung, sich einzugestehen, dass das Haus um sie herum unaufhaltsam verfiel.

Und noch etwas möchte ich unbedingt in Bezug auf Percy erwähnen: Für eine Mittachtzigerin mit Stock war sie ausgesprochen gut zu Fuß.

Wir besichtigten das Billardzimmer, den Tanzsaal, den Wintergarten, dann ging es hinunter in die Dienstbotenräume. Wir eilten durch das Anrichtezimmer, die Speisekammer, die Spülküche und gelangten schließlich in die Küche: Kupfertöpfe und Kupferpfannen hingen an Haken an den Wänden, ein stattlicher AGA-Herd rostete vor sich hin, auf dem gefliesten Boden standen aufgereiht leere, bauchige Keramikgefäße. In der Mitte befand sich ein gewaltiger Tisch aus Kiefernholz mit gedrechselten Beinen, dessen Platte übersät war mit den Wunden von zahllosen Messern, in die man anstelle von Salz Mehl gestreut hatte. Die Luft hier unten war kühl und abgestanden, und die Dienstbotenräume wirkten noch verlassener als die Zimmer in den oberen Stockwerken. Dies waren die ungenutzten Räder einer beeindruckenden viktorianischen Maschinerie, die dem Zeitenwandel zum Opfer gefallen und schließlich zum Stillstand gekommen war.

Ich war nicht die Einzige, die die Trostlosigkeit registrierte.

»Kaum zu glauben, dass hier früher so viel Leben geherrscht hat«, sagte Percy Blythe, während sie mit den Fingern über die Kerben in der Tischplatte fuhr. »Meine Großmutter hatte noch vierzig Hausangestellte. Vierzig. Man vergisst, wie sehr das Haus einmal geglänzt hat.«

Der Boden war übersät mit kleinen, braunen Kügelchen, die ich zuerst für Sandkörner hielt, aber an der Art und Weise, wie sie unter den Füßen knirschten, erkannte ich, dass es sich um Mäusekötel handelte. Ich nahm mir im Stillen vor, dankend abzulehnen, falls man mir Kuchen anbieten sollte.

»Als wir Kinder waren, gab es noch etwa zwanzig Bedienstete und außerdem fünfzehn Gärtner, die das Grundstück in Ordnung gehalten haben. Der Erste Weltkrieg hat alldem ein Ende gesetzt: Sie haben sich zum Militär gemeldet, bis auf den letzten Mann. Die meisten jungen Männer haben das getan.«

»Und keiner ist zurückgekehrt?«

»Zwei. Zwei sind wieder nach Hause gekommen, aber sie waren nicht mehr dieselben. Wir haben sie natürlich wieder eingestellt, alles andere wäre undenkbar gewesen, aber sie haben nicht lange durchgehalten.«

Ich war mir nicht sicher, ob sie damit die Dauer ihrer Beschäftigung oder ihres Lebens meinte, aber sie ließ mir keine Zeit nachzufragen.

»Danach haben wir uns mit Hilfskräften beholfen, aber als dann der Zweite Weltkrieg ausbrach, war kein Gärtner mehr zu finden, nicht für Geld und gute Worte. Welcher junge Mann wäre wohl bereit gewesen, Lustgärten zu pflegen, wenn er in den Krieg ziehen konnte? Zumindest keiner von der Sorte, die wir gern in unsere Dienste genommen hätten. Haushaltshilfen waren genauso rar. Damals waren wir alle mit anderen Dingen beschäftigt.« Sie stand auf ihren Stock gestützt, und die Haut über den Wangenknochen erschlaffte, als sie ihre Gedanken in die Vergangenheit wandern ließ.

Ich räusperte mich und sagte leise: »Und jetzt? Haben Sie noch irgendeine Haushaltshilfe?«

»Aber ja.« Mit einer wegwerfenden Handbewegung wandte sie sich wieder der Gegenwart zu. »Wir haben noch eine alte treue Seele, die uns einmal die Woche beim Kochen und Putzen hilft, und einer der Bauern aus der Gegend sorgt dafür, dass die Zäune nicht umfallen. Dann gibt es noch einen jungen Mann, Mrs. Birds Neffen aus dem Dorf, der den Rasen mäht und versucht, das Unkraut in Schach zu halten. Er macht seine Sache recht gut, aber echte Arbeitsmoral scheint etwas zu sein, das der Vergangenheit angehört.« Ein kurzes Lächeln blitzte auf. »Ansonsten müssen wir hier allein zurechtkommen.«

Ich erwiderte ihr Lächeln, als sie auf den engen Dienstbotenaufgang wies und fragte: »Sagten Sie nicht, dass Sie eine leidenschaftliche Leserin sind?«

»Meine Mutter behauptet, dass ich mit einem Buch in der Hand auf die Welt gekommen bin.«

»Dann werden Sie sicherlich unsere Bibliothek sehen wollen.«

Ich hatte gelesen, dass die Bibliothek von Schloss Milderhurst demselben Brand zum Opfer gefallen war, der auch die Mutter der Zwillinge das Leben gekostet hatte, und ich bin mir nicht sicher, was ich eigentlich hinter der schwarzen Tür am Ende des Korridors erwartete; eine reich bestückte Bibliothek jedenfalls nicht. Genau das jedoch lag vor mir, als ich Percy Blythe in das Zimmer folgte. Raumhohe Regale an allen vier Wänden, und selbst im schummrigen Licht – die Fenster wurden von schweren, bodenlangen Vorhängen verdunkelt – konnte ich sehen, dass sie mit sehr alten Büchern gefüllt waren, von der Sorte mit marmorierten Vorsatzblättern und Goldschnitt. Es juckte mich gewaltig in den Fingern, die Buchrücken zu befühlen, ein Buch zu entdecken, dessen Verlockung ich nicht würde widerstehen können, es aus dem Regal zu nehmen, es behutsam aufzuschlagen, dann die Augen zu schließen und den betörenden Duft alten, literarischen Staubs in mich aufzunehmen.

Percy Blythe bemerkte meine Neugier und schien meine Gedanken zu lesen. »Natürlich alles Ersatzstücke«, sagte sie. »Der größte Teil der ursprünglichen Familienbibliothek ist in Flammen aufgegangen. Es war kaum etwas zu retten, und die Bücher, die nicht verbrannten, sind dem Rauch und dem Wasser zum Opfer gefallen.«

»All die vielen Bücher«, murmelte ich, während ich fast körperlichen Schmerz empfand.

»Ja. Meinen Vater hat es schwer getroffen. Er hat danach fast sein ganzes Leben der Wiederanschaffung der Sammlung gewidmet. Briefe wurden in alle Welt verschickt. Häufig suchten uns Händler seltener Bücher auf; andere Besucher waren eigentlich nicht willkommen. Aber dieses Zimmer hat mein Vater nie wieder benutzt, nicht seit dem Tod meiner Mutter.«

Vielleicht war es ja nur das Produkt meiner überbordenden Fantasie, aber ich war mir sicher, dass ich den Ruß riechen konnte, der sich aus dem alten Mörtel den Weg durch die neuen Wände und die frische Farbe bahnte. Und da war auch ein Geräusch, das ich nicht einordnen konnte; ein Klopfen, das ich unter normalen Umständen nicht wahrgenommen hätte, während es sich mir in diesem merkwürdigen und stillen Haus regelrecht aufdrängte. Ich sah zu Percy hinüber, die hinter einen alten Ledersessel mit Knopfpolsterung getreten war, aber falls sie es auch hörte, ließ sie es sich jedenfalls nicht anmerken.

»Mein Vater war ein leidenschaftlicher Briefeschreiber«, sagte sie, den Blick auf einen Schreibtisch in der Fensternische gerichtet, »meine Schwester Saffy ebenfalls.«

»Und Sie nicht?«

Ein schmallippiges Lächeln. »Ich habe in meinem Leben nur wenige Briefe geschrieben; nur dann, wenn es absolut unumgänglich war.«

Die Antwort überraschte mich, und vielleicht verriet mich mein Gesichtsausdruck, denn sie wartete mit einer Erklärung auf.

»Das geschriebene Wort war nie meine Stärke. In einer Familie von Schriftstellern sollte man seine Unzulänglichkeiten erkennen. Misslungene Versuche wurden nicht akzeptiert. Mein Vater und seine beiden überlebenden Brüder tauschten, als wir noch jung waren, formvollendete Briefe aus, die er uns abends vorlas. Er erwartete von einem Text einen hohen Unterhaltungswert und hielt nicht mit seiner Meinung hinter dem Berg, wenn das Geschriebene seinen Ansprüchen nicht genügte. Die Erfindung des Telefons hat ihn zutiefst deprimiert. Er machte es für viele Übel dieser Welt verantwortlich.«

Wieder war das Klopfen zu vernehmen, diesmal lauter, ein Hinweis, dass sich irgendwo etwas bewegte. Wie Wind, der durch Ritzen fuhr und Sandkörner vor sich her trieb, nur irgendwie schwerer. Und es kam von oben, da war ich mir sicher.

Ich betrachtete die Zimmerdecke; eine schwache Glühbirne hing von einer verstaubten Rosette herab, daneben war ein gezackter Riss im Putz zu sehen. Plötzlich hatte ich das Gefühl, die Geräusche könnten die letzte Warnung sein, dass die Decke unmittelbar vor dem Einsturz stand. »Dieses Geräusch …«

»Ach, beachten Sie es einfach nicht«, sagte Percy Blythe und winkte mit ihrer dürren Hand ab. »Das sind bloß die Hausgeister, die in den Adern des Gemäuers spielen.«

Ich schätze, ich habe ziemlich konsterniert dreingeblickt, jedenfalls fühlte ich mich so.

»Sie sind das bestgehütete Geheimnis in einem alten Haus wie diesem.«

»Die Hausgeister?«

»Die Adern.« Sie legte stirnrunzelnd den Kopf in den Nacken und ließ den Blick am Stuck entlangwandern, als folgte sie mit den Augen etwas, das ich nicht sehen konnte. Als sie weitersprach, klang ihre Stimme verändert. Ihre Unerschütterlichkeit hatte einen winzigen Riss bekommen, und einen Augenblick lang hatte ich das Gefühl, ich würde sie erst jetzt richtig sehen und hören. »In einem Schrank in einem Zimmer unter dem Dach befindet sich eine verborgene Tür. Es ist der Eingang zu einem Labyrinth von Geheimgängen. Man kann darin entlangkriechen, von Zimmer zu Zimmer, vom Dachboden bis ins Kellergewölbe, wie eine Maus. Wenn man ganz leise ist, hört man es überall flüstern, aber man kann sich auch in den Gängen verirren, wenn man nicht vorsichtig ist. Das sind die Adern des Hauses.«

Ich schüttelte mich bei der Vorstellung, dass es sich bei dem Haus um ein gewaltiges kauerndes Lebewesen handelte. Ein dunkles und namenloses Geschöpf, das den Atem anhielt; die fette, alte Kröte aus einem Märchen, die auf die Gelegenheit wartet, der Jungfrau einen Kuss abzuluchsen. Natürlich dachte ich an den Modermann, die finstere und glitschige Gestalt, die aus dem Schlossgraben auftaucht wie aus dem Styx, um sich das Mädchen hinter dem Dachbodenfenster zu holen.

»Als Kinder haben Saffy und ich ein Spiel gespielt: Wir haben uns vorgestellt, dass eine Familie, die vor uns hier wohnte, in diesen Gängen hauste und sich weigerte auszuziehen. Wir haben sie die Hausgeister genannt, und immer, wenn wir ein Geräusch hörten, das wir uns nicht erklären konnten, wussten wir, dass sie es waren.«

»Wirklich?«, flüsterte ich.

Sie musste über meinen Gesichtsausdruck lachen, ein eigenartiges, humorloses Gackern, das so unvermittelt abbrach, wie es begonnen hatte. »In Wirklichkeit gab es sie natürlich nicht. Keine Sorge. Diese Geräusche, die Sie hören, stammen von Mäusen. Davon haben wir hier weiß Gott genug.« Ein leichtes Zucken in ihrem Augenwinkel, während sie mich betrachtete. »Wollen Sie sich den Schrank mit der verborgenen Tür im Kinderzimmer vielleicht auch noch ansehen?«

Ich glaube, ich habe tatsächlich gequiekt. »Ja, unbedingt.«

»Dann kommen Sie mit. Es ist eine ziemliche Kletterpartie.«

## Das leere Dachzimmer und die fernen Stunden

Sie hatte nicht übertrieben. Die Treppe wollte und wollte nicht enden und wurde nach jedem Absatz enger und düsterer. Als ich schon glaubte, ich würde in einen Zustand völliger Blindheit eintauchen, betätigte Percy Blythe einen Schalter, und eine nackte Glühbirne, die an einem Kabel von der Decke hoch oben baumelte, spendete schummriges Licht. Jemand hatte nachträglich einen Handlauf an der Wand angebracht, damit man den letzten steilen Anstieg gefahrlos bewältigen konnte. Irgendwann in den Fünfzigerjahren, schätzte ich; ein Metallrohr, einfach und zweckmäßig. Wer auch immer es wann auch immer angebracht hatte, ich dankte ihm von Herzen. Jetzt bei Licht sah ich, dass die Stufen gefährlich ausgetreten waren, und ich war froh, mich an etwas festhalten zu können. Weniger angenehm war, dass ich jetzt auch all die Spinnweben sehen konnte. Hier oben war schon lange niemand mehr gewesen, was sich die Schlossspinnen zunutze gemacht hatten.

»Unsere Kinderfrau hatte immer eine Talgkerze dabei, wenn sie uns abends ins Bett gebracht hat«, sagte Percy, während sie die letzten Stufen erklomm. »Der Lichtschein flackerte auf den Wänden, und sie sang dieses alte Kinderlied. Sie kennen es bestimmt: ›Kennt ihr die Geschichte vom Mord im Schloss‹.«

*Wo das Blut in Strömen die Treppe runterfloss.* Natürlich kannte ich es. Ein graues Spinnennetz streifte meine Schulter, und plötzlich sehnte ich mich nach meinem winzigen Zimmer in meinem Elternhaus. Dort gab es keine Spinnweben, nur alle zwei Wochen die übliche Putzaktion meiner Mutter und den beruhigenden Geruch nach Reinigungsmitteln.

»Damals hatten wir noch keinen Strom. Der kam erst Mitte der Dreißigerjahre, und da auch nur mit Halbspannung. Mein Vater konnte die vielen Kabel nicht ausstehen. Er hatte Angst vor einem Brand, verständlich nach dem, was mit meiner Mutter passiert war. Nach dem Unglück hat mein Vater ein System von Feuerschutzübungen entwickelt. Er läutete eine Glocke unten auf dem Rasen und maß mit seiner alten Stoppuhr die Minuten, die wir brauchten, bis wir draußen waren. Und dabei schrie er die ganze Zeit, das Haus würde gleich lichterloh brennen wie ein gigantischer Scheiterhaufen.« Sie ließ wieder ihr glasschneidendes Gackern hören, dann blieb sie unvermittelt auf der obersten Treppenstufe stehen. »So«, sagte sie, steckte den Schlüssel ins Schloss und hielt ihn einen Moment fest, bevor sie ihn drehte. »Wollen wir?«

Als sie die Tür aufstieß, hätte mich das grelle Licht fast umgeworfen. Ich blinzelte, bis sich meine Augen an die Helligkeit gewöhnten und die Konturen im Raum allmählich hervortraten.

Nach dem mühseligen Aufstieg war das Dachzimmer auf den ersten Blick eine Enttäuschung. Der ausgesprochen nüchterne Raum hatte nichts von einem viktorianischen Kinderzimmer. Im Gegensatz zu den anderen Zimmern im Haus, die liebevoll erhalten waren, als könnten ihre ehemaligen Bewohner jeden Augenblick zurückkehren, war das Kinderzimmer auf unheimliche Weise kahl. Als wäre es gründlich geschrubbt und sogar frisch geweißt worden. Es gab keinen Teppich, und die beiden eisernen Betten, die an der gegenüberliegenden Wand jeweils links und rechts neben dem offenen Kamin längs ins Zimmer ragten, waren nicht bezogen. Auch Vorhänge gab es keine, was die Helligkeit erklärte, und in dem Regal unter einem der Fenster standen weder Bücher noch Spielsachen.

Das Regal unter dem Dachzimmerfenster.

Mir schlug das Herz bis zum Hals. Unwillkürlich sah ich das Mädchen aus dem Prolog vom *Modermann* vor mir, wie es nachts aufwachte und sich zum Fenster hingezogen fühlte; wie es still und leise auf das Regal kletterte und hinausschaute und von den Abenteuern träumte, die es eines Tages erleben würde, ohne zu ahnen, welche Schrecken auf es warteten.

»Dieses Dachzimmer hat Generationen von Kindern der Familie Blythe beherbergt«, sagte Percy Blythe, während sie sich im Zimmer umsah.

Sie sagte nichts zum kahlen Zustand des Zimmers oder zu seinem Platz in der Literaturgeschichte, und ich drängte sie nicht dazu. Seit dem Augenblick, als sie den Schlüssel im Schloss gedreht und mich eingelassen hatte, wirkte sie bedrückt. Ich war mir nicht sicher, ob es die Auswirkung des Kinderzimmers war, oder ob das grelle Licht einfach nur die Spuren des Alters in ihrem Gesicht deutlicher hervortreten ließ. Wie auch immer, es schien mir wichtig, sie gewähren zu lassen. »Verzeihen Sie bitte«, sagte sie schließlich. »Ich war ewig nicht hier oben. Alles wirkt … kleiner, als ich es in Erinnerung hatte.«

Das Gefühl kannte ich gut. Wenn ich in dem Bett in meinem ehemaligen Kinderzimmer schlief, fand ich es immer wieder seltsam festzustellen, dass es zu kurz war, oder das blasse Rechteck auf der Tapete zu sehen, wo einmal das Poster von *Blondie* gehangen hatte, deren Sängerin, Deborah Harry, ich als Teenager verehrt hatte. Aber wie es sich anfühlte, ein Kinderzimmer zu betreten, das man vor achtzig Jahren bewohnt hatte, konnte ich nur vage erahnen. »Haben Sie alle drei als Kinder hier oben geschlafen?«

»Nicht wir alle, nein. Juniper nicht. Die ist erst später hier heraufgezogen.« Percy verzog die Lippen, als hätte sie einen bitteren Geschmack im Mund. »Ihre Mutter hatte in ihrer Suite ein Kinderzimmer eingerichtet. Sie war jung und nicht mit den Gepflogenheiten vertraut. Es war nicht ihre Schuld.«

Ihre Wortwahl machte mich stutzig, und ich war mir nicht sicher, ob ich verstanden hatte, was sie meinte.

»Nach der Tradition in diesem Haus bekamen Kinder erst mit dreizehn Jahren ein eigenes Zimmer im unteren Stockwerk. Saffy und ich kamen uns sehr wichtig vor, als wir nach unten ziehen durften, aber ich muss gestehen, dass ich das Dachzimmer vermisst habe. Saffy und ich waren es gewöhnt, alles miteinander zu teilen.«

»Das ist wahrscheinlich normal bei Zwillingen.«

»Allerdings.« Die Spur eines Lächelns. »Kommen Sie. Ich zeige Ihnen die Tür zu den Hausgeistern.«

Der Mahagonischrank stand in einer winzigen Kammer hinter den Betten. Die Decke war so niedrig, dass ich mich beim Eintreten bücken musste, und ein süßlicher Geruch schlug mir entgegen, der mir fast den Atem raubte.

Percy schien ihn nicht zu bemerken. Sie bückte sich ebenfalls und zog an dem niedrig angebrachten Griff, woraufhin sich die verspiegelte Schranktür quietschend öffnete.

»Da ist sie. In der Rückwand.« Sie sah mich durchdringend an, die Augenbrauenstriche waren streng zusammengezogen. »Aber von dort aus können Sie sie bestimmt nicht sehen.«

Mir die Nase zuzuhalten schien mir nicht schicklich, also atmete ich tief ein, hielt die Luft an und beugte mich vor.

Sie trat beiseite und bedeutete mir, noch näher zu kommen.

Ich verscheuchte das Bild von Gretel vor dem Ofen der Hexe und kletterte in den Schrank. Nachdem sich meine Augen an die Dunkelheit gewöhnt hatten, entdeckte ich die kleine Tür.

»Ah«, sagte ich mit der letzten Luft, die mir blieb. »Da ist sie ja.«

»Da ist sie«, kam das Echo von außen.

Notgedrungen musste ich wieder Luft holen, aber der Geruch war gar nicht so schlimm, und vor lauter Aufregung über eine verborgene Tür in der Rückwand eines Schranks nahm ich ihn gar nicht mehr wahr. »Durch diese Tür können also die Hausgeister herein- und wieder hinausgelangen.« Ich hörte das Echo meiner eigenen Stimme.

»Die Hausgeister, ja«, sagte Percy sarkastisch. »Die Mäuse hingegen haben leider keine Tür nötig. Die kleinen Biester machen längst, was sie wollen.«

Ich kletterte wieder aus dem Schrank, und als ich mir den Staub von den Kleidern klopfte, fiel mein Blick auf das gerahmte Bild an der gegenüberliegenden Wand. Eigentlich kein Bild, sondern ein Text, etwas Religiöses, wie ich beim Nähertreten feststellte. Beim Betreten der Kammer war es mir nicht aufgefallen, weil es sich hinter mir befunden hatte. »Was war das für ein Zimmer?«

»Hier hat unsere Kinderfrau gewohnt. Als wir noch sehr klein waren«, sagte Percy. »Damals war es für uns der schönste Ort auf der Welt.« Ein Lächeln deutete sich an, um gleich darauf wieder zu verschwinden. »Es ist wirklich nicht viel mehr als ein Abstellraum, nicht wahr?«

»Ein Abstellraum mit einer herrlichen Aussicht.« Ich ging zum Fenster. Hier waren die Vorhänge nicht entfernt worden.

Als ich sie beiseite zog, fiel mir die große Anzahl von schweren Vorhängeschlössern auf, mit denen das Fenster gesichert war. Offenbar stand mir meine Verwunderung ins Gesicht geschrieben, denn Percy sagte: »Mein Vater war immer sehr um unsere Sicherheit besorgt. In seiner Jugend gab es einen Vorfall, den er nie verwunden hat.«

Ich nickte und schaute aus dem Fenster; der Anblick kam mir atemberaubend vertraut vor. Aber nicht, weil ich das alles schon einmal gesehen hätte, sondern weil ich darüber gelesen und es mir vorgestellt hatte. Direkt unter mir entlang der Grundmauern lag ein etwa sechs Meter breiter Streifen mit üppig wachsendem Gras, dessen Grün sich von der Umgebung deutlich abhob. »Da war früher mal ein Wassergraben«, sagte ich.

»Ja.« Percy war neben mich getreten und hielt den Vorhang beiseite. »Eine meiner frühesten Kindheitserinnerungen ist, wie ich einmal nicht einschlafen konnte, weil ich dort unten Stimmen hörte. Es war Vollmond, und als ich auf die Fensterbank geklettert bin, habe ich unsere Mutter gesehen, die im silbrigen Mondlicht auf dem Rücken schwamm und vergnügt lachte.«

»Sie war eine begeisterte Schwimmerin«, sagte ich, weil ich mich daran erinnerte, was ich in *Raymond Blythe in Milderhurst* gelesen hatte.

Percy nickte knapp. »Den runden Badeteich hat mein Vater als Hochzeitsgeschenk für sie anlegen lassen, aber sie zog den Schlossgraben vor, und so wurde jemand beauftragt, ihn herzurichten. Nach ihrem Tod hat mein Vater den Graben auffüllen lassen.«

»Er hat ihn sicherlich zu sehr an sie erinnert.«

»Ja.« Ihre Lippen zuckten, und mir wurde bewusst, dass meine Kommentare zu ihrer Familientragödie ziemlich taktlos waren. Um das Thema zu wechseln, zeigte ich auf einen Mauervorsprung, der in den Graben hineinragte. »Was für ein Zimmer ist das?«, fragte ich. »Ich kann mich nicht daran erinnern, einen Balkon gesehen zu haben.«

»Das ist die Bibliothek.«

»Und da hinten. Was ist das für ein ummauerter Garten?«

»Das ist kein Garten.« Sie ließ den Vorhang wieder zufallen. »Wir sollten unseren Rundgang fortsetzen.«

Ihr Tonfall und ihre Bewegungen waren plötzlich steif. Ich musste sie irgendwie verstimmt haben, hatte jedoch keine Ahnung, womit. Hastig ließ ich unser Gespräch Revue passieren und kam zu dem Schluss, dass es wahrscheinlich bloß die alten Erinnerungen waren, die ihr zu schaffen machten. Leise sagte ich: »Es muss unglaublich sein, in einem Schloss zu wohnen, das schon so lange im Familienbesitz ist.«

»Ja«, erwiderte sie. »Es war nicht immer einfach und hat uns Opfer abverlangt. Wir waren gezwungen, große Teile des Grundstücks zu verkaufen, erst kürzlich den Bauernhof, aber es ist uns gelungen, das Schloss zu behalten.« Demonstrativ inspizierte sie den Fensterrahmen und drückte ein Stückchen abblätternde Farbe an. Als sie weitersprach, rang sie ganz offensichtlich mit der Fassung. »Es stimmt, was meine Schwester sagt. Ich liebe dieses Haus, wie andere einen Menschen lieben. Das war schon immer so.« Ein kurzer Blick von der Seite. »Das kommt Ihnen sicher sonderbar vor.«

Ich schüttelte den Kopf. »Nein, eigentlich nicht.«

Sie zog zweifelnd die Brauen hoch; aber ich meinte es ernst. Ich fand es absolut nicht sonderbar. Meinem Vater hat es das Herz gebrochen, als er sich von seinem Elternhaus trennen musste. Die Geschichte ist relativ einfach: Ein kleiner Junge, fasziniert vom Geschwätz über die grandiose Geschichte seiner Familie, ein verehrter und reicher Onkel, der Versprechungen macht, ein Sinneswandel auf dem Totenbett.

»Alte Häuser und alte Familien gehören zusammen«, fuhr Percy fort. »So war es schon immer. Meine Vorfahren leben fort im Gemäuer von Schloss Milderhurst, und es ist meine Pflicht, das Haus zu erhalten. Das ist keine Aufgabe für Außenstehende.«

Ihr Tonfall war schneidend und duldete keine Widerrede. »Wahrscheinlich ist es für Sie, als wären sie alle immer noch um

Sie herum …«, als ich die Worte aussprach, sah ich plötzlich meine Mutter, wie sie vor dem Puppenhaus kniete, »… als würden die Mauern singen.«

Sie hob eine Braue. »Wie bitte?«

Mir war gar nicht bewusst, dass ich laut gesprochen hatte.

»Das mit den Mauern«, stieß sie hervor. »Sie haben eben etwas über die Mauern gesagt, die singen.«

»Das hat meine Mutter einmal zu mir gesagt«, ich schluckte demütig. »Sie hat von alten Mauern gesprochen, die von fernen Stunden singen.«

Percys finstere Miene hellte sich unversehens auf. »Das hat mein Vater geschrieben. Ihre Mutter muss seine Gedichte gelesen haben.«

Daran hatte ich allerdings meine Zweifel. Meine Mutter hatte noch nie viel fürs Lesen übriggehabt und schon gar nicht für Gedichte. »Möglich.«

»Als wir klein waren, hat er uns immer Geschichten über die Vergangenheit erzählt. Er sagte, wenn er mit dem Schloss nicht pfleglich umginge, würden die fernen Stunden manchmal vergessen, sich zu verbergen.« Während sie in der Erinnerung schwelgte, hob sie ihre Hand wie das Segel eines Schiffs. Es war eine seltsam theatralische Geste, die so ganz und gar nicht zu ihrer knappen, effizienten Art passte. Auch ihre Sprechweise hatte sich geändert: Die kurzen Sätze wurden länger, der Tonfall war weicher. »Er begegnete ihnen, wenn sie in den dunklen, verlassenen Fluren herumgeisterten. Stellt euch all die Menschen vor, die in diesen Mauern gelebt haben, sagte er, die ihre Geheimnisse geflüstert und ihre Intrigen gesponnen haben …«

»Hören Sie sie auch? Die fernen Stunden?«

Einen Moment lang schaute sie mich ernst an. »Dummes Zeug«, sagte sie und setzte ihr schiefes Lächeln auf. »Das hier ist ein sehr altes Gemäuer, aber es besteht nur aus Steinen. Sie haben zweifellos eine Menge gesehen, aber sie verstehen es sehr gut, ihre Geheimnisse zu wahren.«

Etwas spiegelte sich in ihrem Gesicht, etwas wie Schmerz: Wahrscheinlich dachte sie an ihren Vater und ihre Mutter, an den Tunnel der Zeit und an Stimmen, die aus der Vergangenheit zu ihr sprachen. »Wie auch immer«, sagte sie mehr zu sich selbst. »Es führt zu nichts, über die Vergangenheit zu grübeln. Wer zu viel über die Toten nachdenkt, kann sich schnell sehr einsam fühlen.«

»Sie sind bestimmt froh, Ihre Schwestern zu haben.«

»Natürlich.«

»Ich habe mir immer vorgestellt, dass es sehr tröstlich sein muss, Geschwister zu haben.«

Sie schwieg einen Moment lang. »Haben Sie keine?«

»Nein«, erwiderte ich lächelnd und zuckte leichthin die Schultern. »Ich bin ein einsames Einzelkind.«

»Ist man als Einzelkind wirklich einsam?« Sie musterte mich, als wäre ich eine seltene Spezies. »Das habe ich mich schon immer gefragt.«

Ich dachte an das große Abwesende in meinem Leben und dann an die seltenen Nächte, die ich bei meinen schlafenden, schnarchenden, murmelnden Kusinen verbracht hatte, an meine schuldbewussten Fantasien, dass ich eine von ihnen wäre, dass ich zu irgendjemandem gehörte. »Manchmal«, sagte ich. »Manchmal ist man als Einzelkind sehr einsam.«

»Aber auch sehr frei, könnte man annehmen.«

Zum ersten Mal fiel mir eine kleine Ader auf, die an ihrem Hals pulsierte. »Frei?«

»Niemand kann einen besser an alte Sünden erinnern als eine Schwester.« Sie lächelte zwar, aber in ihren Augen lag kein Humor. Sie musste es gemerkt haben, denn das Lächeln verschwand wieder, und sie nickte zum Treppenhaus. »Kommen

Sie«, sagte sie. »Gehen wir wieder nach unten. Seien Sie vorsichtig. Halten Sie sich gut am Geländer fest. Mein Onkel ist hier auf dieser Treppe gestorben, als er noch ein Junge war.«

»O Gott.« Es kam mir völlig unpassend vor, aber was soll man da sagen? »Wie schrecklich.«

»An dem Abend war ein schweres Gewitter aufgezogen, und er hat sich gefürchtet, so hieß es jedenfalls. Ein Blitz hat den Himmel aufgerissen und ist direkt in den See eingeschlagen. Der Junge schrie vor Angst, aber bevor die Kinderfrau zu ihm eilen konnte, war er schon aus dem Bett gesprungen und aus dem Zimmer gelaufen. Dummer Junge: Er ist ausgerutscht, gestürzt und wie eine Stoffpuppe am Fuß der Treppe gelandet. Manchmal, wenn das Wetter besonders schlecht war, haben wir uns vorgestellt, wir würden ihn nachts schreien hören. Er versteckt sich unter der dritten Stufe, wissen Sie. Dort wartet er darauf, jemanden zum Stolpern zu bringen, weil er hofft, auf diese Weise Gesellschaft zu bekommen.« Sie drehte sich auf der Stufe unter mir um, der vierten. »Glauben Sie an Gespenster, Miss Burchill?«

»Ich weiß nicht. Irgendwie schon.« Meine Großmutter hatte Gespenster gesehen. Zumindest eins: meinen Onkel, nachdem er in Australien mit dem Motorrad ums Leben gekommen war. *Er wusste nicht, dass er tot ist*, hatte sie mir erzählt: *Mein armes Lämmchen. Ich habe ihm meine Hand gereicht und ihm gesagt, dass alles gut ist, dass er nach Hause gekommen ist und wir ihn alle lieben.* Ich schüttelte mich bei der Erinnerung und bekam gerade noch mit, wie sich auf Percy Blythes Gesicht, kurz bevor sie sich abwandte, ein Ausdruck grimmiger Genugtuung zeigte.

## Der Modermann, das Familienarchiv und eine verschlossene Tür

Ich folgte Percy Blythe über einen Treppenabsatz nach dem anderen, durch düstere Flure, dann noch weiter nach unten. Noch weiter nach unten als zu dem Stockwerk, in dem wir mit dem Aufstieg begonnen hatten? Wie alle Gebäude, die mit der Zeit gewachsen sind, war Schloss Milderhurst ein einziges Labyrinth. Flügel waren an- oder umgebaut worden, eingestürzt und wieder errichtet worden. Das Resultat war mehr als verwirrend, vor allem für jemanden ohne eingebauten Kompass. Es war, als fächerte sich das Schloss nach innen auf, wie eine dieser Zeichnungen von Escher, wo man ewig über Treppen gehen kann, immer im Kreis, ohne jemals das Ende zu erreichen. Es gab keine Fenster – zumindest, seit wir den Dachboden verlassen hatten –, und es war schrecklich dunkel. Irgendwann hätte ich schwören können, eine Melodie am Gemäuer entlangstreichen zu hören – romantisch, melancholisch, irgendwie vertraut –, aber als wir um die nächste Ecke bogen, war sie schon wieder fort, und vielleicht war sie auch nie da gewesen. Aber eins bildete ich mir ganz bestimmt nicht ein, und das war der eigenartige Geruch, der stärker wurde, je tiefer wir stiegen, und der nur deswegen nicht unangenehm wurde, weil er so erdig war.

Auch wenn Percy die Vorstellungen ihres Vaters von den fernen Stunden als unsinnig abgetan hatte, konnte ich nicht umhin, mit der Hand über die kühlen Steine zu fahren und mich zu fragen, welche Spuren meine Mutter hinterlassen haben mochte, als sie von Milderhurst weggegangen war. Das kleine Mädchen lief immer noch neben mir her, sprach aber nicht viel. Ich dachte daran, Percy nach ihr zu fragen, aber nachdem ich jetzt schon so lange hier war, ohne meine Verbindung zu dem Haus offenbart zu haben, würde alles, das ich jetzt dazu sagen würde, nur unglaubwürdig wirken. Schließlich entschied ich mich für die klassische List. »Wurde das Schloss eigentlich während des Krieges beschlagnahmt?«

»Nein. Großer Gott. Das hätte ich nicht ertragen. Wenn man sich überlegt, wie viel Schaden in einigen der angesehensten Häuser des Landes angerichtet wurde! Nein.« Sie schüttelte nachdrücklich den Kopf. »Gott sei Dank ist es dazu nicht gekommen. Aber wir haben unseren Anteil geleistet. Ich war eine Zeit lang Lazarettschwester, drüben in Folkstone; Saffy hat Kleider und Verbandsmaterial genäht und Schals gestrickt; selbst Juniper hat eine Weile gearbeitet, bei der Feuerwehr in London. Wir haben auch eine Evakuierte aufgenommen in den ersten Kriegsjahren.«

»Ach ja?« Meine Stimme überschlug sich fast. Neben mir begann das kleine Mädchen zu hüpfen.

»Auf Junipers Drängen hin. Ein Mädchen aus London. Herrje, ich habe ihren Namen vergessen. Das ist das Alter. Entschuldigen Sie den Gestank hier unten.«

Irgendetwas in mir verkrampfte sich aus Mitleid für das vergessene Mädchen.

»Das ist der Schlamm«, fuhr Percy fort. »Von dort, wo früher der Graben war. Das Grundwasser steigt im Sommer an, dringt in die Kellerräume ein und bringt den Gestank nach verfaultem Fisch mit sich. Zum Glück gibt es hier unten nichts, was besonders kostbar wäre. Nur das Archiv, und das ist wasserdicht. Die Wände und der Boden sind mit Kupfer ausgeschlagen, die Tür ist aus Blei gefertigt. Da kommt nichts rein und nichts raus.«

»Das Archiv«, wiederholte ich erschaudernd, »genau wie im *Modermann*.« Der besondere Raum, tief unten im Haus des Onkels, der Raum, in dem alle Dokumente der Familie aufbewahrt werden, wo er das verschimmelte alte Tagebuch entdeckt, in dem die Vergangenheit des Modermanns enträtselt wird. Der Raum der Geheimnisse im Herzen des Hauses.

Percy blieb stehen, stützte sich auf ihren Stock und musterte mich. »Sie haben es also gelesen.«

Es war eigentlich keine Frage, dennoch antwortete ich. »Als Kind habe ich es verschlungen.« Kaum hatte ich die Worte ausgesprochen, spürte ich wieder diese alte Unfähigkeit, meiner Liebe zu dem Buch angemessen Ausdruck zu verleihen. »Es war mein Lieblingsbuch«, fügte ich hinzu, und der Satz schwebte hoffnungsfroh in der Luft, bis er zerstäubte wie Puder von einer Puderquaste.

»Es war sehr populär zu seiner Zeit«, sagte Percy und ging weiter den Flur hinunter. Zweifellos hatte sie das alles schon gehört. »Und das ist es immer noch. Im nächsten Jahr ist es fünfundsiebzig Jahre her, dass es zum ersten Mal erschien.«

»Wirklich?«

»Fünfundsiebzig Jahre«, sagte sie noch einmal, öffnete eine Tür und lotste mich in ein weiteres Treppenhaus. »Es kommt mir vor, als wäre es gestern gewesen.«

»Es muss sehr aufregend gewesen sein, als das Buch herauskam.«

»Wir haben uns gefreut, dass unser Vater so glücklich war.«

Habe ich damals schon das winzige Zögern bemerkt, oder färben Dinge, die ich später erfahren habe, meinen ersten Eindruck? Irgendwo schlug eine Uhr müde die Stunde, und ich stellte mit Bedauern fest, dass meine Zeit um war. Es schien mir unmöglich, ich hätte Stein und Bein geschworen, dass ich gerade erst angekommen war, aber Zeit ist ein seltsam flüchtiges Phänomen. Die Stunde zwischen dem Frühstück und meinem Aufbruch nach Milderhurst war mir wie eine Ewigkeit vorgekommen, aber die sechzig Minuten, die mir in den Mauern des Schlosses zugestanden wurden, waren wie ein Schwarm aufgeschreckter Vögel davongeflogen.

Percy Blythe warf einen Blick auf ihre Armbanduhr. »Ich habe die Zeit vergessen«, sagte sie leicht überrascht. »Tut mir leid. Die Standuhr geht zehn Minuten vor, aber wir müssen uns beeilen. Mrs. Bird wird Sie pünktlich zur Stunde hier abholen, und bis zur Eingangshalle haben wir noch ein Stück Weg vor uns. Ich fürchte, uns bleibt keine Zeit mehr, den Turm zu besichtigen.«

Ich stieß einen Laut aus, als hätte mich etwas gestochen, doch ich gewann schnell meine Fassung wieder: »Mrs. Bird findet es bestimmt nicht so schlimm, wenn ich ein bisschen später komme.«

»Ich dachte, Sie müssten zurück nach London?«

»Ja«, erwiderte ich. Unvorstellbar, aber ich hatte es tatsächlich vergessen: Herbert, seinen Wagen und seine Verabredung in Windsor. »Ja, das stimmt.«

»Machen Sie sich nichts draus«, sagte Percy Blythe und eilte ihrem Stock hinterher. »Sie werden den Turm beim nächsten Mal zu sehen bekommen. Wenn Sie uns wieder besuchen.« Sie schien es als selbstverständlich zu betrachten, aber ich fragte nicht nach, zumindest nicht in diesem Moment. Tatsächlich maß ich ihren Worten keine sonderliche Bedeutung bei, denn als wir aus dem Treppenhaus traten, wurde ich von einem raschelnden Geräusch abgelenkt.

Das Rascheln war ebenso leise wie die Hausgeister, und ich

fragte mich schon, ob ich es mir nur eingebildet hatte, nach all dem Gerede von fernen Stunden und Menschen, die in dem Gemäuer gefangen waren, aber als Percy Blythe sich ebenfalls suchend umsah, wusste ich, dass ich richtig gehört hatte.

Kurz vor uns, wo ein anderer Flur abging, kam der Lurcher um die Ecke getrottet. »Bruno«, sagte Percy überrascht, »was machst du denn hier unten, alter Junge?«

Der Hund blieb vor mir stehen und schaute mich an, die schweren Lider halb geschlossen.

Percy bückte sich, um ihn hinter den Ohren zu kraulen. »Wissen Sie, was das Wort ›Lurcher‹ bedeutet? Es kommt aus dem Romani und bedeutet Dieb. Nicht wahr, mein Junge? Ein schrecklicher Name für so einen braven Hund wie dich.« Eine Hand in den Rücken gestützt, richtete sie sich mühsam wieder auf. »Sie wurden ursprünglich von Zigeunern gezüchtet und von Wilderern benutzt: für die Jagd auf Kaninchen und Hasen und anderes Kleintier. Die Zucht reinrassiger Hunde war dem Adel vorbehalten, Verstöße wurden hart bestraft; die Herausforderung bestand also darin, Hunde zu züchten, die einerseits gute Jäger waren, andererseits keine eindeutige Rassemerkmale aufwiesen. Er gehört meiner Schwester Juniper. Schon als kleines Mädchen war sie in Tiere vernarrt; und sie schienen sie auch zu mögen. Wir haben schon immer einen Hund für sie gehalten, erst recht seit ihrem Nervenzusammenbruch. Es heißt, jeder braucht etwas, das er lieben kann.«

Als wüsste er, dass wir über ihn redeten, verzog Bruno sich. Dann war das schwache Rascheln wieder zu hören, wurde jedoch übertönt, als in der Nähe ein Telefon klingelte.

Percy stand ganz still und lauschte wie jemand, der darauf wartet, dass jemand anders den Hörer abnimmt.

Aber es klingelte immer weiter, bis der letzte Ton in trostloser Stille verklang.

»Kommen Sie«, sagte Percy, und ihr knapper Tonfall verriet Anspannung. »Wir nehmen eine Abkürzung.«

In dem Flur war es nicht dunkler als in den anderen; im Gegenteil, jetzt, wo wir den Keller verlassen hatten, fielen einige Streifen Licht auf die Steinfliesen. Wir hatten zwei Drittel des Wegs zurückgelegt, als das Telefon erneut klingelte.

Diesmal wartete Percy nicht. »Tut mir leid«, sagte sie nervös. »Ich verstehe nicht, wo Saffy ist. Ich erwarte einen wichtigen Anruf. Würden Sie mich bitte einen Moment entschuldigen? Es dauert nicht lange.«

»Selbstverständlich.«

Sie verschwand mit einem Nicken, bog am Ende des Flurs ab und ließ mich allein zurück.

Was als Nächstes geschah, daran war die Tür schuld. Die Tür auf der anderen Seite des Flurs. Ich liebe Türen. Ohne Ausnahme. Türen führen irgendwohin, und es hat noch keine gegeben, die ich nicht hätte öffnen wollen. Wenn diese Tür jedenfalls nicht so alt und schön gewesen wäre, so entschieden verschlossen, wenn nicht ein Lichtstrahl derart verlockend genau auf das Schlüsselloch gefallen wäre, hätte ich ihr vielleicht widerstehen können; hätte Däumchen gedreht und gewartet, bis Percy zurückkäme. Aber ich konnte nichts dagegen tun, ich war machtlos. Manchen Türen sieht man sofort an, dass sich dahinter etwas Interessantes befindet.

Der Griff war schwarz und glatt, geformt wie ein Knochen, und fühlte sich kühl an. Tatsächlich schien eine allgemeine Kühle durch die Tür zu sickern, obwohl ich nicht hätte sagen können, wie.

Meine Finger spannten sich um den Griff, ich begann, ihn zu drehen, dann …

»Da gehen wir nicht rein.«

Es war wie ein Schlag in die Magengrube.

Ich wirbelte herum und versuchte, in dem Dämmerlicht hinter mir etwas zu erkennen. Ich sah nichts, aber ich war eindeutig nicht allein. Jemand hatte mit mir gesprochen, musste also in der Nähe sein. Und selbst wenn sie nichts gesagt hätte, hätte ich es gewusst. Ich spürte ihre Anwesenheit, wie sie sich bewegte und sich im Dunkeln versteckte. Das Rascheln war auch wieder da: lauter, näher, ich bildete es mir nicht ein, und es kam eindeutig nicht von Mäusen.

»Es tut mir leid«, sagte ich in den düsteren Flur hinein, »ich …«

»Da gehen wir nicht rein.«

Ich versuchte, den Anflug von Panik zu unterdrücken. »Ich wusste nicht …«

»Das ist das gute Zimmer.«

Dann sah ich sie, Juniper Blythe, wie sie aus den Schatten trat, den Flur durchquerte und langsam auf mich zukam.

## Sag, dass du zum Tanz kommst

Ihr Kleid war umwerfend, eins von der Art, wie man sie in Filmen aus der Vorkriegszeit über Töchter aus vornehmen Familien sieht, die sich für ihren ersten Ball herausgeputzt haben, oder versteckt an den überfüllten Kleiderständern exklusiver Secondhandläden findet. Es war aus Organza, im blassesten Rosa – zumindest war es rosa gewesen, bevor die Zeit ihre schmuddeligen Finger danach ausgestreckt hatte. Mehrere Lagen Tüll bauschten den langen Rock, der sich von ihrer schmalen Taille bis zum Boden so weit ausbreitete, dass der spitzenbesetzte Saum die Wände streifte, wenn sie durch den Flur ging.

Wir standen einander gegenüber, eine Ewigkeit, wie mir schien. Endlich bewegte sie sich. Ein bisschen. Ihre Arme hingen herunter, sodass die Hände auf dem Rock ruhten, doch dann hob sie eine Hand leicht an, Handfläche nach oben, eine anmutige Bewegung, als hätte jemand von der Decke hinter mir an einem unsichtbaren Faden gezogen, der an ihrem Handgelenk befestigt war.

»Hallo«, sagte ich und hoffte, es klang liebenswürdig. »Ich bin Edie. Edie Burchill. Wir wurden uns eben vorgestellt. Im gelben Salon.«

Sie blinzelte und legte den Kopf schief. Silbrig schimmerndes Haar fiel ihr auf die Schultern, lang und ungekämmt; die vorderen Strähnen waren ziemlich aufs Geratewohl mit zwei barocken Haarkämmen zurückgesteckt. Die überraschend durchscheinende Haut, ihre spindeldürre Figur und das elegante Kleid ließen sie auf den ersten Blick aussehen wie ein junges Mädchen, das nicht so recht weiß, was es mit seinen langen, dünnen Gliedmaßen anfangen soll. Aber anders als ein unsicheres junges Mädchen wirkte sie nicht schüchtern, ganz und gar nicht: Ihr Blick war fragend, neugierig, als sie einen kleinen Schritt näher kam und in einen Streifen Sonnenlicht trat.

Und dann war die Neugier auf meiner Seite, denn obwohl Juniper mindestens siebzig Jahre alt sein musste, war ihr Gesicht wundersam faltenfrei. Das kann natürlich gar nicht sein, siebzigjährige Damen haben kein faltenfreies Gesicht, und sie war keine Ausnahme – als ich ihr später wiederbegegnete, sah ich es selbst –, aber in dem Licht, dem Kleid, durch eine optische Täuschung, einen sonderbaren Zauber erschien sie so. Blass und ebenmäßig, schimmernd wie das Innere einer Perlenmuschel, als wären die vergangenen Jahre so sehr damit beschäftigt gewesen, ihre Schwestern zu zeichnen, dass sie übersehen worden war. Und doch wirkte sie nicht zeitlos; sie hatte etwas an sich, das unverkennbar aus alten Zeiten stammte und dort verhaftet war. Wie ein altes Foto, das man durch ein schützendes Blatt Seidenpapier betrachtet, wie man es in diesen Alben mit den sepiagetönten Seiten findet. Wieder musste ich an die gepressten Frühlingsblumen denken, die viktorianische Damen in ihre Poesiealben zu legen pflegten. Hübsche Blüten, auf liebevolle Weise getötet, in eine andere Zeit und an einen anderen Ort, in eine andere Jahreszeit befördert, die nicht mehr die ihre ist.

Dann begann die Schimäre zu sprechen, und der Bann war gebrochen. »Ich gehe jetzt zum Abendessen.« Eine hohe, ätherische Stimme, bei deren Klang sich mir die Nackenhaare aufrichteten. »Kommst du mit?«

Ich schüttelte den Kopf und räusperte mich gegen das Kratzen im Hals. »Nein. Nein danke. Ich muss bald nach Hause.« Meine Stimme erschien mir selbst fremd, und mir fiel auf, dass ich stocksteif dastand, als hätte ich Angst. Was vermutlich sogar der Fall war, auch wenn ich nicht wusste, wovor.

Juniper schien mein Unbehagen nicht zu bemerken. »Ich habe ein neues Kleid«, sagte sie und zupfte an ihrem Rock, sodass die obere Lage Organza sich an beiden Seiten hob wie Mottenflügel, weiß und pudrig. »Nein, nicht ganz neu, das stimmt nicht, aber geändert. Es hat früher meiner Mutter gehört.«

»Es ist schön.«

»Ich glaube nicht, dass du sie gekannt hast.«

»Ihre Mutter? Nein.«

»Sie war hübsch, so hübsch. Noch ein junges Mädchen, als sie starb, ein junges Mädchen. Das war ihr bestes Kleid.« Kokett drehte sie sich hin und her, die Lider scheu niedergeschlagen. Der glasige Blick war verschwunden, jetzt schaute sie mich mit wachen blauen Augen an, irgendwie wissend, derselbe Blick wie auf dem Foto von ihr als kleines aufgewecktes Mädchen, wo sie in die Kamera schaut, als hätte man sie aus ihren Gedanken gerissen. »Gefällt es dir?«

»Ja. Sehr.«

»Saffy hat es für mich geändert. Sie vollbringt Wunder mit der Nähmaschine. Wenn man ihr ein Bild von einem Kleid zeigt, das einem gefällt, kriegt sie heraus, wie es gemacht ist, selbst bei den neuesten Modellen aus Paris, auf Bildern in der *Vogue*. Sie arbeitet schon seit Wochen an meinem Kleid, aber es ist ein Geheimnis. Percy würde das gar nicht gefallen, weil Krieg ist und weil sie eben so ist, wie sie ist. Aber ich weiß, dass du nicht petzt.« Dann lächelte sie so hintergründig, dass ich den Atem anhielt.

»Ich sage kein Wort.«

Einen Moment lang musterten wir einander. Meine Angst war verflogen, darüber war ich froh. Die Reaktion war völlig unbegründet gewesen, rein instinktiv, und sie war mir peinlich. Was hatte ich denn zu befürchten? Diese verwirrte Frau in dem einsamen Flur war Juniper Blythe, die Frau, die vor langer Zeit meine Mutter aus einem Haufen verängstigter Kinder ausgesucht und ihr ein Zuhause gegeben hatte, als Bomben auf London fielen, eine Frau, die nie aufgehört hatte zu warten und zu hoffen, dass ihr Liebster endlich kam.

Sie hob das Kinn, während ich sie anschaute, und atmete nachdenklich aus. Offenbar hatte sie sich ebenfalls ihre Gedanken gemacht. Ich lächelte, woraufhin sie eine Entscheidung zu treffen schien. Sie straffte sich und kam auf mich zu, langsam, aber entschlossen. Katzenhaft. Jede ihrer Bewegungen drückte diese Mischung aus Vorsicht, Selbstsicherheit und Trägheit aus, die eine zugrunde liegende Absicht zu verbergen sucht.

Sie blieb erst stehen, als sie mir so nah war, dass ich das Napthalin an ihrem Kleid und den schalen Zigarettenrauch in ihrem Atem riechen konnte. Ihre Augen suchten meinen Blick, ihre Stimme war kaum hörbar. »Kannst du ein Geheimnis für dich behalten?«

Ich nickte, und jetzt lächelte sie auch; die Lücke zwischen ihren Schneidezähnen verlieh ihr etwas Kindliches. Sie nahm meine Hände, als wären wir zwei Freundinnen auf dem Schulhof, ihre Handflächen fühlten sich weich und kühl an. »Ich habe ein Geheimnis, aber ich darf es niemandem verraten.«

»Okay.«

Wie ein kleines Mädchen legte sie eine Hand an den Mund und beugte sich vor bis dicht an mein Ohr. Ihr Atem kitzelte. »Ich habe einen Verehrer.« Und als sie sich wieder zurückzog, drückten ihre alten Lippen eine Wollust aus, die zugleich grotesk und traurig und schön war. »Er heißt Tom. Thomas Cavill, und er hat mir einen Heiratsantrag gemacht.«

Plötzlich überkam mich eine fast unerträgliche Traurigkeit, als ich begriff, wie unerbittlich sie noch immer dem Moment ihrer größten Enttäuschung verhaftet war. Ich betete, dass Percy zurückkommen und unserem Gespräch ein Ende setzen möge.

»Versprichst du mir, dass du keiner Menschenseele was davon erzählst?«

»Ich verspreche es.«

»Ich habe Ja gesagt, aber schsch…« Sie legte sich einen Finger an die Lippen. »Meine Schwestern wissen es noch nicht. Bald kommt er zum Abendessen.« Sie grinste, Alte-Frauen-Zähne in einem puderglatten Gesicht. »Dann geben wir unsere Verlobung bekannt.«

Da fiel mir auf, dass sie etwas an ihrem Finger trug. Keinen Ring, jedenfalls keinen richtigen. Es war ein grobes Imitat, silbern, aber stumpf, wie ein Stück zusammengerollte und in Form gedrückte Aluminiumfolie.

»Und dann werden wir tanzen und tanzen und tanzen …« Sie begann sich zu wiegen und die Melodie zu summen, die in ihrem Kopf erklang. Es war dieselbe Melodie, die ich zuvor in den kühlen Nischen der Flure gehört hatte. Ich kam nicht auf den Titel, dabei lag er mir auf der Zunge … Die Schallplatte, denn um was sonst sollte es sich handeln, war schon vor einer Weile abgelaufen, aber Juniper lauschte noch immer, die Augen geschlossen, die Wangen gerötet von der freudigen Erwartung einer jungen Frau.

Ich habe einmal zwei älteren Eheleuten dabei geholfen, ihre Lebenserinnerungen aufzuschreiben, die sie in Buchform herausbringen wollten. Bei der Frau war Alzheimer diagnostiziert worden, aber die Krankheit war noch nicht weit fortgeschritten, und sie hatten sich entschlossen, die Erinnerungen auf Tonband aufzunehmen, bevor sie davonflogen wie bleiches Herbstlaub von einem Baum.

Bis das Projekt beendet war, verging ein halbes Jahr, in dem ich hilflos miterleben musste, wie aus Vergesslichkeit vollkommene Leere wurde, wie aus dem Ehemann »der Mann da« wurde und die lebhafte, lustige Frau mit dem losen Mundwerk schließlich verstummte.

Nein, Demenz hatte ich erlebt, und Juniper war nicht dement. Was auch immer in ihr vorgehen mochte, leer war sie nicht, und vergessen hatte sie anscheinend auch nicht. Aber irgendetwas stimmte nicht mit ihr, daran bestand kein Zweifel. Jede alte Frau, die ich bisher näher kennengelernt habe, hat mir irgendwann mehr oder weniger wehmütig anvertraut, dass sie sich innerlich immer noch wie achtzehn fühle. Aber das stimmt nicht. Ich bin zwar erst dreißig, aber ich weiß es. Die Zeit hinterlässt bei jedem ihre Spuren: Das selige Gefühl jugendlicher Unverwundbarkeit verschwindet, und die Last der Verantwortung wird immer größer.

Aber so war Juniper nicht. Sie wusste tatsächlich nicht, dass sie alt war. In ihrem Kopf wütete immer noch der Krieg, und nach dem zu urteilen, wie sie sich im Takt zu der imaginären Musik wiegte, tobten in ihrem Körper immer noch die Hormone. Sie war eine unglaubliche Mischung aus alt und jung, schön und grotesk, jetzt und damals. Sie zu erleben war so atemberaubend und unheimlich, dass ich mich mit einem Mal abgestoßen fühlte und mich im selben Augenblick zutiefst für meine Gefühle schämte …

Juniper packte mich am Handgelenk, die Augen weit aufgerissen. »Aber ja!«, sagte sie und schlug sich die langen, bleichen Finger vor den Mund, um ein Kichern zu unterdrücken. »Du weißt doch über Tom Bescheid! Wenn du nicht gewesen wärst, hätten wir uns nie kennengelernt!«

Was auch immer ich hätte darauf antworten können, wurde übertönt, denn in dem Augenblick schlugen sämtliche Uhren im Haus die volle Stunde. Was für eine gespenstische Symphonie, als Zimmer um Zimmer die Uhren einander riefen und das Vergehen der Zeit verkündeten. Ich spürte die Schläge tief in meinem Innern, und eine Eiseskälte legte sich über meine Haut. Ich hielt es nicht mehr länger aus.

»Ich muss jetzt wirklich gehen, Juniper«, sagte ich, als die Uhren endlich schwiegen. Meine Stimme klang heiser.

Ein leises Geräusch hinter mir, und ich drehte mich um in der Hoffnung, dass Percy zurück war.

»Gehen?« Junipers Gesichtszüge erschlafften. »Aber du bist doch gerade erst gekommen. Wo willst du denn hin?«

»Ich fahre nach London zurück.«

»London?«

»Da wohne ich.«

»London.« Plötzlich kam eine Veränderung über sie, so schnell und dunkel wie eine Gewitterwolke. Als sie mich mit erstaunlicher Kraft am Arm packte, sah ich etwas, das mir vorher nicht aufgefallen war. Spinnwebfeine Narben an ihren bleichen Handgelenken, über die Jahre silbrig geworden. »Nimm mich mit.«

»Das … das geht nicht.«

»Aber es ist meine einzige Chance. Dann suchen wir Tom. Vielleicht sitzt er in seiner kleinen Wohnung am Fenster …«

»Juniper …«

»Du hast gesagt, du würdest mir helfen.« Ihre Stimme klang gepresst, hasserfüllt. »Warum hast du mir nicht geholfen?«

»Es tut mir leid«, sagte ich. »Ich bin nicht …«

»Du bist doch meine Freundin, du hast gesagt, du würdest mir helfen. Warum bist du nicht gekommen?«

»Juniper, Sie verwechseln mich …«

»Ach, Meredith«, flüsterte sie, ihr Atem roch nach Rauch und Alter. »Ich habe etwas Schreckliches getan.«

*Meredith*. Ich fühlte mich, als wären mir die Eingeweide umgedreht worden.

Plötzlich waren eilige Schritte zu hören, dann tauchte der Hund auf, gefolgt von Saffy. »Juniper! Gott, da bist du ja.« Sie wirkte zutiefst erleichtert, als sie auf Juniper zuging. Sie nahm ihre Schwester zärtlich in die Arme, löste sich dann wieder von ihr, um ihr Gesicht zu mustern. »Du darfst nicht einfach weglaufen. Ich habe mir solche Sorgen gemacht und dich überall gesucht. Woher sollte ich denn wissen, wo du steckst, meine Kleine?«

Juniper zitterte, und ich wahrscheinlich ebenfalls. *Meredith* ... Das Wort summte in meinen Ohren wie eine Mücke. Ich sagte mir, es sei nichts, reiner Zufall, das bedeutungslose Gerede einer verrückten Alten, aber ich war noch nie eine gute Lügnerin gewesen, und es war zwecklos, mir etwas vormachen zu wollen.

Während Saffy Juniper ein paar Strähnen aus der Stirn strich, kam Percy dazu. Sie blieb abrupt stehen und betrachtete auf ihren Stock gestützt die Szene, die sich ihr bot. Die Zwillinge tauschten einen Blick aus, ähnlich dem, den ich anfangs im gelben Salon beobachtet und der mich so stutzig gemacht hatte, aber diesmal wandte Saffy sich als Erste ab. Sie hatte es irgendwie geschafft, mich aus Junipers Griff zu befreien, und hielt ihre kleine Schwester fest an der Hand. »Danke, dass Sie sich um sie gekümmert haben«, sagte sie mit bebender Stimme. »Sehr freundlich von Ihnen, Edith.«

»E-dith«, wiederholte Juniper, aber sie schaute mich nicht an.

»Manchmal ist sie ganz verwirrt und läuft überall herum. Wir versuchen, sie im Auge zu behalten, aber ...« Saffy schüttelte kurz den Kopf, wie um anzudeuten, wie unmöglich es war, sein Leben ganz und gar einem anderen Menschen zu widmen.

Ich nickte, mir fehlten die Worte für eine Antwort. *Meredith*. Der Name meiner Mutter. Meine Gedanken schwärmten zu Hunderten aus gegen den Zeitstrom, suchten die vergangenen Monate nach Bedeutung ab, bis sie alle im Haus meiner Eltern landeten. Ein kalter Februarnachmittag, ein Huhn, das nicht gebraten wurde, die Ankunft eines Briefs, der meine Mutter zum Weinen brachte.

»E-dith«, sagte Juniper wieder. »E-dith, E-dith …«

»Ja, Liebes«, sagte Saffy. »Das ist Edith. Sie ist zu Besuch gekommen.«

Und da wusste ich, was ich die ganze Zeit geahnt hatte. Meine Mutter hatte gelogen, als sie sagte, der Brief von Juniper habe kaum mehr als einen Gruß enthalten, genauso, wie sie mich in Bezug auf unseren Besuch in Milderhurst angelogen hatte. Aber warum? Was war zwischen meiner Mutter und Juniper Blythe vorgefallen? Wenn ich Juniper glaubte, hatte meine Mutter ihr ein Versprechen gegeben und nicht gehalten, etwas, das mit Junipers Verlobtem zu tun hatte, mit Thomas Cavill. Wenn das so war und wenn die Wahrheit wirklich so grausam aussah, wie Juniper angedeutet hatte, könnte der Brief Vorwürfe enthalten haben. War es das? Waren es unterdrückte Schuldgefühle, die meine Mutter zum Weinen gebracht hatten?

Zum ersten Mal seit meiner Ankunft in Milderhurst wollte ich nur noch raus aus diesem Haus und seinem alten Kummer, wollte die Sonne sehen und den Wind im Gesicht spüren und etwas anderes riechen als faulen Schlamm und Mottenkugeln. Wollte allein sein mit diesem neuen Rätsel, damit ich anfangen konnte, es zu entwirren.

»Ich hoffe, sie hat Sie nicht belästigt …« Saffy redete immer noch. Ich hörte sie durch mein Gedankengewirr wie aus weiter Ferne, wie von jenseits einer schweren Tür. »Was auch immer sie gesagt hat, sie hat es nicht so gemeint. Sie sagt manchmal seltsame Dinge, redet sinnloses Zeug …«

Sie ließ den Satz unvollendet, aber die Stille, die darauf folgte, war angespannt. Sie beobachtete mich, in ihrem Blick lagen unausgesprochene Gefühle, und ich spürte, dass es nicht nur Besorgnis war, was sie bedrückte. In ihren Zügen verbarg sich noch etwas anderes, vor allem, als sie wieder zu Percy hinübersah. Angst, schoss es mir durch den Kopf. Sie hatten Angst, alle beide.

Ich schaute Juniper an, die sich hinter ihren verschränkten Armen verschanzt hatte. Bildete ich mir das ein, oder stand sie wirklich besonders still, gespannt darauf, was ich antworten, was ich ihnen sagen würde?

Ich rang mir ein Lächeln ab und hoffte inständig, dass es lässig wirkte. »Sie hat gar nichts gesagt.« Für alle Fälle zuckte ich auch noch die Schultern. »Ich habe nur ihr schönes Kleid bewundert.«

Die Erleichterung der Schwestern war spürbar. Junipers Profil zeigte keine Veränderung, und mich beschlich ein seltsames Gefühl, eine Ahnung, dass ich einen Fehler gemacht hatte. Dass ich hätte ehrlich sein, den Zwillingen alles erzählen sollen, was Juniper gesagt hatte, was der Grund für ihre Erregung war. Aber da ich bisher immer noch nichts von meiner Mutter und ihrer Evakuierung erwähnt hatte, wusste ich nicht, wie ich die richtigen Worte finden sollte …

»Marilyn Bird ist da«, sagte Percy unvermittelt.

»Gott, dass aber auch immer alles gleichzeitig kommen muss«, bemerkte Saffy.

»Sie nimmt Sie mit zurück zur Pension. Sie sagt, Sie müssen nach London zurück.«

»Ja«, sagte ich. Gott sei Dank.

»Wie schade«, sagte Saffy. Mit eiserner Disziplin und, so nehme ich an, jahrelanger Übung gelang es ihr, vollkommen normal zu klingen. »Wir hätten Sie gern noch zum Tee eingeladen. Wir bekommen so selten Besuch.«

»Nächstes Mal«, sagte Percy.

»Ja«, pflichtete Saffy ihr bei. »Nächstes Mal.«

Was mir, gelinde gesagt, äußerst unwahrscheinlich erschien. »Nochmals vielen Dank für die Führung …«

Als Percy mich auf verschlungenen Wegen zu Mrs. Bird und zurück in eine Welt der Normalität führte, zogen Saffy und Juniper sich in die entgegengesetzte Richtung zurück. Ihre Stimmen hallten von den kühlen Wänden wider.

»Tut mir leid, Saffy. Es tut mir so leid, so leid. Ich habe einfach … ich hatte vergessen …« Die Worte gingen in Schluchzen über. Ein Weinen, so bitterlich, dass ich mir am liebsten die Ohren zugehalten hätte.

»Komm, Liebes, es ist alles gut.«

»Ich habe etwas Schreckliches getan, Saffy! Etwas ganz, ganz Schreckliches.«

»Unsinn, meine Kleine, denk nicht mehr dran. Wir trinken jetzt schön unseren Tee, einverstanden?« Die Geduld, die Liebenswürdigkeit in Saffys Stimme legten sich wie Blei auf meine Brust. Ich glaube, in diesem Augenblick wurde mir zum ersten Mal klar, wie unendlich lange sie und Percy schon solche Beschwichtigungen aussprachen, um ihre verwirrte kleine Schwester zu beruhigen, so verständnisvoll, wie Eltern die Ängste eines Kinds zu zerstreuen suchen, allerdings ohne die Hoffnung, dass ihnen die Last irgendwann genommen werden würde. »Jetzt ziehen wir dir erst einmal etwas Bequemes an, und dann trinken wir Tee. Du und Percy und ich. Nach einer Tasse gutem, starkem Tee sieht die Welt gleich wieder ganz anders aus.«

Mrs. Bird wartete unter dem Kuppeldach in der Eingangshalle und sprudelte über vor Entschuldigungen. Unter theatralischen Gebärden biederte sie sich bei Percy Blythe an, indem sie über die armen Dörfler herzog, die sie mit ihrer umständlichen Art aufgehalten hätten.

»Es ist schon gut, Mrs. Bird«, sagte Percy in dem gebieterischen Tonfall, den eine viktorianische Kinderfrau einem Kind gegenüber angeschlagen hätte. »Es war mir ein Vergnügen, die junge Dame herumzuführen.«

»Selbstverständlich. Wie in alten Zeiten. Es muss wunderbar für Sie sein zu …«

»Gewiss.«

»Was für eine Schande, dass die Führungen eingestellt wurden. Andererseits vollkommen verständlich, wir können Ihnen und Miss Saffy dankbar sein, dass es die Führungen überhaupt so lange gegeben hat, vor allem, wo Sie so viel …«

»Gewiss, gewiss.« Percy Blythe straffte sich, und da wurde mir plötzlich klar, dass sie Mrs. Bird nicht leiden konnte. »Wenn Sie mich jetzt entschuldigen wollen.« Sie neigte den Kopf in Richtung der offenen Tür, vor der die Außenwelt heller, lauter und schneller zu sein schien als zu dem Zeitpunkt, als ich sie verlassen hatte.

»Vielen Dank«, sagte ich, ehe sie verschwinden konnte, »dass Sie mir Ihr schönes Haus gezeigt haben.«

Sie musterte mich länger als nötig, dann ging sie den Flur hinunter, leise hörte man das Geräusch ihres Stocks auf dem Boden. Nach einigen Schritten blieb sie stehen und drehte sich um, kaum noch erkennbar in dem schummrigen Licht. »Es war einmal schön, wissen Sie. Früher. Vorher.«

# 1

## 29. Oktober 1941

Eins war sicher: Es würde kein Mond scheinen in dieser Nacht. Der Himmel war schwer, ausgedehnte Flächen aus Grau, Weiß und Gelb, wild ineinandergerührt wie auf der Palette eines Malers. Percy rollte die Zigarette zwischen den Fingern hin und her und leckte das Blättchen an, um es zuzukleben. Ein Flugzeug dröhnte am Himmel, eins der ihren, ein Aufklärer unterwegs nach Süden, zur Küste. Natürlich mussten sie einen Aufklärer losschicken, aber er würde nichts zu berichten haben, nicht in einer solchen Nacht, nicht jetzt.

Von dort, wo sie an den Ambulanzwagen gelehnt stand, verfolgte Percy das Flugzeug mit zusammengekniffenen Augen – ein braunes Insekt, das kleiner und kleiner wurde. Vom anstrengenden Hinsehen musste sie gähnen, und sie rieb sich die Augen, bis sie angenehm brannten. Als sie sie wieder öffnete, war das Flugzeug verschwunden.

»He! Beschmier mir nicht meine polierte Kühlerhaube und den Kotflügel, du Faulenzerin!«

Percy drehte sich um und legte den Ellbogen auf das Wagendach. Es war Dot, die grinsend aus der Tür des Lazaretts trat.

»Du solltest mir dankbar sein«, rief Percy. »So brauchst du in deiner nächsten Schicht keine Däumchen zu drehen.«

»Stimmt auch wieder. Oder der Chef lässt mich schon wieder Geschirrtücher waschen.«

»Oder du darfst den Sanitätern noch mal den Umgang mit Krankentragen erklären.« Percy hob eine Braue. »Könnte es etwas Besseres geben?«

»Zum Beispiel die Verdunkelungsvorhänge flicken.«

Percy verzog das Gesicht. »Wie entsetzlich.«

»Wenn du lange genug hierbleibst, hast du früher oder später eine Nähnadel in der Hand«, prophezeite Dot und lehnte sich neben Percy an den Wagen. »Viel mehr gibt's hier nicht zu tun.«

»Er hat also schon Nachricht erhalten?«

»Die Jungs von der Air Force haben sich eben gemeldet. Nichts am Horizont, nicht heute Nacht.«

»Das hab ich mir schon gedacht.«

»Aber es ist nicht nur das Wetter. Der Offizier sagt, die verfluchten Deutschen sind inzwischen zu sehr mit ihrem Marsch nach Moskau beschäftigt, um sich noch für uns zu interessieren.«

»Die müssen schön dumm sein«, bemerkte Percy, während sie ihre Zigarette betrachtete. »Der Winter ist längst vor denen da.«

»Ich nehme an, du hast trotzdem vor zu bleiben, die Nervensäge zu spielen und darauf zu hoffen, dass sich doch noch ein deutscher Bomber hierherverirrt und aus Versehen eine Ladung in der Nähe abwirft?«

»Ich hatte es in Erwägung gezogen«, erwiderte Percy, steckte die Zigarette ein und schlang sich ihre Tasche über die Schulter. »Aber ich hab's mir anders überlegt. Heute Nacht könnte mich nicht mal eine Invasion dazu bringen, dass ich hierbleibe.«

Dots Augen weiteten sich. »Was hat das denn zu bedeuten? Hat dich ein gut aussehender junger Mann zum Tanz eingeladen?«

»Leider nicht. Aber trotzdem gute Neuigkeiten.«

»Ach?«

Der Bus kam, und Percy musste schreien, um den Motor zu übertönen, als sie einstieg. »Meine kleine Schwester kommt heute Abend nach Hause.«

Percy war genauso wenig für Krieg wie alle anderen – sie hatte sogar häufiger als die meisten Gelegenheit gehabt, Zeugin der Schrecken zu werden, die er mit sich brachte –, und deswegen hatte sie selbstverständlich nie zu jemandem über die seltsame Enttäuschung gesprochen, die sie in sich spürte, seit die nächtlichen Bombenangriffe aufgehört hatten. Natürlich war es vollkommen absurd, sich nach Bedrohung und Zerstörung zurückzusehnen; alles andere als vorsichtiger Optimismus war schon fast ein Sakrileg, und doch brachte sie seit Monaten eine fürchterliche Gereiztheit um den Schlaf, wenn sie mit geübten Ohren in den stillen Nachthimmel lauschte.

Wenn es etwas gab, worauf Percy stolz war, dann war es ihre Fähigkeit, in jeder Lebenssituation pragmatisch vorzugehen – irgendjemand musste es schließlich tun –, und so hatte sie sich entschlossen, den Dingen auf den Grund zu gehen. Eine Möglichkeit zu finden, die kleine Uhr zum Schweigen zu bringen, die in ihr tickte, ohne je schlagen zu dürfen. Über einen Zeitraum von mehreren Wochen, in denen sie sorgfältig darauf geachtet hatte, sich ihren labilen inneren Zustand nicht anmerken zu lassen, hatte Percy ihre Situation überdacht, ihre Gefühle aus allen Blickwinkeln durchleuchtet und war schließlich zu der Erkenntnis gelangt, dass sie ziemlich eindeutig verrückt war.

Es war zu erwarten gewesen; Wahnsinn lag ebenso in der Familie wie künstlerisches Talent und lange Gliedmaßen. Percy hatte gehofft, davon verschont zu bleiben, aber jetzt war es so weit. Die Gene waren gnadenlos. Und wenn sie ehrlich war, war sie nicht schon immer davon ausgegangen, dass es nur eine Frage der Zeit war, bis sich bei ihr eine Schraube lockern würde?

Natürlich war ihr Vater schuld, vor allem die gruseligen Geschichten, die er ihnen erzählt hatte, als sie noch klein waren, so klein, dass er sie noch herumtragen und auf seine Knie setzen konnte, so klein, dass sie sich noch auf seinem breiten, warmen Schoß einkuscheln konnten. Er hatte ihnen Geschichten erzählt von der Vergangenheit ihrer Familie, von dem Land, auf dem Milderhurst entstanden war, das im Lauf der Jahrhunderte Dürreperioden und fruchtbare Zeiten erlebt hatte, das überflutet und urbar gemacht worden war und um das sich im Laufe der Zeit viele Sagen gerankt hatten. Er hatte von Gebäuden erzählt, die abgebrannt und wieder aufgebaut worden waren, die verfallen waren, die geplündert, dem Erdboden gleichgemacht und vergessen worden waren; von Menschen, die vor ihnen im Schloss gewohnt hatten; von Epochen der Eroberung und der Unterwerfung, aus deren Schichten der Boden Englands und der ihres geliebten Milderhurst bestand.

In den Worten eines Erzählers entwickelten die geschichtlichen Ereignisse eine große Faszination, und einen ganzen Sommer lang, als Percy acht oder neun Jahre alt gewesen und ihr Vater in den Krieg gezogen war, hatte sie von Invasoren geträumt, die über die Felder auf sie zugestürmt kamen. Sie hatte von Saffy verlangt, dass sie ihr half, in den Bäumen im Cardarker-Wald Festungen zu bauen, Waffenlager anzulegen und Schösslinge zu köpfen, die ihr missfielen. Sie hatten alles unternommen, damit sie, wenn der Tag kam, an dem sie ihre Pflicht erfüllen und das Schloss gegen die anstürmenden Horden verteidigen mussten, gewappnet waren …

Der Bus rumpelte um eine Ecke, und Percy verdrehte die Augen angesichts ihrer Erinnerungen. Vollkommen lächerlich. Die Fantasien eines kleinen Mädchens waren eine Sache, aber dass die Stimmungen einer erwachsenen Frau immer noch davon beeinflusst wurden? Das war wirklich traurig. Mit einem verächtlichen Schnauben zeigte sie sich selbst die kalte Schulter.

Die Fahrt dauerte lange, viel länger als gewöhnlich, und sie konnte von Glück reden, wenn sie es rechtzeitig zum Pudding schaffte. Woraus auch immer der bestehen mochte. Gewitterwolken zogen sich zusammen, die Dunkelheit würde bald einsetzen, und der Bus, der ohnehin nur ganz schwache Scheinwerfer besaß, hielt sich vorsichtshalber dicht am Straßenrand. Sie warf einen Blick auf ihre Armbanduhr: Schon halb fünf. Juniper wurde um halb sieben erwartet, der junge Mann um sieben, und Percy hatte versprochen, um vier zu Hause zu sein. Die Jungs vom Zivilschutz hatten sicherlich ihre Befehle gehabt, als sie den Bus für eine Routineüberprüfung angehalten hatten, aber ausgerechnet heute Abend hatte sie Wichtigeres zu tun. Zum Beispiel dafür zu sorgen, dass die Vorbereitungen in Milderhurst ohne allzu große Aufregung vonstattengingen.

Wie wahrscheinlich war es, dass Saffy sich im Lauf des Tages nicht in einen nervösen Zustand hineingesteigert hatte? Nicht sehr, dachte Percy. Im Gegenteil. Niemand ließ sich so bereitwillig von einem besonderen Ereignis in hektische Betriebsamkeit versetzen wie Saffy, und seit Juniper ihnen mitgeteilt hatte, dass sie einen geheimnisvollen Gast eingeladen hatte, war klar gewesen, dass dem Ereignis, wie es fortan genannt wurde, die komplette Seraphina-Blythe-Behandlung zuteilwerden würde. Saffy war sogar auf die Idee gekommen, das Krönungsbriefpapier ihrer Großmutter, oder was davon noch übrig war, auszupacken und Tischkärtchen daraus zu basteln, aber Percy hatte sie davon überzeugen können, dass bei vier Personen, von denen drei Schwestern waren, ein derartiger Aufwand überflüssig war.

Jemand berührte sie am Unterarm, und als sie hinschaute, sah sie, dass die kleine alte Dame, die neben ihr saß, ihr eine offene Konservendose hinhielt und sie mit Blicken aufforderte zuzugreifen. »Mein eigenes Rezept«, sagte sie gut gelaunt. »Kaum Butter, aber gar nicht so schlecht, muss ich sagen.«

»Oh«, sagte Percy. »Nein danke. Behalten Sie die lieber für sich selbst.«

»Nehmen Sie nur.« Die Frau hielt ihr die Dose ein bisschen dichter unter die Nase, während sie anerkennend ihre Uniform betrachtete.

»Also gut.« Percy nahm einen Keks und biss hinein. »Köstlich«, sagte sie und dachte wehmütig an die herrliche Zeit zurück, als sie noch Butter gehabt hatten.

»Sie sind beim Sanitätsdienst?«

»Ich bin Fahrerin. Das heißt, ich war Fahrerin. Während der Bombardements. In letzter Zeit bin ich aber meistens damit beschäftigt, die Wagen zu waschen.«

»Sie finden bestimmt eine andere Möglichkeit, unserem Land zu dienen. Ihr jungen Leute seid doch nicht zu bremsen.« Dann schien ihr eine Idee zu kommen, und ihre Augen weiteten sich. »Aber ja, Sie könnten sich einem Nähkränzchen anschließen! Meine Enkelin ist Mitglied bei den ›Stitching Susans‹, bei uns zu Hause in Cranbrook, Sie glauben ja nicht, was diese Mädels leisten.«

Abgesehen davon, dass sie für Nadel und Faden nichts übrighatte, fand Percy die Idee, sich nach einer anderen Tätigkeit umzusehen, grundsätzlich gar nicht so übel. Vielleicht sollte sie ihre Energien auf ein anderes Ziel lenken – Fahrerin für irgendeinen Politiker, oder sie könnte lernen, Bomben zu entschärfen, ein Flugzeug zu fliegen, Verwundete zu bergen, irgend so etwas. Dann würde sich ihre schreckliche innere Unruhe vielleicht legen. Sosehr es ihr auch widerstrebte, es sich einzugestehen, hatte sie doch allmählich das Gefühl, dass Saffy die ganzen Jahre über recht gehabt hatte: Sie war der geborene Flickschuster. Ein Kleid nähen konnte sie nicht, das Kreative lag ihr nicht. Aber dafür besaß sie ein ausgesprochenes Geschick im Reparieren von allem Möglichen, und sie war am glücklichsten, wenn man ihr irgendetwas gab, das in Ordnung gebracht werden musste. Was für ein deprimierender Gedanke.

Der Bus rumpelte um die nächste Kurve, und endlich kam das Dorf in Sicht. Schon bald konnte Percy ihr Fahrrad sehen, das an der alten Eiche vor der Post lehnte, wo sie es am Morgen abgestellt hatte.

Nachdem sie sich noch einmal für den Keks bedankt und feierlich versprochen hatte, sich nach dem örtlichen Nähkränzchen zu erkundigen, stieg sie aus und winkte der alten Dame zu, als der Bus Richtung Cranbrook weiterfuhr.

Der Wind hatte zugenommen, seit sie in Folkestone losgefahren waren, und Percy schob die Hände in die Hosentaschen. Sie lächelte den mürrischen Damen Blethem zu, die beide gleichzeitig tief Luft holten, ihre Einkaufsnetze an sich drückten, ihr knapp zum Gruß zunickten und sich eilig auf den Heimweg machten.

Zwei Jahre Krieg, und immer noch gab es Leute, für die der Anblick einer Frau in Hosen das Nahen der Apokalypse signalisierte. Die Gräueltaten in der Heimat und anderswo waren nichts dagegen. Percy fühlte sich angenehm aufgemuntert und fragte sich, was daran falsch sein sollte, stolz auf ihre Uniform zu sein, allein schon wegen der Wirkung, die sie auf die Miss Blethems dieser Welt hatte.

Es war schon spät am Tag, aber es bestand durchaus die Möglichkeit, dass Mr. Potts die Post noch nicht im Schloss abgeliefert hatte. Es gab nur wenige Männer im Dorf – und im ganzen Land, darauf würde sie wetten –, die ihren Dienst an der Heimatfront mit derartigem Enthusiasmus versahen wie Mr. Potts. Er war so unermüdlich in seinem Bestreben, die Nation zu schützen, dass man sich regelrecht missachtet fühlte, wenn man nicht mindestens einmal im Monat von ihm zur Überprüfung der Papiere angehalten wurde. Dass das Dorf wegen seines Übereifers nicht mehr über einen zuverlässigen Postdienst verfügte, schien Mr. Potts als bedauerliches, aber notwendiges Opfer zu betrachten.

Die Glocke über der Tür bimmelte, als sie eintrat, und Mrs. Potts blickte abrupt von einem Stapel Papiere und Briefsendungen auf. Sie wirkte wie ein Kaninchen, das im Gemüsebeet erwischt wurde, ein Eindruck, den sie durch ein kurzes Schniefen noch unterstrich. Percy verbarg ihre Belustigung hinter einer liebenswürdig ernsten Miene, was schließlich auch eine Kunst war.

»Sieh mal einer an«, sagte die Postmeisterin, die sich als geübte Heuchlerin sofort wieder im Griff hatte. »Wenn das nicht unsere Miss Blythe ist.«

»Guten Tag, Mrs. Potts. Irgendwelche Post für uns?«

»Tja, da werde ich wohl mal nachsehen müssen.«

Die Vorstellung, dass Mrs. Potts nicht über jede ein- und ausgehende Sendung bestens informiert war, war wirklich lachhaft, aber Percy spielte mit. »Vielen Dank«, sagte sie, als die Postmeisterin sich die Kisten auf dem hinteren Schreibtisch vornahm.

Nachdem sie die Post übertrieben gründlich durchgesehen hatte, zog sie ein kleines Bündel Briefe heraus und hielt sie hoch. »So, da hätten wir sie«, verkündete sie und kehrte triumphierend an den Tresen zurück. »Außerdem ist für Miss Juniper ein Päckchen eingetroffen – von Ihrer kleinen Londonerin, wie es aussieht; unsere Meredith ist also wieder glücklich zu Hause angekommen?« Percy nickte ungeduldig, und Mrs. Potts fuhr fort: »Ein handschriftlich adressierter Brief für Sie und einer für Miss Saffy, mit Schreibmaschine getippt.«

»Sehr schön. Lohnt sich kaum, die zu lesen.«

Mrs. Potts legte die Briefe säuberlich nebeneinander auf den Tresen und stützte sich mit den Händen darauf. »Ich nehme an, im Schloss ist alles in Ordnung?«, sagte sie mit mehr Anteilnahme, als man bei so einer harmlosen Frage erwarten würde.

»Sehr gut, danke. Wenn ich jetzt …«

»Wie ich höre, kann man gratulieren.«

Percy atmete ungehalten aus. »Gratulieren?«

»Hochzeitsglocken«, sagte Mrs. Potts auf diese ärgerliche Art, die sie perfektioniert hatte, über ihr unrechtmäßig erworbenes Wissen zu frohlocken und im selben Atemzug nach mehr zu bohren. »Oben im Schloss«, wiederholte sie.

»Vielen Dank, Mrs. Potts, aber ich bin heute ebenso wenig verlobt, wie ich es gestern war.«

Einen Moment lang überlegte die Postmeisterin, dann brach sie in schallendes Gelächter aus. »Also, Sie sind mir ja eine, Miss Blythe! Ebenso wenig verlobt wie gestern – das muss ich mir merken.« Nachdem sie genug gelacht hatte, zupfte sie ein spitzenbesetztes Taschentüchlein aus ihrem Rock und trocknete sich die tränenden Augen. »Aber«, sagte sie, während sie weitertupfte, »ich habe doch nicht *Sie* gemeint.«

Percy tat überrascht. »Nicht?«

»Meine Güte, nein, weder Sie noch Miss Saffy. Ich weiß, dass Sie beide nicht vorhaben, uns zu verlassen, Gott segne Sie beide.« Noch einmal wischte sie sich die Wangen. »Ich habe von Miss Juniper gesprochen.«

Percy konnte nicht umhin, das Knistern zu spüren, das in der Luft lag. Die Worte waren wie elektrisch aufgeladen, und Mrs. Potts war ein natürlicher Stromleiter. Es war schon immer viel über Juniper geredet worden, vor allem, als sie noch klein gewesen war. Und ihre kleine Schwester hatte in der Tat reichlich Anlass dazu gegeben; ein Kind, das regelmäßig in Ohnmacht fiel, wenn es sich aufregte, brachte die Leute zum Tuscheln, und über kurz oder lang fingen sie an, ihr übersinnliche Fähigkeiten anzudichten. Und so sicher, wie die Bienen die Blumen bestäubten, wurde schließlich alles Seltsame und Unerklärliche, das im Dorf passierte – das mysteriöse Verschwinden von Mrs. Flemings frisch gewaschener Wäsche, die Tatsache, dass die Vogelscheuche des Bauern Jacob plötzlich eine lange Damenunterhose trug, der Ausbruch einer Mumpsepidemie –, Juniper zugeschrieben.

»Miss Juniper und ein gewisser junger Mann?«, bohrte Mrs. Potts weiter. »Ich habe gehört, dass im Schloss bereits die nötigen Vorbereitungen getroffen werden. Ein junger Mann, den sie in London kennengelernt hat?«

Die Vorstellung war absurd. Juniper war nicht für die Ehe bestimmt: Es war die Poesie, die das Herz ihrer kleinen Schwester höherschlagen ließ. Percy war versucht, sich noch ein bisschen auf Kosten der neugierigen Mrs. Potts zu amüsieren, aber ein Blick auf die Wanduhr ließ sie davon Abstand nehmen. Eine vernünftige Entscheidung: Das Letzte, was sie gebrauchen konnte, war ein Gespräch über Junipers Aufenthalt in London. Die Gefahr wäre viel zu groß, dass sie unabsichtlich verriet, was für Probleme Junipers Eskapade im Schloss verursacht hatte. Ihr Stolz würde es niemals zulassen, dass darüber etwas nach außen drang. »Es stimmt, dass wir einen Gast zum Abendessen erwarten, Mrs. Potts, aber auch wenn es sich um einen Mann handelt, es ist kein Verehrer. Nur ein Bekannter aus London.«

»Ein Bekannter?«

»Ganz recht.«

Mrs. Potts' Augen wurden schmal. »Also keine Hochzeit?«

»Nein.«

»Ich habe nämlich aus zuverlässiger Quelle gehört, dass es einen Antrag und eine Zusage gegeben hat.«

Es war kein Geheimnis, dass es sich bei Mrs. Potts' »zuverlässiger Quelle« um geöffnete Briefe und belauschte Telefongespräche handelte, deren Inhalt mit Querverweisen auf den reichhaltigen örtlichen Klatsch versehen wurde. Percy ging zwar nicht so weit, die Frau zu verdächtigen, dass sie in der Poststelle Briefe über Wasserdampf öffnete, bevor sie sie auf ihre Reise schickte, aber es gab andere im Dorf, die das sehr wohl vermuteten. In diesem Fall allerdings hatte es nur sehr wenige Briefe gegeben (vor allem nicht von der Sorte, die Mrs. Potts hätte interessieren können, da Juniper ausschließlich mit Meredith korrespondierte), sodass das Gerücht jeglicher Grundlage entbehrte. »Ich glaube, wenn das der Fall wäre, wüsste ich davon, Mrs. Potts«, sagte sie. »Seien Sie versichert, es handelt sich nur um ein Abendessen.«

»Ein besonderes Abendessen?«

»Ist in diesen Zeiten nicht jedes Abendessen etwas Besonderes?«, sagte Percy leichthin. »Man weiß nie, ob es das letzte ist.« Sie nahm der Postmeisterin die Briefe aus der Hand. Dabei fiel ihr Blick auf die Glasgefäße, die früher auf dem Tresen gestanden hatten. Die sauren Drops und Karamellbonbons waren längst alle, aber am Boden eines Gefäßes lagen ein paar zu einem traurigen Haufen geschmolzene Zuckerstangen. Percy hatte nichts übrig für Zuckerstangen, aber Juniper war ganz verrückt danach. »Ich kaufe den Rest Ihrer Zuckerstangen.«

Mit verdrießlicher Miene löste Mrs. Potts den klebrigen Klumpen vom Boden des Glasgefäßes und tat ihn in eine Papiertüte. »Das macht sechs Pence.«

»Also wirklich, Mrs. Potts«, sagte Percy, während sie den Inhalt der kleinen Tüte begutachtete, »wenn wir nicht so gute Freundinnen wären, würde ich glatt denken, Sie wollten mich übers Ohr hauen.«

Vor Empörung stotternd wies die Postmeisterin den Verdacht von sich.

»Das war doch nur ein Scherz, Mrs. Potts«, sagte Percy und reichte ihr das Geld. Sie steckte die Briefe und die Tüte mit den Zuckerstangen in ihre Tasche und schenkte der Postmeisterin ein knappes Lächeln. »Dann auf Wiedersehen. Ich werde mich in Ihrem Namen nach Junipers Plänen erkundigen, aber ich vermute, wenn es irgendetwas Wissenswertes gibt, erfahren Sie es sowieso als Erste.«

## 2

Zwiebeln waren natürlich wichtig, aber das änderte nichts an der Tatsache, dass ihr Grünzeug für ein Blumenarrangement einfach nicht taugte. Saffy betrachtete die dünnen, grünen Triebe, die sie gerade abgeschnitten hatte, drehte sie mal so, mal so, kniff die Augen zusammen und brachte all ihre Fantasie auf, um sie sich als Tischschmuck vorzustellen. In der französischen Kristallvase, einem Erbstück ihrer Großmutter, hätten sie eine geringe Chance, vielleicht wenn man etwas Buntes dazwischenstellte, um ihre Herkunft zu verschleiern? Oder – allmählich geriet sie in Fahrt, und sie biss sich auf die Lippe, wie immer, wenn sich eine gute Idee ankündigte – sie griff das Thema auf, kreierte ein Gebinde aus Zwiebellaub, Fenchelblättern und Kürbisblüten und betrachtete das Ganze als ironischen Kommentar zum kriegsbedingten Mangel.

Sie seufzte und ließ den Arm sinken, das schlaffe Zwiebelgrün immer noch in der Hand. Traurig schüttelte sie den Kopf. Was für absurde Gedanken einem doch durch den Kopf gingen, wenn man verzweifelt war. Das Zwiebellaub war wirklich nicht zu gebrauchen: Es war nicht nur völlig unpassend für den Zweck, sein Geruch erinnerte auch, je länger sie es in der Hand hielt, eindeutig an alte Socken. Ein Geruch, der Saffy durch den Krieg und vor allem durch den Kriegseinsatz ihrer Zwillingsschwester sehr vertraut war. Nein. Nach vier Monaten in

London, wo sie zweifellos in den elegantesten Bloomsbury-Kreisen verkehrt hatte, wo sie tapfer die Luftangriffe überstanden und manche Nacht in Luftschutzkellern verbracht hatte, hatte Juniper etwas Besseres verdient als ein Eau de »Schweißfuß«.

Ganz zu schweigen von dem geheimnisvollen Gast, den sie eingeladen hatte. Juniper hatte nie Freunde gehabt – die kleine Meredith war die einzige überraschende Ausnahme –, aber Saffy wusste zwischen den Zeilen zu lesen, und auch wenn Juniper die Angewohnheit hatte, sich sehr verschnörkelt auszudrücken, hatte sie ihren Briefen entnommen, dass der junge Mann irgendetwas Edelmütiges getan hatte, um Junipers Herz zu erobern. Die Einladung zum Abendessen diente also dazu, die Dankbarkeit der Familie Blythe zum Ausdruck zu bringen, und deswegen musste alles perfekt sein. Das Zwiebelgrün, beschloss sie nach einem letzten Blick darauf, war alles andere als perfekt. Aber jetzt, wo es schon mal geschnitten war, durfte es nicht vergeudet werden – ein Sakrileg! Der Ernährungsminister, Lord Woolton, wäre entsetzt – Saffy würde sie für irgendein Gericht verwenden, nur nicht heute Abend. Zwiebeln und deren Nachwirkungen konnten jeden geselligen Abend verderben.

Untröstlich stieß sie einen Seufzer aus und dann, weil es so guttat, gleich noch einen und ging zum Haus zurück, froh wie immer, dass sie nicht durch den großen Garten musste. Sie könnte es nicht ertragen; der Garten war einmal so prachtvoll gewesen. Es war eine Tragödie, dass so viele Blumengärten in England vernachlässigt oder gar für den Gemüseanbau benutzt wurden. Wie Juniper in ihrem letzten Brief berichtete, waren die Blumen im Hyde Park nicht nur unter bergeweise Holz und Eisen und Ziegeln zerquetscht – Schutt von Gott weiß wie vielen zerbombten Wohnhäusern –, sondern auf der gesamten

Südseite durch Gemüsebeete ersetzt worden. Eine Notwendigkeit, das sah Saffy ja ein, aber dennoch tragisch. Wenn es keine Kartoffeln gab, knurrte den Leuten der Magen, aber wenn es keine Schönheit mehr gab, verhärtete das die Seele.

Vor ihr flatterte ein Schmetterling, seine Flügel bewegten sich wie die gegenüberliegenden Seiten eines Blasebalgs. Dass derartige Vollkommenheit und natürliche Gelassenheit existieren konnten, während die Menschheit rundherum das Dach der Welt zum Einsturz brachte – ein Wunder! Saffys Gesicht hellte sich auf; sie streckte einen Finger aus, aber der Schmetterling schenkte ihm keine Beachtung, flatterte auf und ab und inspizierte die verfaulenden Früchte eines Mispelbaums. Ganz und gar selbstvergessen – unglaublich! Lächelnd setzte Saffy ihren Weg fort, bückte sich unter der von dem knotigen Glyzinienbaum überwucherten Pergola, darauf bedacht, nicht mit den Haaren an den Blüten hängen zu bleiben.

Mr. Churchill wäre gut beraten, sich daran zu erinnern, dass Kriege nicht nur mit Kugeln gewonnen wurden, und diejenigen zu belohnen, denen es gelang, Schönheit zu erhalten, während die Welt um sie herum in Schutt und Asche gelegt wurde. »Der Churchill-Orden für die Erhaltung von Englands Schönheit«, das klang doch nicht schlecht, fand Saffy. Als sie das am Morgen beim Frühstück erwähnte, hatte Percy nur gegrinst, selbstgefällig, wie nur jemand sein konnte, der monatelang in Bombenkrater geklettert war und sich damit einen Tapferkeitsorden verdient hatte, aber Saffy hatte sich davon nicht beeindrucken lassen. Im Gegenteil, sie arbeitete bereits an einem Brief an die *Times* über das Thema. Über die Wirkung, die das haben würde: dass Schönheit wichtig war, genauso wie Kunst und Literatur und Musik, vor allem in Zeiten, in denen zivilisierte Nationen es darauf anzulegen schienen, einander zu immer barbarischeren Taten anzustacheln.

Saffy war begeistert von London, war es schon immer gewesen. Ihre Zukunftspläne hingen vom Überleben der Stadt ab, und sie nahm jeden Bombenangriff persönlich. Als die Bombenangriffe ohne Unterlass kamen und pausenlos das Knattern der Flak und das Heulen der Sirenen und die schrecklichen nächtlichen Explosionen zu hören gewesen waren, hatte sie ihre Fingernägel blutig gekaut – eine fürchterliche Angewohnheit, für die sie Hitler verantwortlich machte – und sich gefragt, ob sie, die sie die Stadt so sehr liebte, umso schrecklicher unter der Zerstörung litt, weil sie nicht dort war, als die Katastrophe hereinbrach, so ähnlich wie eine Mutter, deren Sorge um den verwundeten Sohn dadurch verstärkt wurde, dass sie nicht an seiner Seite sein konnte. Schon als Mädchen hatte Saffy geahnt, dass ihre Zukunft nicht in den sumpfigen Wiesen oder innerhalb des alten Gemäuers von Milderhurst lag, sondern in den Parks und Cafés und den literarischen Zirkeln Londons. Als sie und Percy noch klein waren, nach dem Tod ihrer Mutter, aber noch vor Junipers Geburt, als sie also noch zu dritt gewesen waren, da hatte ihr Vater die Zwillinge jedes Jahr mit nach London genommen, wo sie eine Zeit lang in dem Haus in Chelsea gewohnt hatten. Sie waren jung, die Zeit hatte noch keine Gelegenheit gehabt, ihnen auf so unterschiedliche Weise ihren Stempel aufzudrücken, noch glichen sie sich äußerlich wie innerlich und wurden enstprechend von den anderen behandelt. Aber wenn sie sich in London aufhielten, hatte Saffy jedes Mal tief in ihrem Innern ihr Anderssein gespürt. Während Percy sich wie ihr Vater nach den ausgedehnten Wäldern von Milderhurst sehnte, fühlte Saffy sich von der Stadt inspiriert.

Hinter ihr ertönte fernes Donnergrollen, und Saffy stöhnte. Sie wollte sich nicht umdrehen und die schwarzen Wolken sehen, die sich am Himmel zusammenzogen. Von allen Entbehrungen, die der Krieg mit sich brachte, war das Fehlen der regelmäßigen Wettervorhersage im Radio besonders schwer zu ertragen. Dass sie weitgehend auf ihr Lesevergnügen verzichten musste, hatte sie gelassen hingenommen und sich damit abgefunden, dass Percy ihr aus der Bücherei nur noch ein Buch pro Woche mitbrachte anstatt der üblichen vier. Dass sie ihre Seidenkleider gegen praktische Trägerröcke eintauschen musste, darüber hatte sie nur gelacht. Als die Bediensteten sie verlassen hatten wie die sprichwörtlichen Ratten das sinkende Schiff und sie die Rollen der Oberköchin, Putzfrau, Waschfrau und des Gärtners in Personalunion hatte übernehmen müssen, war ihr das nicht schwergefallen. Aber die Launen des englischen Wetters zu durchschauen, damit war sie einfach überfordert. Obwohl sie schon ihr Leben lang in Kent lebte, fehlte ihr der Instinkt der Landfrau für das Wetter: Immer wieder geschah es, dass sie ausgerechnet an Tagen, an denen Regen in der Luft lag, Wäsche zum Trocknen aufhängte oder sich in die Gartenarbeit stürzte.

Saffy ging schneller, beinahe im Laufschritt, bemüht, den Geruch des Zwiebellaubs zu ignorieren, der mit jedem ihrer Schritte intensiver zu werden schien. Eins stand jetzt schon fest: Wenn der Krieg vorüber war, würde sie das Landleben endgültig hinter sich lassen. Percy wusste noch nichts davon, man musste den rechten Moment abpassen, um eine solche Neuigkeit zu verkünden, aber Saffy würde nach London gehen. Dort würde sie sich eine kleine Wohnung suchen, für sich allein. Sie besaß keine eigenen Möbel, aber das stellte kein Hindernis dar; in solchen Dingen vertraute Saffy auf die Vorsehung. Es stand jedoch außer Frage, dass sie nichts von Milderhurst mitnehmen würde. Sie würde sich komplett neu einrichten; es wäre ein Neuanfang, fast zwanzig Jahre später als geplant, aber daran ließ sich nichts ändern. Sie war jetzt älter, zäher, und diesmal würde sie sich nicht aufhalten lassen, egal, was sich ihr in den Weg stellen würde.

Zwar waren ihre Pläne ein wohlgehütetes Geheimnis, aber sie hatte sich angewöhnt, jeden Samstag die Vermietungsanzeigen in der *Times* zu lesen, um sofort handeln zu können, sobald sich eine Gelegenheit bot. Anfangs hatte sie Chelsea und Kensington in Erwägung gezogen, sich jedoch dann für eines der georgianischen Viertel von Bloomsbury entschieden, die in Fußnähe zum British Museum und den Läden in der Oxford Street lagen. Sie hoffte, dass Juniper ebenfalls in London bleiben und in ihrer Nähe wohnen würde, und Percy würde natürlich hin und wieder zu Besuch kommen. Aber ihre Zwillingsschwester würde nie länger als eine Nacht bleiben, da sie größten Wert darauf legte, im eigenen Bett zu schlafen und das Schloss notfalls eigenhändig zu stützen, falls es zusammenzufallen drohte.

In Gedanken war Saffy häufig in ihrer kleinen Wohnung, vor allem, wenn Percy mal wieder durch die Flure des Schlosses stampfte, über die abblätternde Farbe und die durchhängenden Balken schimpfte und jeden neuen Riss in den Wänden beklagte. Dann schloss Saffy die Augen und öffnete die Tür zu ihrer eigenen Wohnung. Sie wäre klein und schlicht und sehr sauber – dafür würde sie schon sorgen –, und es würde nach Bienenwachs und Essig duften. Saffy ballte die Hand mit dem Zwiebelgrün zur Faust und ging noch schneller.

Ein Schreibtisch unter dem Fenster, darauf in der Mitte ihre Olivetti-Schreibmaschine und an einer Ecke eine kleine Glasvase – eine alte, hübsche Flasche würde es zur Not auch tun – mit einer einzigen, voll erblühten Blume, die sie täglich ersetzen würde. Nur das Radiogerät würde ihr Gesellschaft leisten, und sie würde im Lauf des Tages ihre Tipparbeit mehrmals unterbrechen, um den Wetterbericht zu hören, würde die Welt, die sie auf dem Papier erschuf, kurz verlassen und durch das Fenster den klaren, rauchfreien Londoner Himmel betrachten. Sonnenlicht würde ihren Arm streifen, in ihre winzige Wohnung fallen und das Bienenwachs auf den Möbeln zum Glänzen bringen. Abends würde sie ihre aus der Bücherei entliehenen Bücher lesen, noch ein wenig an ihrem Text schreiben und im Radio Gracie Fields hören, und niemand würde aus dem anderen Sessel murren, das seien sentimentale Schnulzen.

Saffy blieb stehen, legte die Hände an ihre warmen Wangen und seufzte zufrieden. Ihre Träume von London, von ihrer Zukunft, hatten sie bis auf die Rückseite des Schlosses geführt, und sie hatte es sogar noch vor dem Regen geschafft.

Ein Blick zum Hühnerhaus, und ihre Freude wurde getrübt. Wie sie ohne ihr geliebtes Federvieh leben sollte, wusste sie noch nicht; ob es eine Möglichkeit gab, die Tiere mitzunehmen? In dem kleinen Garten hinter dem Haus wäre doch sicher Platz genug für einen kleinen Hühnerauslauf – sie würde die Bedingung einfach in ihre Liste aufnehmen müssen. Saffy öffnete das Törchen und streckte die Arme aus. »Hallo, meine Süßen! Wie geht's euch heute?«

Helen-Melon plusterte ihre Federn, rührte sich jedoch nicht von der Stange, und Madame geruhte nicht einmal, zu Saffy aufzublicken.

»Kopf hoch, Mädels, noch bin ich nicht weg. Erst müssen wir noch den Krieg gewinnen.«

Als ihre Worte nicht den gewünschten aufmunternden Effekt hatten, verschwand Saffys Lächeln. Schon seit drei Tagen war Helen niedergeschlagen, und Madame machte normalerweise lautstark auf sich aufmerksam. Die jüngeren Hennen richteten sich in der Regel nach den beiden älteren, und so war die Stimmung im ganzen Hühnerstall getrübt. Während der Bombenangriffe hatte Saffy sich an solche Stimmungstiefs gewöhnt; Hühner waren genauso empfindsam wie Menschen, genauso ängstlich, und die Bomber waren gnadenlos gewesen. Am Ende hatte sie alle acht Hennen abends mit in den Luftschutzkeller genommen. Sicher, die Luft da unten war daraufhin noch schlechter geworden, aber letztlich hatten doch alle Beteiligten davon profitiert: Die Hennen hatten wieder angefangen zu legen, und da Percy meistens nachts im Einsatz war, war Saffy froh gewesen, nicht allein im Keller zu hocken.

»Komm schon«, gurrte sie und nahm Madame in die Arme. »Sei nicht so grantig, meine Kleine. Es ist doch bloß ein Gewitter, das da aufzieht, mehr nicht.« Der warme, federbedeckte Körper entspannte sich, aber nur einen Augenblick lang, dann ergriff die Henne unbeholfen flügelschlagend die Flucht und ließ sich wieder auf dem Boden nieder, wo sie in der Erde gescharrt hatte.

Saffy schlug sich den Dreck von den Händen und stemmte sie in die Hüften. »So schlimm steht's also? Dann hilft wohl nur eins.«

Abendessen. Das Einzige, was Saffy einfiel, um ihre Mädels aufzuheitern. Sie waren nämlich unersättlich, und das war gut so. Ließen sich doch nur alle Probleme der Welt mit einer leckeren Mahlzeit lösen. Eigentlich war es noch ein bisschen früh, aber sie befand sich in einer Notsituation: Der Tisch im Speisezimmer war noch nicht gedeckt, der Vorlegelöffel fehlte, Juniper und ihr Gast würden jeden Moment vor der Tür stehen – und da sie bereits Percys schlechte Laune zu ertragen hatte, waren eine Handvoll übel gelaunter Hennen das Letzte, was sie jetzt gebrauchen konnte. So. Es war eine praktische Entscheidung, es ging allein darum, die Mädels wieder aufzuheitern, und es hatte nichts damit zu tun, dass Saffy eine hoffnungslose Romantikerin war.

Die Küche war erfüllt von den Dämpfen des Abendessens, das sie aus dem gezaubert hatte, was die Vorratskammer noch hergab und was sie von den Bauern in der Nachbarschaft hatte erbetteln können, und Saffy zupfte an ihrer Bluse, um sich Kühlung zu verschaffen. »So«, stöhnte sie, »wo war ich stehengeblieben?« Sie hob den Deckel der Kasserolle an, um sich zu vergewissern, dass die Soße in ihrer Abwesenheit nicht verkocht war, und schloss aus dem Schnauben des Ofens, dass die Pastete noch darin garte. Dann fiel ihr Blick auf eine alte Holzkiste, die ihren ursprünglichen Zweck nicht mehr erfüllte, aber für etwas anderes durchaus noch zu gebrauchen war.

Saffy zog die Kiste in die hinterste Ecke der Vorratskammer, stieg darauf und reckte sich auf Zehenspitzen. Sie tastete das oberste Regalbrett ab, bis ihre Finger ganz hinten eine kleine Konservendose berührten. Sie bekam die Dose zu fassen, nahm sie lächelnd vom Regal und stieg von der Kiste. Der Staub von Monaten hatte sich darauf gesammelt, fettiger Dampf hatte sie mit einer klebrigen Schicht überzogen, und sie musste sie erst mit dem Daumen abwischen, um das Etikett lesen zu können: Sardinen. Perfekt! Sie umklammerte die Dose ganz fest, und der Reiz des Verbotenen ließ ihr Herz höherschlagen.

»Keine Sorge, Daddy«, sang sie vor sich hin, während sie den Dosenöffner aus der Schublade mit den Küchenutensilien kramte und sie mit der Hüfte schwungvoll wieder schloss. »Die sind nicht für mich.« Es war einer der unumstößlichen Glaubenssätze ihres Vaters gewesen: Konserven waren Teil einer Verschwörung, und sie sollten eher verhungern, als sich auch nur einen Löffel vom Inhalt einer Konservendose einzuverleiben. Wer und aus welchem Grund ein Komplott gegen ihn schmiedete, war Saffy immer ein Rätsel geblieben, aber in dieser Sache war ihr Vater unnachgiebig gewesen, und das hatte gereicht. Er duldete es nicht, dass man sich ihm widersetzte, und über lange

Jahre hatte sie auch kein Bedürfnis dazu verspürt. Während ihrer Kindheit war er tagsüber ihre Sonne gewesen und nachts ihr Mond; die Vorstellung, dass er sie jemals enttäuschen könnte, gehörte in das Reich der Dämonen und Albträume.

Saffy kippte die Sardinen in eine Porzellanschüssel, die einen feinen Sprung hatte, was ihr jedoch erst auffiel, nachdem sie den Fisch bereits zu einem undefinierbaren Brei zerstampft hatte. Den Hühnern wäre der Riss in der Schüssel gleichgültig, aber sie hatte eben erst festgestellt, dass sich die Tapete über dem Kamin im Speisezimmer von der Wand löste, und damit waren es innerhalb kürzester Zeit schon zwei Anzeichen des Niedergangs. Sie nahm sich vor, die Teller, die sie für den heutigen Abend bereitgestellt hatte, genauestens unter die Lupe zu nehmen und diejenigen zu verstecken, die ebenfalls einen Sprung aufwiesen; solche Verschleißerscheinungen brachten Percy nur auf die Palme, und obwohl Saffy ihre Zwillingsschwester für die Hingabe bewunderte, mit der sie sich Schloss Milderhurst und seiner Erhaltung widmete, wäre Percys Missstimmung einem geselligen Abend in festlicher Stimmung, wie Saffy ihn sich vorstellte, nicht gerade förderlich.

Dann geschahen mehrere Dinge gleichzeitig. Die Tür schwang quietschend auf, Saffy zuckte zusammen, und ein Stückchen Sardinengräte fiel von der Gabel auf die Fußbodenfliesen.

»Miss Saffy!«

»Ach, Lucy! Du bist es!« Saffy schlug sich die Hand, in der sie die Gabel hielt, ans pochende Herz. »Du hast mich zu Tode erschreckt!«

»Tut mir leid. Ich dachte, Sie wären draußen, um Blumen fürs Speisezimmer zu pflücken … Ich wollte nur … Ich …« Die Haushälterin brach mitten im Satz ab, als sie näher kam und den Fischbrei und die offene Dose gewahrte. Sie ließ ihren ursprünglichen Gedankengang fallen, als sie Saffys Blick begegnete. Ihre schönen, veilchenblauen Augen weiteten sich. »Miss Saffy!«, stieß sie hervor. »Ich hätte nie gedacht …«

»O nein, nein, nein!« Saffy brachte sie mit einer Handbewegung zum Schweigen und legte lächelnd einen Finger an ihre Lippen. »Schsch, Lucy, meine Liebe. Die sind doch nicht für mich, auf gar keinen Fall. Die sind fürs Federvieh.«

»Ach so.« Lucy war sichtlich erleichtert. »Das ist natürlich etwas anderes. Nicht auszudenken, wenn *er*«, ihr Blick wanderte ehrfurchtsvoll nach oben, »sich aufregen würde.«

Saffy gab ihr recht. »Dass mein Vater sich im Grab umdreht, ist wirklich das Letzte, was wir heute gebrauchen können.« Mit einer Kopfbewegung wies sie auf den Erste-Hilfe-Kasten. »Würdest du mir ein paar Aspirin herausnehmen?«

Lucy runzelte sorgenvoll die Stirn. »Fühlen Sie sich nicht gut?«

»Die sind für die Hühner. Sie sind ganz durcheinander, die Ärmsten, und nichts beruhigt die Nerven so gut wie Aspirin, außer vielleicht ein ordentliches Glas Gin, aber das wäre doch ziemlich unverantwortlich.« Mit einem Löffel zerdrückte Saffy die Tabletten. »So niedergeschlagen habe ich sie nicht mehr erlebt seit dem Bombenangriff am zehnten Mai.«

Lucy erbleichte. »Wollen Sie damit sagen, sie spüren, dass die Bombenangriffe wieder losgehen?«

»Nein, das glaube ich nicht. Adolf Hitler ist viel zu sehr damit beschäftigt, in den Winter zu marschieren, als sich um uns zu kümmern. Das sagt Percy jedenfalls. Sie meint, dass wir mindestens bis Weihnachten nichts zu befürchten haben; sie ist furchtbar enttäuscht.« Saffy, die immer noch in dem Fischbrei rührte, hatte gerade Luft geholt, um fortzufahren, als sie sah, dass Lucy an den Herd getreten war. Die Haushälterin sah nicht so aus, als würde sie ihr noch zuhören, und auf einmal kam Saffy sich so albern vor wie ihre Hühner, wenn sie Lust hatten zu gackern und niemand zuhörte außer dem Gartentor. Nach einem verlegenen Hüsteln sagte sie: »Ach, ich plappere nur dummes Zeug. Du bist bestimmt nicht in die Küche gekommen, um dir Geschichten über die Hühner anzuhören, und ich halte dich nur von der Arbeit ab.«

»Ganz und gar nicht.« Lucy schloss die Ofenklappe und richtete sich auf. Ihre Wangen waren gerötet, woran nicht nur die Ofenhitze schuld war. Offenbar hatte sie sich das Unbehagen der Haushälterin nicht eingebildet, dachte Saffy. Irgendetwas, was sie gesagt oder getan hatte, hatte Lucy die Laune verdorben, und das war ihr sehr unangenehm. »Ich bin gekommen, um nach der Kaninchenpastete zu sehen«, sagte Lucy, »was ich jetzt getan habe, und um Ihnen zu sagen, dass ich den silbernen Vorlegelöffel, den Sie heute Abend benutzen wollten, nicht gefunden habe, aber ich habe einen anderen auf den Tisch gelegt, der ebenso gut ist. Außerdem habe ich ein paar von den Schallplatten mit heruntergebracht, die Miss Juniper aus London geschickt hat.«

»Hast du sie in den blauen Salon gebracht?«

»Selbstverständlich.«

»Perfekt.« Der blaue Salon war das gute Zimmer, und deswegen würden sie Mr. Cavill dort empfangen. Percy war dagegen gewesen, aber das war nicht anders zu erwarten. Sie war seit Wochen schlecht gelaunt, stampfte durch die Flure, prophezeite Schreckensszenarien für den kommenden Winter, murrte über den Brennstoffmangel und schimpfte über die Extravaganz, ein weiteres Zimmer zu heizen, wo doch der gelbe Salon täglich geheizt wurde. Aber sie würde sich schon wieder beruhigen, wie immer. Entschlossen klopfte Saffy mit der Gabel auf den Schüsselrand.

»Die Soße ist sehr gut geworden. Schön dick und cremig,

auch ohne Milch.« Lucy lugte gerade unter den Deckel der Kasserolle.

»Ach, Lucy, du bist ein Schatz. Ich habe sie schließlich mit Wasser gemacht und ein bisschen Honig zum Süßen zugegeben, um den Zucker für Marmelade aufzuheben. Ich hätte nie gedacht, dass ich dem Krieg einmal für etwas dankbar sein würde, aber ohne ihn hätte ich nie gelernt, wie man eine perfekte milchfreie Soße herstellt!«

»In London wären Ihnen einige Leute dankbar für das Rezept. Meine Kusine schreibt, dass sie dort neuerdings nur noch einen Liter Milch pro Woche bekommen. Können Sie sich das vorstellen? Sie sollten Ihr Soßenrezept aufschreiben und an den *Daily Telegraph* schicken. Die drucken so etwas.«

»Ach, das wusste ich gar nicht«, sagte Saffy nachdenklich. Es wäre eine weitere Veröffentlichung in ihrer kleinen Sammlung. Keine besonders bedeutende, aber immerhin. Alles würde von Nutzen sein, wenn sie so weit war und ihr Manuskript abschickte, und wer konnte schon sagen, was sich daraus noch alles ergeben würde? Eine regelmäßige kleine Kolumne zu schreiben wäre gar nicht so übel. »Saffys Nähkästchen – Nützliche Ratschläge im Alltag« oder so ähnlich, eine kleine Vignette in der Ecke – ihre Singer 201K, oder noch besser: eine von ihren Hennen! Sie lächelte, so zufrieden und vergnügt über ihre Fantasie, als wäre sie bereits Realität.

Lucy erzählte derweil immer noch von ihrer Kusine in Pimlico und von dem einzigen Ei, das sie dort alle vierzehn Tage zugeteilt bekamen. »Vergangene Woche hat sie eins bekommen, das faul war, man denke nur! Und man hat ihr kein neues dafür gegeben.«

»Also, das ist wirklich eine Schande!«, rief Saffy entgeistert aus. In ihrer Kolumne würde sie eine Menge zu sagen haben zu diesen Themen, und sie würde nicht mit klugen Gegenvorschlägen geizen. »Du musst ihr ein paar von meinen Eiern schicken. Und nimm auch gleich ein halbes Dutzend für dich selbst.«

Lucy schaute sie so dankbar an, als hätte sie ihr Goldklumpen geschenkt. Saffy wurde auf einmal ganz verlegen und verscheuchte hastig das Bild von ihrer Doppelgängerin bei der Zeitung. Beinahe entschuldigend sagte sie: »Wir haben mehr Eier, als wir essen können, Lucy, und ich hatte schon überlegt, wie ich mich erkenntlich zeigen könnte – du hast mir schon so oft geholfen, seit der Krieg angefangen hat.«

»Ach, Miss Saffy.«

»Ich würde ja immer noch Puderzucker ins Waschwasser schütten, wenn du nicht gewesen wärst!«

Lucy lachte. »Herzlichen Dank. Ich nehme Ihr Angebot gerne an.«

Während sie die alten Zeitungen, die neben dem Herd gestapelt lagen, in kleine Quadrate rissen und die Eier darin einwickelten, dachte Saffy zum hundertsten Mal an diesem Tag, wie sehr sie die Gesellschaft ihrer ehemaligen Haushälterin immer genossen hatte und wie schade es war, dass sie sie hatten gehen lassen müssen. Wenn Saffy in ihre kleine Wohnung zog, würde sie Lucy die Adresse geben und sie einladen, sie zum Tee zu besuchen, wenn sie in London zu tun hatte. Percy würde zweifellos ihre Meinung dazu haben – sie hatte ziemlich traditionelle Ansichten in Bezug auf die Klassen und deren Vermischung –, aber Saffy wusste es besser: Freunde musste man wertschätzen, egal, wo man sie fand.

Wieder war ein bedrohliches Donnergrollen draußen zu hören, und Lucy lugte durch das schmutzige Fenster über der kleinen Spüle. Sie betrachtete den düsteren Himmel und runzelte die Stirn. »Wenn Sie sonst nichts mehr für mich zu tun haben, Miss Saffy, decke ich den Tisch im Salon fertig und mache mich auf den Weg. Sieht so aus, als würde das Gewitter gleich losgehen, und ich muss zu einer Versammlung.«

»Freiwilliger Frauendienst?«

»Heute Abend wird gekocht. Wir müssen dafür sorgen, dass unsere tapferen Soldaten genug zu essen kriegen.«

»Da hast du recht«, sagte Saffy. »Ich habe übrigens ein paar Puppen für die Versteigerung genäht. Die kannst du gleich mitnehmen, wenn es dir nichts ausmacht. Sie sind oben, dort ist auch ...« – eine kleine theatralische Pause – »... das Kleid.«

Lucy sah sie mit großen Augen an, dann flüsterte sie, obwohl sie allein waren: »Sie haben es fertig?«

»Gerade rechtzeitig, damit Juniper es heute Abend tragen kann. Ich habe es ins Dachzimmer gehängt, damit es das Erste ist, was sie sieht.«

»Dann laufe ich auf jeden Fall noch schnell nach oben, bevor ich gehe. Und, ist es schön geworden?«

»Es ist traumhaft.«

»Ich freue mich ja so.« Nach kurzem Zögern nahm Lucy Saffys Hand. »Es wird alles perfekt, warten Sie's nur ab. Was für ein Segen, dass Miss Juniper endlich aus London zurückkommt.«

»Ich hoffe bloß, dass das Wetter den Zug nicht allzu lange aufhält.«

Lucy lächelte. »Sie werden erleichtert aufatmen, wenn sie erst gesund und munter hier angekommen ist.«

»Ich habe nicht eine Nacht ruhig geschlafen, seit sie weg ist.«

»Das sind die Sorgen.« Lucy schüttelte mitfühlend den Kopf. »Sie sind immer wie eine Mutter für sie gewesen, und eine Mutter schläft nie ruhig, wenn sie sich um ihr Kind sorgt.«

»Ach Lucy!« Saffys Augen wurden feucht. »Ich habe mir wirklich ernsthaft Sorgen gemacht. Mir ist, als hätte ich monatelang den Atem angehalten.«

»Aber sie hat doch keine Anfälle gehabt, oder?«

»Zum Glück nicht, sie hätte es uns bestimmt gesagt. Selbst Juniper würde bei einer so ernsten Sache nicht die Unwahrheit sagen …«

Die Tür flog mit einem Knall auf, und sie fuhren beide zusammen. Lucy stieß einen spitzen Schrei aus, und Saffy konnte ihn nur knapp unterdrücken, aber diesmal dachte sie noch rechtzeitig daran, die Sardinendose hinter ihrem Rücken zu verbergen. Es war nur der Wind, der heftiger geworden war, und doch hatte der Schreck die traute Atmosphäre in der Küche weggefegt und Lucys Lächeln mitgenommen. Und da wusste Saffy plötzlich, was Lucy auf der Seele lag.

Sie zog in Erwägung, nichts dazu zu sagen, der Tag war fast vorüber, und manchmal war Schweigen wirklich Gold, aber sie hatten einen so angenehmen Nachmittag verbracht, während sie in der Küche und im Salon Seite an Seite gearbeitet hatten, und Saffy hätte gern Klarheit geschaffen. Sie hatte schließlich ein Recht darauf, Freunde zu haben – sie *brauchte* Freunde –, egal, was Percy darüber dachte. Leise räusperte sie sich. »Wie alt warst du, als du hier angefangen hast, Lucy?«

Die Antwort kam wie aus der Pistole geschossen, als hätte sie mit der Frage gerechnet. »Sechzehn.«

»Und das ist jetzt zweiundzwanzig Jahre her, nicht wahr?«

»Vierundzwanzig. Das war 1917.«

»Mein Vater hat dich immer sehr gemocht.«

Die Pastetenfüllung im Ofen hatte angefangen zu blubbern. Die ehemalige Haushälterin richtete sich auf, dann seufzte sie langsam und bedächtig. »Er war gut zu mir.«

»Du sollst wissen, dass Percy und ich dich auch sehr mögen.«

Nachdem die Eier alle ordentlich eingewickelt waren, hatte Lucy an der Anrichte nichts mehr zu tun. Sie verschränkte die

Arme vor der Brust und sagte leise: »Es ist sehr nett von Ihnen, dass Sie das sagen, Miss Saffy, aber es ist nicht nötig.«

»Es ist nur – falls du es dir irgendwann anders überlegst, wenn die Zeiten sich ändern, falls du wieder offiziell hier ...«

»Nein«, sagte sie. »Nein danke.«

»Ich bringe dich in Verlegenheit«, sagte Saffy. »Verzeih mir, Lucy. Ich hätte kein Wort davon erwähnt, aber ich wollte nicht, dass du das missverstehst. Percy denkt sich nichts dabei. Es ist einfach ihre Art.«

»Sie brauchen sich wirklich nicht zu ...«

»Sie kann Veränderungen nicht leiden. Das konnte sie noch nie. Als sie als Kind Scharlach hatte und deswegen ins Krankenhaus musste, ist sie vor Kummer fast gestorben.« Saffy machte einen schwachen Versuch, die Stimmung aufzuheitern: »Manchmal denke ich, ihr wäre es am liebsten, wenn wir drei Schwestern für immer hier in Milderhurst bleiben würden. Kannst du dir das vorstellen? Wir drei als alte Schachteln mit weißen Haaren, so lang, dass wir drauf sitzen könnten?«

»Ich glaube, da hätte Miss Juniper ein Wörtchen mitzureden.«

»Allerdings.« Und Saffy ebenfalls. Am liebsten hätte sie Lucy von ihrer kleinen Wohnung in London erzählt, von dem Schreibtisch unterm Fenster, doch sie beherrschte sich. Es war nicht der richtige Augenblick. Stattdessen sagte sie: »Es hat uns beiden leidgetan, dich nach so vielen Jahren gehen zu lassen.«

»Es ist der Krieg, Miss Saffy, ich wollte meinen Beitrag leisten, und als dann meine Mutter gestorben ist und Harry ...«

Saffy winkte ab. »Du brauchst mir nichts zu erklären, ich verstehe dich sehr gut. Herzensangelegenheiten und so weiter. Wir müssen alle unser Leben leben, Lucy, vor allem in schweren Zeiten wie diesen. Der Krieg lehrt einen, was wirklich wichtig ist, nicht wahr?«

»Ich muss jetzt gehen.«

»Ja. Sicher. Wir sehen uns bald wieder. Vielleicht nächste Woche, um Senfgurken für die Versteigerung einzulegen? Meine Kürbisse …«

»Nein«, sagte Lucy, und ihre Stimme klang plötzlich anders. »Nein, nicht noch einmal. Und ich hätte auch heute nicht herkommen sollen, aber Sie haben am Telefon so durcheinander geklungen.«

»Aber Lucy …«

»Bitte, fragen Sie mich nicht wieder. Es ist nicht recht.«

Saffy fehlten die Worte. Wieder fegte ein wütender Wind herein, der Donner war jetzt lauter zu hören. Lucy nahm das Geschirrtuch mit den Eiern. »Ich muss gehen«, wiederholte sie etwas sanfter, was irgendwie noch schlimmer war und Saffy die Tränen in die Augen trieb. »Ich hole die Puppen, sehe mir Junipers Kleid an und mache mich auf den Weg.«

Und dann war sie fort.

Die Tür fiel ins Schloss, und Saffy war wieder allein in der dampfenden Küche, hielt eine Schüssel mit Fischbrei umklammert und zerbrach sich den Kopf darüber, was ihre Freundin vertrieben hatte.

# 3

Percy ließ sich die abschüssige Tenterdon Road hinunterrollen, über die holprigen Steine vor der Zufahrt zum Schloss, dann sprang sie vom Fahrrad. *»Home again, home again, jiggity jig«*, sang sie vor sich hin, während der Kies unter ihren Stiefeln knirschte. Sie waren noch klein gewesen, als ihre Kinderfrau ihnen diesen Reim beigebracht hatte, und doch kam er ihr auch nach Jahrzehnten jedes Mal in den Sinn, sobald sie von der Straße in die Zufahrt einbog. Manche Melodien, manche Reime, blieben einfach hängen und ließen sich nicht mehr abschütteln, egal, wie sehr man sich anstrengte. Nicht dass Percy den »Jiggity Jig« gern losgeworden wäre. Die gute Kinderfrau mit ihren kleinen, rosafarbenen Händen, die stets so viel Zuversicht ausgestrahlt hatte, die abends am Kamin gesessen und sie mit dem Klappern ihrer Stricknadeln in den Schlaf gelullt hatte. Wie hatten sie geweint, als sie ihren neunzigsten Geburtstag gefeiert und verkündet hatte, sie werde zu einer Großnichte nach Cornwall ziehen. Saffy hatte sogar gedroht, sich aus dem Fenster des Dachzimmers zu stürzen, aber die Drohung hatte durch häufige Wiederholung längst an Schärfe eingebüßt, und die Kinderfrau hatte sich nicht erweichen lassen.

Obwohl sie spät dran war, schob Percy ihr Fahrrad gemütlich die Zufahrt hoch und ließ sich von den Wiesen begrüßen, die sich zu beiden Seiten ausbreiteten. Zu ihrer Linken lag das Bauernhaus mit seinen Malzdarren, dahinter die Mühle und rechts etwas weiter entfernt der Wald. Die Erinnerungen an tausend Kindertage verbargen sich in den Bäumen des Cardarker-Walds und blinzelten ihr aus dem kühlen Schatten zu. Wie herrlich Furcht einflößend es doch gewesen war, sich vor den weißen Sklavenjägern zu verstecken, wie aufregend, Drachenknochen auszubuddeln und mit dem Vater auf der Suche nach uralten römischen Straßen das Gelände zu durchstreifen …

Die Zufahrt war nicht besonders steil, und Percy schob ihr Fahrrad nicht aus Mangel an Kraft, sondern weil sie es genoss, zu Fuß zu gehen. Ihr Vater war auch ein begeisterter Wanderer gewesen, vor allem seit dem Ende des Ersten Weltkriegs. Bevor er das Buch veröffentlicht hatte, bevor er nach London gegangen war und sie hier allein zurückgelassen hatte, bevor er Odette kennengelernt und geheiratet und nie wieder ganz ihnen gehört hatte. Der Arzt hatte ihm gesagt, ein täglicher Spaziergang täte seinem Bein gut, und er hatte angefangen, mit dem Stock, den Mr. Morris nach einem Besuch mit ihrer Großmutter vergessen hatte, durch die Wiesen und Felder zu wandern. »Seht ihr, wie die Spitze bei jedem Schritt nach vorne schwingt?«, hatte er gefragt, als sie eines Nachmittags im Herbst zusammen am Bach entlanggegangen waren. »So muss es sein. Robust und zuverlässig. Der Stock ist eine Erinnerung.«

»Woran, Daddy?«

Stirnrunzelnd hatte er das schlammige Ufer betrachtet, als läge die Antwort zwischen dem Schilf verborgen. »Nun ja … daran, dass ich auch robust bin.«

Damals hatte sie nicht verstanden, was er meinte, sondern nur angenommen, dass das Gewicht des Stocks ihm Freude bereitete. Jedenfalls hatte sie nicht nachgehakt. Percys Position als Wandergefährtin war unsicher, und die mit dieser Rolle verbundenen Regeln waren streng. Das Wandern war, laut Raymond Blythes Doktrin, eine Zeit der Kontemplation und in seltenen Fällen, wenn beide Beteiligten dafür empfänglich waren, eine Zeit für Gespräche über die Geschichte oder die Poesie oder die Natur. Plappermäuler wurden nicht geduldet, und wer das Etikett einmal bekommen hatte, wurde es nie wieder los, wie die arme Saffy zu ihrem großen Kummer hatte erfahren müssen. Viele Male schon hatte Percy sich zum Schloss umgedreht, wenn sie sich mit ihrem Vater auf Wanderschaft begab, und Saffy missmutig am Kinderzimmerfenster stehen sehen. Ihre Schwester hatte ihr jedes Mal leidgetan, aber nie genug, um bei ihr zu bleiben. Sie fand, es war ein gerechter Ausgleich zu den zahllosen Situationen, in denen Saffy die volle Aufmerksamkeit ihres Vaters genoss und ihm sogar hin und wieder ein Lächeln entlockte, wenn sie ihm die lustigen kleinen Geschichten vorlas, die sie immer schrieb. Und es war eine Entschädigung für die Monate, die ihr Vater mit Saffy allein verbracht hatte, nachdem er aus dem Krieg zurückgekehrt war und man Percy mit Scharlach ins Krankenhaus gebracht hatte …

An der ersten Brücke blieb Percy stehen und lehnte ihr Fahrrad ans Geländer. Von hier aus konnte sie das Haus nicht sehen, noch nicht; es wurde von dem umgebenden Wald verdeckt und würde erst zu sehen sein, wenn sie die zweite, kleinere Brücke erreichte. Sie beugte sich über das Geländer und betrachtete den seichten Bach unter sich. Dort, wo die Ufer weiter auseinandertraten, bildete das Wasser kleine Strudel, flüsterte und zögerte auf dem Weg in den Wald. Percys Spiegelbild, das sich dunkel gegen den weißen Himmel abhob, waberte in der glatten Oberfläche in der Mitte des Bachs.

Auf der anderen Seite lag das Hopfenfeld, wo sie ihre erste Zigarette geraucht hatte. Saffy und sie hatten sich weggeschlichen und sich kichernd über das Zigarettenetui hergemacht, das sie einem der wichtigtuerischen Freunde ihres Vaters geklaut hatten, während der sich an einem brütend heißen Sommertag am Seeufer die fleischigen Knöchel von der Sonne rösten ließ.

Eine Zigarette …

Percy fasste an ihre Brusttasche, spürte das feste Röhrchen an den Fingerspitzen. Wo sie sich das verdammte Ding schon gedreht hatte, sollte sie es auch genießen, oder? Wenn sie erst einmal in den Trubel im Haus eingetaucht war, würde sie bestimmt keine Gelegenheit mehr dazu finden.

Sie drehte sich um, lehnte sich gegen das Geländer, riss ein Streichholz an, inhalierte tief und behielt den Rauch einen Moment in der Lunge, ehe sie ihn ausatmete. Gott, wie sie das Rauchen genoss. Manchmal dachte Percy, es würde ihr gefallen, allein zu leben, nie wieder mit einer Menschenseele ein Wort zu wechseln, unter der Bedingung, dass sie hier in Milderhurst wohnen würde, mit einem lebenslangen Vorrat an Zigaretten.

Sie war nicht immer so ein Einzelgänger gewesen. Und auch jetzt wusste sie, dass ihr Tagtraum nichts anderes war als eben das, ein Tagtraum – wenn auch manchmal tröstlich. Ohne Saffy würde sie es nicht aushalten, jedenfalls nicht lange. Und auch nicht ohne Juniper. Ihre kleine Schwester hatte sich vier Monate lang in London aufgehalten, und sie beiden Daheimgebliebenen hatten sich in der Zeit aufgeführt wie zwei überreizte alte Jungfern: Ständig hatten sie sich gesorgt, ob Juniper auch genug warme Socken hatte, und jedem, der nach London fuhr, frische Eier für die Schwester mitgegeben; hatten einander beim Frühstück Junipers Briefe vorgelesen und zu ergründen versucht, wie es um ihre Stimmung, ihre Gesundheit, ihre Gemütsverfassung stand. Briefe, in denen mit keinem Wort – auch nicht zwischen den Zeilen – etwas von der Aussicht auf eine Hochzeit erwähnt wurde. Von wegen, Mrs. Potts! Für jeden, der Juniper kannte, war allein die Vorstellung lachhaft. Es gab Frauen, die geschaffen waren für die Ehe und Kinderbettchen auf dem Flur, und es gab solche, für die das nicht zutraf. Ihr Vater hatte das gewusst, und deshalb hatte er alles so geregelt, dass nach seinem Tod für Juniper gesorgt war.

Percy schnaubte verächtlich und trat ihre Kippe mit dem Absatz aus. Der Gedanke an Mrs. Potts hatte sie an die Post erinnert, die sie abgeholt hatte, und sie nahm sie aus der Tasche. Ein willkommener Vorwand, noch ein bisschen das Alleinsein zu genießen.

Es handelte sich um drei Sendungen, genau wie Mrs. Potts gesagt hatte: ein Päckchen von Meredith an Juniper, einen an Saffy adressierten, getippten Brief und einen Umschlag, auf dem handschriftlich ihr eigener Name stand. Die schnörkelige Schrift konnte zu niemand anderem gehören als zu ihrer Kusine Emily. Begierig riss Percy den Umschlag auf und hielt den Brief ins schwächer werdende Licht, damit sie ihn lesen konnte.

Mit Ausnahme des Debakels, als Emily Saffys Haare blau gefärbt hatte, war der Kusine im Leben der Blythe-Zwillinge stets der ehrenhafte Titel Lieblingskusine sicher gewesen. Dass ihre einzigen Konkurrentinnen die aufgeblasenen Kusinen aus Cambridge waren, diese seltsamen, spindeldürren Weiber aus dem Norden, und ihre jüngere Schwester Pippa, deren Neigung, bei jedem noch so geringen Anlass in Tränen auszubrechen, sie von vornherein disqualifizierte, tat der Ehre keinen Abbruch. Jeder Besuch von Emily in Milderhurst wurde gebührend gefeiert, und ohne sie wäre die Kindheit der Zwillinge eine recht trübe Zeit gewesen. Percy und Saffy standen sich sehr nahe, wie das eben so ist bei Zwillingen, aber sie pflegten nicht die Art enge Beziehung, die alle anderen ausschloss. Im Gegenteil, sie fühlten sich einander umso näher, wenn sie jemand Drittes in den Bund aufnahmen. Als sie heranwuchsen, gab es im Dorf zahlreiche Kinder, mit denen sie hätten spielen können, hätte ihr Vater nicht eine so tiefe Abneigung gegen Außenstehende gehabt. Der gute Daddy war auf seine Art ein ziemlicher Snob gewesen, auch wenn es ihn schockiert hätte, als solcher bezeichnet zu werden. Was er bewunderte, war weder Geld noch Status, sondern Intelligenz; Talent war die einzige Währung, die für ihn zählte.

Emily, die sowohl Intelligenz als auch Talent besaß, hatte von Raymond Blythe den Unbedenklichkeitsstempel erhalten und damit die Erlaubnis, jeden Sommer in Milderhurst zu verbringen. Ihr war sogar die Ehre zuteilgeworden, an den berühmten Familienabenden teilzunehmen, ein mehr oder weniger regelmäßig stattfindender Wettkampf, den die Großmutter eingeführt hatte, als der Vater noch ein Junge war. Dann ertönte schon morgens der verheißungsvolle Ruf »Familienabend!«, und die Vorfreude spornte die Familie den ganzen Tag über an. Wörterbücher wurden herausgesucht, Bleistifte gespitzt und der Verstand wurde geschärft, bis sich schließlich nach dem Abendessen alle im guten Zimmer versammelten. Die Kandidaten nahmen am Tisch oder in ihrem Lieblingssessel Platz, und zum Schluss betrat der Vater das Zimmer. Am Wettkampftag zog er sich jedes Mal in den Turm zurück, um eine Liste von Aufgaben zu erstellen, und deren Verkündigung hatte immer den Charakter einer Zeremonie. Die Details des Spiels variierten, aber generell wurden ein Ort, ein Charaktertyp und ein Wort vorgegeben, die größte Eieruhr aus der Küche umgedreht, und dann ging es darum, die beste Geschichte zu erfinden.

Percy, die zwar klug, aber nicht geistreich war, die lieber zuhörte als erzählte, die langsam und sorgfältig schrieb, wenn sie nervös war, und sich extrem gestelzt ausdrückte, hatte diese Abende gefürchtet und verabscheut, bis sie im Alter von zwölf

Jahren zufällig entdeckt hatte, dass dem offiziellen Punktezähler Nachsicht gewährt wurde. Während Emily und Saffy – deren innige Zuneigung füreinander ihre Konkurrenz noch anfeuerte – über ihren Texten schwitzten, die Stirn in Falten legten, sich auf die Lippen bissen, die Bleistifte über die Seiten fliegen ließen und um Daddys Lob wetteiferten, blickte Percy gelassen dem Vergnügen entgegen. Im schriftlichen Ausdruck waren die Kusinen einander ebenbürtig; Saffy besaß vielleicht einen etwas größeren Wortschatz, Emily war jedoch aufgrund ihres schelmischen Humors eindeutig im Vorteil, und eine Zeit lang war es offensichtlich, dass der Vater das Familientalent vor allem in ihr heranreifen sah. Das war natürlich, bevor Juniper geboren wurde, die mit ihrer frühreifen Begabung die bisherige Ordnung über den Haufen warf.

Falls Emily den Kälteschauer gespürt hatte, als Raymond Blythe ihr seine Aufmerksamkeit entzog, so erholte sie sich immerhin schnell davon. Über viele Jahre hinweg kam sie weiterhin fröhlich jeden Sommer zu Besuch, lange über die Kindheit hinaus, bis zu jenem Sommer 1925, dem letzten, bevor sie heiratete und alles endete. Emily hatte das große Glück, so glaubte Percy, dass sie zwar talentiert war, aber nie die labile Gemütsverfassung einer Künstlerin gehabt hatte. Sie war viel zu ausgeglichen, zu sportlich, zu gesellig und liebenswürdig, um den Weg der Schriftstellerin einzuschlagen. Nicht die Spur einer Neurose. Das Schicksal, das ihr beschieden war, nachdem ihr Onkel das Interesse an ihr verloren hatte, war viel besser für sie: ein anständiger Ehemann, eine Schar sommersprossiger Söhne, eine Villa mit Blick aufs Meer und jetzt, wie aus ihrem Brief hervorging, auch noch zwei verliebte Schweine. Der ganze Brief enthielt eigentlich nur eine Sammlung von Anekdoten aus ihrem Dorf in Devon, Neuigkeiten über ihren Mann und ihre Jungs, über die Abenteuer der örtlichen Zivilschutztruppe und die Begeisterung ihrer alten Nachbarin für ihre Spritzpumpe, und doch hatte Percy beim Lesen herzlich lachen müssen. Sie lächelte immer noch, als sie den Brief wieder zusammenfaltete und in den Umschlag zurücksteckte.

Dann zerriss sie ihn einmal längs und einmal quer, stopfte ihn tief in die Hosentasche und setzte ihren Weg zum Haus fort. Sie nahm sich vor, die Schnipsel in den Papierkorb zu werfen, bevor ihre Uniform in die Wäsche wanderte. Oder noch besser, sie würde sie noch an diesem Nachmittag verbrennen, ohne dass Saffy es mitbekam.

# 4

Dass Juniper, die einzige Blythe, die ihre Kindheit nicht im Kinderzimmer verbracht hatte, am Morgen ihres dreizehnten Geburtstags aufstand, ein paar Gegenstände, die ihr lieb und teuer waren, in einen Kissenbezug stopfte und dann schnurstracks nach oben marschierte, um ihren Platz im Dachzimmer zu beanspruchen, hatte niemanden gewundert. Dieses Ereignis, das völlig im Widerspruch zur Tradition im Schloss stand, passte so sehr zu der Juniper, die sie alle kannten und liebten, dass die Episode, wenn in den folgenden Jahren die Rede darauf kam, allen vollkommen selbstverständlich erschien und sogar Diskussionen darüber entstanden, ob sie das alles womöglich im Voraus geplant hatte. Juniper selbst äußerte sich kaum zu dem Thema, weder damals noch später: Ihre ganze Kindheit über hatte sie in dem kleinen Nebenraum im ersten Stock geschlafen, und an ihrem dreizehnten Geburtstag hatte sie das Zimmer im Dachboden in Besitz genommen. Was sollte man noch dazu sagen?

Aufschlussreicher als Junipers Umzug ins Kinderzimmer, fand Saffy, war die eigenartige glanzvolle Aura, die Juniper seitdem zu umgeben schien. Das Dachzimmer, ein Außenposten des Schlosses, das Zimmer, in das Kinder traditionell verbannt wurden, bis sie aufgrund eines bestimmten Alters oder bestimmter Eigenschaften der Aufmerksamkeit der Erwachsenen für wert befunden wurden, ein Zimmer mit niedriger Decke, voller Mäuse, eiskalt im Winter und brütend heiß im Sommer, an dem alle Kaminschächte des Hauses vorbeiführten, schien plötzlich vor Leben zu summen. Leute, die überhaupt keinen Grund hatten, sich die Kletterpartie zuzumuten, suchten das Kinderzimmer auf. »Ich will nur kurz vorbeischauen«, sagten sie, bevor sie im Treppenhaus verschwanden und ungefähr eine Stunde später verlegen wieder herunterkamen. Saffy und Percy warfen einander amüsierte Blicke zu und vertrieben sich die Zeit damit zu spekulieren, was in aller Welt der ahnungslose Gast da oben gemacht haben könnte – denn eins war klar: Juniper war keine zuvorkommende Gastgeberin. Nicht dass ihre kleine Schwester unhöflich war, aber sie war nicht besonders gesellig und am liebsten mit sich allein. Und das war auch gut so, da sie wenig Gelegenheit gehabt hatte, andere Menschen kennenzulernen. Es gab keine Kusinen in ihrem Alter, keine Freunde der Familie, und der Vater hatte darauf bestanden, dass sie ihren Schulunterricht zu Hause erhielt. Saffy und Percy konnten sich nur vorstellen, dass Juniper ihre Besucher ignorierte, sie ungehindert in dem Chaos ihres Zimmers herumschlendern ließ, bis sie dessen überdrüssig wurden und von allein wieder gingen. Es war eins von Junipers erstaunlichsten Talenten, das sie seit ihrer Geburt besaß: die überwältigende Anziehungskraft, die sie auf alle ausübte, ein Phänomen, das einer wissenschaftlichen Untersuchung wert gewesen wäre. Selbst Leute, die Juniper nicht leiden konnten, wollten von ihr gemocht werden.

Aber als Saffy an jenem Tag im Oktober zum zweiten Mal die Treppe hochstieg, war die Enträtselung des geheimnisvollen Charmes ihrer kleinen Schwester das Letzte, was ihr auf den Nägeln brannte. Das Gewitter zog sich schneller zusammen als Mr. Potts' Heimwehr, und die Fenster des Dachzimmers standen weit offen. Es war ihr aufgefallen, als sie bei den Hühnern war und Helen-Melons Federn gestreichelt und sich um Lucys finstere Stimmung gesorgt hatte. In einem Fenster war das Licht angegangen, und als sie hochblickte, sah sie Lucy, die die Krankenhauspuppen aus dem Nähzimmer holte. Sie war dem Weg der Haushälterin mit Blicken gefolgt, ein Schatten, der an den Fenstern im ersten Stock vorbeihuschte, das schwache Tageslicht, als sie die Tür zum Flur öffnete, dann eine oder zwei Minuten nichts, bis das Licht im oberen Treppenhaus anging, das zum Dachboden führte. Da waren ihr die Fenster eingefallen. Sie selbst hatte sie am Morgen geöffnet in der Hoffnung, dass die frische Luft den Mief der letzten Monate vertreiben würde. Diese Hoffnung würde sich wohl kaum erfüllen, aber es war doch sicher besser, etwas vergeblich zu versuchen, als von vornherein aufzugeben, oder? Doch jetzt, wo Regen in der Luft lag, musste sie die Fenster schließen. Sie hatte gewartet, bis das Licht im Treppenhaus ausging, dann noch einmal fünf Minuten, und als sie sich ganz sicher war, dass sie Lucy auf dem Weg nach oben nicht begegnen würde, war sie ins Haus gegangen.

Nachdem sie sorgfältig darauf geachtet hatte, nicht auf die drittletzte Stufe zu treten – das fehlte ihr noch, dass der Geist des kleinen Onkels ausgerechnet heute Abend sein Unwesen trieb –, öffnete sie die Kinderzimmertür und schaltete das Licht ein. Es leuchtete ganz schwach, wie alle Birnen im Haus, und Saffy blieb in der Tür stehen. Das tat sie, abgesehen von dem schwachen Licht, aus Gewohnheit, wenn sie sich in Junipers Reich vorwagte. Es gab wahrscheinlich nur wenige Zimmer auf der Welt, dachte Saffy, die vor dem Betreten einen genauen Plan erforderten. Das Zimmer als Saustall zu bezeichnen war vielleicht übertrieben, aber nur ein bisschen.

Der Mief war nicht verflogen; gegen den Gestank nach schalem Zigarettenrauch, Tinte, nassem Hund und Mäusedreck konnten ein paar Stunden frische Luft nichts ausrichten. Der Hundegeruch ließ sich leicht erklären – Junipers kleiner Hund Poe war während ihrer Abwesenheit untröstlich gewesen und hatte abwechselnd am Ende der Zufahrt und am Fußende ihres Betts Trübsal geblasen. Was die Mäuse anging, war Saffy sich nicht sicher, ob Juniper sie womöglich fütterte oder ob die kleinen Biester nur von dem Durcheinander in dem Zimmer profitierten. Beides war möglich. Und auch wenn sie es nicht unbedingt zugeben würde, mochte Saffy den Mäusegeruch; er erinnerte sie an Clementina, die sie sich am Morgen ihres achten Geburtstags bei Harrods in der Haustierabteilung gekauft hatte. Tina war ihr eine liebe kleine Freundin gewesen, bis zu dem unglücklichen Zusammentreffen mit Percys Schlange Cyrrus. Ratten waren zwar eine übel verleumdete Spezies, aber reinlicher als gemeinhin angenommen und sehr gesellig, das Adelsgeschlecht unter den Nagern.

Nachdem Saffy einen halbwegs begehbaren Pfad zum Fenster ausgemacht hatte – eine Hinterlassenschaft von ihrer letzten Expedition –, durchquerte sie eilig das Chaos. Gott, wenn ihre Kinderfrau das Zimmer sehen könnte! Längst vergessen waren die sauberen, ordentlichen Zeiten ihrer Herrschaft, die unter ihrer Aufsicht gelöffelte Milchsuppe am Abend, der kleine Handfeger, der nach dem Essen hervorgeholt wurde, um alle Krümel aufzufegen, die beiden kleinen Schreibtische an der Wand, der Duft nach Bienenwachs und Seife. Nein, diese Epoche war lange vorbei, und an ihrer Stelle war, so schien es Saffy, die Anarchie eingezogen. Papier, überall Papier, vollgekritzelt mit seltsamen Anweisungen, Zeichnungen und Fragen, die Juniper sich notiert hatte, entlang den Fußleisten hatten sich Staubflocken aufgereiht wie Anstandsdamen bei einem Debütantinnenball. Alles Mögliche hing an den Wänden: Fotos von Menschen und Orten und eigenartige Wortgebilde, die aus unerfindlichen

Gründen Junipers Fantasie anregten; und der Fußboden war ein Meer aus Büchern, Kleidungsstücken, benutzten Tassen, behelfsmäßigen Aschenbechern, Lieblingspuppen mit beweglichen Augen, alten Busfahrscheinen mit an den Rand gekritzelten Notizen. Das Ganze machte Saffy benommen und drehte ihr den Magen um. War das etwa ein Brotkanten da unter der Flickendecke? Wenn ja, war er inzwischen versteinert und museumsreif.

Hinter Juniper her aufzuräumen war eine schlechte Angewohnheit, die Saffy schon vor langer Zeit erfolgreich bekämpft hatte, aber diesmal konnte sie dem Impuls einfach nicht widerstehen. Unordnung war eine Sache, Essensreste eine andere. Angewidert wickelte sie den Brotkanten mit allen Krümeln in die Steppdecke, eilte ans nächste Fenster, schüttelte die Decke aus und wartete, bis sie hörte, wie das steinharte Brot dumpf im Gras landete. Mit einem Schaudern schüttelte sie die Decke abermals aus, schloss das Fenster und zog den Verdunkelungsvorhang zu.

Die schmuddelige Decke musste gewaschen und geflickt werden, aber das konnte warten. Fürs Erste würde Saffy sich damit begnügen, sie wenigstens ordentlich zusammenzufalten. Natürlich nicht allzu ordentlich – obwohl Juniper das sowieso nicht merken und sich noch weniger darum scheren würde –, aber so, dass ihr wieder ein bisschen Würde zuteilwurde. Die Decke, dachte Saffy, während sie die Enden auf Armeslänge hielt, hatte etwas Besseres verdient, als vier Monate lang auf dem Boden als Leichentuch für ein verschimmelndes Stück Brot zu dienen. Sie war ein Geschenk gewesen, eine der Bauersfrauen auf dem Anwesen hatte sie vor Jahren für Juniper genäht, einer der typischen unerbetenen Liebesdienste, die ihr ständig entgegengebracht wurden. Die meisten Menschen wären gerührt von einer solchen Geste und würden ein so kostbares Geschenk in Ehren halten, nicht so Juniper. Sie maß den Werken anderer nicht mehr Wert bei als ihren eigenen. Das, dachte Saffy seufzend, während sie all das Papier betrachtete, das den Boden wie ein Laubteppich bedeckte, war einer der Charakterzüge ihrer kleinen Schwester, den sie am wenigsten verstand.

Sie sah sich nach einer Stelle um, wo sie die gefaltete Steppdecke ablegen konnte, und entschied sich für einen Stuhl. Ein aufgeschlagenes Buch lag oben auf einem Bücherstapel, und Saffy, eine unermüdliche Leserin, klappte es zu, um zu sehen, um was es sich handelte. *Old Possums Katzenbuch*, in das T. S. Eliot eine Widmung für Juniper geschrieben hatte, als er einmal zu Besuch da gewesen war und der Vater ihm ein paar von Junipers Gedichten gezeigt hatte. Saffy wusste nicht so recht, was sie von Thomas Eliot halten sollte; natürlich bewunderte sie ihn als Schriftsteller, aber in seiner Seele schlummerte ein Pessimismus, seine Anschauungen waren so düster, dass ihr mehr als früher die bedrückende Seite seiner Gedichte auffiel. Nicht so sehr in den Katzenversen, die ja noch recht launig waren, aber in seinen anderen Gedichten. Seine Obsession für tickende Uhren und die Vergänglichkeit war das beste Rezept, um schwermütig zu werden, so schien es Saffy, und darauf konnte sie gut und gern verzichten.

Wie Juniper darüber dachte, war nicht ganz eindeutig, und das wunderte Saffy nicht. Wenn Juniper eine Romanfigur wäre, dachte Saffy oft, ließe sie sich eigentlich nur anhand der Reaktionen der anderen Figuren auf sie beschreiben, wobei natürlich die Gefahr bestand, dass Deutungen den Anstrich von Wahrheiten erhielten. Worte wie »entwaffnend«, »ätherisch« und »betörend« wären von unschätzbarem Wert für den Autor, ebenso wie »leidenschaftlich« und »verwegen« und hin und wieder sogar – auch wenn Saffy das niemals laut aussprechen würde – »gewalttätig«. Bei T. S. Eliot hieße sie wahrscheinlich

»Juniper – die undurchschaubare Katze«. Saffy lächelte bei dem Gedanken und wischte sich den Staub von den Händen; Juniper hatte tatsächlich etwas Katzenhaftes: die weit auseinanderstehenden Augen, der intensive Blick, die Leichtfüßigkeit, die Unempfänglichkeit für unerbetene Aufmerksamkeit.

Saffy watete durch das Papiermeer zu den anderen Fenstern und erlaubte sich einen kleinen Umweg am Schrank vorbei, an dem das Kleid hing. Sie hatte es am Morgen, nachdem sie sich vergewissert hatte, dass Percy aus dem Haus war, aus seinem Versteck geholt und sich über die Arme gelegt wie das schlafende Dornröschen. Sie hatte einen Kleiderbügel extra verbiegen müssen, damit die Seide sich so um die Schrankecke legte, dass sie von der Tür aus zu sehen war. Das Kleid musste das Erste sein, was Juniper erblickte, wenn sie am Abend die Tür zu ihrem Zimmer öffnete und das Licht anknipste.

Ach, das Kleid – ein perfektes Beispiel für die undurchschaubare Juniper. Als der Brief aus London kam, hatte er Saffy dermaßen überrascht, dass sie ihn, wenn sie nicht zahllose Male Zeugin der unerwarteten Kehrtwendungen ihrer Schwester geworden wäre, für einen Scherz gehalten hätte. Wenn es etwas gab, worauf sie Geld verwetten würde, dann dies: Juniper Blythe interessierte sich nicht die Bohne für schöne Kleider. Sie hatte ihre Kindheit in einfachen weißen Baumwollkleidchen verbracht, war stets barfuß gelaufen und besaß ein seltsames Talent dafür, jedes neue Kleid, egal wie raffiniert es geschnitten war, innerhalb von zwei Stunden in eine sackartige Hülle zu verwandeln. Und entgegen Saffys heimlicher Hoffnung hatte sich das auch nicht geändert, als Juniper erwachsen wurde. Während andere siebzehnjährige Mädchen es nicht erwarten konnten, zu ihrem ersten Ball nach London zu fahren, hatte Juniper kein Wort darüber verloren und Saffy, als sie das Thema ansprach, mit einem vernichtenden Blick bedacht, von dem sie sich erst nach Wochen erholt hatte. Andererseits war das auch wieder gut so gewesen, da ihr Vater ohnehin niemals seine Zustimmung gegeben hätte. Juniper war sein »Burgfräulein«, wie er zu sagen pflegte, und es gab keinen Grund für sie, das Schloss zu verlassen. Welchen Nutzen sollte ein junges Mädchen wie sie von einem Debütantinnenball haben?

Die hastig hingeworfene Nachschrift in Junipers Brief, in der sie Saffy fragte, ob sie ihr nicht irgendwie ein Kleid nähen könnte, das sich als Ballkleid eignete – ob sie nicht irgendwo noch ein Kleid von Junipers Mutter hätten? Etwas, das sie vor ihrem Tod in London getragen hatte, etwas, das man vielleicht ändern könne? –, hatte sie zutiefst verwirrt. Der Brief war ausdrücklich nur an Saffy adressiert, und so hatte sie, obwohl sie sich normalerweise mit Percy beriet, wenn es um Juniper ging, im stillen Kämmerlein über Junipers Bitte nachgedacht. Nach einigem Hin und Her war sie zu dem Schluss gekommen, dass das Stadtleben ihre kleine Schwester einfach verändert hatte, und sie fragte sich, ob es sie vielleicht noch in anderer Hinsicht verändert hatte. Womöglich hatte Juniper vor, nach dem Krieg für immer nach London zu ziehen, fort von Milderhurst, ganz gleich, was der Vater für sie vorgesehen hatte.

Auch wenn sie nicht wusste, warum Juniper sie um den Gefallen gebeten hatte, war es Saffy eine große Freude, ihr behilflich zu sein. Neben der Schreibmaschine war ihre Singer 201K – zweifellos das beste Modell, das je hergestellt worden war – ihr ganzer Stolz, und seit Kriegsbeginn hatte sie mit großem Fleiß genäht, allerdings ausschließlich praktische Dinge. Eine Zeit lang mal nicht stapelweise Decken und Krankenhausschlafanzüge anfertigen zu müssen, sondern stattdessen etwas Modisches zu kreieren, war eine aufregende Herausforderung. Und Saffy hatte sofort gewusst, welches Kleid ihre Schwester meinte, sie hatte es schon damals sehr bewundert, an jenem unvergesslichen Abend, als ihre Stiefmutter es in London zur Premiere von Vaters Stück getragen hatte. Seitdem lag es sorgfältig verpackt im Familienarchiv, einem luftdicht abgeschlossenen Raum, dem einzigen im Schloss, wo es vor Motten geschützt war.

Saffy fuhr mit den Fingerspitzen über den seidenen Stoff. Die Farbe war exquisit. Eine schimmernde Andeutung von Rosa, wie die Unterseite der Pilze, die bei der Mühle wuchsen, eine Farbe, die ein flüchtiger Blick für Creme halten konnte, die sich erst bei näherem Hinsehen erschloss. Saffy hatte wochenlang an den Änderungen gearbeitet, immer heimlich, aber das falsche Spiel war die Sache wert gewesen. Sie hob den Saum an, um die feine Handarbeit noch einmal zu überprüfen, dann glättete sie ihn zufrieden. Sie trat einen kleinen Schritt zurück, um ihr Werk zu bewundern. Ja, es war wunderschön; aus einem Kleid, das schön, aber altmodisch gewesen war, hatte sie mithilfe der Lieblingshefte aus ihrer *Vogue*-Sammlung ein Kunstwerk geschaffen. Wenn das unbescheiden klang, bitte sehr. Saffy wusste sehr wohl, dass dies womöglich ihre letzte Gelegenheit war, das Kleid in seiner ganzen Pracht zu betrachten (die traurige Wahrheit war, dass man nicht wissen konnte, welches grausame Schicksal es erwartete, wenn Juniper es erst einmal in Besitz genommen hatte), und sie wollte sich diesen großartigen Augenblick nicht mit falscher Bescheidenheit verderben.

Sie warf einen verstohlenen Blick hinter sich, dann nahm sie das blassrosafarbene Kleid vom Bügel, um sein Gewicht noch einmal in den Händen zu spüren. Alle besonders schönen Kleider hatten ein angenehmes Gewicht. Sie schob die Zeigefinger unter die Träger, hielt sich das Kleid an und trat vor den Spiegel. Sie biss sich auf die Lippe. So wie sie dastand, den Kopf leicht zur Seite geneigt, eine Angewohnheit aus der Kindheit, die sie nie hatte ablegen können, in dem abgedunkelten Zimmer, ein paar Schritte vom Spiegel entfernt, hätte man meinen können, dass die Jahre nie vergangen waren. Wenn sie die Augen ein bisschen zusammenkniff, ein bisschen breiter lächelte, hätte man sie für die Achtzehnjährige halten können, die bei der Premiere von Vaters Stück in London neben ihrer Stiefmutter stand, sie um das blassrosa Kleid beneidete und sich schwor, dass auch sie eines Tages so ein wundervolles Kleid tragen würde, vielleicht ja zu ihrer eigenen Hochzeit.

Als Saffy das Kleid wieder auf den Bügel hängte, trat sie aus Versehen auf ein Trinkglas, eins aus einer Garnitur, die die Familie Asquith ihren Eltern zur Hochzeit geschenkt hatte. Sie seufzte; Junipers Respektlosigkeit kannte wirklich keine Grenzen. Saffy konnte das Glas beim besten Willen nicht so auf dem Boden liegen lassen. Sie bückte sich, um es aufzuheben, und als sie sich gerade wieder aufrichten wollte, entdeckte sie eine Tasse aus Limoges-Porzellan unter einer alten Zeitung; ehe sie wusste, wie ihr geschah, hatte sie ihre eigene goldene Regel übertreten und war dabei, auf allen vieren das Zimmer in Ordnung zu bringen. Innerhalb weniger als einer Minute hatte sie eine kleine Sammlung Gläser und Geschirrteile angehäuft, aber dadurch hatte sich an dem allgemeinen Chaos nichts geändert. All das Papier, all die beschriebenen Zettel.

Das Durcheinander, Junipers Unfähigkeit, irgendeine Ordnung herzustellen, einen Gedanken festzuhalten, bereiteten Saffy beinahe körperliche Schmerzen. Juniper und Saffy waren beide Schriftstellerinnen, aber ihre Methoden konnten nicht gegensätzlicher sein. Saffy hatte sich angewöhnt, täglich einige kostbare Stunden auf das Schreiben zu verwenden, in denen sie still an ihrem Schreibtisch saß, vor sich ein Notizheft, den Federhalter, den ihr Vater ihr zum sechzehnten Geburtstag geschenkt hatte, und eine Kanne mit frisch aufgebrühtem, starken Tee. Sorgfältig und langsam brachte sie ihre Worte in eine gefällige Ordnung, schrieb, formulierte um, korrigierte und perfektionierte, las sich ihre Texte laut vor und genoss es, die Geschichte ihrer Heldin Adele mit Leben zu füllen. Erst wenn sie voll und ganz mit dem Ergebnis zufrieden war, zog sie ihre Olivetti heran und tippte den nächsten Absatz ab.

Juniper dagegen schrieb wie jemand, der versuchte, sich von einem inneren Ballast zu befreien. Sie schrieb an jedem Ort, wo sie sich inspiriert fühlte, sie schrieb, wo sie ging und stand, verstreute auf ihrem Weg Gedichtentwürfe, Skizzen, deplazierte und daher umso ausdrucksstärkere Adjektive, verstreute ihre Worte im ganzen Haus wie Brotkrumen, die den Weg wiesen zu ihrem Lebkuchenzimmer unter dem Dach. Manchmal fand Saffy solche Zettel beim Putzen, vollgekritzelte Seiten hinter dem Sofa, unter dem Teppich, und dann verlor sie sich in der Geschichte um ein altes römisches Kriegsschiff, das mit geblähten Segeln dahinbrauste, während zwei Liebende sich unter Deck versteckten, bis ein Befehl geschrien wurde und es so aussah, als würden sie entdeckt … Und dann hörte die Erzählung mittendrin auf, weil Juniper das Interesse an ihr verloren hatte.

Dann gab es Geschichten, die in einem Anfall von Arbeitswut angefangen und beendet wurden, der blanke Wahnsinn, dachte Saffy manchmal, auch wenn dieses Wort in der Familie Blythe nicht leichtfertig benutzt wurde, erst recht nicht in Bezug auf Juniper. Häufig erschien die jüngste Schwester nicht zum Abendessen, und unter der Tür des Kinderzimmers war ein heller Lichtstreifen zu sehen. Der Vater wies den Rest der Familie an, sie nicht zu stören, die Bedürfnisse des Körpers seien zweitrangig gegenüber den Ansprüchen des Geistes, aber Saffy hatte jedes Mal heimlich einen Teller mit Essen hinaufgebracht. Nicht dass Juniper je etwas davon angerührt hätte. Sie schrieb pausenlos, die ganze Nacht hindurch. Es überkam sie plötzlich und heftig, wie ein Tropenfieber, das kurz aufflammte und am nächsten Tag verschwunden war. Wenn sie am Morgen nach unten kam, war sie erschöpft, wie benommen, ausgelaugt. Dann rekelte sie sich auf dem Sofa und gähnte auf ihre katzenhafte Art, und der Dämon war ausgetrieben und vergessen.

Und das war das Seltsamste für Saffy, die ihre eigenen Geschichten – Entwürfe und Endfassungen – in gleich großen Schachteln sammelte und hübsch und sauber gestapelt im Familienarchiv aufbewahrte, die beim Schreiben von der erregenden Aussicht angetrieben wurde, ihr Werk eines Tages zu einem Buch binden lassen und einem Leser in die Hand drücken zu können. Juniper interessierte es nicht im Geringsten, ob das, was sie schrieb, von irgendjemandem gelesen wurde. Dass sie ihre Texte niemandem zeigen wollte, hatte nichts mit falscher Bescheidenheit zu tun; es war ihr schlichtweg egal. Wenn sie einmal etwas aufgeschrieben hatte, interessierte es sie nicht mehr. Wenn Saffy dies Percy gegenüber erwähnt hatte, war diese jedes Mal völlig verblüfft gewesen, aber das war auch nicht anders zu erwarten. Die arme Percy, die nicht die Spur einer künstlerischen Ader besaß …

Sieh mal einer an! Saffy hielt inne, immer noch auf allen vieren. Was kam denn da unter dem Papiergestrüpp zum Vorschein? Großmutters silberner Vorlegelöffel, nach dem Saffy den halben Tag gesucht hatte! Sie setzte sich auf die Fersen und stützte sich mit den Händen auf die Schenkel, um sich zu strecken und die Schmerzen in ihrem Rücken zu lindern. Sie und Lucy hatten sämtliche Schubladen im Haus durchwühlt, dabei hatte der Löffel die ganze Zeit in Junipers Zimmer unter einem Stapel Papier gelegen, einfach unglaublich. Saffy wollte den Löffel gerade an sich nehmen – auf dem Griff entdeckte sie einen seltsamen Fleck, den sie sich würde vornehmen müssen –, als sie feststellte, dass er als eine Art Lesezeichen diente. In einem Notizheft, das mit Junipers unleserlicher Handschrift vollgekritzelt war. Aber die gekennzeichnete Seite trug ein Datum. Saffys Augen, geschult durch lebenslanges unersättliches Lesen, waren schneller als ihre guten Manieren, und in dem Bruchteil einer Sekunde, die sie brauchte, um zu blinzeln, hatte sie erfasst, dass es sich um ein Tagebuch handelte und dass der Eintrag neueren Datums war. Mai 1941, kurz bevor Juniper nach London abgereist war.

Es war einfach ungeheuerlich, in einem fremden Tagebuch zu lesen, und Saffy selbst wäre zutiefst gekränkt, würde jemand ihre Privatsphäre derart verletzen, aber Juniper hatte sich noch nie für Verhaltensregeln interessiert, und Saffy fand, auch wenn sie nicht mit Worten hätte erklären können, warum, dass diese Tatsache es ihr erlaubte, einen Blick in das Heft zu werfen. Junipers Angewohnheit, persönliche Aufzeichnungen offen herumliegen zu lassen, war doch wie eine Aufforderung an ihre ältere Schwester, ihre Ersatzmutter, sich zu vergewissern, dass alles in Ordnung war. Juniper war fast neunzehn, aber sie war ein Spezialfall. Sie war nicht wie andere Erwachsene für sich selbst verantwortlich. Wie sollten Saffy und Percy ihre Rolle als Junipers Vormünder erfüllen, wenn sie nicht dafür sorgten, dass sie über die Angelegenheiten ihrer kleinen Schwester im Bilde waren? Ihre Kinderfrau hätte keine Sekunde gezögert, die Tagebücher und Briefe zu lesen, die ihre Schutzbefohlenen offen herumliegen ließen, weshalb die Zwillinge sich immer neue Verstecke hatten suchen müssen. Dass Juniper sich gar nicht erst die Mühe machte, war für Saffy Beweis genug, dass ihre kleine Schwester ihr mütterliches Interesse geradezu begrüßte. Und jetzt lag Junipers Tagebuch vor ihr, aufgeschlagen an einer Seite neueren Datums. Also, da wäre es doch beinahe gefühllos, nicht wenigstens einen kurzen Blick darauf zu werfen.

# 5

An den Eingangsstufen, wo Percy immer ihr Fahrrad abstellte, wenn sie zu müde, zu faul oder zu sehr in Eile war, um es in den Stall zu schieben, was häufig vorkam, stand schon ein Fahrrad. Das war ungewöhnlich – Saffy hatte keinen weiteren Gast erwähnt außer Juniper und diesem Thomas Cavill, die auf keinen Fall mit dem Fahrrad, sondern mit dem Bus kommen würden.

Percy stieg die Stufen hoch und kramte in ihrem Beutel nach dem Schlüssel. Saffy, überzeugt davon, dass Milderhurst auf Hitlers Englandkarte rot eingekreist war und die Nazis die Schwestern Blythe ins Gefängnis werfen wollten, hatte sich seit Kriegsbeginn angewöhnt, die Eingangstür abzuschließen, was Percy eigentlich in Ordnung fand, außer dass ihr Hausschlüssel dazu neigte, stets unauffindbar zu sein.

Enten schnatterten auf dem Teich, die dunklen Wipfel des Cardarker-Walds wogten, der Donner rollte immer näher heran, und ihre Suche schien kein Ende zu nehmen. Als sie es gerade aufgeben und sich mithilfe ihrer Fäuste bemerkbar machen wollte, ging die Tür auf, und Lucy Middleton stand vor ihr, das Haar unter einem Kopftuch verborgen und in der Hand eine schwach leuchtende Fahrradlampe.

»Meine Güte!« Die ehemalige Haushälterin fasste sich mit der freien Hand an die Brust. »Haben Sie mich erschreckt!«

Percy öffnete den Mund, fand jedoch keine Worte und machte ihn wieder zu. Sie warf sich ihren Beutel über die Schulter.

»Ich – ich habe im Haus ausgeholfen«, fuhr Lucy mit hochrotem Gesicht fort. »Miss Saffy hat mich angerufen. Heute Nachmittag. Ihre Haushaltshilfen hatten heute beide keine Zeit.«

Percy räusperte sich und bereute es auf der Stelle. Ihr Krächzen verriet ihre Nervosität, und Lucy Middleton war die Letzte, vor der sie sich eine Blöße geben wollte. »Dann ist also alles fertig für heute Abend?«

»Das Kaninchen ist im Ofen, und ich habe Miss Saffy Anweisungen dagelassen.«

»Verstehe.«

»Das Essen muss langsam garen. Ich fürchte, dass Miss Saffy zuerst überkocht.«

Es war ein kleiner Scherz, aber Percy zögerte zu lange mit dem Lachen. Sie überlegte, was sie sagen sollte, aber es gab zu wenig und zugleich zu viel, und Lucy Middleton, die erwartungsvoll vor ihr stand, musste gespürt haben, dass nichts mehr kommen würde, denn sie schob sich verlegen um Percy herum und ging zu ihrem Fahrrad.

Nein, sie hieß ja gar nicht mehr Middleton, sie hieß jetzt Rogers. Sie und Harry waren schon über ein Jahr verheiratet. Fast anderthalb.

»Auf Wiedersehen, Miss Percy.« Lucy stieg auf ihr Fahrrad.

»Und dein Mann?«, fragte Percy hastig und verachtete sich sogleich dafür. »Geht es ihm gut?«

Lucy schaute sie nicht an. »Ja.«

»Und dir natürlich auch?«

»Ja.«

»Und dem Baby?«

Beinahe ein Flüstern. »Ja.«

Ihre Körpersprache war die eines Kindes, das gescholten, ja, das geschlagen wurde, und Percy verspürte plötzlich große Lust, Lucys Erwartungen zu erfüllen. Natürlich tat sie es nicht, sondern wählte einen beiläufigen Ton, weniger gereizt, beinahe unbeschwert: »Würdest du deinem Mann ausrichten, dass die Standuhr in der Eingangshalle immer noch vorgeht? Ganze zehn Minuten?«

»Ja, in Ordnung.«

»Die Uhr lag ihm doch stets am Herzen, wenn ich mich recht erinnere?«

Lucy wich ihrem Blick weiterhin aus, murmelte jedoch eine unverständliche Antwort, bevor sie sich aufs Rad setzte und losfuhr. Das Licht der Lampe zeichnete eine zitternde Botschaft auf den Weg vor ihr.

Als Saffy hörte, wie die Haustür zugeschlagen wurde, klappte sie das Tagebuch zu. Ihre Schläfen und Wangen pochten, die Haut über ihren Brüsten spannte sich. Ihr Puls schlug schneller als das Herz eines kleinen Vogels. Tja. Leicht schwankend stand sie vom Boden auf, wo sie gesessen hatte. Damit hatte das Rätselraten jedenfalls ein Ende, das Geheimnis um den bevorstehenden Abend, das aufwendig geänderte Kleid, den jungen Gast. Es war also gar kein Fremder. Nein. Ganz und gar kein Fremder.

»Saffy?« Percys Stimme drang scharf und ärgerlich durch alle Etagen.

Saffy hielt sich die Stirn, wappnete sich für die Aufgabe, die vor ihr lag. Sie wusste, was sie zu tun hatte: Sie musste sich umziehen und nach unten gehen, sie musste herausfinden, wie viel gutes Zureden Percy brauchen würde, und dann musste sie dafür sorgen, dass der Abend ein voller Erfolg wurde. Und soeben schlug die Standuhr sechs, sie musste sich also sputen. Juniper und der junge Mann – dessen Name, da war sie sich ganz sicher, derselbe war wie der, den sie eben in dem Tagebuch gelesen hatte – würden in einer Stunde eintreffen; die Heftigkeit, mit der Percy die Tür zugeschlagen hatte, ließ darauf schließen, dass sie ziemlich übellaunig war; und Saffy war immer noch so angezogen, als hätte sie den ganzen Tag für den Sieg geschuftet.

Der Haufen geretteter Gläser und Geschirrteile war plötzlich vergessen. Saffy watete durch das Papiermeer, um die restlichen Fenster zu schließen und die Verdunkelungsvorhänge zuzuziehen. In der Einfahrt bewegte sich etwas – Lucy überquerte gerade auf ihrem Fahrrad die erste Brücke –, aber Saffy schaute in eine andere Richtung. Ein Vogelschwarm flog über den Hopfenfeldern auf, und sie blickte den Vögeln nach. So frei wie ein Vogel, hieß es, dabei waren sie gar nicht frei, jedenfalls nicht, soweit Saffy das beurteilen konnte: Sie waren aneinandergekettet durch ihre Gewohnheiten, ihre Bedürfnisse, ihre Biologie, ihre Natur, ihre Geburt. Sie waren nicht freier als andere Lebewesen. Dennoch kannten sie das Hochgefühl des Fliegens. Was würde Saffy nicht dafür geben, einmal die Flügel ausbreiten und fliegen zu können, vom Fenster über die Wiesen und Wälder zu gleiten und den Flugzeugen nach London zu folgen.

Einmal, als kleines Mädchen, hatte sie es versucht. Sie war aus dem Dachzimmerfenster gestiegen, hatte sich den Dachfirst entlanggehangelt und war auf den Mauervorsprung unter Vaters Turm geklettert. Vorher hatte sie sich Flügel gebastelt, prächtige Flügel aus Seide, die sie mit Bindfaden an dünne Zweige gebunden hatte. Sie hatte sogar Schlaufen aus Gummiband angenäht, durch die sie die Arme stecken konnte. Sie waren wunderschön gewesen – nicht rosa oder rot, nein, zinnoberrot, und sie leuchteten in der Sonne wie die Federn von echten Vögeln –, und nachdem sie abgesprungen war, war sie sogar ein paar Sekunden lang geflogen. Der starke Wind, der vom Tal heraufwehte, hatte sie kurz erfasst und ihr die Arme nach hinten gerissen, und einen herrlichen Moment lang hatte sich alles verlangsamt, und sie hatte eine Ahnung davon bekommen, wie himmlisch es war zu fliegen. Dann war plötzlich alles ganz schnell gegangen, sie war abgestürzt, und als sie auf dem Boden aufschlug, hatte sie sich die Flügel und die Arme gebrochen.

»Saffy!«, ertönte es wieder von unten. »Versteckst du dich etwa vor mir?«

Die Vögel verschwanden in den dichten Wolken, Saffy schloss das Fenster und zog die Verdunkelungsvorhänge so dicht zu, dass kein bisschen Licht mehr nach außen dringen konnte. Der Himmel grummelte wie ein voller Magen, wie der gefräßige Bauch eines feinen Herrn, der sich nicht mit dem Mangel in einer rationierten Vorratskammer begnügen musste. Saffy lächelte, das Bild gefiel ihr, und sie nahm sich vor, es in ihrem Notizheft festzuhalten.


Es war still im Haus, sehr still. Viel zu still, dachte Percy und presste beunruhigt die Lippen zusammen; Saffy hatte sich schon immer versteckt, wenn eine Konfrontation ihr erbittertes Haupt erhob. Ihr Leben lang hatte Percy stets die Gefechte ihrer Zwillingsschwester ausgefochten, darin war sie gut, es machte ihr sogar Spaß, und es funktionierte hervorragend, außer wenn es Streitigkeiten zwischen ihnen beiden gab und Saffy, die in diesen Dingen völlig ungeübt war, den Kürzeren zog. Unfähig zu kämpfen, blieben ihr nur zwei Möglichkeiten: Flucht oder Verleugnung. Nach der Totenstille zu urteilen, der Percy jetzt auf der Suche nach ihrer Schwester begegnete, hatte Saffy sich diesmal offenbar für Ersteres entschieden. Was frustrierend war, äußerst frustrierend, denn in Percys Eingeweiden bildete sich bereits ein Knoten, der nur darauf wartete zu platzen. Und da niemand in Reichweite war, den sie mit bösen Blicken bedenken oder anknurren konnte, und da der Knoten sich nicht von allein auflösen würde, musste sie sich auf andere Weise behelfen. Whisky wäre eine Möglichkeit. Auf jeden Fall konnte ein ordentlicher Schluck nicht schaden.

Draußen war es längst dunkel, und im Schloss hätte Percy den Weg von der Eingangshalle in den Flur zum gelben Salon nicht gefahrlos durchqueren können, wenn sie sich nicht im ganzen Haus auch blind zurechtgefunden hätte. Vorsichtig ging sie um das Sofa herum zum Erkerfenster, zog die Verdunkelungsvorhänge zu und schaltete die Tischlampe an. Das Licht, das sie verbreitete, war kaum der Rede wert. Als Percy ein Streichholz herausnahm, um den Docht der Petroleumlampe anzuzünden, stellte sie überrascht und ärgerlich fest, dass ihre Hand nach der Begegnung mit Lucy so sehr zitterte, dass es ihr nicht gelang, es anzureißen.

Hinterhältig, wie sie war, wählte die Uhr auf dem Kaminsims ausgerechnet diesen Augenblick, um schneller zu ticken. Die Uhr hatte ihrer Mutter gehört, und ihr Vater hatte sie immer in Ehren gehalten, deshalb war ihr Bleiberecht gesichert. Aber sie hatte eine Art zu ticken, die Percy um den Verstand brachte, es war, als bereitete es ihr eine boshafte Freude, die einem Gegenstand aus Porzellan nicht zustand, die vergehenden Sekunden wegzuwischen. An diesem Nachmittag grenzte Percys Abneigung an Hass.

»Sei bloß still, du dämliche Uhr«, sagte Percy. Dann warf sie das unbenutzte Streichholz in den Papierkorb.

Sie würde sich einen Whisky einschenken, eine Zigarette drehen, dann, bevor der Regen kam, nach draußen gehen und Feuerholz holen. Vielleicht würde sie ja auf diese Weise den Knoten in ihrem Magen los.

# 6

Trotz der Aufregung des Tages hatte Saffy den Kopf noch frei genug, um einen Blick in ihren Kleiderschrank zu werfen und in Gedanken ihre Auswahlmöglichkeiten durchzugehen, damit sie am Abend nicht das Opfer ihrer eigenen Unentschlossenheit wurde und gezwungen war, eine Entscheidung zu treffen, die ihr die Not aufdrängte. In Wahrheit gehörte die Kleiderwahl zu ihren Lieblingsbeschäftigungen, selbst wenn sie keine Gäste zum Abendessen erwartete: Sie stellte sich erst ein bestimmtes Kleid vor, die dazu passenden Schuhe und die entsprechende Halskette, nur um gleich wieder von vorn anzufangen und sich glückselig die Verwandlungen auszumalen. Heute hatte sie eine Kombination nach der anderen verworfen, weil keine von ihnen den entscheidenden Kriterien genügte. Wahrscheinlich hätte sie bei den Kriterien anfangen sollen, aber das hätte ihre Möglichkeiten von vornherein doch sehr eingeschränkt. Den Sieg trug jedes Mal das Kleid davon, das am besten zu ihren feinsten Strümpfen passte – das heißt, zu dem einzigen Paar, dessen sechs verdammte Löcher sich am besten durch die Wahl der richtigen Schuhe und die Länge des Rocks verbergen ließen. Also das minzgrüne seidene Liberty-Kleid.

Als Saffy in ihrem ordentlichen und sauberen Zimmer ihren Trägerrock ablegte und sich mit ihrer Unterwäsche abmühte, war sie froh, dass sie die schwierigeren Entscheidungen bereits getroffen hatte. Denn jetzt hatte sie ganz anderes zu tun. Als hätte ihr die Entschlüsselung dessen, was Junipers Tagebucheintrag bedeutete, nicht schon genug zugesetzt, wartete inzwischen Percy unten auf sie, und zwar voller Zorn. Wie immer verbreitete sich ihre Stimmung sofort im ganzen Haus. Der Knall, als sie die Haustür zugeschlagen hatte, hatte sich durch die Adern des Hauses und alle vier Stockwerke bis in Saffys Körper übertragen. Selbst die Lampen – die ohnehin nicht besonders hell leuchteten – schienen zu schmollen, sodass die Nischen im Schloss noch düsterer wirkten als gewöhnlich. Aus der hintersten Ecke der obersten Schublade angelte Saffy ihre besten Strümpfe. Sie befanden sich, um ein Stück Seidenpapier gewickelt, in der Originalverpackung. Saffy zog sie heraus und fuhr mit dem Daumen zärtlich über die Stelle, wo sie sie zuletzt gestopft hatte.

Das Problem war, dachte Saffy, dass Percy unempfänglich war für menschliche Gefühle und sich viel mehr um die Bedürfnisse der Mauern und Böden von Milderhurst sorgte als um die der Bewohnerinnen. Sie hatten es beide bedauert, als Lucy gekündigt hatte, aber es war vor allem Saffy, die das Fehlen der Haushälterin spürte, wenn sie den ganzen Tag allein im Haus verbrachte, wusch und schrubbte und notdürftige Menüs kreierte, nur mit Clara und der schwachsinnigen Millie, die ihr zur Hand gingen. Aber im Gegensatz zu Saffy, für die außer Frage stand, dass eine Frau, die sich zwischen ihrer Arbeitsstelle und ihrem Herzen entscheiden musste, immer Letzteres wählen würde, hatte Percy die Veränderung im Haushalt überhaupt nicht akzeptieren können. Sie hatte Lucys Heirat als persönliche Kränkung aufgefasst, und wenn jemand nachtragend sein konnte, dann Percy. Aus diesem Grund waren Junipers Tagebucheintrag und das, was er womöglich bedeutete, so beunruhigend.

Saffy ließ die Strümpfe sinken. Sie war nicht naiv, und sie war auch nicht viktorianisch prüde; sie hatte *Third Act in Venice*, *Cold Comfort Farm* und *The Thinking Reed* gelesen und wusste über Sexualität Bescheid. Aber nichts von dem, was sie bisher gelesen hatte, hatte sie darauf vorbereiten können, was Juniper über das Thema dachte. Sie schrieb freimütig, wie es ihre Art war, intuitiv und poetisch, hinreißend und schonungslos und beängstigend. Saffys Augen waren über die Seiten geflogen, hatten alles auf einmal aufgenommen, sie hatte sich gefühlt, als hätte ihr jemand ein Glas Wasser ins Gesicht geschüttet. Bei dem Tempo, mit dem sie gelesen hatte, bei der Verwirrung angesichts so lebhaft beschriebener Empfindungen war es kein Wunder, dass sie keine einzige Zeile hätte wiedergeben können, dachte Saffy. Sie erinnerte sich nur bruchstückhaft an ihre Gefühle, an ungewollte Bilder, an den Schock, den das Lesen verbotener Wörter in ihr ausgelöst hatte.

Vielleicht waren es nicht einmal die Wörter selbst gewesen, die Saffy so verblüfft hatten, sondern eher, wer sie geschrieben hatte. Juniper war nicht nur ihre wesentlich jüngere Schwester, sondern auch eine junge Frau, die immer regelrecht geschlechtslos gewirkt hatte. Ihre glühende Schreibleidenschaft, ihre Ablehnung jeglicher weiblichen Attribute, ihre nachlässige Kleidung – all das schien Juniper über solche niederen menschlichen Instinkte zu erheben. Mehr noch, und das war vielleicht das, was Saffy den größten Stich versetzte, Juniper hatte nie auch nur im Entferntesten angedeutet, dass es um eine Liebesaffäre ging. War der junge Mann, der zum Abendessen erwartet wurde, derjenige welcher? Den Tagebucheintrag hatte June vor einem halben Jahr geschrieben, bevor sie nach London gegangen war, und doch hatte sie den Namen Thomas bereits darin erwähnt. War es möglich, dass Juniper diesem Mann schon in Milderhurst begegnet war? Dass ihre Reise nach London noch einen anderen als den offiziellen Grund gehabt hatte? Und wenn ja, waren die beiden dann nach all der Zeit immer noch ein Liebespaar? Was für eine unglaubliche und aufregende Entwicklung im Leben ihrer kleinen Schwester, über die kein Wort gesprochen worden war. Saffy wusste natürlich, warum das so war: Ihr Vater, wenn er noch lebte, wäre rasend vor Zorn – Sex hatte allzu oft zur Folge, dass Kinder gezeugt wurden, und seine Theorie von der Unvereinbarkeit von Kunst und Kindererziehung war kein Geheimnis. Deshalb durfte Percy, Vaters selbst ernannte Sachwalterin, nichts davon erfahren, das hatte Juniper richtig erkannt. Aber dass sie Saffy nicht ins Vertrauen gezogen hatte ... Sie beide standen sich doch so nahe, und so verschlossen Juniper auch sein mochte, so hatten sie doch immer miteinander reden können. Dieses Thema sollte da eigentlich keine Ausnahme sein. Saffy streifte die Strümpfe von ihrer Hand und nahm sich vor, die Sache zu klären, sobald Juniper nach Hause kam und sie Gelegenheit fanden, ein paar Minuten ungestört zu sein. Saffy lächelte. Bei dem Abendessen ging es nicht nur darum, Juniper wieder zu Hause zu begrüßen und jemandem den Dank der Familie Blythe zu erweisen. Bei dem Freund, den Juniper eingeladen hatte, handelte es sich um jemand ganz Besonderen.

Nachdem sie sich überzeugt hatte, dass die Strümpfe in Ordnung waren, legte Saffy sie aufs Bett und nahm sich den Kleiderschrank vor. Herr im Himmel! Nur mit ihrer Unterwäsche bekleidet, blieb sie vor dem Spiegel stehen, drehte sich in die eine, dann in die andere Richtung und reckte den Hals, um sich von hinten zu sehen. Entweder hatte der Spiegel sich verzogen, oder sie hatte ein paar Kilo zugenommen. Also wirklich, sie sollte sich der Wissenschaft zur Verfügung stellen. Zuzunehmen in Zeiten, wo die Speisekammern Englands so gut wie leer waren? War das ausgesprochen unbritisch oder ein raffinierter

Sieg über Hitlers U-Boote? Es würde vielleicht nicht für den neuen »Churchill-Orden für die Erhaltung von Englands Schönheit« reichen, aber dennoch war es ein Triumph. Saffy schnitt ihrem Spiegelbild eine Grimasse, zog den Bauch ein und öffnete den Kleiderschrank.

Hinter einigen langweiligen Trägerröcken und Strickjacken, die ganz vorne hingen, tat sich ein Wunderland aus schimmernden, vernachlässigten Seidenkleidern auf. Saffy schlug sich die Hände an die Wangen. Es war, als würde man alte Freundinnen wiedersehen. Ihr Kleiderschrank war ihr ganzer Stolz, jedes Kleid Mitglied eines verschworenen Zirkels. Der Schrank stellte einen Katalog ihrer Vergangenheit dar, wie sie einmal in einem Moment rührseligen Selbstmitleids gedacht hatte: die Kleider, die sie als Debütantin getragen hatte, das Seidenkleid, das sie auf dem Mittsommerball in Milderhurst im Jahr 1923 angehabt hatte, selbst das blaue Kleid, das sie sich im Jahr darauf für die Premiere von Vaters Stück genäht hatte. Ihr Vater war der Meinung gewesen, dass Töchter schön zu sein hatten, und solange er lebte, hatten sie sich immer zum Abendessen fein gemacht. Selbst dann noch, als er an seinen Sessel im Turmzimmer gefesselt war, hatten sie sich bemüht, ihm zu gefallen. Seit seinem Tod jedoch sahen sie keinen Sinn mehr darin, einen solchen Aufwand zu betreiben. Eine Zeit lang hatte Saffy noch daran festgehalten, doch dann hatte Percy sich zum Sanitätsdienst gemeldet, was bedeutete, dass sie häufig nachts den Krankenwagen fahren musste, und sie waren wortlos übereingekommen, die Tradition aufzugeben.

Eins nach dem anderen schob Saffy die Kleider hin und her, bis sie das aus minzgrüner Seide entdeckte. Sie hielt die anderen zur Seite und bewunderte das glitzernde Prachtstück: die mit Perlen bestickte Korsage, die breite Schärpe, den langen, schmalen, zum Saum hin glockig ausschwingenden Rock. Sie hatte es seit Jahren nicht mehr getragen, konnte sich kaum an das letzte Mal erinnern, aber sie wusste noch, dass Lucy ihr geholfen hatte, es zu flicken. Es war Percys Schuld gewesen; mit ihren Zigaretten und ihrer achtlosen Art, sie zu rauchen, war sie, wo sie hinkam, eine Gefahr für alle feinen Stoffe. Aber Lucy hatte es sauber hinbekommen, sodass Saffy Mühe hatte, die versengte Stelle an der Korsage überhaupt zu finden. Ja, es war genau das Richtige für den Abend. Saffy nahm es aus dem Schrank, legte es auf die Tagesdecke und nahm ihre Strümpfe.

Es war ihr ein Rätsel, dachte sie, während sie vorsichtig eine Hand in den ersten Strumpf schob und ihn dann über ihre Zehen streifte, wie eine Frau wie Lucy sich in den Uhrmacher Harry hatte verlieben können. So ein unscheinbarer, kleiner Mann, der nichts von einem romantischen Helden hatte, der mit eingezogenen Schultern über die Flure huschte, das Haar immer ein bisschen länger, ein bisschen dünner, ein bisschen weniger gepflegt, als es angebracht wäre ...

»O Gott, nein!« Saffy blieb mit dem großen Zeh hängen und geriet aus dem Gleichgewicht. Sie hätte sich vielleicht noch fangen können, aber ihr Zehennagel hatte sich im Gewebe verfangen und drohte eine weitere Laufmasche zu reißen, wenn sie den Fuß absetzte. So nahm sie den Sturz tapfer in Kauf und schlug sich den Oberschenkel böse an ihrem Toilettentisch. »Oje!«, japste sie. »Oje, oje, oje.« Sie setzte sich auf den gepolsterten Hocker und begutachtete den kostbaren Strumpf. Ach, warum hatte sie sich nicht besser konzentriert? Wenn diese Strümpfe nicht mehr zu retten waren, gab es keinen Ersatz. Mit zitternden Fingern drehte sie den Strumpf in alle Richtungen und befühlte das hauchzarte Gewebe vorsichtig mit den Fingerspitzen.

Es schien alles in Ordnung zu sein. Das war knapp gewesen. Saffy stieß einen Seufzer aus, und doch war sie nicht völlig erleichtert. Sie betrachtete ihr rotwangiges Gesicht im Spiegel: Es ging um mehr als das letzte Paar intakte Strümpfe. Als Kinder hatten sie und Percy reichlich Gelegenheit gehabt, Erwachsene aus der Nähe zu beobachten, und was sie gesehen hatten, hatte ihnen Rätsel aufgegeben. Die wunderlichen Alten hatten sich sonderbarerweise aufgeführt, als wäre ihnen nicht im Geringsten bewusst, dass sie alt waren. Das hatte die Zwillinge verblüfft, die sich einig gewesen waren, dass es nichts Geschmackloseres gab als alte Menschen, die sich weigerten, ihre Grenzen zu akzeptieren, und sie hatten damals einen Pakt geschlossen, es bei sich selbst nie so weit kommen zu lassen. Wenn sie einmal alt wären, würden sie sich voll und ganz damit abfinden. »Aber woran sollen wir es erkennen?«, hatte Saffy verwirrt gefragt. »Vielleicht ist es etwas, das man nicht spürt, bis es zu spät ist, so wie Sonnenbrand.« Percy hatte ihr beigepflichtet, dass es sich um ein kniffliges Problem handelte, hatte die Arme um die Knie geschlungen und darüber nachgegrübelt. Pragmatisch, wie sie war, hatte sie jedoch als Erste eine Lösung gefunden: »Ich würde sagen, wir müssen eine Liste von den Dingen aufstellen, die alte Leute tun. Drei dürften reichen. Und wenn wir feststellen, dass wir dasselbe tun, dann wissen wir Bescheid.«

Die infrage kommenden Angewohnheiten aufzuschreiben war einfach gewesen – schließlich hatten sie ihren Vater und ihre Kinderfrau ihr Leben lang beobachtet –, als viel schwieriger erwies es sich, sich auf drei zu beschränken. Nach langem Hin und Her hatten sie sich auf diejenigen Angewohnheiten geeinigt, bei denen ein Irrtum weitgehend ausgeschlossen war:

Erstens: häufiges und nachdrückliches Äußern der Ansicht, dass unter Königin Victoria in England alles besser gewesen war.

Zweitens: mit anderen Menschen als dem Hausarzt über seine Gesundheit zu reden.

Drittens: sich nicht mehr im Stehen die Unterwäsche anziehen zu können.

Saffy stöhnte, als sie daran dachte, wie sie am Morgen beim Bettenmachen im Gästezimmer vor Lucy über ihre Rückenschmerzen geklagt hatte. Das Gespräch war unter die Verbotsregel Nummer zwei gefallen, und sie hatte es durchgehen lassen. Aber das jetzt? Zu Fall gebracht von einem Paar Strümpfe? Die Prognose war in der Tat niederschmetternd.

Percy hatte es beinahe zur Hintertür geschafft, als Saffy doch noch auftauchte. Sie kam die Treppe heruntergeschwebt, als könnte sie kein Wässerchen trüben. »Hallo, liebe Schwester«, sagte sie. »Heute wieder irgendwen gerettet?«

Percy holte tief Luft. Sie brauchte Zeit, Platz und ein scharfes Beil, um einen klaren Kopf zu bekommen und ihre Wut loszuwerden, sonst würde sie sie am Ende noch an Saffy auslassen. »Vier Kätzchen aus einem Abwasserkanal und einen Klumpen Zuckerstangen.«

»Wie schön! Ein Sieg auf der ganzen Linie! Bravo! Wollen wir eine Tasse Tee trinken?«

»Ich gehe ein bisschen Holz hacken.«

»Ach, meine Liebe«, sagte Saffy und trat einen Schritt näher. »Ich glaube, das ist nicht nötig.«

»Lieber früher als später. Es gibt gleich Regen.«

»Das verstehe ich ja«, sagte Saffy übertrieben gelassen, »aber ich bin mir ziemlich sicher, dass wir im Augenblick genug Brennholz haben. So wie du dich diesen Monat beim Holzhacken ins Zeug gelegt hast, reicht der Vorrat mindestens bis 1960. Du solltest lieber nach oben gehen und dich fürs Abendessen umziehen …« Saffy unterbrach sich, als ein lauter Knall das Schloss erbeben ließ. »Na bitte. Der Regen erspart dir die Arbeit.«

An manchen Tagen konnte man sich darauf verlassen, dass sogar das Wetter sich gegen einen verschwor. Percy nahm ihren Tabak aus der Tasche und drehte sich eine Zigarette. Ohne aufzublicken, sagte sie: »Warum hast du sie hergebeten?«

»Wen?«

Ein durchdringender Blick.

»Ach so.« Saffy machte eine wegwerfende Handbewegung. »Claras Mutter ist krank, Millie ist so ungeschickt wie immer, und du hast so viel zu tun – ich konnte einfach nicht alles allein bewältigen. Außerdem kann niemand so gut mit Agatha umgehen wie Lucy.«

»Bisher bist du doch ganz gut mit dem Herd zurechtgekommen.«

»Es ist nett von dir, dass du das sagst, Percy, meine Liebe, aber du kennst doch unsere alte Aggie. Ich würde ihr glatt zutrauen, dass sie heute Abend streikt, nur um mich zu ärgern. Seit ich die Milch habe überkochen lassen, ist sie böse auf mich.«

»Sie ist – es ist ein *Herd*, Seraphina.«

»Ganz genau! Wer hätte ihr so einen abscheulichen Charakter zugetraut!«

Saffy versuchte, sie zu manipulieren, Percy spürte es ganz genau. Die affektierte Freundlichkeit, mit der ihre Schwester sie auf dem Weg nach draußen abgefangen hatte und jetzt nach oben schickte, wo, darauf würde sie wetten, bereits ein Kleid – irgendetwas grauenhaft Elegantes – auf dem Bett für sie ausgebreitet lag: Es war, als fürchtete Saffy, Percy sei nicht zuzutrauen, sich in Gesellschaft anständig zu benehmen. Darüber hätte Percy am liebsten laut gelacht, aber eine solche Reaktion würde ihre Schwester nur in ihren Befürchtungen bestätigen, also unterdrückte sie den Impuls, leckte das Blättchen an und drehte ihre Zigarette fertig.

»Außerdem«, fuhr Saffy fort, »ist Lucy ein Schatz, und da wir nichts Anständiges für einen Braten haben, brauchte ich einfach ihre Hilfe.«

»Keinen anständigen Braten?«, fragte Percy spitz. »Als ich das letzte Mal nachgesehen habe, gab es noch acht fette Kandidatinnen im Hühnerstall.«

Saffy zuckte zusammen. »Du würdest es nicht wagen …«

»Ich *träume* von Hühnchenschenkeln.«

Ein erfreuliches Zittern machte sich in Saffys Stimme bemerkbar, das sich bis in ihren Zeigefinger fortsetzte, mit dem sie Percy vor der Nase wedelte. »Meine Mädels sind gute kleine Ernährerinnen, sie sind kein Abendessen. Ich lasse nicht zu, dass du an Bratensoße denkst, wenn du sie ansiehst. Das ist … das ist wirklich barbarisch.«

Eine Menge Dinge lagen Percy auf der Zunge, aber als sie jetzt in dem düsteren Flur stand, während der Regen auf der anderen Seite des Gemäuers auf die Erde prasselte und ihre Zwillingsschwester verlegen von einem Fuß auf den anderen trat – ihr altes grünes Kleid spannte unschön am Bauch und an den Hüften –, sah Percy all ihre gemeinsamen Jahre und all die Enttäuschungen vor sich aufgereiht, wie Steine einer Mauer, gegen die ihre momentane Wut prallte. Sie war der bestimmende Zwilling, war es immer gewesen, und egal wie wütend Saffy sie machte, Streitereien brachten die Grundfesten ihres gemeinsamen Universums ins Wanken.

»Perce?« Saffys Stimme zitterte immer noch. »Muss ich meine Mädels bewachen?«

»Du hättest es mir sagen sollen«, antwortete Percy mit einem ungehaltenen Seufzer und nahm die Streichhölzer aus ihrer Hosentasche. »Das ist alles. Das mit Lucy hättest du mir sagen sollen.«

»Ich wünschte, du würdest die ganze Sache einfach vergessen, Perce. Um deinetwillen. Es hat schon Dienstboten gegeben, die ihren Arbeitgebern Schlimmeres angetan haben als sie zu verlassen. Schließlich hat sie keine silbernen Löffel gestohlen.«

»Du hättest es mir sagen sollen.« Percys Stimme klang weich, und ihre Kehle schmerzte. Sie fischte ein Streichholz aus der Schachtel.

»Wenn es dir so viel ausmacht, werde ich sie nicht mehr herbitten. Sie wird bestimmt nichts dagegen haben; mir schien, dass sie dir am liebsten aus dem Weg geht. Ich glaube, du machst ihr Angst.«

Mit einem Knacken zerbrach das Streichholz in Percys Fingern.

»Ach, Perce, sieh dir das an, du blutest ja.«

»Es ist nichts.« Sie wischte sich den Finger an der Hose ab.

»Nicht an der Hose, das ist Blut, das kriegt man nicht wieder raus.« Saffy hielt ein zerknülltes Kleidungsstück hoch, das sie mit heruntergebracht hatte. »Falls du es noch nicht bemerkt haben solltest, unsere Wäscherinnen haben uns ebenfalls verlassen, und ich bin die Einzige hier, die wäscht und kocht und putzt.«

Percy rieb an dem Blutfleck herum, verteilte ihn jedoch nur.

Saffy seufzte. »Lass deine Hose, ich kümmere mich darum. Geh nach oben und mach dich fein, meine Liebe.«

»Ja.« Percy betrachtete immer noch etwas verwundert ihren Finger.

»Während du dir ein festliches Kleid anziehst, setze ich den Wasserkessel auf und mache uns eine Tasse Tee. Oder noch besser: Ich mache uns einen Cocktail, was hältst du davon? Schließlich haben wir etwas zu feiern.«

Das fand Percy reichlich übertrieben, aber ihr Kampfgeist hatte sie verlassen. »Ja«, sagte sie. »Gute Idee.«

»Bring deine Hose mit in die Küche, wenn du fertig bist, dann kann ich sie gleich einweichen.«

Percy ballte ihre Hand zur Faust und löste sie wieder, als sie zur Treppe ging. Dann blieb sie stehen und drehte sich um.

»Beinahe hätte ich's vergessen«, sagte sie und nahm den maschinegeschriebenen Brief aus ihrem Beutel. »Post für dich.«

# 7

Saffy versteckte sich im Anrichtezimmer, um den Brief zu lesen. Sie hatte sofort gewusst, um was es sich handelte, und es hatte sie allergrößte Mühe gekostet, ihre Aufregung vor Percy zu verbergen. Sie hatte den Brief an sich gerissen, dann am Fuß der Treppe Wache gestanden, um sich zu vergewissern, dass ihre Schwester es sich nicht in letzter Minute anders überlegte und doch noch zum Holzhacken nach draußen ging. Erst als sie hörte, wie Percys Zimmertür ins Schloss fiel, hatte sie sich entspannt. Sie hatte schon fast die Hoffnung aufgegeben, jemals eine Antwort zu bekommen, und jetzt, wo sie sie in der Hand hielt, wünschte sie beinahe, sie wäre nie eingetroffen. Die gespannte Erwartung, die Tyrannei des Unbekannten waren beinahe unerträglich.

Durch die Küche war sie in das Anrichtezimmer geeilt, wo einst der Furcht erregende Butler Mr. Broad residiert hatte, von dessen Schreckensherrschaft allerdings nur noch der Schreibtisch und ein hölzerner Schrank voller alter Kladden mit seiner akribischen Buchführung zeugten. Saffy zog an der Kordel, mit der sich die Glühbirne einschalten ließ, und lehnte sich an den Schreibtisch. Ihre Finger fühlten sich klobig an, als sie sich an dem Umschlag zu schaffen machte.

Ohne ihren Brieföffner, der oben auf ihrem Schreibtisch lag, blieb ihr nichts anderes übrig, als den Umschlag aufzureißen.

Weil ihr das jedoch widerstrebte, ging sie mit äußerster Vorsicht zu Werke und genoss beinahe die quälende Verzögerung, die das mit sich brachte. Sie zog den gefalteten Bogen heraus – sehr feines Papier, stellte sie fest, aus Baumwollfaser, geprägt, cremeweiß –, dann holte sie tief Luft und strich ihn glatt. Hastig überflog sie das Schreiben, dann ging sie noch einmal an den Anfang zurück und zwang sich, es langsam zu lesen, zu glauben, was sie sah, während eine große, glückselige Leichtigkeit sie erfasste, die sie bis in die Fingerspitzen spürte.

Sie hatte die Anzeige in der *Times* entdeckt, als sie nach Vermietungsanzeigen gesucht hatte. *Weibliche Begleitperson und Gouvernante gesucht, die für die Dauer des Kriegs mit Lady Dartington und ihren drei Kindern nach Amerika gehen will,* hatte da gestanden; *gebildet, unverheiratet, kultiviert, erfahren im Umgang mit Kindern.* Es war, als hätte derjenige, der den Text aufgesetzt hatte, Saffy im Sinn gehabt. Zwar hatte sie keine eigenen Kinder, aber das lag keinesfalls daran, dass sie sich keine gewünscht hätte. Es hatte eine Zeit gegeben, in der sich all ihre Zukunftsträume – wahrscheinlich wie die jeder jungen Frau – um Kinder gedreht hatten. Aber ohne Ehemann war da nun mal nichts zu machen, und das war der Haken an der Sache. Was die anderen Kriterien anging, so war Saffy der Meinung, dass sie in aller Bescheidenheit behaupten konnte, kultiviert und gebildet zu sein. Sie hatte auf der Stelle ein Bewerbungsschreiben aufgesetzt, in dem sie sich vorgestellt, zwei hervorragende Empfehlungsschreiben beigelegt und einen Brief formuliert hatte, der Seraphina Blythe als die ideale Kandidatin auswies. Und dann hatte sie gewartet und versucht, so gut es ging, ihre Träume von New York für sich zu behalten. Da sie schon lange wusste, dass es zu nichts führte, Percy unnötig zu reizen, hatte sie ihrer Zwillingsschwester gegenüber nichts von der Stellenanzeige erwähnt und sich insgeheim in lebhaften

Farben alle Möglichkeiten ausgemalt. Sie hatte sich die Überfahrt bis ins kleinste Detail vorgestellt und sich in die Rolle einer zweiten Molly Brown hineinversetzt, die die Dartington-Kinder bei Laune hielt, während sie auf dem Weg zu dem großen amerikanischen Hafen den U-Booten trotzten ...

Es Percy zu sagen würde das Schwerste sein. Was aus ihr werden würde, wenn sie allein die Flure durchquerte, die Wände reparierte und Holz hackte und darüber das Baden, Waschen oder Backen vergaß, war nicht auszudenken. Dieser Brief jedoch, dieses Stellenangebot, das Saffy in Händen hielt, war ihre Chance, und sie würde sich nicht von sentimentalen Gefühlen davon abhalten lassen, sie beim Schopf zu ergreifen. Wie ihre Heldin Adele in ihrem Roman würde sie »das Leben bei den Hörnern packen und es zwingen, ihr in die Augen zu sehen«. Auf diese Formulierung war Saffy besonders stolz.

Als sie leise die Tür des Anrichtezimmers wieder hinter sich schloss, fiel ihr sofort auf, dass der Ofen dampfte. In all der Aufregung hatte sie die Pastete vergessen! Um Gottes willen. Sie würde von Glück reden können, wenn der Teig nicht schwarz verkohlt war.

Sie streifte sich die Ofenhandschuhe über, lugte in den Backofen und atmete erleichtert auf, als sie sah, dass die Oberseite der Pastete zwar golden, aber noch nicht dunkelbraun war. Sie schob die Pastete in den unteren, weniger heißen Ofen, wo sie nicht verbrennen konnte, und richtete sich auf.

In diesem Moment fiel ihr Blick auf Percys verschmutzte Uniformhose, die neben ihrem Trägerrock auf dem Küchentisch lag. Percy musste die Hose dort abgelegt haben, während Saffy im Anrichtezimmer gewesen war. Was für ein Glück, dass Percy sie nicht dabei erwischt hatte, wie sie den Brief las.

Saffy schüttelte die Hose aus. Der Montag war ihr offizieller Waschtag, aber es konnte nichts schaden, die Sachen eine Weile einzuweichen, vor allem Percys Uniformhose; die Anzahl der unterschiedlichen Flecken, die sich darauf angesammelt hatten, hätte man als eindrucksvoll bezeichnen können, wenn es nicht so schwierig gewesen wäre, sie zu entfernen. Aber Saffy liebte die Herausforderung. Eine nach der anderen ging sie die Hosentaschen durch auf der Suche nach vergessenem Krimskrams, der ihr nur das Waschwasser verderben würde. Und das war ein Glück.

Saffy fischte die Papierschnipsel heraus – Gott, was für eine Menge! – und legte sie neben sich auf die Küchenbank. Müde schüttelte sie den Kopf; sie wusste nicht mehr, wie oft sie – vergeblich – versucht hatte, Percy beizubringen, vor der Wäsche ihre Hosentaschen zu leeren.

Seltsam – Saffy schob die Schnipsel hin und her. Auf einem klebte eine Briefmarke. Ein Brief, der zerrissen worden war.

Aber warum sollte Percy so etwas tun? Und von wem war der Brief?

Ein Knall im ersten Stock, und Saffy schaute erschrocken zur Decke hoch. Schritte, dann noch ein Knall.

Die Haustür! Juniper war eingetroffen! Oder sollte er es sein, der junge Mann aus London?

Saffy betrachtete die Papierschnipsel und biss sich auf die Lippe. Vor ihr lag ein Rätsel, das sie lösen musste. Aber nicht jetzt, dazu fehlte die Zeit. Sie musste nach oben, um Juniper und ihren Gast zu begrüßen, der Himmel allein wusste, in welchem Zustand sich Percy inzwischen befand. Vielleicht würde der zerrissene Brief die üble Laune ihrer Schwester erklären?

Mit einem entschlossenen Nicken versteckte Saffy ihren eigenen Brief im Oberteil ihres Kleids und schob die Schnipsel aus Percys Hosentasche unter einen Topfdeckel, der auf der Bank lag. Sie würde sich später damit befassen.

Nachdem sie ein letztes Mal nach der Kaninchenpastete gesehen hatte, rückte sie ihr Kleid um den Busen zurecht, lockerte es ein bisschen um die Taille herum und ging nach oben.

Bildete sie sich den fauligen Gestank vielleicht nur ein?, fragte sich Percy. In letzter Zeit passierte ihr das öfter; einen Geruch, den man einmal wahrgenommen hatte, wurde man nicht mehr los. Sie hatten das gute Zimmer seit einem halben Jahr nicht mehr betreten, seit der Beerdigung ihres Vaters, und trotz aller Mühen, die ihre Schwester auf sich genommen hatte, lag immer noch etwas Modriges in der Luft. Der Tisch war in die Mitte des Zimmers gerückt worden, mitten auf den Teppich aus Bessarabien, und war gedeckt mit dem besten Geschirr ihrer Großmutter, vier Gläsern pro Gedeck und einer sorgfältig geschriebenen Speisekarte an jedem Platz. Percy nahm eine davon in die Hand, um sie zu lesen, stellte fest, dass Gesellschaftsspiele vorgesehen waren, und legte sie wieder weg.

Plötzlich fühlte sie sich in einen Luftschutzbunker versetzt, in dem sie während der ersten Wochen des Blitzkriegs Schutz gesucht hatte, als ein Besuch beim Rechtsanwalt ihres Vaters durch Hitlers Bomben vereitelt worden war. Die gezwungene Heiterkeit, die Lieder, der entsetzliche säuerliche Gestank nach Angst …

Percy schloss die Augen und sah ihn vor sich. Der ganz in Schwarz gekleidete Mann, der während der Bombardierung hereingekommen war, sich unbemerkt an die Wand gelehnt und mit niemandem gesprochen hatte. Den Kopf mit dem dunklen Hut tief gebeugt. Percy hatte ihn beobachtet, fasziniert von der Art, wie er irgendwie abseits von den anderen stand. Nur einmal hatte er aufgeblickt, kurz bevor er seinen Mantel fester um sich gezogen hatte und in die lodernde Nacht hinausgegangen war. Ihre Blicke waren sich kurz begegnet, und sie hatte in seinen Augen nichts gesehen. Kein Mitgefühl, keine Angst, keine Entschlossenheit; nur kalte Leere. Da hatte sie gewusst, dass er der Tod war, und seitdem hatte sie oft an ihn gedacht. Wenn sie in einen Bombenkrater kletterte, um die Leichen herauszuziehen, musste sie an die gespenstische, entrückte Ruhe denken, die ihn begleitet hatte, als er aus dem Bunker in das Chaos hinausgegangen war. Kurz nach dieser Begegnung hatte sie sich zum Sanitätsdienst gemeldet, aber es war kein Heldenmut, der sie dazu getrieben hatte, ganz und gar nicht. Es war einfach viel leichter, sich dem Tod draußen in dem flammenden Inferno zu stellen, als eingeschlossen unter der bebenden, stöhnenden Erde auf ihn zu warten, abgelenkt nur von verzweifeltem Frohsinn und hilfloser Angst …

In der Karaffe befanden sich noch ungefähr zwei Fingerbreit bernsteinfarbene Flüssigkeit, und Percy fragte sich flüchtig, wann sie eingefüllt worden sein mochte. Wahrscheinlich schon vor Jahren – denn neuerdings benutzten sie nur noch die Flaschen im gelben Salon –, aber das machte nichts, Whisky wurde nur besser, je älter er war. Nach einem kurzen Blick über die Schulter schenkte Percy sich ein. Steckte den Kristallstopfen geräuschvoll wieder auf die Karaffe, während sie einen Schluck trank. Und dann noch einen. Sie spürte das angenehme Brennen in der Brust. Es war intensiv und real, und sie genoss es.

Schritte. Das Klappern von hohen Absätzen. Sie waren noch weit entfernt, kamen jedoch rasch näher. Saffy.

Die Beklemmungen von Monaten verdichteten sich zu einer bleiernen Kugel in Percys Magen. Sie musste sich zusammenreißen. Sie würde nichts damit erreichen, wenn sie Saffy den Abend verdarb – ihre Zwillingsschwester hatte weiß Gott wenig Gelegenheit, ihre Freude an Dinnerpartys auszuleben. Aber es schauderte Percy, wie groß die Versuchung war. Es war so ein ähnliches Gefühl, wie an einem Abgrund zu stehen und genau zu wissen, dass man nicht springen darf, und dennoch von dem unwiderstehlichen Drang zu springen übermannt zu werden.

Gott, sie war ein hoffnungsloser Fall. Etwas in ihrem Innern war grundlegend gestört, verdorben und zutiefst unsympathisch. Dass sie auch nur eine Sekunde lang in dem Gedanken schwelgen konnte, wie einfach es wäre, ihre nervtötende, geliebte Schwester um ihr Glück zu bringen. War sie schon immer so pervers gewesen? Percy seufzte tief. Sie war krank, daran bestand kein Zweifel, und zwar nicht erst seit Kurzem. Ihr Leben lang ging das schon so: Je mehr Saffy sich für einen Menschen oder einen Gegenstand oder eine Idee begeisterte, desto weniger konnte Percy aus sich herausgehen. Es war, als wären sie ein einziges, in zwei Teile geteiltes Lebewesen, und als gäbe es nur wenige Gefühle, die sie gleichzeitig empfinden konnten. Und Percy hatte sich irgendwann aus irgendeinem Grund entschlossen, für Ausgleich zu sorgen: Wenn Saffy litt, verbreitete Percy Heiterkeit, wenn Saffy freudig erregt war, überschüttete Percy sie mit Sarkasmus. Wie verdammt freudlos sie doch war.

Das Grammofon war geöffnet und gereinigt worden, und daneben lag ein Stapel Schallplatten. Percy nahm eine davon in die Hand, ein neues Album, das Juniper aus London geschickt hatte. Der Himmel wusste, wo und auf welche Weise sie es erworben hatte; Juniper fand Mittel und Wege, kein Zweifel. Musik würde jetzt sicherlich helfen. Sie senkte die Nadel, und Billie Holidays schmachtende Stimme ertönte. Percy atmete aus, vom Whisky durchwärmt. Schon besser: zeitgenössische Musik, die keine Assoziationen auslöste. Vor vielen Jahren hatte eine Aufgabe, die der Vater sich ausgedacht hatte, das Wort »Nostalgie« enthalten. Er hatte die Definition aus dem Wörterbuch vorgelesen: »heftige Sehnsucht nach der Vergangenheit«, und Percy hatte damals mit dem Hochmut der Jugend über eine solche Vorstellung nur den Kopf geschüttelt. Sie konnte sich nicht vorstellen, wie jemand sich nach der Vergangenheit sehnte, wo doch die Zukunft alle verlockenden Geheimnisse bereithielt.

Percy trank ihr Glas aus, drehte es gedankenverloren hin und her und sah zu, wie die letzten Tropfen am Boden zu einer kleinen Pfütze zusammenliefen. Natürlich war es die Begegnung mit Lucy, die sie aus dem Konzept gebracht hatte, aber schon der ganze Tag hatte unter einem düsteren Vorzeichen gestanden, und auf einmal musste Percy wieder an Mrs. Potts von der Poststelle denken. An ihre Mutmaßung, ja, Behauptung, Juniper sei verlobt. Es war schon immer viel über Juniper getratscht worden, aber Percy wusste aus Erfahrung, dass Gerüchte stets auch ein Körnchen Wahrheit enthielten. Was in diesem Fall aber sicherlich nicht zutraf.

Hinter ihr öffnete sich die Tür mit einem Seufzer, und ein kühler Luftzug wehte aus dem Flur herein.

»Nun?«, fragte ihre Schwester atemlos. »Wo ist sie? Ich habe die Tür gehört.«

Wenn Juniper sich jemandem anvertraute, dann nur Saffy. Nachdenklich klopfte Percy mit dem Finger auf den Glasrand.

»Ist sie schon hier oben?«, wollte Saffy wissen. Dann flüsterte sie: »Oder war er das? Wie ist er? Wo ist er?«

Percy straffte die Schultern. Wenn sie Saffys Entgegenkommen erreichen wollte, musste sie wohl ein eindeutiges Friedensangebot machen. »Sie sind noch nicht da«, sagte sie und schenkte ihrer Schwester ein, wie sie hoffte, unschuldiges Lächeln.

»Sie verspäten sich.«

»Nur ein bisschen.«

Saffy hatte dasselbe durchscheinende, verunsicherte Gesicht aufgesetzt wie früher, als sie noch Kinder waren und ein Theaterstück für die Freunde des Vaters einstudiert hatten und die Gäste noch nicht eingetroffen waren, um die Zuschauerplätze zu besetzen. »Bist du dir ganz sicher?«, fragte sie. »Ich könnte schwören, dass ich die Tür gehört habe.«

»Du kannst ja unter den Stühlen nachsehen«, entgegnete Percy leichthin. »Außer mir ist niemand hier. Was du gehört hast, war nur der Fensterladen da drüben. Er hat sich im Sturm gelöst, aber ich habe ihn schon wieder repariert.« Mit einer Kopfbewegung deutete sie auf den Schraubenschlüssel, der auf dem Sims lag.

Saffys Augen weiteten sich, als sie die nassen Flecken auf Percys Kleid entdeckte. »Es ist ein ganz besonderes Abendessen, Perce. Juniper wird ...«

»... es weder bemerken noch sich dafür interessieren«, beendete Percy den Satz für sie. »Denk nicht über mein Kleid nach. Du siehst so schön aus, dass es für uns beide reicht. Komm, setz dich. Ich mache uns einen Drink, während wir warten.«

## 8

Da weder Juniper noch ihr Gast eingetroffen waren, wäre Saffy am liebsten wieder nach unten gelaufen, um den zerrissenen Brief zusammenzusetzen und Percys Geheimnis auf die Spur zu kommen. Ihre Zwillingsschwester in einer derart versöhnlichen Stimmung vorzufinden war jedoch eine unerwartete Wohltat, und sie wollte sie nicht enttäuschen. Nicht an diesem Abend, nicht jetzt, wo Juniper und ihr besonderer Gast jeden Augenblick eintreffen konnten. In Anbetracht dessen war es zudem ratsam, sich möglichst in der Nähe der Haustür aufzuhalten, denn so bestand die Chance, dass sie Juniper kurz unter vier Augen würde sprechen können. »Danke«, sagte sie, nahm das Glas entgegen, das Percy ihr hinhielt, und trank einen ordentlichen Schluck, um ihren guten Willen zu demonstrieren.

»Und?«, sagte Percy und lehnte sich wieder an den Grammofonschrank. »Wie war dein Tag?«

Kuriöser und kuriöser, wie Alice im Wunderland sagen würde. Normalerweise hatte Percy nichts übrig für zwangloses Geplauder. Saffy trank einen Schluck, um Zeit zu gewinnen. Sie würde sich extrem vorsehen müssen. Mit einer wegwerfenden Handbewegung sagte sie: »Ach, ganz gut. Allerdings bin ich gestürzt, als ich mir meine Unterwäsche angezogen habe.«

»Nein!« Percy musste schallend lachen.

»Doch. Ich habe sogar einen blauen Fleck, der es beweist. Der wird wohl alle Regenbogenfarben annehmen, bis er weg ist.« Saffy berührte vorsichtig ihren Hintern und verlagerte ihr Gewicht auf der Chaiselongue. »Ich schätze, das bedeutet, dass ich allmählich alt werde.«

»Unmöglich.«

»Ach?« Saffy sah geradezu dankbar auf. »Wie meinst du das?«

»Ganz einfach. Ich bin zuerst geboren, also werde ich immer die Ältere von uns beiden sein.«

»Ja, gewiss, aber …«

»Und ich kann dir versichern, dass ich beim Anziehen noch nie mein Gleichgewicht verloren habe. Nicht mal bei Bombenalarm.«

»Hmm …« Saffy runzelte nachdenklich die Stirn. »Ich verstehe, was du meinst. Wollen wir also mein Missgeschick einem dummen Zufall zuschreiben, der nichts mit dem Alter zu tun hat?«

»Das werden wir wohl müssen; alles andere würde bedeuten, dass wir das Drehbuch unseres eigenen Abgangs schreiben.« Das war einer der Lieblingssprüche ihres Vaters gewesen, und sie mussten beide lächeln. »Tut mir leid«, fuhr Percy fort, »dass ich eben auf der Treppe so unausstehlich war.« Sie riss ein Streichholz an und zündete sich eine Zigarette an. »Ich wollte keinen Streit vom Zaun brechen.«

»Sagen wir einfach, der Krieg ist schuld, einverstanden?«, sagte Saffy und wandte sich ab, um der Rauchwolke zu entgehen. »Das tun alle anderen auch. Erzähl – was gibt's Neues aus der großen, weiten Welt?«

»Nicht viel. Lord Beaverbrook redet von Panzern für die Russen, im ganzen Dorf ist kein Fisch aufzutreiben, und anscheinend ist Mrs. Caraways Tochter schwanger.«

Saffy schnappte aufgeregt nach Luft. »Nein!«

»Doch.«

»Aber sie ist doch erst – wie alt? Fünfzehn?«

»Vierzehn.«

Saffy beugte sich vor. »Ein Soldat?«

»Ein Pilot.«

»Ach du je.« Sie schüttelte wie benommen den Kopf. »Und Mrs. Caraway, immer die Tugend in Person. Wie schrecklich.« Saffy entging nicht, dass Percy, Zigarette im Mundwinkel, grinste, als hätte sie ihre Schwester im Verdacht, sich an Mrs. Caraways Unglück zu weiden. Was tatsächlich zutraf, wenn auch nur ein bisschen und nur, weil die Frau so eine unverbesserliche Besserwisserin war, die an allem und jedem etwas auszusetzen hatte, sogar an Saffys Näharbeiten, was sich bis zum Schloss herumgesprochen hatte. »Was denn?«, sagte sie errötend. »Es ist wirklich schrecklich.«

»Aber nicht überraschend«, sagte Percy, während sie die Asche abklopfte. »Die jungen Mädchen von heute haben doch keine Moral.«

»Seit dem Krieg ist alles anders«, pflichtete Saffy ihr bei. »Das sieht man schon an den Leserbriefen. Junge Frauen, die sich herumtreiben, während ihre Männer im Krieg sind, und uneheliche Kinder in die Welt setzen. Und die anderen können es nicht erwarten, kaum dass sie einen Mann kennenlernen, ihn zum Traualtar zu schleppen.«

»Aber unsere Juniper nicht.«

Saffy fröstelte. Sie hatte es sich ja gedacht: Percy wusste Bescheid. Irgendwie hatte sie von Junipers Liebesaffäre erfahren. Das erklärte ihre plötzliche gute Laune; sie hatte sich vorgenommen, auf den Busch zu klopfen, sie hatte den Dorfklatsch wie einen Köder ausgeworfen, und Saffy war drauf reingefallen. Gott, wie demütigend. »Natürlich nicht«, sagte sie so gelassen, wie sie konnte. »Juniper ist nicht so eine.«

»Selbstverständlich nicht.« Eine Weile saßen sie schweigend da und schauten einander an, das gleiche Lächeln in ihren so gleichen Gesichtern, und nippten an ihrem Whisky. Saffys Herz klopfte lauter, als Vaters Lieblingsuhr tickte, und sie fürchtete schon, dass Percy es hören konnte; jetzt wusste sie, wie ein Insekt sich fühlte, das in ein Spinnennetz geraten war und auf die große Spinne wartete. »Allerdings«, sagte Percy und schnippte ihre Asche in den Kristallaschenbecher, »ist mir heute etwas Merkwürdiges zu Ohren gekommen. Im Dorf.«

»Ach?«

»Ja.«

Ein verlegenes Schweigen breitete sich aus, während Percy rauchte und Saffy sich auf die Zunge biss. Wie unerträglich das war, noch dazu hinterhältig: Ihre eigene Zwillingsschwester nutzte ihre Vorliebe für Dorfklatsch aus, um sie auf diese Weise in Versuchung zu bringen, ihre Geheimnisse auszuplaudern. Aber das würde sie nicht mit sich machen lassen. Was interessierte sie Percys Dorfklatsch überhaupt? Sie kannte die Wahrheit bereits, schließlich hatte sie Junipers Tagebuch gelesen, und sie würde sich durch keine List dazu verleiten lassen, Percy davon zu erzählen.

Mit demonstrativer Entschlossenheit stand Saffy auf, strich ihr Kleid glatt und begann, die Messer und Gabeln auf dem gedeckten Tisch mit großer Sorgfalt auszurichten. Sie brachte es sogar fertig, leise vor sich hin zu summen und ein harmloses Lächeln aufzusetzen. Was irgendwie tröstlich war, wenn die Zweifel aus den Schatten gekrochen kamen.

Dass Juniper einen Liebhaber hatte, war allerdings überraschend, und es hatte Saffy getroffen, nichts davon gewusst zu haben, aber die Tatsache an sich änderte nichts. Oder? Jedenfalls nichts, was Percy wichtig war, nichts, was von Bedeutung war. Es konnte doch bestimmt nichts Schlimmes passieren, wenn Saffy die Neuigkeit für sich behielt. Juniper hatte eben einen Liebhaber, das war alles. Sie war eine junge Frau, das war etwas ganz Natürliches; eine Bagatelle und sicherlich nichts von Dauer. Wie alles, was Junipers Begeisterung weckte, würde auch dieser Mann bald seine Faszination velieren, würde verblassen und schließlich von einer neuen Laune davongeweht werden.

Der Wind draußen war stärker geworden, und die Klauen des Kirschbaums kratzten an dem losen Fensterladen. Saffy schüttelte sich, obwohl ihr nicht kalt war; ihre minimale Bewegung wurde vom Spiegel über dem Kamin eingefangen, sie hob den Kopf und blickte in ihr eigenes Gesicht. Es war ein prächtiger Spiegel, mit einem vergoldeten Rahmen, und er hing an einer schweren Kette von der hohen Decke. Deswegen war er leicht nach vorn geneigt, sodass es, als Saffy aufsah, den Anschein hatte, als würde er sie von oben herab zornig anblicken und zu einem dicken, grünen Zwerg schrumpfen lassen. Ein Seufzer entfuhr ihr unwillkürlich. Sie fühlte sich hilflos, sie war es leid, sich zu verstellen. Sie wollte sich gerade abwenden und wieder auf den Tisch konzentrieren, als sie im Spiegel Percy entdeckte, die rauchend in der Ecke hockte und den grünen Zwerg in der Mitte beobachtete. Nicht einfach nur beobachtete, sondern musterte. Sie suchte nach Indizien, nach der Bestätigung für einen Verdacht, den sie bereits hatte.

Das Wissen, dass sie beobachtet wurde, ließ Saffys Puls schneller schlagen, und plötzlich verspürte sie das dringende Bedürfnis, etwas zu sagen, den Raum mit Gespräch zu füllen, mit Geräuschen. Sie atmete kurz ein. »Juniper ist natürlich spät dran, und das sollte uns nicht wundern; wahrscheinlich ist das Wetter schuld, irgendetwas wird sie unterwegs aufgehalten haben; sie hätte um Viertel vor sechs ankommen sollen, und selbst wenn der Bus aus dem Dorf nicht immer pünktlich fährt, müsste sie eigentlich inzwischen hier sein … Ich hoffe bloß, sie hat einen Schirm dabei, aber du weißt ja, wie sie in solchen Dingen ist …«

»Juniper ist verlobt«, fiel Percy ihr barsch ins Wort. »Das erzählt man sich im Dorf. Dass sie verlobt ist.«

Das Vorspeisenmesser stieß klappernd gegen seinen Nachbarn. Saffys Mund öffnete sich. Sie blinzelte. »Wie bitte?«

»Verlobt. Juniper ist verlobt.«

»Aber das ist doch lächerlich. Natürlich ist sie das nicht.« Saffy war ehrlich verblüfft. »Juniper?« Sie brachte ein schwaches, heiseres Lachen zustande. »Wo hast du das nur aufgeschnappt?«

Percy stieß eine Rauchwolke aus.

»Also? Wer verbreitet so einen Unsinn?«

Percy klaubte ein Stückchen Tabak von ihrer Unterlippe und sagte einen Moment lang nichts. Stirnrunzelnd betrachtete sie das dunkle Fitzelchen an ihrer Fingerspitze. Schließlich schnippte sie es in den Aschenbecher. »Ach, wahrscheinlich hat es nichts zu bedeuten. Ich war nur auf der Poststelle und …«

»Ha!«, sagte Saffy, vielleicht ein bisschen zu triumphierend. Und erleichtert, weil Percys Bemerkung nichts weiter als Klatsch war: Gerede im Dorf, das jeder Wahrheit entbehrte. »Das hätte ich mir denken können. Diese Mrs. Potts! Wirklich, sie ist eine Gefahr für die Allgemeinheit. Wir können nur dankbar sein, dass sie sich noch nicht das Maul über die Politik zerreißt.«

»Du glaubst es also nicht?« Percys Stimme klang dumpf, vollkommen tonlos.

»Natürlich glaube ich es nicht.«

»Juniper hat dir also nichts gesagt?«

»Kein Wort.« Saffy ging zu Percy hinüber und legte ihr eine Hand auf den Arm. »Wirklich, meine Liebe. Kannst du dir Juniper als Braut vorstellen? Ganz in weiße Spitze gehüllt? Dass sie gelobt, jemanden zu lieben und ihm zu gehorchen bis an ihr Lebensende?«

Percys Zigarette lag ausgedrückt im Aschenbecher, und sie verschränkte die Finger ineinander. Dann deutete sie ein Lächeln an, hob kurz die Schultern und schüttelte den Gedanken ab. »Du hast recht«, sagte sie. »Dummes Gerede, mehr nicht. Ich habe mich nur gefragt ...« Aber was genau sie sich gefragt hatte, behielt Percy für sich.

Obwohl keine Musik mehr zu hören war, drehte die Grammofonnadel immer noch pflichtschuldigst ihre Runden auf der Schallplatte. Saffy erlöste sie von ihrem Elend und legte den Tonabnehmer zurück auf die Gabel. Sie wollte gerade in die Küche gehen, um nach der Kaninchenpastete zu sehen, als Percy sagte: »Juniper hätte es uns gesagt. Wenn es stimmte, hätte sie es uns gesagt.«

Saffys Wangen begannen zu glühen, als sie an das Tagebuch im Dachbodenzimmer dachte, an den Schock, als sie die letzte Eintragung gelesen hatte, an den Stich, den es ihr versetzt hatte, nicht eingeweiht worden zu sein.

»Saffy?«

»Ganz sicher«, antwortete sie hastig. »Das tut man doch, nicht wahr? Wichtige Dinge erzählt man sich gegenseitig.«

»Ja.«

»Vor allem seinen Schwestern.«

»Ja.«

Und es stimmte. Eine Liebesaffäre geheim zu halten war eine Sache, aber eine Verlobung – das war etwas ganz anderes. Selbst Juniper, da war sich Saffy ganz sicher, wären die Gefühle anderer nicht gleichgültig, sie wäre sich über die Auswirkungen im Klaren, die eine solche Entscheidung hätte.

»Trotzdem«, sagte Percy. »Wir sollten mit ihr reden. Sie daran erinnern, dass Vater ...«

»... nicht hier ist«, beendete Saffy den Satz sanft. »Er ist nicht hier, Percy. Wir sind alle frei zu tun, was uns gefällt.« Frei, Milderhurst zu verlassen, dem Glanz und dem Trubel New Yorks entgegenzusegeln, ohne einen Blick zurückzuwerfen.

»Nein«, sagte Percy so scharf, dass Saffy einen Moment lang fürchtete, sie hätte ihre Gedanken laut ausgesprochen. »Wir sind nicht frei. Nicht ganz. Wir sind alle einander verpflichtet. Juniper weiß das. Sie weiß, dass eine Ehe ...«

»Perce ....«

»Das waren Vaters Wünsche. Seine Bedingungen.«

Ihre Blicke begegneten sich, und Saffy hatte zum ersten Mal seit Monaten Gelegenheit, das Gesicht ihrer Schwester aus der Nähe zu betrachten. Percy hatte einige neue Falten bekommen. Sie rauchte viel und machte sich viele Sorgen, und zweifellos forderte der Krieg seinen Tribut, aber was auch immer der Grund sein mochte, die Frau, die vor ihr saß, war nicht mehr jung. Aber alt war sie auch nicht, und Saffy begriff plötzlich – hatte sie das denn nicht immer gewusst? –, dass es einen Bereich dazwischen gab. Und in diesem befanden sie sich beide. Sie waren keine jungen Frauen mehr, und doch weit davon entfernt, alte Jungfern zu sein.

»Vater wusste, was er tat.«

»Selbstverständlich, meine Liebe«, sagte Saffy zärtlich. Warum war ihr das bisher nicht aufgefallen? All die Frauen in dem großen Zwischendrin? Sie waren doch nicht unsichtbar, sie lebten nur still ihr Leben, taten, was Frauen taten, wenn sie nicht mehr jung, aber noch nicht alt waren. Hielten Häuser in Ordnung, wischten Tränen von den Wangen ihrer Kinder, stopften die Socken ihrer Ehemänner. Und mit einem Mal begriff Saffy, warum Percy sich so benahm, beinahe, als wäre sie neidisch auf die Möglichkeit, dass Juniper, die erst neunzehn war, eines Tages heiraten könnte. Dass sie ihr ganzes Erwachsenenleben noch vor sich hatte. Und sie verstand auch, warum Percy sich ausgerechnet an diesem Abend solchen sentimentalen Gedanken hingab. Natürlich war sie um Juniper besorgt, und sie machte sich Gedanken über den Dorfklatsch, aber es war die Begegnung mit Lucy gewesen, die sie in diese Stimmung versetzt hatte. Saffy war plötzlich so überwältigt von tiefer Liebe zu ihrer dickköpfigen Zwillingsschwester, dass es ihr beinahe den Atem raubte. »Wir beide hatten kein Glück, nicht wahr, Perce?«

Percy blickte von der Zigarette auf, die sie sich gerade drehte. »Wie meinst du das?«

»Wir beide. Wir hatten kein Glück in Herzensangelegenheiten.«

Percy schaute sie an. »Ich glaube nicht, dass Glück viel damit zu tun hatte. Es war wohl eher eine simple Frage der Mathematik, meinst du nicht?«

Saffy lächelte; es war genauso, wie die Erzieherin, die ihre alte Nanny ersetzt hatte, es ihnen erklärt hatte, bevor sie nach Norwegen zurückgekehrt war, um ihren verwitweten Vetter zu heiraten. Sie hatte sie mit an den See genommen, wie immer, wenn sie nicht in der Stimmung war, ihnen eine Unterrichtsstunde zu geben, aber Mr. Broads forschenden Blicken nicht ausgesetzt sein wollte. Sie hatten sich auf der Wiese gesonnt, und auf einmal hatte die Erzieherin sie mit einem schadenfrohen Funkeln in den Augen angesehen und in ihrem trägen norwegischen Singsang zu ihnen gesagt, sie täten gut daran, sich eine Ehe aus dem Kopf zu schlagen; dass der Krieg, der ihren Vater verwundet hatte, auch ihre Zukunftsaussichten zunichtegemacht hatte. Die dreizehnjährigen Zwillinge hatten sie gleichgültig angesehen, mit einer Miene, die sie perfektioniert hatten, weil sie wussten, dass sie jeden Erwachsenen zur Weißglut brachte. Was ging sie das alles an? Verehrer und Ehe waren das Letzte, worüber sie damals nachgedacht hatten. Saffy sagte leise: »Tja, aber das ist doch ein ziemlich unglückliches Schicksal, nicht wahr? Dass alle potenziellen Ehemänner auf den französischen Schlachtfeldern gefallen sind?«

»Wie viele wolltest du denn haben?«

»Wie viele was?«

»Ehemänner. Du hast von allen potenziellen Ehemännern gesprochen …« Percy zündete sich ihre Zigarette an und machte eine wegwerfende Handbewegung. »Egal«, sagte sie, als sie den Rauch ausblies.

»Nur einen.« Saffy war plötzlich ganz schwindlig. »Es gab nur einen, den ich wollte.« Es folgte eine qualvolle Stille, bis Percy schließlich geruhte, verlegen zu wirken. Aber sie sagte nichts, bot kein tröstliches oder verständnisvolles Wort an, keine liebevolle Geste. Sie drückte ihre Zigarette aus und ging zur Tür.

»Wo gehst du hin?«

»Ich habe Kopfschmerzen. Ganz plötzlich.«

»Dann setz dich. Ich hole dir Aspirin.«

»Nein.« Percy wich Saffys Blick aus. »Nein, ich hole sie mir selbst aus dem Medizinschränkchen. Die Bewegung wird mir guttun.«

# 9

Percy eilte den Flur hinunter und verfluchte sich für ihre Schusseligkeit. Sie hatte vorgehabt, Emilys zerrissenen Brief sofort zu verbrennen, aber stattdessen hatte sie sich von der Begegnung mit Lucy derart aus dem Konzept bringen lassen, dass sie die Schnipsel in ihrer Hosentasche vergessen hatte. Schlimmer noch, sie hatte die Hose direkt an Saffy übergeben, ausgerechnet der Person, die den Brief nicht hatte zu Gesicht bekommen sollen. Percy lief die Treppe hinunter in die mit Kochdünsten gefüllte Küche. Wann, fragte sie sich, wäre ihr der Brief wohl wieder eingefallen, wenn Saffy nicht diese Anspielung auf Emilys Ehemann gemacht hätte? War es verfrüht, den Verlust ihres zuverlässigen Gedächtnisses zu beklagen, sich zu fragen, welche Art von dämonischen Tricks sie würde anwenden müssen, um es zurückzubekommen?

Abrupt blieb sie vor dem Tisch stehen. Ihre Hose lag nicht mehr da, wo sie sie abgelegt hatte. Ihr Herz hämmerte gegen die Rippen; sie zwang es zurück in ihren Brustkorb, wo es hingehörte. Panik würde ihr nichts nützen; außerdem war das Verschwinden der Hose noch keine Katastrophe. Percy war sich ziemlich sicher, dass Saffy den Brief noch nicht gelesen hatte: Dafür war sie im Salon viel zu gefasst, viel zu ruhig gewesen. Denn, bei Gott, wenn Saffy erfahren hätte, dass Percy immer noch mit ihrer Kusine in Kontakt stand, wäre es ihr nicht gelungen, ihre Empörung darüber zu verbergen. Was bedeutete, dass noch nicht alles zu spät war. Sie musste nur die Hose finden, die Beweisstücke verschwinden lassen, und alles würde gut werden.

Auf dem Tisch hatte auch ein Kleid gelegen, fiel ihr ein, es musste also irgendwo einen Stapel schmutzige Wäsche geben. Wie schwer konnte es sein, den zu finden? Zweifellos wurde die Sache dadurch erschwert, dass sie keine Ahnung hatte, wie das Wäschewaschen vor sich ging, denn leider hatte sie nie darauf geachtet, wie Saffy den Haushalt organisierte; eine Nachlässigkeit, die sie sich zu korrigieren vornahm, sobald sich der Brief wieder in ihrem Besitz befand. Sie begann bei den Körben auf dem Regal unter dem Tisch, wühlte sich durch Geschirrtücher, Kuchenbleche, Kasserollen und Backformen, während sie nach Geräuschen auf der Treppe lauschte, für den Fall, dass Saffy auf der Suche nach ihr herunterkam. Was ziemlich unwahrscheinlich war. Da sie Juniper jeden Augenblick erwartete, würde es ihr widerstreben, sich allzu weit von der Haustür zu entfernen. Percy wartete ebenfalls ungeduldig auf ihre kleine Schwester, und sobald sie eintraf, würde sie sie ganz offen auf das Gerücht ansprechen, das Mrs. Potts in die Welt gesetzt hatte.

Denn obwohl Percy so getan hatte, als würde sie die Überzeugung ihrer Zwillingsschwester teilen, dass Juniper es ihnen mitgeteilt hätte, wenn sie sich tatsächlich verlobt hätte, war sie sich da ganz und gar nicht sicher. Eine Verlobung gehörte zu den Dingen, die man seinen Angehörigen normalerweise erzählte, wohl wahr, aber Juniper war nicht normal, sie war ihnen lieb und teuer, aber sie war unbestreitbar exzentrisch. Und das nicht nur wegen ihrer Anfälle und der »verlorenen Zeit«; sie war das kleine Mädchen, das Gefallen daran fand, mit Lieblingsgegenständen ihr bloßes Auge zu berühren – einem glatten Stein oder Vaters Füllfederhalter; das zahllose Kinderfrauen vergrault hatte mit seiner Verstocktheit und seinen Fantasiefreunden, die es sich nicht ausreden ließ; das, wenn man es gezwungen hatte, Schuhe zu tragen, darauf bestanden hatte, sie verkehrt herum anzuziehen.

Mit Exzentrik an sich hatte Percy kein Problem – welcher normale Mensch hatte nicht seinen kleinen Tick?, wie man in der Familie gern witzelte. Vater hatte seine Geister gehabt, Saffy hatte ihre Panikanfälle, Percy selbst war auch nicht ohne. Nein, Exzentrik war nicht das Problem, Percy ging es nur darum, ihre Pflicht zu tun, die darin bestand, Juniper vor sich selbst zu schützen. Ihr Vater hatte ihr diese Aufgabe übertragen. Juniper sei etwas Besonderes, hatte er gesagt, und sie müssten alle dafür sorgen, dass ihr nichts zustieß. Und das hatten sie bisher getan, jawohl. Sie waren Expertinnen darin, zu erkennen, wann genau die Veranlagung, die ihr Talent ausmachte, in Tobsuchtsanfälle umzukippen drohte. Als ihr Vater noch gelebt hatte, hatte er sie ohne Einschränkung herumtoben lassen. »Das ist Leidenschaft«, hatte er voller Bewunderung gesagt, »ungekünstelte, hemmungslose Leidenschaft.« Dennoch hatte er sich mit seinen Anwälten unterhalten. Percy war überrascht gewesen, als ihr klar geworden war, was er getan hatte; sie hatte sofort Verrat gewittert und das unter Geschwistern typische Mantra »Das ist ungerecht!« vor sich hin gemurmelt, aber schon bald hatte sie eingesehen, dass ihr Vater recht hatte, dass seine Anordnungen für sie alle das Beste waren. Und sie liebte Juniper, das taten sie alle. Es gab nichts, was Percy nicht für ihre kleine Schwester tun würde.

Ein Geräusch von oben. Percy erstarrte und suchte die Decke mit den Augen ab. Das Haus war immer voller Geräusche, man brauchte also nur die üblichen Verdächtigen durchzugehen. Für die Hausgeister war es zu laut gewesen, oder? Da war es wieder. Schritte, vermutete sie; aber kamen sie näher? Kam Saffy nach unten? Eine Weile hielt Percy den Atem an. Reglos wartete sie, bis sie sich sicher war, dass die Schritte sich entfernten.

Dann richtete sie sich auf und ließ den Blick mit größerem Unbehagen als zuvor durch die Küche wandern. Immer noch keine Spur von der verdammten Wäsche. Besen und ein Mopp in der Ecke, Gummistiefel neben der Hintertür, im Spülstein nichts als Schüsseln, die dort zum Einweichen standen, und auf dem Herd eine Kasserolle und ein hoher Topf …

Ein Topf! Natürlich. Hatte sie nicht Saffy des Öfteren von Töpfen reden hören, wenn es ums Wäschewaschen ging? Wenn sie sich über Flecken beklagt hatte, die nicht rausgingen, und über Percys Achtlosigkeit. Percy eilte an den Herd, hob den Deckel des riesigen Kochtopfs an und – Bingo! Was für eine Erleichterung – ihre Hose.

Grinsend zog Percy die klatschnasse Hose aus dem Wasser, drehte sie hin und her, um die Taschen zu finden, und schob ihre Finger erst in die eine, dann in die andere …

Sie erbleichte. Die Taschen waren leer. Der Brief war verschwunden.

Wieder ein Geräusch von oben. Schritte. Saffy ging auf und ab. Percy fluchte leise vor sich hin, schalt sich erneut für ihre Dummheit. Dann hielt sie den Atem an und lauschte auf die Schritte ihrer Schwester.

Sie kamen näher. Dann ein Poltern. Die Schritte änderten die Richtung. Percy lauschte angestrengt. War da jemand an der Tür?

Stille. Und kein Ruf von Saffy. Was bedeutete, dass niemand geklopft hatte. Denn eins war klar: Wenn die Gäste eintrafen, würde Saffy es nicht hinnehmen, dass Percy sich nicht zeigte.

Vielleicht war es schon wieder der Fensterladen gewesen; sie hatte ihn nur mithilfe eines kleinen Schraubenschlüssels notdürftig in Position gebracht – ohne ordentliches Werkzeug war nichts zu machen –, und es stürmte immer noch ganz ordentlich. Auch um den Fensterladen würde sie sich am nächsten Tag kümmern.

Percy holte tief Luft und seufzte entmutigt. Sie sah zu, wie die Hose wieder im Einweichwasser versank. Es war schon nach acht, Juniper war immer noch nicht da, der Brief konnte Gott weiß wo sein. Vielleicht – ein Hoffnungsschimmer – hatte Saffy ihn in den Müll geworfen? Schließlich waren es nur Papierschnipsel; vielleicht war der Brief längst verbrannt, und es war nichts mehr von ihm übrig bis auf ein bisschen Asche im Herd?

Außer das ganze Haus bis in alle Winkel zu durchkämmen oder Saffy geradeheraus nach dem Verbleib des Briefs zu fragen – allein der Gedanke ließ Percy zusammenzucken –, fiel ihr nichts ein, was sie noch tun konnte. Also konnte sie genauso gut nach oben gehen und auf Juniper warten.

Ein Donner krachte. So laut, dass Percy selbst hier unten, im Innersten des Hauses, erschauderte. Gleich darauf ein leiseres Geräusch, jedoch viel näher. Draußen vielleicht. Als schliche jemand am Haus entlang und hämmerte gegen Türen und Fenster auf der Suche nach der Hintertür.

Junipers Gast müsste jeden Augenblick eintreffen.

Es war durchaus möglich, dachte Percy, dass jemand, der sich nicht auskannte und sich abends, während der Verdunkelung, noch dazu bei so einem Gewitter, dem Haus näherte, an der falschen Tür Einlass suchte. Auch wenn das ziemlich unwahrscheinlich war, entschloss sich Percy nachzusehen. Sie konnte den Mann schlecht da draußen herumstolpern lassen.

Mit zusammengepressten Lippen sah sie sich ein letztes Mal in der Küche um – Vorratstüten mit Zutaten für das Abendessen auf der Bank, ein zerknülltes Geschirrtuch, ein Topfdeckel: nichts, was auch nur entfernt einem Haufen Papierschnipseln ähnelte –, dann nahm sie die Taschenlampe aus dem Erste-Hilfe-Kasten, zog sich einen Regenmantel über und öffnete die Hintertür.

Juniper war schon fast zwei Stunden überfällig, und Saffy war in großer Sorge. Bestimmt gab es eine Erklärung – der Zug hatte sich verspätet, der Bus hatte eine Panne, eine Straße war gesperrt, irgendetwas ganz Normales, und sicherlich gab es bei einem solchen Wolkenbruch auch keine feindlichen Flugzeuge, die die Lage verkomplizierten. Aber vernünftige Überlegungen waren kein Kriterium, wenn eine große Schwester sich Sorgen machte. Erst wenn Juniper gesund und wohlbehalten durch die Haustür kam, würde Saffy sich wieder beruhigen.

Und welche Neuigkeiten, fragte sie sich, während sie auf ihrer Unterlippe kaute, würde ihre kleine Schwester wohl mitbringen, wenn sie endlich über die Schwelle trat? Saffy hatte es geglaubt, als sie Percy versichert hatte, Juniper sei nicht verlobt, das hatte sie wirklich, aber seit Percy so plötzlich nach unten gegangen war und sie im guten Zimmer allein gelassen hatte, war sie sich dessen immer weniger sicher. Die ersten Zweifel waren ihr gekommen, als sie über die Vorstellung von Juniper in weißer Spitze gescherzt hatte. Noch während Percy zustimmend nickte, hatte dieses kitschige Bild angefangen, sich zu verändern, wie ein Spiegelbild einer gekräuselten Wasseroberfläche, und sich in eine viel weniger unwahrscheinliche Vision verwandelt. Eine, die Saffy immer wieder in den Sinn gekommen war, seit sie mit der Arbeit an dem Kleid begonnen hatte.

Und dann hatten sich die Puzzleteile schnell zusammengefügt. Warum sonst hätte Juniper sie bitten sollen, das Kleid für sie zu ändern? Doch nicht für etwas so Gewöhnliches wie ein Abendessen, sondern für eine Hochzeit. Für ihre eigene Hochzeit, und zwar mit diesem Thomas Cavill, der heute Abend kommen würde, um Saffy und Percy kennenzulernen. Ein Mann, von dem sie bisher noch nie etwas gehört hatten. Ja, alles, was sie über ihn wussten, beschränkte sich auf den Brief, den Juniper geschickt hatte, um ihnen mitzuteilen, dass sie ihn zum Abendessen eingeladen hatte. Sie hätten sich während eines Bombenangriffs kennengelernt, sie hätten eine gemeinsame Freundin, er sei Lehrer und Schriftsteller. Saffy zermartete sich das Hirn und versuchte, sich an den Rest zu erinnern, die genauen Worte, die Juniper benutzt hatte, was sie geschrieben hatte, das sie und Percy zu der Annahme veranlasst hatte, er habe Juniper das Leben gerettet. Hatten sie sich das womöglich eingebildet? Oder war es eine von Junipers kreativen Unwahrheiten, ein Schnörkel, der ihre Sympathie wecken sollte?

In dem Tagebuch hatte ein bisschen mehr über ihn gestanden, allerdings nichts, was mit seiner Biografie zu tun hatte. Dort wurden die Gefühle, die Gelüste, die Sehnsüchte einer erwachsenen Frau beschrieben. Einer Frau, die Saffy nicht kannte, die ihr Befremden verursacht hatte; einer Frau, die dabei war, weltgewandt zu werden. Es fiel Saffy schon nicht leicht, diese Veränderungen zu akzeptieren, aber Percy würde man sehr gut zureden müssen. Für Percy würde Juniper immer die kleine Schwester bleiben, die geboren wurde, als sie beide schon fast erwachsen gewesen waren, das kleine Mädchen, das verwöhnt und beschützt werden wollte. Dem man eine Freude machen, dessen Loyalität man gewinnen konnte mit nichts weiter als einer Tüte Süßigkeiten.

Saffy lächelte voller trauriger Zuneigung über ihre von Zwängen bestimmte Zwillingsschwester, die garantiert schon dabei war, sich auf eine Konfrontation vorzubereiten, fest entschlossen, dafür zu sorgen, dass die Wünsche ihres Vaters respektiert wurden. Arme, liebe Percy: so intelligent, so mutig und liebenswürdig, zäh wie Leder, und doch unfähig, sich von den unmöglichen Erwartungen ihres Vaters zu befreien. Saffy war klüger gewesen; sie hatte schon früh aufgehört, ihm gefallen zu wollen.

Sie fröstelte plötzlich und rieb sich die Hände. Dann verschränkte sie die Arme, entschlossen, diesmal nicht klein beizugeben. Sie musste stark sein für Juniper, jetzt kam es auf sie an. Denn im Gegensatz zu Percy hatte sie Verständnis für die Leiden, die die Liebe schafft ...

Die Tür ging auf, und Percy stand da. Der Wind schlug die Tür zu. »Es schüttet wie aus Eimern.« Sie wischte sich das Wasser von Nase und Kinn, schüttelte das nasse Haar. »Ich hatte hier oben ein Geräusch gehört. Vorhin.«

Saffy blinzelte verdattert. Sagte mechanisch: »Das war der Fensterladen. Ich glaube, ich habe ihn festbekommen, aber ich kann ja nicht gut mit Werkzeug umgehen – Percy, wo in aller Welt bist du gewesen?« Und was hatte sie da draußen gemacht? Saffys Augen weiteten sich, als sie das nasse, schlammverdreckte Kleid ihrer Schwester sah, die Blätter – war es möglich? – in ihrem Haar. »Sind die Kopfschmerzen weg?«

»Wie bitte?« Percy hatte ihre Gläser geholt und schenkte ihnen beiden noch einen Whisky ein.

»Deine Kopfschmerzen. Hast du die Aspirin gefunden?«

»Ach so. Danke. Ja.«

»Du warst ziemlich lange fort.«

»Ach ja?« Percy reichte Saffy das Glas. »Kann sein. Ich dachte, ich hätte draußen etwas gehört. Wahrscheinlich Poe, der sich vor dem Gewitter fürchtet. Zuerst dachte ich, es wäre Junipers Freund. Wie hieß er gleich?«

»Thomas.« Saffy trank einen kleinen Schluck. »Thomas Cavill.« Bildete sie sich ein, dass Percy ihrem Blick auswich? »Percy, ich hoffe ...«

»Keine Sorge. Ich werde nett zu ihm sein, wenn er kommt.« Sie ließ ihren Whisky kreisen. »*Falls* er kommt.«

»Du darfst ihn nicht im Voraus verurteilen, bloß weil er zu spät kommt.«

»Und warum nicht?«

»Der Krieg ist schuld. Nichts läuft mehr nach Plan. Juniper ist ja auch noch nicht da.«

Percy nahm die ungerauchte Zigarette, die sie vorher im Aschenbecher ausgedrückt hatte. »Das ist ja nichts Ungewöhnliches.«

»Irgendwann wird er kommen.«

»Falls er existiert.«

Wie merkwürdig, so etwas zu sagen; Saffy schob sich eine widerspenstige Strähne hinters Ohr, verwirrt, besorgt. Sie fragte sich, warum Percy einen solch bösen Scherz machte, einen von der Art, die Saffy immer wörtlich nahm. Ihr drehte sich der Magen um, doch sie beschloss, das zu ignorieren und den Scherz als Scherz aufzufassen. »Das hoffe ich doch. Es wäre eine Schande zu erfahren, dass er nur eine Ausgeburt der Fantasie ist. Der Tisch würde ganz unausgewogen wirken, wenn wir ein Gedeck entfernen müssten.« Sie setzte sich auf die Kante der Chaiselongue, aber es gelang ihr nicht, sich zu entspannen. Eine seltsame Nervosität schien sich von Percy auf sie übertragen zu haben.

»Du siehst müde aus«, sagte Percy.

»Wirklich?« Saffy bemühte sich um einen liebenswürdigen Ton. »Ich glaube, das bin ich auch. Vielleicht werde ich wieder munterer, wenn ich nach dem Essen sehe. Ich gehe mal in die Küche und …«

»Nein.«

Saffys Glas fiel zu Boden. Whisky breitete sich auf dem Teppich aus, bräunliche Perlen auf dem blau-roten Muster.

Percy hob das Glas auf. »Tut mir leid«, sagte sie. »Ich wollte nur ...«

»Wie ungeschickt von mir.« Saffy betrachtete einen Fleck auf ihrem Kleid. »Wie ungeschickt ...«

Und dann klopfte es an der Tür.

Sie standen gleichzeitig auf.

»Juniper«, sagte Percy.

Saffy schluckte. »Oder Thomas Cavill.«

»Ja. Oder Thomas Cavill.«

»Tja«, sagte Saffy mit einem gezwungenen Lächeln. »Wer auch immer es sein mag, am besten machen wir die Tür auf.«

*Teil zwei*

## Das Buch von den nassen Zaubertieren

### 1992

Ich konnte an nichts anderes mehr denken als an Thomas Cavill und Juniper Blythe. Es war so eine traurige Geschichte; ich machte sie zu *meiner* traurigen Geschichte. Ich kehrte nach London zurück, führte mein Leben, aber ein Teil von mir kam nicht von diesem Schloss los. Kurz vor dem Einschlafen oder beim Tagträumen fanden mich die flüsternden Stimmen. Sobald mir die Augen zufielen, war ich wieder in dem kühlen, düsteren Flur und wartete mit Juniper auf ihren Verlobten. »Sie lebt in der Vergangenheit«, hatte Mrs. Bird mir beim Wegfahren erzählt, als ich im Rückspiegel zusah, wie der Wald sich wie dunkle, schützende Flügel um das Schloss legte. »Sie durchlebt diesen Oktoberabend 1941 immer und immer wieder, wie eine Schallplatte, die hakt.«

Die Vorstellung war so schrecklich traurig, ein ganzes Leben zerstört an einem einzigen Abend, und sie warf so viele Fragen auf. Wie war es für sie an jenem Abend gewesen, als Thomas Cavill nicht zum Abendessen erschien? Hatten alle drei Schwestern in einem speziell für den Anlass hergerichteten Zimmer gewartet? Wann hatte sie angefangen, sich Sorgen zu machen? Hatte sie anfangs geglaubt, er wäre verletzt, hätte einen Unfall gehabt? Oder hatte sie sofort gewusst, dass sie verlassen worden war? »Er hat eine andere geheiratet«, hatte Mrs. Bird auf meine Frage geantwortet. »Hat sich mit Juniper verlobt und ist dann mit einer anderen auf und davon. Nichts als ein Brief, um die Beziehung zu beenden.«

Ich hielt die Geschichte in Händen, drehte sie hin und her, betrachtete sie von allen Seiten. Ich führte mir alles vor Augen, korrigierte ein paar Fakten, ging sie noch einmal der Reihe nach durch. Wahrscheinlich hat die Tatsache, dass ich selbst auf ähnliche Weise enttäuscht worden war, eine gewisse Rolle gespielt, aber es war mehr als Mitgefühl, was meine Obsession schürte – denn ich muss gestehen, dass es wirklich zu einer Obsession wurde. Es waren die letzten Minuten meiner Begegnung mit Juniper. Die Verwandlung, die sich vor meinen Augen vollzog, als ich ihr gesagt hatte, ich müsse zurück nach London, wie sich die junge Frau, die sehnsüchtig auf ihren Geliebten wartete, plötzlich in eine todunglückliche Gestalt verwandelt hatte, die mich um Hilfe anflehte und mich beschimpfte, weil ich ein Versprechen gebrochen hatte. Vor allem wurde ich das Bild nicht mehr los, wie sie mir in die Augen gesehen und mir vorgeworfen hatte, ich hätte sie auf schreckliche Weise im Stich gelassen; wie sie mich Meredith genannt hatte.

Juniper Blythe war alt, sie war krank, und ihre Schwestern waren bemüht gewesen, mir zu erklären, dass sie häufig Dinge sagte, die sie selbst nicht begriff. Aber je länger ich darüber nachdachte, umso größer wurde die schreckliche Gewissheit, dass meine Mutter in irgendeiner Weise bei dem, was Juniper widerfahren war, eine Rolle gespielt hatte. Alles andere ergab für mich einfach keinen Sinn. Es erklärte die Reaktion meiner Mutter auf den verloren gegangenen Brief, den Aufschrei – denn es war Schmerz gewesen, oder nicht? –, als sie den Absender gelesen hatte, derselbe Aufschrei, den ich als Kind gehört hatte, als wir von Milderhurst weggefahren waren. Dieser heimliche Besuch vor mehr als zwanzig Jahren, als meine Mutter mich an der Hand genommen, von dem Tor weggezerrt und unsanft in den Wagen bugsiert und mir nichts weiter erklärt hatte, als dass es ein Fehler gewesen sei, dass es zu spät sei.

Aber zu spät wozu? Vielleicht, um sich zu entschuldigen, eine lange zurückliegende Verfehlung wiedergutzumachen. Waren es Schuldgefühle gewesen, die sie nach Milderhurst getrieben und dann hatten fliehen lassen, noch ehe wir durch das Tor gegangen waren? Gut möglich. Und wenn es stimmte, würde das ihren Schmerz erklären. Und es könnte auch erklären, warum sie die Geschichte die ganze Zeit über geheim gehalten hatte. Denn ihre Heimlichtuerei beschäftigte mich genauso wie das Geheimnisvolle an der Sache selbst. Ich glaube nicht an eine Verpflichtung, seinen Kindern die volle Wahrheit zu enthüllen, aber in diesem Fall wurde ich das Gefühl nicht los, dass ich belogen worden war. Mehr noch, dass ich irgendwie direkt betroffen war. Irgendetwas war da in der Vergangenheit meiner Mutter, etwas, das zu verbergen sie sich alle Mühe gegeben hatte, und es weigerte sich, dort zu bleiben. Eine Tat, eine Entscheidung, vielleicht nur ein Augenblick, als sie ein junges Mädchen war. Etwas, das seinen langen, dunklen Schatten bis in die Gegenwart meiner Mutter und damit auch in meine eigene warf. Ich musste wissen, was da vorgefallen war. Und zwar nicht nur aus Neugier, nicht nur, weil ich ein so tiefes Mitgefühl für Juniper Blythe empfand, sondern weil dieses Geheimnis auf eine Weise, die schwer zu erklären ist, die Distanz repräsentierte, die mein Leben lang zwischen meiner Mutter und mir geherrscht hatte.

»Ja, da gebe ich dir recht«, sagte Herbert, als ich ihm das erklärte. Wir hatten den Nachmittag damit verbracht, meine Bücherkisten und sonstigen Habseligkeiten auf seinem vollgestellten Dachboden zu verstauen, und waren danach zu einem kleinen

Spaziergang durch Kensington Gardens aufgebrochen. Die Spaziergänge haben wir uns zur täglichen Angewohnheit gemacht, eine verdauungsfördernde Maßnahme für Jess, die der Tierarzt uns ans Herz gelegt hatte, wovon die Hündin leider alles andere als begeistert war. »Komm, Jessie«, sagte Herbert und gab ihrem Hinterteil, das am Boden festgewachsen schien, einen kleinen Schubs mit dem Fuß. »Wir sind gleich bei den Enten, altes Mädchen.«

»Aber wie soll ich das alles in Erfahrung bringen?« Natürlich konnte ich Tante Rita fragen, aber so angespannt, wie das Verhältnis meiner Mutter zu ihrer älteren Schwester war, kam mir der bloße Gedanke ziemlich hinterhältig vor. Ich schob die Hände tief in meine Hosentaschen, als könnte ich die Antwort zwischen den Flusen finden. »Was soll ich tun? Wo soll ich anfangen?«

»Tja, Edie«, er gab mir die Hundeleine, nahm eine Zigarette aus seiner Tasche und zündete sie an. »Ich denke, das liegt auf der Hand.«

»Ach ja?«

Er stieß eine imposante Rauchwolke aus. »Das weißt du genauso gut wie ich, meine Liebe – du musst deine Mutter fragen.«

Dass Herbert seinen Vorschlag naheliegend fand, war absolut verständlich, und das hatte ich mir zum Teil selbst zuzuschreiben. Vielleicht hatte ich ihm einen falschen Eindruck von meiner Familie vermittelt, indem ich zunächst von dem verloren gegangenen Brief erzählt hatte. Mit diesem Brief hat die Geschichte zwar angefangen, aber es war nicht *meine* Geschichte, oder besser gesagt, nicht die Geschichte von Meredith und Edie. Jemand, der uns an jenem Samstagnachmittag erlebt hätte, hätte durchaus meinen können, dass wir einen herzlichen

Umgang pflegten, dass wir es gewohnt waren, entspannt miteinander zu plaudern und unsere Gefühle auszutauschen. Aber so schön das auch klingen mag, das war nicht der Fall. Ich erinnere mich an eine Menge Kindheitserlebnisse, die bestätigen, dass unser Verhältnis keineswegs geprägt war von Gesprächen und gegenseitigem Verständnis: das unerklärliche Auftauchen eines panzerartigen BHs in meiner Schublade, als ich gerade dreizehn geworden war, die Tatsache, dass ich auf Sarah angewiesen war, als ich mehr über die Blümchen und die Bienchen erfahren wollte, der geisterhafte Bruder, von dem wir alle so taten, als würden wir ihn nicht sehen.

Aber Herbert hatte recht: Es war das Geheimnis meiner Mutter, und wenn ich der Wahrheit auf den Grund gehen wollte, wenn ich mehr über das kleine Mädchen erfahren wollte, das mich wie ein Schatten durch Schloss Milderhurst begleitet hatte, dann musste ich mich direkt an sie wenden. Und wie das Glück es wollte, hatten wir uns für die folgende Woche in einer Konditorei gleich um die Ecke von Billing & Brown zum Kaffee verabredet. Um elf Uhr machte ich mich auf den Weg, setzte mich an einen Tisch in einer dunklen Ecke und bestellte das Übliche. Kaum hatte die Kellnerin eine Tasse dampfenden Darjeeling vor mich auf den Tisch gestellt, drangen Straßengeräusche ins Café, und als ich aufblickte, sah ich, dass meine Mutter zögernd in der offenen Tür stand, Handtasche und Mütze in der Hand. In ihrer Miene spiegelte sich misstrauische Wachsamkeit, als sie sich in dem sehr modernen Café umsah, und ich schaute weg: auf meine Hände, den Tisch, fummelte am Reißverschluss meiner Handtasche herum, alles, nur um ihr Mienenspiel nicht sehen zu müssen. Dieser Ausdruck der Verunsicherung war mir in letzter Zeit öfter an ihr aufgefallen. Ich weiß nicht, ob es daran lag, dass sie älter wurde oder dass ich älter wurde, oder an der allgemeinen Beschleunigung des Lebens. Meine Reaktion darauf bestürzte mich, denn sie so schwach zu erleben hätte eigentlich mein Mitgefühl für sie hervorrufen müssen, sie mir noch liebenswerter machen müssen, aber das Gegenteil war der Fall. Es machte mir Angst, es war wie ein Riss in der Normalität, der drohte, alles hässlich und unkenntlich werden zu lassen. Mein Leben lang war meine Mutter für mich eine Autorität gewesen, unfehlbar in allem, was sie tat. Sie so verunsichert zu erleben, vor allem in einer Situation, der ich locker gewachsen war, brachte meine Welt aus dem Gleichgewicht und ließ mich den festen Boden unter den Füßen verlieren. Also wartete ich und blickte erst nach einer Weile auf, suchte ihr Gesicht, das wieder selbstsicherer wirkte, und winkte ihr lächelnd zu, als hätte ich sie gerade erst entdeckt.

Sie bahnte sich ihren Weg durch das voll besetzte Café, beinahe demonstrativ vorsichtig darauf bedacht, niemanden mit ihrer Tasche anzurempeln, als wollte sie ihr Missfallen über die Tischordnung zum Ausdruck bringen. Währenddessen vergewisserte ich mich, dass niemand auf ihrer Seite des Tischs Zucker verstreut, Cappuccinoschaum verschüttet oder Kuchenkrümel hinterlassen hatte. Dass wir uns mehr oder weniger regelmäßig im Café verabredeten, war neu, wir hatten damit angefangen wenige Monate, nachdem mein Vater in Rente gegangen war. Es war für uns beide noch ungewohnt und machte uns immer ein bisschen verlegen, auch wenn ich nicht gerade vorhatte, einen heiklen Vorstoß in die Vergangenheit meiner Mutter zu wagen. Ich erhob mich kurz, als sie an den Tisch kam, meine Lippen berührten die Wange, die sie mir darbot, dann setzten wir uns lächelnd, erleichtert, dass die Begrüßung in der Öffentlichkeit vorüber war.

»Ziemlich warm draußen, was?«

»Ja, sehr«, sagte ich, und dann begaben wir uns zunächst einmal auf vertrautes Terrain: die Aufräumwut meines Vaters (diesmal hatte er sich den Dachboden vorgenommen), meine Arbeit (übersinnliche Erfahrungen in der Romney Marsh) und der Klatsch aus dem Bridge-Club meiner Mutter. Dann entstand eine Pause. Wir lächelten einander an, bis meine Mutter ihre übliche Frage nicht länger zurückhalten konnte: »Und wie geht's Jamie?«

»Gut.«

»Ich habe die Kritik in der *Times* gelesen. Das Stück ist offenbar gut angekommen.«

»Ja.« Ich hatte sie auch gelesen. Ich suchte nicht danach, wirklich nicht. Sie war mir einfach ins Auge gefallen, als ich die Zeitung wegen der Vermietungsanzeigen durchgeblättert hatte. Es war übrigens eine sehr gute Kritik gewesen. Verdammte Zeitung: Interessante Angebote an Mietwohnungen hatte ich nicht gefunden.

Meine Mutter unterbrach ihren Redefluss, als der Cappuccino gebracht wurde, den ich für sie bestellt hatte. »Erzähl mal«, sagte sie dann, während sie eine Papierserviette zwischen Tasse und Untertasse legte, weil etwas vom Schaum übergeschwappt war. »Was hat er als Nächstes vor?«

»Er arbeitet an einem Drehbuch. Sarah hat einen Freund, der Regisseur ist. Der hat versprochen, es zu lesen, wenn es fertig ist.«

Ihre Lippen formten ein sarkastisches »Oh«, ehe sie ein paar positive Bemerkungen von sich gab, die schließlich untergingen, als sie einen Schluck Kaffee trank, das Gesicht angesichts des bitteren Geschmacks verzog und zum Glück das Thema wechselte. »Und eure Wohnung? Dein Vater möchte wissen, ob der Wasserhahn in der Küche immer noch tropft. Er meint, er weiß jetzt, wie er das Problem endgültig beheben kann.«

Ich stellte mir die kalte, leere Wohnung vor, die ich an dem

Morgen endgültig verlassen hatte, dachte an die phantomhaften Erinnerungen in den braunen Umzugskartons, die jetzt mein Leben enthielten und auf Herberts Dachboden verstaut waren. »Alles in Ordnung«, sagte ich. »Die Wohnung, der Wasserhahn, alles perfekt. Sag ihm, er soll sich keine Gedanken mehr darum machen.«

»Es gibt wohl nicht irgendetwas anderes, das reparaturbedürftig ist?« Ein kaum wahrnehmbarer, flehender Unterton hatte sich in ihre Stimme geschlichen. »Ich hatte gedacht, ich könnte ihn am Samstag vorbeischicken, um ein bisschen nach dem Rechten zu sehen.«

»Ich habe dir doch gesagt, es ist alles in Ordnung.«

Sie wirkte überrascht und verletzt, und mir war klar, dass ich zu schroff gewesen war, aber diese fürchterlichen Gespräche, bei denen ich vorgab, alles sei in Butter, machten mich mürbe. Auch wenn ich mich gern in Romane vertiefe, bin ich keine Lügnerin, Täuschungsmanöver liegen mir nicht. Unter normalen Umständen wäre das vielleicht der ideale Moment gewesen, ihr von unserer Trennung zu erzählen – aber ich brachte es einfach nicht fertig, nicht an dem Tag, an dem ich mit ihr über Milderhurst und Juniper Blythe sprechen wollte. Jedenfalls drehte sich ausgerechnet in dem Moment der Mann am Nebentisch um und fragte, ob er unseren Salzstreuer benutzen könne. Als ich ihm den Salzstreuer reichte, sagte meine Mutter:

»Ich habe etwas für dich.«

Sie zog eine alte M&S-Tüte aus ihrer Tasche, die sie einmal umgeschlagen hatte, um das zu schützen, was sie enthielt.

»Freu dich nicht zu früh«, fügte sie hinzu, als sie mir die Tüte gab. »Es ist nichts Neues.«

Ich öffnete sie, nahm den Inhalt heraus und betrachtete ihn verdutzt. Es passiert häufig, dass Leute mir etwas geben, von dem sie annehmen, dass es sich zur Veröffentlichung eignet, aber ich konnte nicht glauben, dass jemand so danebengreifen konnte.

»Kennst du das nicht mehr?« Meine Mutter schaute mich an, als hätte ich meinen eigenen Namen vergessen.

Noch einmal betrachtete ich die zusammengetackerten Blätter, die Kinderzeichnung vorne drauf, die unbeholfenen Buchstaben darüber: »*Das Buch von den nassen Tieren*«, *geschrieben und gezeichnet von Edith Burchill*. Über dem Wort »Tieren« war mithilfe eines Pfeils das Wort »Zauber« in einer anderen Farbe eingefügt worden.

Meine Mutter sagte: »Das hast du geschrieben. Erinnerst du dich nicht mehr?«

»Doch«, log ich. Etwas im Gesicht meiner Mutter sagte mir, dass es ihr wichtig war, dass ich mich erinnerte, und außerdem – ich fuhr mit dem Finger über einen Klecks, wo der Stift zu lange auf dem Papier gezögert hatte – wollte ich mich erinnern.

»Du warst so stolz darauf.« Sie neigte den Kopf, um die kleine Geschichte in meinen Händen zu betrachten. »Du hast tagelang im Gästezimmer unter der Frisierkommode gehockt und daran gearbeitet.«

*Das* kam mir vertraut vor. Eine köstliche Erinnerung daran, wie ich in dieser warmen, dunklen Höhle hockte, tauchte aus den Tiefen meines Gedächtnisses auf, und ein Kribbeln ging durch meinen ganzen Körper: der Staubgeruch des runden Teppichs, der Spalt im Putz, der gerade breit genug war, um dort einen Stift aufzubewahren, die harten hölzernen Dielen unter meinen Knien, während ich zusah, wie das Sonnenlicht über den Boden kroch.

»Du hast ständig an irgendeiner Geschichte gesessen, pausenlos im Dunkeln die Seiten vollgeschrieben. Dein Vater hat sich schon Sorgen gemacht, du würdest mal eine ganz Schüchterne werden und nie Freunde finden, aber du warst einfach nicht zu bremsen.«

Ich konnte mich daran erinnern, dass ich viel gelesen hatte, aber ich erinnerte mich nicht daran, geschrieben zu haben. Als meine Mutter jedoch sagte, ich sei nicht zu bremsen gewesen, klingelte etwas. Vage Bilder von meinem Vater, wie er den Kopf schüttelte, wenn ich aus der Bücherei nach Hause kam, wie er mich beim Abendessen fragte, warum ich mir keine Sachbücher auslieh, was ich mit all dem Märchenunsinn anfangen wolle, warum ich nicht lieber etwas über die wirkliche Welt lernte.

»Ich hatte ganz vergessen, dass ich Geschichten geschrieben habe«, sagte ich, während ich das Buch umdrehte und über das Verlagssignet lächelte, das ich auf die Rückseite gezeichnet hatte.

»Na ja.« Sie fegte einen Krümel vom Tisch. »Jedenfalls fand ich, du solltest es haben. Dein Vater räumt gerade den Speicher auf, und da ist es mir in die Hände gefallen. Es wäre doch zu schade, es den Silberfischen zu überlassen, oder? Wer weiß, vielleicht hast du ja mal eine Tochter, der du es zeigen möchtest.« Sie richtete sich auf, und das Kaninchenloch in die Vergangenheit schloss sich hinter ihr. »Und? Wie war dein Wochenende?«, fragte sie. »Hast du irgendetwas Besonderes gemacht?«

Da war es. Das perfekte Fenster, weit offen. Einen besseren Einstieg hätte ich mir nicht ausdenken können. Und als ich *Das Buch von den nassen Zaubertieren* in meinen Händen betrachtete, das vergilbte Papier, die Filzstiftkleckse, die kindlichen Zeichnungen, als mir klar wurde, dass meine Mutter es all die Jahre über aufgehoben hatte, trotz ihrer Bedenken gegenüber meinem brotlosen Beruf, dass sie ausgerechnet diesen Tag gewählt hatte, um mich an einen Teil meiner selbst zu erinnern, den ich ganz vergessen hatte, verspürte ich den unbändigen Wunsch, ihr alles zu erzählen, was ich in Schloss Milderhurst erlebt hatte. Plötzlich war ich fest davon überzeugt, dass alles gut werden würde.

»Ja«, sagte ich. »Das habe ich tatsächlich.«

»Ach?« Sie lächelte erfreut.

»Etwas ganz Besonderes.« Mein Herz begann wie wild zu pochen, mir war, als würde ich mich selbst von außen beobachten, wie ich vor dem Abgrund wankte, und mich fragen, ob ich den Sprung wagen würde. »Ich habe an einer Führung teilgenommen«, sagte eine schwache Stimme, die meiner irgendwie ähnlich klang. »Im Schloss Milderhurst.«

»Du … Was?« Die Augen meiner Mutter weiteten sich. »Du bist nach Milderhurst gefahren?« Sie hielt meinem Blick stand, als ich nickte, dann schaute sie weg. Sie drehte ihre Tasse an dem winzigen Henkel hin und her, und ich sah ihr mit ängstlicher Neugier zu, unsicher, was als Nächstes passieren würde, gespannt und zugleich unwillig, es zu erfahren.

Ich hätte mehr Vertrauen haben sollen. Wie ein herrlicher Sonnenaufgang, der einen wolkenbedeckten Horizont erhellt, fand sie ihre Würde wieder. Sie hob den Kopf, lächelte mich an und stellte die Tasse ab. »Na so was«, sagte sie. »Schloss Milderhurst. Und wie war's?«

»Das Schloss war … groß.« Es war das Einzige, was mir einfiel, ausgerechnet mir, die ich mit Worten arbeite. Es lag an meiner Verblüffung. Über die unglaubliche Verwandlung, deren Zeugin ich gerade geworden war. »Wie etwas aus einem Märchen.«

»Eine Führung, sagtest du? Ich wusste gar nicht, dass es dort so etwas gibt. Das sind wohl unsere modernen Zeiten.« Sie machte eine Handbewegung. »Hauptsache, es bringt Geld.«

»Es war inoffiziell«, sagte ich. »Eine der Eigentümerinnen

hat mich herumgeführt. Eine sehr alte Dame namens Percy Blythe.«

»Percy?« Ein leichtes Zittern in ihrer Stimme, der einzige Riss in der Fassade. »Percy Blythe? Wohnt die immer noch da?«

»Sie sind alle noch da, Mum. Alle drei. Sogar Juniper, die dir den Brief geschickt hat.«

Meine Mutter öffnete den Mund, als wollte sie etwas sagen, aber es kam nichts, und sie machte ihn wieder zu. Ganz fest. Sie verschränkte die Finger auf ihrem Schoß und saß bleich und reglos da wie eine marmorne Statue. Auch ich rührte mich nicht, doch irgendwann konnte ich das Schweigen nicht länger ertragen.

»Es war unheimlich«, sagte ich und hob meine Teetasse an. Mir fiel auf, dass meine Hände zitterten. »Alles war verstaubt und düster, und sie dort alle drei in dem alten Salon sitzen zu sehen, in diesem großen, alten Haus … Ich kam mir beinahe vor wie in einem Puppen…«

»Juniper … Edie …« Die Stimme meiner Mutter klang fremd und dünn. Sie räusperte sich. »Wie ging es ihr? Wie kam sie dir vor?«

Womit sollte ich anfangen: die kindliche Freude, ihre ungepflegte Erscheinung, die verzweifelten Vorwürfe … »Sie war verwirrt«, sagte ich. »Sie trug ein altmodisches Kleid, und sie hat mir erzählt, sie wartete auf jemanden, einen Mann. Die Frau in der Pension, wo ich übernachtet habe, hat gesagt, es geht ihr nicht gut, dass ihre Schwestern sich um sie kümmern.«

»Sie ist krank?«

»Demenz. Etwas in der Art.« Vorsichtig fuhr ich fort: »Ihr Freund hat sie vor Jahren verlassen, und davon hat sie sich nie wieder erholt.«

»Ihr Freund?«

»Genauer gesagt, ihr Verlobter. Er hat sie sitzen lassen, und es heißt, darüber ist sie verrückt geworden. Buchstäblich verrückt.«

»Ach, Edie«, sagte meine Mutter. Der leicht gequälte Gesichtsausdruck verwandelte sich in eine Art Lächeln, wie man es einem tollpatschigen Kätzchen schenken würde. »Was du dir bloß immer ausdenkst. Das wirkliche Leben ist gar nicht so.«

Das ärgerte mich: Es ging mir auf die Nerven, ewig wie ein kleines Mädchen behandelt zu werden. »Ich habe nur wiedergegeben, was man sich im Dorf erzählt. Eine Frau meinte, Juniper sei schon immer labil gewesen, schon als junges Mädchen.«

»Ich habe sie *gekannt*, Edie. Du brauchst mir nicht zu erzählen, wie sie als junges Mädchen war«, fauchte sie mich an.

Sie war eingeschnappt, darauf war ich nicht vorbereitet. »Tut mir leid«, sagte ich. »Ich …«

»Nein.« Sie hob eine Hand, drückte sie leicht an die Stirn, sah sich verstohlen um. »Nein, *mir* tut es leid. Ich weiß gar nicht, was in mich gefahren ist.« Sie seufzte und lächelte unsicher. »Es wird die Überraschung gewesen sein. Zu erfahren, dass sie alle drei noch leben und immer noch in diesem Schloss wohnen. Gott, sie müssen inzwischen steinalt sein.« Sie runzelte die Stirn, tat so, als würde sie angestrengt nachrechnen. »Die anderen zwei waren ja schon alt, als ich sie kannte, zumindest kamen sie mir so vor.«

Ich war immer noch verblüfft über ihre heftige Reaktion und antwortete vorsichtig: »Du meinst, sie sahen alt aus? Grauhaarig und alles?«

»Nein, nein, das nicht. Schwer zu sagen, was es war. Ich nehme an, sie waren erst Mitte dreißig, aber das war damals ja noch etwas anderes. Und ich war sehr jung. Kinder haben eine andere Perspektive, nicht wahr?«

Ich antwortete nicht, und sie rechnete auch nicht damit. Wir schauten uns an, aber ihr Blick ging durch mich hindurch. »Sie benahmen sich mehr wie Eltern als wie Schwestern«, sagte sie. »Juniper gegenüber, meine ich. Sie waren viel älter als sie, und Junipers Mutter war gestorben, als sie noch ganz klein war. Der Vater hat noch gelebt, aber der hat sich kaum eingemischt.«

»Er war Schriftsteller. Raymond Blythe«, sagte ich zögernd, darauf bedacht, ihr nicht noch einmal zu nahezutreten, indem ich ihr erklärte, was sie selbst aus erster Hand wusste. Aber diesmal schien es sie nicht zu stören, und ich wartete darauf zu erfahren, ob ihr bewusst war, was der Name alles beinhaltete, ob sie sich erinnerte, mir damals das Buch aus der Bücherei mitgebracht zu haben, als ich krank im Bett lag. Ich hatte gehofft, dass es mir beim Ausräumen meiner Wohnung in die Finger fallen würde, um es mitbringen und ihr zeigen zu können, aber ich hatte es nicht gefunden. »Er hat eine Geschichte geschrieben mit dem Titel *Die wahre Geschichte vom Modermann*.«

»Ja«, sagte sie sehr leise.

»Bist du ihm mal begegnet?«

Sie schüttelte den Kopf. »Ich habe ihn ein paarmal gesehen, aber nur von Weitem. Er war damals schon sehr alt und lebte ziemlich zurückgezogen. Die meiste Zeit hat er in seinem Schreibzimmer oben im Turm verbracht, und da durfte ich nicht raufgehen. Es war eins der ganz wenigen Verbote.« Sie senkte den Blick, und unter jedem Augenlid pulsierte eine violette Vene. »Manchmal haben sie über ihn gesprochen. Ich glaube, er konnte ganz schön schwierig sein. Ich habe ihn mir immer wie König Lear vorgestellt, der seine Töchter gegeneinander ausspielte.«

Es war das erste Mal, dass ich hörte, wie meine Mutter sich auf eine Figur aus der Literatur bezog, und es brachte mich völlig aus dem Konzept. Ich hatte meine Examensarbeit über

Shakespeares Tragödien geschrieben, und sie hatte nie auch nur angedeutet, dass sie die Stücke kannte.

»Edie?« Meine Mutter sah mich plötzlich durchdringend an. »Hast du ihnen gesagt, wer du bist? Als du in Milderhurst warst? Hast du mit ihnen über mich gesprochen? Mit Percy und den anderen?«

»Nein.« Ich überlegte, ob sie das kränkte, ob sie mich als Nächstes fragen würde, warum ich ihnen nicht die Wahrheit gesagt hatte. »Nein, hab ich nicht.«

»Gut.« Sie nickte. »Das war eine gute Entscheidung. Sehr rücksichtsvoll. Du hättest sie nur verwirrt. Das ist alles so lange her, und es war ja nur ein kurzer Aufenthalt. Wahrscheinlich haben sie längst vergessen, dass ich bei ihnen gewesen bin.«

Das war meine Chance, und ich ergriff sie. »Das ist es ja gerade, Mum. Sie haben dich nicht vergessen. Juniper jedenfalls nicht.«

»Was meinst du damit?«

»Sie hat mich für dich gehalten.«

»Sie …?« Sie sah mich forschend an. »Woher weißt du das?«

»Sie hat mich Meredith genannt.«

Sie legte die Fingerspitzen an ihre Lippen. »Hat sie … Hat sie sonst noch etwas gesagt?«

Eine Weggabelung. Eine Entscheidungsmöglichkeit. Und dann auch wieder nicht. Ich musste behutsam vorgehen: Wenn ich meiner Mutter erzählte, was genau Juniper gesagt hatte, dass sie sie beschuldigt hatte, ein Versprechen gebrochen und ihr Leben ruiniert zu haben, wäre unser Gespräch mit Sicherheit im nächsten Moment beendet. »Eigentlich nicht«, sagte ich. »Habt ihr euch nahegestanden?«

In dem Moment stand der Mann am Nebentisch auf und stieß mit seinem enormen Gesäß leicht an unseren Tisch, sodass alles, was darauf stand, ins Wanken geriet. Ich lächelte abwesend, als er sich entschuldigte, denn ich war voll und ganz damit beschäftigt, die wackelnden Tassen und unser Gespräch zu retten. »Wart ihr damals eigentlich Freundinnen, du und Juniper?«

Sie wandte sich ihrem Kaffee zu, brauchte, wie mir schien, eine Ewigkeit, um mit ihrem Löffel den Schaum von der Innenseite der Tasse zu schaben. »Weißt du, das ist so lange her, dass es mir schwerfällt, mich an Einzelheiten zu erinnern.« Ein metallisches Klappern, als sie den Löffel auf der Untertasse ablegte. »Wie gesagt, ich war nur ein gutes Jahr dort. Anfang 1941 hat mein Vater mich abgeholt.«

»Und du bist nie wieder hingefahren?«

»Es war das letzte Mal, dass ich Milderhurst gesehen habe.«

Sie log. Mir wurde heiß und schwindlig. »Bist du dir ganz sicher?«

Ein kurzes Lachen. »Edie – was für eine komische Frage. Natürlich bin ich mir sicher. So was vergisst man doch nicht, oder?«

Ganz genau. Ich schluckte. »Eben. Mir ist nämlich etwas Merkwürdiges passiert. Als ich zum ersten Mal vor dem Eingang zu Schloss Milderhurst stand – vor dem großen Tor unten an der Zufahrt –, da war ich mir auf einmal ganz sicher, dass ich da schon mal gewesen war.« Als sie nichts sagte, fuhr ich fort. »Dass ich mit dir dort gewesen war.«

Ihr Schweigen war unerträglich. Plötzlich wurden mir die Cafégeräusche um uns herum bewusst, das dröhnende Klopfen, wenn das Kaffeesieb geleert wurde, das Kreischen der Kaffeemühle, schrilles Lachen irgendwo oben auf der Galerie. Aber es war, als hörte ich alles zeitversetzt, als säßen meine Mutter und ich jeweils unter einer eigenen Glasglocke.

Ich kämpfte gegen das Zittern in meiner Stimme an. »Als ich klein war. Da sind wir mal dahingefahren, du und ich, und wir haben an diesem Tor gestanden. Es war heiß, da war ein See, und ich wollte unbedingt darin schwimmen, aber wir sind nicht in den Park gegangen. Du hast gesagt, es sei zu spät.«

Meine Mutter betupfte sich den Mund mit ihrer Serviette, langsam, grazil, dann schaute sie mich an. Einen Moment lang meinte ich etwas wie Eingeständnis in ihren Augen aufleuchten zu sehen, dann blinzelte sie, und es war fort. »Das bildest du dir ein.«

Ich schüttelte langsam den Kopf.

»Diese Tore sehen doch alle gleich aus«, fuhr sie fort. »Du hast es wahrscheinlich irgendwo auf einem Foto gesehen – oder in einem Film –, und jetzt bringst du alles durcheinander.«

»Aber ich erinnere mich genau …«

»Ich glaube dir, dass es dir so vorkommt. Genauso wie damals, als du behauptet hast, Mr. Watson von nebenan sei ein russischer Spion, oder als du plötzlich davon überzeugt warst, wir hätten dich adoptiert – wir mussten dir tatsächlich deine Geburtsurkunde zeigen, erinnerst du dich?« In ihrer Stimme lag ein Ton, der mir aus meiner Kindheit nur allzu vertraut war. Die aufreizende Selbstsicherheit einer unangreifbaren Respektsperson, die mir einfach nicht zuhörte, egal, wie laut ich redete. »Dein Vater hat mich mit dir zum Arzt geschickt wegen deiner nächtlichen Angstzustände.«

»Das ist etwas anderes.«

Sie lächelte. »Du hast zu viel Fantasie, Edie. Das war schon immer so. Ich weiß nicht, wo du das her hast, von mir jedenfalls nicht. Und erst recht nicht von deinem Vater.« Sie hob ihre Handtasche vom Boden auf. »Wo wir gerade von ihm reden. Ich muss nach Hause.«

»Aber Mum …« Ich spürte, wie der Abgrund sich wieder zwischen uns auftat, und mich packte die Verzweiflung. »Du hast deinen Kaffee noch gar nicht ausgetrunken.«

Sie warf einen Blick auf ihre Tasse, auf den kalten, grauen Schaum am Boden. »Den Rest möchte ich nicht.«

»Ich bestelle dir einen frischen, ich …«

»Nein«, sagte sie. »Wie viel schulde ich dir für den Cappuccino?«

»Nichts, Mum. Bitte bleib noch.«

»Nein.« Sie legte eine Fünfpfundnote neben meine Untertasse. »Ich bin jetzt schon den ganzen Vormittag unterwegs, und dein Vater ist allein zu Hause. Du kennst ihn ja: Wenn ich nicht bald zurückkomme, nimmt er noch das ganze Haus auseinander.«

Sie drückte ihre feuchte Wange an meine, dann war sie verschwunden.

## Ein Striplokal und Pandoras Büchse

Am Ende war es Tante Rita, die mich kontaktierte, und nicht umgekehrt. Während ich im Dunkeln tappte und vergeblich versuchte herauszufinden, was zwischen meiner Mutter und Juniper Blythe vorgefallen war, beschloss Tante Rita, für meine Kusine Samantha eine Junggesellinnen-Abschiedsparty zu organisieren. Ich wusste nicht, ob ich empört sein oder mich geschmeichelt fühlen sollte, als sie mich im Verlag anrief und wissen wollte, ob ich ihr ein exklusives Männer-Striplokal nennen könne, entschloss mich aber dann, das Ansinnen amüsant zu finden und ihr, wie es offenbar meine Art ist, zu helfen. Ich erklärte ihr, so aus dem Kopf wüsste ich keins, würde mich aber schlau machen, und wir vereinbarten, uns am folgenden Sonntag heimlich in ihrem Salon zu treffen, wo ich ihr die Ergebnisse meiner Recherchen übergeben würde. Das bedeutete allerdings, dass ich das Sonntagsmahl bei meinen Eltern schon wieder ausfallen lassen musste, aber Rita konnte an keinem anderen Tag. Ich erklärte meiner Mutter, ich würde ihrer Schwester bei den Vorbereitungen für Sams Hochzeit helfen, und dagegen konnte sie nur schlecht etwas einwenden.

Das Classy Cuts verbirgt sich hinter einem winzigen Eingang auf der Old Kent Road, eingezwängt zwischen einem Indie-Plattenladen und der besten Frittenbude von Southwark.

Rita ist ebenso von der alten Schule wie die Motown-Platten, die sie sammelt, und ihr Friseursalon brummt, weil sie sich auf Wasserwellen, Turmfrisuren und Silberblau-Tönung für Bingo-begeisterte ältere Damen spezialisiert hat. Sie ist schon lange genug im Geschäft, um retro zu sein, ohne es zu merken, und sie erzählt jedem, der ihr zuhört, wie sie im Krieg als spindeldürre Sechzehnjährige genau in diesem Salon angefangen hat und wie sie am 8. Mai 1945 aus ebendiesem Schaufenster geschaut und beobachtet hat, wie Mr. Harvey aus dem Hutmacherladen gegenüber sich die Kleider vom Leib riss und auf der Straße tanzte, nur noch bekleidet mit seinem besten Hut.

Fünfzig Jahre in ein und demselben Laden. Kein Wunder, dass sie in ihrem Viertel in Southwark sehr beliebt ist, wo das geschäftige Treiben in den Markthallen sich krass absetzt von der elitären Glitzerwelt in den Docklands. Einige ihrer ältesten Kundinnen kannten sie schon, als sie als kleines Mädchen in der Besenkammer hinter dem Friseursalon spielte, und sie lassen niemanden außer ihr an ihren Kopf, um ihnen eine lavendelfarbene Dauerwelle zu verpassen. »Die Leute sind nicht dumm«, sagt Tante Rita immer, »wenn man nett zu ihnen ist, bleiben sie einem treu.« Außerdem hat sie ein untrügliches Händchen dafür, die neuesten Modefrisuren anzubieten, und das ist auch nicht schlecht fürs Geschäft.

Ich kenne mich mit Geschwistern nicht besonders gut aus, aber ich kann mir nicht vorstellen, dass es irgendwo zwei gegensätzlichere Schwestern gibt. Meine Mutter ist reserviert, Rita überaus kontaktfreudig; meine Mutter bevorzugt blitzblanke Pumps mit Blockabsatz, Rita trägt schon zum Frühstück Pfennigabsätze; meine Mutter ist ein Buch mit sieben Siegeln, was Familienanekdoten angeht, Rita dagegen eine sprudelnde Quelle der Information. Und ich weiß das aus erster Hand. Als ich neun war und meine Mutter ins Krankenhaus musste, um sich die Gallensteine entfernen zu lassen, hat mein Vater mir eine Tasche gepackt und mich zu Rita geschickt. Ich weiß nicht, ob meine Tante intuitiv gespürt hat, dass der Sprössling vor ihrer Tür keinen Bezug zu seinen Wurzeln hatte, oder ob ich ihr ein Loch in den Bauch gefragt habe, oder ob sie es einfach nur als willkommene Gelegenheit betrachtete, meine Mutter zu ärgern und in dem ewig währenden Geschwisterkrieg einen Schlag zu landen, auf jeden Fall hat sie die Woche genutzt, um mich über einiges aufzuklären.

Sie zeigte mir vergilbte Fotos, die bei ihr an den Wänden hingen, erzählte mir lustige Geschichten aus der Zeit, als sie in meinem Alter gewesen war, und malte mir ein lebhaftes Bild mit Farben und Gerüchen und Stimmen, die mir plötzlich etwas klarmachten, was ich schon lange unterschwellig gewusst hatte. Das Haus, in dem ich wohnte, die Familie, in der ich aufwuchs, war ein steriler, einsamer Ort. Ich weiß noch, wie ich bei Rita auf der kleinen Gästematratze lag, während meine vier Kusinen und Vettern um mich herum leise schnarchten und sich im Schlaf bewegten, und ich mir wünschte, Rita wäre meine Mutter. Wie ich mir wünschte, in einem warmen, unaufgeräumten Haus voller Geschwister und alter Geschichten zu wohnen. Und ich erinnere mich auch an die Schuldgefühle, die mich im selben Moment überkamen, wie ich die Augen fest zusammenkniff und mir meinen treulosen Wunsch vorstellte wie ein Stück zerknüllte Seide, das ich ausbreitete und vom Wind davontragen ließ, als hätte es nie existiert.

Aber der Wunsch hatte existiert.

Wie auch immer. Es war Anfang Juli, und an dem Tag, als ich zu der Verabredung mit Rita ging, war es so heiß, dass man kaum Luft bekam. Ich klopfte an die Glastür und erblickte mein müdes Gesicht in der Scheibe. Eins wurde mir sofort klar:

Sich ein Sofa mit einem an Blähungen leidenden Hund zu teilen trägt nicht unbedingt zu einem gesunden Teint bei. Ich lugte an dem »Geschlossen«-Schild vorbei und entdeckte Tante Rita, die, eine Zigarette zwischen den Lippen, im Hinterzimmer an einem Kartentisch saß und etwas Kleines, Weißes betrachtete, das sie in den Händen hielt. Sie bedeutete mir einzutreten. »Edie, Liebes«, rief sie gegen das Bimmeln der Türglocke und die Musik der Supremes an, »leih mir doch mal deine Augen, Schätzchen.«

Tante Ritas Salon zu betreten ist ein bisschen wie eine Reise in die Vergangenheit. Die Bodenfliesen im Schachbrettmuster, die Kunstledersessel mit den giftgrünen Kissen, die perlmuttfarbenen Trockenhauben an ausziehbaren Armen. An den Wänden hinter Glas Poster von Marvin Gaye und Diana Ross und den Temptations. Die immergleichen Gerüche nach Wasserstoffperoxid und dem Frittenfett von nebenan, in einen ewigen Kampf um die Vorherrschaft verstrickt …

»Ich versuche die ganze Zeit, das hier einzufädeln«, sagte Rita, ohne die Zigarette aus dem Mund zu nehmen, »aber als wäre es nicht schlimm genug, dass meine Finger immer steifer werden, will mir dieses verdammte Bändchen einfach nicht gehorchen.«

Sie hielt mir das Ding hin, und bei näherem Hinsehen stellte ich fest, dass es sich um einen kleinen Beutel aus weißer Spitze handelte, an dessen oberem Rand sich Löcher für eine Zugschnur befanden.

»Das sind Geschenke für Sams Freundinnen«, sagte Tante Rita mit einer Kinnbewegung zu einem Karton zu ihren Füßen, in dem sich lauter solche Beutelchen befanden. »Also, das werden sie sein, wenn sie fertig und mit Süßigkeiten gefüllt sind.« Als sie mir den Beutel und das Bändchen gab, an denen sie sich abgemüht hatte, fiel ihr die Asche von der Zigarette.

»Ich hab Teewasser aufgesetzt, aber im Kühlschrank ist auch Limo, falls du lieber was Kaltes möchtest.«

Allein bei dem Gedanken bekam ich einen trockenen Hals. »Liebend gern.«

Eigentlich assoziiert man das Wort nicht unbedingt mit der Schwester seiner Mutter, aber es ist zutreffend, also benutze ich es: Meine Tante Rita ist sexy. Als ich ihr zusah, wie sie zwei Gläser mit Limonade füllte, der enge Rock über dem runden Hintern gespannt, ihre trotz vier Schwangerschaften vor über dreißig Jahren immer noch schmale Taille, kamen mir die wenigen Anekdoten, die ich meiner Mutter über die Jahre entlockt hatte, durchaus glaubhaft vor. Natürlich waren sie ausnahmslos als abschreckendes Beispiel gedacht gewesen, für Dinge, die anständige Mädchen nicht taten, allerdings hatten sie einen unbeabsichtigten Effekt gehabt: Sie hatten in meiner Vorstellung die Legende von der bewundernswerten, rebellischen Tante Rita geschaffen.

»Hier, Liebes.« Sie reichte mir ein Martiniglas, in dem lauter Bläschen tanzten, ließ sich mit einem Seufzer auf ihren Stuhl fallen und befühlte ihre Turmfrisur mit allen zehn Fingern. »Puh«, sagte sie. »Was für ein Tag. Gott – du siehst so müde aus, wie ich mich fühle.«

Ich trank einen großen Schluck Limonade, und die Kohlensäure schien mir die Kehle zu verätzen. Die Temptations stimmten gerade *My Girl* an. »Ich wusste gar nicht, dass du sonntags geöffnet hast«, sagte ich.

»Hab ich auch nicht, aber eine meiner alten Stammkundinnen brauchte eine frische Tönung für eine Beerdigung – nicht ihre eigene, Gott sei Dank –, und ich hab es nicht übers Herz gebracht, sie abzuweisen. Man tut, was man kann, nicht wahr? Manche von denen gehören ja schon fast zur Familie.« Sie begutachtete das Beutelchen, in das ich das Bändchen eingefädelt hatte, zog es zu und wieder auf, wobei ihre langen, pinkfarbenen Fingernägel leise klackerten. »Wunderbar. Bleiben nur noch zwanzig.«

Ich salutierte, als sie mir den nächsten Beutel gab.

»Außerdem kann ich hier ungestört von neugierigen Augen ein paar Hochzeitsvorbereitungen treffen.« Wie zur Erklärung riss sie die Augen weit auf und klappte sie wieder zu wie Fensterläden. »Meine Samantha ist nämlich ganz schön neugierig, das war sie schon als Kind. Da hat sie schon die Schränke durchwühlt, bis sie die Weihnachtsgeschenke gefunden hat, und dann hat sie ihre Geschwister verblüfft, indem sie geraten hat, was sich in den Päckchen unter dem Baum befand.« Sie nahm eine Zigarette aus einem Päckchen auf dem Tisch. »Kleine freche Göre.« Sie riss ein Streichholz an. An der Zigarettenspitze loderte ein Flämmchen auf, sackte in sich zusammen und glühte friedlich weiter. »Und du? Eine junge Frau wie du hat doch sicherlich an einem Sonntag etwas Besseres zu tun?«

»Etwas Besseres?« Ich hielt mein zweites weißes Beutelchen mit der eingefädelten Kordel hoch. »Was könnte besser sein?«

»Ganz schön frech«, sagte sie. Ihr Lächeln erinnerte mich auf eine Weise an meine Großmutter, wie es das Lächeln meiner Mutter nie tut. Ich hatte meine Großmutter mit einer Inbrunst geliebt, die meinen kindlichen Verdacht, ich wäre adoptiert worden, Lügen strafte. Solange ich sie kannte, hatte sie allein gelebt und hatte es, auch wenn sie über Angebote nicht klagen konnte, wie sie stets betonte, abgelehnt, wieder zu heiraten und sich zur Sklavin eines alten Mannes zu machen, da sie sich noch gut daran erinnerte, wie es war, die Geliebte eines jungen Mannes zu sein. Jeder Topf findet seinen Deckel, hatte sie mir häufig mit ernster Miene erklärt, und sie war dem Herrgott dankbar, dass sie in meinem Großvater ihren Deckel gefunden hatte. Den Mann meiner Großmutter, den Vater meiner Mutter, habe ich nie gekannt, zumindest habe ich keine Erinnerung an ihn, denn er starb, als ich drei war, und die wenigen Male, die ich nach ihm fragte, hatte meine Mutter mit ihrer Abneigung, alte Geschichten aufzuwärmen, ausweichend geantwortet. Da war Rita Gott sei Dank mitteilsamer gewesen. »Also«, sagte sie, »hast du was rausgefunden?«

»Allerdings.« Ich kramte in meiner Tasche nach dem Zettel, faltete ihn auseinander und las den Namen vor, den Sarah mir genannt hatte: »Der Roxy Club. Ich hab auch die Telefonnummer.«

Tante Rita streckte ihre Hand aus, und ich gab ihr den Zettel.

Sie spitzte die Lippen so fest, dass sie sich kräuselten wie einer ihrer kleinen Beutel. »Roxy Club«, sagte sie. »Und, ein guter Laden? Nobel?«

»Meiner Quelle zufolge ja.«

»Gut gemacht, Liebes.« Sie faltete den Zettel zusammen, steckte ihn in ihren BH und zwinkerte mir zu. »Als Nächste bist du dran, Edie.«

»Wie bitte?«

»Zum Traualtar.«

Ich lächelte zaghaft und zuckte die Schultern.

»Wie lange seid ihr jetzt schon zusammen, du und dein Freund? Sechs Jahre?«

»Sieben.«

»Sieben Jahre.« Sie legte den Kopf schief. »Der sollte dich lieber bald ehelichen, sonst läufst du ihm am Ende noch weg. Weiß er denn nicht, was er für einen guten Fang gemacht hat? Soll ich mal ein ernstes Wörtchen mit ihm reden?«

Selbst wenn ich nicht gerade versucht hätte, eine Trennung zu verheimlichen, wäre das ein beängstigender Gedanke gewesen. »Ehrlich gesagt ...« Ich überlegte krampfhaft, wie ich sie vom Thema ablenken sollte, ohne mich zu verplappern. »Ich glaube, wir sind beide nicht besonders wild darauf zu heiraten.«

Sie zog an ihrer Zigarette und kniff ein Auge halb zu, während sie mich musterte. »Ach ja?«

»Ich fürchte ja.« Das war gelogen. Teilweise. Ich selbst würde sehr gern heiraten. Dass ich während der Jahre unserer Beziehung Jamies zynische Ablehnung des ehelichen Glücks akzeptiert hatte, stand in krassem Widerspruch zu meiner von Natur aus romantischen Veranlagung. Das Einzige, was ich zu meiner Verteidigung vorbringen kann, ist, dass man meiner Erfahrung nach, wenn man jemanden liebt, bereit ist, alles zu tun, um diesen Menschen zu halten.

Während Rita langsam ihren Rauch ausatmete, spiegelten sich nacheinander Entgeisterung, Verblüffung und schließlich Resignation in ihrem Gesicht. »Tja, vielleicht habt ihr ja recht. Das Leben geht einfach weiter, weißt du, ohne dass man es merkt. Du lernst jemanden kennen, du fährst bei ihm im Auto mit, du heiratest ihn und kriegst Kinder. Und dann, eines Tages, stellst du fest, dass euch nichts verbindet. Du sagst dir, dass das früher mal anders war, es muss ja anders gewesen sein – warum hättest du den Kerl sonst heiraten sollen? –, aber die schlaflosen Nächte, die Enttäuschungen, die Sorge. Schockiert erkennst du, dass du mehr Jahre hinter dir hast, als vor dir liegen. Na ja …« Sie lächelte mich an, als hätte sie mir gerade ein Backrezept verraten anstatt einen guten Grund, den Kopf in den nächstbesten Gasofen zu stecken. »So ist das Leben, nicht wahr?«

»Das ist großartig, Tante Rita. Das solltest du unbedingt in deiner Hochzeitsrede ansprechen.«

»Ganz schön frech.«

Während Tante Ritas aufmunternde Worte noch in dem verrauchten Zimmer hingen, nahmen wir das nächste Beutelchen in Angriff. Der Plattenspieler lief, Rita summte mit, als ein Mann uns mit samtener Stimme aufforderte, sein Lächeln anzusehen. Und schließlich hielt ich es nicht mehr aus. So gern ich Rita besuche, diesmal war ich mit einem Hintergedanken gekommen. Meine Mutter und ich hatten seit dem Nachmittag im Café kaum miteinander gesprochen. Ich hatte unsere nächste Verabredung abgesagt, unter dem Vorwand, viel Arbeit im Verlag zu haben. Ich ließ sogar den Anrufbeantworter an und nahm nicht ab, wenn ich hörte, dass meine Mutter sich meldete. Ich fühlte mich einfach verletzt. Vielleicht war das kindisch, aber ich glaube es nicht. Dass meine Mutter mir nie vertraute, dass sie rundweg bestritt, mit mir an dem Schlosstor gestanden zu haben, dass sie behauptete, ich hätte die ganze Geschichte erfunden, tat mir weh und bestätigte mich nur in meinem Entschluss, die Wahrheit herauszufinden. Und jetzt, wo ich mich schon wieder um unser sonntägliches Mittagessen gedrückt und meine Mutter erneut vor den Kopf gestoßen hatte und in der Affenhitze quer durch die Stadt gefahren war, wollte, konnte, durfte ich nicht unverrichteter Dinge wieder abziehen.

»Tante Rita?«, sagte ich.

»Hmm?« Sie betrachtete stirnrunzelnd das Bändchen, das sich in ihren Fingern verheddert hatte.

»Ich wollte mit dir über etwas reden.«

»Hmm?«

»Über Mum.«

Ein Blick, so scharf, dass er kratzte. »Geht es ihr gut?«

»Ja, ja, es geht ihr gut. Es ist nichts dergleichen. Ich hab einfach ein bisschen über die Vergangenheit nachgedacht.«

»Ah. Das ist natürlich was anderes, die Vergangenheit. Um welchen Teil der Vergangenheit geht es denn?«

»Den Krieg.«

Sie legte das Beutelchen weg. »Na so was.«

Ich sah mich vor. Tante Rita erzählt gern, aber ich wusste, dass es sich um ein heikles Thema handelte. »Ihr wart doch evakuiert, du und Mum und Onkel Ed.«

»Stimmt. Kurz. Das war grauenhaft. Das ganze Gerede von frischer Luft. Alles dummes Zeug. Niemand erzählt dir von dem Gestank auf dem Land, von den Misthaufen an jeder Ecke. Und zu uns haben sie gesagt, wir wären schmutzig! Seitdem sehe ich Kühe und Menschen mit anderen Augen. Ich konnte es gar nicht erwarten, wieder nach Hause zu kommen, Bomben hin oder her.«

»Und Mum? Ging es der genauso?«

Ein kurzer, argwöhnischer Blick. »Warum? Was hat sie dir erzählt?«

»Nichts. Sie hat mir überhaupt nichts erzählt.«

Rita richtete ihre Aufmerksamkeit wieder auf das weiße Beutelchen, aber es lag Befangenheit in ihrem nach unten gerichteten Blick. Ich konnte beinahe sehen, wie sie sich auf die Zunge biss, um all die Dinge zurückzuhalten, die herausprudeln wollten, die sie aber vorsichtshalber für sich behielt.

Ich kam mir vor wie eine Verräterin, aber die Gelegenheit war zu günstig. Jedes meiner Worte versetzte mir einen kleinen Stich: »Du weißt ja, wie sie ist.«

Tante Rita schniefte und witterte meine Einschmeichelei. Sie schürzte die Lippen und musterte mich einen Moment lang aus dem Augenwinkel. Dann neigte sie den Kopf zu mir. »Deine Mutter fand es großartig. Die wollte gar nicht wieder nach Hause.« In ihrem Blick lag so etwas wie Verunsicherung. Offenbar hatte ich einen wunden Punkt berührt. »Welches Kind will nicht bei seinen Eltern, seiner Familie sein? Welches Kind würde lieber bei anderen Leuten bleiben?«

Ein Kind, das sich fehl am Platz fühlt, dachte ich und musste an meine geheimen Wünsche im dunklen Schlafzimmer meiner Kusinen denken. Ein Kind, das sich nicht zugehörig fühlt. Aber ich sagte nichts. Ich hatte den Eindruck, dass für jemanden wie meine Tante, die das Glück gehabt hatte, genau den Platz zu finden, an den sie gehörte, keine Erklärung akzeptabel wäre. »Vielleicht hatte sie Angst vor den Bomben«, sagte ich schließlich. Meine Stimme klang brüchig, und ich räusperte mich. »Vor dem Blitzkrieg.«

»Quatsch. Sie hatte keine Angst, nicht mehr als wir anderen. Andere Kinder wollten lieber mittendrin im Geschehen sein. Alle Kinder aus unserer Straße sind wieder nach Hause gekommen, wir sind zusammen in die Luftschutzkeller gegangen. Und dein Onkel?« Ritas Miene bekam etwas Ehrfürchtiges bei der Erwähnung meines gefeierten Onkels Ed. »Der ist aus Kent nach Hause getrampt, weil er unbedingt dabei sein wollte, als es losging. Mitten in einem Bombenangriff stand er plötzlich vor der Tür, gerade rechtzeitig, um den armen Depp von nebenan in Sicherheit zu bringen. Aber Merry nicht, o nein. Im Gegenteil. Die hat sich gesträubt, nach Hause zu kommen, bis unser Vater hingefahren ist und sie abgeholt hat. Unsere Mutter, deine Großmutter, ist nie darüber hinweggekommen. Sie hat es nie ausgesprochen, das war nicht ihre Art, sie hat immer so getan, als wäre sie froh, Merry auf dem Land in Sicherheit zu wissen, aber wir wussten es besser. Wir waren ja nicht blind.«

Ich konnte meiner Tante nicht in die Augen sehen. Ich hatte das Gefühl, nicht besser zu sein; schuldig durch Mittäterschaft. Der Verrat meiner Mutter an Rita war immer noch real, er hatte eine Feindschaft zwischen den Schwestern ausgelöst, die selbst nach fünfzig Jahren noch schwelte. »Wann war das?«, fragte ich und nahm mir den nächsten weißen, unschuldigen Beutel vor. »Wie lange war sie weg?«

Tante Rita bohrte eine pinkfarbene Kralle in ihre Unterlippe. »Lass mich überlegen, das mit den Bombardierungen ging schon eine ganze Weile, aber es war noch nicht Winter, denn mein Vater hat Schlüsselblumen mitgebracht, als er mit ihr zurückkam; er hat alles getan, um deine Großmutter zu trösten, es ihr so leicht wie möglich zu machen. So war mein Vater.« Der Fingernagel klopfte einen nachdenklichen Rhythmus. »Das muss irgendwann einundvierzig gewesen sein. März, April, würde ich sagen.«

In dem Punkt hatte sie also die Wahrheit gesagt. Meine Mutter war ein gutes Jahr fort gewesen – und nach Hause gekommen ein halbes Jahr, bevor Juniper Blythe die große Enttäuschung erlebte, von der sie sich nie wieder erholte, bevor Thomas Cavill sich mit Juniper verlobte und sie dann sitzen ließ. »Hat sie je ...«

Ich wurde von *Hot Shoe Shuffle* übertönt. Tante Ritas nagelneues Handy in Form eines roten Stiletto-Schuhs vibrierte auf dem Tresen hin und her.

*Geh nicht ran,* flehte ich innerlich, weil ich nicht wollte, dass irgendetwas unser Gespräch unterbrach, jetzt, wo es endlich in Gang gekommen war.

»Das ist garantiert Sam«, sagte Rita, »die mir nachschnüffelt.«

Ich nickte, und wir ließen die letzten beiden Takte verklingen. Danach verlor ich keine Zeit und kam gleich wieder zur Sache: »Hat Mum jemals von ihrer Zeit in Milderhurst erzählt? Von den Leuten, bei denen sie gewohnt hat? Von den Schwestern Blythe?«

Rita verdrehte die Augen. »Am Anfang hat sie von nichts anderem geredet. Die ist uns ganz schön damit auf die Nerven gegangen, das kann ich dir sagen. Sie war nur glücklich, wenn ein Brief von dort kam. Dann hat sie immer ganz geheimnisvoll getan, die Briefe hat sie immer erst aufgemacht, wenn sie allein war.«

Ich musste daran denken, wie Rita sie in der Schlange der evakuierten Kinder in Kent alleingelassen hatte. »Ihr beide habt euch als Kinder nicht besonders nahgestanden.«

»Wir waren Schwestern – das wäre ja nicht normal gewesen, wenn wir uns nicht ab und zu gestritten hätten, so beengt, wie wir damals in dem kleinen Haus gewohnt haben … Aber wir haben uns eigentlich ganz gut verstanden. Das heißt, bis zum Krieg, bis sie diese Leute kennengelernt hat.« Rita nahm die letzte Zigarette aus dem Päckchen, zündete sie an und blies den Rauch in Richtung Tür. »Sie hatte sich verändert, als sie zurückkam, und zwar nicht nur in ihrer Art zu sprechen. Die haben ihr da in dem Schloss alle möglichen Flausen in den Kopf gesetzt.«

»Was denn für Flausen?«, fragte ich, aber ich kannte die Antwort bereits. Etwas Abwehrendes hatte sich in Ritas Stimme geschlichen, etwas, das mir vertraut war: Es war der Schmerz, der durch das Gefühl entsteht, bei einem unfairen Vergleich schlecht weggekommen zu sein.

»Flausen eben.« Die pinkfarbenen Fingernägel einer Hand flatterten zu ihrer Turmfrisur, und ich fürchtete schon, sie würde nicht mehr dazu sagen. Sie betrachtete die Tür. Ihre Lippen bewegten sich, während sie die verschiedenen Antwortmöglichkeiten durchging. Nach einer Weile, die mir wie eine Ewigkeit erschien, schaute sie mich an. Die Kassette war abgelaufen, und es herrschte eine sonderbare Stille in dem Friseursalon. Es war, als gäbe die Abwesenheit von Musik dem Haus Gelegenheit zu ächzen und zu seufzen und sich erschöpft über die Hitze, den Geruch und den Tribut zu beklagen, den die Zeit von ihm forderte. Tante Rita reckte das Kinn vor und sagte langsam und deutlich: »Sie ist als der reinste Snob zurückgekommen. So, jetzt ist es raus. Als sie ging, war sie eine von uns, und als sie zurückkam, wollte sie was Besseres sein.«

Etwas, das ich immer gespürt hatte, nahm Gestalt an: die abschätzige Art, wie mein Vater von meiner Tante, meinen Vettern und Kusinen, ja sogar von meiner Großmutter sprach, in gedämpften Wortwechseln zwischen ihm und meiner Mutter, die unterschiedliche Art, wie bei uns zu Hause und bei Tante Rita alles gehandhabt wurde ... Meine Eltern waren Snobs, und ich schämte mich für sie und auch für mich, aber dann war ich seltsamerweise sauer auf Rita, weil sie es ausgesprochen hatte, und schämte mich, weil ich sie dazu gedrängt hatte. Das weiße Beutelchen, das ich gerade in Arbeit hatte, verschwamm vor meinen Augen.

Tante Rita dagegen war plötzlich gut gelaunt. Die Erleichterung stand ihr ins Gesicht geschrieben. Die unausgesprochene Wahrheit war ein Abszess, der jahrzehntelang darauf gewartet hatte, dass jemand ihn öffnete. »Bücherwissen«, schnaubte Rita, während sie ihre Zigarette ausdrückte, »von was anderem hat sie nicht mehr geredet, als sie wieder da war. Sie hat nur noch die Nase gerümpft über die kleinen Zimmer in unserem Haus und über Dads Arbeiterlieder, und dann hat sie sich in der Leihbücherei einquartiert. Hat sich mit irgendeinem Buch in einer Ecke versteckt, wenn sie eigentlich im Haus helfen sollte. Und dann hat sie auch noch angefangen rumzuspinnen, sie wollte für die Zeitung schreiben. Sie hat sogar Sachen eingeschickt! Kannst du dir das vorstellen?«

Mir fiel buchstäblich die Kinnlade herunter. Meredith Burchill schrieb keine Geschichten, und sie hatte erst recht nichts an Zeitungen geschickt. Zuerst dachte ich, Rita würde übertreiben, aber was sie sagte, war so vollkommen verblüffend, dass es nur wahr sein konnte. »Ist denn irgendetwas davon gedruckt worden?«

»Natürlich nicht! Genau das meinte ich ja: Das sind die Flausen, die die ihr in den Kopf gesetzt haben. Sie hat sich auf einmal für was Besseres gehalten, und wohin so was führt, das weiß man ja.«

»Was waren das denn für Geschichten, die sie geschrieben hat? Wovon handelten sie?«

»Keine Ahnung. Sie hat sie mir nie gezeigt. Wahrscheinlich hat sie gedacht, ich würde sie sowieso nicht verstehen. Aber ich hätte auch gar keine Zeit dazu gehabt, da hatte ich nämlich Bill gerade kennengelernt, und kurz darauf hab ich hier angefangen. Es war schließlich Krieg, nicht wahr.« Rita lachte, aber die Verbitterung ließ die Falten um ihren Mund schärfer hervortreten. Sie waren mir bisher nie aufgefallen.

»Hat irgendjemand von der Familie Blythe sie mal in London besucht?«

Rita zuckte die Schultern. »Merry war furchtbar geheimniskrämerisch, seit sie wieder zurück war. Sie ist dauernd losgezogen, ohne uns zu sagen, wo sie hinwollte. Sie hätte sich mit sonst wem treffen können.«

War es die Art, wie sie das sagte, eine Andeutung, die in den Worten verborgen lag? Oder war es die Art, wie sie plötzlich meinem Blick auswich? Ich bin mir nicht sicher. Wie auch immer, ich wusste sofort, dass hinter ihren Worten mehr steckte. »Mit wem denn, zum Beispiel?«

Rita betrachtete mit zusammengekniffenen Augen die Beutelchen in dem Karton, den Kopf schief gelegt, als hätte sie noch nie etwas so Interessantes gesehen wie diese sauberen weißen und silbernen Reihen.

»Tante Ri-ta?«, sagte ich gedehnt. »Mit wem hätte sie sich treffen sollen?«

»Also gut.« Sie verschränkte die Arme, sodass ihre Brüste zusammengequetscht wurden, dann schaute sie mich an. »Er war Lehrer, das war er zumindest vor dem Krieg gewesen; in der Nähe von Elephant and Castle.« Theatralisch wedelte sie sich Luft zu. »O, là, là. Gut sah der aus. Und sein Bruder auch. Wie Filmstars. So athletische, schweigsame Typen. Seine Familie wohnte ein paar Straßen weiter, und selbst deine Großmutter hat immer einen Grund gefunden, aus dem Fenster zu schauen, wenn er vorbeiging. Alle jungen Mädchen waren in ihn verknallt, einschließlich deiner Mutter. Und eines Tages«, fügte sie schulterzuckend hinzu, »hab ich sie halt zusammen gesehen.«

Mir traten die Augen aus dem Kopf. »Was?«, stotterte ich. »Wo? Wie?«

»Ich bin ihr nachgegangen.« Sie fühlte sich so sehr im Recht, dass kein Platz war für Verlegenheit oder ein schlechtes Gewissen. »Sie war meine kleine Schwester, sie benahm sich nicht normal, und das waren gefährliche Zeiten. Ich wollte mich nur vergewissern, dass alles in Ordnung war.«

Es war mir vollkommen egal, *warum* sie meiner Mutter gefolgt war; ich wollte nur wissen, was sie gesehen hatte. »Wo hast du die beiden gesehen? Und was haben sie gemacht?«

»Ich hab sie nur von Weitem gesehen, aber das hat gereicht. Sie saßen auf dem Rasen im Park, nebeneinander, ganz eng. Er redete, und sie hörte ihm zu – richtig aufmerksam, wohlgemerkt –, dann hat sie ihm was gegeben, und er …« Rita schüttelte das leere Zigarettenpäckchen. »Verdammte Kippen. Ich schwöre dir, die rauchen sich selbst.«

»Ri-ta!«

Ein kurzer Seufzer. »Dann haben sie sich geküsst. Merry und Mr. Cavill, mitten im Park, wo sie jeder sehen konnte.«

Welten kollidierten, Feuerwerke explodierten, Sternchen flogen durch die dunklen Ecken meines Verstandes. »Mr. *Cavill*?«

»Ganz genau, Edie, Schätzchen: der Lehrer deiner Mutter, Tommy Cavill.«

Mir fehlten die Worte, jedenfalls solche, die einen Sinn ergeben hätten. Ich muss ein Geräusch von mir gegeben haben, denn Rita hielt sich eine Hand ans Ohr und sagte: »Wie bitte?«, aber ich konnte es nicht wiederholen. Meine Mutter, ein Teenager, hatte sich von zu Hause fortgeschlichen, um sich heimlich mit ihrem Lehrer, dem Verlobten von Juniper Blythe, einem Mann, in den sie verknallt war, zu treffen. Dabei hatte sie ihm etwas gegeben, und vor allem, sie hatte ihn geküsst. Und all das hatte sich in den Monaten abgespielt, bevor Thomas Cavill Juniper sitzen gelassen hatte.

»Du bist ja ganz blass um die Nase, Liebes. Möchtest du noch ein Glas Limo?«

Ich nickte. Sie füllte mein Glas. Ich trank.

»Weißt du, wenn dich das alles so sehr interessiert, solltest du die Briefe lesen, die deine Mutter aus dem Schloss geschickt hat.«

»Welche Briefe?«

»Die, die sie nach Hause geschrieben hat.«

»Das würde sie niemals zulassen.«

Rita betrachtete einen Farbklecks auf ihrem Handgelenk. »Sie braucht's ja nicht zu erfahren.«

Meine Augen weiteten sich.

»Sie waren zwischen den Sachen deiner Großmutter.« Rita schaute mir in die Augen. »Das ganze Zeug ist nach ihrem Tod bei mir gelandet. Sie hat die Briefe all die Jahre aufgehoben, sentimental, wie sie war, egal, wie sehr sie sie verletzt haben. Sie war abergläubisch, dachte, man darf Briefe nicht wegwerfen. Ich such sie für dich raus, wenn du willst.«

»Ich … ich weiß nicht, ich weiß nicht, ob ich …«

»Es sind Briefe«, sagte Rita mit einem so durchtriebenen Grinsen, dass ich mir ganz dämlich vorkam. »Die sind dafür da, gelesen zu werden, oder?«

Ich nickte zögernd.

»Vielleicht helfen sie dir ja zu verstehen, was deiner Mutter da oben in ihrem Schloss durch den Kopf gegangen ist.«

Der Gedanke, die Briefe meiner Mutter ohne ihr Wissen zu lesen, weckte mein schlechtes Gewissen, doch ich brachte es zum Schweigen. Rita hatte recht: Meine Mutter mochte die Briefe geschrieben haben, aber sie waren an ihre Familie in London gerichtet. Es war Ritas gutes Recht, sie mir zu geben, und es war mein gutes Recht, sie zu lesen.

»Ja«, krächzte ich. »Gib sie mir.«

## Ein Gespräch im Wartezimmer

Und weil das Leben manchmal so spielt, erlitt mein Vater, während ich die Geheimnisse meiner Mutter zusammen mit der Schwester enträtselte, vor der sie sie am dringendsten verbergen wollte, einen Herzinfarkt. Herbert erwartete mich mit der Nachricht, als ich nach Hause kam. Er nahm meine Hände und berichtete mir, was passiert war.

»Es tut mir so schrecklich leid«, sagte er, »ich hätte dir eher Bescheid gesagt, aber ich wusste nicht, wo du bist.«

»O Gott …« Panik überkam mich. Ich drehte mich zur Tür um, dann wieder zu Herbert. »Ist er …?«

»Er ist im Krankenhaus, sein Zustand ist stabil, glaube ich. Deine Mutter hat nicht viel gesagt.«

»Ich muss …«

»Ja, komm. Ich rufe dir ein Taxi.«

Die ganze Fahrt über plauderte ich mit dem Fahrer. Ein kleiner Mann mit sehr blauen Augen und braunem Haar, das zu ergrauen begann, Vater von drei kleinen Kindern. Und während er mir erzählte, was sie alles anstellten, und mit der gespielten Verzweiflung, die Eltern kleiner Kinder gern zur Schau stellen, um ihren Stolz zu überspielen, den Kopf schüttelte, lächelte ich und stellte Fragen, und meine Stimme klang ganz normal, ja sogar unbeschwert. Wir erreichten das Krankenhaus, und erst nachdem ich ihm einen Zehnpfundschein in die Hand gedrückt und ihm gesagt hatte, er solle das Wechselgeld behalten, und ihm viel Spaß bei der Ballettaufführung seiner Tochter gewünscht hatte, bemerkte ich, dass es angefangen hatte zu regnen und ich ohne Regenschirm vor dem Hammersmith-Krankenhaus stand, in dem mein Vater irgendwo mit versehrtem Herzen lag.

Meine Mutter wirkte kleiner als sonst, wie sie dort allein am Ende einer Reihe von Plastikstühlen saß, hinter ihr eine trostlose blaue Krankenhauswand. Meine Mutter ist immer sorgfältig zurechtgemacht, und ihre Kleidung scheint aus einer anderen Zeit zu stammen: Hüte mit dazu passenden Handschuhen, bequeme Pumps, die sie in Seidenpapier gewickelt in den Originalkartons aufbewahrt, ein ganzes Regal mit dicht gedrängt aufgereihten Handtaschen, die auf ihren Einsatz warten, um das Ensemble zu komplettieren. Sie würde nicht im Traum daran denken, ohne Puder und Lippenstift das Haus zu verlassen, auch dann nicht, wenn mein Vater schon im Krankenwagen vorausgefahren ist. Ich muss wirklich eine schreckliche Enttäuschung für meine Mutter sein, zu groß gewachsen, die Haare zu wuschelig, auf den Lippen irgendeinen Gloss, den ich aus dem Sammelsurium aus Münzen, verstaubten Pfefferminzdrops und sonstigem Kram fische, der sich in den Tiefen meiner abgenutzten Handtasche ansammelt.

»Mum.« Ich ging zu ihr, küsste sie auf die von der Klimaanlage gekühlte Wange und setzte mich neben sie. »Wie geht es ihm?«

Sie schüttelte den Kopf, und ich befürchtete schon das Schlimmste. »Sie haben mir noch nichts gesagt. Sie haben ihn an alle möglichen Geräte angeschlossen, und die Ärzte kommen und gehen.« Sie schloss kurz die Augen, schüttelte immer noch leicht den Kopf, eine Angewohnheit. »Ich weiß es nicht.«

Ich schluckte schwer und sagte mir, dass es besser war, nichts zu wissen, als das Schlimmste zu erfahren, war jedoch geistesgegenwärtig genug, diese Plattitüde für mich zu behalten. Ich hätte gern etwas Originelles, etwas Beruhigendes gesagt, etwas, das ihr die Angst nahm, ihr die Situation erleichterte, aber meine Mutter und ich hatten keine Erfahrung damit, gemeinsam zu leiden und einander zu trösten, und so sagte ich nichts.

Sie öffnete die Augen, schaute mich an und schob mir eine Locke hinters Ohr. Vielleicht spielte es ja auch keine Rolle, vielleicht wusste sie, was ich dachte und dass ich es ernst meinte. Dass keine Worte nötig waren, weil wir doch Mutter und Tochter waren und manche Dinge nicht ausgesprochen werden müssen …

»Du siehst schlecht aus«, sagte sie.

Ich warf einen verstohlenen Blick zur Seite und sah mein verschwommenes Spiegelbild in einem gerahmten Poster des National Health Service. »Es regnet.«

»So eine große Tasche«, sagte sie mit einem wehmütigen Lächeln. »Und kein Platz für einen Schirm.«

Ich schüttelte den Kopf, dann begann ich zu zittern, und plötzlich merkte ich, dass es kalt war.

In einem Wartezimmer im Krankenhaus muss man sich beschäftigen, sonst wartet man nur, und das führt zum Nachdenken, was nach meiner Erfahrung keine gute Idee ist. Während ich still neben meiner Mutter saß, mich um meinen Vater sorgte, mir vornahm, mir einen Schirm zuzulegen, auf das Ticken der Wanduhr lauschte, kamen jede Menge Gedanken über die Wände gekrochen und berührten meine Schultern mit ihren spitzen Fingern. Ehe ich wusste, wie mir geschah, hatten sie mich bei der Hand genommen und führten mich an Orte, an denen ich seit Jahren nicht gewesen war.

Ich stand an der Wand in unserem Badezimmer und sah mich als Vierjährige auf dem Badewannenrand balancieren. Das kleine, nackte Mädchen will mit den Zigeunern durchbrennen. Es weiß nicht genau, wer sie eigentlich sind oder wo es sie finden kann, aber es weiß, dass sie ihre beste Chance sind, einen Zirkus zu finden, dem es sich anschließen kann. Das ist sein Traum, und deswegen übt es Balancieren. Kurz bevor es das andere Ende der Wanne erreicht, rutscht es aus. Stürzt nach vorn, dreht sich, landet mit dem Gesicht unter Wasser. Sirenen, grelles Licht, fremde Gesichter …

Ich blinzelte, und das Bild verschwand, aber schon tauchte das nächste auf. Eine Beerdigung, die meiner Großmutter. Ich sitze in der ersten Reihe neben meinen Eltern und höre nur mit halbem Ohr zu, während der Pfarrer eine andere Frau beschreibt als die, die ich kannte. Ich bin abgelenkt durch meine Schuhe. Sie sind neu, und obwohl ich weiß, dass ich eigentlich besser zuhören, mich auf den Sarg konzentrieren und mich ernsten Gedanken hingeben müsste, kann ich nicht aufhören, meine Lackschuhe zu betrachten, sie hin und her zu drehen und ihren Glanz zu bewundern. Mein Vater bemerkt es, schubst mich sanft mit der Schulter, und ich zwinge mich aufzupassen. Auf dem Sarg stehen zwei Fotos, eins von der Großmutter, die ich kannte, eins von einer Fremden, einer jungen Frau, die an irgendeinem Strand sitzt, halb von der Kamera abgewendet, ein schiefes Lächeln im Gesicht, als wollte sie gerade den Mund öffnen, um sich über den Fotografen lustig zu machen. Dann sagt der Pfarrer etwas, und Tante Rita fängt an, laut zu weinen, die Wimperntusche läuft ihr über die Wangen, und ich schaue erwartungsvoll zu meiner Mutter hinüber, warte auf eine ähnliche Reaktion. Ihre behandschuhten Hände liegen in ihrem Schoß, ihr Blick ist auf den Sarg geheftet, aber nichts geschieht. Nichts geschieht, und dann sehe ich meine Kusine Samantha. Auch sie beobachtet meine Mutter, und plötzlich schäme ich mich …

Ich stand entschlossen auf und verscheuchte die schwarzen Gedanken. Meine Hosentaschen waren ungewöhnlich groß, und ich schob meine Hände tief genug hinein, um mich davon zu überzeugen, dass ich einen Grund hatte, hier zu sein, dann schritt ich den Korridor ab, als handelte es sich um einen Museumssaal, und konzentrierte mich auf die verblassten Poster mit Impfkalendern, die schon zwei Jahre alt waren; egal, Hauptsache, es half mir, in der Gegenwart zu bleiben, weit weg von der Vergangenheit.

Ich bog um eine Ecke in eine hell erleuchtete Nische, wo ein Getränkeautomat stand. Einer von diesen Automaten mit einem Abstellplatz für die Tasse und einer Düse, aus der entweder Kakao- oder Kaffeepulver oder heißes Wasser geschossen kommt, je nachdem, auf welchen Knopf man drückt. In einem Plastikkörbchen lagen Teebeutel. Ich nahm zwei und hängte sie in Styroporbecher, einen für mich und einen für meine Mutter. Ich sah zu, wie die Beutel eine rostige Farbe abgaben, ließ mir Zeit, Milchpulver einzurühren, wartete, bis es sich vollständig aufgelöst hatte, ehe ich mich auf den Rückweg machte.

Meine Mutter nahm ihren Becher wortlos entgegen, fing mit dem Zeigefinger einen Tropfen auf, der an der Seite herunterlief. Sie hielt den warmen Becher mit beiden Händen, trank aber nicht. Ich setzte mich neben sie und dachte an gar nichts. Bemühte mich, an nichts zu denken, während mein Gehirn mir vorauseilte, fragte mich, warum ich so wenige Erinnerungen an meinen Vater hatte. Echte Erinnerungen, nicht die aus zweiter Hand von Fotos und Familienanekdoten.

»Ich habe mich über ihn geärgert«, sagte meine Mutter

schließlich. »Ich habe ihn angeschrien. Ich hatte den Braten fertig, und ich hatte ihn auf den Tisch gestellt, um ihn aufzuschneiden, und er wurde schon kalt, aber ich dachte, es würde ihm recht geschehen, sein Fleisch kalt zu essen. Ich wollte nach oben gehen, um ihn zu holen, aber ich hatte es satt, ihn immer vergebens zu rufen. Ich dachte: Wollen wir doch mal sehen, wie dir der kalte Braten schmeckt.« Sie schürzte die Lippen auf die Art, wie man es macht, wenn einem die Tränen kommen und man versucht, das zu verbergen. »Er war den ganzen Nachmittag auf dem Speicher gewesen, hatte Kartons aussortiert und den ganzen Flur vollgestellt – weiß der Himmel, wie er die wieder da raufschaffen will, dazu hat er bestimmt nicht mehr die Kraft …« Sie schaute blind in ihren Tee. »Er ist ins Bad gegangen, um sich die Hände zu waschen, und da ist es passiert. Ich habe ihn neben der Badewanne gefunden, genau da, wo du damals gelegen hast, als du klein warst. Er hatte noch die ganzen Hände voll Seife.«

Das darauffolgende Schweigen machte mich unruhig. Gespräche haben etwas Beruhigendes, ihr geordneter Ablauf ist ein Anker, der einen in der Wirklichkeit hält: Nichts Schreckliches oder Unerwartetes kann passieren, wenn man ein vernünftiges Gespräch führt. »Und dann hast du den Krankenwagen gerufen«, soufflierte ich, als redete ich mit einem Kleinkind.

»Die kamen ganz schnell, das war ein Glück. Ich war noch dabei, ihm die Seife von den Händen abzuwischen, da waren sie schon da. Zwei, ein Mann und eine Frau. Sie mussten ihn reanimieren, mit so einem Elektroschockgerät.«

»Mit einem Defibrillator«, sagte ich.

»Und sie haben ihm etwas gegeben, ein Medikament, das die Blutgerinnsel auflöst.« Sie betrachtete ihre Handflächen. »Er hatte noch sein Unterhemd an, und ich weiß noch, wie ich gedacht habe, ich sollte ihm ein sauberes anziehen.« Sie schüttelte den Kopf, und ich fragte mich, ob aus Bedauern darüber, dass sie es versäumt hatte, oder aus Verwunderung darüber, dass ihr so etwas durch den Kopf gegangen war, während ihr Mann bewusstlos auf dem Boden lag, doch dann sagte ich mir, dass das eigentlich keine Rolle spielte und es mir nicht zustand, darüber zu urteilen. Mir war schmerzlich bewusst, dass ich zu Hause gewesen wäre und hätte helfen können, wenn ich nicht zu Tante Rita gefahren wäre, um sie über die Vergangenheit meiner Mutter auszuquetschen.

Ein Arzt kam den Flur herunter, und meine Mutter verschränkte ihre Finger ineinander. Ich wollte schon aufstehen, aber er ging zügig am Wartezimmer vorbei und verschwand hinter einer anderen Tür.

»Es wird nicht mehr lange dauern, Mum.« Die unausgesprochene Entschuldigung machte meine Worte schwer, und ich fühlte mich vollkommen hilflos.

Es gibt nur ein Foto von der Hochzeit meiner Eltern. Also, wahrscheinlich gibt es noch mehr, die in irgendeinem vergessenen weißen Album verstauben, aber ich kenne nur ein Bild, das all die Jahre überdauert hat.

Nur die beiden sind darauf zu sehen, es ist keins von diesen typischen Hochzeitsfotos, auf denen die Angehörigen von Braut und Bräutigam rechts und links von dem Paar aufgereiht stehen wie zwei ungleiche Flügel, sodass man denkt, das Geschöpf wird niemals fliegen können. Auf diesem Foto sind keine Verwandten zu sehen, nur die beiden, und sie schaut ihn völlig hingerissen an. Als würde er strahlen, was er tatsächlich irgendwie tut – wahrscheinlich der Effekt der Beleuchtung, die Fotografen damals benutzten.

Und er ist so unglaublich jung; das sind sie beide. Er hat immer noch volles Haar, nichts deutet darauf hin, dass es ihm einmal ausfallen wird. Er ahnt noch nicht, dass er einen Sohn bekommen und wieder verlieren wird, dass er eine Tochter haben wird, deren Interessen und Neigungen ihm ein einziges Rätsel bleiben, dass seine Frau irgendwann anfangen wird, ihn zu ignorieren, dass sein Herz eines Tages aussetzen wird und man ihn in einem Krankenwagen in die Klinik bringen wird, dass dieselbe Ehefrau zusammen mit der Tochter, die er nicht versteht, im Wartezimmer sitzen und darauf warten wird, dass er aufwacht.

Nichts von alldem ist auf dem Foto zu erkennen. Das Foto ist ein eingefrorener Augenblick, die ganze unbekannte Zukunft der beiden liegt noch vor ihnen, so wie es sein sollte. Doch gleichzeitig lässt das Foto die Zukunft erahnen, oder zumindest eine Version davon. Sie liegt in ihren Augen, vor allem in den Augen der Braut. Denn der Fotograf hat mehr eingefangen als nur zwei junge Menschen am Tag ihrer Hochzeit, nämlich eine Schwelle, die überschritten wurde, eine Meereswelle, kurz bevor sie sich in Schaum verwandelt und gegen die Küste schlägt. Und die junge Frau, meine Mutter, sieht mehr als nur den jungen Mann, der neben ihr steht, den Mann, den sie liebt, sie sieht das ganze gemeinsame Leben, das vor ihnen liegt …

Aber vielleicht verkläre ich da auch etwas, vielleicht bewundert sie nur sein Haar oder freut sich auf das Fest oder die Hochzeitsreise … Jeder spinnt seine eigenen Geschichten um solche Fotos, Bilder, die innerhalb der Familie zu Kultgegenständen werden, und während ich dort im Wartezimmer saß, wurde mir bewusst, dass es nur eine Möglichkeit gab herauszufinden, was sie damals wirklich empfunden hatte, was sie sich erhofft hatte, als sie ihn so anschaute; ob ihr Leben komplizierter, ihre Vergangenheit komplexer war, als der selige Blick vermuten ließ. Ich brauchte nur zu fragen. Wie seltsam, dass mir das noch nie in den Sinn gekommen war. Wahrscheinlich ist das Licht im Gesicht meines Vaters schuld. Die Art, wie meine Mutter ihn anschmachtet, lenkt die Aufmerksamkeit auf ihn, sodass man sie leicht für eine junge, naive Frau ohne nennenswerte Vergangenheit hält, deren Leben gerade erst beginnt. Und meine Mutter hatte ihr Bestes getan, diesen Mythos aufrechtzuerhalten, denn wenn sie jemals über die Zeit vor ihrer Hochzeit sprach, erzählte sie nur von meinem Vater.

Aber als ich, gerade zurück von meinem Besuch bei Rita, an das Bild dachte, sah ich vor allem das Gesicht meiner Mutter, ein bisschen weniger beleuchtet, ein bisschen kleiner als seins. War es möglich, dass die junge Frau mit den großen Augen ein Geheimnis hatte? Dass sie zehn Jahre vor der Hochzeit mit dem soliden, strahlenden Mann auf dem Foto eine flüchtige Liebesaffäre mit ihrem Lehrer hatte, mit dem Mann, der mit ihrer älteren Freundin verlobt war? Damals musste sie etwa fünfzehn gewesen sein, und Meredith Burchill war keinesfalls die Frau, zu der das zu passen schien – aber was war mit Meredith Baker? Meine Mutter hatte mir während meiner Jugend zahllose Vorträge darüber gehalten, was anständige Mädchen taten und nicht taten. War es möglich, dass sie aus Erfahrung gesprochen hatte?

Plötzlich überkam mich das bedrückende Gefühl, dass ich über die Frau, die neben mir saß, alles und nichts wusste. Die Frau, die mich geboren und großgezogen hatte, war mir im Grunde genommen eine Fremde. Im Lauf von dreißig Jahren hatte ich ihr kaum mehr Dimensionen zugebilligt als den Ankleidepuppen, mit denen ich als Kind gespielt hatte, Papierpuppen mit aufgemaltem Lächeln und Papierkleidchen zum Anhängen. Mehr noch, ich war seit Monaten dabei, rücksichtslos ihre tiefsten Geheimnisse auszugraben, und hatte mir nicht einmal die Mühe gemacht, sie nach ganz normalen Dingen zu fragen. Aber als ich jetzt mit ihr im Krankenhaus saß, während mein Vater irgendwo auf der Intensivstation lag, war es mir auf einmal unglaublich wichtig, mehr über meine Eltern zu erfahren. Über meine Mutter. Über die geheimnisvolle Frau, die Anspielungen auf Shakespeare machte, die als Jugendliche Artikel an Zeitungen geschickt hatte.

»Mum?«

»Hmm?«

»Wie habt ihr euch eigentlich kennengelernt, du und Dad?«

Ihre Stimme klang brüchig nach dem langen Schweigen, und sie räusperte sich. »Im Kino. Es lief *The Holly and the Ivy*. Den kennst du doch?«

Schweigen.

»Ich meine, *wie* habt ihr euch kennengelernt? Hast du ihn gesehen? Hat er dich gesehen? Wer hat wen angesprochen?«

»Daran kann ich mich nicht mehr erinnern. Er. Nein, ich. Ich hab's vergessen.« Sie bewegte die Finger einer Hand wie ein Puppenspieler, der eine Marionette bedient. »Wir waren die einzigen Zuschauer im Kino. Stell dir das mal vor.«

Der Gesichtsausdruck meiner Mutter hatte sich verändert, sie wirkte beinahe ein bisschen entrückt, aber liebevoll, erleichtert, der verwirrenden Gegenwart einen Moment lang zu entkommen, in der ihr Mann in einem nahe gelegenen Zimmer um sein Leben rang. »Sah er gut aus?«, bohrte ich weiter. »War es Liebe auf den ersten Blick?«

»Wohl kaum. Ich hatte ihn erst für einen Mörder gehalten.«

»Wie bitte? *Dad*?«

Ich glaube, sie hat mich nicht mal gehört, so sehr war sie in ihre Erinnerungen eingetaucht. »Es ist ziemlich gruselig, allein in einem Kino zu sitzen. All die leere Sitze, die Dunkelheit, die riesige Leinwand. So ein Kinosaal ist für viele Leute gedacht, und wenn keine da sind, bekommt er etwas Unheimliches. Im Dunkeln kann alles passieren.«

»Saß er direkt neben dir?«

»Gott, nein. Er ist höflich auf Abstand geblieben – er ist ein Gentleman, dein Vater –, aber nachher, im Foyer, sind wir ins Gespräch gekommen. Er war mit jemandem verabredet gewesen ...«

»Mit einer Frau?«

Sie konzentrierte sich auf den Stoff ihres Rocks und sagte mit einem vorwurfsvollen Unterton: »Ach, Edie.«

»Ich frage ja nur.«

»Ich glaube, es war eine Frau, aber sie ist nicht gekommen. Und das«, meine Mutter stemmte die Hände auf die Knie und hob den Kopf mit einem leisen Schniefen, »war alles. Er hat mich zum Tee eingeladen, und ich habe die Einladung angenommen. Wir sind in den Lyons Corner Shop am Strand gegangen. Ich habe ein Stück Birnentorte gegessen und fand das sehr extravagant.«

Ich lächelte. »Und er war dein erster Freund?«

Bildete ich mir das kurze Zögern nur ein? »Ja.«

»Du hast einer anderen Frau den Mann ausgespannt.« Es war ein Scherz, der Versuch, es leichthin zu sagen, aber im selben Moment, als ich die Worte aussprach, musste ich an Juniper Blythe und Thomas Cavill denken, und meine Wangen begannen zu glühen. Vor lauter Verlegenheit achtete ich gar nicht auf die Reaktion meiner Mutter, sondern fügte, ehe sie dazu kam, etwas zu antworten, hastig hinzu: »Wie alt warst du damals?«

»Fünfundzwanzig. Es war 1952, und ich war gerade fünfundzwanzig geworden.«

Ich nickte und tat so, als würde ich im Kopf nachrechnen, aber in Wirklichkeit lauschte ich der leisen Stimme, die flüsterte: *Wäre das nicht eine gute Gelegenheit, wo wir schon mal beim Thema sind, nach Thomas Cavill zu fragen?* Eine hinterhältige

Stimme, und ich sollte mich schämen, ihr überhaupt Gehör zu schenken. Ich bin nicht stolz darauf, aber die Gelegenheit war einfach zu günstig. Ich redete mir ein, ich wollte meine Mutter nur von den Sorgen um meinen Vater ablenken, und bemerkte: »Fünfundzwanzig. Das ist aber ziemlich spät für den ersten Freund, oder?«

»Eigentlich nicht«, sagte sie. »Das waren andere Zeiten damals. Ich war mit anderen Dingen beschäftigt.«

»Aber dann hast du Dad kennengelernt.«

»Ja.«

»Und hast dich verliebt.«

Sie antwortete so leise, dass ich das Wort fast von ihren Lippen ablesen musste. »Ja.«

»War er deine erste große Liebe, Mum?«

Sie schnappte nach Luft und sah mich an, als hätte ich sie geohrfeigt. »Edie – nicht!«

Aha. Tante Rita hatte recht gehabt. Er war nicht ihre erste große Liebe gewesen.

»Sprich nicht von ihm in der Vergangenheit.« Tränen traten ihr in die Augen. Und ich fühlte mich so mies, als hätte ich sie tatsächlich geohrfeigt, erst recht, als sie begann, an meiner Schulter zu weinen, das heißt, die Tränen rannen einfach so herab, denn meine Mutter weint nicht. Und obwohl die Plastikkante der Stuhllehne sich in meinen Arm bohrte, rührte ich mich nicht.

Von draußen waren wie aus der Ferne die stetigen Verkehrsgeräusche zu hören, hin und wieder übertönt von Sirenengeheul. Krankenhausmauern sind etwas Merkwürdiges. Obwohl sie auch nur aus Ziegelsteinen und Mörtel bestehen, rücken, wenn man sich innerhalb dieser Mauern befindet, der Lärm und die Wirklichkeit der von Menschen wimmelnden Stadt in weite

Ferne. Die Realität befindet sich direkt vor der Tür, aber es ist, als handelte es sich um ein weit, weit entferntes Zauberland. Wie im Schloss Milderhurst, dachte ich. Dort hatte ich mich genauso gefühlt, als hätte mich das Haus regelrecht verschluckt, nachdem ich durch die Tür getreten war, als hätte die äußere Welt sich in Sandkörner aufgelöst. Ich fragte mich flüchtig, was die Schwestern Blythe wohl gerade taten, wie sie in den Wochen seit meinem Besuch ihre Tage verbracht hatten, die drei allein in diesem riesigen Haus. Wie eine Serie von Schnappschüssen tauchten die Bilder vor meinem geistigen Auge auf: Juniper, die in ihrem verschlissenen Seidenkleid durch die Flure huschte, Saffy, die wie aus dem Nichts erschien und sie sanft in den Salon führte, Percy, die am Dachzimmerfenster stand und ihr Anwesen betrachtete wie ein Schiffskapitän auf Wache …

Es war schon nach Mitternacht, die Krankenschwestern hatten Schichtwechsel, neue Gesichter tauchten auf, verrichteten lachend und schwatzend ihre Arbeit auf der hell erleuchteten Station: ein unwiderstehlicher Ort der Normalität, eine Insel in einem unüberwindlichen Ozean. Ich versuchte, ein bisschen zu schlafen, benutzte meine Handtasche als Kopfkissen, aber es war zwecklos. Meine Mutter neben mir war so klein und allein und irgendwie gealtert, seit ich sie das letzte Mal gesehen hatte, und ich konnte meine Gedanken nicht davon abhalten, vorauszueilen und detailreiche Szenen von ihrem Leben ohne meinen Vater zu malen. Ich sah alles ganz deutlich vor mir: seinen leeren Sessel, die wortlosen Mahlzeiten, das Fehlen seines unermüdlichen Hämmerns und Bohrens. Wie einsam das Haus sein würde, wie still und voller Echos.

Nur wir beide würden noch da sein, wenn wir meinen Vater verlören. Zwei ist sehr wenig, da bleiben keine Reserven. Es ist eine stille Anzahl, die saubere, einfache Gespräche garantiert, in die niemand sich einmischt, weil es einfach nicht möglich ist. Und außerdem unnötig. War das unsere Zukunft?, fragte ich mich. Mutter und Tochter, die Sätze austauschten, ihre Meinungen für sich behielten, höfliche Geräusche machten, Halbwahrheiten aussprachen und sich bemühten, den schönen Schein zu wahren? Die Vorstellung war unerträglich, und ich fühlte mich plötzlich sehr, sehr allein.

Vor allem, wenn ich mich sehr einsam fühle, fehlt mir mein Bruder. Er wäre inzwischen ein erwachsener Mann, umgänglich und mit einem liebenswürdigen Lächeln und einem Talent dafür, meine Mutter aufzumuntern. Der Daniel, den ich mir vorstelle, weiß immer genau, was er sagen soll, er ähnelt nicht im Entferntesten seiner bedauernswerten Schwester, die so oft kein vernünftiges Wort über die Lippen bringt. Ich sah zu meiner Mutter hinüber und fragte mich, ob sie wohl auch an ihn dachte, ob die Tatsache, dass sie in einem Krankenhaus saß, die Erinnerungen an ihren kleinen Jungen weckte. Aber ich konnte sie nicht danach fragen, weil wir nie über Daniel redeten, genauso wenig wie über ihre Evakuierung, ihre Vergangenheit, ihre Enttäuschungen. Das war schon immer so gewesen.

Vielleicht war es meine Traurigkeit darüber, dass in meiner Familie so viele Geheimnisse so lange unter der Oberfläche gebrodelt hatten, vielleicht war es eine Art Buße dafür, dass ich meine Mutter mit meinen bohrenden Fragen aus der Fassung gebracht hatte, vielleicht hatte ich auch das vage Bedürfnis, eine Reaktion zu provozieren, sie dafür zu bestrafen, dass sie mir Erinnerungen vorenthalten und mir den wirklichen Daniel geraubt hatte … Wie auch immer, ich holte tief Luft und sagte: »Mum?«

Sie rieb sich die Augen und schaute blinzelnd auf ihre Armbanduhr.

»Jamie und ich haben uns getrennt.«

»Ach?«

»Ja.«

»Heute?«

»Äh, nein. Nicht ganz. Um Weihnachten.«

Ein verblüfftes »Oh«, dann zog sie die Brauen zusammen und zählte in Gedanken die Monate, die seitdem vergangen waren. »Aber du hast gar nichts davon erwähnt …«

»Nein.«

Diese Tatsache, und was sie bedeutete, ließ ihre Gesichtszüge erschlaffen. Sie nickte langsam, zweifellos dachte sie an die zahllosen Male, die sie sich während der vergangenen Monate nach Jamie erkundigt hatte, an die Antworten, die ich ihr gegeben hatte, lauter Lügen.

»Ich musste die Wohnung aufgeben«, sagte ich und räusperte mich. »Ich bin auf der Suche nach einem kleinen Apartment. Für mich allein.«

»Deswegen konnte ich dich nicht erreichen, als dein Vater … Ich habe alle Nummern probiert, die ich hatte, selbst bei Rita habe ich angerufen, bis ich endlich Herbert an der Strippe hatte. Ich wusste nicht, was ich sonst noch hätte machen können.«

»Tja«, sagte ich mit einer seltsam künstlichen Heiterkeit. »Zufällig war das genau das Richtige. Ich wohne im Moment bei Herbert.«

Sie wirkte verblüfft. »Er hat ein Gästezimmer?«

»Ein Sofa.«

»Verstehe.« Meine Mutter hatte die Hände auf ihrem Schoß verschränkt, als hielte sie ein kleines Vögelchen darin, das sie beschützen musste, ein geliebtes Vögelchen, das sie um keinen Preis verlieren wollte. »Ich muss Herbert eine Karte schicken«, sagte sie mit dünner Stimme. »Er hat mir zu Ostern ein Glas von seiner Johannisbeermarmelade zukommen lassen, und ich glaube, ich habe mich nicht einmal dafür bedankt.«

Und damit war das Gespräch, vor dem ich mich monatelang gefürchtet hatte, beendet. Relativ kurz und schmerzlos, was ich gut fand, aber auch irgendwie seelenlos, was ich nicht gut fand.

Meine Mutter stand auf, und mein erster Gedanke war, dass ich mich getäuscht hatte, dass es noch nicht vorbei war und sie mir doch noch eine Szene machen würde. Aber als ich ihrem Blick folgte, sah ich, dass ein Arzt auf uns zukam. Ich stand ebenfalls auf, versuchte, in seinem Gesicht zu lesen, zu erraten, auf welche Seite die Münze fallen würde, aber es war unmöglich. Sein Gesichtsausdruck hätte zu jedem Szenario gepasst. Ich glaube, das lernen sie schon im Medizinstudium.

»Mrs. Burchill?« Er sprach mit einem leichten ausländischen Akzent.

»Ja.«

»Der Zustand Ihres Mannes ist stabil.«

Meine Mutter atmete erleichtert auf.

»Es ist ein Glück, dass der Krankenwagen so schnell bei Ihnen war. Gut, dass Sie ihn sofort gerufen haben.«

Ich hörte einen leisen Schluckauf neben mir, dann sah ich, dass die Augen meiner Mutter sich wieder mit Tränen gefüllt hatten.

»Wir werden sehen, wie sich die Situation entwickelt, aber es sieht nicht so aus, als müssten wir einen chirurgischen Eingriff vornehmen. Wir müssen ihn noch ein paar Tage zur Überwachung hierbehalten, aber danach kann er sich zu Hause erholen. Sie werden auf seine Stimmungen achten müssen. Herzpatienten neigen zu Depressionen, aber da können Sie sich von den Krankenschwestern beraten lassen.«

Meine Mutter nickte dankbar. »Natürlich, natürlich«, stammelte sie, weil ihr ebenso wie mir die Worte fehlten, um unsere Dankbarkeit und Erleichterung zum Ausdruck zu bringen. Schließlich sagte sie einfach nur: »Vielen Dank, Herr Doktor«, aber er hatte sich bereits hinter der schützenden Fassade seines weißen Kittels zurückgezogen. Er nickte knapp, als würde er an einem anderen Ort erwartet, als müsste er ein weiteres Leben retten, was zweifellos den Tatsachen entsprach, und als hätte er bereits vergessen, wer wir waren und zu welchem Patienten wir gehörten.

Ich wollte gerade vorschlagen, dass wir zu meinem Vater gehen sollten, da fing sie an zu weinen – meine Mutter, die niemals weint –, und zwar nicht nur ein paar Tränen, die sie sich mit dem Handrücken wegwischte. Nein, sie begann laut zu schluchzen, was mich daran erinnerte, wie sie, wenn ich als Kind wegen irgendeiner Lappalie in Tränen ausgebrochen war, jedes Mal zu mir gesagt hatte, manche Mädchen hätten das Glück, auch dann noch hübsch auszusehen, wenn sie weinten – die Augen geweitet, die Wangen gerötet, die Lippen geschwollen –, aber dass das weder auf sie noch auf mich zutraf.

Sie hatte recht: Wir sind beide hässlich, wenn wir weinen. Zu fleckig im Gesicht, zu triefige Nase, zu laut. Aber als ich sie so dastehen sah, so klein, so makellos gekleidet, so kreuzunglücklich, wollte ich sie nur noch in die Arme nehmen und sie festhalten, bis sie sich ausgeweint hatte. Doch ich tat es nicht. Stattdessen kramte ich ein Papiertaschentuch aus meiner Tasche und reichte es ihr.

Sie nahm es, aber sie hörte nicht auf zu weinen, jedenfalls nicht sofort, und nach kurzem Zögern legte ich ihr eine Hand auf die Schulter, tätschelte sie irgendwie und rieb ihr den Rücken. So standen wir eine Weile, bis ihr Körper sich ein bisschen entspannte und sie sich an mich lehnte wie ein Schutz suchendes Kind.

Schließlich putzte sie sich die Nase. »Ich hatte solche Angst, Edie«, sagte sie, während sie sich nacheinander die Augen

wischte und das Taschentuch auf Wimperntuschespuren überprüfte.

»Ich weiß, Mum.«

»Ich glaube, ich könnte einfach nicht … Wenn etwas passieren würde … Wenn ich ihn verlieren würde …«

»Mum«, sagte ich bestimmt. »Er hat es überstanden. Es wird
alles gut.«

Sie blinzelte mich an wie ein kleines Tier im Scheinwerfer-
licht. »Ja.«

Ich ließ mir von einer Krankenschwester seine Zimmernum-
mer geben, dann liefen wir durch die grell erleuchteten Flure,
bis wir es gefunden hatten. Kurz vor der Tür blieb meine Mutter stehen.

»Was ist?«, fragte ich.

»Ich möchte nicht, dass dein Vater sich aufregt, Edie.«

Ich sagte nichts, fragte mich jedoch, wie in aller Welt sie auf
die Idee kam, dass ich etwas tun könnte, was meinen Vater aus
der Ruhe brachte.

»Er wäre entsetzt, wenn er wüsste, dass du auf einem Sofa
schläfst. Du weißt doch, wie sehr er immer um deine Haltung
besorgt ist.«

»Es ist ja nicht für lange.« Ich schaute zur Tür. »Wirklich,
Mum, ich arbeite dran. Ich lese jede Woche die Vermietungsanzeigen, aber bisher habe ich einfach noch nichts Geeigne-
tes …«

»Unsinn.« Sie glättete ihren Rock und holte tief Luft. Wich
meinem Blick aus, als sie sagte: »Du hast ein vollkommen ge-
eignetes Bett zu Hause.«

## Endlich wieder zu Hause

Und so kam es, dass ich mit dreißig Jahren wieder als Single in mein Elternhaus zog. Ich wohnte in meinem ehemaligen Kinderzimmer und schlief in meinem viel zu kleinen Bett unter dem Fenster mit Blick auf das Beerdigungsinstitut Singer & Sons. Eine Verbesserung immerhin im Vergleich zu meiner bisherigen Situation. Ich mag Herbert sehr, und ich verbringe gern viel Zeit mit der guten alten Jess, aber der Himmel bewahre mich davor, jemals wieder ein Sofa mit ihr teilen zu müssen.

Der Umzug selbst ging ziemlich unspektakulär über die Bühne, denn ich nahm nicht viel mit. Es war eine vorübergehende Lösung, wie ich jedem erklärte, der es wissen wollte, es war also viel vernünftiger, meine Umzugskartons auf Herberts Speicher stehen zu lassen. Ich packte einen einzigen Koffer, und als ich zu meinen Eltern kam, fand ich alles ungefähr in demselben Zustand vor, wie ich es zehn Jahre zuvor zurückgelassen hatte.

Unser Haus im Stadtteil Barnes stammt aus den Sechzigerjahren, und meine Eltern hatten den Neubau gekauft, als meine Mutter mit mir schwanger war. Was einem in dem Haus als Erstes auffällt, ist, dass nirgendwo etwas herumliegt. Wirklich nichts. Im Haushalt der Burchills gibt es für alles ein System: mehrere Körbe für die schmutzige Wäsche, farblich sortierte

Putzlappen in der Küche, einen Notizblock neben dem Telefon mit einem Stift, der nie verschwindet, und keinen einzigen Briefumschlag mit Strichmännchen oder Adressen und hastig hingekritzelten Namen von Leuten, deren Anrufe man schon wieder vergessen hat. Alles blitzsauber. Kein Wunder, dass ich als Kind den Verdacht hatte, meine Eltern hätten mich adoptiert.

Selbst die Umräumaktion meines Vaters hatte nur ein überaus bescheidenes Maß an Chaos produziert: etwa zwei Dutzend Kartons mit säuberlich aufgeklebten Zetteln, auf denen der Inhalt angegeben war, sowie ein Stapel alter Elektrogeräte in Originalverpackungen, die sich im Lauf von dreißig Jahren angesammelt hatten. Natürlich konnte das Zeug nicht auf Dauer im Flur stehen bleiben, und da mein Vater noch bettlägerig war und ich an den Wochenenden nicht viel zu tun hatte, fiel mir der Job zu. Ich stürzte mich mit Elan in die Arbeit und ließ mich nur ein einziges Mal ablenken, als ich auf einen Karton mit der Aufschrift *Edies Sachen* stieß und nicht widerstehen konnte, ihn zu öffnen. Er war voll mit längst vergessenen Dingen: Makkaroni-Schmuck mit abblätternder Farbe, eine Schmuckdose aus Porzellan mit Feenmuster und ganz unten, unter allem möglichen Krimskrams und alten Büchern, mein illegal erworbenes, heiß geliebtes, lange vermisstes Buch vom *Modermann*.

Das kleine, abgegriffene Buch in meinen Händen löste eine Flut von Erinnerungen aus; das Bild von mir als Zehnjähriger, wie ich auf dem Sofa liege, war so klar und deutlich, dass ich das Gefühl hatte, ich könnte es über die Jahre hinweg mit dem Finger berühren und Wellen darin verursachen. Ich konnte die angenehme Stille des Sonnenlichts spüren, das durchs Fenster hereinfiel, die vertraute, warme Luft riechen: Papiertaschentücher und Zitronenwasser und herrliche mütterliche Fürsorge.

Dann sah ich meine Mutter ins Zimmer kommen, noch im Mantel, ein Einkaufsnetz mit Lebensmitteln in der Hand. Sie kramte etwas aus dem Netz und hielt es mir hin, ein Buch, das meine Welt verändern sollte. Ein Buch, geschrieben von dem Gentleman, in dessen Haus sie während des Zweiten Weltkriegs einquartiert war …

Nachdenklich fuhr ich mit dem Daumen über die geprägten Buchstaben auf dem Buchdeckel: Raymond Blythe. *Vielleicht muntert dich das ein bisschen auf*, hatte meine Mutter gesagt. *Es ist eigentlich für etwas ältere Kinder, glaube ich, aber du bist ja ein kluges Mädchen, und wenn du dir Mühe gibst, wirst du es schon verstehen.* Mein Leben lang hatte ich geglaubt, die Bibliothekarin Miss Perry hätte mich auf den richtigen Weg gebracht, aber als ich dort auf dem Holzfußboden des Dachbodens saß, den *Modermann* in den Händen, begann ein ganz anderer Gedanke in dem fahlen Licht Gestalt anzunehmen. War es möglich, dass ich mich die ganze Zeit geirrt hatte? Dass Miss Perry vielleicht nichts anderes getan hatte, als den Titel nachzuschlagen und das Buch aus dem Regal zu nehmen, und dass es in Wirklichkeit meine Mutter gewesen war, die mir das perfekte Buch genau zum richtigen Zeitpunkt gegeben hatte? Und würde ich es wagen, sie danach zu fragen?

Das Buch war schon alt gewesen, als es zu mir gekommen war, und ich hatte es mit Leidenschaft immer und immer wieder gelesen, und so war es kein Wunder, dass es mittlerweile ziemlich zerfleddert war. Zwischen den zerbröckelnden Deckeln befanden sich dieselben Seiten, die ich umgeblättert hatte, als die Welt, die darauf beschrieben wurde, noch ganz neu für mich war, als ich noch nicht wusste, wie die Geschichte für Jane und ihren Bruder und den armen, traurigen Mann im Schlamm des Schlossgrabens enden würde.

Seit meiner Rückkehr aus Milderhurst hatte ich darauf gebrannt, es noch einmal zu lesen. Ich holte kurz Luft, schlug es irgendwo auf und begann in der Mitte der stockfleckigen Seite: *Die Kutsche, die sie zu ihrem Onkel bringen sollte, dem sie noch nie begegnet waren, brach am Abend in London auf und fuhr die ganze Nacht durch, bis sie im Morgengrauen an eine verwilderte Zufahrt gelangten.* Ich las weiter, wurde neben Jane und Peter in der Kutsche hin und her gerüttelt. Wir fuhren durch das alte, quietschende Tor, die lange, gewundene Zufahrt hinauf, und dann, oben auf dem Hügel, erhob es sich vor uns in dem melancholischen Morgenlicht. Schloss Bealehurst. Ein Schauder der Vorfreude überlief mich, als ich mir vorstellte, was ich in seinem Innern vorfinden würde. Der Turm überragte das Dach, Fenster hoben sich dunkel gegen das cremeweiße Gemäuer ab, und ich lehnte mich zusammen mit Jane aus dem Fenster der Kutsche, meine Hand neben ihrer am Fensterrahmen. Schwere Wolken trieben über den bleichen Himmel, und als die Kutsche endlich mit einem Ruck hielt, sprangen wir hinaus und sahen einen tintenschwarzen Schlossgraben vor uns. Wie aus dem Nichts kam eine Brise auf und kräuselte das Wasser, der Kutscher zeigte auf eine hölzerne Zugbrücke. Langsam, schweigend überquerten wir die Brücke. Als wir vor der Tür standen, wurde eine Glocke geläutet, eine echte Glocke, und mir fiel beinahe das Buch aus der Hand.

Ich glaube, die Glocke habe ich noch gar nicht erwähnt. Während ich die Kartons zurück auf den Speicher schaffte, war mein Vater im Gästezimmer untergebracht, neben sich auf dem Nachttisch einen Stapel *Accountancy Today*, einen Kassettenrekorder mit Musik von Henry Mancini und eine Butlerglocke, um sich bemerkbar zu machen. Das mit der Glocke war seine Idee gewesen, eine Erinnerung an seine Kindheit, als er einmal mit Fieber im Bett gelegen hatte, und nachdem er zwei Wochen lang fast nur geschlafen hatte, war meine Mutter so glücklich darüber, ihn wieder etwas lebhafter zu sehen, dass sie freudig eingewilligt hatte. Es sei ein vernünftiger Vorschlag, hatte sie gemeint, aber in dem Moment nicht bedacht, dass die kleine dekorative Glocke schändlich missbraucht werden würde. In den Händen meines gelangweilten, schlecht gelaunten Vaters verwandelte sie sich in eine gefährliche Waffe, einen Talisman seiner Rückkehr in die Kindheit. Mit der Glocke in der Hand wurde mein liebenswürdiger, zahlenbesessener Vater zu einem verwöhnten kleinen Jungen, der ständig ungehalten danach fragte, ob die Post schon da sei, womit meine Mutter gerade beschäftigt sei und wann er damit rechnen könne, dass man ihm die nächste Tasse Tee serviere.

Aber an dem Morgen, als ich den *Modermann* in dem Karton mit meinen Sachen entdeckt hatte, war meine Mutter einkaufen gegangen, und ich war offiziell zum Vatersitten abgestellt. Als die Glocke ertönte, löste sich die Bealehurst-Welt auf, die Wolken stoben in alle Richtungen auseinander, das Schloss verschwand, die Stufe, auf der ich stand, zerfiel zu Staub, und ich stürzte in einem Wirbel aus schwarzen, um mich herumtanzenden Buchstaben durch das Loch in der Mitte der Seite und landete unsanft zu Hause in Barnes.

Ich weiß, ich sollte mich schämen, aber eine Weile blieb ich ganz still sitzen in der Hoffnung auf eine Begnadigung. Erst als die Glocke zum zweiten Mal bimmelte, steckte ich das Buch in meine Jackentasche und stieg zögernd und mit schlechtem Gewissen die Leiter hinunter.

»Hallo, Dad«, sagte ich frohgemut – es ist nicht nett, es einem kranken Vater übel zu nehmen, wenn er einen stört –, als ich das Zimmer betrat. »Alles in Ordnung?«

Er lag so tief in seinem Kopfkissen vergraben, dass er beinahe darin verschwand. »Gibt es schon Mittagessen, Edie?«

»Nein, noch nicht.« Ich richtete ihm das Kissen ein bisschen.

»Mum sagt, sobald sie zurückkommt, bringt sie dir einen Teller Suppe. Sie hat einen ganzen Topf ...«

»Deine Mutter ist immer noch nicht zurück?«

»Sie kommt bestimmt bald.« Ich lächelte ihn an. Der Arme hatte es wirklich schwer: Es ist für niemanden ein Vergnügen, wochenlang ans Bett gefesselt zu sein, aber für jemanden wie ihn, der weder über Methoden noch Talent zur Entspannung verfügt, ist es eine Tortur. Ich füllte sein Glas mit frischem Wasser und bemühte mich, nicht das Buch zu berühren, das aus meiner Tasche ragte. »Kann ich dir irgendwas bringen? Ein Kreuzworträtsel? Ein Heizkissen? Noch ein Stückchen Kuchen?«

Er seufzte resigniert. »Nein.«

»Bestimmt nicht?«

»Nein.«

Meine Hand lag schon wieder auf dem *Modermann*, während ich schuldbewusst überlegte, ob ich es mir damit auf der Liege in der Küche gemütlich machen sollte oder lieber in dem Sessel im Wohnzimmer, wo den ganzen Nachmittag die Sonne durchs Fenster schien. »Na dann«, sagte ich verlegen, »mach ich mich mal wieder an die Arbeit. Kopf hoch, Dad ...«

Als ich schon fast an der Tür war, fragte er: »Was hast du da, Edith?«

»Wo?«

»Da, in deiner Tasche.« Er klang hoffnungsfroh. »Ist das die Post?«

»Das? Nein.« Ich klopfte auf meine Jackentasche. »Das ist ein Buch aus einem der Kartons auf dem Speicher.«

Er schürzte die Lippen. »Es geht mir darum, Sachen ordentlich zu verstauen, nicht, sie wieder auszugraben.«

»Ich weiß, aber es ist ein Lieblingsbuch.«

»Wovon handelt es denn?«

Ich war verblüfft. Ich konnte mich nicht erinnern, dass mein Vater mich jemals nach dem Inhalt eines Buchs gefragt hatte. »Es handelt von zwei Waisenkindern«, sagte ich. »Ein Mädchen namens Jane und ein Junge namens Peter.«

Er runzelte die Stirn. »Da wird wohl noch ein bisschen mehr drinstehen, schätze ich. So dick, wie das aussieht, hat es eine Menge Seiten.«

»Natürlich – ja. Es ist eine lange Geschichte.« Gott, wo sollte ich anfangen? Pflicht und Verrat, Abwesenheit und Sehnsucht, was ein Mensch auf sich zu nehmen bereit ist, um seine Lieben zu beschützen, Wahnsinn, Treue, Ehre, Liebe … Ich schaute meinen Vater an und beschloss, mich auf die Handlung zu beschränken. »Die Eltern dieser Kinder kommen bei einem Hausbrand in London ums Leben, und dann werden die beiden Waisen zu einem längst vergessenen Onkel geschickt, der in einem Schloss lebt.«

»In einem Schloss?«

Ich nickte. »Schloss Bealehurst. Der Onkel ist ein netter Mann, und anfangs sind die Kinder ganz begeistert von dem Schloss, aber mit der Zeit finden sie heraus, dass da irgendetwas nicht stimmt, dass das alte Gemäuer ein altes, dunkles Geheimnis birgt.«

»Alt und dunkel, so, so.« Er lächelte schwach.

»Ja, und ganz schrecklich.«

Ich hatte es schnell gesagt, aufgeregt, und mein Vater rückte ein bisschen näher und stützte sich auf seine Ellbogen. »Und? Was ist es?«

»Was ist was?«

»Na, das Geheimnis. Was ist es?«

Ich sah ihn verdutzt an. »Also, das kann ich dir nicht einfach so … erzählen.«

»Natürlich kannst du das.«

Er verschränkte die Arme wie ein trotziges Kind, während ich nach Worten suchte, um ihm den Vertrag zwischen Leser und Autor zu erklären und dass es nicht um bloßes Wissenwollen geht. Dass es ein Sakrileg war, knapp aufzulisten, was sich über Kapitel hinweg aufgebaut hat, Geheimnisse auszuplaudern, die der Autor hinter zahllosen Kunstfertigkeiten verborgen hat. Alles, was ich herausbrachte, war: »Ich kann es dir leihen, wenn du möchtest.«

Er zog einen Schmollmund. »Vom Lesen krieg ich Kopfschmerzen.«

Ein beinahe peinliches Schweigen entstand, während er darauf wartete, dass ich nachgab, und ich mich – was blieb mir anderes übrig? – verweigerte. Schließlich seufzte er. »Vergiss es«, sagte er und machte eine wegwerfende Handbewegung. »Ist nicht so wichtig.«

Aber er wirkte so betrübt, und plötzlich erinnerte ich mich so intensiv daran, wie ich, als ich mit Mumps oder was auch immer im Bett gelegen hatte, in die Welt vom *Modermann* eingetaucht war, dass ich sagte: »Wenn es dich wirklich interessiert, könnte ich dir das Buch ja vorlesen.«

Das Vorlesen des *Modermann* wurde uns zur Gewohnheit, etwas, worauf ich mich jeden Tag freute. Nach dem Abendessen trug ich das Tablett meines Vaters in die Küche, half meiner Mutter beim Abwasch, und dann las ich an der Stelle weiter, wo wir am Abend zuvor aufgehört hatten. Er war selbst verblüfft darüber, dass eine erfundene Geschichte ihn so fesseln konnte. »Sie muss auf wahren Begebenheiten beruhen«, sagte er immer wieder, »vielleicht auf einem alten Entführungsfall. Wie diese Geschichte von dem Lindbergh-Baby.«

»Nein, Dad, Raymond Blythe hat sich die Geschichte einfach ausgedacht.«

»Aber sie ist so lebendig, Edie, ich sehe alles direkt vor mir, wenn du es vorliest, so als würden wir zusehen, als würde ich die Geschichte schon kennen.« Und wenn er dann verwundert den Kopf schüttelte, glühte ich vor Stolz, obwohl ich mit der Entstehung des *Modermann* nun wirklich nichts zu tun hatte. Hin und wieder, wenn ich länger im Verlag bleiben musste, wurde er ganz ungeduldig, ging meiner Mutter mit seiner Nörgelei auf die Nerven, wartete darauf, dass er hörte, wie ich die Haustür aufschloss, bimmelte dann sofort mit seinem Glöckchen und tat verwundert, wenn ich in sein Zimmer kam. »Ach, du bist schon da, Edie?«, sagte er dann mit hochgezogenen Brauen. »Ich wollte eigentlich nur deine Mutter bitten, mir das Kopfkissen noch mal aufzuschütteln. Aber wo du schon mal da bist, könnten wir doch sehen, wie es im Schloss weitergeht.«

Vielleicht war es wirklich das Schloss und weniger die Geschichte selbst, was ihn bei der Stange hielt. Prächtige Familienanwesen hatten ihn schon immer mit fast eifersüchtigem Respekt erfüllt, und nachdem ich einmal beiläufig bemerkt hatte, dass Schloss Bealehurst dem Familiensitz von Raymond Blythe nachempfunden war, ließ er nicht mehr locker. Er löcherte mich geradezu mit Fragen. Manche konnte ich ihm sofort beantworten, andere waren so speziell, dass ich ihm *Raymond Blythe in Milderhurst* zu lesen gab oder sogar Nachschlagewerke aus Herberts riesiger Sammlung, die ich nach der Arbeit mit nach Hause brachte. So stachelten wir uns gegenseitig an in unserer Begeisterung, und zum allererstem Mal hatten mein Vater und ich etwas, das uns verband.

Es gab nur einen einzigen Faktor, der das Glück unseres *Modermann*-Fanclubs trübte, und das war meine Mutter. Es spielte keine Rolle, dass unser Interesse für Milderhurst ganz unschuldig angefangen hatte. Es war ihr nicht geheuer, dass mein Vater und ich hinter verschlossenen Türen eine Welt wiederauferstehen ließen, über die zu sprechen meine Mutter vehement ablehnte, obwohl sie viel eher berechtigt gewesen wäre als wir beide, sie für sich zu beanspruchen. Ich wusste, dass ich irgendwann mit ihr würde darüber reden müssen, aber ich wusste auch, dass das Gespräch schwierig werden würde.

Seit ich wieder bei meinen Eltern wohnte, lief zwischen meiner Mutter und mir alles wie gehabt. Irgendwie hatte ich mir – naiverweise – vorgestellt, unser Verhältnis würde eine wundersame Wandlung durchlaufen, dass wir einen liebevollen Umgang finden, entspannt miteinander plaudern würden, dass meine Mutter mir vielleicht sogar ihr Herz ausschütten und mir ihre Geheimnisse offenbaren würde. Das hatte ich zumindest gehofft. Ich brauche wohl nicht zu erwähnen, dass nichts dergleichen geschah. Zwar war meine Mutter froh, mich im Haus zu haben, dankbar, dass ich ihr half, meinen Vater zu pflegen, und sie war auch etwas toleranter als sonst, wenn es um Meinungsverschiedenheiten ging, und doch schien sie mir distanzierter denn je, abwesend und in sich gekehrt und sehr, sehr schweigsam. Anfangs dachte ich, der Herzinfarkt meines Vaters hätte sie einfach schrecklich mitgenommen, dass die Angst um ihn und die anschließende Erleichterung sie dazu gebracht hätten, die Dinge noch einmal mit anderen Augen zu betrachten. Aber als die Wochen vergingen und sich nichts änderte, begann ich mir Sorgen zu machen. Manchmal, wenn ich in die Küche kam, stand sie reglos an der Spüle, die Hände im schaumigen Spülwasser, und starrte gedankenverloren aus dem Fenster. Dann war sie so geistesabwesend, als hätte sie vergessen, wer sie war und wo sie sich befand.

Genau in diesem Zustand fand ich sie an dem Abend vor, als ich mit ihr über unser Lesevergnügen reden wollte.

»Mum?«, sagte ich. Sie schien mich nicht gehört zu haben, und ich ging ein bisschen näher, blieb aber am Tisch stehen. »Mum?«

Sie wandte sich vom Fenster ab. »Ah, Edie. Hallo. Schön, nicht wahr, wie langsam die Sonne um diese Jahreszeit untergeht?«

Ich ging zu ihr ans Fenster, wo der letzte pfirsichfarbene Streifen gerade vom dunklen Himmel verschluckt wurde. Es war wirklich ein hübscher Anblick, aber andererseits auch nicht so spektakulär, dass sie ihm eine derart inbrünstige Aufmerksamkeit hätte widmen müssen.

Als sie weiterhin schwieg, räusperte ich mich. Ich erzählte ihr, dass ich angefangen hatte, meinem Vater den *Modermann* vorzulesen, dann erklärte ich ihr sehr vorsichtig, welche Umstände dazu geführt hatten, vor allem, dass es nicht geplant gewesen war. Sie wirkte abwesend, nickte kurz, als ich ihr berichtete, wie fasziniert mein Vater von dem Schloss war, das einzige Anzeichen, aus dem ich schließen konnte, dass sie mir überhaupt zuhörte. Nachdem ich alles erwähnt hatte, was mir wichtig erschien, wartete ich ab und wappnete mich für das, was kommen würde.

»Nett von dir, dass du deinem Vater vorliest, Edie. Es macht ihm Spaß.«

Das war nicht gerade die Antwort, mit der ich gerechnet hatte.

»Dieses Buch entwickelt sich allmählich zu einer Art Familientradition.« Ein angedeutetes Lächeln. »Ein Kamerad in Zeiten der Krankheit. Wahrscheinlich erinnerst du dich nicht mehr daran. Ich habe es dir mitgebracht, als du mit Mumps im Bett lagst. Du warst so unglücklich, da habe ich mir keinen anderen Rat mehr gewusst.«

Aha. Es war also wirklich meine Mutter gewesen. Nicht Miss

Perry, sondern sie hatte den *Modermann* für mich ausgesucht. Das perfekte Buch, der perfekte Zeitpunkt. Ich fand meine Stimme wieder. »Doch, ich erinnere mich daran.«

»Es ist gut, dass dein Vater etwas zum Nachdenken hat, während er im Bett liegt. Und noch besser ist, dass du ihm Gesellschaft leistest und er seine Gedanken mit dir teilen kann. Es kommt ihn ja kaum jemand besuchen. Andere Leute haben viel um die Ohren, seine Kollegen. Die meisten haben ihm eine Karte geschickt, und ich nehme an, seit er in Rente ist … Na ja, die Zeit geht weiter, nicht wahr? Es ist … es ist nicht leicht zu verdauen, wenn man merkt, dass die Leute einen vergessen haben.«

Sie wandte sich ab, aber ich konnte noch sehen, dass sie die Lippen zusammengepresst hatte. Ich hatte das Gefühl, dass wir nicht nur über meinen Vater sprachen, und weil damals alle Gedanken nach Milderhurst führten, zu Juniper Blythe und Thomas Cavill, fragte ich mich unwillkürlich, ob meine Mutter ihrer großen Liebe nachtrauerte, einer Beziehung, die sie eingegangen war, lange bevor sie meinen Vater kennengelernt hatte, als sie jung und leicht zu beeindrucken und leicht zu verletzen gewesen war. Je länger ich darüber nachdachte, je länger ich verstohlen ihr nachdenkliches Profil betrachtete, desto wütender wurde ich. Wer war dieser Thomas Cavill, der sich während des Kriegs aus dem Staub gemacht und zwei gebrochene Herzen zurückgelassen hatte? Das der armen Juniper, die in dem zerfallenden Schloss ihrer Familie dahinwelkte, und das meiner Mutter, die noch Jahrzehnte später ihren Kummer nicht loswurde.

»Nur eins, Edie …« Meine Mutter hatte sich wieder zu mir umgedreht und sah mich traurig an. »Es wäre mir lieber, wenn dein Vater nichts von meiner Evakuierung erfahren würde.«

»Dad weiß nicht, dass du evakuiert warst?«

»Doch, aber er weiß nicht, wo ich evakuiert war. Er weiß nichts von Milderhurst.«

Plötzlich betrachtete sie sehr eingehend ihre Hände, hob jeden Finger einzeln an, rückte ihren Ehering zurecht.

»Aber dir ist doch wohl klar«, sagte ich sanft, »dass er unglaublich beeindruckt wäre, wenn er wüsste, dass du mal dort gewohnt hast, oder?«

Ein zaghaftes Lächeln lockerte ihre Beherrschung, aber sie hob den Blick nicht von ihren Händen.

»Ich meine es ernst. Er ist völlig hingerissen von dem Schloss.«

»Trotzdem«, sagte sie. »Mir ist es lieber so.«

»Okay. Verstehe.« Ich verstand natürlich überhaupt nichts. In dem fahlen Licht der Straßenlaterne, das in die Küche fiel, wirkte sie auf einmal sehr verletzlich, wie eine andere Frau, jünger und irgendwie zerbrechlicher, und ich hakte nicht nach. Aber ich beobachtete sie weiterhin, sie wirkte so in Gedanken versunken, dass ich nicht wegschauen konnte.

»Weißt du, Edie«, sagte sie leise, »als ich noch klein war, hat meine Mutter mich um diese Zeit immer losgeschickt, um deinen Großvater aus dem Pub zu holen.«

»Wirklich? Ganz allein?«

»Das war nichts Ungewöhnliches damals, vor dem Krieg. Ich bin hingegangen, habe an der Tür gewartet, und wenn er mich gesehen hat, hat er mir zugewinkt und sein Glas ausgetrunken, und dann sind wir zusammen nach Hause gegangen.«

»Habt ihr beide euch nahgestanden?«

Sie legte den Kopf leicht schief. »Ich glaube, ich war ihm ein Rätsel. Und deiner Großmutter auch. Habe ich dir schon mal erzählt, dass sie wollte, dass ich nach der Schule Friseurin werde?«

»Wie Rita.«

Sie blinzelte und schaute auf die nachtschwarze Straße hinaus. »Ich glaube nicht, dass ich viel Talent dazu gehabt hätte.«

»Ich weiß nicht. Mit der Heckenschere gehst du jedenfalls sehr geschickt um.«

Nach kurzem Zögern lächelte sie mich von der Seite an, aber es war kein sehr natürliches Lächeln, und ich hatte das Gefühl, dass sie noch etwas sagen wollte. Ich wartete, aber was auch immer es gewesen sein mag, sie hatte es sich anders überlegt und sich wieder dem Fenster zugewandt.

Ich machte einen halbherzigen Versuch, mit ihr über ihre Schulzeit zu sprechen, wohl in der Hoffnung, dass sie Thomas Cavill erwähnen würde, aber sie ließ sich nicht darauf ein. Sie sagte nur, sie sei recht gern zur Schule gegangen, und fragte, ob ich eine Tasse Tee wolle.

Dass meine Mutter an dem Tag so wenig zugänglich war, hatte auch sein Gutes; so blieb mir eine Diskussion über meine Trennung von Jamie erspart. Da Verdrängung bei uns eine Art Familienhobby ist, fragte meine Mutter mich nicht nach Einzelheiten und kam mir nicht mit klugen Ratschlägen. So konnten wir beide an dem Mythos festhalten, dass ich mich ganz selbstlos entschlossen hatte, nach Hause zu kommen und sie bei der Pflege meines Vaters zu unterstützen.

Von Rita kann ich das leider nicht behaupten. Schlechte Nachrichten verbreiten sich schnell, und meine Tante ist eine wahre Freundin in der Not, ich hätte mich also nicht zu wundern brauchen, als sie mich, als ich zu Sams Junggesellinnenabschied im Roxy Club eintraf, gleich an der Tür abfing. Rita hakte sich bei mir ein und sagte: »Liebes, ich hab's schon gehört. Mach dir keine Sorgen, denk jetzt bloß nicht, dass du alt und unattraktiv bist und dazu verdammt, bis an dein Lebensende allein zu bleiben.«

Ich rief den Kellner, um mir was Hochprozentiges zu bestellen, und dachte beklommen, dass ich meine Mutter tatsächlich um ihren Abend mit meinem Vater und seiner Glocke beneidete.

»Viele lernen den Richtigen erst spät kennen«, fuhr Rita fort, »und werden mit ihm glücklich. Sieh dir nur deine Kusine an.« Rita zeigte auf Sam, deren Gesicht hinter dem Tanga eines braun gebrannten fremden Mannes auftauchte und mich angrinste. »Irgendwann bist du auch an der Reihe.«

»Danke, Tante Rita.«

»So«, sagte sie, »und jetzt amüsier dich und vergiss das alles.« Sie wollte sich schon ihr nächstes Opfer suchen, doch dann drehte sie sich noch einmal um und packte mich am Arm. »Beinahe hätte ich's vergessen«, sagte sie. »Ich hab dir was mitgebracht.« Sie kramte in ihrer Umhängetasche und brachte einen Schuhkarton zum Vorschein. Auf der Seite war ein Paar bestickte Hausschuhe abgebildet, wie sie meiner Großmutter gefallen hätten, und auch wenn ich mich über ein solches Geschenk sehr wunderte, muss ich gestehen, dass sie durchaus bequem aussahen. Und nicht einmal unpraktisch: Schließlich war ich jetzt abends immer ziemlich lange auf den Beinen.

»Danke«, sagte ich. »Wie nett.« Als ich die Schachtel öffnete, stellte ich jedoch fest, dass sie keine Hausschuhe, sondern Briefe enthielt.

»Die Briefe deiner Mutter«, sagte Rita mit einem diabolischen Lächeln. »Hatte ich dir doch versprochen. Lies sie nur, das wird dich aufmuntern.«

Eigentlich freute ich mich über die Briefe, und dennoch empfand ich plötzlich eine tiefe Abneigung gegen meine Tante Rita, als ich die kindlich verschnörkelte Handschrift auf sauber gezogenen Linien auf den Umschlägen sah. Als ich an das Mädchen dachte, dessen große Schwester es während der Evakuierung allein gelassen hatte, weil sie zusammen mit ihrer Freundin untergebracht werden wollte, sodass Meredith auf sich selbst gestellt war.

Ich legte den Deckel wieder auf den Karton, plötzlich bestrebt, die Briefe möglichst schnell fortzuschaffen. Diese unausgegorenen Gedanken und Träume des kleinen Mädchens, das in den Fluren von Schloss Milderhurst neben mir hergegangen war, das ich so gern besser kennenlernen wollte, gehörten nicht in den ausgelassenen Trubel dieses Clubs. Ich verabschiedete mich, als die Cocktails herumgereicht wurden, und nahm die Briefe mit nach Hause.

Es war stockdunkel, als ich ankam, und ich schlich auf Zehenspitzen nach oben, um unseren hauseigenen Glöckner nicht zu wecken. Meine Schreibtischlampe verbreitete schwaches Licht, das Haus machte seltsame Nachtgeräusche, und ich setzte mich mit dem Schuhkarton auf dem Schoß auf die Bettkante. Das war der entscheidende Augenblick, denke ich, der Moment, der über alles Weitere entschied. Vor mir gabelte sich ein Weg, und ich konnte den einen oder anderen wählen. Nach kurzem Zögern hob ich den Deckel von der Schachtel und nahm die Briefe heraus. Sofort fiel mir auf, dass sie nach Datum geordnet waren.

Ein Foto fiel mir auf die Knie, es zeigte zwei Mädchen, die in die Kamera lächelten. In dem kleinen, dunkelhaarigen erkannte ich meine Mutter – ernste, braune Augen, knochige Ellbogen, die Haare praktisch kurz geschnitten, wie meine Großmutter es bevorzugte –, das andere, ältere mit dem langen, blonden Haar war natürlich Juniper Blythe. Ich erkannte sie aus dem Buch, das ich mir in Milderhurst gekauft hatte. Das Kind mit den leuchtenden Augen, das erwachsen geworden war. Entschlossen legte ich das Foto und die Briefe zurück in den Karton, nur einen Brief nahm ich heraus und faltete ihn auseinander. Das Papier war so dünn, dass ich die feinen Narben, die die Füllfeder hinterlassen hatte, an den Daumen spürte. Der Brief war datiert vom 6. September 1939, wie säuberlich in der oberen rechten Ecke vermerkt war.

*Liebe Mum, lieber Dad,* stand da in großer, runder Handschrift, *Ihr fehlt mir beide sehr. Fehle ich Euch auch? Ich bin jetzt auf dem Land, und hier ist alles ganz anders. Erstens gibt es hier Kühe – wusstet Ihr, dass die tatsächlich »Muh« machen, und zwar ganz laut? Ich habe mich furchtbar erschrocken, als ich das zum ersten Mal gehört habe.*

*Ich wohne in einem richtigen Schloss, aber es sieht nicht so aus, wie man sich eins vorstellt. Es gibt keine Zugbrücke, aber einen Turm und drei Schwestern und einen alten Mann, den ich nie zu sehen kriege. Ich weiß nur, dass er hier ist, weil die Schwestern über ihn reden. Sie nennen ihn Daddy, und er ist Schriftsteller. Er schreibt richtige Bücher wie die in der Bücherei. Die jüngste Schwester heißt Juniper, sie ist siebzehn und sehr hübsch und hat große Augen. Sie hat mich nach Milderhurst mitgenommen. Wusstet Ihr übrigens, dass die Beeren, aus denen Gin gemacht wird, Juniperbeeren heißen?*

*Hier gibt es auch ein Telefon, wenn Ihr also Zeit habt und Mr. Waterman im Laden nichts dagegen hat, könntet Ihr …*

Ich hatte die erste Seite zu Ende gelesen, aber ich drehte sie nicht um. Ich saß reglos da, als würde ich nach etwas lauschen. Und ich glaube, das tat ich tatsächlich, denn die Stimme des kleinen Mädchens war aus dem Schuhkarton herausgeweht und hallte von den dunklen Wänden wider. *Ich bin jetzt auf dem Land … Sie nennen ihn Daddy … Es gibt einen Turm und drei Schwestern …* Briefe haben so etwas ganz Besonderes an sich. Ein Gespräch verklingt mit dem letzten Wort, aber das geschriebene Wort überdauert. Diese Briefe waren kleine Zeitreisende. Sie hatten fünfzig Jahre lang geduldig in ihrer Schachtel gelegen und darauf gewartet, dass ich sie fand.

Die Scheinwerfer eines vorbeifahrenden Autos warfen Lichtstreifen durch meine Vorhänge, silberne Zacken huschten über die Zimmerdecke. Dann wurde es wieder still und dunkel. Ich drehte die Seite um und las weiter, und während ich las, entstand ein Druck in meiner Brust, als würde etwas Festes, Warmes von innen gegen meine Rippen gedrückt. Das Gefühl war so ähnlich wie Erleichterung und seltsamerweise zugleich wie das Stillen von einer Art Heimweh. Was überhaupt keinen Sinn ergab, nur dass die Stimme des kleinen Mädchens so vertraut klang, dass das Lesen der Briefe sich wie das Wiedersehen mit einer alten Freundin anfühlte. Einer Freundin, die ich vor langer Zeit gekannt hatte …

# 1

## London, 4. September 1939

Meredith hatte ihren Vater noch nie weinen sehen. Das taten Väter nicht, vor allem ihrer nicht (und er weinte auch nicht richtig, noch nicht, aber er war nahe dran), und daher wusste sie, dass es nicht stimmte, was man ihnen erzählt hatte. Sie gingen gar nicht auf eine Abenteuerfahrt, und es würde auch nicht bald vorbei sein. Dieser Zug würde sie aus London fortbringen, und alles würde anders werden. Als sie sah, wie Dads breite Schultern zitterten, wie sein kantiges Gesicht sich so seltsam verzog, der Mund so fest zusammengekniffen, dass die Lippen fast nicht mehr zu sehen waren, hätte sie am liebsten geschrien wie Mrs. Pauls Baby, wenn es Hunger hatte. Aber sie tat es nicht, sie konnte nicht, solange Rita neben ihr saß und nur auf einen weiteren Grund wartete, sie zu kneifen. Sie hob nur eine Hand, und ihr Vater ebenso, dann tat sie so, als hätte jemand sie gerufen, und drehte sich um, damit sie ihn nicht mehr ansehen musste und sie beide aufhören konnten, so schrecklich tapfer zu sein.

In der Schule hatte es im Sommer Übungen gegeben, und Dad hatte abends immer wieder erzählt, wie er als Junge mit seiner Familie nach Kent gefahren war, um bei der Hopfenernte zu helfen, hatte geschwärmt, wie sonnig die Tage gewesen waren, wie sie am Lagerfeuer gesungen hatten, wie schön es auf dem Land gewesen war, so grün und duftend und endlos weit. Meredith hatte den Geschichten fasziniert gelauscht, aber sie hatte auch hin und wieder einen verstohlenen Blick zu Mum geworfen, und da hatte sich der Knoten in ihrem Bauch gebildet, eine böse Vorahnung, die sie nicht mehr losgelassen hatte. Mum hatte an der Spüle gestanden, dünn und knochig, und hatte die Töpfe und Pfannen mit einem Feuereifer geschrubbt, wie sie es immer tat, wenn etwas Schlimmes bevorstand.

Und wenige Tage später hatte sie ihre Eltern zum ersten Mal streiten hören. Mum sagte, dass sie eine Familie seien und zusammenbleiben und das gemeinsam durchstehen müssten und dass eine Familie, die einmal auseinandergerissen würde, nie wieder wie vorher sein würde. Dad hatte ihr ganz ruhig geantwortet, dass es stimmte, was auf den Plakaten stand, dass Kinder auf dem Land sicherer seien, dass es nicht für lange sei, und dann würden sie alle wieder zusammenkommen. Danach war es still gewesen, und Meredith hatte angestrengt gelauscht, dann hatte Mum gelacht, aber nicht fröhlich. Sie sei nicht von gestern, hatte sie gesagt, und eins wisse sie mit Sicherheit, nämlich dass man Regierungen und Männern in feinen Anzügen nicht trauen könne, und wenn einem die Kinder einmal weggenommen würden, dann wisse Gott allein, wann man sie zurückbekam und in welcher Verfassung, und dann hatte sie ein paar von den Wörtern geschrien, für die Rita eine Ohrfeige bekam, wenn sie sie benutzte, und gesagt, wenn er sie liebe, würde er ihre Kinder nicht fortschicken, und dann hatte Dad versucht, sie zu beruhigen, und Mum hatte geschluchzt, und dann hatten sie noch weitergeredet, aber Meredith hatte sich das Kissen über den Kopf gezogen, um Ritas Schnarchen und alles andere nicht mehr hören zu müssen.

Danach hatte niemand mehr von Evakuierung gesprochen,

jedenfalls ein paar Tage lang, bis Rita eines Nachmittags nach Hause gerannt kam und berichtete, dass die öffentlichen Schwimmbäder geschlossen worden waren und an den Eingängen neue, große Plakate hingen. »Auf jeder Seite eins«, hatte sie gesagt, mit großen Augen angesichts der unheilvollen Nachricht. »Auf dem einen steht ›Kontaminierte Frauen‹ und auf dem anderen ›Kontaminierte Männer‹.« Mum hatte die Hände gerungen, und Dad hatte nur »Gas« gesagt, und damit war das Thema erledigt gewesen. Am nächsten Tag hatte Mum den einzigen Koffer, den sie besaßen, vom Dachboden geholt und alle Kopfkissenbezüge, die sie entbehren konnten, dazu und hatte angefangen, alles einzupacken, was auf der Liste stand, die sie in der Schule bekommen hatten – nur für alle Fälle: Unterhosen, einen Kamm, Taschentücher und je ein nagelneues Nachthemd für Rita und Meredith, was Dad ziemlich überflüssig fand, aber Mum hatte seine Bemerkung mit einem bösen Blick quittiert. »Glaubst du etwa, ich lasse meine Kinder in Lumpen zu Fremden ins Haus gehen?« Von da an hatte Dad nichts mehr gesagt, und obwohl Meredith wusste, dass ihre Eltern bis Weihnachten brauchen würden, um die neuen Sachen abzubezahlen, freute sie sich über das neue Nachthemd, das so frisch und weiß war und das erste, das sie nicht von Rita erbte …

Und jetzt wurden sie tatsächlich fortgeschickt, und Meredith würde alles darum geben, dass sie ihren Wunsch zurücknehmen könnte. Meredith war nicht mutig, nicht so wie Ed, und sie war auch nicht laut und selbstbewusst wie Rita. Sie war schüchtern und unbeholfen und ganz anders als alle anderen in der Familie. Sie setzte sich anders hin, stellte ihre Füße nebeneinander auf ihren Koffer und betrachtete ihre blitzblanken Schuhe. Dann verscheuchte sie das Bild von Dad, wie er die Schuhe am Abend zuvor gewienert und dann abgestellt hatte, wie er, die Hände in den Hosentaschen vergraben, im Zimmer auf und ab gegangen war und dann wieder von Neuem angefangen hatte, die Schuhe zu polieren. Als könnte er, indem er Schuhcreme auftrug, sie tief in das Leder einrieb und es dann polierte, bis es glänzte, irgendwie die unermesslichen Gefahren abwenden, die vor ihnen lagen.

»Mu-mmy! Mu-mmy!«

Der Schrei kam vom anderen Ende des Waggons, und als Meredith in die Richtung schaute, sah sie einen kleinen Jungen, noch fast ein Baby, der sich an seine Schwester klammerte und mit den Händen gegen die Fensterscheibe schlug. Seine Wangen waren tränennass, und die Haut unter seiner Nase war gerötet. »Ich will bei meiner Mummy bleiben!«, schrie er. »Ich will bei meiner Mummy bleiben!«

Meredith konzentrierte sich auf ihre Knie, rieb sich die rote Stelle, die ihre Gasmaske hinterlassen hatte, als sie auf dem Weg von der Schule zum Bahnhof gegen ihr Bein geschlenkert war. Dann schaute sie wieder aus dem Fenster, sie konnte einfach nicht anders; schaute zu dem Geländer hoch, wo die Erwachsenen dicht gedrängt standen. Er war immer noch da, konnte sich nicht losreißen, lächelte immer noch das fremde Lächeln, das sein normales Dad-Gesicht verzerrte, und plötzlich bekam Meredith kaum noch Luft, ihre Brille beschlug, und während sie sich wünschte, die Erde würde sich auftun und sie verschlucken, damit das alles vorbei wäre, blieb ein Teil von ihr ganz unberührt und überlegte, welche Worte sie benutzen würde, falls man sie fragte, wie es sich anfühlte, wenn die Angst ihr die Lunge einschnürte. Als Rita laut über etwas lachte, was ihre Freundin gerade gesagt hatte, schloss Meredith die Augen.

Es hatte am vergangenen Vormittag genau um Viertel nach elf angefangen. Sie hatte mit ihrem Notizbuch vor dem Haus gesessen, die Beine vor sich auf den Stufen ausgestreckt, und geschrieben, während sie Rita beobachtete, die auf der anderen Straßenseite dem widerlichen Luke Watson mit den großen, gelben Zähnen schöne Augen machte. Die Bekanntmachung war aus dem Radio im Nachbarhaus gekommen, die Worte waren leise aus dem Fenster geweht. Neville Chamberlain, mit seiner ernsten Stimme und seiner langsamen Art zu sprechen, hatte erklärt, dass die Deutschen nicht auf das Ultimatum reagiert hätten und man sich jetzt im Krieg gegen Deutschland befände. Dann war die Nationalhymne ertönt, und gleich darauf war Mrs. Paul aus der Tür gekommen, den Holzlöffel in der Hand, von dem noch Teig von ihrem Yorkshire-Pudding tropfte, und nach ihr war Mum herausgekommen und alle anderen in der Straße. Alle waren vor ihren Häusern stehen geblieben, hatten einander angesehen, Verwirrung, Angst und Unsicherheit stand ihnen ins Gesicht geschrieben, und dann hatten alle nacheinander ungläubig gemurmelt: »Es ist so weit.«

Acht Minuten später hatte es Fliegeralarm gegeben, und die Hölle war losgebrochen. Die alte Mrs. Nicholson war hysterisch auf der Straße hin und her gelaufen und hatte abwechselnd das Vaterunser gebetet und ihrer aller Untergang beschworen. Moira Seymour, die Leiterin der örtlichen Zivilschutzgruppe, hatte, glühend vor Erregung, die schwere Ratsche geschwungen, das Signal für einen Gasangriff, woraufhin alle losgerannt waren, um ihre Gasmasken zu holen, und Inspector Whitely hatte sich auf seinem Fahrrad durch das Chaos geschlängelt, ein Pappschild auf dem Rücken, auf dem stand: »Alle in die Schutzräume!«

Meredith hatte den Tumult mit großen Augen beobachtet und dann in den Himmel geschaut in der Erwartung, dort feindliche Flugzeuge zu sehen, hatte sich gefragt, wie die wohl aussehen mochten, wie es sich anfühlen würde, wenn sie kamen, ob sie schnell genug würde schreiben können, um alles festzuhalten, doch dann hatte Mum sie am Arm gepackt und sie und Rita zu dem Schutzgraben im Park gezerrt. Dabei war Meredith ihr Notizheft aus der Hand gefallen, die Leute waren darübergetrampelt, und als sie sich losgerissen hatte, um es aufzuheben, hatte Mum sie angeschrien, dazu hätten sie keine Zeit, ihr Gesicht war ganz weiß gewesen, fast zornig, und Meredith wusste, dass ihr am Abend eine ordentliche Standpauke blühte, wenn nicht Schlimmeres, aber sie hatte keine Wahl gehabt. Das Heft zurückzulassen war nicht infrage gekommen. Sie war losgerannt, hatte sich unter den Ellbogen ihrer verängstigten Nachbarn geduckt, das Heft aufgehoben – das ziemlich dreckig, aber sonst noch unversehrt war – und war zu ihrer wütenden Mutter gelaufen, deren Gesicht jetzt nicht mehr weiß gewesen war, sondern rot wie Heinz-Tomatenketchup. Als sie den Unterstand erreichten und feststellten, dass sie ihre Gasmasken vergessen hatten, ertönte das Entwarnungssignal. Mum hatte ihr einen Schlag auf den Hintern verpasst und beschlossen, ihre Kinder am nächsten Tag evakuieren zu lassen.

»Hallo, Kleine.«

Als Meredith ihre feuchten Augen öffnete, sah sie Mr. Cavill im Gang stehen. Sofort wurden ihre Wangen warm, und sie lächelte und fluchte innerlich darüber, dass sie an Rita denken musste, die nach Luke Watson schielte.

»Darf ich mal einen Blick auf dein Namensschild werfen?«

Sie trocknete sich die Augen unter ihrer Brille und lehnte sich vor, damit er das Pappschild lesen konnte, das sie um den Hals hatte. Überall um sie herum waren lärmende Menschen, die lachten, weinten, schrien und durcheinanderliefen, aber einen Moment lang waren sie und Mr. Cavill allein inmitten des Trubels. Meredith hielt den Atem an, spürte, wie ihr Herz pochte, sah, wie seine Lippen sich bewegten, als er die Worte las, ihren Namen, sah sein Lächeln, als er festgestellt hatte, dass alles korrekt war.

»Ah, ich sehe, du hast deinen Koffer. Hat deine Mutter dir alles eingepackt, was auf der Liste stand? Brauchst du noch irgendetwas?«

Meredith nickte; dann schüttelte sie den Kopf. Errötete, als ihr Worte in den Sinn kamen, die sie *niemals* aussprechen durfte: *Ich möchte, dass Sie auf mich warten, Mr. Cavill. Bis ich ein bisschen älter bin – vierzehn vielleicht, oder fünfzehn –, damit wir beide heiraten können.*

Mr. Cavill notierte sich etwas auf einem Blatt, dann steckte er die Kappe auf seinen Füller. »Die Zugfahrt wird eine Weile dauern, Merry. Hast du etwas dabei, womit du dich beschäftigen kannst?«

»Mein Notizbuch.«

Da lachte er, denn er hatte es ihr geschenkt, als Belohnung dafür, dass sie bei den Prüfungen so gut abgeschnitten hatte. »Natürlich«, sagte er. »Genau das Richtige. Schreib schön alles auf. Alles, was du siehst und denkst und empfindest. Deine Stimme gehört dir, sie ist wichtig.« Er gab ihr einen Schokoriegel und zwinkerte ihr zu, und sie lächelte, als sie ihm nachschaute, wie er weiter den Gang entlangging, und ihr das Herz anschwoll, bis es fast zersprang.


Das Notizbuch war Merediths kostbarster Besitz. Das erste richtige Tagebuch, das sie je besessen hatte. Sie hatte es jetzt schon seit zwölf Monaten, aber sie hatte noch kein einziges Wort hineingeschrieben, nicht einmal ihren Namen. Wie sollte sie auch? Meredith liebte das hübsche kleine Buch so sehr, den glatten Ledereinband, die perfekten Linien auf den Seiten, das in den Rücken eingearbeitete Bändchen, das als Lesezeichen diente, dass es ihr wie ein Sakrileg vorkommen würde, wenn sie es mit ihrem Geschreibsel, ihren langweiligen Geschichten über ihr langweiliges Leben entweihte. Sie hatte es schon oft aus seinem Versteck genommen, es eine Weile in den Händen gehalten und es genossen, etwas so Schönes ihr Eigen zu nennen, und es dann wieder weggepackt.

Mr. Cavill hatte versucht, sie davon zu überzeugen, dass das, was sie schrieb, lange nicht so wichtig war wie die Art und Weise, *wie* sie es schrieb. »Keine zwei Menschen werden jemals dasselbe wahrnehmen oder empfinden, Merry. Es kommt darauf an, wahrhaftig zu sein, wenn du schreibst. Gib dich nicht mit einem *Ungefähr* zufrieden. Wähle nicht die einfachsten Sätze, die dir in den Sinn kommen. Such nach den Worten, die *genau* das ausdrücken, was du denkst. Was du empfindest.« Und dann hatte er sie gefragt, ob sie verstanden habe, was er meinte, und dabei hatte er sie mit seinen dunklen, durchdringenden Augen angesehen, und sie hatte gespürt, wie sehr er sich wünschte, dass sie die Dinge so sah, wie er es tat. Da hatte sie genickt, und einen Augenblick lang war es gewesen, als hätte sich eine Tür zu einer Welt geöffnet, die ganz anders war als die, in der sie lebte …

Meredith seufzte und riskierte einen Blick zu Rita hinüber, die sich mit den Fingern durch den Pony fuhr und so tat, als bekäme sie nicht mit, wie Billy Harris sie von seinem Platz auf der anderen Seite aus anhimmelte. Sehr gut. Dass Rita mitbekam, was sie für Mr. Cavill empfand, war das Letzte, was sie gebrauchen konnte, aber für Rita drehte sich alles so sehr um Jungs und Lippenstift, dass sie sich für nichts anderes mehr interessierte. Und Meredith hoffte, dass das so blieb, damit sie in Ruhe ihr Tagebuch führen konnte. (Natürlich würde sie nicht ihr kostbares Buch benutzen. Für diesen Zweck hatte sie alle möglichen losen Blätter gesammelt, die sie zusammengefaltet vorne in ihrem wertvollen Buch aufbewahrte. Auf diesen Blättern schrieb sie ihre Berichte und sagte sich, dass sie sich vielleicht eines Tages trauen würde, das echte Tagebuch einzuweihen.)

Dann riskierte Meredith noch einen Blick nach draußen zu ihrem Dad, bereit, schnell genug wegsehen zu können, falls er gerade zu ihr herüberschaute, aber als sie die Menge nach seinem vertrauten Gesicht absuchte, anfangs flüchtig, dann mit wachsender Panik, stellte sie fest, dass er nicht mehr da war. Die Gesichter hatten sich verändert, die Mütter weinten immer noch, manche winkten mit Taschentüchern, andere bemühten sich, tapfer zu lächeln, aber von ihm war keine Spur zu entdecken. Wo er gestanden hatte, war jetzt eine Lücke, die gerade von jemand anderem eingenommen wurde, und nachdem sie noch eine Weile nach ihm Ausschau gehalten hatte, wurde ihr klar, dass er tatsächlich gegangen war. Ohne dass sie es mitbekommen hatte.

Den ganzen Vormittag über hatte sie sich zusammengenommen, hatte gegen die Traurigkeit angekämpft, aber auf einmal fühlte sie sich so elend, so klein und verängstigt, dass sie anfing zu weinen. Sie wurde von Gefühlen überwältigt, und Tränen liefen ihr über die Wangen. Was für ein schrecklicher Gedanke, dass er womöglich die ganze Zeit dort gestanden hatte, dass er gesehen hatte, wie sie ihre Schuhe bewunderte, wie sie mit Mr. Cavill redete, über ihr Tagebuch nachdachte, dass er sich gewünscht hatte, sie möge zu ihm hochschauen, lächeln, zum Abschied winken, dass er es irgendwann aufgegeben hatte und nach Hause gegangen war in der Überzeugung, dass ihr das alles gar nichts ausmachte …

»Hör bloß auf damit«, sagte Rita. »Sei nicht so eine Heulsuse. Wenigstens erleben wir mal was.«

»Meine Mum sagt, man darf den Kopf nicht aus dem Fenster stecken, sonst wird er von einem entgegenkommenden Zug abgerissen.« Das war Ritas Freundin Carol, sie war vierzehn und genauso neunmalklug wie ihre Mutter. »Und man darf niemand, der einen fragt, den Weg erklären. Das könnte nämlich ein deutscher Spion sein, der nach Whitehall will. Die bringen auch Kinder um.«

Meredith verbarg ihr Gesicht in den Händen, schluchzte noch ein bisschen und wischte sich dann die Wangen ab, als der Zug sich in Bewegung setzte. Ein Heidenlärm brach los, Eltern riefen ihren Kindern zum Abschied etwas zu, die Kinder im Zug riefen etwas zurück, es dampfte und zischte, Pfeifen schrillten, und Rita neben ihr lachte, und dann fuhren sie aus dem Bahnhof hinaus. Ratterten und rumpelten über die Gleise. Ein paar Jungs, die ihre Sonntagsanzüge trugen, obwohl Montag war, liefen auf dem Gang von Fenster zu Fenster, schlugen gegen die Scheiben, grölten und winkten, bis Mr. Cavill ihnen befahl, sich auf ihre Plätze zu setzen und die Türen nicht zu öffnen. Meredith lehnte die Stirn gegen das Fenster, aber anstatt die traurigen, grauen Gesichter am Straßenrand zu sehen, die um die Stadt weinten, die ihre Kinder verlor, beobachtete sie voller Staunen, wie große, silberne Ballons langsam aufstiegen und in der leichten Brise über London trieben wie seltsame, schöne Lebewesen.

# 2

*Dorf Milderhurst, 4. September 1939*

Das Fahrrad hatte zwanzig Jahre lang im Stall allein dem Bau von Spinnweben gedient, und Percy zweifelte nicht daran, dass sie im Dorf damit für einiges Aufsehen sorgen würde. Die Haare mit einem Gummiband zusammengehalten, den Rock zusammengerafft und zwischen die Knie gestopft. Ihre Sittsamkeit würde die Fahrt problemlos überleben, aber sie gab sich nicht der Illusion hin, dass sie eine elegante Figur machte.

Das Kriegsministerium hatte davor gewarnt, Fahrräder in die Hände des Feindes geraten zu lassen, aber sie hatte den alten Drahtesel trotzdem wieder hervorgeholt. Wenn an den Gerüchten, die derzeit kursierten, etwas dran war und die Regierung mit drei Kriegsjahren rechnete, dann würde über kurz oder lang der Treibstoff rationiert werden, und sie brauchte nun mal einen fahrbaren Untersatz. Das Fahrrad hatte früher einmal Saffy gehört, aber sie benutzte es schon lange nicht mehr; Percy hatte es aus dem Stall geholt und geputzt und war so lange damit vor dem Haus herumgefahren, bis sie sich einigermaßen sicher fühlte. Sie hatte gar nicht damit gerechnet, dass ihr das Fahrradfahren so viel Spaß machen würde, und sie konnte sich beim besten Willen nicht erinnern, warum sie sich damals nicht auch eins angeschafft hatte, warum sie dieses Vergnügen erst entdeckt hatte, als sie eine Frau mittleren Alters war, die erste graue Haare bekam. Und es war, vor allem in diesem herrlichen Altweibersommer, wirklich ein Vergnügen, die Brise auf ihren erhitzten Wangen zu spüren, wenn sie an den Hecken entlangradelte.

Percy erreichte die Hügelkuppe und lächelte beglückt, als sie leicht vorgebeugt in die nächste Senke hinunterrollte. Die ganze Landschaft leuchtete wie vergoldet, Vögel zwitscherten in den Bäumen, die warme Luft flimmerte. Sie genoss den September in Kent so sehr, dass sie sich fast hätte einbilden können, sie hätte die gestrige Ankündigung nur geträumt. Sie nahm die Abkürzung durch die Blackberry Lane, fuhr am See vorbei, sprang vom Fahrrad und schob es über den schmalen Pfad, der am Bachufer entlangführte.

Das erste Paar kam ihr entgegen, als sie den Tunnel erreichte, ein junger Mann und eine junge Frau, nicht viel älter als Juniper, die Gasmasken über die Schulter gehängt. Sie gingen Hand in Hand, in ein leises, ernstes Gespräch vertieft, die Köpfe zusammengesteckt, sodass sie Percy kaum wahrnahmen.

Kurz darauf tauchte ein zweites, ähnliches Paar auf, dann ein drittes. Percy nickte dem letzten Pärchen zum Gruß zu und wünschte auf der Stelle, sie hätte es nicht getan. Die junge Frau lächelte ihr schüchtern zu und schmiegte sich noch enger an ihren Freund, und die beiden schauten einander so liebevoll und zärtlich an, dass Percy errötete angesichts ihrer Taktlosigkeit. Die Blackberry Lane war schon in Percys Jugend ein bevorzugtes Plätzchen für Liebespaare gewesen. Wer wüsste das besser als sie. Sie war selbst einmal verliebt gewesen, und sie hatten sich jahrelang unter größter Heimlichkeit getroffen, nicht zuletzt, weil nicht die geringste Aussicht bestand, ihr Verhältnis durch eine Heirat für rechtsgültig zu erklären.

Sie hätte sich leicht jemand anders aussuchen können, es hatte genug geeignete Kandidaten gegeben, Männer, mit denen sie sich in der Öffentlichkeit hätte sehen lassen können, ohne Gefahr zu laufen, Schande über die Familie zu bringen, aber die Liebe ist keine kluge Beraterin, jedenfalls nicht nach Percys Erfahrung, denn sie scherte sich nicht um gesellschaftliche Normen, um Klassenunterschiede, Anstand oder gesunden Menschenverstand. Und obwohl Percy stets so stolz gewesen war auf ihren Pragmatismus, hatte sie der Liebe ebenso wenig widerstehen können wie dem Bedürfnis, Atem zu holen. Sie hatte sich in ihr Schicksal gefügt und akzeptiert, dass sie sich ihr Leben lang mit verstohlenen Blicken, heimlich zugesteckten Briefen und hin und wieder einem seltenen, kostbaren Stelldichein begnügen musste.

Percys Wangen glühten, während sie ihr Rad schob. Kein Wunder, dass sie sich diesen jungen Liebespaaren so verbunden fühlte. Sie ging mit gesenktem Kopf, den Blick auf den von Laub bedeckten Weg geheftet, bemüht, niemanden in Verlegenheit zu bringen, bis sie auf die Straße gelangte, wo sie wieder auf ihr Fahrrad stieg und ins Dorf fuhr. Sie fragte sich, wie es sein konnte, dass die mächtige Kriegsmaschinerie bereits in Gang gesetzt war, wo die Welt doch immer noch so schön war, die Vögel sangen, die Blumen auf den Wiesen blühten und die Herzen der Liebenden schlugen.

Sie fuhren an grauen, rußigen Gebäuden vorbei und hatten London noch nicht verlassen, als Meredith merkte, dass sie pinkeln musste. Sie kniff die Schenkel zusammen und drückte ihren Koffer fester auf den Schoß, während sie sich fragte, wo die Reise eigentlich hinging und wie lange sie noch dauern würde. Sie war verschwitzt und müde. Sie hatte alle ihre Marmeladenbrote schon aufgegessen und hatte kein bisschen Hunger, aber sie langweilte sich und fühlte sich verwirrt, und sie war sich ziemlich sicher, dass sie gesehen hatte, wie ihre Mum am Morgen eine große Packung Schokoladenkekse in ihren Koffer gepackt hatte. Sie öffnete die Schnappverschlüsse, hob den Deckel ein ganz klein wenig und versuchte, hineinzulugen. Schließlich schob sie eine Hand unter den Deckel und tastete vorsichtig nach den Keksen. Natürlich hätte sie den Koffer ganz öffnen können, aber sie wollte Ritas Aufmerksamkeit nicht auf sich lenken.

Da war der Mantel, an dem Mum nächtelang genäht hatte, weiter links eine Dose Kondensmilch, die Meredith sofort nach der Ankunft ihrer Gastfamilie überreichen sollte, dahinter ein halbes Dutzend kleine Handtücher, deren Verwendungszweck Mum ihr in einem hochnotpeinlichen Gespräch erklärt hatte. »Es ist durchaus möglich, dass du zur Frau wirst, während ihr auf dem Land seid«, hatte Mum gesagt. »Rita kann dir helfen, aber du musst auf jeden Fall darauf vorbereitet sein.« Rita hatte gegrinst, und Meredith hatte sich geschüttelt und überlegt, wie groß die Chance war, dass sie sich als seltene biologische Ausnahme entpuppte. Sie fuhr mit den Fingern über den weichen Einband des Notizbuchs. Und dann – Bingo! Darunter ertastete sie die Papiertüte mit den Keksen. Die Schokolade war ein bisschen geschmolzen, aber es gelang ihr, einen Keks von den anderen zu lösen. Sie drehte sich mit dem Rücken zu Rita und knabberte sich langsam vom Rand bis zur Mitte vor.

Hinter ihr hatte ein Junge das vertraute Lied der Luftschutzhelfer angestimmt –

> *Under the spreading chestnut tree*
> *Neville Chamberlain said to me:*
> *If you want to get your gas mask free,*
> *Join the blinking ARP!*

– und ihr Blick wanderte zu ihrer Gasmaske. Meredith stopfte sich den Rest von ihrem Keks in den Mund und wischte ein paar Krümel vom Kofferdeckel. Diese blöde Maske. Sie stank ekelhaft nach Gummi, und es tat an der Haut weh, wenn man sie abnahm. Mum hatte ihnen das Versprechen abgenommen, ihre Gasmasken immer bei sich zu tragen und bei jedem Alarm aufzusetzen, und Meredith, Ed und Rita hatten widerstrebend genickt. Später hatte Meredith gehört, wie Mum zu Mrs. Paul von nebenan gesagt hatte, eher würde sie bei einem Gasangriff sterben, als unter dieser Maske zu ersticken. Daraufhin hatte Meredith sich fest vorgenommen, ihre Maske bei der erstbesten Gelegenheit zu verlieren.

Ein paar Leute standen in ihren kleinen Gärten und winkten ihnen zu. Plötzlich kniff Rita sie in den Arm, dass sie aufschrie: »Was soll das?« Sie rieb sich die schmerzende Stelle.

»Sieh mal, die netten Leute da draußen, die wollen was geboten kriegen«, sagte Rita mit einer Kopfbewegung in Richtung Fenster. »Sei keine Spielverderberin, Merry, heul ihnen ein bisschen was vor.«

Schließlich ließen sie die Stadt hinter sich und fuhren durch grüne Landschaften. Der Zug ratterte über die Schienen, verlangsamte hin und wieder das Tempo, wenn sie einen Bahnhof passierten, aber alle Schilder waren abmontiert worden, sodass sie keine Ahnung hatten, wo sie sich befanden. Meredith musste eingenickt sein, denn plötzlich wurde sie aus dem Schlaf gerissen, als der Zug quietschend zum Stehen kam. Es gab nichts zu sehen, nur Wiesen und bewaldete Hügel am Horizont und hin und wieder ein paar Vögel, die über den blauen Himmel flogen. Einen glückseligen Augenblick lang dachte Meredith, sie würden umkehren und wieder nach Hause fahren. Vielleicht hatte Deutschland ja eingesehen, dass England nicht mit sich spaßen ließ, vielleicht war der Krieg ja schon vorbei, und sie brauchten nicht mehr aufs Land zu fahren.

Aber es sollte nicht sein. Nachdem sie ziemlich lange gewartet hatten und Roy Stanley, der eine ganze Dose Ananas geleert hatte, schon wieder aus dem Fenster gekotzt hatte, befahl man ihnen, aus dem Zug zu steigen und sich in Reihen aufzustellen. Sie bekamen alle eine Spritze, ihre Haare wurden auf Läuse untersucht, dann mussten sie wieder einsteigen, und weiter ging die Fahrt. Sie hatten nicht einmal Gelegenheit bekommen, zur Toilette zu gehen.

Danach war es still im Zug, selbst die ganz Kleinen waren zu erschöpft zum Weinen. Sie fuhren und fuhren, stundenlang, so schien es Meredith, und sie begann sich zu fragen, wie groß England eigentlich war und ob sie jemals eine Küste erreichen würden. Womöglich, dachte sie, waren sie einem Riesenkomplott zum Opfer gefallen, womöglich war der Lokomotivführer ein Deutscher, der sich mit Englands Kindern aus dem Staub machte. Die Theorie war zwar nicht ganz logisch – was sollte Hitler denn mit Tausenden neuen Bürgern anfangen, die wahrscheinlich noch alle ins Bett machten? –, aber Meredith war inzwischen zu müde, zu durstig und zu unglücklich, um noch logisch denken zu können. Sie kniff die Schenkel noch fester zusammen und zählte stattdessen die Felder. Felder und Felder und Felder, und Gott allein wusste, wo man sie hinbrachte und was sie dort erwartete.

Jedes Haus hat ein Herz, ein Herz, das geliebt hat, ein Herz, das in Zufriedenheit geschwelgt hat, ein Herz, das gebrochen wurde. Das Herz von Schloss Milderhurst war größer als die meisten, und es schlug kräftiger. Es pochte und stockte, raste und beruhigte sich in dem kleinen Zimmer hoch oben im Turm. Das Zimmer, in dem Raymond Blythes Urururururgroßvater über seinen Sonetten für Königin Elizabeth geschwitzt hatte, aus dem eine Großtante geflohen war, um sich mit Lord Byron zu vergnügen, und auf dessen steinernem Sims ein Schuh von Raymond Blythes Mutter zurückgeblieben war, als sie sich aus dem schmalen Fenster in den von der Sonne erwärmten Schlossgraben gestürzt hatte, während ihr letztes Gedicht auf einem handgeschöpften Blatt Papier hinter ihr her flatterte.

Raymond Blythe stand an seinem mächtigen Eichenschreibtisch und stopfte seine Pfeife. Nach dem Tod seines jüngsten Bruders Timothy hatte seine Mutter sich in dieses Zimmer zurückgezogen und sich ihrer Trauer hingegeben. Hin und wieder hatte er sie am Fenster gesehen. Von der Grotte oder vom Lustgarten oder vom Waldrand aus hatte er ihren kleinen Kopf ausmachen können, wenn sie am Fenster saß und auf die Felder, auf den See hinaus schaute, ihr elfenbeinfarbenes Profil – wie auf der Brosche, die sie immer trug, ein Erbstück ihrer Mutter, der französischen Gräfin, die Raymond nie kennengelernt hatte. Manchmal war er den ganzen Tag draußen geblieben, war zwischen den Hopfenpflanzen hin und her gesprungen, aufs Scheunendach geklettert in der Hoffnung, sie möge ihn bemerken, sich Sorgen um ihn machen, ihn ausschelten. Aber das tat sie nie. Die Kinderfrau hatte ihn jedes Mal ins Haus gerufen, sobald es Abend wurde.

Aber das war lange her und er ein närrischer alter Mann geworden, der sich in seinen verblassenden Erinnerungen verirrte. Seine Mutter war nur mehr eine einstmals verehrte Dichterin, um die sich Legenden zu ranken begannen, wie das Legenden so an sich hatten – das Flüstern einer Sommerbrise, die Verheißung von Sonnenlicht an einer kahlen Wand – *Mummy* ... Er war sich nicht einmal mehr sicher, ob er sich noch an ihre Stimme erinnern konnte.

Jetzt gehörte das Zimmer ihm, Raymond Blythe, dem Herrn über Schloss Milderhurst. Er war der erstgeborene Sohn seiner Mutter, ihr Erbe und neben ihren Gedichten ihr bedeutendstes Vermächtnis. Ein eigenständiger Schriftsteller, dem Respekt entgegengebracht wurde und der – das war nichts als die Wahrheit, konterte er, als sich die Stimme der Bescheidenheit meldete – einen gewissen Ruhm erworben hatte, genau wie seine Mutter vor ihm. Hatte sie, als sie ihm das Schloss und ihre Leidenschaft für das geschriebene Wort vererbt hatte, geahnt, fragte er sich oft, dass er ihre Erwartungen erfüllen würde? Dass er eines Tages seinen Teil dazu beitragen würde, seine Familie in literarischen Zirkeln berühmt zu machen?

Raymond fasste sich an sein lädiertes Knie, das plötzlich schmerzte, und streckte das Bein, bis die Spannung nachließ. Er humpelte ans Fenster, lehnte sich gegen den Sims, während er ein Streichholz anriss. Der Tag war beinahe perfekt. Während er an seiner Pfeife zog, um den Tabak zum Glühen zu bringen, ließ er den Blick mit zusammengekniffenen Augen über die Felder, die Einfahrt, den Rasen, den Cardarker-Wald wandern. Über das große, verwilderte Milderhurst, das ihn aus London hergerufen hatte, dessen Ruf ihn selbst auf den französischen Schlachtfeldern erreicht hatte, das schon immer seinen Namen gekannt hatte.

Was würde aus Milderhurst werden, wenn er einmal nicht mehr da war? Raymond wusste, dass sein Arzt die Wahrheit sagte; er war nicht dumm, nur alt. Und doch konnte er einfach nicht glauben, dass eine Zeit kommen würde, in der er nicht länger an diesem Fenster sitzen und auf seine Ländereien schauen würde, Herr über alles, was das Auge erblickte. Dass der Name der Familie Blythe, das Vermächtnis der Familie Blythe mit ihm sterben würde. Raymonds Gedanken stockten. Es wäre seine Pflicht gewesen, das zu verhindern. Vielleicht hätte er noch einmal heiraten sollen, eine Frau finden, die ihm womöglich einen Sohn geschenkt hätte. Die Frage des Erbes beschäftigte ihn in letzter Zeit mehr denn je.

Raymond zog an seiner Pfeife und paffte mit abschätziger Miene, wie er es vielleicht in Gegenwart eines alten Freundes tun würde, dessen Angewohnheiten allmählich lästig wurden. Er neigte dazu, melodramatisch zu werden, er war ein sentimentaler alter Narr. Ob sich wohl jeder Mann einbildete, die Welt würde ohne ihn zugrunde gehen? Zumindest jeder Mann, der so stolz war wie er. Er sollte sich mehr in Bescheidenheit üben, dachte Raymond, Hochmut kam vor dem Fall, so stand es schon in der Bibel. Außerdem brauchte er gar keinen Sohn: Er hatte Nachkommen genug zur Auswahl, drei Töchter, von denen keine das Zeug zur Ehefrau hatte. Und dann war da noch die Kirche, seine neue Kirche. Sein Priester hatte ihm erst kürzlich von der himmlischen Belohnung erzählt, die Männer wie ihn erwartete, die ihre katholischen Brüder so großzügig bedachten. Der schlaue Pater Andrews wusste, dass Raymond es bitter nötig hatte, sich um himmlischen Beistand zu bemühen.

Er zog an der Pfeife und behielt den Rauch einen Moment im Mund. Pater Andrews hatte ihm den Grund für seine Heimsuchungen erklärt und was er tun musste, um seinen Dämon zu exorzieren. Er wusste jetzt, dass er für seine Sünden bestraft wurde. Keine Reue, keine Beichte, nicht einmal die Selbstgeißelung hatten ausgereicht; Raymonds Verbrechen war zu groß.

Aber konnte er sein Schloss wirklich in die Hände von Fremden übergeben, nur um den verfluchten Dämon zu töten? Was würde aus den flüsternden Stimmen werden, aus den fernen Stunden, die in diesem Gemäuer gefangen waren? Es war der innige Wunsch seiner Mutter: Das Schloss muss in der Familie bleiben. Würde er es wirklich übers Herz bringen, sie zu enttäuschen? Noch dazu, wo er eine so fähige Nachfolgerin hatte,

Persephone, die älteste und zuverlässigste seiner drei Töchter. Er hatte sie am Morgen mit dem Fahrrad davonfahren sehen, hatte beobachtet, wie sie an der Brücke angehalten hatte, um die Fundamente zu überprüfen, so, wie er es ihr vor langer Zeit beigebracht hatte. Sie war die einzige von den dreien, deren Liebe zum Schloss annähernd so groß war wie die seine. Ein Segen, dass sie nie einen Ehemann gefunden hatte und jetzt auch wohl keinen mehr finden würde. Sie gehörte zum Inventar des Schlosses und damit ihm, Raymond Blythe, so wie die Statuen in der Eibenhecke ihm gehörten. Man konnte sich darauf verlassen, dass sie Milderhurst niemals Unrecht tun würde. Sie war wie er, und Raymond vermutete, dass sie einen Mann mit bloßen Händen erwürgen würde, falls er es wagen sollte, auch nur einen Stein aus dem Schloss zu entfernen.

Er hörte das Geräusch eines Motors. Ein Automobil, irgendwo unterhalb des Fensters. Im nächsten Moment erstarb das Geräusch, und er hörte, wie eine Tür zugeschlagen wurde, schwer, metallisch. Raymond reckte den Hals, um über den steinernen Sims sehen zu können. Es war der große, alte Daimler, jemand hatte ihn aus der Garage geholt und bis zur Einfahrt gefahren und dort geparkt. Etwas Gespenstisches bewegte sich, eine bleiche Elfe – seine Jüngste, Juniper, sprang von den Stufen vor dem Haus und lief zur Fahrertür. Raymond lächelte in sich hinein, amüsiert und erfreut. Sie war eine Streunerin, kein Zweifel, aber was dieses hagere, wilde Geschöpf mit sechsundzwanzig simplen Buchstaben zustandebrachte, die Worte, die Sätze, die dieses Kind bildete, das war atemberaubend. Wäre er jünger, er hätte allen Grund, eifersüchtig zu sein …

Noch ein Geräusch. Näher. Im Haus.

*Schsch … Hörst du ihn?*

Raymond erstarrte. Und lauschte.

*Die Bäume hören ihn. Sie wissen als Erste, dass er kommt.*

Schritte auf dem Treppenabsatz. Sie stiegen höher und höher, näherten sich ihm. Er legte seine Pfeife auf dem glatten Stein ab. Sein Herz raste.

*Horch! Im tiefen, dunklen Wald erzittern die Bäume, ihre Blätter rascheln wie Silberfolie, ein verstohlener Wind geistert und schlängelt sich glitzernd durch ihre Kronen und flüstert, dass es bald anfangen wird.*

Er atmete so ruhig aus, wie er konnte. Es war so weit. Der Modermann war endlich gekommen, um Rache zu nehmen. Raymond hatte es die ganze Zeit gewusst.

Er konnte nicht aus dem Zimmer entkommen, nicht, solange der Dämon sich auf der Treppe befand. Der einzige andere Fluchtweg war das Fenster. Raymond warf einen Blick über den Sims. Hinunter in die Tiefe, wie ein Pfeil, wie seine Mutter es getan hatte.

»Mr. Blythe?« Eine Stimme wehte von der Treppe hoch. Raymond wappnete sich. Der Modermann war klug, er kannte viele Tricks. Raymonds Haut kribbelte am ganzen Körper. Er lauschte angestrengt über seinen eigenen keuchenden Atem.

»Mr. Blythe?« Der Dämon rief ihn noch einmal, er war näher gekommen. Raymond duckte sich hinter den Sessel. Kauerte sich zitternd in den Schatten. Ein Feigling bis zuletzt. Die Schritte näherten sich unaufhaltsam. An der Tür. Auf dem Teppich. Näher, näher. Er kniff die Augen zu, schlang die Arme schützend über den Kopf. Es war direkt über ihm.

»Ach, Raymond, Sie Ärmster. Kommen Sie, geben Sie Lucy die Hand. Ich habe Ihnen eine leckere Suppe gebracht.«

Am Dorfrand, zu beiden Seiten der High Street, standen die Pappeln wie müde Soldaten aus einer anderen Zeit. Sie trugen wieder Uniform, stellte Percy fest, als sie an ihnen vorbeiflitzte, frische weiße Farbstreifen leuchteten an ihren Stämmen. Auch die Bordsteinkanten waren frisch bemalt worden und sogar die Felgen vieler Autoreifen. Nach langem Hin und Her war am Abend zuvor die Verdunkelungsverordnung in Kraft getreten: Eine halbe Stunde nach Sonnenuntergang waren alle Straßenlaternen ausgegangen, es durften keine Autoscheinwerfer eingeschaltet werden, und alle Fenster mussten mit schwerem schwarzen Stoff verhängt werden. Nachdem Percy nach ihrem Vater gesehen hatte, war sie in den Turm gestiegen und hatte über das Dorf hinweg in Richtung der Küste geschaut. Der Mond war die einzige Lichtquelle gewesen, und Percy hatte sich mit Schaudern vorgestellt, wie es in früheren Jahrhunderten gewesen sein musste, als es noch viel dunkler in der Welt gewesen war, als Ritter mit ihren Heeren das Land durchzogen, Pferdehufe über den harten Boden trommelten, als Soldaten an Schlosstoren Wache gestanden hatten …

Sie musste plötzlich ausweichen, als ihr Mr. Donaldson in seinem Wagen entgegenkam. Er schien direkt auf sie zuzufahren, die Hände ans Steuerrad geklammert, die Ellbogen seitlich ausgestreckt, während er mit zusammengekniffenen Augen durch seine Brille auf die Straße starrte. Seine Miene erhellte sich, als er sie erkannte, er hob eine Hand und winkte zum Gruß, wodurch er seinen Wagen noch dichter an den Straßenrand manövrierte. Percy, die sich auf dem Grünstreifen in Sicherheit gebracht hatte, winkte zurück und schaute ihm besorgt nach, als er in Schlangenlinien weiter zum Bell Cottage fuhr, wo er wohnte. Wie würde er erst fahren, wenn es dunkel wurde. Sie seufzte. Zum Teufel mit den Bomben. Es war die Dunkelheit, der die Leute hier zum Opfer fallen würden.

Einem Durchreisenden, der nichts von der Verdunkelungsverordnung wusste, wäre im Dorf Milderhurst wohl keine Veränderung aufgefallen. Die Leute gingen nach wie vor ihren Geschäften nach, kauften Lebensmittel ein, standen plaudernd vor der Post, aber Percy wusste es besser. Es sprang einem nicht ins Auge, es gab kein Heulen und Zähneknirschen, nein, die Veränderung war viel subtiler und vielleicht deshalb umso trauriger. Der bevorstehende Krieg zeigte sich im abwesenden Blick der alten Leute, in ihren Gesichtern, die nicht von Angst, sondern von Trauer überschattet waren. Denn sie wussten, was es bedeutete, sie hatten den letzten Krieg erlebt und erinnerten sich an die vielen jungen Männer, die so bereitwillig losmarschiert und nie wieder zurückgekehrt waren. Und an jene, die es, wie Percys Vater, geschafft hatten, die zurückgekehrt waren, jedoch einen Teil ihrer selbst für immer in Frankreich zurückgelassen hatten. Die immer wieder Momente durchlebten, in denen ihr Blick sich trübte, ihre Lippen jede Farbe verloren und sich vor ihrem geistigen Auge Szenen abspielten, über die sie nicht sprechen und die sie nicht abschütteln konnten.

Percy und Saffy hatten am Abend zuvor vor dem Radio gesessen, als Premierminister Chamberlain die Verordnung verlas, und dann hatten sie nachdenklich der Nationalhymne gelauscht.

»Jetzt werden wir es ihm wohl sagen müssen«, bemerkte Saffy schließlich.

»Ich schätze ja.«

»Das übernimmst aber du.«

»Natürlich.«

»Sieh zu, dass du den richtigen Moment erwischst. Du musst es ihm schonend beibringen, damit er nicht verrücktspielt.«

Wochenlang hatten sie es vor sich hergeschoben, ihren Vater darüber in Kenntnis zu setzen, dass mit Krieg zu rechnen war. Sein erneutes Abdriften in wirre Wahnvorstellungen hatte ihn noch weiter von der Realität entfernt. Er schwankte zwischen Extremen wie das Pendel der Standuhr. Mal war er klar bei Verstand, führte ein vernünftiges Gespräch mit Percy über das Schloss, über Geschichte und über Literatur, und im nächsten Moment versteckte er sich hinter Sesseln und weinte aus Angst vor Gespenstern. Oder er schlug ihr schüchtern vor – und kicherte dabei wie ein Schuljunge –, mit ihm zum Bach, zum Paddeln, zu gehen, und sagte, er kenne die beste Stelle, um Froschlaich zu sammeln, und er werde sie ihr zeigen, wenn sie ein Geheimnis für sich behalten könne.

Als Percy und Saffy acht Jahre alt waren, im Sommer vor dem Ersten Weltkrieg, hatten sie zusammen mit ihrem Vater an einer Übersetzung von *Sir Gawain and the Green Knight* gearbeitet. Wenn ihr Vater ihnen die mittelenglischen Verse vorlas, hatte Percy die Augen geschlossen und die magischen Klänge, das alte Flüstern, das sie umgab, in sich aufgenommen.

*»Sumwhyle wyth wormes he werres / And etaynes that hym anelede«*, sagte der Vater. »Er hörte die Riesen atmen, Persephone. Weißt du, wie sich das anfühlt? Hast du schon mal die Stimmen deiner Vorfahren gehört, die im Gemäuer ächzen?« Und dann hatte sie genickt und sich noch enger an ihn gekuschelt und die Augen zugemacht, während er weitererzählte …

Damals war alles noch so einfach gewesen – die Liebe zu ihrem Vater war einfach gewesen. Er war ein Riese von über zwei Metern, ein Mann wie aus Stahl, und sie hätte alles getan, um seine Anerkennung zu gewinnen. Aber seitdem war so vieles geschehen. Zu erleben, wie sein altes Gesicht den begeisterten Ausdruck eines kleinen Jungen annahm, war beinahe unerträglich. Sie würde es niemandem eingestehen, am allerwenigsten Saffy, aber Percy konnte es einfach nicht aushalten, wenn der Vater in einer seiner »regressiven Phasen« war, wie der Arzt es nannte. Das Problem war die Vergangenheit. Sie ließ ihr keine Ruhe. Ihre Nostalgie lähmte sie, und das war absurd, denn Percy Blythe hatte überhaupt nichts übrig für Sentimentalität.

Von unliebsamer Trübsal erfasst, schob sie ihr Fahrrad das letzte kurze Stück zum Versammlungsraum der Kirche und lehnte es gegen den Holzzaun, sorgsam darauf bedacht, das Blumenbeet des Vikars nicht zu zertrampeln.

»Guten Morgen, Miss Blythe.«

Percy lächelte Mrs. Collins an. Die nette Frau, die aus unerklärlichen Gründen bereits seit mindestens dreißig Jahren aussah wie ein altes Großmütterchen, hatte ihren Strickbeutel über die Schulter geschlungen und hielt eine Backform mit einem frisch gebackenen Biskuitkuchen in Händen. »Ach, Miss Blythe«, sagte sie mit einem traurigen Kopfschütteln, das ihre feinen, silbrigen Locken erzittern ließ. »Hätten Sie jemals gedacht, dass es so weit kommen würde? Noch ein Krieg?«

»Ich hatte gehofft, dass es uns erspart bleiben würde, Mrs. Collins. Aber angesichts der menschlichen Natur kann ich nicht behaupten, dass es mich überrascht.«

»Aber noch ein Krieg.« Die Locken erzitterten erneut. »All die jungen Männer.«

Mrs. Collins hatte ihre beiden Söhne im Ersten Weltkrieg verloren, und obwohl Percy selbst keine Kinder hatte, wusste sie, wie es war, so heftig zu lieben, dass es einen verzehrte. Mit einem Lächeln nahm sie ihrer alten Freundin den Kuchen aus den zittrigen Händen und bot Mrs. Collins ihren Arm an. »Kommen Sie, meine Liebe. Gehen wir hinein und suchen uns einen Platz, ja?«

Der Freiwilligendienst der Frauen hatte beschlossen, die Näharbeiten im Versammlungsraum der Kirche durchzuführen, nachdem einige Wortführerinnen die Meinung geäußert hatten, der größere Gemeindesaal mit seinem einfachen Holzboden sei wesentlich besser für die Abfertigung der Evakuierten geeignet. Aber als Percy ihren Blick über die vielen eifrigen Frauen wandern ließ, die dabei waren, ihre Nähmaschinen auf den Tischen aufzubauen und große Stoffballen auszurollen, aus denen Kleider und Decken für die Evakuierten und Verbandszeug und Lappen für Krankenhäuser genäht werden sollten, hatte sie das Gefühl, dass es eine schlechte Entscheidung gewesen war. Und sie fragte sich, wie viele von diesen Frauen wohl noch kommen würden, wenn sich die erste Aufregung gelegt hatte, schalt sich jedoch sogleich für ihre hartherzigen Gedanken. Und heuchlerisch waren sie obendrein, denn Percy wusste, dass sie die Erste wäre, die sich vor der Näharbeit drücken würde, sobald sich eine andere Betätigung an der Heimatfront fand. Sie konnte nicht mit Nadel und Faden umgehen, und heute war sie nur hergekommen, weil für sie feststand, dass, wenn es die Pflicht aller war, zu tun, was sie konnten, die Töchter von Raymond Blythe die verdammte Pflicht hatten, das, was sie nicht konnten, wenigstens zu versuchen.

Sie half Mrs. Collins auf einen Stuhl an einem der Stricktische, wo sich das Gespräch, wie nicht anders zu erwarten, um die Söhne und Brüder und Neffen drehte, die ihren Marschbefehl erhalten hatten. Dann brachte sie den Kuchen in die Küche, darauf bedacht, Mrs. Caraway aus dem Weg zu gehen, deren verbissener Gesichtsausdruck mal wieder darauf schließen ließ, dass sie eine besonders unangenehme Aufgabe zu vergeben hatte.

»Ah, Miss Blythe.« Mrs. Potts von der Poststelle nahm ihr den Kuchen ab und betrachtete ihn prüfend. »Der ist aber wirklich gelungen.«

»Den hat Mrs. Collins gebacken. Ich liefere ihn nur ab.« Percy wollte sich abwenden, aber Mrs. Potts, begabt wie kaum eine andere in der Kunst, die Menschen in Gespräche zu verwickeln, warf umgehend ihr Netz aus.

»Wir haben Sie am Freitag bei der Zivilschutzübung vermisst.«

»Ich hatte andere Verpflichtungen.«

»Wie schade. Mr. Potts sagt, Sie geben immer so einen guten Verwundeten ab.«

»Wie nett von ihm.«

»Und niemand bedient die Spritzpumpe mit so viel Schwung.« Percy lächelte gequält. Speichelleckerei war ihr zuwider.

»Sagen Sie, wie geht es denn Ihrem Vater?« Ihre Frage triefte vor Sensationsgier, und Percy musste sich beherrschen, um der Postmeisterin nicht Mrs. Collins' Kuchen ins Gesicht zu drücken. »Ich habe gehört, er hatte einen Rückfall.«

»Es geht ihm den Umständen entsprechend gut, Mrs. Potts. Danke der Nachfrage.« Sie musste daran denken, wie ihr Vater neulich abends im Nachthemd durch die Flure gegeistert war, sich weinend wie ein Kind hinter den Treppen versteckt und immer wieder gejammert hatte, der Turm sei verflucht und der Modermann wäre hinter ihm her. Sie hatten Doktor Bradbury gerufen, der ihm ein stärkeres Medikament gegeben hatte, aber ihr Vater hatte noch stundenlang gezittert und mit aller Macht gegen die Wirkung angekämpft, bis er schließlich erschöpft eingeschlafen war.

»Wie bedauerlich«, sagte Mrs. Potts mit sorgenvoll bebender Stimme, »wenn einen Menschen, der der Gemeinde so große Dienste erwiesen hat, die Gesundheit derart im Stich lässt. Aber es ist ein Segen, dass er jemanden wie Sie hat, der seine wohltätige Arbeit fortführen kann. Vor allem in Zeiten des nationalen Notstands. Die Leute hier richten ihren Blick in unsicheren Zeiten aufs Schloss, das war schon immer so.«

»Sehr freundlich von Ihnen, Mrs. Potts. Wir tun unser Bestes.«

»Sie werden doch sicher heute Nachmittag im Gemeindesaal dabei sein und dem Evakuierungskomitee helfen?«

»Selbstverständlich.«

»Ich war heute Morgen schon mal da und habe die Dosen

mit Kondensmilch und Corned Beef bereitgestellt, von denen wir jedem Kind jeweils eine mitgeben. Es ist nicht viel, aber da die Behörden uns kaum unterstützen, konnten wir nicht mehr anbieten. Und jede noch so milde Gabe hilft, nicht wahr? Ich habe gehört, dass Sie auch ein Kind aufnehmen wollen. Sehr großzügig von Ihnen. Mr. Potts und ich haben natürlich auch darüber gesprochen, und, Sie kennen mich ja, ich würde nichts lieber tun, als meinen Beitrag zu leisten, aber mein armer Cedric mit seinen Allergien …« Sie verdrehte die Augen himmelwärts. »Also, da ist gar nicht dran zu denken.« Mrs. Potts beugte sich vor und legte ihren Zeigefinger an die Nase. »Nur eine kleine Warnung: Die Leute im Londoner East End leben in ganz anderen Verhältnissen als wir. Sie wären gut beraten, sich ein starkes Desinfektionsmittel zu besorgen, ehe sie einen von denen ins Schloss lassen.«

Zwar hatte Percy selbst ein mulmiges Gefühl bei dem Gedanken, ein fremdes Kind bei sich aufzunehmen, doch sie fand Mrs. Potts' Bemerkung so geschmacklos, dass sie sich eine Zigarette anzündete, um keine Antwort darauf geben zu müssen.

Mrs. Potts fuhr unbeirrt fort. »Ich nehme an, die andere aufregende Neuigkeit haben Sie schon gehört?«

Percy trat von einem Fuß auf den anderen und sah sich verzweifelt nach einer Beschäftigung um. »Was genau meinen Sie, Mrs. Potts?«

»Na, oben auf dem Schloss müssen Sie doch im Bilde sein. Sie sind doch sicherlich mit den Einzelheiten viel besser vertraut als wir hier unten im Dorf.«

Natürlich breitete sich in dem Augenblick Schweigen im Raum aus, und alle Augen richteten sich auf Percy. Sie gab sich alle Mühe, die Blicke zu ignorieren. »Einzelheiten worüber, Mrs. Potts?«, fragte sie und straffte sich. »Ich habe keine Ahnung, wovon Sie sprechen.«

»Also wirklich«, die Augen der Klatschbase weiteten sich, und sie strahlte über das ganze Gesicht, als sie gewahr wurde, dass ihr Auftritt die gewünschte Wirkung erzielte. »Die Neuigkeit über Lucy Middleton natürlich.«

# 3

*Schloss Milderhurst, 4. September 1939*

Offenbar war ein Kniff dabei, wie man den Leim und dann das Stoffband anbrachte, ohne die ganze Fensterscheibe zu beschmieren. Die kesse Frau auf dem Bild in der Bedienungsanleitung schien kein Problem damit zu haben, ihre Fenster bruchfest zu machen; im Gegenteil, das Ganze machte ihr offenbar richtig Spaß: Sie hatte eine schlanke Taille, einen modischen Haarschnitt und lächelte zuversichtlich. Zweifellos würde sie auch mit den Bomben fertigwerden, wenn sie fielen. Saffy dagegen war völlig überfordert. Sie hatte schon im Juli mit der Arbeit an den Fenstern angefangen, als die ersten Flugblätter des Ministeriums verteilt wurden, aber trotz der Ermahnung auf Flugblatt Nummer 2 – *Schieben Sie es nicht bis zum letzten Moment auf!* – hatte sie die Dinge ein bisschen schleifen lassen, als es so ausgesehen hatte, als könnte der Krieg doch noch abgewendet werden. Aber nach Mr. Chamberlains schrecklicher Ansprache im Radio hatte sie sich sofort wieder an die Arbeit gemacht. Zweiunddreißig Fenster waren bereits mit Stoffkreuzen versehen, aber fast hundert lagen noch vor ihr. Warum sie nicht einfach Klebeband benutzt hatte, würde ihr immer ein Rätsel bleiben.

Sie drückte die Ecke des letzten Stoffbands an, stieg vom

Stuhl und begutachtete ihr Werk. Je, oje. Sie legte den Kopf schief und betrachtete stirnrunzelnd das schiefe Kreuz. Es würde halten, aber es war kein Kunstwerk.

»Bravo«, sagte Lucy, die in dem Augenblick mit einem Teetablett hereinkam. »Mit einem X markiert man das Ziel, nicht wahr?«

»Das will ich doch nicht hoffen. Wir sollten Adolf Hitler warnen: Er bekommt es mit Percy zu tun, wenn seine Bomben dem Schloss auch nur einen Kratzer zufügen.« Saffy wischte sich mit dem Küchentuch die klebrigen Hände. »Dieser Leim hat was gegen mich. Ich weiß nicht, womit ich ihn beleidigt habe, aber das habe ich ganz gewiss.«

»Ein Leim mit Launen! Wie schrecklich!«

»Er ist nicht der Einzige. Vergessen wir die Bomben, ich brauche ein gutes Tonikum, nachdem ich mich mit all den Fenstern abgeplagt habe.«

»Wissen Sie was?«, sagte Lucy und füllte ihre Tassen. »Ich habe Ihrem Vater schon das Essen gebracht, da könnte ich Ihnen doch ein bisschen helfen.«

»Ach, Lucy, du bist ein Schatz! Würdest du das wirklich tun? Ich könnte heulen vor Dankbarkeit!«

»Das ist wirklich nicht nötig.« Lucy unterdrückte ein erfreutes Lächeln. »Ich habe bei mir zu Hause schon alle Fenster fertig, und ich habe festgestellt, dass ich ein Händchen im Umgang mit Leim habe. Soll ich kleben, während Sie die Streifen zuschneiden?«

»Perfekt!« Saffy warf das Küchentuch auf einen Stuhl. Ihre Hände waren immer noch klebrig, aber das machte nichts. Als Lucy ihr eine Tasse reichte, nahm sie sie dankbar entgegen. Einen Moment lang standen sie einträchtig schweigend da, während sie den ersten Schluck genossen. Es war ihnen zu einer Art Gewohnheit geworden, ihren Tee gemeinsam einzunehmen.

Ohne viel Brimborium. Sie unterbrachen dafür nicht ihre Arbeit und deckten auch nicht den Tisch mit dem guten Porzellan; sie sorgten einfach nur dafür, dass sie zum rechten Zeitpunkt im selben Raum zu tun hatten. Percy wäre entsetzt, wenn sie davon wüsste, sie würde die Brauen zusammenziehen und böse dreinblicken und die Lippen schürzen und Dinge sagen wie: »Das gehört sich nicht.« oder »Es gibt gewisse Regeln, an die man sich halten muss.« Aber Saffy mochte Lucy – in gewisser Weise waren sie Freundinnen, und gemeinsam Tee zu trinken konnte doch wirklich niemandem schaden. Außerdem, was Percy nicht wusste, konnte sie auch nicht ärgern.

»Sag mal, Lucy«, unterbrach Saffy das Schweigen und deutete damit an, dass sie sich wieder an die Arbeit machen mussten, »wie geht es denn mit dem Haus voran?«

»Sehr gut, Miss Saffy.«

»Fühlst du dich denn auch nicht einsam dort?« Lucy hatte immer mit ihrer Mutter in dem kleinen Haus am Dorfrand gewohnt. Saffy konnte sich gut vorstellen, dass der Tod der alten Frau eine große Lücke in Lucys Leben gerissen hatte.

»Ich beschäftige mich, so gut ich kann.« Lucy hatte ihre Teetasse auf dem Sims abgestellt und trug mit dem Pinsel den Leim auf die Fensterscheibe auf. Einen Moment lang meinte Saffy, einen Anflug von Traurigkeit im Gesicht der Haushälterin zu entdecken, als wäre Lucy drauf und dran gewesen, ihr etwas anzuvertrauen, was sie tief bewegte, habe sich dann jedoch dagegen entschieden.

»Was ist los, Lucy?«

»Ach, nichts.« Sie zögerte. »Nur, meine Mutter, sie fehlt mir sehr …«

»Selbstverständlich.« Lucy war stets sehr diskret (übertrieben diskret, wie Saffy machmal fand, wenn die Neugier sie übermannte), aber über die Jahre hatte Saffy genug erfahren, um zu wissen, dass Mrs. Middleton keine einfache Person gewesen war. »Aber?«

»Aber ich bin auch gern allein.« Sie warf Saffy einen Blick von der Seite zu. »Oder klingt das unschicklich?«

»Ganz und gar nicht«, erwiderte Saffy lächelnd. In Wirklichkeit fand Saffy, dass es wunderbar klang. Sie stellte sich ihre eigene kleine Traumwohnung in London vor, dann verscheuchte sie das Bild. An einem Tag, wo sie alle Hände voll zu tun hatte, sollte sie sich lieber nicht ihren Tagträumen hingeben. Sie setzte sich auf den Boden und begann, den Stoff in Streifen zu schneiden. »Oben ist alles in Ordnung, Lucy?«

»Das Zimmer sieht hübsch aus. Ich habe es gelüftet und das Bett frisch bezogen, und außerdem – ich hoffe, das ist in Ihrem Sinne –«, sie glättete einen Stoffstreifen, »habe ich die chinesische Vase Ihrer Großmutter weggeräumt. Ich verstehe gar nicht, wie ich die übersehen konnte, als wir die wertvollen Sachen letzte Woche eingepackt und verstaut haben. Jetzt ist sie in Sicherheit, ich habe sie zu den anderen Sachen ins Archiv gepackt.«

»Du meine Güte.« Saffy sah Lucy mit großen Augen an. »Du glaubst doch nicht etwa, wir bekommen so einen kleinen Satansbraten, der alles kaputt macht und durcheinanderbringt?«

»Nein, nein. Aber Vorsicht ist die Mutter der Porzellankiste.«

»Allerdings.« Saffy nickte, als Lucy den nächsten Stoffstreifen entgegennahm. »Sehr umsichtig von dir, Lucy. Und gewiss hast du recht. Ich hätte selbst daran denken sollen. Percy wird sich freuen.« Sie seufzte. »Trotzdem sollten wir vielleicht einen kleinen Blumenstrauß auf den Nachttisch stellen. Um das arme Kind ein bisschen aufzumuntern. Vielleicht in einer Glasvase aus der Küche?«

»Ja, das wäre passend. Soll ich eine holen?«

Saffy nickte lächelnd, doch als sie an das Kind dachte, das zu ihnen kommen würde, schüttelte sie den Kopf. »Ist es nicht furchtbar, Lucy?«

»Bestimmt erwartet niemand von Ihnen, dass Sie dem Kind Ihre beste Kristallvase ins Zimmer stellen.«

»Nein, ich meine das Ganze. Die Evakuierung an sich. Stell dir bloß all die ängstlichen Kinder vor und deren arme Mütter in London, die lächelnd zum Abschied winken müssen, wenn ihre Kleinen an unbekannte Orte verschickt werden. Und wozu das alles? Um die Städte zu räumen für den Krieg. Damit junge Männer losgeschickt werden können, andere junge Männer in fremden Ländern zu töten.«

Lucy sah Saffy zuerst überrascht, dann besorgt an. »Sie dürfen sich das alles nicht so zu Herzen nehmen.«

»Ich weiß, ich weiß. Ich versuch's ja.«

»Wir müssen zuversichtlich sein.«

»Natürlich.«

»Es ist doch ein Glück, dass es Menschen wie Sie gibt, die bereit sind, die armen kleinen Dinger bei sich aufzunehmen. Um wie viel Uhr soll das Kind hier ankommen?«

Saffy stellte die leere Teetasse ab und nahm wieder ihre Schere zur Hand. »Percy meinte, die Busse kommen irgendwann zwischen drei und sechs. Genauer konnte sie es mir nicht sagen.«

»Dann sucht sie also eins aus?« Lucys Stimme klang ein bisschen belegt, und Saffy wusste, was sie dachte: Percy war kaum die Richtige, wenn es um Angelegenheiten ging, die ein gewisses Maß an Mütterlichkeit erforderten.

Lucy schob den Stuhl vor das nächste Fenster, und Saffy beeilte sich mitzuhalten. »Es war die einzige Möglichkeit, ihre Zustimmung zu bekommen – du weißt ja, wie sehr sie immer um das Schloss besorgt ist. Sie fürchtet, dass wir uns am Ende ein kleines Ungeheuer ins Haus holen, das die Schnitzereien an den Treppengeländern beschädigt, die Tapeten beschmiert und die Vorhänge anzündet. Ich muss sie immer wieder daran erinnern, dass diese Mauern schon seit Jahrhunderten hier stehen und die Normannen, die Kelten und Juniper überlebt haben. Da wird ein armes Londoner Kind sie auch nicht zum Einsturz bringen.«

Lucy musste lachen. »Wo wir gerade von Miss Juniper reden. Wird sie zum Essen hier sein? Ich frage nur, weil ich gesehen zu haben glaube, wie sie im Wagen Ihres Vaters weggefahren ist.«

Saffy wedelte mit der Schere. »Da weiß ich auch nicht mehr als du. Das letzte Mal, dass ich wusste, was Juniper vorhatte, das war …« Sie überlegte einen Moment, das Kinn auf die Fingerknöchel gestützt, dann warf sie theatralisch die Arme in die Luft. »Ich kann mich an kein einziges Mal erinnern.«

»Zuverlässigkeit gehört nicht gerade zu Miss Junipers Tugenden.«

»Ja«, sagte Saffy mit einem liebevollen Lächeln. »Das stimmt allerdings.«

Lucy stieg vom Stuhl, zögerte, fuhr sich mit den schlanken Fingern über die Stirn. Eine merkwürdige, altmodische Geste, ein bisschen wie ein Burgfräulein, das eine Ohnmacht nahen spürt, dachte Saffy amüsiert und überlegte, ob sie diese liebenswerte Angewohnheit vielleicht in ihrem Roman verwenden könnte – sie konnte sich gut vorstellen, dass Adele so etwas tat, wenn ein Mann sie nervös machte …

»Miss Saffy?«

»Hmm?«

»Ich würde gern mit Ihnen über eine ernste Angelegenheit sprechen.«

Als Lucy ausatmete, aber nicht weitersprach, fragte Saffy sich eine Schrecksekunde lang, ob sie womöglich krank war. Vielleicht hatte der Arzt ihr etwas Schlimmes eröffnet. Das würde jedenfalls Lucys Zurückhaltung erklären und auch, warum sie in letzter Zeit oft so geistesabwesend war. Erst vor ein paar Tagen war Saffy am Morgen in die Küche gekommen und hatte gesehen, wie Lucy in Gedanken versunken aus dem Fenster geschaut hatte, während die Eier vor ihr im Topf kochten und kochten, wo Vater sie doch weich mochte.

»Was ist es denn, Lucy?« Saffy stand auf und bedeutete Lucy, sich zu ihr zu setzen. »Ist alles in Ordnung? Du siehst ja ganz blass aus. Soll ich dir ein Glas Wasser holen?«

Lucy schüttelte den Kopf, sah sich jedoch nach etwas um, auf das sie sich stützen konnte, und entschied sich für die Lehne des nächsten Sessels.

Saffy hatte sich auf die Chaiselongue gesetzt und wartete. Und als Lucy endlich mit der Sprache herausrückte, war sie froh, dass sie saß.

»Ich werde heiraten«, sagte Lucy. »Also, jemand hat mir einen Heiratsantrag gemacht, und ich habe Ja gesagt.«

Zuerst dachte Saffy, ihre Haushälterin wäre übergeschnappt oder wollte sie auf den Arm nehmen. Es ergab einfach keinen Sinn: Lucy, die liebe, zuverlässige Lucy, die in all den Jahren, die sie schon auf Schloss Milderhurst arbeitete, niemals auch nur einen Freund erwähnt hatte, geschweige denn mit einem Mann ausgegangen war, wollte heiraten? Einfach so, aus heiterem Himmel? Und das in ihrem Alter? Sie war mehrere Jahre älter als Saffy, ging bestimmt schon auf die vierzig zu.

Lucy trat von einem Fuß auf den anderen, das Schweigen zog sich in die Länge, und Saffy spürte, dass sie etwas sagen musste, doch sie brachte kein Wort heraus.

»Ich werde heiraten!«, sagte Lucy noch einmal, diesmal langsamer und ein bisschen zögernd, als müsste sie sich selbst noch an den Gedanken gewöhnen.

»Aber Lucy, das sind ja großartige Neuigkeiten«, stieß Saffy schließlich hervor. »Und wer ist der Glückliche? Wo hast du ihn kennengelernt?«

»Na ja«, erwiderte Lucy errötend. »Wir haben uns hier in Milderhurst kennengelernt.«

»Ach?«

»Es ist Harry Rogers. Ich heirate Harry Rogers. Er hat mir einen Antrag gemacht, und ich habe ihn angenommen.«

Harry Rogers. Der Name kam Saffy irgendwie bekannt vor, sie hatte das Gefühl, dass sie den Mann kennen müsste, aber ihr fiel kein Gesicht zu dem Namen ein. Gott, wie peinlich! Saffy spürte, wie ihre Wangen rot wurden, was sie zu überspielen suchte, indem sie ein strahlendes Lächeln aufsetzte, in der Hoffnung, Lucy würde es für einen Ausdruck ihrer Freude halten.

»Wir kennen uns schon seit Jahren, schließlich kommt er regelmäßig hierher aufs Schloss, aber wir gehen erst seit ein paar Monaten miteinander. Seit die Standuhr im Frühjahr immer häufiger verrücktspielte.«

Harry Rogers. Sie meinte doch sicher nicht den kleinen Uhrmacher mit dem struppigen Bart? Der war weder gut aussehend noch galant, ja, nach allem, was Saffy mitbekommen hatte, nicht einmal geistreich. Er war ziemlich gewöhnlich, nur daran interessiert, mit Percy über die Geschichte des Schlosses und die Funktionsweise von Uhrwerken zu plaudern. Sicher, er war freundlich, soweit Saffy das beurteilen konnte, und Percy sprach stets wohlwollend über ihn (das heißt, sie hatte wohlwollend über ihn gesprochen, bis Saffy sie ermahnt hatte, Mr. Rogers würde ihr noch eines Tages den Kopf verdrehen, wenn sie nicht aufpasste). Dennoch war er ganz und gar nicht der richtige Mann für Lucy mit ihrem hübschen Gesicht und ansteckenden Lachen.

»Aber wie ist es dazu gekommen?« Die Frage hatte sich Saffy aufgedrängt und war ihr herausgerutscht, ehe sie sie hatte unterdrücken können. Aber Lucy schien gar nicht beleidigt zu sein und antwortete spontan, vielleicht ein bisschen zu hastig, dachte Saffy, als müsste sie die Worte selbst hören, um zu begreifen, wie so etwas hatte passieren können.

»Er war hier, um nach der Uhr zu sehen, und ich hatte gebeten, früher gehen zu dürfen, weil es meiner Mutter doch so schlecht ging, und da sind wir uns an der Tür begegnet. Er hat mir angeboten, mich im Auto nach Hause zu fahren, und ich habe das Angebot angenommen. Da haben wir uns angefreundet, und dann, als meine Mutter gestorben ist … Na ja, da war er sehr nett zu mir. Er ist ein richtiger Gentleman.«

Eine Weile schwiegen sie, während sie die Szene in Gedanken vor sich sahen. Saffy, obwohl überrascht, war auch neugierig. Das war die Schriftstellerin in ihr, dachte sie: Sie versuchte sich vorzustellen, worüber die beiden sich in Mr. Rogers' kleinem Auto unterhalten hatten und wie sich aus dem freundlichen Angebot, Lucy im Auto mit ins Dorf zu nehmen, eine Liebesgeschichte entwickelt hatte. »Und? Bist du glücklich?«

»O ja«, sagte Lucy lächelnd. »Ja, ich bin glücklich.«

»Tja.« Saffy zwang sich zu einem tapferen Lächeln. »Dann freue ich mich sehr für dich. Und du musst ihn zum Tee mitbringen. Das muss gefeiert werden!«

»Nein, nein …« Lucy schüttelte den Kopf. »Nein. Das ist sehr nett von Ihnen, Miss Saffy, aber ich glaube nicht, dass das klug wäre.«

»Aber warum denn nicht?«, fragte Saffy, doch schon als sie die Worte aussprach, wusste sie genau, warum es nicht klug wäre, und plötzlich machte es sie ganz verlegen, dass sie keine bessere Gelegenheit abgewartet hatte, die Einladung auszusprechen. Lucy war viel zu wohlerzogen, um eine offizielle Einladung zum Tee mit der Herrschaft anzunehmen. Vor allem mit Percy.

»Wir wollen es nicht an die große Glocke hängen«, sagte Lucy. »Wir sind ja beide nicht mehr ganz jung. Es wird keine lange Verlobungszeit geben, es führt zu nichts, lange zu warten, wo auch noch Krieg ist.«

»Aber in seinem Alter wird Harry doch sicher nicht ...«

»Nein, nein, er muss nicht mehr an die Front. Aber er wird natürlich seinen Beitrag leisten, bei Mr. Potts' Leuten. Er war im ersten Krieg, wissen Sie, in Passchendaele. Zusammen mit meinem Bruder Michael.«

Lucys Gesicht hatte einen anderen Ausdruck angenommen, etwas wie Stolz lag darin und zaghafte Freude, vermischt mit ein bisschen Befangenheit. Natürlich lag es daran, dass alles noch so neu war, dass sich ihr Leben erst kürzlich geändert hatte. Lucy musste sich selbst noch an die neue Rolle gewöhnen, daran, dass sie eine Frau war, die bald heiraten würde, die Teil eines Paars war, dessen männlicher Teil mit seinem Ansehen auf ihr eigenes Ansehen abfärben würde. Saffy freute sich für Lucy; sie konnte sich niemanden vorstellen, der es so sehr verdient hatte, glücklich zu sein.

»Ja, das klingt alles sehr vernünftig«, sagte sie. »Und du musst dir natürlich vor und nach der Hochzeit ein paar Tage freinehmen. Vielleicht könnte ich ...«

»Eigentlich«, Lucy presste die Lippen zusammen und konzentrierte sich auf einen Punkt über Saffys Schulter. »Eigentlich wollte ich genau darüber mit Ihnen sprechen.«

»Ach so?«

»Ja.« Lucy lächelte, aber nicht entspannt und glücklich, dann verschwand das Lächeln, und sie seufzte. »Es ist mir sehr unangenehm, müssen Sie wissen, aber Harry hätte es lieber, das heißt, er findet, wenn wir erst einmal verheiratet sind, sollte ich besser zu Hause bleiben, mich um das Haus kümmern und meinen Beitrag an der Heimatfront leisten.« Vielleicht spürte

Lucy ebenso wie Saffy, dass dies einer näheren Erklärung bedurfte, denn sie fügte hastig hinzu: »Und für den Fall, dass wir mit Kindern gesegnet werden …«

Da begriff Saffy; es war, als wäre ein Schleier gelüftet worden. Alles, was zuvor verschwommen gewesen war, lag plötzlich klar und deutlich vor ihr: Lucy war genauso wenig in Harry Rogers verliebt wie Saffy, aber sie sehnte sich nach einem Kind. Saffy konnte sich nur wundern, dass ihr das nicht gleich klar geworden war, jetzt, wo es so offensichtlich war. Ja, es war die einzige Erklärung. Harry bot ihr die letzte Chance, und welche Frau in Lucys Lage würde nicht dieselbe Entscheidung treffen? Saffy befühlte ihr Medaillon, fuhr mit dem Daumen über das Schloss. Sie empfand eine tiefe Seelenverwandtschaft mit Lucy, das Gefühl schwesterlicher Zuneigung war so stark, dass sie Lucy am liebsten alles erzählt, ihr erklärt hätte, dass sie genau wusste, was sie empfand.

Sie öffnete den Mund, aber sie brachte kein Wort heraus. Sie lächelte schwach, blinzelte und stellte verwundert fest, dass ihre Augen sich mit Tränen gefüllt hatten. Lucy hatte sich abgewandt und suchte in ihren Taschen nach etwas, und nachdem Saffy ihre Fassung einigermaßen wiedergewonnen hatte, warf sie einen verstohlenen Blick aus dem Fenster, wo ein einzelner schwarzer Vogel sich von einem unsichtbaren warmen Luftstrom treiben ließ.

Wieder musste sie blinzeln, und alles verschwamm vor ihren Augen. Wie lächerlich, jetzt zu weinen. Das lag alles am Krieg, an der Ungewissheit, an diesen elenden, vermaledeiten Fenstern.

»Sie werden mir auch fehlen, Miss Saffy. Sie alle. Ich habe mehr als mein halbes Leben hier in Schloss Milderhurst verbracht, und ich habe immer geglaubt, dass ich bis an mein Lebensende hierbleiben würde.« Ein kurzes Zögern. »Oder klingt das morbid?«

»Furchtbar morbid.« Saffy lächelte mit Tränen in den Augen und hielt das Medaillon umklammert. Lucy würde ihnen schrecklich fehlen, aber das war nicht der einzige Grund, warum Saffy weinte. Sie öffnete das Medaillon schon lange nicht mehr, sie brauchte das Foto nicht, um sein Gesicht zu sehen. Den jungen Mann, in den sie verliebt gewesen war, der in sie verliebt gewesen war. Die Zukunft hatte vor ihnen gelegen, alles war möglich gewesen, alles. Bis ihr alles genommen worden war …

Aber Lucy wusste nichts davon, und wenn doch, wenn sie im Laufe der Jahre das eine oder andere aufgeschnappt und für sich zu einem traurigen Bild zusammengesetzt hatte, nun, dann war sie viel zu diskret, um jemals ein Wort darüber zu verlieren. Selbst jetzt. »Die Hochzeit wird im April sein«, sagte Lucy leise und reichte Saffy einen Umschlag, den sie aus ihrer Tasche gezogen hatte. Vermutlich das Kündigungsschreiben, dachte Saffy. »Im Frühling. In der Dorfkirche, nur eine einfache Hochzeit. Nichts Großes. Ich würde sehr gern bis dahin bleiben, aber ich kann natürlich verstehen, wenn Sie …« Jetzt hatte auch Lucy Tränen in den Augen. »Es tut mir so leid, Miss Saffy, dass ich Ihnen nicht eher Bescheid gesagt habe. Vor allem, wo es jetzt so schwierig ist, Hausangestellte zu finden.«

»Unsinn«, entgegnete Saffy. Sie fröstelte und spürte plötzlich einen kühlen Luftzug an den feuchten Wangen. Als sie sich die Tränen mit einem Taschentuch abwischte, bemerkte sie die schwarzen Flecken auf dem weißen Stoff. »Meine Güte«, sagte sie und machte ein gespielt entsetztes Gesicht, »ich sehe bestimmt grässlich aus.« Sie lächelte Lucy an. »Du brauchst dich nicht zu entschuldigen. Denk einfach nicht mehr daran, und du hast wirklich keinen Grund zu weinen. Liebe sollte gefeiert und nicht beweint werden.«

»Ja«, sagte Lucy, die ganz und gar nicht aussah wie eine verliebte Frau. »Also dann.«

»Also dann.«

»Ich muss mich auf den Weg machen.«

»Ja.« Saffy mochte weder den Rauch noch den Geschmack von Tabak, aber in dem Augenblick wünschte sie, sie würde rauchen. Dann hätte sie etwas, um ihre Hände zu beschäftigen. Sie schluckte, richtete sich ein bisschen auf, versuchte wie so häufig, Kraft zu schöpfen, indem sie so tat, als wäre sie Percy …

O Gott, Percy.

»Lucy?«

Die Haushälterin hatte gerade die leeren Teetassen eingesammelt und drehte sich um.

»Was ist mit Percy? Weiß sie von dir und Harry? Dass du uns verlässt?«

Lucy erbleichte und schüttelte den Kopf.

Saffy spürte ein unbehagliches Gefühl in der Magengegend. »Vielleicht sollte ich …?«

»Nein«, sagte Lucy mit einem schwachen, tapferen Lächeln. »Nein. Das muss ich selbst tun.«

# 4

Percy fuhr nicht nach Hause. Aber sie fuhr auch nicht zum Gemeindesaal, um beim Verteilen von Corned-Beef-Konserven zu helfen. Später würde Saffy ihr vorhalten, sie habe absichtlich vergessen, ein evakuiertes Kind abzuholen, sie habe von Anfang an keins haben wollen. Der Vorwurf enthielt durchaus ein Körnchen Wahrheit, doch in diesem Fall hatte die Sache weniger mit Saffy zu tun, dafür umso mehr mit Mrs. Potts und ihrem unerträglichen Dorftratsch. Außerdem, so betonte Saffy später ihrer Zwillingsschwester gegenüber, war doch am Ende alles gut gegangen: Juniper, die unberechenbare, liebe Juniper, war zufällig am Gemeindesaal vorbeigekommen und hatte Meredith mit ins Schloss genommen. Währenddessen war Percy, nachdem sie wie benommen von dem Nähkränzchen geflohen war und dabei ihr Fahrrad vergessen hatte, zu Fuß die High Street entlanggegangen, mit wild entschlossenem Blick, als habe sie eine Liste mit hundert Aufträgen, die bis zum Abendessen erledigt sein mussten. Nichts deutete darauf hin, dass sie zutiefst verletzt, dass sie nur noch ein geisterhafter Schatten ihrer selbst war. Wie sie in den Friseursalon gelangt war, würde ihr immer ein Rätsel bleiben, aber genau dorthin hatten ihre tauben Füße sie getragen.

Percys Haar war immer lang und blond gewesen, aber nie so lang wie Junipers und nie so golden wie Saffys. Weder das eine noch das andere hatte Percy je etwas ausgemacht, sie war nicht der Typ Frau, der großen Wert auf Kopfputz legte. Während Saffy ihr Haar aus Eitelkeit lang trug und Juniper das ihre aus Nachlässigkeit, ließ Percy sich das Haar lang wachsen, weil ihr Vater es so mochte. Er fand, dass Mädchen und Frauen hübsch sein sollten, dass seine Töchter langes Haar haben sollten, das ihnen in Wellen über den Rücken fiel.

Percy wand sich innerlich, als die Friseurin ihr Haar mit Wasser besprühte und es auskämmte, bis es schlaff und dunkel herunterhing. Metallene Klingen flüsterten kühl in ihrem Nacken, dann fiel die erste Strähne zu Boden, wo sie wie etwas Totes liegen blieb. Percy fühlte sich leicht.

Die Friseurin war schockiert gewesen, als Percy ihr Ansinnen vortrug, und hatte sie mehrmals gefragt, ob sie sich auch ganz sicher sei. »Aber Sie haben so schöne Locken«, sagte sie traurig. »Soll ich sie wirklich abschneiden?«

»Alle.«

»Aber Sie werden sich selbst nicht wiedererkennen.«

Genau, dachte Percy, und der Gedanke gefiel ihr. Während sie in dem Friseurstuhl saß, immer noch wie in einem Traum, hatte Percy ihr Spiegelbild betrachtet und sich einen Moment der Innenschau erlaubt. Was sie sah, beunruhigte sie. Eine Frau mittleren Alters, die immer noch abends ihr Haar um Stoffstreifen drehte, um die mädchenhaften Locken zu erhalten, die die Natur längst vergessen hatte. Solche Umstände um seine Haare zu machen war vielleicht das Richtige für Saffy, eine Romantikerin, die sich an ihre Träume klammerte und nicht einsehen wollte, dass ihr edler Ritter nicht kommen würde, dass ihr Platz in Schloss Milderhurst war und immer sein würde; aber für Percy war es einfach lächerlich. Percy, die Pragmatikerin, Percy, die Planerin, Percy, die Beschützerin.

Sie hätte sich schon vor Jahren das Haar stutzen lassen sollen. Der neue Haarschnitt war adrett und pflegeleicht, und auch wenn sie nicht behaupten konnte, dass sie damit besser aussah, so sah sie zumindest anders aus. Mit jedem Schnipp wurde etwas in ihr befreit, ein alter Gedanke, an den sie sich geklammert hatte, ohne es zu wissen. Als die junge Friseurin schließlich die Schere weglegte und, ein bisschen fahl im Gesicht, verkündete: »Fertig, meine Liebe, sieht es nicht wunderbar aus?«, hatte sie daher den anmaßenden Tonfall ignoriert und zu ihrer eigenen Überraschung geantwortet: »Ja, es sieht wunderbar aus.«

Meredith wartete seit Stunden, erst hatte sie gestanden, dann gesessen, und jetzt lag sie halb auf dem Holzboden des Gemeindesaals. Als die Zeit verstrich, der Strom der Bauern und Landfrauen nachließ, nur noch vereinzelt Leute aus dem Dorf kamen, um die Kinder abzuholen, und es allmählich dunkel wurde, fragte Meredith sich bang, welch schreckliches Schicksal sie wohl erwartete, wenn niemand sie mitnahm, wenn niemand sie wollte. Würde sie ganz allein die nächsten Wochen hier in diesem zugigen Saal verbringen? Allein der Gedanke ließ ihre Brille beschlagen, sodass alles vor ihren Augen verschwamm.

Und genau in diesem Augenblick kam *sie*. Stürmte herein wie ein strahlender Engel, wie etwas aus einem Märchen, und rettete Meredith von dem kalten, harten Boden. Als wüsste sie, weil sie magische Kräfte besaß oder einen sechsten Sinn – etwas, was die Wissenschaft noch würde erklären müssen –, dass sie gebraucht wurde.

Meredith bekam nicht mit, wie Juniper hereinkam, sie war zu sehr damit beschäftigt, ihre Brille an ihrem Rocksaum zu polieren, aber sie spürte ein Knistern in der Luft und nahm das unnatürliche Schweigen wahr, das sich über die eben noch schnatternden Frauen legte.

»Miss Juniper«, sagte eine von ihnen, als Meredith sich ihre Brille wieder aufsetzte und zu dem Tisch mit den Erfrischungen hinüberschaute. »Was für eine Überraschung. Was können wir für Sie tun? Suchen Sie Miss Blythe? Denn wir haben sie seltsamerweise seit heute Mittag nicht mehr gesehen …«

»Ich bin gekommen, um meine Evakuierte abzuholen«, fiel das junge Mädchen, das Miss Juniper sein musste, der Frau mit einer abwehrenden Handbewegung ins Wort. »Bleiben Sie nur sitzen, ich habe sie schon gesehen.«

Dann durchquerte sie den Saal, vorbei an den Kindern in der ersten Reihe, und Meredith blinzelte und schaute hinter sich, aber hinter ihr war niemand mehr. Als sie sich wieder umdrehte, stand das strahlende Wesen direkt vor ihr. »Fertig?«, fragte sie. Lässig, leichthin, als wären sie alte Freundinnen und als wäre dies ein lange geplanter Besuch.

Später, nachdem Percy stundenlang im Schneidersitz auf einem großen Stein am Bach gesessen und aus allem, was ihr in die Finger kam, Bötchen gebastelt hatte, ging sie zum Gemeindehaus zurück, um ihr Fahrrad zu holen. Nach dem warmen Tag war es zum Abend hin stark abgekühlt, und als Percy sich auf den Weg zum Schloss machte, hatte die Abenddämmerung bereits die Hügel verschattet.

Die Verzweiflung hatte Percys Gedanken verknäuelt, und während sie auf dem Fahrrad strampelte, versuchte sie, sie zu entwirren. Die Verlobung war ein Schock, aber was sie am meisten traf, war das falsche Spiel, das die beiden gespielt hatten. Die ganze Zeit – denn es musste eine Zeit der Werbung gegeben haben, die schließlich zu der Verlobung geführt hatte – hatten Harry und Lucy sich geradezu vor ihren Augen getroffen. Percy fühlte sich betrogen. Zweifach betrogen, als Arbeitgeberin und – als Geliebte. Der Verrat brannte wie glühendes

Eisen in ihrer Brust. Sie hätte schreien mögen, sich das Gesicht zerkratzen, den beiden das Gesicht zerkratzen, ihnen genauso wehtun, wie sie ihr wehgetan hatten. Aus voller Kehle schreien, bis ihr die Stimme versagte, sich schlagen lassen, bis sie keinen Schmerz mehr empfand, die Augen schließen, um sie nie wieder zu öffnen.

Aber sie würde nichts dergleichen tun.

So verhielt eine Percy Blythe sich nicht.

Jenseits der Baumkronen tauchte die Nacht die fernen Felder in immer tiefere Dunkelheit, und ein Vogelschwarm flog in Richtung Kanal. Die bleiche Hülle des Monds hing leblos in den Schatten. Percy fragte sich gedankenverloren, ob die Bomber in dieser Nacht kommen würden.

Mit einem kurzen Seufzer hob sie eine Hand und berührte die ungewohnt nackte Haut in ihrem Nacken. Dann, als der Atem des Abends über ihr Gesicht strich, trat sie fester in die Pedale. Harry und Lucy würden heiraten, und nichts, was Percy tat oder sagte, würde daran etwas ändern. Klagen würden nichts nützen und Vorwürfe auch nicht. Was geschehen war, war geschehen. Percy blieb nichts anderes übrig, als noch einmal ganz neu zu planen. Und dann zu tun, was getan werden musste, so wie sie es immer gehalten hatte.

Als sie endlich das Tor von Schloss Milderhurst erreichte, bog sie von der Straße ab, fuhr über die wackelige Brücke und sprang vom Fahrrad. Obwohl sie den ganzen Tag über fast nur gesessen hatte, war sie müde, seltsam müde. Erschöpft bis in die Fingerspitzen. Ihre Knochen, ihre Augen, ihre Arme fühlten sich an, als wäre alles Leben aus ihnen gewichen. Wie ein Gummiband, das zu fest gespannt und dann losgelassen worden war, ausgeleiert, schwach und formlos. Sie kramte in ihrer Umhängetasche, bis sie eine Zigarette fand.

Percy ging das restliche Stück Weg zu Fuß, schob das Fahrrad neben sich her, während sie rauchte, und blieb erst stehen, als das Haus nach mehr als einem Kilometer vor ihr auftauchte. Kaum zu sehen, ein schwarzes Zeughaus, das sich gegen den marineblauen Himmel abhob, nicht ein Fünkchen Licht. Die Vorhänge waren zugezogen, die Fensterläden geschlossen, die Verdunkelungsvorschriften wurden eisern befolgt. Sehr gut. Dass Hitler ihr Schloss aufs Korn nahm, war das Letzte, was sie gebrauchen konnte.

Sie stellte ihr Fahrrad ab und legte sich daneben ins abendfeuchte Gras. Rauchte noch eine Zigarette. Dann noch eine, ihre letzte. Percy rollte sich zusammen und legte ein Ohr an den Boden, horchte, wie ihr Vater es ihr beigebracht hatte. Ihre Familie, ihr Haus waren auf einem Fundament aus Worten errichtet, hatte er immer wieder gesagt; der Familienstammbaum wurde von Sätzen zusammengehalten anstatt von Ästen. Schrift gewordene Gedanken waren in den Boden des Schlossgartens gesickert, und die Gedichte und Dramen, die Erzählungen und politischen Abhandlungen würden immer zu ihr sprechen, wenn sie sie brauchte. Vorfahren, die sie nie gekannt hatte, sie hatten Worte hinterlassen, Worte, die miteinander plauderten, die von jenseits der Gräber mit ihr sprachen, und so würde sie nie einsam und allein sein.

Nach einer Weile stand Percy auf, nahm ihr Fahrrad und ging weiter zum Schloss. Mittlerweile war es stockdunkel, und der Mond war aufgegangen, der schöne, verräterische Mond, der seine bleichen Finger über dem Land ausstreckte. Eine mutige Zwergmaus huschte über den silbrig glänzenden Rasen, feine Grashalme zitterten auf den Feldern, und dahinter stand schwarz der Wald.

Beim Näherkommen konnte sie von drinnen Stimmen hören: Saffys und Junipers und noch eine, eine Kinderstimme. Ein Mädchen. Nach kurzem Zögern nahm Percy die erste Stufe, dann die zweite, dachte an die zahllosen Male, die sie durch diese Tür gerannt war, begierig auf die Zukunft, auf das, was sie als Nächstes erwartete, auf diesen Augenblick.

Als sie dort stand, die Hand am Knauf ihrer Haustür, schwor sie sich vor den großen Bäumen des Cardarker-Walds, die ihre Zeugen waren: Sie war Persephone Blythe von Schloss Milderhurst. Es gab noch andere Dinge im Leben, die sie liebte – nicht viele, aber es gab immerhin einige: ihre Schwestern, ihren Vater und natürlich das Schloss. Sie war die Älteste – wenn auch nur um ein paar Minuten –, sie war die Erbin ihres Vaters, die einzige seiner Töchter, die seine Liebe zu den Mauern, der Seele und den Geheimnissen ihres Schlosses teilte. Sie würde sich zusammenreißen und weitermachen. Und sie würde es von jetzt an als ihre Pflicht betrachten, dafür zu sorgen, dass ihnen kein Leid geschah, sie würde alles tun, was nötig war, um ihrer aller Sicherheit zu gewährleisten.

*Teil drei*

# Entführungen und Schuldzuweisungen

## 1992

Im Jahr 1952 hätten die Schwestern Schloss Milderhurst beinahe verloren. Das Gebäude musste dringend restauriert werden, die finanzielle Lage der Familie Blythe war desaströs, und der National Trust bemühte sich nach Kräften, das Schloss zu erwerben und die Instandsetzung in die Hand zu nehmen. Es schien, als hätten die Schwestern Blythe keine andere Wahl, als in ein kleineres Haus zu ziehen, das Anwesen an Fremde zu verkaufen oder es dem Trust zu überschreiben, damit dieser sich um »die Erhaltung der prächtigen Gebäude und großartigen Gartenanlagen« kümmern konnte. Aber sie taten nichts dergleichen. Stattdessen öffnete Percy Blythe das Schloss für Besucher, verkaufte ein paar Hektar Ackerland und schaffte es irgendwie, genug Geld zusammenzukratzen, um das alte Gebäude zu erhalten.

Das weiß ich alles, weil ich mich ein sonniges Augustwochenende lang in der Leihbücherei durch das auf Mikrofilm festgehaltene Archiv des *Milderhurst Mercury* gearbeitet habe. Im Nachhinein ist mir eins klar: Als ich meinem Vater erzählte, dass die Entstehungsgeschichte des Buchs *Die wahre Geschichte vom Modermann* ein bisher ungelöstes literarisches Rätsel ist, war das etwa so, als hätte ich eine Schachtel Pralinen vor ein

Kleinkind hingestellt und erwartet, dass es sie nicht anrührt. Mein Vater ist ein ergebnisorientierter Mensch, und ihm gefiel die Idee, dass er möglicherweise ein Rätsel würde lösen können, das die Akademiker seit Jahrzehnten beschäftigte. Er hatte auch schon eine Theorie: Eine in dunkler Vergangenheit begangene Kindesentführung lag der Geschichte zugrunde. Das musste er nur noch beweisen, und der Ruhm und die Ehre würden ihm gehören. Allerdings kann ein Detektiv, der ans Bett gefesselt ist, nicht viel ausrichten, und so musste ein Gehilfe angeheuert und an seiner Stelle ins Feld geschickt werden. Und da kam ich ins Spiel. Ich ließ mich aus drei Gründen darauf ein: Erstens, weil er sich von einem Herzinfarkt erholte, zweitens, weil seine Theorie nicht ganz von der Hand zu weisen war, und drittens und vor allem, weil ich, seit ich die Briefe meiner Mutter gelesen hatte, beinahe krankhaft fasziniert war von Schloss Milderhurst.

Wie üblich begann ich meine Nachforschungen, indem ich mich an Herbert wandte. Ich fragte ihn, ob er irgendetwas über ungelöste Entführungsfälle aus der Zeit zu Anfang des Jahrhunderts wisse. Eine Sache, die ich ganz besonders an Herbert schätze, ist seine Fähigkeit, in einem scheinbaren Chaos genau die Information zu finden, die er sucht. Sein Haus ist hoch und schmal, vier ehemalige einzelne Wohnungen, die wieder zusammengelegt wurden: Unser Büro und die Druckmaschine sind im Erdgeschoss und im ersten Stock untergebracht, der Dachboden dient als Stauraum, und das Souterrain bewohnt Herbert zusammen mit Jess. An jeder Wand in jedem Zimmer stehen Regale voller Bücher: alte Bücher und neue Bücher, signierte Ausgaben und Korrekturexemplare, Erstauflagen und dreiundzwanzigste Auflagen, und sie stehen und liegen wild durcheinander und scheren sich einen Dreck darum, wie eine vorzeigbare Bibliothek auszusehen hat. Aber die wichtigste Sammlung,

Herberts persönliche Handbibliothek, befindet sich in seinem Kopf und garantiert ihm direkten Zugriff auf alles, was er je in seinem Leben gelesen hat. Mitzuerleben, wie er sich einem Ziel nähert, ist umwerfend: Zuerst, nachdem er die Suchanfrage entgegengenommen hat, legt er die Stirn in Falten, dann hebt er einen schlanken Finger, der so bleich und glatt ist wie eine Kerze, und schlurft wortlos zu einer Bücherwand, wo er den Finger über Buchrücken wandern lässt, als würde er von ihnen magnetisch angezogen, bis er auf dem gesuchten Buch landet, das er dann aus dem Regal nimmt.

Herbert auf Entführungsfälle anzusprechen war ein gewagter Versuch, und so wunderte es mich auch nicht, als er nichts Brauchbares zutage förderte. Ich sagte ihm, er solle sich nichts draus machen, und ging in die Bibliothek, wo ich mich im Kellergeschoss mit einer reizenden alten Dame anfreundete, die anscheinend dort unten ihr Leben lang auf den unwahrscheinlichen Zufall gewartet hatte, dass ich auftauchen würde. »Tragen Sie sich einfach hier ein, meine Liebe«, sagte sie eifrig, zeigte auf ein Klemmbrett mit Kugelschreiber und sah mir aufmerksam zu, als ich das Formular ausfüllte. »Ah, Billing & Brown, wie interessant. Ein lieber Freund von mir, möge er in Frieden ruhen, hat vor ungefähr dreißig Jahren seine Memoiren bei B&B herausgebracht.«

Da es außer mir nicht viele Leute gab, die diesen wunderbaren Sommertag im Keller der Bibliothek verbrachten, hatte ich leichtes Spiel, Miss Yeats für meine Zwecke einzuspannen. Wir verbrachten ein paar angenehme Stunden miteinander, durchforsteten die Archive und fanden tatsächlich drei ungelöste Entführungsfälle während der viktorianischen und edwardianischen Zeit in und um Kent sowie eine Menge Zeitungsberichte über die Familie Blythe von Schloss Milderhurst. Aus den Fünfziger- und Sechzigerjahren gab es eine nette Kolumne mit

Haushaltstipps, verfasst von Saffy Blythe, zahlreiche Artikel über Raymond Blythes literarische Erfolge und einige Leitartikel, in denen darüber berichtet wurde, wie die Familie das Schloss im Jahr 1952 beinahe verloren hätte. Damals war Percy Blythe interviewt worden und hatte emphatisch erklärt: *Ein Anwesen ist mehr als die Summe seiner Teile; es ist ein Hort der Erinnerungen, ein Archiv all dessen, was sich in ihm abgespielt hat. Das Schloss gehört meiner Familie, und das bereits seit Jahrhunderten, und ich werde nicht zulassen, dass es in die Hände von Leuten fällt, die zwischen seine uralten Bäume Koniferen pflanzen wollen.*

Begleitend zu dem Artikel war ein ziemlich pedantischer Vertreter des National Trust interviewt worden, der bedauerte, dass seiner Organisation keine Gelegenheit gegeben wurde, das Anwesen im Rahmen des neuen Landschaftsgartenprojekts zu restaurieren und ihm seine ehemalige Pracht zurückzugeben: *Es ist eine Tragödie,* sagte er, *dass einige der prächtigsten Anwesen unseres Landes in den kommenden Jahrzehnten verloren gehen werden, nur weil einige wenige nicht einsehen wollen, dass es in diesen wirtschaftlich schwierigen Zeiten eine Sünde ist, als privaten Wohnsitz zu nutzen, was im Grunde nationales Erbe ist.* Auf die Frage, welche Pläne die Treuhandgesellschaft für Milderhurst vorgesehen habe, zählte er diverse Maßnahmen auf, darunter *die Grundsanierung des Schlosses selbst und die komplette Wiederherstellung der Gartenanlagen.* Pläne, so schien es mir, die ziemlich genau dem entsprachen, was Percy Blythe sich für ihr Anwesen gewünscht hätte.

»Damals war die Arbeit des National Trust sehr umstritten«, sagte Miss Yeats, als ich meinen Gedanken laut äußerte. »Die Fünfzigerjahre waren eine schwierige Zeit: In Hidcote hat man die Kirschbäume abgeholzt und in Wimpole die Alleenbäume gefällt, und das alles, um vermeintliche historische Standards wiederherzustellen.«

Die beiden Beispiele sagten mir nichts, aber irgendwelche Standards zu erfüllen, das klang schon weniger nach der Percy Blythe, die ich kennengelernt hatte. Als ich weiterlas, wurde mir die Sachlage allmählich klarer. »Hier steht, der Trust wollte den Schlossgraben wieder herrichten.« Ich schaute Miss Yeats an, die den Kopf schief gelegt hatte und auf eine Erklärung wartete. »Raymond Blythe hat den Graben nach dem Tod der Mutter der Zwillinge zuschütten lassen, als eine Art Gedenkstätte. Ich glaube nicht, dass die Schwestern es begrüßt hätten, wenn der Trust den Graben wieder ausgehoben hätte.« Ich lehnte mich in meinem Stuhl zurück und streckte mich. »Allerdings verstehe ich nicht, wieso sie so verarmt waren. Der *Modermann* ist ein Klassiker, er war ein Bestseller und verkauft sich heute noch. Die Tantiemen müssten doch eigentlich ausgereicht haben, um ihnen ein bequemes Leben zu ermöglichen, oder?«

»Tja, das sollte man meinen«, sagte Miss Yeats. Dann betrachtete sie stirnrunzelnd einen Stapel Computerausdrucke, der vor uns auf dem Tisch lag. »Wissen Sie, ich bin mir ziemlich sicher, dass ich …« Sie ging die Ausdrucke durch, zog schließlich einen heraus und hielt ihn sich dicht vor die Nase. »Ah ja! Hier ist es …« Sie reichte mir einen Zeitungsartikel vom 13. Mai 1941 und schaute mich über ihre Lesebrille hinweg an. »Offenbar hat Raymond Blythe nach seinem Tod beträchtliche Vermächtnisse hinterlassen.«

Der Artikel war überschrieben mit »Großzügige Spende von Schriftsteller rettet Institut« und zeigte das Foto von einer strahlenden, mit einer Latzhose bekleideten Frau, die eine Ausgabe des *Modermann* in Händen hält. Ich überflog den Text. Miss Yeats hatte recht: Der Großteil der Tantiemen wurde nach Raymond Blythes Tod zwischen der katholischen Kirche und einem Verein aufgeteilt. »Das Pembroke-Farm-Institut«, las ich langsam vor. »Hier steht, dass es sich um einen Natur-schutzverein mit Sitz in Sussex handelt, der sich die Förderung einer gesunden, ökologischen Lebensweise zum Ziel gesetzt hat.«

»Die waren ihrer Zeit ziemlich weit voraus«, bemerkte Miss Yeats.

Ich nickte.

»Sollen wir mal oben im Register nachsehen? Vielleicht fin-den wir ja noch mehr?«

Miss Yeats war so begeistert von der Aussicht auf ein neues Forschungsthema, dass ihre Wangen rosig glühten, und ich kam mir ziemlich gemein vor, als ich sagte: »Nein, heute nicht. Ich fürchte, ich habe nicht genug Zeit.« Als sie mich enttäuscht ansah, fügte ich hinzu: »Tut mir wirklich leid, aber mein Vater wartet auf meinen Bericht.«

Was tatsächlich stimmte, trotzdem ging ich nicht auf direktem Weg nach Hause. Als ich sagte, es gäbe drei Gründe, warum ich mich darauf eingelassen hatte, mein Wochenende für die Nachforschungen in der Bibliothek zu opfern, war ich nicht ganz aufrichtig. Ich habe nicht gelogen, die Gründe waren alle korrekt, aber es gab noch einen vierten, dringlicheren Grund. Ich wollte meiner Mutter aus dem Weg gehen. Und zwar we-gen dieser Briefe, oder genauer gesagt, wegen meiner Unfähig-keit, den verdammten Schuhkarton verschlossen zu lassen, den Rita mir gegeben hatte.

Ich hatte sie nämlich alle gelesen. An dem Abend von Sams Junggesellinnenabschied hatte ich sie mit nach Hause genom-men und sie alle verschlungen, einen nach dem anderen, an-gefangen bei dem Brief, den meine Mutter gleich nach ihrer Ankunft im Schloss geschrieben hatte. Ich stand mit ihr die frostigen ersten Monate des Jahres 1940 durch, wurde mit ihr

Zeugin der Luftschlacht um England, zitterte mit ihr in der
»Anderson«-Schutzhütte. Im Lauf der anderthalb Jahre wurde
die Handschrift sauberer, die Ausdrucksweise reifer, bis ich lange nach Mitternacht den letzten Brief las, den Brief, den sie
nach Hause geschickt hatte, kurz bevor ihr Vater sie zurück
nach London holte. Er trug das Datum vom 17. Februar 1941:

*Liebe Mum, lieber Dad,*
*es tut mir leid, dass wir am Telefon gestritten haben. Ich habe mich*
*so sehr über Euren Anruf gefreut, und es macht mich traurig, dass*
*es so ausgegangen ist. Ich glaube, ich habe mich nicht sehr verständ-*
*lich ausgedrückt. Ich wollte sagen, dass ich weiß, dass Ihr nur das*
*Beste für mich wollt, und ich danke Dir, Dad, dass Du in meinem*
*Namen mit Mr. Solley gesprochen hast. Trotzdem bin ich nicht der*
*Meinung, dass es »das Beste« für mich wäre, nach Hause zu kom-*
*men und als Schreibkraft für ihn zu arbeiten.*
*Rita ist anders als ich. Ihr hat es hier auf dem Land überhaupt*
*nicht gefallen, und sie hat schon immer genau gewusst, was sie tun*
*und werden wollte. Mein Leben lang hatte ich das Gefühl, dass mit*
*mir etwas nicht stimmte, dass ich auf eine bestimmte Weise »an-*
*ders« war, die ich nicht erklären konnte, die ich nicht einmal selbst*
*verstand. Ich lese gern Bücher, ich liebe es, Leute zu beobachten, es*
*macht mir Spaß, das, was ich sehe und was ich denke, mit Wor-*
*ten festzuhalten. Lächerlich, ich weiß! Könnt Ihr Euch vorstellen,*
*dass ich mir immer vorgekommen bin wie das schwarze Schaf der*
*Familie?*
*Aber hier habe ich Menschen kennengelernt, die meine Interes-*
*sen teilen, und jetzt weiß ich, dass es noch andere gibt, die die Welt*
*genauso sehen wie ich. Saffy glaubt, dass ich, wenn der Krieg vorbei*
*ist, was bestimmt nicht mehr lange dauert, gute Aussichten habe,*
*an einer Oberschule aufgenommen zu werden, und danach ... wer*
*weiß? Vielleicht könnte ich sogar studieren? Auf jeden Fall muss ich*

*weiterhin fleißig lernen, wenn ich die Chance haben will, auf eine*
*Oberschule zu wechseln.*

*Und deswegen flehe ich Euch an – bitte zwingt mich nicht, nach*
*Hause zu kommen! Die Blythes würden mich gern noch länger da-*
*behalten, und Ihr wisst ja, dass ich hier gut aufgehoben bin. Ihr*
*habt mich nicht »verloren«, Mum, ich wünschte, Du würdest so*
*etwas nicht sagen. Ich bin Eure Tochter – Ihr könntet mich nicht*
*einmal verlieren, wenn Ihr es versuchen würdet. Bitte, bitte, lasst*
*mich bleiben!*

*Voller Liebe und Hoffnung,*
*Eure Tochter Meredith*

In jener Nacht träumte ich von Milderhurst. Ich war wieder
ein kleines Mädchen, trug eine Schuluniform, die mir unbekannt war, und stand vor dem hohen schmiedeeisernen Tor am
Anfang der Zufahrt. Das Tor war verriegelt und viel zu hoch,
um darüberzuklettern, so hoch, dass es, als ich nach oben
schaute, bis in die wirbelnden Wolken ragte. Ich versuchte, am
Tor hochzuklettern, aber meine Füße rutschten immer wieder
ab, sie waren weich wie Pudding, wie man es oft in Träumen
erlebt. Das Metall fühlte sich eisig an in meinen Händen, und
doch war ich von dem Verlangen erfüllt zu erfahren, was dahinter lag.

Ich schaute nach unten, und auf meiner Handfläche lag ein
großer, rostiger Schlüssel. Dann saß ich plötzlich in einer Kutsche hinter dem Tor. In einer direkt aus dem *Modermann* ent-
lehnten Szene wurde ich die lange, gewundene Zufahrt hoch-
gefahren, an dem dunklen, bebenden Wald vorbei, über die
Brücken, bis das Schloss oben auf dem Hügel vor mir aufragte.

Und dann war ich auf einmal drinnen. Das Schloss schien
verlassen. Die Böden der Flure waren von einer dichten Staubschicht bedeckt, die Bilder hingen schief an den Wänden, die

Vorhänge waren zerschlissen. Aber ich sah nicht nur die äußeren Anzeichen des Verfalls. Die Luft war abgestanden und roch übelkeiterregend, und ich fühlte mich, als hätte man mich auf einem dunklen, feuchten Dachboden in einer Kiste eingesperrt.

Dann hörte ich ein Geräusch, ein leises Rascheln und die Andeutung einer Bewegung. Am Ende des Flurs stand Juniper, sie trug dasselbe Kleid, das sie angehabt hatte, als ich das Schloss besichtigt hatte. Ein merkwürdiges Gefühl überkam mich, eine den ganzen Traum durchdringende tiefe und beunruhigende Sehnsucht. Obwohl sie kein Wort sagte, wusste ich, dass es Oktober 1941 war und sie auf Thomas Cavill wartete. Hinter ihr tauchte eine Tür auf, die Tür zum guten Salon. Musik war zu hören, eine Melodie, die mir vage bekannt vorkam.

Ich folgte ihr in das Zimmer, wo ein gedeckter Tisch stand. Alles im Zimmer wirkte erwartungsvoll. Ich ging um den Tisch herum, zählte die Gedecke, wusste irgendwie, dass eins für mich vorgesehen war und eins für meine Mutter. Dann sagte Juniper etwas, das heißt, ihre Lippen bewegten sich, aber ich konnte keine Worte hören.

Plötzlich stand ich am Fenster, aber gemäß der seltsamen Traumlogik war es gleichzeitig das Küchenfenster bei meiner Mutter, und ich betrachtete die Fensterscheibe. Ich schaute nach draußen, wo es stürmte, und dann sah ich einen glitzernden, schwarzen Schlossgraben. Der Wasserspiegel bewegte sich, und eine schwarze Gestalt tauchte aus dem Graben auf. Mein Herz schlug wie eine Glocke in meiner Brust. Ich wusste sofort, dass das der Modermann war, und ich war vor Angst stocksteif. Meine Füße waren mit dem Boden verwachsen, aber als ich gerade schreien wollte, war meine Angst mit einem Mal verflogen. Stattdessen überkamen mich Sehnsucht und Traurigkeit und, ganz unerwartet, Verlangen.

Ich fuhr aus dem Schlaf, der Traum war bereits dabei, mir zu entgleiten. Verblassende Bilder hingen wie Geister in den Zimmerecken, und ich blieb eine Weile ganz still liegen und beschwor sie, sich nicht aufzulösen. Ich hatte das Gefühl, als könnte die leiseste Bewegung, das winzigste Fitzelchen Sonnenlicht die Bilder verscheuchen. Aber ich wollte sie noch nicht loslassen. Der Traum war so lebhaft gewesen, die Sehnsucht so real, dass ich, als ich meine Hand fest gegen meine Brust presste, fast damit rechnete, einen blauen Fleck auf der Haut zu hinterlassen.

Nach einer Weile stieg die Sonne über das Dach von Singer & Sons, die ersten Strahlen fielen durch die Spalten zwischen den Vorhängen, und die Magie des Traums war verflogen. Ich setzte mich seufzend auf. Mein Blick fiel auf den Schuhkarton am Fußende meines Betts. Beim Anblick all dieser Briefe, die nach Elephant and Castle geschickt worden waren, fielen mir wieder Einzelheiten des vergangenen Abends ein, und plötzlich fühlte ich mich schuldig wie jemand, der von verbotenen Früchten gekostet hatte. Sosehr ich mich darüber freute, dass ich eine Vorstellung von der Stimme, den Bildern und dem Wesen meiner Mutter als Kind bekommen hatte, und egal wie überzeugend die Argumente waren, mit denen ich mein Handeln zu rechtfertigen suchte (die Briefe waren vor Jahrzehnten geschrieben worden, sie waren für die Familie bestimmt gewesen, und meine Mutter brauchte nie davon zu erfahren), ich konnte den Gesichtsausdruck nicht vergessen, mit dem Rita mir die Schachtel gegeben und mir viel Spaß beim Lesen gewünscht hatte, den Anflug eines Triumphgefühls, als hätten wir jetzt ein gemeinsames Geheimnis, als würde uns von nun an etwas verbinden, das ihre Schwester ausschloss. Die Wärme, die mich durchströmte, als ich das kleine Mädchen an der Hand gehalten hatte, war der Reue der Schnüfflerin gewichen.

Ich würde ihr alles beichten müssen, das war mir klar, aber

ich traf eine Abmachung mit mir selbst. Wenn es mir gelang, aus dem Haus zu kommen, ohne meiner Mutter über den Weg zu laufen, hätte ich einen ganzen Tag lang Zeit, mir zu überlegen, wie ich am besten vorgehen sollte. Falls ich ihr auf dem Weg zur Tür begegnete, würde ich auf der Stelle eine umfassende Beichte ablegen. Schnell und leise zog ich mich an, schlich ins Bad, um mich zu waschen und zu kämmen, holte heimlich meine Umhängetasche aus dem Wohnzimmer – alles lief wie am Schnürchen, bis ich in die Küche kam. Meine Mutter stand am Herd, den Gürtel ihres Morgenmantels ein bisschen zu hoch geschnürt, sodass sie aussah wie ein Schneemann.

»Morgen, Edie«, sagte sie mit einem Blick über die Schulter.

Zu spät, um den Rückzug anzutreten. »Morgen, Mum.«

»Gut geschlafen?«

»Ja, danke.«

Während ich nach einem Vorwand suchte, das Frühstück ausfallen zu lassen, stellte sie eine dampfende Tasse Tee vor mir auf den Tisch. »Wie war's auf Samanthas Party?«

»Bunt. Laut.« Ich lächelte. »Du kennst ja Sam.«

»Ich habe dich gestern Abend gar nicht kommen hören. Ich hatte dir etwas vom Abendessen hingestellt.«

»Äh …«

»Ich wusste ja nicht, ob du noch Hunger haben würdest, aber wie ich sehe …«

»Ich war ziemlich müde …«

»Natürlich.«

Ich kam mir vor wie ein Schuft! Und in ihrem unvorteilhaften Morgenmantel wirkte meine Mutter verletzlicher denn je, was dazu führte, dass ich mich noch elender fühlte. Ich setzte mich an den Tisch, wo sie die Teetasse hingestellt hatte, holte entschlossen Luft und sagte: »Mum, ich muss dir etwas …«

»Au!« Sie steckte den Finger kurz in den Mund und schüttelte ihn. »Der Dampf«, sagte sie und pustete auf ihre Fingerspitze. »Das ist dieser blöde neue Wasserkessel.«

»Soll ich dir Eiswürfel holen?«

»Ich halte ihn einfach unter kaltes Wasser.« Sie trat an die Spüle. »Es liegt an der Tülle. Ich weiß nicht, warum man Dingen, die bislang tadellos funktioniert haben, ein neues Design verpassen muss.«

Ich holte noch einmal Luft, atmete aber wieder aus, als sie fortfuhr.

»Ich wünschte, die würden sich auf nützlichere Dinge konzentrieren. Ein Heilmittel gegen Krebs zum Beispiel.« Sie drehte den Wasserhahn ab.

»Mum, ich muss dir unbedingt etwas …«

»Ich bin gleich wieder da, Edie. Ich will nur eben deinem Vater den Tee bringen, ehe die Glocke läutet.«

Sie ging nach oben. Während ich wartete, überlegte ich, was ich sagen sollte, wie ich es ihr sagen sollte, ob es eine Möglichkeit gab, meine Sünde auf eine Weise zu erklären, die sie verstehen würde. Eine kühne Hoffnung, die ich wieder verwarf. Es gibt einfach keine nette Art, jemandem zu gestehen, dass man ihn durchs Schlüsselloch beobachtet hat.

Ich hörte meine Eltern leise miteinander reden, dann die Tür, die geschlossen wurde, dann Schritte auf der Treppe. Hastig stand ich auf. Was hatte ich mir überhaupt gedacht? Ich brauchte mehr Zeit. Es wäre dumm, mit der Tür ins Haus zu fallen, ich musste erst über alles nachdenken … Aber dann war sie wieder in der Küche und sagte: »So, das dürfte Seine Durchlaucht für die nächste Viertelstunde zufriedenstellen«, und ich stand immer noch verlegen hinter meinem Stuhl, wie eine schlechte Schauspielerin auf der Bühne.

»Du gehst schon?«, fragte sie überrascht. »Du hast deinen Tee ja noch gar nicht ausgetrunken.«

»Ich, äh …«

»Wolltest du mir nicht etwas sagen?«

Ich nahm meine Teetasse und betrachtete ihren Inhalt. »Ich …«

»Ja?« Sie band den Gürtel ihres Morgenrocks ein bisschen fester und sah mich leicht besorgt an. »Was ist denn los?«

Wem wollte ich eigentlich etwas vormachen? Nachdenken, ein paar Stunden Aufschub, nichts würde etwas ändern. Ich seufzte resigniert. »Ich habe etwas für dich.«

Ich ging in mein Zimmer und zog die Schachtel mit den Briefen unter dem Bett hervor.

Als ich wieder in die Küche kam, hatte sich eine senkrechte Falte auf der Stirn meiner Mutter gebildet. Ich stellte die Schachtel auf den Tisch.

»Pantoffeln?« Sie runzelte die Stirn und schaute zuerst ihre Füße, die in Pantoffeln steckten, dann mich an. »Sehr freundlich, Edie, man kann ja nie genug Pantoffeln haben.«

»Nein, das sind keine …«

Plötzlich lächelte sie. »Deine Großmutter hat immer solche getragen.« Wie sie mich anschaute, wirkte sie auf einmal so ungeschützt, so unerwartet erfreut, dass ich mich beherrschen musste, um nicht den Deckel von der Schachtel zu reißen und mich als die Verräterin zu erkennen zu geben, die ich war. »Wusstest du das, Edie? Hast du sie deswegen gekauft? Nicht zu glauben, dass du genau solche gefunden hast …«

»Das sind keine Pantoffeln, Mum. Mach die Schachtel auf. Bitte. Mach sie einfach auf.«

»Edie?« Sie lächelte verunsichert, als sie sich an den Tisch setzte und die Schachtel zu sich heranzog. Ein letzter ängstlicher Blick in meine Richtung, dann nahm sie den Deckel ab und betrachtete stirnrunzelnd den Stapel vergilbter Briefe.

Mir wurde ganz heiß, als hätte ich Feuer in den Adern, angesichts der Gefühle, die sich in ihrem Gesicht spiegelten. Verwirrung, Argwohn, dann ein kurzes Einatmen, als die Erkenntnis kam. Später, in meiner Erinnerung, sah ich ihn sehr deutlich, den Moment, in dem die Handschrift auf dem obersten Umschlag sich in gelebte Erfahrung verwandelte. Ich sah, wie ihr Gesicht sich veränderte, wie ihre Züge sich wieder in die einer Dreizehnjährigen verwandelten, die diesen Brief an ihre Eltern geschrieben und ihnen darin von dem Schloss berichtet hatte, in dem sie untergebracht war. Sie war wieder dort, zurückversetzt in den Moment, als sie den Brief verfasst hatte.

Die Finger meiner Mutter wanderten an ihre Lippen, an ihre Wange, verharrten kurz an der kleinen Kuhle an ihrem Hals, bis sie endlich, nach einer Ewigkeit, wie mir schien, zögernd in die Schachtel griffen. Sie nahm den ganzen Stapel Briefe auf einmal heraus und hielt ihn in beiden Händen. In Händen, die zitterten. Dann sagte sie, ohne mich anzusehen: »Woher hast du die …?«

»Von Rita.«

Sie seufzte langsam, nickte, als hätte sie es sich gleich denken können. »Hat sie dir gesagt, wie sie an die Briefe gekommen ist?«

»Sie hat sie nach Grans Tod unter ihren Sachen gefunden.«

Ein Geräusch, das der Ansatz zu einem Lachen hätte sein können, wehmütig, überrascht, ein bisschen traurig. »Ich kann es nicht fassen, dass sie sie aufbewahrt hat.«

»Du hast sie geschrieben«, sagte ich leise. »Natürlich hat sie sie aufbewahrt.«

Meine Mutter schüttelte den Kopf. »Aber so war es nicht … Meine Mutter und ich, wir waren nicht so.«

Ich dachte an *Das Buch von den nassen Zaubertieren*. Meine Mutter und ich waren auch nicht so, das hatte ich jedenfalls angenommen. »So sind Eltern nun mal, denke ich.«

Meine Mutter zog mehrere Briefe aus dem Stapel und hielt sie wie Spielkarten in der Hand. »Dinge aus der Vergangenheit«, sagte sie, mehr zu sich selbst. »Dabei habe ich alles darangesetzt, das Vergangene hinter mir zu lassen.« Vorsichtig fuhr sie mit den Fingerspitzen über die Briefe. »Und jetzt, wohin ich mich auch wende …«

Mein Herz begann zu rasen bei der Aussicht, mehr zu erfahren. »Warum willst du das Vergangene denn vergessen, Mum?«

Aber sie antwortete mir nicht, jedenfalls nicht gleich. Das Foto, das kleiner war als die Briefe, war aus dem Stapel gerutscht, genau wie am Abend zuvor, und auf den Tisch gefallen. Sie holte tief Luft, dann hob sie es auf, rieb mit dem Daumen darüber, ihr Gesicht verletzlich, gequält. »Das ist alles so lange her, aber manchmal …«

Plötzlich schien sie sich zu erinnern, dass ich da war. Schob das Foto wieder zwischen die Briefe, gespielt beiläufig, als bedeutete es ihr nichts. Dann schaute sie mich an. »Deine Gran und ich … wir hatten es nicht leicht miteinander. Wir waren sehr verschieden, immer schon, aber nach meiner Evakuierung sind einige Dinge noch viel deutlicher zutage getreten. Wir haben uns gestritten, und sie hat mir nie verziehen.«

»Weil du auf die Oberschule wechseln wolltest?«

Alles schien stillzustehen, selbst die Luft.

Meine Mutter sah aus, als hätte ich sie geohrfeigt. Dann fragte sie leise, mit zitternder Stimme: »Du hast sie gelesen? Meine Briefe?«

Ich schluckte. Und nickte zittrig.

»Wie konntest du nur, Edith? Das ist privat.«

Alle meine Rechtfertigungsargumente lösten sich auf wie ein Papiertaschentuch im Regen. Vor Scham kamen mir die Tränen, sodass mir alles vor den Augen verschwamm, auch das Gesicht meiner Mutter. Alle Farbe war aus ihrem Gesicht gewichen, nur die Sommersprossen waren geblieben, sodass sie wieder aussah wie als Dreizehnjährige. »Ich … ich wollte es einfach wissen.«

»Das alles geht dich nichts an«, zischte sie. »Es hat nichts mit dir zu tun.« Sie packte die Schachtel, drückte sie sich an die Brust und eilte nach kurzem Zögern aus der Küche.

»Doch, es geht mich etwas an«, sagte ich zu mir selbst, dann lauter, mit zitternder Stimme: »Du hast mich angelogen!«

Sie zuckte zusammen.

»Über Junipers Brief, über Milderhurst, über alles. Wir sind doch da gewesen …«

Sie zögerte kurz an der Tür, drehte sich aber nicht um und blieb nicht stehen.

»… ich kann mich daran *erinnern*!«

Dann war ich wieder allein, umgeben von dieser sonderbar gläsernen Stille, die eintrat, wenn etwas zerbrochen wurde. Oben wurde eine Tür zugeschlagen.

Seitdem waren zwei Wochen vergangen, und selbst für unsere Verhältnisse war die Stimmung zwischen uns eisig. Wir gingen höflich miteinander um, einerseits meinem Vater zuliebe, andererseits, weil das unser Stil war, nickten und lächelten, sprachen jedoch kein Wort, das über Floskeln wie »Gib mir bitte das Salz« hinausging. Ich fühlte mich bald schuldig und dann wieder nicht, war bald stolz und neugierig auf das Mädchen, das Bücher geliebt hatte, so wie ich, und dann verletzt und sauer auf die Frau, die sich weigerte, mir irgendetwas von sich preiszugeben.

Aber vor allem ärgerte ich mich, dass ich ihr überhaupt von den Briefen erzählt hatte. Ich verfluchte alle, die behaupteten, dass Ehrlichkeit am längsten währt, begann wieder, die Vermietungsannoncen zu studieren, und suchte darüber hinaus jede

Gelegenheit, mich rar zu machen. Das war nicht schwierig: Das vom Ghostwriter überarbeitete Manuskript von *Die Geister der Romney Marsh* war eingetroffen, und so hatte ich allen Grund, Überstunden zu machen. Herbert freute sich über meine Gesellschaft. Mein Arbeitseifer, bemerkte er, erinnere ihn an »die guten alten Zeiten«, als der Krieg endlich zu Ende war und England sich wieder aufrappelte und er und Mr. Brown ständig unterwegs waren, um Titel einzukaufen und Aufträge an Land zu ziehen.

Und deswegen fuhr ich am Sonntag, nachdem ich die Ausdrucke mit den Zeitungsartikeln eingesteckt, einen Blick auf die Uhr geworfen und festgestellt hatte, dass es erst kurz nach eins war, nicht nach Hause. Dad saß auf heißen Kohlen wegen meiner Nachforschungen in Sachen Entführung, aber er würde sich bis zu unserer offiziellen *Modermann*-Sitzung am Abend gedulden müssen. Ich machte mich auf den Weg nach Notting Hill, beflügelt von der Aussicht auf angenehme Gesellschaft, willkommene Ablenkung und vielleicht sogar ein kleines Mittagessen.

## Die Handlung wird ziemlich kompliziert

Ich hatte ganz vergessen, dass Herbert übers Wochenende verreist war, um bei der jährlichen Versammlung der Bookbinders Association einen Vortrag zu halten. Bei Billing & Brown waren die Jalousien heruntergelassen, und das Büro war düster und ohne Leben. Als ich das Haus betrat und mich vollkommene Stille empfing, fühlte ich mich schrecklich niedergeschmettert.

»Jess?«, rief ich hoffnungsvoll. »Jessie?«

Kein freudiges Tapsen, kein Pfotenscharren auf der Treppe zum Souterrain, nur Stille, die mir in Wellen entgegenschwappte. Ein geliebtes Haus ohne seine rechtmäßigen Bewohner hat etwas zutiefst Beunruhigendes, und in dem Moment hätte ich nichts lieber getan, als mich mit Jess um den Platz auf dem Sofa zu streiten.

»Jessie?« Nichts.

Was bedeutete, dass Herbert sie nach Shrewsbury mitgenommen hatte und ich wirklich allein war.

Egal, munterte ich mich auf, es gab schließlich genug Arbeit, um mich den Nachmittag über zu beschäftigen. *Die Geister der Romney Marsh* sollte am Montag in den Druck gehen, und auch wenn es bereits zweimal überarbeitet worden war, konnte es nicht schaden, es mir noch einmal vorzunehmen. Ich zog die Jalousien hoch, schaltete meine Schreibtischlampe ein, wobei ich alles so geräuschvoll wie möglich erledigte, dann setzte ich mich und blätterte die Manuskriptseiten durch. Ich strich Kommas, setzte sie wieder ein. Sinnierte über den Gebrauch von »doch« anstelle von »aber«, ohne zu einem Schluss zu kommen, und markierte die Stelle, um später noch einmal darüber nachzudenken. Nachdem ich auch bei den nächsten fünf stilistischen Fragen zu keiner Lösung gelangt war, sagte ich mir, dass es ein Ding der Unmöglichkeit war, sich mit leerem Magen konzentrieren zu wollen.

Herbert hatte gekocht, und im Kühlschrank stand eine frische Kürbislasagne. Ich schnitt ein Stück ab, wärmte es auf und ging mit dem Teller zurück an meinen Schreibtisch. Weil ich das Manuskript des Ghostwriters nicht beschmutzen wollte, schob ich es beiseite und nahm mir stattdessen die Artikel aus dem *Milderhurst Mercury* vor. Ich las den einen oder anderen Absatz, betrachtete aber vor allem die Bilder. Schwarz-Weiß-Fotos haben etwas Nostalgisches, das Fehlen von Farben vermittelt den Eindruck, als könnte man durch den Tunnel der Zeit in die Vergangenheit blicken. Es gab zahlreiche Fotos vom Schloss selbst, aufgenommen in verschiedenen Jahren, einige von den Ländereien, ein ganz altes von Raymond Blythe und seinen Zwillingstöchtern aus Anlass des Erscheinens vom *Modermann*. Fotos von Percy Blythe, die steif und verlegen unter den Hochzeitsgästen eines Paars namens Harold und Lucy Rogers steht, Percy Blythe, die bei der Eröffnung eines Gemeindezentrums das Band zerschneidet, Percy Blythe, die eine signierte Ausgabe des *Modermann* an die Gewinnerin eines Gedichtwettbewerbs überreicht.

Ich ging die Seiten noch einmal durch: Saffy war auf keinem einzigen Foto zu sehen, was mir sonderbar erschien. Dass Juniper nicht mit auf den Fotos war, konnte ich ja verstehen, aber wo war Saffy? Ich nahm mir einen Artikel vor, der das Ende des

Zweiten Weltkriegs feierte und einige Bürger des Dorfs für ihren tapferen Einsatz an der Heimatfront lobte. Noch ein Foto von Percy Blythe, diesmal in Uniform. Ich betrachtete es nachdenklich. Natürlich konnte es sein, dass Saffy sich nicht gern fotografieren ließ. Und es konnte sein, dass sie sich strikt geweigert hatte, sich in der Gemeinde zu engagieren. Für viel wahrscheinlicher hielt ich es jedoch, nachdem ich die beiden zusammen erlebt hatte, dass sie wusste, wo ihr Platz war. Mit einer Schwester wie Percy, einer Frau mit eiserner Entschlusskraft und dem absoluten Willen, für den guten Namen ihrer Familie einzustehen, wie konnte die arme Saffy darauf hoffen, ihr Lächeln in der Zeitung abgebildet zu sehen?

Es war kein gutes Foto, in keiner Weise schmeichelhaft. Percy stand im Vordergrund, und das Foto war von unten aufgenommen worden, wahrscheinlich, um das Schloss im Hintergrund ganz draufzubekommen. Der Winkel war schlecht gewählt und ließ Percy riesenhaft und streng erscheinen, ein Eindruck, der durch ihr ernstes Gesicht noch verstärkt wurde.

Ich sah genauer hin. Im Hintergrund entdeckte ich etwas, das ich vorher übersehen hatte, direkt hinter Percys kurzem Haarschopf. Ich wühlte in Herberts Schublade, bis ich die Lupe fand, hielt sie über das Foto und kniff die Augen zusammen. Dann lehnte ich mich verblüfft zurück. Genau, was ich vermutet hatte. Jemand war auf dem Schlossdach. Auf dem First neben einer der Zinnen saß eine Gestalt in einem langen, weißen Kleid. Mir war sofort klar, dass das nur Juniper sein konnte, die arme, traurige Juniper.

Während ich den winzigen weißen Fleck in der Nähe des Dachzimmerfensters betrachtete, überkam mich eine Mischung aus Empörung und Traurigkeit. Und Zorn. Nicht zum ersten Mal hatte ich das Gefühl, dass Tom Cavill die Wurzel allen Übels war, und ich stellte mir einmal mehr vor, was an jenem Oktoberabend passiert war, als er Juniper das Herz gebrochen und ihr Leben ruiniert hatte. Das Szenario, das ich mir ausgemalt hatte, war mittlerweile sehr detailliert, es war mir so vertraut, dass es ablief wie ein altbekannter Film, einschließlich des stimmungsvollen Soundtracks. Ich befand mich zusammen mit den Schwestern in dem perfekt hergerichteten guten Zimmer, hörte ihnen zu, wie sie sich fragten, was ihn so lange hatte aufhalten können, sah, wie Juniper begann, zum Opfer eines Wahnsinns zu werden, der sie auffressen sollte, und dann passierte etwas. Etwas, das noch nie zuvor passiert war.

Ich weiß nicht, warum oder wie es dazu kam, aber die Erkenntnis kam plötzlich und siedend heiß. Der Soundtrack meines Traums brach abrupt ab, die Bilder lösten sich auf, und nur eins war klar: Es steckte mehr hinter dieser Geschichte. Es konnte nicht anders sein. Denn keine Frau wird wahnsinnig, bloß weil ein Liebhaber nicht auftaucht, oder? Auch nicht, wenn sie labil oder depressiv ist oder was auch immer Mrs. Bird gemeint hatte, als sie von Junipers Anfällen gesprochen hatte.

Ich ließ den *Mercury*-Artikel auf den Schreibtisch sinken und richtete mich auf. Ich hatte die traurige Geschichte von Juniper Blythe für bare Münze genommen, weil meine Mutter zugegebenermaßen recht hat: Ich habe eine blühende Fantasie und ein Faible für Geschichten mit tragischem Ausgang. Aber das war kein Märchen, das war das wirkliche Leben, und ich musste die Situation etwas kritischer ins Auge fassen. Ich bin Lektorin, es ist mein Job, Geschichten auf ihre Plausibilität hin zu überprüfen, und die von Juniper Blythe enthielt einige Ungereimtheiten. Sie war zu simpel. Liebesaffären gehen zu Ende, Menschen betrügen einander, Liebende trennen sich. Das Leben ist voll von solchen persönlichen Tragödien, die vielleicht schrecklich sein mögen, aber im größeren Zusammenhang betrachtet doch eher banal sind, oder? *Sie ist wahnsinnig geworden*: Die

Worte kamen einem leicht über die Lippen, aber die Geschichte war ziemlich dünn, wie aus einem Groschenroman. Mir war vor nicht allzu langer Zeit dasselbe passiert, und ich war auch nicht wahnsinnig geworden. Nicht einmal ansatzweise.

Mein Herz hatte angefangen, ziemlich heftig zu klopfen. Ich schnappte mir meine Tasche, stopfte die Kopien hinein, brachte meinen schmutzigen Teller in die Küche. Ich musste Tom Cavill finden. Warum war ich nicht eher darauf gekommen? Meine Mutter würde mir nichts erzählen, Juniper war nicht in der Lage dazu. Aber er war das fehlende Glied, die Antwort auf alles lag bei ihm, und ich musste mehr über ihn in Erfahrung bringen.

Ich schaltete die Schreibtischlampe aus, ließ die Jalousien herunter und schloss die Haustür hinter mir ab. Ich bin ein Bücherwurm, und deswegen kam mir gar keine andere Alternative in den Sinn: Ich eilte auf direktem Weg zurück zur Bibliothek.

Miss Yeats freute sich, mich zu sehen. »So schnell zurück?«, sagte sie mit einer Begeisterung, wie man sie von einer lange vermissten Freundin erwarten würde. »Aber Sie sind ja ganz nass! Sagen Sie bloß, es regnet schon wieder.«

Ich hatte es noch nicht einmal bemerkt. »Ich habe keinen Schirm«, sagte ich.

»Macht nichts. Sie werden schon wieder trocknen, und ich freue mich sehr, dass Sie gekommen sind.« Sie nahm einen kleinen Stapel Papiere von ihrem Schreibtisch und überreichte ihn mir mit einer Ehrfurcht, als wäre es der heilige Gral. »Ich weiß, Sie haben gesagt, Sie hätten keine Zeit, aber ich habe trotzdem noch ein bisschen weitergeforscht – das Pembroke-Farm-Institut«, sagte sie, und als sie merkte, dass ich keinen Schimmer hatte, wovon sie redete, fügte sie hinzu: »Die Schenkung von Raymond Blythe?«

»Ah.« Jetzt erinnerte ich mich wieder. Seit dem Morgen schien eine Menge Zeit vergangen zu sein. »Großartig. Vielen Dank.«

»Ich habe alles ausgedruckt, was ich finden konnte. Ich habe versucht, Sie auf der Arbeit anzurufen, aber Sie waren nicht da!«

Ich bedankte mich noch einmal, überflog die Unterlagen, auf denen die Naturschutzaktivitäten des Instituts aufgelistet waren, tat so, als würde ich die Informationen sehr wichtig nehmen, und steckte sie in meine Umhängetasche. »Ich freue mich schon darauf, das alles genauer zu studieren«, sagte ich. »Aber zuerst muss ich mich um etwas anderes kümmern.« Ich erklärte ihr, dass ich nach Informationen über einen bestimmten Mann suchte. »Er heißt Thomas Cavill. Er war Soldat im Zweiten Weltkrieg, und davor war er Lehrer. Er hat in Elephant and Castle gewohnt und gearbeitet.«

Sie nickte. »Suchen Sie nach etwas Bestimmtem?«

Warum er im Oktober 1941 nicht in Schloss Milderhurst zum Abendessen erschienen war, warum Juniper Blythe in den Wahnsinn getrieben wurde, warum meine Mutter sich weigerte, mir irgendetwas über ihre Vergangenheit zu erzählen. »Eigentlich nicht«, sagte ich. »Alles, was ich finden kann.«

Miss Yeats war eine gute Fee. Während ich mich mit dem Mikrofilmlesegerät herumplagte, die Vorrichtung zur Bildansteuerung verfluchte, die einfach keine kleinen Schritte machen wollte, sondern immer gleich mehrere Wochen übersprang, huschte sie in der Bibliothek herum, kramte, suchte, sammelte Unterlagen. Als wir uns nach einer halben Stunde wieder zusammensetzten, hatte ich kaum mehr als heftige Kopfschmerzen zu bieten, während sie ein kleines, aber ordentliches Dossier zusammengestellt hatte.

Es war nicht viel, erst recht nichts, was mit den Zeitungsartikeln über die Familie Blythe und das Schloss vergleichbar gewesen wäre, aber immerhin war es ein Anfang. Wir hatten eine kleine Geburtsanzeige aus der *Bermondsey Gazette* von 1916: »CAVILL. – Am 22. Februar brachte Mrs. Thomas Cavill in St. Henshaw einen Sohn, Thomas, zur Welt«, dann einen überschwänglichen Bericht im *Southwark Star* von 1937 unter der Überschrift »Lehrer gewinnt Lyrik-Preis« und einen Artikel aus dem Jahr 1939 mit einer ähnlich unzweideutigen Überschrift: »Lehrer meldet sich zum Kriegsdienst«. Der zweite Artikel enthielt ein kleines Foto mit der Unterschrift »Mr. Thomas Cavill«, aber die Kopie war so schlecht, dass ich nicht viel mehr erkennen konnte, als dass es sich um einen jungen Mann mit Kopf und Schultern handelte, der eine britische Armeeuniform trug. Das war ziemlich wenig an veröffentlichten Informationen über das Leben eines Mannes, und ich war tief enttäuscht, als ich feststellte, dass es rein gar nichts aus der Zeit nach 1939 gab.

»Das war's dann«, sagte ich, bemüht, eher einsichtig als undankbar zu klingen.

»Nicht ganz.« Miss Yeats reichte mir ein paar weitere Kopien.

Es handelte sich um drei Kleinanzeigen, alle vom März 1981, eine aus der *Times*, eine aus dem *Guardian* und eine aus dem *Daily Telegraph*. Alle wiesen denselben Wortlaut auf:

»Thomas Cavill, ehemals aus Elephant and Castle, wird gebeten, sich dringend bei Theo unter der Tel.-Nr. (01) 3 94 75 21 zu melden.«

»Hm«, sagte ich.

»Hm«, machte Miss Yeats. »Ziemlich seltsam, finden Sie nicht auch? Was könnte das bedeuten?«

Ich schüttelte den Kopf. Ich hatte keine Ahnung. »Eins steht fest: Dieser Theo, wer auch immer er sein mag, war ziemlich erpicht darauf, Thomas zu kontaktieren.«

»Dürfte ich fragen, meine Liebe … ich meine, ich will nicht

neugierig sein, aber hilft Ihnen das irgendwie weiter bei Ihrem Projekt?«

Ich warf noch einen Blick auf die Kleinanzeigen und schob meine Haare hinter die Ohren. »Vielleicht.«

»Denn falls Sie sich für seine Militärdienstakten interessieren – das Kriegsmuseum hat eine wunderbare Sammlung, wissen Sie. Dann gibt es auch noch das Staatsarchiv, wo Geburten, Sterbefälle und Hochzeiten dokumentiert werden. Und wenn ich noch ein bisschen Zeit hätte, könnte ich bestimmt … Ach du je!«, rief sie und errötete, als sie auf ihre Uhr schaute. »Wie schade! Wir machen gleich zu. Ausgerechnet, wo wir gerade eine Spur gefunden haben. Kann ich noch irgendetwas für Sie tun, ehe man uns einsperrt?«

»Äh, ja«, sagte ich. »Eine Kleinigkeit. Könnte ich vielleicht mal Ihr Telefon benutzen?«

Die Anzeigen waren vor elf Jahren aufgegeben worden, ich weiß daher nicht genau, was ich eigentlich erwartete, ich weiß nur, was ich mir erhoffte: dass ein Mann namens Theo den Hörer abnehmen und mir bereitwillig alles über die letzten fünfzig Jahre in Thomas Cavills Leben erzählen würde. Es erübrigt sich zu erwähnen, dass nichts dergleichen geschah. Bei meinem ersten Versuch kam das penetrante Signal, das auf eine nicht existierende Nummer verweist, was mich dermaßen frustrierte, dass ich mit dem Fuß aufstampfte wie ein störrisches Kind. Miss Yeats, die meinen Wutanfall netterweise ignorierte, riet mir, es mit der seit Kurzem neuen Vorwahl 071 zu probieren, und schaute mir über die Schulter, während ich die Nummer wählte. Ihre Argusaugen machten mich nervös, ich verwählte mich und musste es ein drittes Mal versuchen, und endlich war die Verbindung hergestellt.

Ich tätschelte den Hörer, als das Freizeichen ertönte, und

fasste Miss Yeats aufgeregt an der Schulter, als sich am anderen Ende eine freundliche Frau meldete, die mir, als ich nach Theo fragte, erklärte, sie habe das Haus vor einem Jahr von einem älteren Herrn dieses Namens gekauft. »Theodore Cavill«, sagte sie. »Den suchen Sie doch, nicht wahr?«

Ich konnte kaum an mich halten. Theodore *Cavill*. Also ein Verwandter. »Ja, richtig.«

Miss Yeats klatschte in die Hände wie ein Seehund.

»Er ist in ein Seniorenheim in Putney gezogen«, sagte die Frau am Telefon. »Direkt an der Themse. Er war ganz begeistert darüber. Er sagte, er hätte früher in derselben Straße als Lehrer gearbeitet.«

Ich fuhr hin, um ihn zu besuchen. Noch am selben Abend.

In Putney gab es fünf Seniorenheime, aber nur eins lag an der Themse, und ich fand es ohne Schwierigkeiten. Der Nieselregen hatte aufgehört, und der Abend war warm und klar. Ich stand vor dem schlichten Backsteingebäude wie jemand in einem Traum und verglich die Adresse mit den Aufzeichnungen auf meinem Notizblock.

Kaum hatte ich die Eingangshalle betreten, wurde ich von der diensthabenden Pflegerin begrüßt, einer jungen Frau mit Pixiefrisur und einem schiefen Lächeln. Als ich ihr erklärte, wen ich besuchen wollte, strahlte sie.

»Wie schön! Theo ist einer unserer Nettesten.«

Da kamen mir die ersten Zweifel, und ich erwiderte ihr Lächeln ziemlich unsicher. Hierherzukommen war mir wie ein großartiger Einfall erschienen, aber als wir uns jetzt dem von Neonlicht erhellten Korridor näherten, war ich mir da nicht mehr so sicher. Irgendwie war es nicht besonders feinfühlig, sich einem ahnungslosen alten Herrn aufzudrängen, einem der nettesten im Seniorenheim. Eine Wildfremde, die ihn zu seiner

Familiengeschichte ausfragen wollte. Ich war schon drauf und dran, den Rückzug anzutreten, aber die Pflegerin war wirklich erfreut über meinen Besuch und geleitete mich schwungvoll den breiten, weißen Korridor entlang.

»Es wird einsam um sie, wenn es auf das Ende zugeht«, sagte sie. »Vor allem, wenn sie nicht verheiratet waren und keine Kinder oder Enkel haben.«

Ich nickte zustimmend und bemühte mich, mit ihr Schritt zu halten. Eine Tür nach der anderen, dazwischen, an der weißen Wand, jeweils eine Hängevase mit Blumen. Violette Blumen, nicht mehr ganz frisch, reckten die Köpfe über den Vasenrand, und ich überlegte, wer wohl dafür zuständig war, sie auszuwechseln, fragte aber nicht danach, während wir weiter den Korridor hinuntergingen, bis wir vor einer Tür ganz am Ende stehen blieben, durch deren Glasfenster ich einen gepflegten Garten sehen konnte. Die Pflegerin hielt die Tür auf, gab mir mit einer Kopfbewegung den Vortritt und folgte mir auf dem Fuße.

»Theo«, sagte sie lauter als normal, aber ich konnte nicht sehen, mit wem sie sprach. »Sie haben Besuch … äh«, sie drehte sich zu mir um. »Verzeihen Sie, ich habe Ihren Namen vergessen.«

»Edie. Edie Burchill.«

»Edie Burchill ist hier, um Sie zu besuchen, Theo.«

Da sah ich sie, eine schmiedeeiserne Bank hinter einer niedrigen Hecke, und einen alten Mann, der davorstand. An der Art, wie er dastand, leicht gebeugt, eine Hand auf der Rückenlehne der Bank, war zu erkennen, dass er gerade noch gesessen hatte und aus alter Gewohnheit aufgestanden war, ein Überrest guter Manieren, die er sein Leben lang befolgt hatte. Er blinzelte durch dicke Brillengläser. »Guten Tag«, sagte er. »Wollen Sie sich nicht zu mir setzen?«

»Ich lasse Sie beide dann allein«, sagte die Pflegerin. »Ich bin da drinnen. Rufen Sie einfach, falls Sie etwas brauchen.« Sie nickte und entfernte sich mit forschen Schritten über den mit Backsteinen gepflasterten Weg. Die Tür fiel hinter ihr zu, und Theo und ich waren allein im Garten.

Er war winzig, höchstens eins fünfzig, dafür erstaunlich füllig, eine Aubergine mit einem Gürtel an der dicksten Stelle. Er machte eine Geste mit einer stark behaarten Hand. »Ich habe hier gesessen und auf den Fluss geschaut. Er steht nie still.«

Seine Stimme gefiel mir. Etwas in ihrem warmen Timbre erinnerte mich daran, wie es war, als kleines Kind im Schneidersitz auf einem staubigen Teppich zu hocken, während ein Erwachsener hoch über mir in beruhigendem Ton ein Märchen erzählte und meine Fantasie auf Reisen ging. Plötzlich wurde ich mir bewusst, dass ich keine Ahnung hatte, was ich dem alten Mann sagen sollte. Mich beschlich das Gefühl, dass es ein großer Fehler gewesen war, hierherzukommen, und ich wollte nur noch weg. Ich hatte gerade den Mund geöffnet, um mich zu verabschieden, als er sagte: »Ich rede dummes Zeug. Ich fürchte, ich kann mich nicht an Sie erinnern. Verzeihen Sie, mein Gedächtnis ...«

»Es ist in Ordnung. Wir sind uns noch nie begegnet.«

»Ach?« Seine Lippen bewegten sich lautlos, während er überlegte. »Verstehe ... na ja, macht nichts, jetzt sind Sie ja hier, und ich bekomme nicht oft Besuch ... Es tut mir schrecklich leid, ich habe Ihren Namen schon wieder vergessen. Ich weiß, dass Jean mir gesagt hat, wie Sie heißen ...«

*Mach, dass du wegkommst!*, rief eine innere Stimme. »Edie«, sagte ich. »Ich bin gekommen, um Sie nach Ihrer Suchanzeige zu fragen.«

»Meine ...?« Er legte eine Hand ans Ohr, als hätte er mich falsch verstanden. »Meine Suchanzeige, sagten Sie? Tut mir leid, aber ich fürchte, Sie verwechseln mich mit jemandem.«

Ich zog die Kopie der Anzeige aus der *Times* aus meiner Umhängetasche. »Ich bin hier wegen Thomas Cavill«, sagte ich und hielt ihm die Kopie hin.

Aber er schaute das Blatt nicht an. Ich hatte ihn verblüfft, in seinem Gesicht zeigte sich erst Verwirrung, dann freudige Erregung. »Ich habe Sie erwartet«, sagte er eifrig. »Kommen Sie, setzen Sie sich. Wer sind Sie? Sind Sie von der Polizei? Von der Militärpolizei?«

*Polizei?* Diesmal war ich verwirrt. Ich schüttelte den Kopf.

Er war ganz aufgeregt, rang die kleinen Hände und sprach sehr schnell: »Ich wusste, wenn ich nur lange genug durchhalte, würde sich irgendwann irgendjemand für meinen Bruder interessieren ... Kommen Sie«, er wedelte ungeduldig mit einer Hand. »Bitte setzen Sie sich. Sagen Sie mir – was ist es? Was haben Sie herausgefunden?«

Ich war völlig verdattert. Ich hatte keine Ahnung, was er meinte. Ich trat näher zu ihm und sagte sanft: »Mr. Cavill, ich glaube, Sie haben mich missverstanden. Ich habe überhaupt nichts herausgefunden, und ich bin auch nicht von der Polizei. Oder von der Militärpolizei. Ich bin gekommen, weil ich Ihren Bruder suche, weil ich Thomas suche, und ich hatte gehofft, Sie könnten mir dabei helfen.«

Er legte den Kopf schief. »Sie dachten, ich könnte Ihnen ...? Ich könnte Ihnen helfen?« Dann, als er begriff, wich alle Farbe aus seinen Wangen. Er hielt sich an der Rückenlehne der Bank fest und nickte mit einer Verbitterung, die mir einen Stich versetzte. »Ich verstehe.« Ein schwaches Lächeln. »Ich verstehe.«

Ich hatte ihn aus der Fassung gebracht. Zwar hatte ich keine Ahnung, was die Polizei mit Thomas Cavill zu tun haben sollte, aber mir war klar, dass ich ihm irgendwie erklären musste, was ich von ihm wollte. »Ihr Bruder war der Lehrer meiner Mutter, damals, vor dem Krieg. Wir haben uns neulich über ihn unterhalten, meine Mutter und ich, und sie hat mir erzählt, wie sehr er sie für die Literatur begeistert hat. Und dass sie es sehr bedauert, den Kontakt zu ihm verloren zu haben.« Ich schluckte, überrascht und zugleich beunruhigt darüber, wie leicht es mir fiel, so dreist zu lügen. »Sie würde so gern wissen, was aus ihm geworden ist, ob er nach dem Krieg weiter als Lehrer gearbeitet hat, ob er geheiratet hat.«

Er hatte die ganze Zeit auf die Themse hinaus gesehen, aber an seinem glasigen Blick erkannte ich, dass er ins Leere schaute. Jedenfalls sah er nichts von dem, was in seinem Blickfeld lag, weder die Leute, die über die Brücke schlenderten, noch die kleinen Boote, die am anderen Ufer schaukelten, noch die Fähre mit den Touristen, die eifrig fotografierten. »Ich fürchte, ich muss Sie enttäuschen«, sagte er schließlich. »Ich habe keine Ahnung, was aus Tom geworden ist.«

Theo setzte sich und lehnte sich gegen den schmiedeeisernen Bankrücken. »Mein Bruder ist 1941 verschwunden. Mitten im Krieg. Irgendwann klopfte es bei meiner Mutter an der Tür, und da stand ein Bobby. Einer von den im Krieg eingesetzten Hilfspolizisten – ein Freund meines Vaters, als der noch lebte, die beiden haben zusammen im Ersten Weltkrieg gekämpft … Gott«, Theo ballte die Hand zur Faust, »der arme Kerl war ganz verlegen. Muss ihm schwergefallen sein, so eine Nachricht zu überbringen.«

»Was denn für eine Nachricht?«

»Tom hatte sich nicht zum Dienst zurückgemeldet, und der Bobby war gekommen, um ihn zu holen.« Theo seufzte. »Unsere arme Mutter. Was sollte sie tun? Sie hat ihm die Wahrheit gesagt: dass Tom nicht zu Hause war und sie nicht wusste, wo er sich aufhielt, dass er allein lebte, seit er verwundet worden war. Er konnte sich nicht mehr an das Familienleben gewöhnen, nach Dünkirchen.«

»Er wurde aus Dünkirchen evakuiert?«

Theo nickte. »Er hätte es beinahe nicht geschafft. Danach war er wochenlang im Lazarett. Sein Bein ist wieder einigermaßen geheilt, aber meine Schwestern meinten, er war danach nicht mehr derselbe. Er lachte noch immer, wenn ein Scherz gemacht wurde, aber es kam mit Verzögerung. Als müsste er erst in einem Drehbuch nachlesen, was er zu tun und zu sagen hatte.«

In der Nähe hatte ein Kind angefangen zu weinen, und Theo schaute in Richtung Uferweg. Er lächelte schwach. »Dem Kleinen ist sein Eis runtergefallen«, sagte er. »Es vergeht kein Samstagnachmittag in Putney, ohne dass irgend so ein kleiner Kerl sein Eis fallen lässt.«

Ich wartete darauf, dass er mit seiner Geschichte fortfuhr, und als er das nicht tat, hakte ich vorsichtig nach: »Und was ist dann passiert? Was hat Ihre Mutter unternommen?«

Er blickte immer noch zum Weg hinüber, aber er klopfte mit den Fingern von unten gegen die Bank und sagte leise: »Tom hatte sich mitten im Krieg unerlaubt von der Truppe entfernt. Der Bobby konnte nichts machen. Aber er war ein anständiger Kerl und hat aus Respekt für meinen Vater Nachsicht walten lassen. Er hat meiner Mutter vierundzwanzig Stunden gegeben, um Tom zu finden und ihn dazu zu bringen, dass er sich zum Dienst meldete, ehe man die Sache offiziell verfolgen würde.«

»Aber das hat sie nicht getan? Ich meine, sie hat ihn nicht gefunden?«

Er schüttelte den Kopf. »Es war, wie eine Nadel im Heuhaufen zu suchen. Meine Mutter und meine Schwestern sind fast verrückt geworden. Sie haben ihn überall gesucht …« Er zuckte kraftlos die Schultern. »Ich konnte ihnen nicht helfen, ich war damals nicht zu Hause – das werde ich mir nie verzeihen. Ich war oben im Norden, im Manöver mit meinem Regiment. Ich habe erst davon erfahren, als der Brief von meiner Mutter kam. Aber da war es schon zu spät. Da wurde Tom schon als Deserteur gesucht.«

»Das tut mir leid.«

»Er steht bis heute auf der Liste.« Er schaute mich an, und es tat mir weh zu sehen, dass er Tränen in den Augen hatte. Er rückte seine Brille zurecht. »Ich frage jedes Jahr nach, weil man mir gesagt hat, dass manche erst nach Jahrzehnten wieder auftauchen. Erscheinen plötzlich in der Wachstube, so klein mit Hut, tischen denen eine wilde Geschichte auf und hoffen auf die Gnade des Diensthabenden.« Er hob eine Hand und ließ sie hilflos wieder auf sein Knie fallen. »Ich frage nur nach, weil ich in meiner Verzweiflung nicht weiß, was ich sonst tun soll. Tief in meinem Innersten weiß ich, dass Tom nie in irgendeiner Wachstube auftauchen wird.« Er bemerkte meine Betroffenheit und fügte hinzu: »Unehrenhaft aus der Armee entlassen.«

Hinter uns ertönten Stimmen, und als ich mich umdrehte, sah ich, wie ein junger Mann einer alten Frau durch die Tür in den Garten half. Die Frau lachte über etwas, das er gesagt hatte, dann gingen sie langsam auf ein Rosenbeet zu.

Theo hatte die beiden ebenfalls gesehen und senkte die Stimme. »Tom war ein *ehrenhafter* Mann.« Er brachte die Worte nur mit Mühe heraus, die Lippen zusammengepresst vor Anstrengung, seine Gefühle zu beherrschen, und ich spürte, wie wichtig es ihm war, dass ich nur das Beste von seinem Bruder dachte. »Er wäre niemals desertiert. Nie. Das habe ich denen von der Militärpolizei gesagt, aber die wollten nicht auf mich hören. Meiner Mutter hat es das Herz gebrochen. Die Schande, die Sorge und die Ungewissheit, was wirklich mit ihm passiert war. Ob er irgendwo da draußen war, einsam und verloren. Ob ihm etwas zugestoßen war, sodass er vergessen hatte, wer er war und wo er hingehörte …« Er brach ab und rieb sich die

Stirn, als machte ihn das alles verlegen. Ich begriff, dass das schreckliche Theorien waren, die ihn seit Jahrzehnten peinigten. »Wie auch immer«, sagte er. »Sie ist nie darüber hinweggekommen. Er war ihr Liebling, auch wenn sie das nie zugegeben hätte. Aber das brauchte sie auch nicht, denn er war jedermanns Liebling.«

Eine Weile saßen wir schweigend nebeneinander, und ich beobachtete zwei Krähen, die über uns kreisten. Der junge Mann und die alte Frau, die die Rosen bewundert hatten, näherten sich. Ich wartete, bis sie sich wieder entfernten und zum Ufer hinuntergingen. Dann sagte ich: »Warum wollten die von der Militärpolizei nicht auf Sie hören? Warum waren die sich so sicher, dass Tom desertiert war?«

»Es gab einen Brief.« Ein Nerv an seinem Kinn zuckte. »Er kam Anfang 1942, ein paar Monate nach Toms Verschwinden. Nur ein paar Sätze auf der Maschine geschrieben. Er habe eine Frau kennengelernt und sei mit ihr durchgebrannt, um sie zu heiraten. Er halte sich vorerst versteckt, würde aber später Kontakt zu uns aufnehmen. Nachdem die den Brief gesehen hatten, haben sie sich nicht mehr für Tom und auch nicht mehr für uns interessiert. Es war schließlich Krieg. Sie hatten keine Zeit, nach einem Kerl zu forschen, der die Nation verraten hatte.«

Sein Schmerz war selbst nach fünfzig Jahren noch deutlich spürbar. Zu erleben, dass ein geliebter Mensch verschwindet und niemand einem hilft, nach ihm zu suchen. Und dennoch. In Milderhurst hatte man mir erzählt, dass Thomas Cavill nicht zu dem Abendessen auf dem Schloss erschienen war, weil er mit einer anderen Frau durchgebrannt war. Waren es lediglich Familienstolz und Loyalität, die Theo zu der Überzeugung brachten, die Geschichte sei erlogen? »Sie glauben also nicht, was in dem Brief stand?«

»Ich habe es nicht eine Sekunde lang geglaubt«, erwiderte er vehement. »Es stimmt, dass er eine Frau kennengelernt und sich verliebt hatte. Das hat er mir selbst erzählt, in langen Briefen, in denen er von ihr berichtete – wie schön sie war, wie sie ihn mit der Welt versöhnte, dass er sie heiraten wollte. Aber er hatte keineswegs vor durchzubrennen – er konnte es gar nicht erwarten, sie uns vorzustellen.«

»Aber Sie haben sie nie kennengelernt?«

Er schüttelte den Kopf. »Keiner von uns hat sie kennengelernt. Es hatte etwas mit ihrer Familie zu tun; dass er es geheim halten wollte, bis sie es denen mitgeteilt hatten. Ich hatte das Gefühl, dass sie aus ziemlich gutem Haus stammte.«

Mein Herz hatte angefangen schneller zu schlagen, als mir aufging, dass Theos Geschichte anfing, mit meiner übereinzustimmen. »Erinnern Sie sich noch an den Namen der Frau?«

»Den hat er mir nie genannt.«

Die Enttäuschung raubte mir den Atem.

»Er hat darauf beharrt, dass er ihre Familie zuerst kennenlernen müsse. Ich kann Ihnen gar nicht sagen, wie mich das über die Jahre gequält hat«, sagte er. »Wenn ich nur gewusst hätte, wer sie war, dann hätte ich gewusst, wo ich mit der Suche hätte anfangen können. Was, wenn sie auch verschwunden war, wenn sie beide einen Unfall gehabt hatten? Was, wenn ihre Familie Informationen besaß, die mir hätten helfen können?«

Es lag mir auf der Zunge, ihm von Juniper zu erzählen, doch ich entschied mich dagegen. Es hatte keinen Zweck, ihm Hoffnungen zu machen, da die Schwestern Blythe auch nichts über den Verbleib von Thomas Cavill wussten. Sie waren ebenso wie die Polizei davon überzeugt, dass er mit einer anderen Frau durchgebrannt war. »Der Brief«, sagte ich, einem spontanen Impuls folgend. »Wer hat den Ihrer Meinung nach geschickt, wenn es nicht Tom war? Und warum? Warum sollte jemand so etwas tun?«

»Das weiß ich nicht, aber eins kann ich Ihnen sagen: Tom hat nicht geheiratet. Ich habe mich beim Standesamt erkundigt. Ich habe auch im Sterberegister nachgesehen. Das mache ich immer noch. Einmal im Jahr, für alle Fälle. Nichts. Keine Spur von ihm nach 1941. Es ist, als hätte er sich in Luft aufgelöst.«

»Aber niemand verschwindet spurlos.«

»Nein«, sagte er mit einem müden Lächeln. »Nein, da haben Sie recht. Und ich habe mein Leben lang nicht aufgehört, nach ihm zu suchen. Vor langer Zeit habe ich sogar mal einen Detektiv angeheuert. Reine Geldverschwendung. Hab ein paar Tausend Pfund ausgegeben, nur damit der Idiot mir erklärte, dass es im London der Nachkriegszeit sehr einfach war, spurlos zu verschwinden, wenn man das wollte.« Er seufzte. »Es scheint niemanden zu interessieren, dass Tom nicht verschwinden *wollte*.«

»Und die Anzeigen?« Ich zeigte auf die Kopien, die zwischen uns auf der Bank lagen.

»Die habe ich aufgegeben, als unser jüngster Bruder, Joey, krank wurde. Ich habe mir gesagt, es wäre den Versuch wert, für den Fall, dass ich die ganze Zeit falschgelegen hatte und Tom immer noch irgendwo lebte und nicht wusste, wie er es anstellen sollte, zu uns zurückzukommen. Joey war ein schlichtes Gemüt, der Arme, aber er hat Tom angehimmelt. Es hätte ihm alles bedeutet, ihn noch einmal zu sehen.«

»Aber es kam keine Reaktion.«

»Nein, nur ein paar Telefonstreiche.«

Die Sonne war untergegangen und hatte uns ein herrliches Abendrot beschert. Ein Luftzug streifte meine Arme, und ich stellte fest, dass wir wieder allein im Garten waren, sagte mir, dass Theo ein alter Mann war, der lieber zurück ins Haus gehen und sich an seinem Abendessen erfreuen sollte, anstatt über seine traurige Vergangenheit zu grübeln. »Es wird kühl«, sagte ich. »Wollen wir hineingehen?«

Er nickte und versuchte zu lächeln, aber als wir uns erhoben, spürte ich, dass ihn die Kräfte verlassen hatten. »Ich bin nicht naiv, Edie«, sagte er, als wir vor der Tür standen. Als ich sie aufzog, bestand er darauf, sie für mich aufzuhalten und mir den Vortritt zu lassen. »Ich weiß, dass ich Tom nicht wiedersehen werde. Die Anzeigen, einmal im Jahr im Sterberegister nachsehen, die Familienfotos und die anderen Andenken, die ich aufbewahre, um sie ihm irgendwann zu zeigen – all das tue ich nur, weil es mir zur Gewohnheit geworden ist, weil es mich irgendwie über seine Abwesenheit hinwegtröstet.«

Ich wusste genau, was er meinte.

Aus dem Speisesaal drangen Geräusche zu uns – das Scharren von Stühlen, das Klappern von Besteck, lebhafte Stimmen –, aber er blieb mitten im Korridor stehen. Hinter ihm welkte eine violette Blume dahin, die Neonröhre an der Decke summte leise, und ich sah, was mir draußen entgangen war. Auf seinen Wangen schimmerten getrocknete Tränen. »Danke«, sagte er leise. »Ich weiß nicht, warum Sie den heutigen Tag für Ihren Besuch gewählt haben, Edie, aber ich bin froh, dass Sie gekommen sind. Ich war schon den ganzen Tag traurig – es gibt solche Tage –, und es tut mir gut, über ihn zu sprechen. Ich bin jetzt der Einzige, der noch übrig ist: Meine Brüder und Schwestern leben hier drin weiter.« Er legte sich eine Hand aufs Herz. »Sie fehlen mir alle, aber es ist unmöglich zu beschreiben, wie sehr ich Tom vermisse. Die Schuldgefühle …« Seine Unterlippe zitterte, doch es gelang ihm, sich zu beherrschen. »Das Wissen, dass ich ihn im Stich gelassen habe. Dass etwas Schreckliches geschehen ist und niemand davon weiß. Vor der Welt, vor der Geschichte steht er als Verräter da, weil ich nicht das Gegenteil beweisen konnte.«

In diesem Moment hätte ich alles darum gegeben, ihm die Last, die ihn bedrückte, abzunehmen. »Es tut mir leid, dass ich Ihnen keine Neuigkeiten über Tom bringen konnte.«

Er schüttelte den Kopf und lächelte schwach. »Ist schon in Ordnung. Hoffnung ist eine Sache, Erwartungen sind etwas anderes. Ich bin kein Narr. Tief in meinem Herzen weiß ich, dass ich sterben werde, ohne meinen Frieden mit Tom gefunden zu haben.«

»Ich wünschte, ich könnte etwas für Sie tun.«

»Kommen Sie mich irgendwann noch einmal besuchen«, sagte er. »Das wäre großartig. Dann erzähle ich Ihnen noch ein bisschen über Tom. Aus glücklicheren Zeiten. Das verspreche ich Ihnen.«

# 1

*Milderhurst, Schlossgarten, 14. September 1939*

Es war Krieg, und die Pflicht rief, aber die Sonne stand hoch und heiß am Himmel, das Wasser glitzerte silbern, und die Bäume reckten ihre Zweige in die Höhe. Tja, dachte Tom, es konnte wirklich nichts schaden, eine kleine Pause einzulegen und kurz ins Wasser zu springen. Der Teich war kreisrund und hübsch angelegt, von großen Steinen eingefasst, an einem gewaltigen Ast hing eine hölzerne Schaukel, und er musste unwillkürlich lachen, als er seine Tasche fallen ließ. Was für eine Entdeckung! Er löste seine Armbanduhr und legte sie sorgfältig auf die lederne Tasche, die er sich vor einem Jahr gekauft hatte, sein ganzer Stolz. Dann zog er sich die Schuhe aus und knöpfte sich das Hemd auf.

Wann war er das letzte Mal geschwommen? In diesem Sommer noch nicht, das stand fest. Ein paar Freunde hatten sich im heißesten August, den sie je erlebt hatten, ein Auto geliehen und waren nach Devon gefahren, um eine Woche am Meer zu verbringen, und er hätte mit von der Partie sein sollen. Doch dann war Joey gestürzt und hatte unter Albträumen gelitten, und der arme Kerl konnte nur einschlafen, wenn Tom an seinem Bett saß und ihm Geschichten erzählte, Geschichten über die Londoner U-Bahn, die er sich selbst ausdachte. Hinterher hatte er in seinem schmalen Bett gelegen und in der stickigen Hitze vom Meer geträumt, aber es hatte ihm nichts ausgemacht, oder fast nichts. Er hätte wohl alles getan für den armen Jungen, der gefangen war in einem Männerkörper, der immer unförmiger wurde – Joey mit seinem Kinderlachen. Bei dem grausamen Klang dieses Lachens wurde Tom ganz flau im Magen, und er musste an das Kind denken, das Joey einmal gewesen war, und an den Mann, der er einst hätte werden sollen.

Er zog sich das Hemd aus, öffnete seine Gürtelschnalle und stieg aus seiner Hose. Er musste die traurigen Gedanken verscheuchen. Ein großer, schwarzer Vogel krächzte über ihm, und Tom schaute in den klaren, blauen Himmel. Er blinzelte gegen das grelle Sonnenlicht, während er dem Vogel, der in eleganten Schwüngen Richtung Wald flog, mit dem Blick folgte. Die Luft duftete herrlich, ein Duft, der ihm vollkommen unbekannt war. Blumen, Vögel, das Plätschern eines Bachs etwas weiter entfernt, Landluft wie aus den Geschichten von Thomas Hardy, und er genoss es, dass das alles echt war und er mittendrin. Es war das wirkliche Leben, und Tom war Teil davon. Er legte sich eine Hand auf die Brust, die Finger gespreizt; die Sonne wärmte seine nackte Haut, alles lag vor ihm, es fühlte sich gut an, jung und kräftig zu sein. Er war nicht religiös, aber dieser Augenblick hatte etwas Übersinnliches.

Tom warf einen Blick über die Schulter, träge, ohne Erwartung. Es lag nicht in seiner Natur, Regeln zu brechen, er war Lehrer, er musste seinen Schülern ein Vorbild sein, und diese Aufgabe nahm er ernst. Aber der Tag, das Wetter, der gerade ausgebrochene Krieg, der exotische Duft, der in der Luft lag, all das machte ihn verwegen. Schließlich war er jung, und es brauchte nicht viel, um einem jungen Mann das herrliche Gefühl zu geben, dass die ganze Welt ihm gehörte und er sie genießen konnte, wo immer sich die Gelegenheit bot. Gesetze zum Schutz des Privateigentums waren gut und schön, aber doch eher theoretischer Natur, etwas für Bücher und Akten und tattrige, weißbärtige Anwälte in Londoner Kanzleien.

Die Lichtung war von Bäumen umstanden, in der Nähe befand sich ein Umkleidehäuschen, und dahinter war eine steinerne Treppe zu sehen, die auf den Hügel zu führen schien. Über allem Sonne und Vogelgezwitscher. Tom stieß einen tiefen, zufriedenen Seufzer aus. Es gab ein hölzernes Sprungbrett, das von der Sonne so aufgeheizt war, dass er sich fast die Füße verbrannte, als er darauftrat. Er blieb einen Moment stehen, genoss den Schmerz an den Füßen, das Brennen der Sonne auf seinen Schultern, das Spannen der Haut, bis er es nicht mehr aushalten konnte, dann machte er lächelnd zwei Schritte, federte am Ende des Bretts, ließ die Arme schwingen, sprang ab und stieß wie ein Pfeil ins Wasser. Die Kälte umklammerte seine Brust wie ein Schraubstock, und er tauchte japsend wieder auf, so gierig nach Luft schnappend wie ein Neugeborenes beim ersten Atemzug.

Er schwamm ein paar Minuten lang, tauchte tief, immer und immer wieder, dann ließ er sich auf dem Rücken treiben, die Arme und Beine von sich gestreckt. Das, dachte er, ist der vollkommene Augenblick. Das, was Wordsworth und Coleridge und Blake beschrieben hatten: das Erhabene. Wenn er jetzt sterben würde, dachte Tom, würde er zufrieden aus dem Leben scheiden. Nicht dass er sterben wollte, nein, er wollte noch mindestens siebzig Jahre leben. Er rechnete im Kopf: bis zum Jahr 2009, das würde ihm gefallen. Dann wäre er ein alter Mann, der auf dem Mond wohnte. Er lachte, schwamm ein paar Züge auf dem Rücken, ließ sich dann wieder bewegungslos treiben, schloss die Augen, um die Sonne auf den Lidern zu spüren. Die Welt war orangefarben und von Sternen durchsetzt, und darin sah er seine Zukunft leuchten.

Schon bald würde er Uniform tragen, der Krieg wartete auf ihn, und Tom Cavill brannte darauf, sich ihm zu stellen. Er war nicht blauäugig, sein Vater hatte auf den französischen Schlachtfeldern ein Bein und einen Teil seines Verstandes verloren, und er machte sich keine Illusionen über Heldentum und Ruhm, er wusste, dass der Krieg eine ernste Angelegenheit war, und gefährlich. Und er gehörte auch nicht zu den jungen Männern, die es nicht erwarten konnten, ihrer derzeitigen Situation zu entkommen, im Gegenteil: So wie Tom das sah, bot der Krieg ihm die perfekte Gelegenheit, sich zu verbessern und vorwärtszukommen, als Mann und auch als Lehrer.

Seit er begriffen hatte, dass auch er einmal ein Erwachsener sein würde, hatte er Lehrer werden wollen und davon geträumt, in seinem alten Londoner Viertel zu arbeiten. Tom war davon überzeugt, dass er solchen Kindern, wie er eins gewesen war, die Augen öffnen konnte, ihr Interesse wecken für eine Welt jenseits der rußigen Backsteine und vollen Wäscheleinen, die ihren Alltag ausmachten. Dieser Gedanke hatte ihn stets beflügelt, im Studium ebenso wie in seiner Zeit als Referendar, bis er schließlich, mithilfe von viel gutem Zureden und ein bisschen Glück, genau da gelandet war, wo er sein wollte.

Doch sobald klar war, dass es Krieg geben würde, hatte für ihn festgestanden, dass er sich zum Kriegsdienst melden würde. Lehrer wurden zu Hause gebraucht, er hätte sich vom Dienst befreien lassen können, aber was für ein Beispiel hätte er damit abgegeben? Er hatte allerdings auch eigennützige Gründe. John Keats hatte einmal gesagt, nichts sei real, bis man es selbst erlebt habe, und Tom wusste, dass das der Wahrheit entsprach. Mehr noch, er wusste genau, woran es ihm mangelte. Mitgefühl war gut und schön, aber wenn Tom von Geschichte redete, von Opferbereitschaft und Nationalität, wenn er seinen Schülern den Schlachtruf Heinrichs V. vorlas, führte er Worte im

Mund, die er im Grunde nicht verstand. Der Krieg, davon war er überzeugt, würde ihm dieses Verständnis vermitteln, nach dem er sich sehnte, und deswegen würde er, wenn er sich vergewissert hatte, dass die evakuierten Kinder, für die er verantwortlich war, gut untergebracht waren, auf direktem Weg nach London zurückfahren. Er hatte sich beim Ersten Bataillon des East-Surrey-Regiments gemeldet, und mit ein bisschen Glück würde er schon im November in Frankreich sein.

Gedankenverloren bewegte er die Finger im Wasser und seufzte so tief, dass er ein bisschen tiefer sank. Vielleicht war es das Bewusstsein, dass er schon in einer Woche eine Uniform tragen würde, was diesen Tag so besonders machte, ihn realer erscheinen ließ als die Tage in der Vergangenheit. Zweifellos war da eine übersinnliche Macht am Werk, denn es lag nicht nur an der Sommerhitze oder der warmen Brise oder an dem Duft, den er nicht einordnen konnte; und obwohl er darauf brannte, in den Krieg zu ziehen und seine Pflicht zu erfüllen, obwohl ihm manchmal vor Ungeduld nachts die Beine wehtaten, so wünschte er sich in diesem Augenblick nichts sehnlicher, als die Zeit anzuhalten und sich für immer in diesem Teich treiben zu lassen …

»Wie ist das Wasser?« Die Stimme ließ ihn zusammenzucken. Die vollkommene Stille zerbrach wie eine goldene Eierschale.

Später, immer wenn er an ihre erste Begegnung zurückdachte, sollte er sich am deutlichsten an ihre Augen erinnern. Und an die Art, wie sie sich bewegte – wie ihr Haar lang und wild über die Schultern hing, an die Wölbung ihrer kleinen Brüste, die Form ihrer Beine, o Gott, diese Beine. Aber vor allem war es das Funkeln in ihren Augen, ihren Katzenaugen. Augen, die Dinge sahen und dachten, die ihnen eigentlich verschlossen sein sollten. In den langen Tagen und Nächten, die noch kommen sollten, und ganz am Ende sah er ihre Augen, als er die seinen schloss.

Sie saß auf der Schaukel, die nackten Füße auf dem Boden, und beobachtete ihn. Ein Mädchen – eine junge Frau? Er war sich nicht sicher. Sie trug ein schlichtes weißes Sommerkleid und schaute ihm zu, wie er sich rücklings im Wasser treiben ließ. Er suchte nach einer klugen Entgegnung, aber etwas an ihrem Gesichtsausdruck hemmte ihn, und alles, was er herausbrachte, war: »Warm. Perfekt. Blau.« Ihre Augen waren blau und mandelförmig, sie standen ein bisschen zu weit auseinander, und sie weiteten sich kaum merklich, als er diese drei Worte aussprach. Zweifellos fragte sie sich, auf was für einen Einfaltspinsel sie da gestoßen war, der die Frechheit besaß, in ihrem Pool zu baden.

Verlegen schwamm er ein paar Züge, wartete darauf, dass sie ihn fragte, wer er war, was er dort zu suchen hatte, wie er dazu kam, ihren Pool zu benutzen, aber sie fragte nichts dergleichen, sondern stieß sich nur sanft ab, sodass die Schaukel langsam über den Rand des Teichs schwang und wieder zurück. Darum bemüht, als ein Mann zu erscheinen, der mehr als drei Worte beherrschte, beantwortete er die Fragen, die sie nicht gestellt hatte: »Ich bin Thomas«, sagte er. »Thomas Cavill. Verzeihen Sie, dass ich mir die Freiheit genommen habe, aber es ist so heiß. Ich konnte einfach nicht widerstehen.« Er lächelte sie an, und sie lehnte den Kopf an das Seil. Er überlegte, ob sie ebenfalls unbefugt in diesen Garten eingedrungen war. Es lag etwas in ihrem Blick, eine Art Unstimmigkeit, als würden sie und die Umgebung nicht zusammenpassen. Er fragte sich beiläufig, wo sie wohl hinpassen würde, fand jedoch keine Antwort.

Wortlos sprang sie von der Schaukel und ließ den Sitz ausschwingen. Ihm fiel auf, dass sie ziemlich groß war. Sie setzte sich auf den Teichrand, zog die Knie an die Brust, sodass das

Kleid ein Stück hochrutschte, tauchte die Zehen ins Wasser und schaute über ihre Knie hinweg den Wellen nach, die von ihr wegtrieben.

Tom war empört. Er war unbefugt in den Garten eingedrungen und in den Teich gesprungen, aber er hatte keinen Schaden angerichtet, nichts getan, womit er es verdient hatte, dass sie ihn mit Verachtung strafte. Sie benahm sich, als wäre er gar nicht da, dabei saß sie sozusagen neben ihm, mit einem Gesichtsausdruck, als wäre sie völlig in Gedanken vertieft. Wahrscheinlich spielte sie irgendein Spiel mit ihm, etwas, was junge Mädchen gern taten, um die Männer zu verwirren und um sich interessanter zu machen. Welchen anderen Grund hätte sie haben sollen, ihn zu ignorieren? Es sei denn, sie war schüchtern. Vielleicht war es das; sie war jung, gut möglich, dass seine Frechheit, seine Männlichkeit, seine Beinahe-Nacktheit sie peinlich berührten. Das war ihm unangenehm, so etwas hatte er nicht beabsichtigt, er hatte sich nur ein bisschen im Wasser abkühlen wollen. Bemüht, so lässig und freundlich wie möglich zu klingen, sagte er: »Hören Sie. Es tut mir leid, dass ich Sie so überrascht habe, ich will Ihnen nichts tun. Mein Name ist Thomas Cavill, ich bin gekommen, um …«

»Ja«, sagte sie, »ich habe Sie verstanden.« Sie sah ihn an, als wäre er ein Insekt. Müde, leicht angewidert, ansonsten ungerührt. »Sie brauchen wirklich nicht alles doppelt und dreifach zu sagen.«

»Also, Moment mal. Ich wollte Ihnen nur versichern, dass …«

Aber er ließ seinen Satz unbeendet. Erstens war nicht zu übersehen, dass diese seltsame Person ihm gar nicht mehr zuhörte, und zweitens wurde er plötzlich abgelenkt. Sie war aufgestanden und zog sich gerade das Kleid aus, unter dem sie einen Badeanzug trug. Einfach so. Kein Blick in seine Richtung, kein Niederschlagen der Lider, kein Kichern angesichts ihrer eigenen

Kühnheit. Sie warf das Kleid hinter sich, wo es als kleiner Stoff-haufen liegen blieb, reckte sich wie eine Katze in der Sonne, gähnte ein bisschen, ohne sich, wie es für Frauen typisch war, züchtig eine Hand vor den Mund zu halten oder sich zu ent-schuldigen oder zu erröten.

Dann sprang sie, ohne zu zögern, vom Teichrand ins Wasser. Als sie eintauchte, kletterte Tom hastig hinaus. Ihre Kühnheit, wenn es denn Kühnheit war, machte ihn nervös. Und die Ner-vosität ängstigte ihn. Er fühlte sich sonderbar überwältigt.

Tom hatte natürlich kein Handtuch und auch nichts ande-res, womit er sich schnell genug hätte abtrocknen können, um sich anzuziehen, und so blieb er einfach in der Sonne stehen, versuchte so zu tun, als wäre er vollkommen entspannt. Das war gar nicht so einfach. Er war alles andere als entspannt, und jetzt wusste er, wie es seinen Freunden ging, die von einem Fuß auf den anderen traten und herumstotterten, sobald sie eine hübsche Frau erblickten. Eine hübsche Frau, die aus dem Was-ser aufgetaucht war und sich jetzt träge auf dem Rücken treiben ließ, das lange Haar wie Seetang um ihr Gesicht, unbeküm-mert, ungerührt, scheinbar ohne ihn wahrzunehmen.

Bemüht, seine Würde wiederzufinden, zog Tom sich seine Hose über die nasse Unterhose. Er versuchte, Autorität zu de-monstrieren, musste aber dabei höllisch aufpassen, dass er vor lauter Nervosität nicht großspurig wirkte. Er war Lehrer, Herr-gott noch mal, er war ein Mann, der bald Soldat sein würde, das konnte doch nicht so schwierig sein. Aber Würde auszustrahlen war nicht leicht, wenn man barfuß und halb nackt in einem fremden Garten stand. Was er vorhin über Privateigentum und Gesetze gedacht hatte, erschien ihm jetzt töricht, ja als Kinde-rei. Er schluckte, dann sagte er so ruhig wie möglich: »Mein Name ist Thomas Cavill. Ich bin Lehrer. Ich bin hier, um nach einer meiner Schülerinnen zu sehen, die, soweit ich weiß, bei

Ihnen einquartiert wurde.« Er war tropfnass, ein warmes Rinnsal lief ihm am Bauch hinunter, und er wand sich innerlich, als er sagte: »Ich bin ihr Lehrer.« Was er natürlich bereits erwähnt hatte.

Sie hatte sich im Wasser umgedreht und beobachtete ihn jetzt von der Mitte des Teichs aus, als würde sie sich im Geist Notizen machen. Dann schwamm sie ein paar Züge unter Wasser wie ein silbriger Fisch, tauchte am Rand wieder auf, legte die Unterarme auf die Randsteine, verschränkte die Hände und legte das Kinn darauf ab. »Meredith.«

»Ja.« Er atmete erleichtert auf. Endlich. »Ja, Meredith Baker. Ich bin hergekommen, um zu sehen, wie es ihr geht. Um mich zu vergewissern, dass alles in Ordnung ist.«

Diese weit auseinanderstehenden Augen schauten ihn an, unmöglich, die Gefühle dieses Wesens zu erraten. Dann lächelte sie, was ihrem Gesicht einen überirdischen Ausdruck verlieh, und er holte tief Luft, als sie sagte: »Da fragen Sie sie am besten selbst. Sie wird gleich hier sein. Meine Schwester nimmt gerade ihre Maße, um ihr ein paar neue Kleider zu nähen.«

»Gut. Sehr gut.« Zielstrebigkeit, das war es, was er ausstrahlen musste, er durfte sich seine Scham nicht anmerken lassen. Also zog er sich sein Hemd über, setzte sich auf einen Liegestuhl und nahm den Ordner mit der Kontrollliste aus seiner Ledertasche. Er tat, als würde ihn das, was auf seinem Formular stand, brennend interessieren, obwohl er es mittlerweile auswendig aufsagen konnte. Aber es konnte nichts schaden, alles noch einmal durchzugehen, denn wenn er den Eltern seiner Schüler in London gegenübertrat, wollte er in der Lage sein, ihre Fragen mit gutem Gewissen zu beantworten. Die meisten seiner Schüler waren im Dorf untergebracht, zwei beim Vikar, einer auf einem Bauernhof etwas außerhalb. Meredith, dachte er, als er die Schornsteine jenseits der Bäume betrachtete, hatte es am weitesten weg verschlagen. Laut Adresse auf seiner Liste in ein Schloss. Er hoffte, dass er Gelegenheit bekommen würde, es von innen zu sehen, oder besser noch, dass man ihm erlauben würde, das Gemäuer ein wenig zu erkunden. Bisher waren die Frauen im Dorf sehr gastfreundlich gewesen, hatten ihn zu Tee und Kuchen eingeladen und waren ängstlich darum bemüht, dass er einen guten Eindruck von ihnen bekam.

Er riskierte noch einen Blick auf das Geschöpf im Teich und kam zu dem Schluss, dass er hier kaum mit einer solchen Einladung rechnen konnte. Sie war gerade von etwas abgelenkt, sodass er sie einen Moment lang beobachten konnte. Dieses junge Mädchen war wirklich verblüffend: Sie schien überhaupt kein Auge für ihn zu haben, keinerlei Gespür für seinen Charme. Neben ihr kam er sich gewöhnlich vor, und das war er ganz und gar nicht gewohnt. Aber aus der Distanz und nachdem er seine Fassung einigermaßen wiedergewonnen hatte, gelang es ihm, seine Eitelkeiten zu überwinden und sich Gedanken darüber zu machen, wer sie war. Die eilfertige Frau beim Freiwilligen Frauendienst hatte ihm erklärt, das Schloss gehöre einem gewissen Raymond Blythe, einem Schriftsteller (»*Die wahre Geschichte vom Modermann* – das haben Sie doch bestimmt gelesen!«), der alt und krank war, aber Meredith sei bei seinen Töchtern in guten Händen. Es seien unverheiratete Zwillingsschwestern und genau die Richtigen, um sich um ein armes, heimatloses Kind zu kümmern. Die Frau hatte keinen weiteren Bewohner des Schlosses erwähnt, und so war er davon ausgegangen, falls er sich überhaupt Gedanken darüber gemacht hatte, dass Mr. Blythe und die beiden alten Jungfern die Einzigen waren, die im Schloss lebten. Auf keinen Fall hatte er mit diesem Mädchen gerechnet, dieser jungen, undurchschaubaren Person, die keinesfalls eine alte Jungfer war. Er hätte nicht sagen können, warum, aber auf einmal schien es ihm ungeheuer wichtig, mehr über sie zu erfahren.

Sie planschte im Wasser, und er wandte sich ab, schüttelte den Kopf über seine törichten Gedanken. Tom kannte sich selbst gut genug, um zu wissen, dass sein Interesse an ihr umso größer wurde, je weniger sie sich für ihn interessierte. Schon als Junge hatte er dazu geneigt, stets genau das haben zu wollen, was er unter keinen Umständen haben konnte. Er musste sich von ihr losreißen. Sie war noch fast ein Kind. Und dazu ganz offensichtlich ziemlich exzentrisch.

Plötzlich hörte er ein Rascheln, und im nächsten Augenblick kam ein honigblonder Labrador mit hängender Zunge durchs Gestrüpp gesprungen, gefolgt von Meredith mit einem strahlenden Lächeln, das ihm alles sagte, was er über ihr Befinden wissen musste. Tom freute sich so sehr, sie zu sehen, dieses ganz normale Mädchen mit Brille, dass er sie anlächelte und aufsprang und beinahe gestolpert wäre, als er auf sie zulief, um sie zu begrüßen. »Guten Tag, Kleine. Wie geht's?«

Sie blieb wie angewurzelt stehen und blinzelte ihn an, völlig verdutzt, ihn in so ungewohnter Umgebung anzutreffen. Während der Hund um sie herumstrich, lief sie rot an, trat von einem Fuß auf den anderen und sagte: »Guten Tag, Mr. Cavill.«

»Ich bin gekommen, um mich zu erkundigen, wie es dir geht.«

»Es geht mir gut, Mr. Cavill. Ich wohne in einem Schloss.«

Er lächelte. Sie war ein reizendes Mädchen, zwar etwas ängstlich, aber klug. Ein helles Köpfchen und eine gute Beobachterin, hatte einen Blick fürs Detail und machte oft überraschende und originelle Beobachtungen. Leider hatte sie nur wenig Selbstvertrauen, und es war nicht schwer zu erraten, woran das lag: Ihre Eltern hatten ihn angesehen, als sei er übergeschnappt, als er vor zwei Jahren vorgeschlagen hatte, sie den Eignungstest für die Oberschule machen zu lassen. Aber Tom arbeitete weiterhin daran. »Ein Schloss! Du hast vielleicht ein Glück! Ich glaube, ich war noch nie in einem Schloss.«

»Es ist sehr groß und sehr düster, und es riecht komisch nach Schlamm, und es gibt jede Menge Treppen.«

»Hast du die schon alle erkundet?«

»Einige, aber noch nicht die, die in den Turm führt.«

»Nicht?«

»Da darf ich nicht rauf. Da arbeitet Mr. Blythe. Er ist ein echter Schriftsteller.«

»Ein echter Schriftsteller. Vielleicht gibt er dir ja ein paar Tipps, wenn du Glück hast.« Tom tätschelte ihr die Schulter.

Sie lächelte, schüchtern, aber erfreut. »Vielleicht.«

»Schreibst du immer noch dein Tagebuch?«

»Jeden Tag. Es gibt viel zu schreiben.« Sie schaute verstohlen zum Teich hinüber, und Tom folgte ihrem Blick. Die langen Beine des Mädchens, das sich immer noch am Rand festhielt, bewegten sich unter der Wasseroberfläche. Ihm fiel überraschend ein Dostojewski-Zitat ein: »Die Schönheit ist eine furchterregende und geheimnisvolle Sache.« Tom räusperte sich. »Gut«, sagte er. »Das ist gut. Je mehr du übst, umso besser wirst du. Gib dich nicht mit dem Mittelmäßigen zufrieden, wenn du es besser machen kannst.«

»Mach ich nicht.«

Er lächelte sie an und sah auf sein Klemmbrett. »Dann kann ich also vermerken, dass es dir gut geht? Alles in bester Ordnung?«

»Na klar.«

»Und deine Mum und dein Dad fehlen dir auch nicht zu sehr?«

»Ich schreibe ihnen Briefe«, sagte Meredith. »Ich weiß, wo die Poststelle ist, und ich habe ihnen schon die Postkarte mit meiner neuen Adresse geschickt. Die nächste Schule ist in Tenterden, aber da fährt ein Bus hin.«

»Dein Bruder und deine Schwester sind auch in der Nähe des Dorfs untergebracht, nicht wahr?«

Meredith nickte.

Er tätschelte ihr den Kopf, ihr Haar war von der Sonne gewärmt. »Ich denke, du bist hier sehr gut aufgehoben, Kleine.«

»Mr. Cavill?«

»Ja?«

»Sie sollten mal die Bücher drinnen sehen. In einem Zimmer stehen an allen Wänden Regale, die sind vom Boden bis zur Decke voll mit Büchern.«

Er lächelte breit. »Na, das freut mich aber für dich!«

»Mich auch.« Sie deutete mit einer Kinnbewegung zu dem Mädchen im Wasser. »Juniper hat gesagt, ich darf alle lesen, die ich will.«

Juniper. Sie hieß also Juniper.

»*Die Frau in Weiß* habe ich schon zu drei Vierteln durch, und dann lese ich *Sturmhöhe*.«

»Kommst du auch ins Wasser, Merry?« Juniper winkte Meredith zu. »Es ist wunderbar. Warm. Perfekt. Blau.«

Seine Worte aus ihrem Mund zu hören ließ Tom erschaudern. Meredith, die neben ihm stand, schüttelte den Kopf, als hätte sie die Frage überrascht. »Ich kann nicht schwimmen.«

Juniper stieg aus dem Wasser und zog sich das weiße Kleid über, das an ihren nassen Beinen kleben blieb. »Daran werden wir etwas ändern müssen, solange du hier bist.« Sie band ihr nasses Haar achtlos zu einem Pferdeschwanz und warf ihn sich über die Schulter. »Sonst noch etwas?«, fragte sie Tom.

»Tja, ich dachte, ich könnte …« Er atmete aus, fasste sich und begann noch einmal: »Vielleicht sollte ich mit zum Haus kommen, um die anderen Familienmitglieder kennenzulernen?«

»Nein«, antwortete Juniper, ohne mit der Wimper zu zucken. »Das ist keine gute Idee.«

Er fühlte sich brüskiert.

»Meine Schwester hat etwas gegen Fremde, vor allem, wenn es Männer sind.«

»Aber ich bin doch kein Fremder. Stimmt's, Merry?«

Meredith lächelte, Juniper nicht. Sie sagte: »Nehmen Sie's nicht persönlich. Es ist einfach ihre Art.«

»Verstehe.«

Sie stand dicht vor ihm, Wassertropfen liefen ihr in die Wimpern, als ihre Blicke sich begegneten. Er las kein Interesse in ihren Augen, und doch wurde sein Puls schneller. »Tja, dann«, sagte sie.

»Tja, dann.«

»War's das?«

»Das war's.«

Sie hob das Kinn, musterte ihn einen Moment lang. Ein knappes Nicken, und damit war ihr Gespräch beendet.

»Auf Wiedersehen, Mr. Cavill«, sagte Meredith.

Er schüttelte ihr lächelnd die Hand. »Auf Wiedersehen, Kleine. Pass auf dich auf. Und schreib schön fleißig.«

Er schaute den beiden nach, als sie durch den Park zum Schloss gingen. Langes, blondes Haar, das zum Zopf gebunden über ihren Rücken fiel, Schulterblätter wie zwei zu klein geratene Flügel. Sie legte Meredith einen Arm um die Schultern und zog sie an sich, dann verlor er sie aus den Augen, meinte jedoch, ihr helles Lachen zu hören.

Mehr als ein Jahr sollte vergehen, bis er sie wiedersah, bis sie sich per Zufall in einer Straße in London wiederbegegneten. Er würde sich verändert haben, würde ein anderer Mensch sein, stiller, unsicherer, gezeichnet wie die Stadt um ihn herum. Er würde Frankreich überlebt haben, sich mit seinem verwundeten Bein nach Bray-Dunes geschleppt haben, aus Dünkirchen evakuiert worden sein; er würde erlebt haben, wie Freunde in seinen Armen starben, er würde die Ruhr überlebt haben, und er würde wissen, dass John Keats zwar recht damit hatte, dass Erfahrung Wahrheit bedeutet, aber dass es Dinge gab, die man nicht aus erster Hand wissen musste.

Und der neue Thomas Cavill würde sich in Juniper Blythe verlieben, würde hingerissen sein von ebenjenen Eigenarten, die ihn an dem Nachmittag am Teich so verstört hatten. In einer Welt, die in Asche und Trauer versank, würde sie ihm wie ein Wunder erscheinen. Unversehrt von der Wirklichkeit würde sie ihn auf einen Schlag von seinen Wunden heilen. Er würde sie mit einer Leidenschaft lieben, die ihn ängstigte und zugleich wieder aufblühen ließ, mit einer Verzweiflung, die seinen braven Zukunftsträumen Hohn sprach.

Aber damals wusste er das alles noch nicht. Er wusste nur, dass er jetzt alle Schüler auf seiner Liste besucht hatte. Dass Meredith Baker gut aufgehoben war, dass sie sich wohlfühlte und sich in guten Händen befand, dass er zurück nach London fahren und sich wieder seinem Leben, seiner Zukunft widmen konnte. Und obwohl er noch nicht trocken war, knöpfte er sein Hemd zu, setzte sich hin, um seine Schnürsenkel zu binden, und pfiff ein Lied vor sich hin, als er den Teich verließ, in dem die Wasserlilien immer noch auf den Wellen schaukelten, die sie hinterlassen hatte, dieses seltsame Mädchen mit den überirdischen Augen. Er ging den Hügel hinunter, an dem seichten Bach entlang, der ihn zur Straße führte, fort von Juniper Blythe und Schloss Milderhurst, die er beide – so glaubte er – nie wiedersehen würde.

## 2

Nichts würde je wieder so sein wie vorher. Wie sollte es auch? Nichts in den tausend Büchern, die sie gelesen hatte, nichts, was sie sich vorgestellt oder geträumt oder geschrieben hatte, hätte Juniper Blythe auf die Begegnung am Teich mit Tom Cavill vorbereiten können. Als sie auf die Lichtung getreten war und ihn dort im Wasser gesehen hatte, dachte sie zuerst, die Gestalt sei ein Produkt ihrer Fantasie. Es war schon eine Weile her, seit sie ihren letzten »Besucher« gehabt hatte, und kein Pochen in ihrem Kopf, kein Meeresrauschen in ihren Ohren hatte sie vorgewarnt. Aber ein bestimmter Lichteinfall, ein künstliches Glitzern in der Luft, das ihr vertraut vorkam, hatte die Szenerie unwirklicher erscheinen lassen als die, aus der sie gerade gekommen war. Sie hatte in die Baumkronen hinaufgeschaut, und als die Blätter an den höchsten Zweigen sich im Wind bewegten, war es, als würde Goldstaub auf die Erde rieseln.

Sie hatte sich auf die Schaukel gesetzt, weil sie sich da am sichersten fühlte, wenn sie einen Besucher hatte. *Still hinsetzen, etwas fest in den Händen halten, warten, bis es vorbei ist.* So lauteten die drei goldenen Regeln, die Saffy aufgestellt hatte, als Juniper noch klein war. Sie hatte Juniper auf den Küchentisch gehoben, um ihr aufgeschlagenes Knie zu verarzten, und ihr erklärt, die Besucher seien zwar ein Geschenk, wie Daddy gesagt hatte, aber sie müsse trotzdem vorsichtig sein.

»Aber ich spiele so gern mit ihnen«, hatte Juniper geantwortet. »Sie sind meine Freunde. Und sie erzählen mir spannende Sachen.«

»Das weiß ich, Liebes, und das ist ganz wunderbar. Aber vergiss nicht, dass du keine von ihnen bist. Du bist ein kleines Mädchen mit Haut, unter der Blut fließt, mit Knochen, die brechen können, und du hast zwei Schwestern, die es gern sehen würden, dass du erwachsen wirst.«

»Und einen Daddy.«

»Natürlich. Und einen Daddy.«

»Aber keine Mutter.«

»Nein.«

»Aber einen kleinen Hund.«

»Ja, Emerson.«

»Und ein Pflaster am Knie.«

Da hatte Saffy gelacht, sie an ihre Brust gedrückt, die nach Talkum-Puder und Jasmin und Tinte duftete, und sie wieder auf den Tisch gesetzt. Und Juniper hatte höllisch aufgepasst, nicht zu der Gestalt am Fenster hinüberzuschauen, die sie nach draußen zum Spielen lockte.


Juniper wusste nicht, woher die Besucher kamen. Sie wusste nur, dass ihre ersten Erinnerungen Gestalten waren, die im Sonnenlicht um ihr Kinderbettchen herumtanzten. Mit drei Jahren hatte sie begriffen, dass andere ihre Besucher nicht sehen konnten. Man hatte sie als verträumt und verrückt bezeichnet, als schelmisch und fantasievoll. Sie hatte zahllose Kinderfrauen vertrieben, die keine imaginären Freunde duldeten. »Aber ich bilde mir sie nicht ein«, hatte Juniper immer wieder protestiert und sich bemüht, so vernünftig wie möglich zu klingen, aber offenbar gab es keine englische Kinderfrau, die ihr das glaubte. Eine nach der anderen hatten sie ihre Sachen gepackt und ein

Gespräch mit Daddy verlangt. In ihrem Versteck, in den Adern des Schlosses, dem kleinen Winkel bei der Lücke in der Mauer, hatte Juniper immer neue Wörter gehört, mit denen sie beschrieben wurde: »Sie ist ungezogen.« Oder: »Sie ist aufsässig.« Und einmal sogar: »Sie ist besessen!«

Alle hatten ihre eigene Theorie über die Besucher. Doktor Finley hielt sie für »einen lebhaften Ausdruck der Sehnsucht und kindlichen Neugier«, was irgendetwas mit ihrem Herzfehler zu tun hatte. Doktor Heinstein war der Meinung, sie seien Symptome einer Psychose, und hatte ihr alle möglichen Pillen verschrieben, die dem Spuk ein Ende setzen sollten. Daddy sagte, es seien die Stimmen ihrer Vorfahren, und sie sei auserwählt, sie zu hören. Saffy bestand darauf, dass ihre kleine Schwester vollkommen in Ordnung war, so wie sie war, und Percy war das alles gleichgültig. Sie sagte, alle Menschen seien eben verschieden, und warum in aller Welt man sie in Kategorien wie normal oder nicht normal einteilen müsse?

Jedenfalls hatte Juniper sich eigentlich nicht auf die Schaukel gesetzt, um sich in Sicherheit zu bringen, sondern weil sie von dort aus den besten Blick auf die Erscheinung im Teich hatte. Sie war neugierig, und er war schön. Seine Haut so glatt, die Brustmuskeln, die sich beim Atmen hoben und senkten, so wohlgeformt, seine Arme so sehnig. Wenn er tatsächlich ein Produkt ihrer Fantasie war, dann hatte sie ihn richtig gut hingekriegt. Er war exotisch und entzückend, und sie wollte ihn anschauen, bis er sich vor ihren Augen wieder in Licht und Laub verwandelte.

Aber das war nicht passiert. Als sie dort auf der Schaukel gesessen hatte, den Kopf an das Seil gelehnt, hatte er plötzlich die Augen geöffnet und etwas gesagt.

Nicht dass so etwas noch nie vorgekommen wäre; die Besucher hatten schon oft mit Juniper gesprochen, aber zum ersten

Mal war einer in Gestalt eines jungen Mannes zu ihr gekommen. Noch dazu eines jungen Mannes, der fast nichts anhatte.

Sie hatte ihm geantwortet, in knappen Worten. Sie war irritiert gewesen. Sie hatte nicht gewollt, dass er mit ihr redete, sie hatte sich gewünscht, er würde die Augen wieder schließen und sich auf dem glitzernden Wasser treiben lassen, damit sie die Voyeurin spielen konnte. Damit sie sehen konnte, wie das Sonnenlicht auf seinen langen Gliedmaßen tanzte, auf seinem stillen, schönen Gesicht, damit sie sich auf die seltsame Empfindung konzentrieren konnte, ein Gefühl, als wäre eine Saite zum Klingen gebracht worden, tief unten in ihrem Bauch.

Sie kannte nicht viele Männer. Daddy natürlich – aber der zählte nicht. Ihren Patenonkel Stephen, ein paar alte Gärtner, die über die Jahre auf dem Anwesen gearbeitet hatten, und Davies, der den Daimler immer auf Hochglanz poliert hatte.

Aber das war anders.

Juniper hatte versucht, den Mann zu ignorieren, in der Hoffnung, er würde es kapieren und aufhören, mit ihr ins Gespräch kommen zu wollen, aber er hatte sich nicht beirren lassen. Er hatte ihr seinen Namen genannt, Thomas Cavill. Die anderen hatten keine Namen. Jedenfalls keine normalen.

Schließlich war sie selbst in den Teich gesprungen, und er war aus dem Wasser geflüchtet. Erst da waren ihr die Kleider aufgefallen, die auf der Liege lagen. Seine Kleider, und das war wirklich merkwürdig gewesen.

Und dann war das Merkwürdigste überhaupt geschehen. Meredith war gekommen – von Saffy endlich aus dem Nähzimmer entlassen – und hatte angefangen, sich mit dem Mann zu unterhalten.

Juniper, die ihnen vom Wasser aus zugesehen hatte, wäre vor Schreck beinahe ertrunken, denn eins stand fest: Niemand außer ihr konnte ihre Besucher sehen.

Juniper wohnte schon ihr Leben lang auf Schloss Milderhurst. Ebenso wie ihr Vater und ihre Schwestern war sie in einem Zimmer im ersten Stock geboren worden. Sie kannte das Schloss und die umgebenden Ländereien so gut, wie man es von jemandem erwarten würde, der nichts als die eigene Welt kennt. Sie wurde beschützt und geliebt und verhätschelt. Sie las, und sie schrieb, und sie spielte, und sie träumte. Es wurde nichts von ihr erwartet, außer die zu sein, die sie war. Aber das umso mehr.

»Du, meine Kleine, bist ein Schlossgeschöpf«, hatte Daddy oft zu ihr gesagt. »Du bist wie ich.« Und lange Zeit war Juniper mit dieser Beschreibung vollkommen zufrieden gewesen.

Aber aus unerfindlichen Gründen hatte in letzter Zeit alles angefangen, sich zu verändern. Manchmal wachte sie mitten in der Nacht mit einem unerklärlichen Ziehen in ihrem Innern auf, mit einem Verlangen wie Hunger, aber worauf, das wusste sie nicht. Unzufriedenheit, Sehnsucht, eine tiefe, gähnende Leere, und sie wusste nicht, wie sie sie füllen sollte. Sie hätte nicht einmal sagen können, was genau ihr fehlte. Sie war spazieren gegangen, und sie war über die Wiesen gerannt, sie hatte geschrieben, hastig und ungestüm. Worte, Geräusche hatten in ihrem Kopf getobt und verlangt, freigelassen zu werden, und sie alle niederzuschreiben war eine Erleichterung gewesen. Sie quälte sich nicht mit Formulierungen herum, sie grübelte nicht über Wörtern, sie las nie noch einmal, was sie geschrieben hatte, es reichte, die Wörter zu befreien, damit die Stimmen in ihrem Kopf schwiegen.

Dann, eines Tages, hatte sie das Bedürfnis empfunden, ins Dorf zu gehen. Sie fuhr nur selten Auto, aber sie war mit dem großen, alten Daimler bis in die High Street gefahren. Wie in einem Traum, wie eine Figur in einer Geschichte von jemand anderem hatte sie den Wagen geparkt und war in den Gemeindesaal gegangen. Eine Frau hatte sie angesprochen, aber da hatte Juniper Meredith bereits entdeckt.

Als Saffy sie später fragte, nach welchen Kriterien sie das Kind ausgesucht hatte, sagte Juniper: »Ich habe sie nicht ausgesucht.«

»Ich widerspreche dir ja nur ungern, Kleines, aber ich bin mir ziemlich sicher, dass du sie mit hergebracht hast.«

»Ja, natürlich, aber ich habe sie nicht *ausgesucht*. Ich wusste, dass sie es war.«

Juniper hatte noch nie eine Freundin gehabt. Andere Leute, Daddys aufgeblasene Freunde, Schlossbesucher, sie nahmen alle viel mehr Raum ein, als ihnen zustand. Sie erdrückten einen mit ihrer Prahlerei und ihrem Gehabe und ihrem unablässigen Gerede. Aber Meredith war anders. Sie war lustig, und sie hatte ihre eigene Meinung. Sie war eine Leseratte, obwohl es bei ihr zu Hause kaum Bücher gab, sie besaß eine hervorragende Beobachtungsgabe, aber ihre Gedanken und Gefühle waren nicht beeinflusst von dem, was sie gelesen hatte, was andere geschrieben hatten. Sie hatte eine ganz eigene Weltsicht und eine Art, sich auszudrücken, die Juniper immer wieder verblüffte und zum Lachen brachte und dazu anregte, noch einmal nachzudenken und die Dinge in einem neuen Licht zu sehen.

Aber das Beste war, dass Meredith jede Menge Geschichten aus der Außenwelt mitgebracht hatte. Seit sie da war, hatte der Stoff, aus dem Milderhurst war, einen feinen Riss bekommen. Ein winziges, helles Fenster, an das Juniper ein Auge legen und nach draußen spähen konnte.

Und was hatte Meredith jetzt bewirkt? Ein Mann, ein richtiger Mann aus Fleisch und Blut war aufs Schloss gekommen. Ein junger Mann aus der Außenwelt, der wirklichen Welt, war am Badeteich aufgetaucht. Licht von der Außenwelt schien durch den Schleier, heller, nachdem ein zweites Loch aufgerissen war, und Juniper bekam mehr zu sehen.

Er wäre gern geblieben, hätte sie gern ins Schloss begleitet, aber Juniper hatte abgelehnt. Das Schloss war der falsche Ort. Sie wollte ihn beobachten, ihn wie eine Katze belauern – aufmerksam, geduldig, unbemerkt, während sie an seiner Haut vorbeistreifte. Wenn sie das nicht haben konnte, wollte sie lieber gar nichts haben. So würde er ein stiller, von Sonnenlicht erfüllter Augenblick bleiben, eine Brise, die ihre Wangen liebkoste, während die Schaukel über dem warmen Teich vor und zurück schwang, ein neues Ziehen tief unten in ihrem Bauch.

Er war gegangen. Und sie waren geblieben. Sie hatte Meredith einen Arm um die Schultern gelegt, und sie waren lachend den Hügel hinaufgelaufen, hatten sich darüber amüsiert, dass Saffy es jedes Mal schaffte, einen mit ihren Stecknadeln in die Haut zu stechen, waren an dem alten Brunnen, der nicht mehr funktionierte, kurz stehen geblieben, um das unbewegte, grüne Wasser zu betrachten, die Libellen, die ruckartig darüber hinwegflogen. Aber die ganze Zeit waren ihre Gedanken dem Mann gefolgt, hatten sich an ihn geheftet wie ein Spinnfaden, als er zur Straße hinuntergegangen war.

Juniper war weitergegangen, schneller jetzt. Es war heiß, so heiß, dass ihr Haar schon fast trocken war und ihr an den Wangen klebte. Ihre Haut fühlte sich fester an als sonst. Sie war seltsam aufgewühlt. Ob Meredith hören konnte, wie ihr Herz gegen ihre Rippen pochte?

»Ich habe eine großartige Idee«, sagte sie. »Hast du dich jemals gefragt, wie es in Frankreich aussieht?«

Dann nahm sie ihre kleine Freundin an der Hand, und gemeinsam rannten sie die Stufen hinauf, durch das Dornengestrüpp, zwischen Bäumen hindurch, die mit ihren Kronen ein grünes Dach bildeten. *Vergänglich* – das Wort kam ihr in den Sinn, und plötzlich fühlte sie sich leichter, wie ein Reh. Schneller, schneller liefen sie, lachten ausgelassen, und der Wind zerrte an Junipers Haaren, und ihre Füße frohlockten bei der Berührung mit der heißen, harten Erde, und die Freude rannte mit ihr. Endlich erreichten sie den Säulengang, stolperten die Treppe hoch, keuchend, durch die offenen Glastüren in die kühle Stille der Bibliothek.

»June? Bist du das?«

Das war Saffy. Sie saß an ihrem Schreibtisch. Die liebe Saffy schaute von ihrer Schreibmaschine auf, wie sie es immer tat, ein bisschen verwirrt, als wäre sie gerade aus einem Traum voller Rosenblätter und Tautropfen erwacht und als wäre die Wirklichkeit eine ziemlich verstaubte Überraschung.

Ob es nun die Sonne war, der Teich, der Mann, der klare, blaue Himmel, Juniper konnte nicht widerstehen, ihrer Schwester im Vorbeieilen einen Kuss auf die Stirn zu drücken.

Saffy strahlte. »Hat Meredith … ja, ich sehe schon. Gut. Ach, ihr wart schwimmen. Passt auf, dass Daddy …«

Aber wie auch immer die Ermahnung lautete, Juniper war schon verschwunden, ehe sie ausgesprochen war.

Sie rannten durch hohe Korridore, enge Treppenhäuser, immer höher, Stockwerk um Stockwerk, bis sie das Dachzimmer ganz oben im Schloss erreichten. Juniper riss das Fenster auf, kletterte auf das halbhohe Bücherregal und setzte sich auf die Fensterbank und ließ die Beine draußen baumeln. »Komm«, sagte sie zu Meredith, die in der Tür stehen geblieben war und sie merkwürdig ansah. »Komm schnell.«

Meredith seufzte unsicher, rückte ihre Brille zurecht. Dann ging sie zum Fenster und tat es Juniper nach. Vorsichtig schoben sie sich über das steile Dach, bis sie den First erreichten, der nach Süden ragte wie der Bug eines Schiffs.

»Da, siehst du?«, sagte Juniper, als sie nebeneinander auf dem Dachvorsprung saßen. Sie zeigte nach Süden, auf eine krakelige Linie am fernen Horizont. »Ich hab's dir ja gesagt. Man kann bis nach Frankreich sehen.«

»Wirklich? Das ist Frankreich?«

Juniper nickte, sie hatte bereits das Interesse an der Küstenlinie verloren. Mit zusammengekniffenen Augen ließ sie den Blick über die gelben Wiesen wandern, über den Cardarker-Wald, suchte, suchte, hoffte, ihn noch einmal zu sehen ...

Sie zuckte zusammen. Da war er, eine winzige Gestalt, die die Wiese bei der ersten Brücke überquerte. Er hatte die Hemdsärmel bis zu den Ellbogen hochgekrempelt, und seine schlenkernden Arme streiften das hohe Gras. Plötzlich blieb er stehen, legte die Hände in den Nacken, schien den Himmel zu umarmen. Dann begriff sie, dass er sich umdrehte. Er schaute zum Schloss zurück. Sie hielt den Atem an, fragte sich, wie es möglich war, dass das Leben sich innerhalb einer halben Stunde so sehr verändern konnte, wo sich doch eigentlich überhaupt nichts geändert hatte.

»Das Schloss trägt einen Rock.« Meredith zeigte auf die Erde unter ihnen.

Jetzt ging er weiter und schließlich verschwand er in einer Senke, und alles war still. Tom Cavill war durch den Riss in die Außenwelt geschlüpft. Die Luft um das Schloss herum schien das zu wissen.

»Kuck mal«, sagte Meredith. »Da unten.«

Juniper nahm ihre Zigaretten aus der Tasche. »Da war mal ein Graben. Daddy hat ihn zuschütten lassen, nachdem seine erste Frau gestorben ist. Eigentlich sollen wir auch nicht im Teich schwimmen.« Sie lächelte, als Meredith sie ängstlich anschaute. »Mach nicht so ein Gesicht, kleine Merry. Niemand wird sich aufregen, wenn ich dir das Schwimmen beibringe.

Daddy verlässt seinen Turm überhaupt nicht mehr, er wird gar nicht erfahren, ob wir im Teich schwimmen oder nicht. Außerdem wäre es eine Schande, an so einem heißen Tag nicht schwimmen zu gehen.«

*Warm, perfekt, blau.*

Juniper riss ein Streichholz an. Sie nahm einen tiefen Zug von ihrer Zigarette, stützte sich mit der Hand am steilen Dach ab und blinzelte in den klaren, blauen Himmel, die Kuppel ihrer Welt. Worte kamen ihr in den Sinn, die nicht ihre eigenen waren.

*Ich, die alte Turteltaube,*

*Schwinge mich auf einen dürren Ast und weine*

*Um meinen Geliebten, der nicht wiederkommt,*

*Bis an mein Ende!*

Das war natürlich lächerlich. Vollkommen lächerlich. Der Mann war nicht ihr Geliebter, er war niemand, um den sie weinen musste, bis an ihr Ende. Und doch waren ihr die Worte in den Sinn gekommen.

»Magst du Mr. Cavill?«

Junipers Herz machte einen Satz, ihr brach der Schweiß aus. Sie war durchschaut! Meredith hatte ihre geheimsten Gedanken erfasst. Sie schob sich den Träger ihres feuchten Kleids zurück auf die Schulter, versuchte, Zeit zu gewinnen, steckte die Streichhölzer in ihre Tasche.

Meredith sagte: »Ich mag ihn.«

Und an der Röte ihrer Wangen erkannte Juniper, dass Meredith ihren Lehrer sehr mochte. Sie war hin- und hergerissen zwischen der Erleichterung darüber, dass Meredith ihre Gedanken doch nicht erraten hatte, und rasender Eifersucht, weil Meredith ihre Gefühle teilte. Aber als sie ihre kleine Freundin anschaute, verflog ihre Eifersucht so schnell, wie sie gekommen war. »Warum?«, fragte sie. »Was gefällt dir an ihm?«

Meredith antwortete nicht gleich. Juniper rauchte und betrachtete die Stelle, wo der Mann durch den Spalt in der Kuppel über Milderhurst aus ihrer Welt verschwunden war.

»Er ist sehr klug«, sagte Meredith schließlich. »Und er sieht gut aus. Und er ist nett, selbst zu Leuten, die es einem nicht leicht machen. Er hat einen schwachsinnigen Bruder, ein großer Kerl, der sich benimmt wie ein Baby, ganz leicht anfängt zu weinen und manchmal auf der Straße herumschreit, aber du müsstest mal sehen, wie geduldig Mr. Cavill mit ihm umgeht. Wenn du die beiden zusammen erleben würdest, dann würdest du denken, dass er sich großartig amüsiert, aber nicht auf so eine übertriebene Art, wie man es bei Leuten sieht, wenn sie sich beobachtet fühlen. Er ist der beste Lehrer, den ich je hatte. Er hat mir ein Tagebuch geschenkt, ein richtiges, mit Ledereinband. Er sagt, wenn ich fleißig bin, kann ich länger zur Schule gehen, vielleicht sogar auf die Oberschule und später an die Universität. Vielleicht kann ich eines Tages was Richtiges schreiben, Geschichten oder Gedichte oder Zeitungsartikel …« Sie holte tief Luft. »Außer ihm hat noch nie jemand geglaubt, dass ich etwas gut könnte.«

Juniper stieß ihre kleine Freundin mit der Schulter an. »Das ist doch wunderbar, Meredith«, sagte sie. »Und Mr. Cavill hat wirklich recht, du kannst vieles gut. Ich kenne dich erst seit ein paar Tagen, aber das habe ich schon begriffen …«

Sie hustete gegen ihren Handrücken, weil sie plötzlich nicht weiterreden konnte. Ein unvertrautes Gefühl hatte sie übermannt, während Meredith die Vorzüge ihres Lehrers und seine Liebenswürdigkeit beschrieben und von ihren Hoffnungen gesprochen hatte. In ihrer Brust hatte sich eine Hitze gebildet, sich immer mehr ausgedehnt und sich wie Sirup unter ihrer Haut verteilt. Als sie ihre Augen erreichte, verwandelte sich die Hitze in Nadelstiche. Beinahe wären ihr Tränen gekommen.

Ein zärtliches und zartes Gefühl voller Fürsorge, und als sie sah, wie sich Merediths Mund zu einem hoffnungsvollen Lächeln verzog, konnte sie nicht anders, sie musste ihre kleine Freundin umarmen und an sich drücken. Meredith machte sich ganz steif und klammerte sich an die Dachziegel.

Juniper richtete sich wieder auf. »Was ist? Alles in Ordnung?«

»Ich hab nur ein bisschen Höhenangst.«

»Ach so? Das hast du mir nicht gesagt.«

Meredith zuckte die Schultern und konzentrierte sich auf ihre nackten Füße. »Ich fürchte mich vor ganz vielen Sachen.«

»Wirklich?«

Sie nickte.

»Na ja, ich glaube, das ist ziemlich normal.«

»Hast du auch manchmal Angst?«

»Klar. Wer nicht?«

»Wovor denn?«

Juniper senkte den Kopf, zog kräftig an ihrer Zigarette. »Ich weiß nicht.«

»Nicht vor Gespenstern und unheimlichen Wesen im Schloss?«

»Nein.«

»Vor der Höhe?«

»Nein.«

»Vor dem Ertrinken?«

»Nein.«

»Davor, für immer ungeliebt und allein zu sein?«

»Nein.«

»Davor, bis an dein Lebensende etwas tun zu müssen, was du nicht ausstehen kannst?«

Juniper verzog das Gesicht. »Iihh … nein.«

Dann hatte Meredith sie so niedergeschlagen angesehen, dass sie sagte: »Nur vor einer Sache.« Ihr Puls begann zu rasen, obwohl sie gar nicht die Absicht hatte, Meredith ihre größte, schwarze Angst zu beichten. Juniper hatte nicht viel Erfahrung mit Freundschaften, aber es war bestimmt nicht ratsam, einer neuen, lieben Freundin zu erzählen, dass sie fürchtete, eine Neigung zu extremer Gewalttätigkeit zu besitzen. Sie rauchte ihre Zigarette und dachte an den Gefühlsausbruch, die Wut, die sie beinahe innerlich zerrissen hätte. Erinnerte sich daran, wie sie auf ihn losgegangen war, wie sie ohne nachzudenken den Spaten ergriffen hatte und dann …

… im Bett aufgewacht war, Saffy neben sich und Percy am Fenster.

Saffy hatte sie angelächelt, aber kurz zuvor, als sie annahm, Juniper schliefe noch, hatte ihr Gesicht etwas ganz anderes ausgedrückt. Ihr gequälter Blick, ihre zusammengepressten Lippen, die zusammengezogenen Brauen straften ihre Versicherung Lügen, dass alles gut sei. Dass nichts Schlimmes passiert sei. Etwas Schlimmes? Ganz und gar nicht, Liebes! Nur ein bisschen verlorene Zeit, nicht anders als sonst.

Sie hatten es aus Liebe vor ihr geheim gehalten, und das taten sie immer noch. Anfangs hatte sie ihren Schwestern geglaubt, voller Zuversicht. Natürlich hatte sie ihnen geglaubt. Welchen Grund hätten sie haben sollen, sie zu belügen? Es war ja nicht das erste Mal, dass sie Zeit verloren hatte. Warum hätte es diesmal anders sein sollen?

Aber diesmal war es anders gewesen. Juniper hatte herausgefunden, was sie vor ihr verbargen. Sie wussten immer noch nicht, dass sie es erfahren hatte. Es war purer Zufall gewesen. Mrs. Simpson war gekommen, um mit Daddy zu sprechen, während Juniper in der Nähe der Brücke am Bach gespielt hatte. Mrs. Simpson hatte sich über das Brückengeländer gelehnt, mit dem Zeigefinger gewedelt und geschrien: »Du!« Juniper hatte verwundert aufgeblickt. »Du bist ein Ungeheuer. Eine

Gefahr für die Allgemeinheit. Man sollte dich einsperren für das, was du getan hast!«

Juniper hatte nicht verstanden, hatte nicht gewusst, wovon die Frau redete.

»Sie haben meinen Jungen mit dreißig Stichen zusammengenäht. Dreißig! Du bist ein Tier!«

Ein Tier.

Das war der Auslöser gewesen. Juniper war zusammengezuckt, als sie es gehört hatte, und da war die Erinnerung zurückgekommen. Bruchstückhaft, unscharf. Ein Tier – Emerson – Schmerzensschreie.

Obwohl sie alles versucht hatte, obwohl sie sich extrem konzentriert hatte, war der Rest verschwommen geblieben. Hatte sich im Dunkel des Vergessens verborgen. Wie erbärmlich mangelhaft ihr Gehirn doch war! Wie sie es verachtete. Alles andere würde sie sofort hergeben – das Schreiben, den schwindelerregenden Rausch der Inspiration, die Freude, einen Gedanken auf Papier festzuhalten, sogar ihre Besucher würde sie aufgeben, wenn sie dafür nur all ihre Erinnerungen behalten könnte. Sie hatte ihre Schwestern bearbeitet, sie angefleht, aber ohne Erfolg, und so hatte sie sich schließlich an ihren Vater gewandt. Oben in seinem Turm hatte er ihr alles erzählt – was Billy Simpson dem armen, kranken Emerson angetan hatte, dem lieben alten Hund, der nichts anderes gewollt hatte, als seine letzten Tage neben dem sonnenbeschienenen Rhododendronstrauch zu verdösen – und was Juniper Billy Simpson angetan hatte. Er hatte ihr gesagt, sie solle sich keine Sorgen machen. Es sei nicht ihre Schuld. »Dieser Junge ist ein Rüpel der übelsten Sorte. Er hat nur bekommen, was er verdient hat.« Und dann hatte er gelächelt, aber in seinen Augen hatte die Angst gelauert. »Für Menschen wie dich«, hatte er gesagt, »gelten andere Regeln. Für Menschen wie dich und mich.«

»Und?«, fragte Meredith. »Was ist es? Wovor fürchtest du dich?«

»Ich glaube, ich habe Angst«, sagte Juniper, den Blick auf den Cardarker-Wald gerichtet, »dass ich so werden könnte wie mein Vater.«

»Wie meinst du das?«

Es war unmöglich, es zu erklären, ohne Merry mit Dingen zu belasten, die sie nicht zu wissen brauchte. Die Angst, die Junipers Herz wie ein Gummiband einschnürte, die grauenhafte Vorstellung, sie könnte irgendwann als verrückte Alte in den Korridoren des Schlosses herumgeistern und in einem Meer aus Papier ertrinken, stets ängstlich auf der Hut vor den Geschöpfen, die aus ihrer eigenen Feder stammten. Sie zuckte die Schultern und sagte beiläufig: »Na ja, dass ich mein Leben lang in diesem Kasten hier festsitzen könnte.«

»Aber warum solltest du denn weggehen wollen?«

»Meine Schwestern erdrücken mich.«

»Meine *würde* mich gern erdrücken.«

Juniper lächelte und schnippte Asche in die Regenrinne.

»Ich meine es ernst, sie hasst mich.«

»Warum?«

»Weil ich anders bin. Weil ich nicht sein will wie sie, obwohl alle das von mir erwarten.«

Juniper zog an ihrer Zigarette, legte den Kopf schief und betrachtete die Welt um sie herum. »Wie kann ein Mensch glauben, er könnte seinem Schicksal entkommen, Merry? Das ist doch die Frage.«

Schweigen. Dann sagte Meredith leise: »Es gibt immer noch Züge.«

Zuerst dachte Juniper, sie hätte sich verhört, aber als sie Meredith anschaute, sah sie, dass das Mädchen es völlig ernst gemeint hatte.

»Ich meine, es gibt auch Omnibusse, aber ich glaube, der Zug ist schneller. Und bequemer.«

Juniper konnte nicht anders. Sie brach in schallendes Gelächter aus, das aus ihrem tiefsten Innern kam.

Meredith lächelte verunsichert, aber Juniper umarmte sie überschwänglich. »Ach, Merry«, sagte sie. »Weißt du, dass du einfach unübertrefflich bist?«

Meredith strahlte, und die beiden lehnten sich gegen die Dachschindeln und schauten in den Nachmittagshimmel.

»Erzähl mir eine Geschichte, Merry.«

»Was denn für eine?«

»Erzähl mir von London.«

## Die Kleinanzeigen

### 1992

Mein Vater wartete schon, als ich von meinem Besuch bei Theo Cavill zurückkehrte. Die Haustür war noch nicht hinter mir ins Schloss gefallen, als in seinem Zimmer das Glöckchen bimmelte. Ich ging auf direktem Weg nach oben. Er saß in seinem Bett, die Teetasse in der Hand, die meine Mutter ihm nach dem Abendessen gebracht hatte, und gab sich überrascht. »Ah, Edie«, sagte er mit einem Blick auf die Wanduhr. »Ich hatte noch gar nicht mit dir gerechnet. Irgendwie habe ich die Zeit ganz vergessen.«

Eine ziemlich unwahrscheinliche Behauptung. Der aufgeschlagene *Modermann* lag mit dem Gesicht nach unten auf der Decke neben ihm und das Spiralheft, das er inzwischen seine »Fallsammlung« nannte, auf den Knien. Die Szene machte den Eindruck, als hätte er den ganzen Nachmittag über den Geheimnissen des *Modermann* gebrütet, und die Neugier, mit der er nach den Ausdrucken schielte, die aus meiner Tasche hervorlugten, sprach für sich. Ich weiß nicht, warum, aber in dem Moment ritt mich der Teufel. Ich gähnte ausgiebig, hielt mir eine Hand vor den Mund, ging langsam zu dem Sessel auf der anderen Seite seines Betts, machte es mir bequem und lächelte ihn an. Schließlich hielt er es nicht mehr aus. »Du hast nicht zufällig in der Bibliothek was gefunden? Über alte Entführungsfälle in Schloss Milderhurst?«

»Ach ja«, sagte ich. »Natürlich. Das hätte ich beinahe vergessen.« Ich nahm die Mappe aus meiner Tasche, blätterte die Seiten durch und gab ihm die Artikel über die Entführungen.

Er überflog sie nacheinander mit solchem Feuereifer, dass es mir grausam vorkam, dass ich ihn hatte zappeln lassen. Die Ärzte hatten uns gesagt, dass Herzpatienten häufig an Depressionen litten, vor allem Männer wie mein Vater, der es gewohnt war, einen wichtigen Posten auszufüllen, und sich schwertat, sich mit seinem Rentnerdasein abzufinden. Wenn mein Vater also eine Zukunft als literarischer Detektiv vor sich sah, würde ich ihn nicht aufhalten – auch wenn der *Modermann* das erste Buch war, das er in vierzig Jahren gelesen hatte. Außerdem schien mir das eine wesentlich bessere Lebensaufgabe zu sein als das ewige Reparieren von Sachen im Haushalt, die nicht einmal kaputt waren. Ich beschloss, mich kooperativer zu verhalten. »Irgendetwas Interessantes, Dad?«

Seine freudige Erregung hatte nachgelassen. »Keiner davon hat was mit Milderhurst zu tun.«

»Ja, leider. Jedenfalls nicht direkt.«

»Aber ich war mir ganz sicher, dass es etwas geben musste.«

»Tut mir leid, Dad, mehr konnte ich nicht finden.«

Er lächelte tapfer. »Macht nichts, ist ja nicht deine Schuld, Edie. Wir dürfen uns nur nicht entmutigen lassen. Wir müssen einfach ein bisschen um die Ecke denken.« Er klopfte sich mit seinem Stift ans Kinn und zeigte dann damit auf mich. »Ich habe den ganzen Nachmittag in dem Buch gelesen und bin zu dem Schluss gekommen, dass es etwas mit dem Schlossgraben zu tun haben muss. Es kann nicht anders sein. In deinem Buch über Milderhurst steht, dass Raymond Blythe den Graben hat zuschütten lassen, kurz bevor er den *Modermann* geschrieben hat.«

Ich nickte so überzeugt, wie ich konnte, und verkniff es mir, ihn an Muriel Blythes Tod zu erinnern und daran, dass Raymond Blythe danach in tiefe Trauer versunken war.

»Ich meine, das kann doch kein Zufall sein«, sagte er eifrig. »Es muss etwas zu bedeuten haben. Und das Mädchen am Fenster, das entführt wird, während die Eltern schlafen. Es steht alles hier drin, jetzt muss ich nur noch die richtigen Schlussfolgerungen ziehen.«

Er wandte sich wieder den Artikeln zu, las sie langsam und sorgfältig und machte sich Notizen. Ich versuchte, mich zu konzentrieren, aber es fiel mir schwer, nicht die ganze Zeit an das wirkliche Rätsel zu denken, das mich beschäftigte. Ich schaute aus dem Fenster in die Abenddämmerung. Der Halbmond stand hoch am violetten Himmel, und dünne Wolkenstreifen trieben an seinem Gesicht vorbei. Ich war in Gedanken bei Theo und seinem Bruder, der sich vor fünfzig Jahren in Luft aufgelöst hatte, nachdem er nicht zu dem Abendessen auf dem Schloss erschienen war. Ich hatte mich auf die Suche nach Thomas Cavill gemacht in der Hoffnung, etwas zu finden, das mir helfen würde, Junipers geistige Umnachtung besser zu verstehen. Meine Hoffnung hatte sich nicht erfüllt, aber mein Gespräch mit Theo hatte meine Meinung über Tom grundlegend geändert. Wenn Theo recht hatte, war Thomas alles andere als ein Betrüger, sondern ein Mann, dem viel Unrecht getan worden war. Nicht zuletzt von mir.

»Du hörst ja gar nicht zu.«

Ich wandte mich vom Fenster ab und blinzelte. Mein Vater sah mich über seine Lesebrille hinweg vorwurfsvoll an. »Ich habe dir gerade eine sehr vernünftige Theorie unterbreitet, Edie, und du hast kein Wort davon mitbekommen.«

»Doch, habe ich. Gräben, kleine Kinder …« Ich wand mich innerlich, versuchte es mit: »Boote?«

Er schnaubte verächtlich. »Du bist genauso schlimm wie deine Mutter. Ihr beide seid neuerdings oft so abwesend.«

»Ich weiß gar nicht, wovon du redest, Dad.« Ich stützte mich mit einem Ellbogen auf die Bettkante. »So, ich bin ganz Ohr. Lass mich deine Theorie hören.«

Seine Begeisterung überwog seine Kränkung, und so ließ er sich nicht zweimal bitten. »Dieser Bericht hier hat mich nachdenklich gemacht. Ein Junge wird aus seinem Zimmer in einem Herrenhaus in der Nähe von Milderhurst entführt, ein Fall, der nie aufgeklärt wurde. Das Fenster stand weit offen, obwohl das Kindermädchen behauptet, es sei geschlossen gewesen, als sie nachgesehen hat, ob die Kinder schliefen, und auf dem Boden waren Spuren, die darauf hindeuteten, dass eine Leiter benutzt wurde. Das war 1872, da war Raymond sechs Jahre alt. Alt genug, um von der Geschichte gehört zu haben und von ihr beeindruckt zu sein, meinst du nicht?«

Durchaus möglich, dachte ich. Jedenfalls nicht unmöglich. »Absolut, Dad. Klingt sehr wahrscheinlich.«

»Der springende Punkt ist, dass die Leiche des Jungen nach intensiver Suche …«, er grinste triumphierend und genoss es, mich noch ein bisschen auf die Folter zu spannen, »… nach intensiver Suche am Grund eines schlammigen Teichs gefunden wurde.« Unsere Blicke begegneten sich, und sein Lächeln verschwand. »Was ist? Warum siehst du mich so an?«

»Ich … weil es so eine schreckliche Geschichte ist. Der arme kleine Junge. Die armen Eltern.«

»Ja, natürlich, aber das ist hundert Jahre her, und alle sind längst tot. Außerdem ist es genau das, was ich meine. Für einen kleinen Jungen, der in der Nähe in einem Schloss wohnte, muss es schrecklich gewesen sein, seine Eltern darüber reden zu hören.«

Ich musste an die Riegel am Kinderzimmerfenster denken,

daran, wie Percy Blythe mir erklärt hatte, ihr Vater hätte wegen eines traumatischen Erlebnisses in seiner Kindheit einen Sicherheitsfimmel gehabt. Ich musste meinem Vater recht geben. »Stimmt.«

Er runzelte die Stirn. »Aber ich weiß immer noch nicht genau, was das mit dem Schlossgraben zu tun hat. Oder wie der kleine Junge sich in einen Mann verwandelt hat, der am Grund eines schlammigen Schlossgrabens lebt. Oder warum die Beschreibung von dem Mann, wie er aus dem Graben steigt, so realistisch sein kann ...«

Es klopfte leise an der Tür, und meine Mutter kam ins Zimmer. »Ich will euch ja nicht stören. Ich wollte nur sehen, ob du deinen Tee schon getrunken hast.«

»Danke, meine Liebe.« Er hielt die Tasse hoch, und nach kurzem Zögern trat sie näher, um sie ihm abzunehmen.

»Ihr seid anscheinend schwer beschäftigt«, bemerkte sie, während sie so tat, als interessierte sie sich brennend für einen Teetropfen am Tassenrand. Sie rieb ihn mit einem Finger ab und gab sich alle Mühe, nicht in meine Richtung zu sehen.

»Wir arbeiten an einer Theorie.« Mein Vater zwinkerte mir zu, ohne zu bemerken, dass eine Kältefront das Zimmer in zwei Hälften geteilt hatte.

»Dann werdet ihr ja noch eine Weile zu tun haben. Ich sage schon mal Gute Nacht und lege mich ins Bett. Es war ein anstrengender Tag.« Sie küsste meinen Vater auf die Wange und nickte in meine Richtung, ohne mich anzusehen. »Gute Nacht, Edie.«

»Gute Nacht, Mum.«

Gott, wie steif wir miteinander umgingen! Ich schaute ihr nicht nach, sondern tat so, als wäre ich in den Ausdruck auf meinem Schoß vertieft. Es handelte sich um die zusammengetackerten Seiten mit den Informationen, die Miss Yeats über das Pembroke-Farm-Institut ausgegraben hatte. Ich überflog die erste Seite, auf der es um die Geschichte des Instituts ging: Gegründet 1907 von einem gewissen Oliver Sykes – der Name kam mir irgendwie bekannt vor. Nach einigem Kopfzerbrechen fiel mir wieder ein, dass es sich um den Architekten handelte, der den runden Badeteich auf Schloss Milderhurst entworfen hatte. Das passte. Wenn Raymond Blythe einem Umweltschutzverein Geld hinterließ, dann musste jemand hinter dem Verein stehen, den er bewunderte. Dasselbe galt für jemanden, den er damit beauftragte, sein geliebtes Anwesen zu gestalten … Ich hörte, wie meine Mutter ihre Zimmertür schloss, und atmete erleichtert auf. Ich legte die Unterlagen weg.

»Weißt du, Dad«, sagte ich mit belegter Stimme, »ich glaube, dass du da eine ganz brauchbare Spur entdeckt hast. Ich meine diese Sache mit dem See und dem kleinen Jungen.«

»Davon rede ich doch die ganze Zeit.«

»Ich weiß. Und ich halte es durchaus für möglich, dass dieses Ereignis Raymond Blythe zu der Geschichte inspiriert hat.«

Er verdrehte die Augen. »Ja, aber jetzt vergiss mal für einen Augenblick das Buch, Edie. Wir müssen über deine Mutter reden.«

»Über Mum?«

Er zeigte auf die geschlossene Tür. »Sie ist unglücklich, und das bedrückt mich.«

»Das bildest du dir ein.«

»Ich bin kein Idiot. Sie lässt seit Wochen den Kopf hängen. Heute hat sie mir erzählt, dass sie die Seiten mit den Wohnungsanzeigen in deinem Zimmer gefunden hat, und dann hat sie angefangen zu weinen.«

Meine Mutter war in meinem Zimmer gewesen? »Mum hat geweint?«

»Sie ist sehr sensibel, das war sie schon immer. Sie trägt das Herz auf der Zunge. Da seid ihr beide euch sehr ähnlich.«

Ich weiß nicht, ob er das gesagt hat, um mich aus der Reserve zu locken, aber über die Bemerkung, meine Mutter würde das Herz auf der Zunge tragen, war ich dermaßen verblüfft, dass mir die Worte fehlten. Und wie kam er zu der Behauptung, wir wären uns ähnlich? »Wie ... wie meinst du das?«, stammelte ich.

»Das hat sie mir von Anfang an sympathisch gemacht. Sie war so anders als all die blasierten Typen, die ich kannte. Als ich sie zum ersten Mal gesehen habe, war sie in Tränen aufgelöst.«

»Wirklich?«

»Wir waren im Kino. Zufällig waren wir die einzigen Zuschauer. Der Film war nicht mal besonders traurig, für meinen Geschmack jedenfalls nicht, aber deine Mutter hat die ganze Zeit im Dunkeln geweint. Sie hat versucht, es zu verbergen, aber als wir aus dem Kino kamen, waren ihre Augen so rot wie dein T-Shirt. Sie hat mir so leidgetan, dass ich sie auf ein Stück Kuchen eingeladen habe.«

»Und weswegen hat sie so geweint?«

»Das weiß ich eigentlich nicht so genau. Damals hatte sie ganz offensichtlich nah am Wasser gebaut.«

»Nein ... wirklich?«

»O doch. Sie war sehr sensibel – und lustig. Pfiffig und unberechenbar. Sie hatte eine Art, die Dinge zu beschreiben, dass es einem vorkam, als würde man sie zum ersten Mal sehen.«

Am liebsten hätte ich gefragt: »Und was ist dann passiert?«, aber was die Frage implizierte, nämlich dass sie sich total verändert hatte, erschien mir grausam. Ich war froh, als mein Vater fortfuhr.

»Das ist alles anders geworden«, sagte er, »nachdem das mit deinem Bruder passiert ist. Mit Daniel. Seitdem ist nichts mehr wie früher.«

Ich konnte mich nicht erinnern, Daniels Namen jemals aus

dem Mund meines Vaters gehört zu haben, und ich war so verdattert, dass ich mich wie gelähmt fühlte. Es gab so vieles, was ich gern gesagt oder gefragt hätte, dass ich gar nicht gewusst hätte, wo ich anfangen sollte, und ich brachte nur ein »Oh« heraus.

»Es war schrecklich.« Seine Stimme klang fest, aber seine Unterlippe verriet ihn. Ein seltsames, unwillkürliches Zucken, das mir fast das Herz brach. »Es war schrecklich.«

Ich berührte leicht seinen Arm, aber er schien es nicht zu bemerken. Er hielt den Blick auf den Teppich vor der Tür geheftet und lächelte schwach über etwas, das nur er sah. Schießlich sagte er: »Er ist immer gehüpft. Das hat ihm einen Riesenspaß gemacht. ›Ich hüpfe‹, sagte er dann. ›Kuck mal, Daddy, wie ich hüpfe!‹«

Ich sah ihn vor mir, meinen kleinen großen Bruder, wie er vor Stolz strahlend durch das Haus hüpfte. »Ich hätte ihn so gern kennengelernt.«

Mein Vater legte seine Hand auf meine. »Das hätte ich auch gern erlebt.«

Die kühle Nachtluft wehte den Vorhang gegen meine Schulter, und ich fröstelte. »Ich dachte immer, wir hätten ein Gespenst im Haus. Als ich klein war. Manchmal habe ich euch beide über ihn reden hören, ihr habt seinen Namen gesagt, aber wenn ich ins Zimmer gekommen bin, habt ihr sofort das Thema gewechselt. Ich habe Mum einmal nach ihm gefragt.«

Er schaute mich an. »Und was hat sie gesagt?«

»Sie hat gesagt, ich hätte eine blühende Fantasie.«

Dad hob eine Hand und betrachtete sie stirnrunzelnd, ballte sie zur Faust, als würde er ein imaginäres Blatt Papier zerknüllen. Dann seufzte er. »Wir glaubten, das Richtige zu tun. Wir wussten es nicht besser.«

»Ja, das weiß ich.«

»Deine Mutter …« Er presste die Lippen zusammen, um gegen seine Gefühle anzukämpfen, und beinahe hätte ich ihm gesagt, er solle nicht weitersprechen. Aber ich konnte es nicht. Ich wartete schon zu lange auf diese Geschichte – schließlich ging es um etwas, was mir mein Leben lang gefehlt hatte – und ich war begierig, jedes noch so kleine Detail zu erfahren. Er wählte seine nächsten Worte offesichtlich mit großem Bedacht. »Deine Mutter hat es furchtbar schwer genommen. Sie hat sich selbst die Schuld gegeben. Sie konnte nicht akzeptieren, dass das, was passiert ist …«, er schluckte, »… das, was mit Daniel passiert ist … ein Unfall war. Sie hatte sich in den Kopf gesetzt, dass sie daran schuld war, dass sie es verdient hatte, ein Kind zu verlieren.«

Ich war wie benommen, nicht nur, weil das, was er mir erzählte, so schrecklich war, so traurig, sondern weil er es überhaupt aussprach. »Aber wie kommt sie denn auf so etwas?«

»Das weiß ich nicht.«

»Daniels Krankheit war doch nicht erblich bedingt.«

»Nein.«

»Es war einfach …« Ich suchte vergeblich nach den richtigen Worten.

Er klappte sein Spiralheft zu und legte es zusammen mit dem *Modermann* auf seinen Nachttisch. Offenbar würden wir heute Abend nicht daraus lesen. »Manchmal sind die Gefühle eines Menschen nun einmal nicht rational, Edie. Zumindest oberflächlich betrachtet wirken sie nicht so. Man muss ein bisschen tiefer graben, wenn man verstehen will, was dem zugrunde liegt.«

Ich konnte nur nicken. Der ganze Tag war so verrückt gewesen, und jetzt erklärte mir mein Vater auch noch die Abgründe der menschlichen Psyche. Das war zu viel, um es an einem Tag zu verarbeiten.

»Ich hatte immer den Eindruck, dass es etwas mit ihrer Mutter zu tun hatte, mit einem Streit zwischen den beiden, als deine Mutter noch ein junges Mädchen war. Seitdem war ihr Verhältnis zerrüttet. Ich habe nie erfahren, worum es bei dem Streit ging, aber was auch immer deine Großmutter gesagt hat, Meredith hat sich daran erinnert, als wir Daniel verloren haben.«

»Aber Großmutter hätte Mum doch nie wehgetan. Jedenfalls nicht absichtlich.«

Er schüttelte den Kopf. »Man kann nie wissen, Edie. Nicht, wenn es um Menschen geht. Ich konnte es überhaupt nicht leiden, wie deine Großmutter und Rita sich ständig gegen deine Mutter verbündet haben. Es hat bei mir immer einen bitteren Nachgeschmack hinterlassen. Wie die beiden sich gegen sie verschworen haben und wie sie dich für ihre Zwecke benutzt haben.«

Seine Sichtweise überraschte mich, und es rührte mich, wie liebevoll er das alles schilderte. Rita hatte angedeutet, dass sie meine Eltern für Snobs hielt, dass sie fand, sie würden auf den Rest der Familie herabblicken, aber so, wie mein Vater es darstellte … Allmählich fing ich an mich zu fragen, ob die Dinge vielleicht nicht so einfach lagen, wie ich angenommen hatte.

»Das Leben ist zu kurz für Zerwürfnisse, Edie. Jeden Tag kann es plötzlich vorbei sein. Ich weiß nicht, was zwischen dir und deiner Mutter vorgefallen ist, aber sie ist unglücklich, und das macht mich auch unglücklich, und ihr habt hier einen nicht mehr ganz jugendlichen Patienten, der sich gerade von einem Herzinfarkt erholt und dessen Gefühle auch berücksichtigt werden müssen.«

Ich lächelte, und er lächelte auch.

»Vertrag dich mit ihr, Liebes.«

Ich nickte.

»Ich brauche einen klaren Kopf, wenn ich dieses *Moder-mann*-Rätsel lösen soll.«

Später an jenem Abend saß ich auf meinem Bett, die Seiten mit den Vermietungsanzeigen vor mir ausgebreitet, kringelte Angebote für Wohnungen ein, die ich mir sowieso nicht leisten konnte, und dachte über die sensible, lustige, weinende junge Frau nach, die ich nie kennengelernt hatte. Diese Unbekannte auf einem der alten Fotos – diesen quadratischen mit den abgerundeten Ecken und den weichen, abgeschatteten Farben –, die eine Schlaghose und eine geblümte Bluse trug und einen kleinen Jungen mit Pilzfrisur und Ledersandalen an der Hand hielt. Einen kleinen Jungen, der gern hüpfte und dessen Tod sie ihrer Lebensfreude berauben würde.

Und ich dachte daran, dass mein Vater gesagt hatte, meine Mutter gäbe sich die Schuld an Daniels Tod. Dass sie überzeugt sei, sie hätte es verdient, ein Kind zu verlieren. Etwas an der Art, wie er das gesagt hatte, vielleicht, dass er das Wort »verloren« benutzt hatte, sein Verdacht, dass es etwas mit einem Streit zwischen meiner Mutter und meiner Großmutter zu tun hatte, erinnerte mich an den letzten Brief, den meine Mutter ihren Eltern aus Milderhurst geschrieben hatte. Wie sie sie anflehte, sie noch dort bleiben zu lassen, wie sie ihnen erklärte, sie habe endlich den Ort gefunden, wo sie hingehörte, wie sie ihnen beteuerte, dass ihre Entscheidung nicht bedeute, sie hätten sie »verloren«.

Ich spürte, dass es da Zusammenhänge gab, was meinen Magen aber nicht im Mindesten beeindruckte. Er unterbrach meine Gedanken, indem er mich knurrend daran erinnerte, dass ich seit Herberts Lasagne nichts mehr gegessen hatte.

Es war still im Haus, als ich leise durch den dunklen Flur zur

Treppe ging. Im Vorbeigehen fiel mir der schmale Lichtstreifen unter der Tür zum Zimmer meiner Mutter auf. Ich zögerte, das Versprechen, das ich meinem Vater gegeben hatte, mich mit meiner Mutter zu vertragen, noch im Ohr. Meine Chancen standen schlecht – niemand beherrscht die Kunst, eine Kältefront souverän zu ignorieren, so gut wie meine Mutter –, aber meinem Vater war es wichtig. Also holte ich tief Luft und klopfte ganz vorsichtig an ihre Tür. Nichts rührte sich, und einen Moment lang hoffte ich schon, das Ganze würde mir erspart bleiben, dann rief sie leise: »Edie? Bist du das?«

Ich öffnete die Tür. Meine Mutter saß im Bett, über ihr mein Lieblingsgemälde, auf dem der Vollmond ein lakritzschwarzes Meer in Quecksilber verwandelt. Sie hatte ihre Lesebrille auf die Nasenspitze geschoben, und auf ihren Knien lag ein Roman mit dem Titel *Die letzten Tage in Paris*. Sie schaute mich unsicher an.

»Ich habe gesehen, dass du noch Licht anhast.«

»Ich konnte nicht schlafen.« Sie hob das Buch an. »Lesen hilft manchmal.«

Ich nickte, dann schwiegen wir beide. Mein Magen nahm die Stille wahr und meldete sich zu Wort. Ich wollte gerade in Richtung Küche flüchten, als meine Mutter sagte: »Mach die Tür zu, Edie.«

Ich tat ihr den Gefallen.

»Komm, setz dich zu mir. Bitte.« Sie nahm die Brille ab und hängte sie mit der Kette über den Bettpfosten. Ich setzte mich auf die Bettkante und lehnte mich gegen das Kopfteil, wie ich es als Kind an meinem Geburtstag getan hatte.

»Mum«, setzte ich an, »ich …«

»Du hattest recht, Edie.« Sie schob das Lesezeichen in ihr Buch, klappte es zu, legte es aber nicht auf den Nachttisch. »Ich bin mit dir nach Milderhurst gefahren. Vor vielen Jahren.«

Plötzlich hatte ich das Gefühl, gleich in Tränen ausbrechen zu müssen.

»Du warst damals noch klein. Ich hätte nicht gedacht, dass du dich daran erinnern würdest. Wir sind nicht lange geblieben. Ich hatte nicht den Mut, durch das Tor zu gehen«, sagte sie, ohne mich anzusehen, das Buch fest an ihre Brust gedrückt. »Es war nicht in Ordnung, dass ich gesagt habe, du würdest dir das alles nur einbilden. Es war einfach … so ein Schock, als du mich danach gefragt hast. Ich war nicht darauf gefasst. Ich wollte dich nicht anlügen. Kannst du mir verzeihen?«

Wie konnte man eine solche Bitte ablehnen? »Ja, natürlich.«

»Ich habe dieses Schloss geliebt«, sagte sie. »Ich wollte nie wieder weg.«

»Ach, Mum.« Ich hätte sie so gern in den Arm genommen.

»Und Juniper Blythe, sie habe ich auch geliebt.« Dann schaute sie mich an, und sie wirkte so verloren, so einsam, dass es mir den Atem raubte.

»Erzähl mir von ihr, Mum.«

Lange sagte sie nichts, und ich sah ihren Augen an, dass sie weit, weit weg war. »Sie war … so anders als alle Menschen, die ich bis dahin gekannt hatte.« Meine Mutter schob sich eine imaginäre Haarsträhne aus der Stirn. »Sie war bezaubernd. Und das meine ich ganz ernst. Sie hat mich bezaubert.«

Ich dachte an die silberhaarige Frau, der ich in dem dunklen Korridor in Schloss Milderhurst begegnet war, wie sich ihr Gesicht verwandelte, wenn sie lächelte, an Toms leidenschaftliche Briefe, von denen Theo mir erzählt hatte. An das kleine Mädchen auf dem Foto, das mit seinen großen, weit auseinanderstehenden Augen in die Kamera schaute.

»Du wolltest nicht zurück nach Hause.«

»Nein.«

»Du wolltest bei Juniper bleiben.«

Sie nickte.

»Und Großmutter war sauer deswegen.«

»Und wie. Sie wollte schon seit Monaten, dass ich nach Hause kam, aber ich … ich hatte sie überredet, mich noch bleiben zu lassen. Dann kam der Luftangriff, und sie waren froh, mich in Sicherheit zu wissen. Aber am Ende hat sie meinen Vater geschickt, mich zu holen, und danach bin ich nie wieder im Schloss gewesen. Aber ich habe mir immer den Kopf darüber zerbrochen …«

»Über Milderhurst?«

Sie schüttelte den Kopf. »Über Juniper und Mr. Cavill.«

Ich bekam tatsächlich eine Gänsehaut und klammerte mich an die Bettkante.

»So hieß mein Lieblingslehrer«, fuhr sie fort. »Thomas Cavill. Sie hatten sich verlobt, weißt du, und danach habe ich nie wieder etwas von den beiden gehört.«

»Bis der verschwundene Brief von Juniper gekommen ist.«

Als ich den Brief erwähnte, zuckte sie zusammen. »Ja«, sagte sie.

»Der dich zum Weinen gebracht hat.«

»Ja.« Einen Moment lang dachte ich, sie würde auch jetzt wieder weinen. »Aber nicht, weil er traurig war, es war nicht der Brief selbst, der mich zum Weinen gebracht hat. Es waren all die Jahre, die er verschollen war. Ich dachte, sie hätte mich vergessen.«

»Ich verstehe.«

Ihre Lippen zitterten. »Ich dachte, sie hätten geheiratet und mich ganz vergessen.«

»Aber das hatten sie nicht.«

»Nein.«

»Sie haben gar nicht geheiratet.«

»Nein, aber das wusste ich ja nicht. Das weiß ich erst von dir.

Ich wusste nur, dass ich nie wieder von ihnen gehört hatte. Ich hatte Juniper etwas geschickt, weißt du, etwas, das mir sehr viel bedeutet hat, und ich habe immer darauf gewartet, dass sie sich meldete. Ich habe gewartet und gewartet und zweimal täglich in den Briefkasten geschaut, aber es kam einfach nichts.«

»Hast du ihr noch einmal geschrieben? Um dich zu erkundigen, ob sie dein Geschenk bekommen hatte?«

»Ein paarmal war ich drauf und dran, aber es kam mir so kläglich vor. Dann habe ich im Lebensmittelladen zufällig eine von Mr. Cavills Schwestern getroffen, und die hat mir erzählt, er sei mit einer anderen Frau durchgebrannt, ohne seiner Familie davon zu erzählen.«

»Ach, Mum, das tut mir so leid.«

Sie legte ihr Buch neben sich auf die Decke und sagte leise: »Von da an habe ich sie beide gehasst. Ich habe mich so verletzt gefühlt. Hass ist wie ein Krebsgeschwür, Edie. Es frisst einen auf.« Ich rückte näher an sie heran und nahm ihre Hand. Sie hielt meine Hand ganz fest, und ich sah, dass ihr Tränen über die Wangen liefen. »Ich habe sie gehasst und geliebt, und es hat so wehgetan.« Sie zog einen Brief aus der Tasche ihres Morgenmantels. »Und dann das. Fünfzig Jahre später.«

Es war Junipers verloren gegangener Brief. Ich nahm ihn entgegen, unfähig, ein Wort zu sagen, unsicher, ob sie wollte, dass ich ihn las. Aber sie schaute mich an und nickte.

Mit zitternden Fingern nahm ich den Brief aus dem Umschlag und las.

*Meine liebste Merry,*
*mein kluges kleines Huhn! Deine Geschichte ist heil hier angekommen, und sie hat mich zu Tränen gerührt. Was für eine großartige Geschichte! Fröhlich und schrecklich traurig und, ach, so wunderbar beobachtet. Was für ein kluges Köpfchen Du bist! Du*

*schreibst so ehrlich, Merry, mit einer Wahrhaftigkeit, die viele an-*
*streben, aber nur wenige erreichen. Du musst weitermachen, es*
*gibt keinen Grund für Dich, nicht genau das aus Deinem Leben*
*zu machen, was Du möchtest. Nichts hält Dich zurück, meine*
*kleine Freundin.*

*Wie gern hätte ich Dir das alles persönlich gesagt, Dir Dein*
*Manuskript unter dem Baum im Park zurückgegeben, in dessen*
*Laub das Sonnenlicht wie kleine Diamanten glitzert, aber ich*
*muss Dir leider mitteilen, dass ich nicht wie geplant nach London*
*fahren werde. Jedenfalls vorerst nicht. Hier in Milderhurst haben*
*sich die Dinge nicht so entwickelt, wie ich gehofft hatte. Ich kann*
*Dir nicht viel erzählen, nur dass etwas geschehen ist und ich in*
*nächster Zeit am besten zu Hause bleibe. Du fehlst mir, Merry.*
*Du bist meine erste und einzige Freundin, habe ich Dir das jemals*
*gesagt? Ich denke oft an unsere gemeinsame Zeit, vor allem an den*
*Nachmittag auf dem Dach, erinnerst Du Dich? Da warst Du erst*
*seit ein paar Tagen bei uns und hattest mir noch nichts von Deiner*
*Höhenangst erzählt. Du hast mich gefragt, wovor ich mich fürch-*
*te, und ich habe es Dir gesagt. Du bist die Einzige, der ich das je*
*anvertraut habe.*

*Adieu, kleines Huhn.*
*In Liebe,*
*Deine Juniper*

Ich konnte nicht anders, ich las den Brief noch einmal, ließ
meine Augen über die krakelige Handschrift gleiten. Vieles in
dem Brief machte mich neugierig, ganz besonders ein Detail.
Meine Mutter hatte mich den Brief lesen lassen, um mir etwas
über Juniper, über ihre Freundschaft mit ihr zu vermitteln,
aber ich konnte nur an meine Mutter und mich denken. Seit
ich erwachsen war, bewegte ich mich in der Welt der Schriftsteller und Manuskripte, ich hatte beim Abendessen zahllose

literarische Anekdoten zum Besten gegeben, obwohl ich wusste, dass sie auf taube Ohren stießen. Seit meiner Kindheit war ich davon überzeugt, dass ich aus der Art geschlagen war. Nie hatte meine Mutter auch nur angedeutet, dass sie selbst auch einmal schriftstellerische Ambitionen gehabt hatte. Rita hatte es natürlich erwähnt, aber bis zu dem Augenblick, als ich Junipers Brief in den Händen hielt, während meine Mutter mich nervös beobachtete, hatte ich ihr im Grunde nicht geglaubt. Ich gab meiner Mutter den Brief zurück und schluckte den Kloß, der sich in meinem Hals gebildet hatte. »Du hast also früher geschrieben.«

»Ach, das war nur eine kindische Marotte, das hat sich mit der Zeit gegeben.«

Aber an der Art, wie sie meinem Blick auswich, erkannte ich, dass es wesentlich mehr gewesen war. Ich hätte gern weitergebohrt, sie gefragt, ob sie immer noch hin und wieder etwas schrieb, ob sie ihre Geschichten aufgehoben hatte, ob sie sie mir zeigen würde. Aber ich ließ es bleiben. Sie starrte so traurig auf den Brief, dass ich es nicht fertigbrachte. Stattdessen sagte ich: »Ihr wart gute Freundinnen.«

»Ja.«

*Ich liebte sie*, hatte meine Mutter gesagt. *Meine erste und einzige Freundin*, hatte Juniper geschrieben. Und doch hatten sie sich 1941 voneinander verabschiedet und nie wieder Kontakt zueinander aufgenommen. »Was meint Juniper, Mum? Was glaubst du, was sie damit meint, etwas sei geschehen?«

Meine Mutter strich den Brief glatt. »Ich nehme an, sie meint, dass Mr. Cavill mit einer anderen Frau durchgebrannt ist. Das hast du mir doch erzählt.«

Das stimmte, aber nur, weil ich es in dem Moment geglaubt hatte. Inzwischen, nach meinem Gespräch mit Theo Cavill, glaubte ich das nicht mehr. »Und worauf spielt sie am Ende an?«, fragte ich. »Als sie schreibt, du hättest sie gefragt, wovor sie sich fürchtet? Was meint sie damit?«

»Das ist ein bisschen merkwürdig«, sagte meine Mutter. »Ich nehme an, dieses Gespräch war in ihren Augen bedeutsam für unsere Freundschaft. Wir haben viel Zeit miteinander verbracht, so viel gemeinsam unternommen … Ich weiß auch nicht, warum sie ausgerechnet den Nachmittag auf dem Dach besonders hervorhebt.« Als sie mich anschaute, sah ich, dass sie tatsächlich ratlos war. »Juniper war ziemlich verwegen, sie hatte keine Angst vor Dingen, vor denen andere sich fürchten. Das Einzige, was ihr Angst machte, war die Vorstellung, so zu enden wie ihr Vater.«

»Wie Raymond Blythe? In welcher Hinsicht?«

»Das hat sie mir nie gesagt, nicht genau. Er war ein verwirrter alter Herr, und er war Schriftsteller, so wie sie – aber er glaubte, dass die Figuren aus seinen Romanen lebendig geworden waren und ihn verfolgten. Ich bin ihm einmal per Zufall begegnet. Ich war in einem Korridor falsch abgebogen und in die Nähe seines Turms geraten. Er war wirklich Furcht einflößend. Vielleicht hat sie ja das gemeint.«

Möglich. Ich dachte an meinen Besuch in Milderhurst und an die Geschichten über Juniper, die man mir erzählt hatte. An die verlorene Zeit, an die sie sich nicht erinnerte. Mitzuerleben, wie ihr Vater im Alter den Verstand verlor, musste für ein junges Mädchen, das ebenfalls Aussetzer hatte, in der Tat beängstigend gewesen sein. Und es hatte sich ja auch herausgestellt, dass sie allen Grund gehabt hatte, sich zu fürchten.

Meine Mutter fuhr sich seufzend mit der Hand durchs Haar. »Und ich habe das Gefühl, ich richte überall nur Unheil an. Juniper, Mr. Cavill – und jetzt siehst du dir meinetwegen schon die Wohnungsanzeigen an.«

»Nein, das stimmt nicht.« Ich lächelte. »Ich sehe mir die Wohnungsanzeigen an, weil ich dreißig Jahre alt bin und nicht ewig zu Hause wohnen kann, egal, wie viel besser der Tee schmeckt, wenn du ihn machst.«

Jetzt musste sie auch lächeln, und ich empfand tiefe Zuneigung zu ihr, ein Erwachen von Gefühlen, die lange in mir geschlummert hatten.

»Wenn, dann bin ich hier die Unheilstifterin. Ich hätte deine Briefe nicht lesen dürfen. Kannst du mir das verzeihen?«

»Was für eine Frage.«

»Ich wollte dich nur besser kennenlernen, Mum.«

Sie berührte meine Hand ganz zart, und ich wusste, dass sie verstanden hatte. »Ich höre deinen Magen bis hier knurren, Edie«, war alles, was sie sagte. »Komm, lass uns in die Küche gehen, dann mache ich dir etwas Leckeres zu essen.«

## Eine Einladung und eine Neuauflage

Während ich mir den Kopf darüber zerbrach, was zwischen Thomas und Juniper vorgefallen war und ob ich je eine Chance bekommen würde, das herauszufinden, passierte etwas völlig Unerwartetes. Es war Mittwochmittag, und Herbert und ich kehrten mit Jess von unserem Verdauungsspaziergang in Kensington Gardens zurück. Wobei das Wort Spaziergang zu falschen Assoziationen verleiten könnte: Jess geht nicht gern spazieren, und sie hält nicht mit ihrem Widerwillen hinterm Berg und bleibt alle zwanzig Meter stehen, um irgendwo nach einem geheimnisvollen Geruch zu schnüffeln.

Als Herbert und ich uns während einer dieser Schnüffelpausen die Beine in den Bauch standen, fragte er: »Wie steht's denn so an der Heimatfront?«

»Es herrscht tatsächlich Tauwetter.« Ich schilderte ihm kurz die neuesten Entwicklungen. »Ich will ja nicht zu früh frohlocken, aber es sieht so aus, als würde sich unser Verhältnis bessern.«

»Dann hast du deine Umzugspläne also vorerst auf Eis gelegt?« Er zog Jess von einer verdächtig stinkenden Pfütze weg.

»Gott, nein. Mein Vater redet schon davon, mir einen Morgenmantel mit Initialen zu kaufen und im Bad einen dritten Handtuchhaken anzubringen, sobald er wieder auf den Beinen ist. Ich fürchte, wenn ich nicht bald die Flucht ergreife, bleibe ich bis an mein Lebensende dort hängen.«

»Klingt ja furchtbar. Gibt's denn was Interessantes auf dem Wohnungsmarkt?«

»Jede Menge. Ich muss meinen Chef nur noch um eine saftige Gehaltserhöhung anhauen, um mir eine von diesen Wohnungen leisten zu können. Und? Wie stehen die Chancen?« Ich bewegte meine Hand wie ein Marionettenspieler.

»Tja«, sagte Herbert, drückte mir Jess' Leine in die Hand und holte seine Zigaretten aus der Tasche. »Dein Chef kann dir zwar keine Gehaltserhöhung spendieren, aber er hat vielleicht eine Idee.«

Ich hob eine Braue. »Was denn für eine Idee?«

»Eine ziemlich gute, glaube ich.«

»Ach ja?«

»Alles zu seiner Zeit, meine Liebe.« Er zwinkerte mir zu, die Zigarette im Mundwinkel. »Alles zu seiner Zeit.«

Als wir in Herberts Straße einbogen, sahen wir den Briefträger vor der Tür stehen, der gerade die Post durch den Briefschlitz schieben wollte. Herbert tippte sich zum Gruß an den Hut, nahm die Sendungen entgegen und schloss die Tür auf. Wie üblich verzog Jess sich schnurstracks auf ihr Kissen unter Herberts Schreibtisch, machte es sich gemütlich und bedachte uns mit einem ungnädigen Blick.

Herbert und ich haben unsere festen Rituale. Als Herbert, nachdem er die Tür geschlossen hatte, fragte: »Tee oder Post, Edie?«, war ich bereits auf dem Weg in die Küche.

»Tee«, sagte ich. »Kümmere du dich um die Post.«

Das Tablett stand schon parat – in diesen Dingen ist Herbert sehr penibel –, und unter einem karierten Küchentuch lagen frisch gebackene Brötchen zum Abkühlen. Während ich ein Kännchen mit Sahne und ein Schälchen mit selbst gemachter

Marmelade füllte, überflog Herbert die Tageskorrespondenz. Als ich mit dem Tablett ins Büro kam, sagte er: »Sieh mal einer an.«

»Was ist?«

Er schaute mich über den Brief hinweg an. »Ein Jobangebot, würde ich sagen.«

»Von wem denn?«

»Von einem ziemlich großen Verlag.«

»Ganz schön unverschämt!« Ich reichte ihm eine Tasse. »Ich nehme an, du wirst denen umgehend mitteilen, dass du einen Job hast, mit dem du vollauf zufrieden bist.«

»Das würde ich selbstverständlich tun«, sagte er. »Aber das Angebot ist nicht für mich. Sie wollen dich, Edie. Dich und niemand anderen.«

Der Brief kam von dem Verlag, bei dem Raymond Blythes *Modermann* erschienen war. Eine Tasse dampfenden Darjeeling und eine dick mit Marmelade beschmierte Brötchenhälfte vor sich, las Herbert mir den Brief vor. Dann las er ihn noch einmal. Anschließend erklärte er mir seinen Inhalt in einfachen Worten, denn obwohl ich seit zehn Jahren im Verlagswesen arbeitete, war ich vor Verblüffung vorübergehend begriffsstutzig: Aus Anlass des fünfundsiebzigsten Jahrestags seiner Erstveröffentlichung sollte im kommenden Jahr der *Modermann* neu aufgelegt werden. Und der Verlag bat mich, zu dieser Jubiläumsausgabe ein Vorwort zu schreiben.

»Du nimmst mich auf den Arm …« Er schüttelte den Kopf. »Aber das ist … das kann ich nicht glauben«, sagte ich. »Warum ich?«

»Das weiß ich nicht.« Er drehte den Brief um, sah, dass die Rückseite leer war, schaute mich mit großen Augen an. »Das steht hier nicht.«

»Wie seltsam.« Ein Kribbeln unter meiner Haut. Jemand schien an den unsichtbaren Fäden zu zupfen, die mich mit Milderhurst verbanden. »Was soll ich tun?«

Herbert reichte mir den Brief. »Ich würde sagen, als Erstes rufst du diese Nummer an.«

Mein Gespräch mit Judith Waterman, Verlagsleiterin bei Pippin Books, war kurz und nicht unfreundlich. »Ich will ganz offen sein«, sagte sie, als ich ihr erklärte, wer ich war und warum ich anrief. »Wir hatten einen anderen Autor beauftragt, das Vorwort zu schreiben, und wir waren sehr zufrieden mit ihm. Aber die Töchter von Raymond Blythe waren nicht einverstanden. Die ganze Sache gestaltet sich ziemlich kompliziert. Das Buch soll Anfang nächsten Jahres herauskommen, wir stehen also unter Zeitdruck. Wir arbeiten seit Monaten an der Jubiläumsausgabe. Unser Autor hatte bereits einige vorbereitende Gespräche geführt und war mit seinem ersten Entwurf schon ziemlich weit fortgeschritten, als wir aus heiterem Himmel einen Anruf von den Schwestern Blythe erhielten, die uns mitteilten, dass sie mit dem Vorwort nicht einverstanden sind.«

Das klang glaubhaft. Ich konnte mir lebhaft vorstellen, wie Percy Blythe es genoss, den Leuten das Leben schwer zu machen.

»Aber wir wollen diese Ausgabe herausbringen«, sagte Judith. »Wir starten eine neue Reihe, eine Serie von Klassikern mit einleitenden biografischen Essays, und *Die wahre Geschichte vom Modermann* als einer unserer meistverkauften Titel ist ideal fürs Sommerprogramm.«

Ich nickte, als könnte sie mich sehen. »Ja, das verstehe ich«, sagte ich. »Ich weiß nur nicht, ob ich …«

»Das Problem«, unterbrach sie mich, »ist eine der drei Schwestern.«

»Ach so?«

»Persephone Blythe. Ein unerwartetes Ärgernis, da der Vorschlag, den *Modermann* neu aufzulegen, ursprünglich von ihrer Zwillingsschwester kam. Wie auch immer. Die urheberrechtlichen Vereinbarungen sind kompliziert, und daher können wir ohne die Zustimmung der Schwestern nichts machen, das Projekt steht auf der Kippe. Ich bin vor vierzehn Tagen selbst nach Milderhurst gefahren, und sie waren so gütig, das Projekt weiterhin gutzuheißen, allerdings nur mit einem Vorwortschreiber nach ihrem Geschmack.« Sie unterbrach sich, und ich hörte sie etwas trinken. »Wir haben ihnen eine Liste mit Autoren geschickt, einschließlich Arbeitsproben, aber sie wollten keinen davon. Persephone Blythe besteht darauf, dass Sie das Vorwort schreiben.«

Ich musste mich verhört haben. »Persephone Blythe hat meinen Namen genannt?«

»Der Vorschlag kam von ihr.«

»Sie wissen aber doch, dass ich keine Schriftstellerin bin?«

»Ja«, sagte Judith. »Und das habe ich den Schwestern Blythe auch erklärt, aber das stört sie nicht im Geringsten. Offenbar wissen die Damen, wer Sie sind und was Sie tun. Genauer gesagt, Sie sind die einzige Person, die sie zu akzeptieren bereit sind, was unsere Optionen ziemlich einschränkt. Entweder Sie schreiben das Vorwort, oder das Projekt stirbt.«

»Verstehe.«

»Hören Sie …« Papier raschelte. »Ich bin davon überzeugt, dass Sie das hinkriegen. Sie sind Lektorin, Sie können mit Worten umgehen … Ich habe mich mit einigen Ihrer Kunden in Verbindung gesetzt, und die hatten alle eine sehr hohe Meinung von Ihnen.«

»Wirklich?« Ach, schreckliche Eitelkeit, die nach Komplimenten giert. Sie tat recht daran, nicht darauf einzugehen.

»Wir bei Pippin sehen das positiv. Womöglich sind die Schwestern deshalb so heikel, weil sie endlich bereit sind, darüber zu reden, was Blythe zu der Geschichte inspiriert hat. Ich brauche Ihnen wohl nicht zu sagen, was für ein großartiger Coup es wäre, wenn wir herausfinden könnten, ob eine reale Begebenheit hinter der Geschichte steckt, wie manche vermuten.«

Das brauchte sie wahrlich nicht.

»Also dann. Was sagen Sie?«

Was sollte ich sagen? Percy Blythe hatte mich persönlich angeheuert. Man bat mich, über den *Modermann* zu schreiben, mich noch einmal mit den Schwestern Blythe zu unterhalten, sie noch einmal in ihrem Schloss aufzusuchen. Was konnte ich sagen? »Einverstanden.«

»Habe ich dir eigentlich schon mal erzählt, dass ich bei der Premiere von dem Stück war?«, sagte Herbert, nachdem ich ihm von dem Gespräch erzählt hatte.

»Vom *Modermann*?«

Er nickte. Jess schob ihren Kopf auf seine Füße. »Habe ich das nie erwähnt?«

»Nein.« Dass er noch nie darüber gesprochen hatte, war nicht so seltsam, wie man meinen könnte. Herberts Eltern waren Theaterleute, und er hatte als Kind die meiste Zeit auf der Vorbühne gespielt.

»Ich war so ungefähr zwölf«, sagte er, »und ich erinnere mich daran, weil es eins der erstaunlichsten Stücke war, die ich je gesehen hatte. Einfach großartig. In der Mitte der Bühne stand das Schloss, aber es war auf einer runden, schiefen Ebene montiert, sodass der Turm in den Zuschauerraum hineinragte und wir durch das Fenster in das Dachzimmer sehen konnten, wo Jane und ihr Bruder schliefen. Der Graben befand sich am

Rand der Scheibe, und das Ganze wurde von hinten beleuchtet, sodass, als der Modermann auftauchte und am Schloss hochkletterte, lange Schatten auf die Zuschauer fielen und man den Eindruck hatte, als würden der Schlamm, die Dunkelheit und das Ungeheuer einen direkt berühren.«

Ich schüttelte mich demonstrativ, woraufhin Jess mir einen misstrauischen Blick zuwarf. »Der Stoff, aus dem Albträume sind. Kein Wunder, dass du dich so gut daran erinnerst.«

»Genau, aber es war mehr als das. In Erinnerung geblieben ist mir der Abend vor allem wegen der Aufregung im Zuschauerraum.«

»Welche Aufregung?«

»Ich habe von den Seitenkulissen aus zugesehen, sodass ich alles genau beobachten konnte. Ein Tumult in der Autorenloge. Die Leute sind aufgestanden, ein kleines Kind hat geschrien, jemand jammerte vor Schmerzen. Ein Arzt wurde gerufen, und einige Familienmitglieder haben sich hinter die Bühne zurückgezogen.«

»Meinst du die Familie Blythe?«

»Das nehme ich jedenfalls an, aber ich muss gestehen, dass ich das Interesse verloren habe, nachdem die Aufregung sich gelegt hatte. Das Theaterstück ging weiter … Ich glaube nicht, dass der Vorfall in den Zeitungen erwähnt wurde. Aber für einen kleinen Jungen wie mich war das alles ziemlich spannend.«

»Hast du je erfahren, was in der Loge passiert ist?« Ich musste an Juniper denken, an die Anfälle, von denen ich so viel gehört hatte.

Herbert zuckte die Schultern und trank seinen Tee aus. »Es war nur eins von vielen Theatererlebnissen.« Er zündete sich eine Zigarette an, inhalierte und schüttelte dann ungläubig den Kopf. »Aber ist das nicht verrückt, dass die kleine Edie Burchill jetzt höchstpersönlich zum Schloss zitiert wird, hm?«

Ich strahlte, ich konnte nicht anders. Doch dann musste ich daran denken, wie es dazu gekommen war. »Der andere tut mir leid, der Schriftsteller, den sie zuerst beauftragt hatten.«

Herbert machte eine wegwerfende Handbewegung, und Asche rieselte auf den Teppich. »Das ist nicht deine Schuld, Edie. Percy Blythe will dich ... Sie ist auch nur ein Mensch.«

»Da bin ich mir nicht so sicher – ich habe sie kennengelernt.«

Er lachte. »Der Schriftsteller wird darüber hinwegkommen. In der Liebe, im Krieg und im Verlagswesen ist alles erlaubt.«

»Judith Waterman sagt, er hat sogar angeboten, mir seine Unterlagen zur Verfügung zu stellen. Sie schickt sie mir heute Nachmittag.«

»Na, das ist doch wirklich anständig von ihm.«

Das war es in der Tat. Dann fiel mir noch etwas anderes ein. »Du fühlst dich doch nicht im Stich gelassen, wenn ich für ein paar Tage nach Milderhurst fahre, oder? Kommst du allein klar?«

»Es wird schwer werden«, antwortete er mit kummervoller Miene. »Aber ich werde durchhalten.«

Ich streckte ihm die Zunge heraus.

Er stand auf und klopfte seine Taschen nach seinem Schlüsselbund ab. »Wirklich schade, dass ich mit Jess zum Tierarzt muss und nicht hier bin, wenn die Unterlagen von deinem Kollegen kommen. Streich mir die besten Stellen an, ja?«

»Na klar.«

Er rief Jess, dann nahm er mein Gesicht so fest in beide Hände, dass ich seinen Puls spürte, und drückte mir einen stoppeligen Kuss auf jede Wange. »Du wirst das schon machen, meine Liebe.«

Das Päckchen von Pippin Books kam am Nachmittag, als ich gerade Feierabend machen wollte, per Kurier. Ich überlegte, ob ich es mit nach Hause nehmen und dort in aller Ruhe öffnen und durchgehen sollte, entschied mich jedoch dagegen. Ich machte das Licht wieder an und riss es auf dem Weg zurück zum Schreibtisch auf.

Zwei Tonbandkassetten fielen heraus, als ich einen dicken Stapel Papier aus dem Umschlag hervorzog. Es waren über zweihundert Seiten, am linken Rand sauber mit zwei mächtigen Klammern zusammengehalten. Obenauf lag ein Brief von Judith Waterman mit einer Kurzbeschreibung des Projekts:

*NEW PIPPIN CLASSICS ist eine spannende neue Reihe von PIPPIN BOOKS, eine Auswahl unserer besten Klassiker für Jung und Alt. Mit ihrem neuen Umschlagdesign, den schönen Einbänden und farbigen Vorsatzblättern, mit eigens für NEW PIPPIN CLASSICS verfassten biografischen Einleitungen werden die NPC-Titel in den kommenden Jahren für größte Aufmerksamkeit im Buchhandel sorgen. Alle NPC-Titel werden nummeriert erscheinen, um die Leser zum Sammeln anzuregen, und den Auftakt macht als Nr. 1 der* Modermann.

Am unteren Rand des Schreibens befand sich eine handschriftliche Notiz von Judith: *Edie, was Sie schreiben, bleibt natürlich Ihnen überlassen, aber als wir das Projekt in Angriff nahmen, waren unsere Überlegungen folgende: Über Raymond Blythe ist bereits vieles bekannt, auch dass er sich konsequent darüber ausgeschwiegen hat, was ihn zu der Geschichte inspiriert hat. Es wäre daher vielleicht interessant, wenn das Vorwort ein besonderes Augenmerk auf die drei Schwestern richtet und beschreibt, wie es für sie war, an dem Ort aufzuwachsen, wo der* Modermann *entstand.*

*Sie werden feststellen, dass unser ursprünglicher Autor, Adam Gilbert, den Interview-Abschriften detaillierte Beschreibungen seiner Eindrücke von Schloss Milderhurst beigefügt hat. Diese können*

*Sie gern als Grundlage für Ihren Text benutzen, aber Sie werden zweifellos Ihre eigenen Recherchen anstellen wollen. Was diese angeht, hat Persephone Blythe sich überraschend entgegenkommend gezeigt und vorgeschlagen, dass Sie den Schwestern einen Besuch abstatten. (Es erübrigt sich zu erwähnen, dass wir, falls sie etwas über den Ursprung der Geschichte verlauten lässt, großes Interesse daran hätten, dies in Ihrem Vorwort zu lesen!)*

*Unser Budget ist nicht sehr groß, aber es reicht, um Ihnen einen Aufenthalt im Dorf Milderhurst zu finanzieren. Wir haben ein Arrangement getroffen mit Mrs. Marilyn Bird von der nahe gelegenen Pension »Home Farm«. Mr. Gilbert war sehr zufrieden mit dem Service und der Sauberkeit des Zimmers. Die Mahlzeiten sind im Zimmerpreis inbegriffen. Mrs. Bird hat uns mitgeteilt, dass das Zimmer ab dem 31. Oktober für vier Tage frei ist. Bitte lassen Sie mich bei nächster Gelegenheit wissen, ob wir das Zimmer für Sie reservieren sollen.*

Ich legte den Brief weg, fuhr mit der Hand über das Deckblatt von Adam Gilberts Manuskript und kostete den wunderbaren Augenblick aus. Ich glaube, ich habe tatsächlich gelächelt, als ich die erste Seite umblätterte. Auf jeden Fall habe ich mir auf die Lippe gebissen, und zwar ein bisschen zu fest, weswegen ich mich so genau daran erinnere.

Vier Stunden später hatte ich alles gelesen und saß nicht mehr in einem stillen Büro in London. Also, natürlich saß ich dort, aber andererseits auch nicht. Ich war meilenweit weg in einem düsteren, verwinkelten Schloss in Kent, in Gesellschaft dreier Schwestern, eines überlebensgroßen Vaters und mit einem Manuskript, das noch zu einem Buch werden musste, das wiederum erst zu einem Klassiker avancieren musste.

Ich legte das Manuskript beiseite, stieß mich auf meinem Stuhl vom Schreibtisch ab. Dann stand ich auf und reckte mich. Ich hatte Verspannungen bekommen – man hatte mir mal gesagt, dass das leicht passiert, wenn man beim Lesen die Beine auf den Schreibtisch legt. Während ich meine Schultern massierte, versuchte ich meine Gedanken zu sortieren. Zunächst einmal war ich von Adam Gilberts Arbeit schwer beeindruckt. Bei den Aufzeichnungen handelte es sich um Abschriften von auf Tonband aufgenommenen Gesprächen, sie waren auf einer altmodischen Schreibmaschine getippt worden, mit sauberen, handschriftlichen Anmerkungen an den Rändern und so detailliert, dass sie sich lasen wie ein Drehbuch (in Klammern war vermerkt, wenn einer der Gesprächspartner sich auch nur kratzte). Und das war wahrscheinlich der Grund, warum mir sofort eins klar wurde: Es fehlte etwas. Ich kniete mich auf meinen Schreibtischstuhl und blätterte den ganzen Stapel noch einmal durch, um mich zu vergewissern, sah sogar auf den Rückseiten der Blätter nach … Kein Wort über Juniper Blythe.

Ich trommelte mit den Fingern auf dem Manuskript: Es gab durchaus gute Gründe, warum Adam Gilbert sie übergangen haben könnte. Das Material war auch ohne ihr Mitwirken schon umfangreich genug, sie war noch nicht einmal geboren, als der *Modermann* zum ersten Mal herauskam, sie war Juniper … Trotzdem ließ es mir keine Ruhe. Und wenn mir etwas keine Ruhe lässt, fängt die Perfektionistin in mir an, sich verrücktzumachen. Und das ist kein angenehmer Zustand. Es gab *drei* Blythe-Schwestern. Deswegen sollte – konnte – man ihre Geschichte nicht schreiben, ohne Juniper zu Wort kommen zu lassen.

Adam Gilberts Adresse und Telefonnummer fanden sich am unteren Rand seines Anschreibens, und ich überlegte ungefähr zehn Sekunden lang, ob man jemanden, der in Tenterden, Old Mill Cottage, wohnte, um halb zehn Uhr abends noch anrufen konnte, dann griff ich zum Telefon und wählte die Nummer.

Eine Frau meldete sich: »Hallo, hier Button.«

Etwas an ihrem langsamen, melodischen Tonfall erinnerte mich an die Filme aus den Vierzigerjahren, wo noch ein Fräulein vom Amt die Verbindung herstellte. »Hallo«, sagte ich. »Mein Name ist Edie Burchill, aber ich fürchte, ich habe mich verwählt. Ich wollte eigentlich Adam Gilbert sprechen.«

»Nein, nein, Sie sind richtig verbunden. Ich bin Mr. Gilberts Krankenschwester.«

Krankenschwester. O Gott. Ein Invalide. »Tut mir leid, Sie so spät noch zu stören. Vielleicht sollte ich ein andermal anrufen.«

»Aber nein, das ist nicht nötig. Mr. Gilbert ist noch in seinem Arbeitszimmer. Ich sehe noch Licht unter der Tür. Er hält sich einfach nicht an das, was der Arzt ihm rät, aber solange er sein schlimmes Bein nicht belastet, kann ich nicht viel tun. Er ist nun einmal ein Sturkopf. Einen Moment, ich stelle Sie zu ihm durch.«

Ein Krachen, als die Frau das Telefon ablegte, dann eilige, sich entfernende Schritte. Ein Klopfen an einer Tür, ein paar gemurmelte Worte, und wenige Sekunden später nahm Adam Gilbert das Gespräch entgegen.

Nachdem ich mich vorgestellt und den Grund meines Anrufs genannt hatte, schwieg er zunächst, und ich entschuldigte mich noch einmal für die unerfreulichen Umstände, die uns in Kontakt gebracht hatten. »Bis heute wusste ich noch nicht einmal etwas von einer neuen Klassikerreihe bei Pippin. Ich habe keine Ahnung, warum Percy Blythe sich quergestellt hat.«

Er sagte immer noch nichts.

»Es tut mir wirklich sehr leid. Ich verstehe das alles nicht. Ich bin der Frau erst einmal begegnet, und wir haben uns nur ganz kurz unterhalten. Ich habe diese Situation auf keinen Fall willentlich herbeigeführt.« Dann merkte ich, dass ich ohne Sinn und Verstand drauflosplapperte, riss mich zusammen und hielt den Mund.

Endlich sagte er in einem fast drohenden Ton: »Also schön, Edie Burchill, ich verzeihe Ihnen, dass Sie mir den Auftrag weggeschnappt haben. Unter einer Bedingung. Falls Sie irgendetwas über die Entstehung des *Modermann* herausfinden, möchte ich es als Erster erfahren.«

Mein Vater würde nicht begeistert sein. »Selbstverständlich.«

»Abgemacht. Was kann ich für Sie tun?«

Ich erklärte ihm, dass ich gerade sein Manuskript gelesen hatte, brachte meine Bewunderung für seine Gründlichkeit zum Ausdruck und sagte: »Es gibt nur eins, was mir ein bisschen Kopfzerbrechen macht.«

»Und das wäre?«

»Die dritte Schwester. Juniper. Über sie steht nichts in Ihren Aufzeichnungen.«

»Nein«, sagte er. »Über sie gibt es nichts.«

Ich wartete, und als er nichts weiter dazu sagte, fragte ich: »Sie haben also nicht mit ihr gesprochen?«

»Nein.«

Wieder wartete ich. Wieder folgte nichts. Offenbar wollte er es mir nicht leicht machen.

Schließlich räusperte er sich und sagte: »Ich habe um ein Gespräch mit Juniper Blythe gebeten, aber sie stand nicht zur Verfügung.«

»Ach?«

»Nun, sie war natürlich anwesend – ich glaube nicht, dass sie das Schloss häufig verlässt –, aber die älteren Schwestern wollten mich nicht mit ihr reden lassen.«

Mir dämmerte etwas. »Hm.«

»Sie ist kränklich, ich nehme also an, dass es daran lag, aber …«

»Aber was?«

Er schwieg, und ich konnte ihn förmlich vor mir sehen, wie er nach Worten suchte, um sich zu erklären. Schließlich ein Seufzer. »Ich hatte den Eindruck, dass sie bestrebt waren, sie zu schützen.«

»Wovor zu schützen? Vor *Ihnen*?«

»Nein, nicht vor mir!«

»Wovor dann?«

»Das weiß ich nicht. Es war nur so ein Gefühl. Als fürchteten sie sich vor dem, was sie sagen könnte. Was es für ein Licht auf die Familie werfen könnte.«

»Auf die Schwestern? Auf den Vater?«

»Vielleicht. Oder auf sie selbst.«

Ich musste an das seltsame Gefühl denken, das mich in Schloss Milderhurst beschlichen hatte, an den Blick, den Saffy und Percy ausgetauscht hatten, als Juniper mich im gelben Salon angefahren hatte, an Saffys Unruhe, als sie bemerkte, dass Juniper sich entfernt hatte, dass sie sich im Korridor mit mir unterhalten und vielleicht etwas gesagt hatte, das sie hätte für sich behalten sollen. »Aber warum?«, sagte ich, mehr zu mir selbst als zu ihm, während ich an den verschwundenen Brief dachte, an die Angst, die zwischen den Zeilen zu lesen war. »Was könnte Juniper zu verbergen haben?«

»Tja«, sagte Gilbert und senkte die Stimme. »Ich gebe zu, dass ich ein bisschen nachgeforscht habe. Je hartnäckiger sie Juniper da raushalten wollten, umso mehr weckte das meine Neugierde.«

»Und? Was haben Sie herausgefunden?« Vor Erregung drückte ich den Hörer so fest ans Ohr, dass es schmerzte.

»Ein Vorkommnis im Jahr 1935, eine Art Skandal.« In seiner Stimme schwang Genugtuung mit, und ich stellte mir vor, wie er sich in seinem Stuhl zurücklehnte, die Hausjacke über dem Bauch gespannt, die Pfeife zwischen den Zähnen.

Ich senkte ebenfalls die Stimme. »Was denn für ein Skandal?«

»Irgendeine ›üble Angelegenheit‹, wie man mir sagte, in die der Sohn eines Angestellten verwickelt war. Einer der Gärtner. Ich konnte nichts Genaues darüber zutage fördern und habe auch nirgendwo eine offizielle Bestätigung des Vorfalls gefunden. Aber es heißt, die beiden wären aneinandergeraten, und Juniper hätte den Jungen grün und blau geprügelt.«

»*Juniper?*« Ich sah die zerbrechliche alte Frau vor mir, der ich in Milderhurst begegnet war, das zarte Mädchen auf den Fotos. Ich musste mich beherrschen, um nicht laut zu lachen. »Mit dreizehn?«

»So hat man es mir erzählt, auch wenn es ziemlich unglaublich klingt, wie ich zugeben muss.«

»Aber das hat er den Leuten erzählt? Dass Juniper ihn grün und blau geprügelt hat?«

»*Er* hat nichts dergleichen gesagt. Ich kann mir nicht vorstellen, dass es viele junge Burschen gibt, die freiwillig zugeben würden, dass sie von einem hageren Mädchen wie Juniper verprügelt worden sind. Die Mutter des Jungen ist auf dem Schloss vorstellig geworden, um sich zu beschweren. Angeblich hat Raymond Blythe ihr Geld gegeben, damit sie den Mund hielt. Offenbar wurde das Geld offiziell als Bonus für den Vater des Jungen gezahlt, der schon sein Leben lang als Gärtner auf dem Anwesen arbeitete. Aber es kam zu Gerüchten, und im Dorf wurde noch lange darüber geredet.«

Ich hatte immer mehr den Eindruck, dass die Leute sich mit Vorliebe über Juniper das Maul zerrissen: Sie stammte aus einer bedeutenden Familie, sie war schön und klug, sie war – für meine Mutter zumindest – bezaubernd. Und dennoch: Juniper sollte als junges Mädchen einen gleichaltrigen Jungen verprügelt haben? Das klang, gelinde gesagt, ziemlich unwahrscheinlich.

»Hören Sie, es ist wahrscheinlich nichts weiter als ein Gerücht.« Gilbert klang wieder etwas lebhafter, als er meine Gedanken aussprach. »Es hat bestimmt nichts damit zu tun, dass die Schwestern mich nicht mit ihr reden lassen wollten.«

Ich nickte langsam.

»Viel wahrscheinlicher ist, dass sie ihr den Stress ersparen wollten. Sie ist kränklich, fürchtet sich vor Fremden. Außerdem war sie noch nicht mal geboren, als der *Modermann* geschrieben wurde.«

»Ja, vermutlich haben Sie recht«, sagte ich. »Ich denke auch, dass nicht mehr dahintersteckt.«

Aber ich war keineswegs überzeugt. Zwar glaubte ich nicht, dass die Zwillinge sich wegen eines längst vergessenen Vorfalls mit dem Sohn des Gärtners sorgten, aber ich wurde das Gefühl nicht los, dass irgendetwas anderes der Grund für ihr Verhalten sein musste.

Nachdem wir das Gespräch beendet hatten, befand ich mich wieder in diesem unheimlichen Korridor, schaute von Juniper zu Saffy und Percy und fühlte mich wie ein Kind, das alt genug ist, um zu spüren, dass etwas nicht stimmt, aber noch nicht in der Lage, die Zeichen zu deuten.

Am Tag meiner Abreise nach Milderhurst kam meine Mutter am frühen Morgen in mein Zimmer. Die Sonne war noch nicht hinter Singer & Sons aufgegangen, aber ich lag schon seit ungefähr einer Stunde wach, aufgeregt wie ein Kind am ersten Schultag.

»Ich wollte dir etwas geben«, sagte sie. »Das heißt, ich möchte es dir leihen. Es bedeutet mir sehr viel.«

Sie nahm etwas aus der Tasche ihres Morgenmantels. Einen Moment lang schaute sie mich prüfend an, dann gab sie mir ein kleines, in braunes Leder gebundenes Buch.

»Du hast doch gesagt, du wolltest mich besser kennenlernen.«
Sie bemühte sich, tapfer zu sein, mit fester Stimme zu sprechen.
»Hier steht alles drin. Über *sie*. Die kleine Meredith, die ich
einmal war.«

Ich nahm das Tagebuch so vorsichtig entgegen wie eine Mutter ihr Neugeborenes. Überwältigt von seiner Kostbarkeit, ängstlich, es zu beschädigen, verwundert und gerührt und dankbar,
dass sie mir einen solchen Schatz anvertraute. Ich wusste nicht,
was ich sagen sollte, das heißt, ich hätte alles Mögliche sagen
können, aber ich hatte einen Kloß im Hals, der sich über Jahre
dort gebildet hatte und sich nicht lösen wollte. »Danke«,
krächzte ich, dann brach ich in Tränen aus.

Die Augen meiner Mutter wurden feucht, und im nächsten Moment lagen wir uns weinend in den Armen und hielten
einander fest.

# 3

## Samstag, 20. April 1940

Es war wirklich typisch. Nach einem schrecklich kalten Winter war der Frühling mit einem strahlenden Lächeln eingezogen, und der Tag war einfach perfekt, ein Gottesgeschenk, das Percy als persönliche Kränkung empfand. Es war der Tag, an dem sie ihren Glauben verlor. Sie stand in der Dorfkirche am Ende der Familienbank, die ihre Großmutter entworfen und die William Morris geschnitzt hatte, während Mr. Brown, der Vikar, Harry Rogers und Lucy Middleton zu Mann und Frau erklärte. Sie fühlte sich wie in einem Albtraum, was allerdings auch an dem Whisky liegen konnte, mit dem sie sich für das Ereignis gestärkt hatte.

Als Harry seine frisch angetraute Frau anlächelte, fiel Percy einmal mehr auf, wie gut er aussah. Nicht auf konventionelle Weise, er war nicht schneidig, er wirkte attraktiv, weil er ein guter Mensch war. Das hatte sie schon so empfunden, als sie noch ein Kind war und er ein junger Bursche, der ins Haus kam, um die Uhren ihres Vaters zu reparieren. Etwas an der Art, wie er sich bewegte, die bescheidene Haltung seiner Schultern, hatte darauf hingedeutet, dass er nicht übermäßig von sich selbst eingenommen war, wie so viele Männer. Außerdem war er von Natur aus sehr bedächtig, was vermuten ließ, dass er zärtlich und fürsorglich war. Sie hatte als Kind auf den Treppenstufen gehockt und durch das Treppengeländer zugesehen, wie er selbst die ältesten, störrischsten Uhren im Schloss wieder zum Leben erweckte. Falls er sie bemerkt haben sollte, so hatte er es sich nie anmerken lassen. Auch jetzt sah er sie nicht. Er hatte nur Augen für Lucy.

Lucy strahlte und wirkte ganz so wie eine Frau, die sich glücklich schätzte, den Mann zu heiraten, den sie über alles liebte. Percy kannte Lucy schon lange, aber sie hätte sie niemals für so eine gute Schauspielerin gehalten. Ein unangenehmes Gefühl machte sich in ihrem Magen breit, und sie sehnte sich danach, dass diese Qual endlich ein Ende finden würde.

Natürlich hätte sie der Hochzeit fernbleiben können – unter dem Vorwand, sie sei krank oder zu sehr von ihren Kriegspflichten beansprucht –, aber das hätte nur für Gerede gesorgt. Lucy hatte über zwanzig Jahre im Schloss gearbeitet, und es war undenkbar, dass kein Mitglied der Familie Blythe in der Kirche anwesend war, wenn sie vor den Traualtar trat. Ihr Vater war alt und krank, Saffy war mit den Vorbereitungen für den Besuch von Merediths Eltern beschäftigt, und Juniper – nicht gerade die geeignetste Kandidatin, die Familie zu vertreten – hatte sich mit Papier und Stift ins Dachzimmer verkrochen. So war die Sache an Percy hängen geblieben. Sich vor der Verantwortung zu drücken kam nicht infrage, nicht zuletzt, weil Percy in dem Fall ihrer Zwillingsschwester eine Erklärung hätte geben müssen. Saffy, kreuzunglücklich darüber, dass sie die Hochzeit verpasste, hatte einen detaillierten Bericht verlangt.

»Das Kleid, die Blumen, wie sie einander ansehen«, hatte sie an den Fingern abgezählt, als Percy sich gerade auf den Weg machen wollte. »Ich will alles genau wissen.«

»Ja, ja«, hatte Percy geantwortet, während sie sich fragte, ob die kleine Flasche Whisky in das Handtäschchen passen würde, das Saffy ihr aufgedrängt hatte. »Vergiss nicht, Daddy seine Medikamente zu geben. Ich habe sie auf den Tisch in der Eingangshalle gelegt.«

»Auf den Tisch in der Eingangshalle, in Ordnung.«

»Achte unbedingt darauf, dass er sie pünktlich einnimmt. Denk an das letzte Mal. So etwas darf nicht noch einmal passieren.«

»Nein«, hatte Saffy ihr beigepflichtet, »das darf nicht passieren. Die arme Meredith dachte, sie wäre einem Gespenst begegnet. Noch dazu einem ziemlich ungestümen.«

Auf den Stufen vor der Haustür hatte Percy sich noch einmal umgedreht. »Und, Saffy?«

»Ja?«

»Sag mir Bescheid, falls irgendjemand zu Besuch kommt.«

Grausame Ablasshändler, die von der Verwirrung eines alten Mannes profitieren wollten. Die ihm in den Ohren lagen, seine Ängste ausnutzten, seine uralte Schuld. Die mit ihren katholischen Kreuzen herumfuchtelten und lateinischen Hokuspokus vor sich hin murmelten und ihrem Vater einredeten, die Gespenster, die er sah, seien echte Dämonen. Alles nur, da war Percy sich ganz sicher, damit sie sich nach seinem Tod das Schloss unter den Nagel reißen konnten.

Percy pulte an ihrer Nagelhaut und fragte sich, wie lange es wohl noch dauern würde, bis sie endlich nach draußen gehen und eine rauchen konnte, oder ob die Möglichkeit bestand, unbemerkt aus der Tür zu schlüpfen, wenn sie nur bestimmt genug auftrat. In dem Augenblick sagte der Vikar etwas, und alle standen auf. Harry nahm Lucy an der Hand und führte sie durch den Mittelgang zum Ausgang, und er hielt ihre Hand so zärtlich, dass Percy ihn einfach nicht hassen konnte, nicht einmal jetzt.

Das frisch vermählte Paar strahlte vor Glück, und Percy tat

ihr Bestes, ebenfalls ein glückliches Lächeln aufzusetzen. Es gelang ihr sogar, in den allgemeinen Beifall einzustimmen, als die beiden an ihnen vorbeigingen und in den Sonnenschein hinaustraten. Sie spürte immer noch die Anspannung in ihren Händen, die sich an die Kirchenbank gekrallt hatten, und das maskenhafte Lächeln in ihrem Gesicht, und sie kam sich vor, als wäre sie eine Marionette. Jemand hoch oben an der Decke der Kirche zog an einem unsichtbaren Faden, und sie nahm ihre Handtasche, versuchte ein Lachen und tat, als wäre sie ein lebendiges Wesen.

Die Magnolien blühten, genauso wie Saffy es gehofft hatte. Es war einer von diesen seltenen, kostbaren Apriltagen, an denen sich der Sommer ankündigt. Saffy musste unwillkürlich lächeln.

»Los, du lahme Ente«, rief sie und drehte sich nach Meredith um. »Es ist Samstag, die Sonne scheint, deine Eltern sind auf dem Weg hierher, um dich zu besuchen. Du hast keinen Grund, so herumzutrödeln.« Gott, das Mädchen hatte vielleicht eine Laune. Man hätte meinen sollen, sie freute sich darauf, ihre Eltern zu sehen, stattdessen hatte sie den ganzen Morgen nur Trübsal geblasen. Andererseits konnte Saffy sich natürlich denken, warum.

»Keine Sorge«, sagte sie, als Meredith neben ihr stand. »Juniper wird bald wieder herauskommen. Es dauert meist nicht länger als einen Tag.«

»Aber sie ist schon seit dem Abendessen da oben. Sie hat die Tür abgeschlossen und antwortet nicht, wenn ich klopfe. Ich versteh das nicht.« Meredith kniff die Augen zu einer komisch verzweifelten Grimasse zusammen, eine Angewohnheit, die Saffy sehr liebenswert fand. »Was macht sie da oben?«

»Schreiben«, antwortete Saffy knapp. »So ist Juniper nun mal. So war sie schon immer. Aber es dauert nie lange, dann ist sie wieder normal. Hier«, sie reichte Meredith einen Stapel Kuchenteller, »die kannst du schon mal auf dem Tisch verteilen. Sollen wir deine Eltern mit dem Rücken zur Hecke setzen, damit sie in den Garten schauen können?«

»Einverstanden«, sagte Meredith, schon etwas munterer.

Saffy lächelte in sich hinein. Meredith Baker war so wohlerzogen – eine wahre Wohltat, nach allem, was sie mit Juniper bereits erlebt hatten –, und sie in Milderhurst zu haben, war eine große Freude. Nichts konnte ein müdes, altes Gemäuer leichter zum Leben erwecken als ein Kind und viel Licht und Lachen, das war genau das, was der Arzt ihnen verordnet hatte. Selbst Percy hatte die Kleine lieb gewonnen, nachdem sie zur Kenntnis genommen hatte, dass den Schnitzereien an den Treppengeländern durch die Anwesenheit des Kindes keine Gefahr drohte.

Aber die größte Überraschung war Junipers Reaktion gewesen. Sie hatte Meredith von Anfang an ins Herz geschlossen, und Saffy erlebte zum ersten Mal, dass ihre jüngere Schwester Gefühle für einen anderen Menschen zeigte. Manchmal hörte Saffy die beiden im Garten plaudern und kichern und war jedes Mal freudig überrascht über die aufrichtige Herzlichkeit in Junipers Stimme. Saffy hätte nie gedacht, dass sie einmal das Wort herzlich benutzen würde, um ihre kleine Schwester zu charakterisieren. »Lass uns für June mitdecken«, sagte sie und zeigte auf den Tisch. »Gleich neben dir … Und Percy setzen wir hierhin.«

Meredith hielt in ihrer Arbeit inne. »Und Sie?«, fragte sie. »Wo werden Sie sitzen?«

»Also, meine Kleine …« Saffy ließ die Hand sinken, in der sie die Kuchengabeln hielt. »Ich würde mich liebend gern zu euch setzen, das weißt du. Aber was solche Dinge angeht, hat Percy sehr traditionelle Vorstellungen. Sie ist die Älteste, und da unser Vater nicht an den Tisch kommen kann, ist sie die Gastgeberin. Das klingt wahrscheinlich für dich alles ziemlich albern und formell, sehr altmodisch, aber so wird das nun mal bei uns gemacht. So möchte es unser Vater.«

»Aber ich verstehe nicht, warum Sie nicht beide mit am Tisch sitzen können.«

»Tja, eine von uns muss im Haus bleiben für den Fall, dass unser Vater Hilfe braucht.«

»Aber Percy …«

»… freut sich sehr auf den Nachmittag. Sie kann es gar nicht erwarten, deine Eltern kennenzulernen.«

Saffy sah, dass Meredith von ihren Argumenten nicht überzeugt war, ja, mehr noch, die arme Kleine wirkte so enttäuscht, dass Saffy wohl alles getan hätte, um sie wieder aufzumuntern. Sie suchte nach Ausflüchten, aber als Meredith einen tiefen, traurigen Seufzer ausstieß, wurde Saffy schwach. »Ach, Merry«, sagte sie, während sie verstohlen einen Blick in Richtung Haus warf. »Eigentlich dürfte ich es dir nicht sagen. Aber es gibt tatsächlich noch einen anderen Grund, warum ich im Haus bleiben muss.«

Sie setzte sich ans Ende der wackeligen Gartenbank und bedeutete Meredith, neben ihr Platz zu nehmen. Sie holte tief Luft und atmete entschlossen aus. Dann erzählte sie Meredith von dem Anruf, den sie am Nachmittag erwartete. »Der Mann ist ein sehr berühmter Sammler in London«, sagte sie. »Ich habe ihm geschrieben, nachdem ich eine Anzeige in der Zeitung gelesen habe, in der er eine Assistentin sucht, die ihm hilft, seine Sammlung zu katalogisieren. Und er hat mir geschrieben und mir mitgeteilt, dass ihm meine Bewerbung gefallen hat und er mich heute Nachmittag anruft, um die Einzelheiten mit mir zu besprechen.«

»Was sammelt der Mann denn?«

Saffy verschränkte die Hände unterm Kinn. »Archäologische Funde, Kunst, Bücher, schöne Dinge – einfach *himmlisch*!«

Merediths sommersprossiges Gesicht leuchtete auf, und Saffy dachte noch einmal, was für ein nettes Mädchen sie doch war und wie sehr sie sich in dem halben Jahr, seit sie bei ihnen war, entwickelt hatte. Wie mager war sie anfangs gewesen! Doch das blasse Städterkind mit den ärmlichen Kleidern hatte sich als ein kluges Köpfchen erwiesen mit einem unstillbaren Wissensdurst.

»Kann ich mir die Sammlung einmal anschauen?«, fragte Meredith. »Ich wollte schon immer mal Funde aus Ägypten sehen.«

Saffy lachte. »Natürlich kannst du das. Ich bin sicher, dass es Mr. Wicks eine Freude sein wird, einer klugen jungen Dame wie dir seine Kostbarkeiten vorzuführen.«

Als Meredith sie glücklich anstrahlte, meldete sich Saffys schlechtes Gewissen. War es nicht sehr unvernünftig, ihr erst solche Flausen in den Kopf zu setzen und dann von ihr zu verlangen, dass sie keinem ein Wort darüber sagte? »Also, Merry«, sagte sie ernst. »Das ist alles sehr aufregend, aber du darfst nicht vergessen, dass es sich um ein Geheimnis handelt. Percy weiß noch nichts davon, und sie soll auch nichts davon erfahren.«

»Warum denn nicht?« Merediths Augen weiteten sich. »Was würde sie denn tun?«

»Sie wäre nicht glücklich, das kann ich dir versichern. Sie wird nicht wollen, dass ich gehe. Sie mag keine Veränderungen, verstehst du, sie möchte, dass alles immer so bleibt, wie es ist, dass wir drei zusammen hier im Schloss wohnen. Sie hat so eine beschützerische Ader. So war sie schon immer.«

Meredith nickte und nahm diesen Hinweis zur Familiensituation mit solchem Ernst auf, dass Saffy fast damit rechnete, sie würde ihr kleines Notizbuch zücken und es aufschreiben. Aber Saffy begriff, warum Meredith sich gerade für diesen Aspekt interessierte; sie hatte genug von Merediths älterer Schwester gehört, um zu wissen, dass Meredith von dieser nichts dergleichen kannte.

»Percy ist meine Zwillingsschwester, und ich liebe sie sehr, aber manchmal, meine kleine Merry, muss man auch an sich selbst denken. Das Glück im Leben kommt nicht von allein, man muss danach greifen.« Sie lächelte und widerstand der Versuchung, Meredith zu erzählen, dass es andere Gelegenheiten gegeben hatte, die sie verpasst hatte. Einem Kind ein Geheimnis anzuvertrauen war eine Sache, es mit den Enttäuschungen eines Erwachsenen zu belasten war etwas ganz anderes.

»Aber was ist, wenn Sie nach London fahren?«, fragte Meredith. »Dann erfährt sie es doch sowieso.«

»Ich sage es ihr natürlich vorher«, erwiderte Saffy lachend. »Ich habe nicht vor, bei Nacht und Nebel zu verschwinden, keine Sorge. Ganz bestimmt nicht. Aber ich will mir vorher genau überlegen, wie ich es ihr beibringe, ohne ihr wehzutun. Bis dahin ist es mir lieber, wenn sie nichts davon erfährt. Verstehst du das?«

»Ja«, sagte Meredith ein bisschen atemlos.

Saffy biss sich auf die Lippe. Sie hatte das ungute Gefühl, dass sie einen großen Fehler gemacht hatte, Meredith davon zu erzählen. Dabei hatte sie sie nur ein bisschen aufmuntern wollen.

Als Saffy eine Weile schwieg, glaubte Meredith, sie traue ihr nicht zu, ein Geheimnis zu hüten. »Ich sage ihr nichts, versprochen. Kein Wort. Ich kann Geheimnisse sehr gut für mich behalten.«

»Ach, Meredith.« Saffy lächelte wehmütig. »Daran zweifle

ich nicht. Das ist es nicht … ja, ich fürchte, ich muss mich bei dir entschuldigen. Es war falsch, dich zu bitten, Percy etwas zu verheimlichen. Kannst du mir verzeihen?«

Als Meredith feierlich nickte, entdeckte Saffy ein Funkeln in ihren Augen, wahrscheinlich machte es sie stolz, wie eine Erwachsene behandelt zu werden. Saffy musste daran denken, wie sie es in Merediths Alter kaum erwarten konnte, endlich erwachsen zu werden, und sie fragte sich, ob es möglich war, den Weg eines anderen Menschen zu verlangsamen. War es überhaupt zulässig, es zu versuchen? Aber es konnte doch nicht verwerflich sein, Meredith davor bewahren zu wollen, zu schnell erwachsen zu werden und mit den Enttäuschungen des Erwachsenenlebens konfrontiert zu werden, so wie sie es bei Juniper versucht hatte.

»So, meine Kleine«, sagte sie und nahm Meredith den letzten Teller aus der Hand. »Ich mache das hier fertig. Unternimm noch was Schönes, bis deine Eltern kommen, der Tag ist viel zu herrlich, um zu arbeiten. Pass nur auf, dass dein Kleid nicht schmutzig wird.«

Meredith trug eins von den Trägerkleidern, die Saffy ihr genäht hatte, als sie zu ihnen gekommen war, ein hübsches Kleid aus einem Stoff von Liberty, den sie schon vor Jahren bestellt hatte, nicht, weil sie ein Kinderkleid hatte nähen wollen, sondern einfach, weil der Stoff ihr so gut gefallen hatte. Seitdem hatte er im Nähzimmer gelegen und darauf gewartet, dass Saffy einen Verwendungszweck dafür fand. Während Meredith zwischen den Bäumen verschwand, vergewisserte sich Saffy, dass alles auf dem Tisch seine Ordnung hatte.

Meredith lief ziellos durch das hohe Gras, schlug mit einem Stock nach den Halmen und fragte sich, wie es sein konnte, dass die Abwesenheit einer Person einen Tag so verderben konnte. Sie ging über den Hügel bis zum Bach und folgte ihm bis zur Brücke an der Zufahrt.

Sie überlegte, ob sie noch weiter gehen sollte. Vielleicht bis in den Wald. Tief hinein, dorthin, wo kein Sonnenlicht mehr durch die Baumkronen drang, die Forellen verschwanden und das Wasser so dick wirkte wie Sirup. Immer tiefer hinein, bis sie an den vergessenen Teich unter dem ältesten Baum des Cardarker-Walds gelangte. An diese rabenschwarze Stelle, die ihr so unheimlich erschienen war, zu Anfang, als sie noch nicht lang im Schloss war. Ihre Eltern wurden erst in ungefähr einer Stunde erwartet, sie hatte noch Zeit, und sie kannte den Weg, man musste nur dem glucksenden Bach folgen …

Aber ohne Juniper würde es keinen Spaß machen. Dann war es nur dunkel und feucht und stinkig. »Ist es nicht wunderbar hier?«, hatte Juniper gesagt, als sie zum ersten Mal gemeinsam dort gewesen waren. Meredith hatte sich eher unwohl gefühlt. Der alte Baumstamm, auf dem sie gesessen hatten, war kühl und feucht, und ihre Stoffschuhe waren ganz nass gewesen, weil sie unterwegs an einem Stein abgerutscht war. Es gab noch einen anderen Teich auf dem Anwesen, wo Schmetterlinge und Vögel umherflatterten, wo an einem Ast eine Schaukel hing, die im Sonnenlicht hin- und herschwang, und sie hatte sich sehnlichst gewünscht, sie würden den Tag dort verbringen. Aber sie hatte nichts gesagt. Juniper war so begeistert von dem Ort gewesen, dass Meredith die Schuld bei sich selbst gesucht, sich für kindisch gehalten hatte, geglaubt hatte, sie würde sich einfach nicht genug Mühe geben. Sie hatte sich ein Herz gefasst, gelächelt und dann gesagt: »Ja.« Und dann noch einmal mit etwas mehr Nachdruck: »Ja, es ist wunderbar hier.«

Mit einer einzigen fließenden Bewegung war Juniper aufgestanden, hatte die Arme ausgebreitet und war auf Zehenspitzen auf einem umgestürzten Baumstamm balanciert. »Es sind die

Schatten«, hatte sie gesagt, »die Art, wie das Schilfrohr sich am Ufer wiegt, beinahe heimlich, der Geruch nach Schlamm und Feuchtigkeit und Fäulnis.« Sie hatte Meredith von der Seite angelächelt. »Es ist wie in Urzeiten. Wenn ich dir sagen würde, wir hätten eine unsichtbare Schwelle in die Vergangenheit überschritten, würdest du mir glauben?«

Meredith war ein Schauer über den Rücken gelaufen, genau wie jetzt, und irgendetwas hatte in ihrem Kinderkörper mit unerklärlicher Dringlichkeit zu pochen begonnen, und sie hatte plötzlich eine tiefe Sehnsucht empfunden, ohne zu wissen, wonach.

»Mach die Augen zu und horch«, hatte Juniper geflüstert und einen Finger an die Lippen gelegt. »Dann kannst du hören, wie die Spinnen ihre Netze weben.«

Meredith schloss die Augen. Lauschte auf den Chor der Grillen, das gelegentliche Plätschern einer Forelle, das Brummen eines Traktors in der Ferne … Und da war noch ein anderes Geräusch. Eins, das überhaupt nicht hierherpasste. Es war ein Motor, erkannte sie, ganz in der Nähe. Und er kam immer näher.

Sie öffnete die Augen und sah es. Ein schwarzes Auto, das die Zufahrt hinunterfuhr. Meredith konnte nur staunen. Es kamen nur selten Besucher, und Autos noch seltener. Kaum jemand hatte Benzin übrig, um irgendjemandem mit dem Auto einen Besuch abzustatten, und diejenigen, die noch welches hatten, so schien es Meredith, sparten es auf, um nach Norden fliehen zu können, wenn die Deutschen das Land überfielen. Selbst der Priester, der den alten Mann im Turm regelmäßig aufsuchte, kam neuerdings zu Fuß. Bei diesem Besucher hier musste es sich um eine wichtige Persönlichkeit handeln, jemanden, der wegen irgendeiner Kriegsangelegenheit gekommen war.

Als das Auto an ihr vorbeifuhr, legte der Fahrer, ein Mann, den Meredith nicht kannte, eine Hand zum Gruß an seinen schwarzen Hut und nickte Meredith streng zu. Sie schaute ihm mit zusammengekniffenen Augen nach. Das Auto verschwand hinter einem Wäldchen und tauchte kurz darauf am Ende der Zufahrt wieder auf, ein schwarzer Fleck, der in die Tenterden Road einbog.

Meredith gähnte, und im nächsten Augenblick hatte sie das Auto samt Fahrer wieder vergessen. In der Nähe eines Brückenpfostens wuchsen wilde Veilchen, und sie konnte nicht widerstehen, ein paar davon zu pflücken. Als sie ein hübsches, dickes Sträußchen beisammenhatte, kletterte sie auf die Brücke, setzte sich auf das Geländer und vertrieb sich die Zeit mit Tagträumen. Zwischendurch warf sie die Veilchen eins nach dem anderen in den Bach und schaute zu, wie sie in der sanften Strömung Purzelbäume schlugen.

»Guten Morgen.«

Sie blickte auf und sah Percy Blythe auf sich zukommen, die ihr Fahrrad neben sich her schob, einen hässlichen Hut auf dem Kopf und eine Zigarette in der Hand. Die strenge Schwester, wie Meredith sie insgeheim nannte. Diesmal lag noch etwas anderes in ihrem Gesichtsausdruck, sie kam ihr traurig vor. Aber vielleicht war es nur der Hut. Meredith sagte: »Hallo«, und klammerte sich an das Geländer, um nicht herunterzufallen.

»Oder ist es schon nach Mittag?« Percy blieb stehen, schüttelte ihr Handgelenk und warf einen Blick auf ihre Armbanduhr. »Kurz nach halb. Du vergisst doch nicht, rechtzeitig zum Tee zu kommen, oder?« Sie zog lange und tief an ihrer Zigarette. »Deine Eltern wären bestimmt ziemlich enttäuscht, wenn sie dich nicht antreffen würden, nachdem sie so weit gefahren sind.«

Meredith vermutete, dass es ein Scherz sein sollte, aber sie konnte nichts Humorvolles an Percy entdecken, deswegen war sie sich nicht sicher. Für alle Fälle lächelte sie höflich. Schlimmstenfalls, sagte sie sich, würde Percy denken, sie hätte die Bemerkung überhört.

Aber Percy schien gar nicht auf sie zu achten. »Also dann«, sagte sie, »ich habe zu tun.« Sie nickte zum Abschied, dann setzte sie ihren Weg in Richtung Schloss fort.

# 4

Als Meredith ihre Eltern endlich entdeckte und sie die Einfahrt heraufkommen sah, wurde ihr ganz flau. Einen kurzen Augenblick lang war ihr, als sehe sie in der wirklichen Welt zwei Menschen aus einem Traum, sie waren ihr vertraut und gehörten doch nicht hierher. Dann war das Gefühl verflogen, und sie sah, dass es ihre Mum und ihr Dad waren, die endlich angekommen waren. Und sie hatte ihnen so viel zu erzählen. Sie rannte auf sie zu, die Arme weit ausgebreitet, und ihr Dad kniete sich hin, damit sie sich in seine starken Arme werfen konnte. Ihre Mum drückte ihr einen Kuss auf die Wange, was ungewohnt war, aber doch schön. Zwar wusste sie, dass sie eigentlich schon zu alt dafür war, aber da weder Rita noch Ed da waren und sie damit aufziehen konnten, ging sie den ganzen Weg an der Hand ihres Dads und erzählte pausenlos vom Schloss und der Bibliothek und den Wiesen und dem Bach und dem Wald.

Percy erwartete sie bereits am Tisch, eine Zigarette in der Hand, die sie ausdrückte, als sie sich näherten. Sie glättete ihren Rock, streckte eine Hand aus und begrüßte die Besucher, wie es sich gehörte. »Und wie war die Zugfahrt? Hoffentlich nicht zu anstrengend?« Es war ganz normal, das zu fragen, sogar höflich, aber Meredith hörte Percys hochnäsigen Ton mit den Ohren ihrer Eltern und wünschte, die sanfte Saffy wäre an ihrer Stelle da, um sie zu begrüßen.

Prompt klang die Stimme ihrer Mum dünn und argwöhnisch, als sie antwortete: »Sie war lang. Wir mussten immer wieder anhalten, um die Züge mit den Truppen vorbeizulassen. Wir haben die meiste Zeit auf irgendwelchen Nebengeleisen gestanden.«

»Na ja«, sagte ihr Dad. »Unsere Jungs müssen ja irgendwie an die Front kommen. Diesem Hitler zeigen, dass England nicht mit sich spaßen lässt.«

»Ganz recht, Mr. Baker. Aber nehmen Sie doch Platz«, sagte Percy und zeigte auf den Tisch. »Sie müssen ja umkommen vor Hunger.«

Percy schenkte Tee ein und verteilte Saffys Kuchen, und sie unterhielten sich ein bisschen steif über die überfüllten Züge und über den Krieg (Dänemark hatte kapituliert, folgte als Nächstes Norwegen?) und die Aussichten, ihn zu gewinnen. Meredith knabberte an ihrem Kuchen und schaute zu. Sie war davon überzeugt gewesen, dass ihre Eltern sich nach einem Blick auf das Schloss und auf Percy Blythe mit ihrem vornehmen Akzent und der Haltung, als hätte sie einen Stock verschluckt, abweisend verhalten würden, aber bisher lief alles ziemlich glatt.

Merediths Mum war allerdings ziemlich still. Sie hielt irgendwie ängstlich die Handtasche auf ihrem Schoß umklammert, was Meredith wunderte, denn sie konnte sich nicht erinnern, ihre Mutter schon einmal ängstlich erlebt zu haben. Sie fürchtete sich weder vor Ratten noch vor Spinnen, nicht einmal vor Mr. Lane von gegenüber, wenn der mal wieder zu lange im Pub gewesen war. Ihr Dad wirkte etwas entspannter, er nickte interessiert, als Percy vom Angriff der Spitfire-Jagdflugzeuge berichtete und von den Hilfspaketen für die Soldaten in Frankreich, und er nippte seinen Tee aus einer handbemalten Porzellantasse, als würde er das jeden Tag machen. Na ja, fast. In seinen Pranken sah das Porzellan eher wie ein Puppenservice aus, und Meredith dachte, dass ihr noch nie aufgefallen war, wie groß seine Hände waren. Plötzlich spürte sie, wie lieb sie ihn hatte, und sie legte ihm vorsichtig eine Hand auf die Hand, die neben seiner Untertasse lag. In ihrer Familie war es nicht üblich, körperliche Zuneigung zu zeigen, und er sah sie überrascht an. Dann drückte er kurz ihre Hand.

»Wie läuft's denn mit der Schule, meine Kleine?« Er knuffte Meredith mit der Schulter und zwinkerte Percy zu. »Unsere Rita ist ja vielleicht die Hübschere, aber unsere kleine Merry ist die Klügere.«

Meredith lächelte stolz. »Ich lerne jetzt hier, Dad, hier im Schloss. Saffy unterrichtet mich. Du müsstest mal die Bibliothek sehen, da stehen noch mehr Bücher als in der mobilen Bücherei. An allen Wänden Bücherregale bis zur Decke. Und ich lerne jetzt sogar Latein.« Latein machte ihr am meisten Spaß. Klänge aus der Vergangenheit, voll von tiefer Bedeutung. Uralte Stimmen im Wind. Meredith schob ihre Brille hoch, sie verrutschte oft, wenn sie aufgeregt war. »Und ich lerne Klavier.«

»Meine Schwester Seraphina ist hocherfreut über die Fortschritte Ihrer Tochter«, sagte Percy. »Sie macht sich ausgezeichnet, wenn man bedenkt, dass sie vorher noch nie ein Klavier gesehen hat.«

»Wirklich?« Ihr Dad bewegte die Hände, als wüsste er nicht, wohin damit. »Meine Kleine kann Musik machen?«

Meredith strahlte. »Ein bisschen.«

Percy schenkte Tee nach. »Vielleicht möchtest du nachher mit deinen Eltern ins Musikzimmer gehen und ihnen etwas vorspielen?«

»Hast du das gehört, Mum? Unsere Meredith kann schon etwas vorspielen.«

»Ich hab's gehört.« Etwas im Gesicht ihrer Mum schien sich zu verhärten. Es war derselbe Ausdruck, den sie bekam, wenn ihre Eltern sich über irgendetwas stritten und ihr Dad einen kleinen, aber fatalen Fehler beging, der ihr sagte, dass sie den Sieg davontragen würde. Mit gepresster Stimme sagte sie zu Meredith, als wäre Percy nicht anwesend: »Du hast uns Weihnachten gefehlt.«

»Ihr habt mir auch gefehlt, Mum. Ich wollte euch wirklich besuchen, aber es fuhren einfach keine Züge. Die wurden alle für die Soldaten gebraucht.«

»Rita fährt heute mit uns nach Hause.« Ihre Mum stellte die Teetasse auf der Untertasse ab und schob sie von sich weg. »Wir haben für sie eine Stelle in einem Friseursalon gefunden, auf der Old Kent Road. Sie fängt am Montag an. Erst mal soll sie nur sauber machen, aber später bringen sie ihr bei, wie man Haare schneidet und Dauerwellen macht.« Ihre Augen leuchteten zufrieden. »Zurzeit gibt es viele Möglichkeiten, Merry, wo sich viele von den älteren Mädchen dem Frauenmarinedienst anschließen oder in die Fabriken gehen. Gute Gelegenheiten für junge Mädchen mit schlechten Aussichten.«

Ja, das konnte Meredith sich gut vorstellen. Rita war andauernd mit ihren Haaren beschäftigt und mit ihrer kostbaren Sammlung an Kosmetikartikeln. »Klingt prima, Mum. Ist doch toll, jemanden in der Familie zu haben, der dir die Haare machen kann.«

Es war offenbar nicht das, was ihre Mum hatte hören wollen. Percy Blythe nahm eine Zigarette aus dem silbernen Etui, von dem Saffy verlangte, dass sie es in Gesellschaft benutzte, und tastete ihre Taschen nach einem Feuerzeug ab. Merediths Dad räusperte sich.

»Die Sache ist die, Merry«, sagte er, aber seine Verlegenheit tröstete Meredith nicht über das hinweg, was folgte, »deine Mum und ich, wir finden, es wäre auch für dich an der Zeit.«

Da begriff Meredith. Sie wollten, dass sie nach Hause kam, dass sie Frseurin wurde, dass sie Milderhurst verließ. Das flaue

Gefühl in ihrem Magen meldete sich zurück, stärker als je zuvor. Sie blinzelte, rückte ihr Brille zurecht. »Aber … aber«, stammelte sie, »ich will keine Friseurin werden. Saffy sagt, es ist wichtig, dass ich die Schule abschließe. Damit ich vielleicht sogar auf die Oberschule gehen kann, wenn der Krieg vorbei ist.«

»Deine Mum ist nur um deine Zukunft besorgt. Du musst ja nicht Frseurin werden, wir können auch etwas anderes überlegen, wenn du möchtest. Du könntest vielleicht in einem Büro arbeiten. In irgendeinem Ministerium.«

»Aber in London sind wir nicht in Sicherheit!«, platzte Meredith heraus. Ein großartiger Einfall: Sie fürchtete sich kein bisschen vor Hitler und seinen Bomben, aber vielleicht war das eine Möglichkeit, ihre Eltern zu überzeugen?

Ihr Dad tätschelte ihr lächelnd die Schulter. »Du brauchst dir keine Sorgen zu machen, meine Kleine. Wir alle tragen das Unsere dazu bei, Hitler einen Strich durch die Rechnung zu machen: Mum arbeitet in einer Munitionsfabrik, und ich mache Nachtschichten. Bisher ist noch keine Bombe gefallen, und es gab noch keinen Giftgasangriff. In unserem Viertel hat sich nichts verändert.«

*Nichts verändert.* Meredith sah die rußverdreckten Straßen vor sich, ihre düstere Wohnung in London, und mit einem Mal spürte sie ganz deutlich, wie verzweifelt sie sich wünschte, in Milderhurst zu bleiben. Sie schaute zum Schloss hinüber, rang die Hände, wünschte, Juniper würde herbeieilen, weil sie wusste, dass sie sie brauchte, wünschte, Saffy würde kommen und genau das Richtige sagen, damit ihre Eltern verstanden, dass sie sie nicht mit nach Hause nehmen konnten, dass sie ihr gestatten mussten, noch zu bleiben.

Als gäbe es eine unsichtbare Verbindung zwischen den Zwillingen, schaltete Percy sich jetzt ein. »Mr. und Mrs. Baker«, sagte sie, während sie das Ende ihrer Zigarette auf dem silbernen

Etui festklopfte und ein Gesicht machte, als wäre sie lieber ganz woanders. »Ich kann verstehen, dass Sie Meredith gern mit nach Hause nehmen möchten, aber wenn die Invasion …«

»Du kommst heute mit uns mit, Fräulein, keine Widerrede«, fauchte ihre Mum, ohne Percy zu beachten, und bedachte Meredith mit einem Blick, der ihr eine schlimme Strafe in Aussicht stellte.

Merediths Augen füllten sich mit Tränen. »Nein, ich komme nicht mit.«

»Untersteh dich, zu widersprechen«, knurrte ihr Dad.

»Tja«, sagte Percy abrupt. Sie hatte den Deckel der Teekanne angehoben, um hineinzuschauen. »Die Kanne ist leer. Würden Sie mich bitte entschuldigen, ich will nur schnell neuen Tee holen. Wir haben im Moment kaum Personal. Kriegsbedingte Sparmaßnahmen.«

Sie schauten ihr alle drei nach, dann zischte Merediths Mum: »Kaum Personal. Hast du das gehört?«

»Beruhige dich, Annie.« Meredith wusste, dass ihr Dad Streitereien nicht ausstehen konnte. Er war ein Mann, dessen eindrucksvolle Erscheinung so einschüchternd wirkte, dass er selten austeilen musste. Ihre Mum dagegen …

»Wie diese Frau uns behandelt! Was bildet sie sich eigentlich ein? Kriegsbedingte Sparmaßnahmen, dass ich nicht lache – in so einem Haus!« Sie machte eine Geste in Richtung Schloss. »Wahrscheinlich findet sie, wir müssten sie bedienen.«

»Das findet sie nicht!«, sagte Meredith. »So sind die gar nicht!«

»Meredith.« Ihr Dad hatte die Stimme erhoben, er klang beinahe flehend, und jetzt schaute er sie mit zusammengezogenen Brauen an.

»Aber Dad, sieh doch, wie schön sie extra für uns den Tisch gedeckt …«

»Jetzt reicht's, Fräulein.« Ihre Mum war aufgesprungen und

zerrte Meredith an ihrem neuen Kleid auf die Füße. »Du gehst jetzt da rein und holst deine Sachen. Und zwar deine eigenen. Der Zug fährt bald ab, und wir fahren alle mit.«

»Ich will aber nicht mitfahren«, sagte Meredith und wandte sich Hilfe suchend an ihren Dad. »Lass mich hierbleiben, Dad. Bitte zwing mich nicht mitzufahren. Ich lerne gerade …«

»Pah!«, stieß ihre Mum mit einer verächtlichen Handbewegung hervor. »Ich sehe genau, was du hier bei der feinen Lady lernst – deinen Eltern Widerworte geben. Und ich sehe auch, was du vergessen hast: Wer du bist, wo du herkommst und wo du hingehörst.« Sie fuchtelte mit einem Finger vor Dads Nase herum. »Ich hab dir ja gleich gesagt, dass es ein Fehler war, sie fortzuschicken. Hätten wir sie bloß zu Hause behalten, wie ich gesagt habe …«

»Schluss jetzt!« Ihrem Dad platzte endgültig der Kragen. »Es reicht, Annie. Setz dich. Es gibt keinen Grund, sich zu ereifern. Die Kinder kommen ja jetzt mit nach Hause.«

»Nein, ich komme nicht mit!«, rief Meredith

»O doch«, fauchte ihre Mum und hob eine Hand, als holte sie zu einer Ohrfeige aus. »Und wenn wir zu Hause sind, gibt's einen Satz heiße Ohren für dich.«

»Hör auf, zum Donnerwetter!« Dad war ebenfalls aufgesprungen und packte Mum am Handgelenk. »Herrgott noch mal, beruhige dich, Annie!« Er schaute ihr in die Augen, und irgendetwas passierte zwischen den beiden. Meredith sah, wie der Arm ihrer Mum erschlaffte. Ihr Dad nickte. »Wir sind alle ein bisschen angespannt, das ist alles.«

»Sprich du mit deiner Tochter … Ich ertrage das nicht länger. Ich kann nur hoffen, dass sie nie erleben muss, wie es ist, ein Kind zu verlieren.«

Dann entfernte sie sich, die Arme vor ihrem dünnen Körper verschränkt.

Plötzlich fand Meredith, dass ihr Dad müde und alt aussah. Er fuhr sich mit der Hand durchs Haar. Es wurde oben schon ganz schütter, sodass man noch die Spuren sehen konnte, die der Kamm hinterlassen hatte. »Du darfst ihr nicht böse sein. Sie braust einfach schnell auf, du kennst sie ja. Sie hat sich Sorgen um dich gemacht, wir beide haben uns Sorgen gemacht.« Er drehte sich zum Schloss um, das hinter ihnen aufragte. »Wir haben Geschichten gehört. Von Rita, von ein paar Kindern, die wieder zu Hause sind, schreckliche Geschichten darüber, wie man sie behandelt hat.«

*War das alles?* Meredith atmete erleichtert auf. Sie wusste, dass manche Kinder es nicht so gut angetroffen hatten wie sie, aber wenn es *das* war, was ihre Eltern beunruhigte, dann musste sie ihrem Dad ja nur versichern, dass es ihr blendend ging. »Aber ihr braucht euch keine Sorgen zu machen, Dad. Ich habe es euch doch geschrieben: Es geht mir gut hier. Lest ihr meine Briefe denn nicht?«

»Natürlich habe ich sie gelesen. Und deine Mum auch. Das ist für uns der schönste Moment am Tag, wenn ein Brief von dir kommt.«

So wie er es sagte, wusste Meredith, dass es stimmte, und es versetzte ihr einen Stich, als sie sich vorstellte, wie sie am Tisch saßen und sich Gedanken machten über das, was sie schrieb. »Na dann wisst ihr ja, dass hier alles in Ordnung ist«, sagte sie, ohne ihn anzusehen, »*mehr* als in Ordnung.«

»Ich weiß, dass du das geschrieben hast.« Er schaute zu ihrer Mum hinüber, um sich zu vergewissern, dass sie sich außer Hörweite befand. »Aber das ist ja gerade das Problem. Deine Briefe sind so … heiter. Und deine Mutter hat von einer Freundin gehört, dass manche Gastfamilien die Briefe, die die Kinder nach Hause schreiben, kontrollieren. Damit sie ihren Eltern nichts erzählen, was ein schlechtes Licht auf die Gastfamilien werfen könnte. Damit sie alles schöner darstellen, als es in Wirklichkeit ist.« Er seufzte. »Aber das ist bei dir nicht der Fall, nicht wahr, Merry?«

»Nein, Dad.«

»Du bist glücklich hier? So glücklich, wie du es in deinen Briefen beschreibst?«

»Ja.« Meredith spürte, dass er ins Wanken geriet. Sie witterte ihre Chance und sagte hastig: »Percy ist ein bisschen steif, aber Saffy ist sehr, sehr nett. Ihr könnt sie kennenlernen, wenn ihr mit reinkommt. Dann kann ich euch auch etwas auf dem Klavier vorspielen.«

Er sah zum Turm hoch, und die Sonne schien ihm ins Gesicht. Meredith sah, wie seine Pupillen sich zusammenzogen. Sie wartete, versuchte, in seinem breiten, ausdruckslosen Gesicht zu lesen. Seine Lippen bewegten sich, als würde er Zahlenreihen zusammenrechnen, aber zu welchem Ergebnis er damit kommen wollte, begriff Meredith nicht. Dann wieder ein Blick in Richtung Mum, die schmollend am Brunnen stand. Jetzt oder nie, dachte Meredith. »Bitte, Dad«, sie griff nach seinem Arm, »bitte lasst mich hier. Ich lerne hier so viel, viel mehr, als ich in London lernen könnte. Bitte mach, dass Mum einsieht, dass es mir hier besser geht.«

Er seufzte noch einmal, während er weiterhin stirnrunzelnd den Rücken seiner Frau betrachtete. Dann änderte sich etwas in seinem Gesichtsausdruck, etwas Liebevolles zeigte sich in seinen Zügen, und Merediths Herz begann zu pochen. Aber er schaute sie nicht an und sagte auch nichts. Schließlich folgte sie seinem Blick und sah, dass ihre Mum sich umgedreht hatte, eine Hand in die Hüfte gestemmt, während die andere sich nervös bewegte. Die Sonne beschien sie von hinten und verlieh ihrem braunen Haar hier und da einen rötlichen Schimmer. Sie sah hübsch aus, so verloren und jung. Sie schaute Dad an, und da wurde Meredith klar, dass sein zärtlicher Blick nicht ihr, sondern ihrer Mum galt.

»Tut mir leid, Merry«, sagte er und legte eine Hand auf ihre, die immer noch seinen Arm hielt. »Es ist besser so. Geh deine Sachen holen. Wir fahren nach Hause.«

Und da tat Meredith etwas ganz Ungehöriges, da beging sie den Verrat, den ihre Mutter ihr niemals verzeihen würde. Ihre einzige Entschuldigung war, dass ihr keine andere Wahl blieb, dass sie nur ein Kind war und dass es einfach niemanden zu interessieren schien, was sie wollte. Sie war es leid, wie ein Paket oder ein Koffer behandelt zu werden, der von hier nach dort verfrachtet wurde, je nachdem, was die Erwachsenen gerade für das Beste hielten.

Sie drückte die Hand ihres Dads und sagte: »Mir tut es auch leid, Dad.«

Und als er sie verblüfft ansah, lächelte sie entschuldigend, vermied den wütenden Blick ihrer Mum und rannte so schnell sie konnte über den Rasen, um Schutz zu suchen im kühlen, dunklen Cardarker-Wald.


Percy erfuhr per Zufall von Saffys Plänen. Wenn sie nicht von der Teetafel vor Merediths Eltern geflüchtet wäre, hätte sie vielleicht nie etwas davon erfahren. Oder erst zu spät. Zum Glück, sagte sie sich, fand sie es peinlich und einfach unerträglich, wenn Menschen in der Öffentlichkeit ihre schmutzige Wäsche wuschen, denn das hatte dazu geführt, dass sie ins Haus gegangen war, eigentlich nur, um abzuwarten, bis sich die Wogen wieder geglättet hatten. Sie hatte damit gerechnet, dass Saffy am Fenster hocken und von Weitem das Geschehen verfolgen würde, dass sie sie mit Fragen bestürmen würde: *Wie sind ihre Eltern? Wie geht es Meredith? Hat ihnen der Kuchen geschmeckt?* Und es hatte sie ziemlich verblüfft, die Küche leer vorzufinden.

Dann war Percy aufgefallen, dass sie die Teekanne immer noch in der Hand hielt, und da sie ja unter dem Vorwand ins Haus gegangen war, frischen Tee zu kochen, setzte sie den Wasserkessel auf den Herd. Während sie darauf wartete, dass das Wasser kochte, fragte sie sich, womit sie das verdient hatte, an ein und demselben Tag eine Hochzeit und eine Teegesellschaft über sich ergehen lassen zu müssen. Und dann hatte plötzlich das Telefon im Anrichtezimmer schrill zu läuten begonnen. Seit die Post darüber informiert hatte, dass private Gespräche wichtige Kriegsnachrichten blockieren konnten, läutete das Telefon nur noch äußerst selten. Entsprechend argwöhnisch, ja angstvoll klang daher ihre Stimme, als sie schließlich den Hörer abnahm: »Schloss Milderhurst. Hallo?«

Der Anrufer identifizierte sich als Mr. Archibald Wicks aus Chelsea und bat, Miss Seraphina Blythe zu sprechen. Verdutzt fragte Percy, ob sie ihrer Schwester etwas ausrichten könne, woraufhin der Mann erklärt hatte, er sei Saffys Arbeitgeber und wolle mit Miss Blythe über das Zimmer sprechen, in dem sie ab der kommenden Woche wohnen würde.

»Tut mir leid, Mr. Wicks«, sagte Percy, während sie spürte, wie ihr ganz heiß wurde. »Aber ich fürchte, da liegt ein Missverständnis vor.«

Ein Zögern am anderen Ende der Leitung. »Ein Missverständnis, sagten Sie? Die Verbindung ... Ich verstehe Sie ziemlich schlecht.«

»Seraphina ... meine Schwester ... wird gewiss keine Stelle in London antreten, bedaure.«

»Oh.« Es knisterte in der Leitung. Percy stellte sich vor, wie die Telefondrähte zwischen den Masten im Wind hin und her schwangen. »So, so«, sagte der Mann. »Aber das ist sonderbar, denn ich halte den Brief mit ihrer Zusage hier in der Hand. Und wir haben schließlich ausführlich darüber korrespondiert.«

Das also erklärte die vielen Briefe, die Percy in letzter Zeit zur Poststelle und von dort zum Schloss gebracht hatte, ebenso Saffys Bedürfnis, sich ständig in der Nähe des Telefons aufzuhalten »für den Fall, dass ein Anruf mit kriegswichtigen Informationen kommt«. Percy verfluchte sich innerlich dafür, dass sie sich so sehr von den Pflichten beim Freiwilligendienst hatte vereinnahmen lassen und nicht besser achtgegeben hatte. »Ich verstehe«, sagte sie zu Mr. Wicks, »und ich bin mir sicher, dass Miss Seraphina die feste Absicht hatte, die mit Ihnen getroffene Vereinbarung einzuhalten. Aber der Krieg, wissen Sie, und jetzt ist auch noch unser Vater plötzlich schwer krank geworden. Ich fürchte daher, sie wird vorerst hier zu Hause gebraucht.«

Mr. Wicks war enttäuscht und konsterniert, aber Percy konnte ihn beschwichtigen, indem sie versprach, ihm eine signierte Erstausgabe des *Modermann* für seine Büchersammlung zu schicken, und sie hatten sich freundlich verabschiedet. Zumindest war nicht zu befürchten, dass er Saffy wegen Vertragsbruchs verklagte.

Saffy dagegen, dachte Percy, würde nicht so leicht zu besänftigen sein. Sie hörte die Toilettenspülung rauschen, dann gurgelte es in den Wasserleitungen in der Küche. Percy setzte sich auf den Hocker und wartete. Wenige Minuten später kam Saffy die Treppe heruntergelaufen.

»Percy!« Sie blieb wie angewurzelt stehen und schaute zur Hintertür, die offen stand. »Was machst du denn hier? Wo ist Meredith? Ihre Eltern sind doch noch nicht gegangen? Ist alles in Ordnung?«

»Ich bin hereingekommen, um frischen Tee aufzusetzen.«

»Ach so.« Saffy entspannte sich ein wenig und rang sich ein Lächeln ab. »Lass mich das machen. Du willst deine Gäste doch sicher nicht so lange allein lassen.« Sie nahm die Teedose vom Regal und öffnete sie.

Percy überlegte, wie sie es Saffy schonend beibringen konnte, aber das Gespräch mit Mr. Wicks hatte sie zu sehr aufgewühlt. Daher sagte sie schließlich: »Eben ist ein Anruf gekommen.«

Ein kaum wahrnehmbares Zusammenzucken, ein paar Teeblätter, die vom Löffel fielen. »Ein Anruf? Wann?«

»Gerade eben.«

»Ach ja?« Saffy schob die Teeblätter in ihre Handfläche, dort lagen sie beisammen wie tote Ameisen. »Hatte es etwas mit dem Krieg zu tun?«

»Nein.«

Saffy stützte sich auf den Bankrücken und umklammerte wie eine Ertrinkende ein Geschirrtuch, das darüberhing.

Ausgerechnet in dem Augenblick begann der Teekessel zu spucken und zu zischen, um gleich darauf ohrenbetäubend laut zu pfeifen. Saffy nahm ihn von der Flamme, blieb mit dem Rücken zu Percy am Herd stehen und wartete.

»Es war ein Mann namens Archibald Wicks«, sagte Percy. »Aus London. Er hat sich als Sammler vorgestellt.«

»Ach.« Saffy drehte sich nicht um. »Und was hast du ihm gesagt?«

Draußen ertönten laute Stimmen, und Percy trat an die offene Tür.

»Was hast du ihm gesagt, Percy?«

Ein Luftzug, der den Duft von Heu hereintrug.

»Percy?«, flüsterte Saffy.

»Ich habe ihm gesagt, dass wir dich hier brauchen.«

Saffy machte ein Geräusch, das fast wie ein Schluchzen klang.

Dann sagte Percy sehr ruhig: »Du weißt, dass du nicht fortgehen kannst, Saffy. Du kannst keine solchen Versprechungen machen. Der Mann erwartete dich nächste Woche in London.«

»Er erwartet mich in London, weil ich dorthin gehen werde.

474

Ich habe mich auf eine Stelle beworben, Percy, und er hat mich angenommen.« Sie drehte sich um. Hob die zur Faust geballte Hand, eine seltsam theatralische Geste, die völlig übertrieben wirkte, weil sie das Geschirrtuch immer noch in der Hand hielt. »Er hat mich *ausgewählt*«, sagte sie und schüttelte die Faust. »Er sammelt alle möglichen schönen Dinge, und er hat mich – *mich* – eingestellt, um ihm bei seiner Arbeit zu assistieren.«

Percy nahm eine Zigarette aus ihrem silbernen Etui, hatte Mühe mit dem Streichholz, schaffte es schließlich, sich die Zigarette anzuzünden.

»Ich gehe nach London, Percy, und du kannst mich nicht daran hindern.«

Verdammte Saffy, sie machte es ihr nicht leicht. Percy dröhnte jetzt schon der Schädel, die Hochzeit hatte sie erschöpft, und dann hatte sie auch noch für Merediths Eltern die Gastgeberin spielen müssen. Einen Streit mit Saffy konnte sie jetzt wirklich nicht gebrauchen. Saffy stellte sich absichtlich stur, zwang sie, die Dinge beim Namen zu nennen. Also gut, wenn sie es unbedingt so haben wollte, dann würde Percy ihr eben klarmachen, was in Milderhurst Gesetz war. »Nein.« Sie blies den Rauch aus. »Du wirst nicht nach London gehen. Du gehst nirgendwohin, Saff. Du weißt es, ich weiß es, und jetzt weiß es auch Mr. Wicks.«

Saffy ließ die Arme sinken, das Geschirrtuch fiel auf die Steinfliesen. »Du hast ihm gesagt, dass ich nicht komme. Einfach so.«

»Einer musste es ihm ja sagen. Er wollte dir schon das Geld für die Zugfahrt überweisen.«

Saffys Augen füllten sich mit Tränen, und obwohl Percy wütend auf sie war, stellte sie doch mit Genugtuung fest, dass ihre Schwester versuchte, die Tränen zurückzuhalten. Vielleicht würde ihr ja doch eine Szene erspart bleiben.

»Komm schon«, sagte sie. »Irgendwann wirst du einsehen, dass es das Beste …«

»Du wirst mich also wirklich nicht gehen lassen.«

»Nein«, sagte Percy. »Das werde ich nicht.«

Saffys Unterlippe zitterte, und als sie antwortete, war es kaum mehr als ein Flüstern. »Du kannst nicht ewig über uns bestimmen, Percy.«

Sie rang die Hände, als forme sie widerspenstige Flusen zu einem Ball. Eine Angewohnheit, die Saffy schon als Kind gehabt hatte, und plötzlich überkam Percy das tiefe Bedürfnis, ihre Zwillingsschwester an sich zu drücken und nie wieder loszulassen, ihr zu sagen, dass sie sie liebte, dass sie nicht grausam sein wollte, dass sie es nur zu Saffys eigenem Besten tat. Aber sie rührte sich nicht. Sie brachte es nicht fertig. Und es hätte auch nichts genützt, wenn sie es getan hätte, denn niemand möchte hören, etwas sei nur zu seinem Besten, auch wenn er tief in seinem Innern weiß, dass es stimmt.

Stattdessen sagte sie sanft: »Ich versuche nicht, über dich zu bestimmen, Saffy. Vielleicht kannst du irgendwann, später einmal, von hier fortgehen«, Percy machte eine vage Handbewegung, »aber nicht jetzt. Jetzt brauchen wir dich hier, jetzt, wo Krieg herrscht und Daddy so krank ist. Ganz abgesehen davon, dass wir kaum noch Personal haben. Hast du dir mal überlegt, was mit uns passieren würde, wenn du fortgingest? Kannst du dir vorstellen, dass Juniper oder Daddy oder – Gott bewahre – *ich* mit der Wäsche fertig würde?«

»Es gibt nichts, womit du nicht fertig wirst, Percy«, entgegnete Saffy verbittert. »Es hat noch nie etwas gegeben, womit du nicht fertig geworden wärst.«

Da wusste Percy, dass sie gewonnen hatte, und vor allem, dass Saffy es auch wusste. Aber sie empfand keinen Triumph, nur die übliche Last der Verantwortung. Sie sehnte sich von ganzem Herzen nach ihrer Schwester, nach dem jungen Mädchen, das sie einmal gewesen war, dem die Welt noch offenstand.

»Miss Blythe?« Merediths Vater stand in der Tür, neben ihm seine kleine, hagere Frau, und sie wirkten beide sehr besorgt.

Percy hatte sie völlig vergessen. »Mr. Baker«, sagte sie und strich sich einige Haarsträhnen hinter die Ohren. »Verzeihen Sie. Ich habe ewig gebraucht, um frischen Tee …«

»Das macht überhaupt nichts, Miss Blythe. Wir haben genug Tee getrunken. Es geht um Meredith.« Er schien völlig aufgelöst. »Meine Frau und ich wollten sie mit nach Hause nehmen, aber sie hat sich in den Kopf gesetzt hierzubleiben, und ich fürchte … sie ist fortgelaufen …«

»Oh.« Das hatte Percy gerade noch gefehlt. Sie drehte sich um, aber Saffy war ebenfalls verschwunden. »Tja, dann machen wir uns wohl am besten auf die Suche nach ihr, nicht wahr?«

»Das ist es ja gerade«, sagte Mr. Baker betrübt. »Meine Frau und ich müssen den Zug nach London um drei Uhr vierundzwanzig bekommen. Es ist der einzige, der heute fährt.«

»Aha«, sagte Percy. »Dann müssen Sie sich natürlich auf den Weg machen. Die Züge sind heutzutage schrecklich unzuverlässig. Wenn man einen verpasst, kann es passieren, dass man eine Woche auf den nächsten warten muss.«

»Aber meine Tochter …« Mrs. Baker machte eine Miene, als würde sie gleich in Tränen ausbrechen, was ihr hartes, spitzes Gesicht ziemlich hässlich aussehen ließ. Percy kannte das Gefühl.

»Machen Sie sich keine Sorgen«, sagte sie mit einem knappen Nicken. »Ich finde sie schon. Gibt es eine Nummer in London, unter der ich Sie erreichen kann? Sie wird nicht weit gekommen sein.«

Von dort, wo sie hockte, auf einem Ast der ältesten Eiche im Cardarker-Wald, konnte Meredith noch gerade das Schloss sehen, das Turmdach mit seiner Spitze, die wie eine Nadel in den Himmel ragte. Die Dachpfannen glänzten rot in der Nachmittagssonne, und die silberne Kugel an der Spitze leuchtete. Auf dem Rasen vor dem Schloss winkte Percy ihren Eltern zum Abschied.

Merediths Ohren glühten vor Aufregung über die Missetat, die sie begangen hatte. Das würde ein Nachspiel haben, keine Frage, aber sie hatte keine andere Wahl gehabt. Sie war gerannt und gerannt, bis sie nicht mehr konnte, und nachdem sie Atem geschöpft hatte, war sie auf den Baum geklettert, angefeuert von dem köstlichen Wissen, dass sie zum ersten Mal in ihrem Leben impulsiv gehandelt hatte.

Ihre Eltern gingen die Zufahrt hinunter. Meredith sah, wie ihre Mum die Schultern hängen ließ, und einen Moment lang dachte sie, sie weint, doch dann begann sie mit den Armen zu gestikulieren, und ihr Dad wich erschrocken aus. Da wusste Meredith, dass ihre Mum schrie und tobte, und sie brauchte ihre Worte nicht zu hören, um zu begreifen, dass sie großen Ärger bekommen würde.

Percy stand immer noch vor dem Schloss, eine Hand in die Hüfte gestemmt, und rauchte. Sie ließ den Blick über den Wald wandern. Ganz leise regten sich Zweifel in Merediths Bauch. Sie war davon ausgegangen, dass die Schwestern Blythe nichts dagegen haben würden, wenn sie noch blieb, aber was war, wenn sie sich getäuscht hatte? Wenn die Zwillinge so schockiert waren über ihren Ungehorsam, dass sie sie nicht mehr haben wollten? Wenn ihr eigennütziges Verhalten sie in große Schwierigkeiten gebracht hatte? Als Percy Blythe ihre Zigarette austrat und ins Haus ging, fühlte Meredith sich plötzlich schrecklich einsam.

Auf dem Dach des Schlosses bewegte sich etwas. Merediths Herz drehte sich wie ein Feuerrad. Jemand in einem weißen Kleid kletterte da oben herum. *Juniper.* Sie war also endlich aus ihrem Dachzimmer gekommen. Sie erreichte den Rand und setzte sich so hin, dass ihre Beine über dem Abgrund baumelten. Jetzt würde sie sich eine Zigarette anzünden, dachte Meredith, sich zurücklehnen und in den Himmel schauen.

Aber das tat sie nicht. Sie hielt inne und sah zum Wald herüber. Meredith klammerte sich an den Ast und hätte beinahe laut gelacht. Es war, als hätte Juniper sie von Weitem gehört, als hätte sie gespürt, dass ihre Freundin dort im Baum hockte. Wenn irgendjemand so etwas konnte, dann nur Juniper.

Sie durfte nicht zurückkehren nach London. Sie konnte einfach nicht. Noch nicht, noch nicht.

Meredith sah, wie ihre Eltern sich vom Schloss entfernten. Ihre Mum hatte die Arme vor der Brust verschränkt, ihr Dad ließ die seinen hängen. »Tut mir leid«, flüsterte sie. »Ich hatte keine andere Wahl.«

# 5

Das Wasser war lauwarm und die Wanne nur halb voll, aber das störte Saffy nicht. Ein ausgiebiges heißes Bad war ein Vergnügen, das der Vergangenheit angehörte, und nach Percys gemeinem Verrat war sie einfach nur froh, allein zu sein. Sie rutschte tiefer, bis sie ganz auf dem Rücken lag, die Knie angewinkelt, den Kopf bis zu den Ohren im Wasser. Ihr Haar trieb wie Seetang um die Insel ihres Gesichts, und sie hörte das Plätschern und Glucksen des Wassers, das Klappern der Stopfenkette gegen die Emaille und andere fremdartige Geräusche der Wasserwelt.

Saffy hatte schon immer gewusst, dass sie die Schwächere von ihnen beiden war. Percy tat es immer ab, wenn sie es erwähnte, meinte, das gebe es gar nicht, jedenfalls nicht zwischen ihnen. Es gebe nur eine Sonnen- und eine Schattenseite, auf der sie sich abwechselten, sodass immer alles perfekt ausbalanciert sei. Was nett von ihr gemeint war, aber deswegen noch lange nicht zutraf. Saffy wusste einfach, dass die Dinge, für die sie mehr Talent besaß als Percy, völlig unwichtig waren. Sie konnte gut schreiben, sie war eine geschickte Schneiderin, sie konnte (passabel) kochen und neuerdings auch putzen; aber was nützten ihr solche Fertigkeiten, solange sie eine Sklavin war? Schlimmer noch, eine willige Sklavin. Denn im Großen und Ganzen, auch wenn es sie beschämte, sich das einzugestehen, hatte Saffy nichts dagegen, sich zu unterwerfen. Es hatte schließlich auch etwas Bequemes, man trug nicht so eine schwere Last. Aber manchmal, wie zum Beispiel heute, ärgerte es sie maßlos, dass von ihr erwartet wurde, immer ohne Widerrede nachzugeben, ohne Rücksicht auf ihre Wünsche.

Saffy tauchte wieder aus dem Wasser auf, lehnte sich in der Wanne zurück und wischte sich mit einem nassen Lappen das vor Zorn erhitzte Gesicht. Die Emaille fühlte sich kühl an ihrem Rücken an. Sie legte den Lappen wie eine kleine Decke über ihre Brüste und ihren Bauch, sah zu, wie er sich mit ihren Atemzügen spannte und wieder zusammenzog wie eine zweite Haut. Dann schloss sie die Augen. Wie konnte Percy es wagen, in ihrem Namen zu sprechen? In ihrem Namen Entscheidungen zu treffen, über ihre Zukunft zu bestimmen, ohne vorher mit ihr darüber zu reden?

Aber Percy handelte einfach, so wie sie es immer getan hatte, und wie eh und je hatte es auch heute keinen Zweck, mit ihr zu streiten.

Saffy atmete tief und langsam aus, um ihre Wut in den Griff zu bekommen. Der Schluchzer wurde zu einem beherzten Seufzer. Wahrscheinlich sollte sie sich freuen, sich gar geehrt fühlen, dass Percy sie so sehr brauchte. Und das tat sie auch. Aber sie war es dennoch leid, ihr so hilflos ausgeliefert zu sein, mehr noch, sie ertrug es nicht mehr. Seit sie denken konnte, war sie in einem Leben gefangen, das parallel zu dem verlief, das sie sich erträumt hatte, zu dem, von dem sie zu Recht erwartet hatte, dass sie es verdiente.

Aber diesmal gab es etwas, das sie tun konnte – Saffy rieb sich die Wangen, plötzlich wieder munter, als ihre Entschlusskraft zurückkehrte –, eine Kleinigkeit, eine winzige Möglichkeit, das bisschen Macht über Percy, das sie besaß, auszukosten. Es würde eher ein Akt der Unterlassung sein, Percy würde nie erfahren, dass ein Schlag gegen sie ausgeführt worden war. Der einzige Gewinn würde darin liegen, dass Saffy einen Teil ihrer Selbstachtung zurückgewann. Aber das reichte.

Saffy würde etwas für sich behalten, etwas, das Percy unbedingt würde wissen wollen. Es betraf den unerwarteten Besucher, der am Tag zuvor im Schloss gewesen war. Percy war in der Kirche bei Lucys Hochzeit, Juniper im Dachzimmer, und Meredith trieb sich auf dem Anwesen herum, als Mr. Banks, der Anwalt ihres Vaters, in seinem schwarzen Auto vorgefahren kam, in seiner Begleitung zwei kleine, verdrießliche Frauen in einfachen Kostümen. Saffy, die gerade dabei gewesen war, draußen den Tisch zu decken, hatte kurz überlegt, sich zu verstecken, so zu tun, als sei niemand zu Hause – sie mochte Mr. Banks nicht besonders, und es widerstrebte ihr, unangemeldete Besucher hereinzulassen –, aber sie kannte den alten Mann schon seit ihrer Kindheit, er war ein Freund ihres Vaters, und deswegen hatte sie sich, auch wenn sie sich das nicht erklären konnte, verpflichtet gefühlt.

Sie war durch die Hintertür ins Haus geeilt, hatte sich vor dem ovalen Spiegel neben der Vorratskammer hastig zurechtgemacht, war nach oben gelaufen und hatte ihm die Tür geöffnet. Er war überrascht gewesen, ja beinahe verärgert, als sie vor ihm stand, und hatte sich laut gefragt, was das für Zeiten seien, dass selbst ein vornehmes Haus wie Schloss Milderhurst keine Haushälterin mehr beschäftigte. Dann hatte er sie gebeten, ihn zu ihrem Vater zu führen. Sosehr Saffy auch bestrebt war, sich an die veränderten Gepflogenheiten der modernen Zeiten anzupassen, so besaß sie doch eine altmodische Ehrfurcht vor dem Gesetz und dessen Vertretern und hatte getan, was er verlangte. Er war kein Mann, der viele Worte verlor (das heißt, er war nicht geneigt, mit den Töchtern seiner Mandanten Höflichkeiten auszutauschen), und so waren sie schweigend die

Treppe hochgegangen – worüber Saffy froh war, denn Männer wie Mr. Banks verschlugen ihr ohnehin die Sprache. Oben angekommen, hatte er sie mit einem knappen Nicken entlassen und dann gemeinsam mit seinen beiden beflissenen Begleiterinnen das Turmzimmer ihres Vaters betreten.

Saffy hatte nicht vorgehabt zu lauschen. Im Gegenteil, die Störung durch die Besucher war ihr genauso unangenehm gewesen wie alles, was sie dazu zwang, in den grässlichen Turm zu steigen, diesen Ort mit dem monströsen Gemälde an der Wand zu betreten, wo es nach Krankheit, Leiden und Tod roch. Hätte nicht der verzweifelte Kampf eines Schmetterlings, der sich in einem Spinnennetz zwischen den Stäben des Treppengeländers verfangen hatte, ihre Aufmerksamkeit erregt, wäre sie bestimmt längst wieder auf dem Weg nach unten und außer Hörweite gewesen. Aber sie hatte den Schmetterling gesehen und war stehen geblieben, und so hatte sie, während sie das Insekt vorsichtig aus seiner Falle befreite, ihren Vater sagen hören: »Deswegen habe ich Sie kommen lassen, Banks. Der Tod ist ein verdammtes Ärgernis. Haben Sie die Änderungen vorgenommen?«

»Ja. Ich habe sie mitgebracht, damit Sie sie unter Zeugen unterzeichnen können, in doppelter Ausführung für Ihre Unterlagen.«

Was danach besprochen wurde, hatte Saffy nicht gehört, und sie hatte es auch nicht hören wollen. Sie war die zweitgeborene Tochter eines altmodischen Mannes, eine mehr oder weniger alte Jungfer: Die Männerwelt der Immobilien und Finanzen betraf sie nicht und interessierte sie auch nicht. Ihr ging es nur darum, den armen Schmetterling zu befreien und möglichst schnell aus dem Turm zu verschwinden. Sie wollte die abgestandene Luft und die bedrückenden Erinnerungen rasch hinter sich lassen. Seit über zwanzig Jahren hatte sie das winzige Zimmer nicht mehr betreten, und sie hatte nicht vor, jemals wieder einen Fuß hineinzusetzen. Sie war die Treppe hinuntergeeilt, vor der dunklen Wolke der Erinnerung geflüchtet, die sich über ihr zusammenballte.

Denn sie hatten sich einmal sehr nahegestanden, ihr Vater und sie, vor langer Zeit, aber die Liebe war gestorben. Juniper war die bessere Autorin und Percy die bessere Tochter, da blieb kein Raum mehr für die väterliche Liebe zu Saffy. Es hatte nur eine kurze, herrliche Zeit gegeben, in der Saffy ihre Schwester in den Schatten gestellt hatte. Das war nach dem Ersten Weltkrieg gewesen, als ihr Vater als ein gebrochener Mann zurückgekehrt war und sie diejenige gewesen war, die ihn geheilt hatte, die ihm das hatte geben können, was er am meisten gebraucht hatte. Und es war verführerisch gewesen, die Kraft seiner Liebe zu spüren, an den Abenden im Verborgenen, wo niemand sie hatte finden können …

Saffy riss die Augen auf. Irgendjemand schrie. Sie lag in der Wanne, aber das Wasser war eiskalt, das Licht des hellen Tages entschwunden und der Abenddämmerung gewichen. Saffy musste eingenickt sein. Aber wer schrie da? Sie richtete sich auf und lauschte. Nichts. Vielleicht hatte sie es sich nur eingebildet.

Dann hörte sie es wieder. Und ein Glockenbimmeln. Der alte Mann im Turm tobte mal wieder herum. Sollte Percy sich um ihn kümmern. Die beiden hatten einander verdient.

Zitternd entfernte Saffy den kalten Lappen und stand auf. Das Wasser schwappte. Tropfnass stieg sie auf die Badematte. Jetzt waren unten Stimmen zu hören. Meredith, Juniper – und Percy. Sie waren alle drei im gelben Salon. Wahrscheinlich warteten sie auf ihr Abendessen, und Saffy würde es ihnen bringen, wie immer.

Sie nahm ihren Morgenmantel vom Haken an der Tür, kämpfte mit den Ärmeln, hüllte ihren kalten, nassen Körper fest ein. Dann lief sie über den Korridor, ihre nassen Füße platschten auf dem Steinboden. Sie würde ihr kleines Geheimnis hüten.

»Du hast gerufen, Daddy?« Percy drückte die schwere Tür des Turmzimmers auf. Es dauerte einen Moment, bis sie ihn entdeckte, zusammengekauert in der Nische neben dem Kamin, unter dem riesigen Goya, und als sie ihn erblickte, sah er sie mit angsterfüllten Augen an. Offenbar plagte ihn wieder eine seiner Wahnvorstellungen. Woraus Percy schloss, dass sie, wenn sie nach unten ging, höchstwahrscheinlich seine Medikamente auf dem Tisch in der Eingangshalle finden würde, dort, wo sie sie am Morgen bereitgestellt hatte. Es war ihre eigene Schuld, sie hatte mal wieder zu viel erwartet, und sie verfluchte sich innerlich dafür, dass sie, als sie aus der Kirche gekommen war, nicht als Erstes nach ihm gesehen hatte.

Mit sanfter Stimme, so wie man mit einem Kind redete, sprach sie ihren Vater an. »Ganz ruhig, es wird alles gut. Möchtest du dich in einen Sessel setzen? Komm, ich helfe dir. Setz dich ans Fenster, es ist so ein schöner Abend.«

Als er zitternd nickte und ihre ausgestreckte Hand nahm, wusste sie, dass der Anfall vorüber war. Offenbar war es diesmal nicht so schlimm gewesen wie sonst, denn er hatte sich wieder so weit gefasst, dass er sagen konnte: »Hatte ich dich nicht gebeten, ein Haarteil zu tragen?« Das hatte er, häufig genug, und Percy hatte sich tatsächlich eins gekauft (was gar nicht so einfach gewesen war in diesen Zeiten), aber es lag immer nur wie ein abgeschnittener Fuchsschwanz auf ihrem Nachttisch.

Über der Sessellehne lag eine kleine Decke, die Lucy vor Jahren für ihn gehäkelt hatte. Percy legte sie ihm über die Knie, nachdem er sich gesetzt hatte, und sagte: »Tut mir leid, Daddy.

Ich hab's vergessen. Ich habe die Glocke gehört und wollte dich nicht warten lassen.«

»Du siehst aus wie ein Mann. Willst du das? Dass die Leute dich wie einen Mann behandeln?«

»Nein, Daddy.« Percy fasste sich in den Nacken, befühlte die kleine, samtene Locke, die ein bisschen länger als die übrigen Strähnen war. Seine Frage war nicht böse gemeint, und er hatte sie damit nicht verletzt, aber die Bemerkung hatte sie doch verblüfft. Verstohlen warf sie einen Blick auf die verglaste Tür des Bücherschranks, sah ihr verzerrtes Spiegelbild in der unebenen Scheibe, ein strenges Frauenzimmer, grobknochig, hochgewachsen, aber zwei nicht zu übersehende Brüste und geschwungene Hüften, dazu ein Gesicht, das ohne Lippenstift und Puder auskommen musste, das jedoch, so fand sie, keinesfalls männlich wirkte. So hoffte sie zumindest.

Ihr Vater hatte sich dem Fenster zugewandt und schaute auf die nächtlichen Felder hinaus, ohne zu ahnen, was für Gedanken er bei ihr ausgelöst hatte. »Das alles«, sagte er, ohne sich vom Fenster abzuwenden. »Das alles …«

Sie trat neben ihn und stützte sich mit dem Ellbogen auf die Sessellehne. Mehr brauchte er nicht zu sagen. Sie wusste besser als jeder andere, was er empfand, wenn er das Land seiner Vorfahren betrachtete.

»Hast du Junipers Geschichte gelesen, Daddy?« Es war eins der wenigen Themen, die ihn aufmuntern konnten, und Percy schnitt es an in der Hoffnung, ihn vor der düsteren Stimmung zu bewahren, die ihn zu übermannen drohte.

Er machte eine Handbewegung in Richtung seines Pfeifenbeutels, und Percy holte ihn. Während er seine Pfeife stopfte, zündete sie sich eine Zigarette an. »Das Kind hat Talent. Daran besteht kein Zweifel.«

Percy lächelte. »Das hat sie von dir.«

»Wir müssen sie vorsichtig behandeln. Der schöpferische Geist braucht Freiheit. Er muss sich entwickeln, muss umherschweifen können, er braucht Zeit. Es ist schwer, das einem Menschen zu erklären, Persephone, der geradlinig sein Ziel verfolgt, aber es ist *unabdingbar*, dass sie von alltäglicher Routine, von Ablenkungen befreit wird, die ihr Talent verderben könnten.« Er packte Percys Rock. »Es gibt doch keinen Mann, der ihr den Hof macht, oder?«

»Nein, Daddy.«

»Ein Mädchen wie Juniper muss beschützt werden«, fuhr er fort, das Kinn entschlossen vorgereckt. »Sie muss an einem sicheren Ort leben. Hier in Milderhurst, im Schloss.«

»Natürlich wird sie hierbleiben.«

»Dafür musst du sorgen. Du bist für deine beiden Schwestern verantwortlich.« Damit war er bei seinem Lieblingsthema, er sprach über Vermächtnis und Verantwortung und Erbe …

Percy hörte eine Weile zu, rauchte ihre Zigarette zu Ende, dann sagte sie: »Ich bringe dich zur Toilette, bevor ich gehe, einverstanden, Daddy?«

»Bevor du gehst?«

»Ich muss heute Abend zu einer Versammlung. Im Dorf …«

»Immer hast du es eilig.« Er zog einen hässlichen Schmollmund, und Percy konnte sich plötzlich genau vorstellen, wie er als kleiner Junge ausgesehen hatte. Ein launisches Kind, das es gewohnt war, seinen Willen zu bekommen.

»Komm, Daddy.« Sie begleitete den alten Mann zur Toilette und wollte sich, während sie wartete, eine neue Zigarette anzünden. Doch als sie in ihre Tasche griff, bemerkte sie, dass sie die Zigaretten im Turmzimmer liegen gelassen hatte. Ihr Vater würde eine Weile brauchen, Zeit genug, um sie schnell zu holen.

Sie lagen auf dem Schreibtisch. Und dort entdeckte sie das

große Kuvert. Es kam von Mr. Banks, war aber nicht frankiert. Was bedeutete, dass der Anwalt es persönlich abgeliefert hatte.

Percys Herz begann zu pochen. Saffy hatte nichts von einem Besucher erwähnt. War es möglich, dass Mr. Banks aus Folkstone angereist, ins Schloss geschlichen und ins Turmzimmer hochgestiegen war, ohne sich bei Saffy anzumelden? Alles war möglich, dachte sie, aber es kam ihr ziemlich unwahrscheinlich vor. Welchen Grund hätte er für ein solches Verhalten haben sollen?

Einen Moment lang stand sie unentschlossen da, das Kuvert in der Hand, während ihr der Schweiß ausbrach, bis ihr die Bluse am Körper klebte.

Sie sah sich hastig um, obwohl sie wusste, dass sie allein war, öffnete den Umschlag und nahm das Schreiben heraus. Ein Testament. Mit dem Datum des heutigen Tages. Percy glättete die Seiten und überflog den Text. Ihre schlimmsten Befürchtungen wurden bestätigt.

Sie fasste sich an die Stirn. Wie war es möglich, dass so etwas passierte? Und doch war es geschehen: Sie hatte es schwarz auf weiß – und blau auf weiß, wo ihr Vater unterschrieben hatte. Percy las das Dokument noch einmal, gründlicher, forschte nach Lücken, überprüfte, ob eine Seite fehlte, suchte nach irgendetwas, das ihr bewies, dass sie es nur missverstanden hatte.

Aber das hatte sie nicht.

Großer Gott, sie hatte es nicht missverstanden.

*Teil vier*

## Zurück auf Schloss Milderhurst

### 1992

Herbert lieh mir sein Auto für die Fahrt nach Milderhurst. Kaum hatte ich die Autobahn verlassen, kurbelte ich die Fenster herunter und ließ mir den Wind um die Ohren wehen. Die Landschaft hatte sich in den Monaten seit meinem letzten Besuch verändert. Der Sommer war gekommen und gegangen, und der Herbst wollte in den Winter übergehen. Laub lag in großen Haufen am Straßenrand, und je tiefer ich nach Kent hineinfuhr, umso größer wurden die Alleenbäume, deren Kronen über der Straße ein Dach bildeten. Mit jedem Windstoß legte sich eine neue Laubschicht auf die Erde, abgeworfene Haut, das Ende der Jahreszeit.

In der Pension wartete ein Brief auf mich.

*Herzlich willkommen, Edie. Ich musste einige Besorgungen machen, die nicht warten konnten, und Bird liegt mit Grippe im Bett. Der beiliegende Schlüssel ist für Zimmer 3 (erster Stock). Tut mir schrecklich leid, Sie nicht persönlich in Empfang nehmen zu können. Wir sehen uns dann beim Abendessen, um sieben Uhr im Esszimmer.*

*Marilyn Bird*

*PS: Ich habe Bird gebeten, einen besseren Schreibtisch in Ihr*

*Zimmer zu stellen. Es ist ein bisschen eng jetzt, aber ich dachte, Sie würden sich freuen, etwas mehr Platz für Ihre Unterlagen zu haben.*

Ein bisschen eng war reichlich untertrieben, aber ich hatte schon immer ein Faible für kleine, dunkle Räume. Ich machte mich sofort daran, meine Sachen auf dem Schreibtisch auszubreiten: Adam Gilberts Gesprächsabschriften, mein Exemplar von *Raymond Blythe in Milderhurst*, der *Modermann*, diverse Notizblöcke und Stifte. Dann setzte ich mich und fuhr mit den Händen an den glatten Kanten der Schreibtischplatte entlang. Mit einem zufriedenen Seufzer stützte ich die Ellbogen auf und legte das Kinn in die Hände. Es war dieses Erster-Schultag-Gefühl, nur hundertmal besser. Drei Tage lagen vor mir, und ich konnte es kaum erwarten, mich in mein Projekt zu stürzen.

Dann entdeckte ich das Telefon, einen altmodischen Apparat aus Bakelit, und konnte nicht widerstehen. Das lag natürlich daran, dass ich wieder in Milderhurst war, dem Ort, wo meine Mutter ein Jahr verbracht hatte.

Ich ließ es ewig klingeln, und als ich gerade auflegen wollte, ging sie ran. Sie klang ein bisschen atemlos. Ein kurzes Zögern, nachdem ich mich gemeldet hatte.

»Ach, Edie, tut mir leid. Ich habe gerade deinen Vater gesucht. Er hat sich in den Kopf gesetzt … Ist alles in Ordnung?« Plötzlich klang sie besorgt.

»Ja, alles in Ordnung, Mum. Ich wollte nur Bescheid sagen, dass ich gut angekommen bin.«

»Ach so.« Sie atmete tief durch. Ich hatte sie überrascht: Ein Anruf, wenn man wohlbehalten angekommen war, gehörte in unserer Familie nicht zum Repertoire. »Äh. Schön. Danke. Nett von dir, dass du anrufst. Dein Vater wird sich freuen, es zu hören. Du fehlst ihm, er bläst nur noch Trübsal, seit du weg bist.« Wieder eine Pause, diesmal eine längere, und ich konnte beinahe hören, wie sie angestrengt nachdachte. Schließlich platzte sie heraus: »Du bist also dort? In Milderhurst? Wie ... wie ist es so? Wie sieht es aus?«

»Es sieht großartig aus, Mum. Ein richtig goldener Herbst.«

»Ja, ich erinnere mich, wie es im Herbst aussah. Wie die Bäume anfangs noch grün waren und nur die äußeren Spitzen sich gelb färbten.«

»Und orange«, sagte ich. »Und überall liegt Laub. Wirklich überall, wie ein dicker Teppich.«

»Ja, daran erinnere ich mich auch. Der Wind kommt vom Meer, und die Blätter fallen wie Regen. Ist es windig, Edie?«

»Noch nicht, aber für diese Woche ist Wind vorausgesagt.«

»Wart's ab. Dann fallen die Blätter wie Schneeflocken. Sie knirschen unter den Füßen, wenn man darüberläuft.«

Ihre letzten Worte klangen ganz sanft und zart, und ich weiß auch nicht, woher das Gefühl kam, aber plötzlich war ich von Zuneigung überwältigt und hörte mich sagen: »Weißt du, Mum ... ich habe hier bis zum vierten zu tun. Vielleicht hättest du ja Lust, einen Tag herzukommen.«

»Ach, Edie, nein. Dein Vater ...«

»Ich habe nur von dir gesprochen.«

»Allein?«

»Wir könnten irgendwo schön zu Mittag essen, nur wir beide. Einen Spaziergang durchs Dorf machen.« Ich hörte plötzlich nur Rauschen in der Leitung. Ich senkte die Stimme. »Wir brauchen ja nicht zum Schloss zu gehen, wenn du es nicht möchtest.«

Stille, und ich dachte schon, sie hätte aufgelegt, doch dann hörte ich ein leises Geräusch. Sie war noch da. Und dann hörte ich, dass sie still vor sich hin weinte, ganz dicht am Telefon.

Erst für den nächsten Tag hatte ich eine Verabredung mit den Schwestern Blythe im Schloss, aber laut Vorhersage sollte das Wetter umschlagen, und ich fand es zu schade, einen sonnigen Nachmittag am Schreibtisch zu vergeuden. Judith Waterman hatte vorgeschlagen, ich sollte in meinem Essay beschreiben, wie das Anwesen auf mich wirkte, und so entschloss ich mich, einen Spaziergang zu machen. Auch diesmal hatte Mrs. Bird mir einen Obstkorb auf den Nachttisch gestellt. Ich steckte mir einen Apfel und eine Banane ein, außerdem einen Notizblock und einen Stift. Als ich mich an der Tür noch einmal kurz im Zimmer umsah, fiel mein Blick auf das Tagebuch meiner Mutter, das still und geduldig auf dem Schreibtisch lag. »Also gut, Mum«, sagte ich, »gehen wir gemeinsam zum Schloss«, und stopfte es ebenfalls in meine Umhängetasche.

Als ich noch klein war, kam es hin und wieder vor, dass meine Mutter nicht zu Hause war, wenn ich aus der Schule kam, und dann fuhr ich mit dem Bus nach Hammersmith, um meinen Vater in seiner Kanzlei zu besuchen. Dort suchte ich mir im Zimmer eines Juniorpartners ein Fleckchen auf dem Teppichboden – oder, wenn ich Glück hatte, einen Schreibtisch –, wo ich meine Hausaufgaben machte oder mein Schultagebuch gestaltete oder den Namen meines neuesten Schwarms schreiben übte. Eigentlich konnte ich mich beschäftigen, womit ich wollte, solange ich die Finger vom Telefon ließ und niemandem in die Quere kam.

An einem Nachmittag wurde ich in ein Zimmer geschickt, in dem ich noch nie gewesen war, durch eine Tür am Ende des Flurs, die mir noch nie aufgefallen war. Es war klein, kaum größer als ein beleuchteter Wandschrank, und es war in verschiedenen Brauntönen gestrichen, aber es gab keine kupferfarbenen Spiegelfliesen an den Wänden und auch keine verglasten Bücherschränke wie in den anderen Zimmern der Kanzlei. Nur einen kleinen Holztisch, einen Stuhl und ein hohes, schmales Bücherregal. Auf einem der Regalbretter, neben den dicken Wälzern mit Gesetzestexten, entdeckte ich etwas Interessantes. Eine Schneekugel, wie man sie in jedem Souvenirladen findet: eine winterliche Szene mit einer Berghütte auf einem von Kiefern bestandenen Hügel und Schneeflocken rundherum.

Die Regeln in der Kanzlei meines Vaters waren eindeutig. Nichts anfassen! Aber ich konnte nicht widerstehen. Die Kugel faszinierte mich: Sie war ein zaghafter Versuch von Romantik in einer Welt in Beigebraun, eine Tür im Schrankrücken, eine unwiderstehliche Kindheitserinnerung. Ehe ich wusste, wie mir geschah, stand ich auf einem Stuhl, die Kugel in der Hand, schüttelte sie und sah zu, wie die Schneeflocken immer und immer wieder auf die kleine Welt niederrieselten, die von der Welt außerhalb der Glaskugel nichts ahnte. Ich weiß noch, dass ich mich danach sehnte, in der Kugel zu sein, zusammen mit der Frau und dem Mann in dem Häuschen an einem der golden erleuchteten Fenster zu stehen, oder zusammen mit den Kindern den rotbraunen Schlitten zu schieben, an einem sicheren Ort zu sein, der nichts kannte von dem Lärm und dem Gehetze draußen.

Genauso fühlte ich mich, als ich mich Schloss Milderhurst näherte. Während ich den Hügel hochging, konnte ich beinahe spüren, wie die Luft um mich herum sich veränderte, als würde ich eine unsichtbare Glaswand in eine andere Welt durchschreiten. Vernünftige Menschen würden nicht ernsthaft behaupten, dass Häuser oder Menschen sie magisch anziehen. Aber in jener Woche begann ich zu glauben – und ich glaube es noch heute –, dass in Schloss Milderhurst auf die eine oder andere Weise magische Kräfte am Werk waren. Ich hatte es bei meinem ersten Besuch gespürt, und ich spürte es wieder an jenem Nachmittag. Ein Lockruf. Als würde das Schloss mich rufen.

Ich nahm nicht denselben Weg wie beim letzten Mal, sondern durchquerte die Wiese bis zur Zufahrt, ging über die kleine Steinbrücke und dann über eine etwas größere, bis das Schloss sich vor mir hoch und majestätisch erhob. Ich blieb erst stehen, als ich oben auf dem Hügel angekommen war. Dort drehte ich mich um und schaute in die Richtung, aus der ich gekommen war. Der Wald breitete sich vor mir aus, und es schien, als hätte der Herbst die Baumkronen in riesige Fackeln verwandelt, sie loderten golden, rot und braun. Ich ärgerte mich, dass ich keine Kamera dabeihatte, um den Anblick für meine Mutter fotografieren zu können.

Ich verließ die Zufahrt, ging an einer hohen Hecke entlang und schaute zum Dachfenster hoch, dem kleinen, das zum Zimmer der Kinderfrau gehörte, der Kammer mit der Geheimtür im Schrank. Das Schloss beobachtete mich, so kam es mir jedenfalls vor, beäugte mich finster mit seinen zahllosen Fenstern. Ich hielt den Blick abgewandt und folgte der Hecke, bis ich die Rückseite des Schlosses erreichte.

Dort befand sich ein alter Hühnerstall, der jetzt leer war, und auf der anderen Seite ein tunnelartiges Gebilde. Als ich näher heranging, erkannte ich, dass es sich um eine Schutzhütte aus Wellblech handelte. Auf einem verrosteten Schild – das, wie ich annahm, aus der Zeit stammte, als noch regelmäßig Führungen stattfanden – war zu lesen: »The Anderson«, und obwohl die Schrift schon ziemlich verwittert war, konnte man erkennen, dass es sich um Informationen über die Luftschlacht um England handelte. Eine Bombe, las ich, war in etwas mehr als einem Kilometer Entfernung eingeschlagen und hatte einen Jungen auf einem Fahrrad getötet. Die Schutzhütte war 1940 aufgestellt worden, was bedeutete, dass es dieselbe sein musste, in der meine Mutter während der Luftangriffe gehockt hatte, als sie in Milderhurst wohnte.

Es war niemand in der Nähe, den ich hätte fragen können, also nahm ich an, dass es in Ordnung war, wenn ich einen Blick hineinwarf. Ich stieg einige steile Stufen hinunter und befand mich im Innern der rostigen Wellblechhütte. Es war ziemlich düster, aber durch die offene Tür fiel genug Licht, und ich sah, dass in dem Raum eine Art Bühne mit Kriegsandenken errichtet worden war. Zigarettenbilder mit Spitfires und Hurricanes, ein kleiner Tisch mit einem altmodischen hölzernen Radio, ein Plakat, auf dem Churchill mich mit ausgestrecktem Finger aufrief: »Verdien dir den Sieg!« Als wäre es wieder das Jahr 1940, als hätte es Fliegeralarm gegeben und ich mich hier unten in Sicherheit gebracht, darauf wartend, die Flugzeuge über mir zu hören.

Ich kletterte wieder hinaus, blinzelte gegen das grelle Sonnenlicht. Die Wolken rasten über den Himmel, die Sonne war jetzt hinter einem bleichen, weißen Film verborgen. Ich entdeckte eine kleine Lücke in der Hecke, ein Hügelchen, das mich zum Sitzen einlud. Aus meiner Umhängetasche nahm ich das Tagebuch meiner Mutter und schlug es vorne auf. *Januar 1940* stand dort.

*Mein liebes, wunderschönes Tagebuch! Ich habe dich so lange aufbewahrt – schon ein ganzes Jahr, sogar noch ein bisschen länger. Denn du wurdest mir von Mr. Cavill geschenkt, nach dem Examen, und er hat gesagt, ich soll dich für etwas ganz Besonderes benutzen. Er sagt, dass Worte ewig währen und dass ich eines Tages eine Geschichte schreiben würde, die so ein schönes Buch verdient hätte. Damals habe ich ihm nicht geglaubt. Ich wusste eigentlich nie, worüber ich schreiben sollte. Klingt das nicht schrecklich traurig? Ich glaube schon, aber ich meine es nicht so, ich habe es nur*

*aufgeschrieben, weil es stimmt. Ich wusste nie, worüber ich schrei-*
*ben sollte, und ich konnte mir nicht vorstellen, dass sich das einmal*
*ändern würde. Aber ich habe mich geirrt. Es war ein schrecklicher,*
*großer, wunderbarer Irrtum. Denn es ist etwas geschehen, und von*
*jetzt an wird nichts mehr so sein, wie es war.*

*Vielleicht sollte ich als Erstes erwähnen, dass ich dies in einem*
*Schloss schreibe. In einem richtigen Schloss aus Stein mit einem*
*Turm und vielen gewundenen Treppen. An den Wänden hängen*
*große Kerzenleuchter mit dicken, über die Jahrzehnte schwarz ge-*
*wordenen Wachstropfen. Man könnte meinen, allein dass ich jetzt*
*in einem Schloss wohne, ist schon ein »Wunder«, und dass es maß-*
*los ist, sich noch mehr zu wünschen, aber es gibt tatsächlich noch*
*mehr.*

*Ich sitze auf der Fensterbank im Dachzimmer, dem schönsten*
*Platz im ganzen Schloss. Es ist Junipers Zimmer. Wer ist Juniper,*
*würdest du bestimmt fragen, wenn du könntest. Juniper ist der un-*
*glaublichste Mensch auf der Welt. Sie ist meine beste Freundin,*
*und ich bin ihre beste Freundin. Juniper hat mir Mut gemacht,*
*dich zum Schreiben zu benutzen. Sie hat gesagt, dass sie es nicht*
*mehr mit ansehen kann, wie ich dich mit mir herumtrage wie ei-*
*nen nutzlosen Briefbeschwerer, und dass es allmählich Zeit wird,*
*dich aufzuschlagen und deine wunderschönen Seiten zu füllen.*

*Sie sagt, die Welt ist voller Geschichten und dass man, wenn*
*man immer nur wartet, bis die richtige vorbeikommt, am Ende*
*mit leeren Seiten dasteht. Genau das ist nämlich Schreiben: Was*
*man sieht und denkt auf Papier festzuhalten. Zu spinnen wie eine*
*Spinne, nur eben mit Worten. Juniper hat mir diesen Füllfederhal-*
*ter geschenkt. Ich habe das Gefühl, dass er aus dem Turm stammt,*
*und fürchte, dass ihr Vater irgendwann danach suchen könnte,*
*aber ich benutze ihn trotzdem. Es ist ein wirklich großartiger Fe-*
*derhalter. Ich glaube, es ist tatsächlich möglich, einen Federhalter*
*zu lieben, was meinst du?*

*Juniper hat mir vorgeschlagen, über mein Leben zu schreiben. Sie bittet mich immer, ihr Geschichten über Mum und Dad, Ed und Rita und Mrs. Paul von nebenan zu erzählen. Sie lacht immer sehr laut, es ist wie bei einer Flasche, die man schüttelt, bevor man sie aufmacht, sodass es schäumt und spritzt. Erschreckend irgendwie, aber auch schön. Ihr Lachen ist ganz anders, als man erwarten würde. Sie ist so geschmeidig und anmutig, aber ihr Lachen ist heiser wie die Erde. Doch es ist nicht nur das Lachen, das ich an ihr mag. Manchmal blickt sie auch ganz finster drein, wenn ich ihr erzähle, was Rita sagt. Dann regt sie sich auf und schimpft wie ein Rohrspatz.*

*Sie sagt, ich hätte Glück – kannst du dir das vorstellen, dass jemand wie sie das über mich sagt? –, dass ich alles, was ich weiß, in der wirklichen Welt gelernt habe. Sie sagt, sie hat alles nur aus Büchern gelernt. Für mich klingt das himmlisch, aber offenbar ist es das nicht. Weißt du, dass sie nicht mehr in London war, seit sie ganz klein war? Sie ist mit ihrer ganzen Familie hingefahren, zur Premiere eines Theaterstücks nach einem Buch, das ihr Vater geschrieben hat:* Die wahre Geschichte vom Modermann. *Als Juniper das Buch erwähnt hat, da hat sie den Titel ausgesprochen, als müsste ich das Buch kennen, und es war mir peinlich zuzugeben, dass ich es nicht kannte. Meine Eltern sollen verflucht sein dafür, dass sie mir solche Dinge vorenthalten haben! Sie war ziemlich verwundert, das habe ich gemerkt, aber sie hat es mir nicht übel genommen. Sie hat verständnisvoll genickt und gesagt, es würde wohl daran liegen, dass ich in der wirklichen Welt viel zu beschäftigt mit richtigen Menschen war. Und dann hat sie so traurig dreingeschaut, wie sie es manchmal tut, nachdenklich und ein bisschen verwirrt, als versuchte sie, ein kompliziertes Problem zu lösen. Ich glaube, es ist derselbe Blick, der meine Mutter so schrecklich auf die Palme bringt, wenn sie ihn bei mir entdeckt, der Blick, der sie dazu bringt, den Finger zu schütteln und mich auszuschimpfen,* ich soll nicht in grauen Wolken schweben, sondern etwas Vernünftiges tun.

Dabei liebe ich graue Wolken! Sie sind so viel abwechslungsreicher als der blaue Himmel. Wenn sie Menschen wären, dann würde ich mich nur für sie interessieren. Es ist viel spannender, sich vorzustellen, was hinter ihnen liegt, als in das langweilige Blau zu starren.

Heute ist der Himmel grau. Draußen vor dem Fenster sieht es aus, als hätte jemand eine riesige graue Decke über das Schloss geworfen. Der Boden ist gefroren. Vom Dachfenster aus schaut man auf einen ganz besonderen Platz. Einen von Junipers Lieblingsplätzen. Ein Viereck, von Hecken eingefasst, mit kleinen Grabsteinen zwischen den Brombeerranken, die alle schief stehen wie verfaulende Zähne.

> Clementina Blythe
> 1 Jahr alt
> Grausam aus dem Leben gerissen
> Schlaf, meine Kleine, schlaf

> Cyrus Maximus Blythe
> 3 Jahre alt
> Zu früh von uns gegangen

> Emerson Blythe
> 10 Jahre alt
> Von allen geliebt

Als ich zum ersten Mal dort war, dachte ich, es wäre ein Kinderfriedhof, aber Juniper hat mir erzählt, dass es sich um Gräber von Haustieren handelt. Die Blythes lieben ihre Haustiere sehr, vor allem Juniper. Sie hat sogar geweint, als sie mir von Emerson erzählt hat, ihrem ersten Hund.

*Brrr … Es ist eiskalt hier drinnen! Seit ich in Milderhurst bin,*
*habe ich einen Haufen gestrickte Socken geerbt. Saffy ist eine groß-*
*artige Strickerin, aber sie kann nicht zählen, und das hat zur Fol-*
*ge, dass ganz viele von den Socken, die sie für die Soldaten strickt,*
*so klein sind, dass ein großer Mann nur den dicken Zeh reinkriegt,*
*aber für meine kleinen Füße sind sie genau richtig. Ich habe mir*
*drei Paar über jeden Fuß gezogen und drei einzelne über meine*
*rechte Hand und nur die linke Hand freigelassen, damit ich den*
*Federhalter festhalten kann. Was meine krakelige Schrift erklärt.*
*Dafür bitte ich dich um Verzeihung, liebes Tagebuch. Deine schö-*
*nen Seiten haben etwas Besseres verdient.*

*Ich sitze also allein hier im Dachzimmer, während Juniper un-*
*ten den Hühnern etwas vorliest. Saffy ist davon überzeugt, dass sie*
*dann besser legen. Juniper, die alle Tiere liebt, sagt, es gibt nichts*
*Klügeres und Beruhigenderes als eine Henne. Und ich mag Eier*
*sehr gern. Und so sind wir alle glücklich und zufrieden. Ich werde*
*mit dem Anfang anfangen und so schnell schreiben, wie ich kann.*
*Erstens bleiben so meine Finger warm …*

Lautes Bellen von der Sorte, die einem durch Mark und Bein
geht, riss mich aus meiner Lektüre, und ich sprang erschreckt
auf.

Ein Hund erschien auf der Hügelkuppe, Junipers Lurcher.
Zähnefletschend und knurrend funkelte er mich an.

»Guter Junge«, sagte ich mit zitternder Stimme. »Ganz ruhig.«
Während ich noch überlegte, ob er sich beruhigen lassen
würde, wenn ich ihn kraulte, erschien das Ende eines Stocks im
Schlamm, gefolgt von einem Paar derber Schuhe. Percy Blythe
stand vor mir.

Ich hatte ganz vergessen, wie hager und streng sie wirkte. Auf
ihren Stock gestützt blickte sie auf mich herab, ähnlich gekleidet wie bei unserer ersten Begegnung: helle Hose und elegant

geschnittene Bluse, was recht maskulin gewirkt hätte, wäre da nicht ihre zierliche Gestalt gewesen und die winzige Uhr, die an ihrem dünnen Handgelenk schlackerte.

»Ach, Sie sind das«, sagte sie, offenbar ebenso überrascht wie ich. »Sie sind zu früh.«

»Es tut mir schrecklich leid. Ich wollte Sie nicht belästigen, ich …«

Der Hund begann wieder zu knurren, und sie machte eine ungehaltene Handbewegung. »Bruno! Das reicht.« Er winselte und trottete zu ihr zurück. »Wir erwarten Sie morgen.«

»Ja, ich weiß. Um zehn Uhr.«

»Es bleibt also dabei?«

Ich nickte. »Ich bin heute aus London angekommen. Das Wetter war so schön, und ab morgen soll es regnen, da wollte ich die Gelegenheit nutzen, ein bisschen spazieren zu gehen und mir ein paar Notizen zu machen. Ich dachte, es würde Sie nicht stören. Dann habe ich den Luftschutzbunker entdeckt und … ich wollte Ihnen keine Unannehmlichkeiten bereiten.«

Irgendwann während meiner Erklärung hatte ihr Interesse nachgelassen. »Nun ja«, sagte sie ohne große Begeisterung, »wo Sie schon mal hier sind, können Sie auch gleich zum Tee bleiben.«

## Ein Fauxpas und ein Coup

Der gelbe Salon wirkte viel verwahrloster, als ich ihn in Erinnerung hatte. Bei meinem ersten Besuch hatte ich das Zimmer als gemütlich empfunden, ein Refugium voller Leben und Licht in dem düsteren, steinernen Kasten. Diesmal war alles anders. Vielleicht lag es am Herbst, am Fehlen der Sommersonne, an der kriechenden Kälte, die dem Winter vorausgeht, denn es war nicht nur der äußere Anschein, der mich verblüffte.

Der Hund hechelte heftig und ließ sich vor dem ramponierten Kaminschirm nieder. Auch er war seit Mai gealtert, fiel mir auf, genau wie Percy Blythe und der Raum selbst. Ich sah Saffy Blythe. Sie stand über eine edle Porzellanteekanne gebeugt. »Endlich, Percy«, sagte sie, während sie versuchte, den Deckel wieder auf die Kanne zu tun. »Ich dachte schon, wir müssten einen Suchtrupp losschicken … Oh!« Sie hatte sich aufgerichtet und sah mich neben ihrer Schwester stehen. »Guten Tag.«

»Edith Burchill ist da«, sagte Percy trocken. »Sie ist zufällig vorbeigekommen. Ich habe sie eingeladen, zum Tee zu bleiben.«

»Wie schön«, sagte Saffy, und als ich sah, wie ihre Miene sich aufhellte, wusste ich, dass das nicht nur so dahingesagt war. »Ich wollte gerade einschenken, aber der Deckel will nicht halten. Ich lege noch ein Gedeck auf … Was für eine angenehme Überraschung!«

Juniper saß am Fenster, genau wie bei meinem ersten Besuch im Mai, aber diesmal schlief sie und schnarchte leise vor sich hin, den Kopf an die blassgrüne Lehne des Ohrensessels geschmiegt. Unwillkürlich dachte ich an das Tagebuch meiner Mutter, an die Beschreibung der bezaubernden jungen Frau, die sie so geliebt hatte. Wie traurig es war, wie schrecklich, so zu enden.

»Wir freuen uns so, dass Sie kommen konnten, Miss Burchill«, sagte Saffy.

»Bitte nennen Sie mich Edie, das ist die Abkürzung von Edith.«

Sie strahlte mich an. »Edith. Was für ein hübscher Name. Es bedeutet ›gesegnet im Krieg‹, nicht wahr?«

»Ich bin mir nicht sicher«, antwortete ich verlegen.

Percy räusperte sich, woraufhin Saffy hastig fortfuhr: »Der Herr, der vor Ihnen da war, war sehr gründlich, aber …« Sie warf einen kurzen Blick zu Juniper hinüber. »Na ja. Es ist doch viel leichter, sich mit einer Frau zu unterhalten, nicht wahr, Percy?«

»Ja.«

Als ich die beiden so miteinander erlebte, stellte ich fest, dass mein anfänglicher Eindruck, sie wären seit meinem letzten Besuch gealtert, mich nicht getrogen hatte. Als ich die Zwillinge kennenlernte, hatte ich den Eindruck, dass sie gleich groß waren, obwohl Percy aufgrund ihrer autoritären Art größer wirkte. Aber diesmal war nicht zu übersehen, dass Percy in Wahrheit kleiner war als Saffy. Und auch gebrechlicher. Unwillkürlich musste ich an Dr. Jekyll und Mr. Hyde denken, an die Szene, wo der gute Arzt seinem kleineren, grausamen Ich begegnet.

»Wir setzen uns wohl besser«, sagte Percy säuerlich, »und trinken unseren Tee.«

Wir folgten ihrer Aufforderung, Saffy schenkte Tee ein und begann ein Gespräch mit Percy über Bruno, den Hund – wo sie ihn gefunden habe, wie es ihm gehe, wie ihm der Spaziergang bekommen sei. Sie bestritt das Gespräch fast ganz allein, und ihren Worten konnte ich entnehmen, dass Bruno krank war und sie sich Sorgen um ihn machten, große Sorgen. Beide sprachen mit gedämpfter Stimme, schauten zwischendurch verstohlen zu der schlafenden Juniper hinüber. Mir fiel wieder ein, wie Percy mir erzählt hatte, dass Bruno Junipers Hund war und sie immer dafür sorgten, dass sie ein Haustier hatte, weil jeder Mensch etwas brauche, das er lieben könne. Ich beobachtete Percy über meine Teetasse hinweg. Obwohl sie so kratzbürstig war, hatte sie etwas an sich, das mich faszinierte. Ich hörte ihre knappen Antworten auf Saffys Fragen, sah ihre verkniffenen Lippen, die schlaffe Haut, die tiefen Furchen, die ihre finstere Miene über die Jahre in ihr Gesicht gegraben hatte, und fragte mich, ob sie wohl auch sich selbst gemeint hatte, als sie sagte, jeder brauche etwas, das er lieben könne. Ob auch ihr jemand genommen worden war.

Das alles beschäftigte mich so sehr, dass ich, als Percy sich umdrehte und mich direkt anschaute, befürchtete, sie hätte meine Gedanken gelesen. Ich blinzelte, und meine Wangen glühten, und erst da wurde mir klar, dass Saffy mit mir redete und dass Percy mich angeschaut hatte, weil ich nicht antwortete.

»Verzeihung«, sagte ich. »Ich war mit den Gedanken woanders.«

»Ich hatte nur nach Ihrer Fahrt hierher gefragt«, sagte Saffy. »Sie war hoffentlich angenehm?«

»O ja, danke.«

»Ich weiß noch, wie wir als Kinder nach London gefahren sind. Erinnerst du dich, Percy?«

Percy brummte zustimmend.

Saffy war auf einmal sehr lebhaft. »Daddy hat uns jedes Jahr mit nach London genommen. Anfangs sind wir mit dem Zug gefahren, wir hatten unser eigenes kleines Abteil zusammen mit unserer Kinderfrau, und als Daddy den Daimler gekauft hat, sind wir mit dem Auto gefahren. Percy war immer lieber hier im Schloss, aber ich fand es großartig in London. Dort passierte so viel, und dann all die feinen Damen und eleganten Herren. Die Kleider, die Schuhe, die Parks.« Sie lächelte, aber es wirkte traurig. »Ich dachte immer …« Das Lächeln verschwand, und sie schaute in ihre Teetasse. »Na ja. Ich nehme an, alle jungen Frauen haben ihre Träume. Sind Sie verheiratet, Edith?« Die Frage kam so unerwartet, dass ich erschrocken einatmete, woraufhin sie eine Hand hob. »Verzeihen Sie die Frage. Wie taktlos von mir!«

»Ganz und gar nicht«, sagte ich. »Es macht mir nichts aus. Nein, ich bin nicht verheiratet.«

Sie lächelte wieder. »Hab ich's mir gedacht. Ich hoffe, Sie halten mich nicht für aufdringlich, aber mir ist aufgefallen, dass Sie keinen Ring tragen. Aber vielleicht ist das bei jungen Leuten heutzutage nicht mehr üblich. Ich komme nicht viel unter Leute.« Sie schaute fast unmerklich zu Percy hinüber. »Keine von uns.« Ihre Hand bewegte sich nervös, bis sie an einem Medaillon Halt fand, das sie an einer feinen Kette um den Hals trug. »Ich hätte einmal beinahe geheiratet.«

Percy neben mir veränderte ihre Sitzposition. »Ich glaube kaum, dass Miss Burchill sich für unsere traurigen Geschichten …«

»Du hast recht«, sagte Saffy errötend. »Wie töricht von mir …«

»Ganz im Gegenteil«, beeilte ich mich einzuwerfen. Ich hatte das Gefühl, dass sie in ihrem langen Leben viel zu oft hatte nach Percys Pfeife tanzen müssen. »Erzählen Sie mir mehr davon.«

Ein Zischeln, als Percy ein Streichholz anriss und sich eine Zigarette anzündete. Saffy war offensichtlich hin- und hergerissen, in ihrem Gesicht spiegelte sich eine Mischung aus Schüchternheit und Mitteilungsbedürfnis, während sie ihre Schwester beobachtete. Sie deutete Zeichen, die mir verborgen blieben, erkundete ein Schlachtfeld, auf dem die beiden schon zahllose Gefechte ausgetragen hatten. Erst als Percy aufstand, mit ihrer Zigarette zum Fenster ging und auf dem Weg eine Stehlampe einschaltete, wandte Saffy sich mir wieder zu. »Percy hat recht«, sagte sie leise, und da wusste ich, dass sie diesen Zweikampf verloren hatte. »Es tut nichts zur Sache.«

»Aber wieso, ich …«

»Ihr Vorwort, Miss Burchill«, schaltete Percy sich ein. »Wie weit sind Sie damit?«

»Ja, bitte«, sagte Saffy, die sich wieder gefangen hatte, »erzählen Sie uns, wie Sie vorgehen wollen? Wollen Sie zunächst ein Gespräch mit uns führen?«

»Eigentlich«, sagte ich, »hat sich Mr. Gilbert bereits so ausführlich mit Ihnen unterhalten, dass es nicht nötig sein. wird, Ihre Zeit allzu sehr in Anspruch zu nehmen.«

»Ah … ach so, ich verstehe.«

»Darüber hatten wir doch schon gesprochen, Saffy«, fauchte Percy.

»Ja, natürlich.« Saffy lächelte mich an, aber ich konnte die Traurigkeit in ihren Augen sehen. »Es ist nur so, dass einem manche Dinge … erst viel später wieder einfallen …«

»Ich würde mich sehr gern mit Ihnen unterhalten, falls Sie mir noch etwas erzählen wollen, das Sie Mr. Gilbert nicht gesagt haben.«

»Das wird nicht nötig sein, Miss Burchill«, sagte Percy und kam an den Tisch zurück, um ihre Asche abzuklopfen. »Sie sagten ja selbst, dass Mr. Gilbert bereits sehr viel Material zusammengestellt hat.«

Ich nickte, aber ihre Unnachgiebigkeit verblüffte mich. Sie vertrat vehement die Ansicht, dass keine weiteren Gespräche erforderlich waren. Offenbar wollte sie auf keinen Fall, dass ich mich mit Saffy allein unterhielt. Dabei war es Percy gewesen, die Adam Gilbert aus dem Projekt gekickt und darauf bestanden hatte, dass ich übernahm. Aber warum? Und warum hatte sie etwas dagegen, dass ich mit Saffy sprach? Ging es ihr um Kontrolle? War Percy Blythe so sehr daran gewöhnt, über das Leben ihrer Schwestern zu bestimmen, dass sie nicht einmal ein Gespräch zulassen konnte, bei dem sie nicht anwesend war? Oder steckte mehr dahinter, fürchtete sie sich vor dem, was Saffy mir erzählen könnte?

»Sie sollten Ihre Zeit lieber dazu nutzen, den Turm zu besichtigen und ein Gefühl für das Haus zu bekommen«, fuhr Percy fort. »Und für die Art, wie mein Vater gearbeitet hat.«

»Ja«, sagte ich, »selbstverständlich. Das ist zweifellos wichtig.« Ich war von mir selbst enttäuscht, wurde das Gefühl nicht los, dass auch ich mich Percy Blythes Willen unterwarf. Aber tief in meinem Innern regte sich der Widerspruch. »Trotzdem«, hörte ich mich sagen, »scheint es noch einiges zu geben, was bisher nicht berücksichtigt wurde.«

Der Hund, der immer noch vor dem Kamin lag, winselte kurz, und Percys Augen wurden schmal. »Ach?«

»Mir ist aufgefallen, dass Mr. Gilbert sich nicht mit Ihrer Schwester Juniper unterhalten hat, und ich dachte, ich könnte vielleicht …«

»Nein.«

»Ich verstehe, dass Sie sie nicht beunruhigen möchten, und ich verspreche Ihnen …«

»Miss Burchill, ich versichere Ihnen, dass Ihnen ein Gespräch mit Juniper keinerlei neue Erkenntnisse über die Arbeit unseres Vaters vermitteln würde. Sie war noch nicht einmal geboren, als mein Vater den *Modermann* geschrieben hat.«

»Das ist richtig, aber das Vorwort soll von Ihnen dreien handeln, und ich würde wirklich gern …«

»Miss Burchill.« Percys Stimme war eiskalt. »Wie Sie wissen, ist unsere Schwester nicht gesund. Ich habe Ihnen bereits erklärt, dass sie in ihrer Jugend einen schrecklichen Verlust erlitten hat, eine Enttäuschung, von der sie sich nie wieder erholt hat.«

»Ja, das haben Sie erwähnt, und ich würde nicht im Traum daran denken, mit Juniper über Thomas zu …«

Ich brach ab, als Percy erbleichte. Es war das erste Mal, dass ich erlebte, wie sie die Fassung verlor. Der Name war mir irgendwie herausgerutscht, und er hing zwischen uns in der Luft. Sie griff hastig nach einer neuen Zigarette. »Es bleibt dabei«, sagte sie mit einer Erregung, die das Streichholz in ihrer Hand erzittern ließ, »besichtigen Sie den Turm, verschaffen Sie sich einen Eindruck von der Arbeitsweise unseres Vaters …«

Ich nickte. Mir war, als hätte ich eine Bleikugel verschluckt.

»Falls Sie noch irgendwelche Fragen haben, wenden Sie sich an mich und nicht an meine Schwestern.«

Was Saffy dazu veranlasste, auf ihre unnachahmliche Weise zu intervenieren. Sie hatte den kleinen Schlagabtausch mit gesenktem Blick verfolgt, doch jetzt schaute sie auf, ihr Gesichtsausdruck war freundlich und sanft, ihre Stimme klar, ihr Ton vollkommen arglos. »Das bedeutet natürlich, dass sie sich Daddys Kladden ansehen muss.«

Kann es sein, dass es plötzlich kühler im Raum wurde, oder schien es mir nur so? *Niemand* hatte Raymond Blythes Kladden jemals zu Gesicht bekommen, weder zu seinen Lebzeiten noch im Laufe von fünfzig Jahren Forschung nach seinem Tod. Mythen rankten sich um die Frage, ob sie überhaupt existierten. Jetzt zu erleben, wie sie so beiläufig erwähnt wurden, die Chance zu wittern, sie womöglich in Händen zu halten, die Handschrift des großen Mannes zu lesen, mit den Fingerspitzen vorsichtig seinen Gedankengängen zu folgen … »Ja«, brachte ich kaum hörbar heraus. »Ja, bitte.«

Percy hatte sich Saffy zugewandt und bedachte sie mit einem vernichtenden Blick, und ich begriff, dass Percy auf keinen Fall zulassen wollte, dass ich diese Kladden zu sehen bekam. Ich hielt den Atem an, während die Zwillinge beredte Blicke austauschten.

»Mach schon, Percy«, sagte Saffy blinzelnd, und ihr Lächeln geriet ein bisschen in Schieflage. Sie wirkte beinahe verblüfft, als könnte sie gar nicht verstehen, dass sie Percy drängen musste. Sie warf mir einen verstohlenen Blick zu, kaum merklich, aber er reichte aus, um mir zu sagen, dass wir Verbündete waren. »Zeig ihr das Familienarchiv.«

Das Familienarchiv. Natürlich, dort mussten sie sein! Es war wie eine Szene aus dem *Modermann*: Raymond Blythes kostbare Kladden, verborgen in einem Raum voller Geheimnisse.

Percys Lippen, ihr Brustkorb, ihr Kinn – alles erstarrte. Warum wollte sie nicht, dass ich die Kladden zu sehen bekam? Enthielten sie Dinge, die ihr Angst machten?

»Percy?« Saffy sprach mit ihr wie mit einem Kind, dem man gut zuredet, damit es sich traut, den Mund aufzumachen. »Sind die Kladden immer noch im Archiv?«

»Das nehme ich an. Ich habe sie jedenfalls nicht herausgeholt.«

»Also dann?« Und als ihre Schwester nicht reagierte: »Percy?«

»Heute nicht mehr«, sagte Percy schließlich und drückte ihre Zigarette in einem kleinen kristallenen Aschenbecher aus. »Es wird gleich dunkel. Es ist schon fast Abend.«

Ich schaute zum Fenster und sah, dass sie recht hatte. Die Sonne war untergegangen, ohne dass ich es bemerkt hatte. »Wenn Sie morgen wiederkommen, zeige ich Ihnen das Archiv.« Ihr Blick schien mich zu durchbohren. »Und, Miss Burchill?«

»Ja?«

»Kein Wort mehr über Juniper und *ihn*.«

# 1

## London, 22. Juni 1941

Es war eine kleine Wohnung, nur zwei winzige Zimmer unterm Dach eines viktorianischen Hauses. Die Zimmerdecke fiel nach einer Seite hin schräg ab, bis sie auf die Wand stieß, die jemand gezogen hatte, um aus der zugigen Mansarde zwei kleine Zimmer zu machen, und es gab keine richtige Küche, nur ein Waschbecken an der Wand und einen einflammigen Gaskocher. Es war eigentlich nicht Toms Wohnung, er hatte keine eigene, weil er nie eine gebraucht hatte. Bis der Krieg ausbrach, hatte er bei seinen Eltern in Elephant and Castle gewohnt, und danach war er mit seinem Regiment nach Frankreich gekommen, wo sie aufgerieben wurden und sich schließlich bis zur Küste durchschlugen. Nach Dünkirchen hatte er in einem Bett im Notlazarett in Chertsey geschlafen.

Seit seiner Entlassung aus der Armee hatte er mal hier, mal da gewohnt. Er pflegte sein verwundetes Bein und wartete darauf, wieder an die Front beordert zu werden. Überall in London standen Wohnungen leer, sodass es nie ein Problem war, eine Bleibe zu finden. Der Krieg hatte alles durcheinandergewirbelt: Menschen, Besitz, Freundschaften, und es gab keine eindeutigen Regeln mehr für richtiges Verhalten. Diese Wohnung, dieses schlichte Zimmer, das er bis zu seinem Tod in Erinnerung behalten sollte, weil er hier die schönsten Stunden seines Lebens verbringen würde, gehörte einem Freund, mit dem er zusammen studiert hatte, vor langer Zeit, in einem anderen Leben.

Es war noch früh, aber Tom war schon bis zum Primrose Hill und zurück gelaufen. Er schlief nicht gut. Nicht mehr, seit er sich während des Rückzugs aus Frankreich bis an die belgische Küste durchgeschlagen hatte. Er wachte mit den Vögeln auf, vor allem eine Spatzenfamilie weckte ihn, die sich auf seinem Fenstersims eingerichtet hatte. Vielleicht war es ein Fehler gewesen, sie zu füttern, aber das Brot war sowieso schon schimmelig gewesen, und der Mann unten bei der Lebensmittelausgabe hatte ihm eingeschärft, es nicht wegzuwerfen. Die Hitze und der Dampf, wenn er Wasser kochte, ließen sein Brot schnell verschimmeln. Er ließ das Fenster immer offen, aber die Tageshitze, die sich in den unteren Wohnungen staute, drückte durch das Treppenhaus nach oben, drang durch die Bodendielen und verbündete sich unter der Zimmerdecke mit der Feuchtigkeit. Was blieb ihm anderes übrig, als sich damit abzufinden: Der Schimmel gehörte zu ihm wie die Spatzen. Er wachte früh auf, er fütterte sie, er ging spazieren.

Die Ärzte hatten ihm gesagt, spazieren gehen sei das Beste für sein Bein, aber Tom hätte sowieso nichts anderes getan. Eine Rastlosigkeit hatte ihn ergriffen, seit er in Frankreich gewesen war, und die trieb ihn jeden Tag nach draußen. Jeder Schritt auf dem Asphalt half ein bisschen, und er war froh über die Erleichterung, auch wenn er wusste, dass sie nicht lange anhalten würde. Als er am Morgen oben auf dem Primrose Hill gestanden und beobachtet hatte, wie die Dämmerung die Ärmel aufkrempelte, hatte er den Zoo und das BBC-Gebäude gesehen und in der Ferne die Kuppel der St.-Paul's-Kathedrale, die sich über der zerbombten Stadt erhob. Während der schlimmsten Bombenangriffe hatte Tom im Krankenhaus gelegen, und am dreißigsten Dezember war die Oberschwester mit der *Times* zu ihm gekommen (inzwischen hatte er die Erlaubnis, Zeitung zu lesen). Sie war mürrisch, aber nicht unfreundlich an seinem Bett stehen geblieben, und noch ehe er die Schlagzeile zu Ende gelesen hatte, hatte sie es als Gotteswerk bezeichnet. Tom kam es zwar ebenfalls wie ein Wunder vor, dass die Kathedrale noch stand, aber seiner Meinung nach hatte es eher etwas mit Glück zu tun als mit Gott. Er hatte seine Probleme mit Gott, mit der Vorstellung, dass ein göttliches Wesen beschließen sollte, ein Gebäude zu verschonen, während halb England verblutete. Der Oberschwester jedoch hatte er mit einem Nicken zugestimmt: Wenn er sich dem Verdacht der Blasphemie ausgesetzt hätte, wäre sie nur zu seinem Arzt gerannt, um ihm ihre Besorgnis über seinen Geisteszustand ins Ohr zu flüstern.

Auf dem schmalen Fenstersims stand ein kleiner Spiegel. Tom, bekleidet mit Unterhemd und Hose, beugte sich vor und rieb sich mit dem letzten Stück Rasierseife, das ihm geblieben war, über die Wangen. Gleichgültig betrachtete er sein scheckiges Spiegelbild in dem marmorierten Spiegel, den jungen Mann, der den Kopf schief legte, damit das milchige Sonnenlicht auf seine Wange fiel, das Rasiermesser vorsichtig Strich um Strich über sein Kinn führte, zusammenzuckte, als er seinem Ohrläppchen zu nahe kam. Der Mann im Spiegel wusch das Messer in der flachen Wasserschüssel aus, schüttelte es kurz und begann mit der anderen Seite, als würde er sich fein machen, um seiner Mutter einen Geburtstagsbesuch abzustatten …

Tom riss sich aus seinen Gedanken und seufzte. Er deponierte das Rasiermesser sorgfältig auf dem Fensterbrett und legte die Hände auf den Schüsselrand. Drückte die Augen fest zu und zählte bis zehn. Das passierte ihm häufig in letzter Zeit, seit seiner Rückkehr aus Frankreich, vor allem seit seiner Entlassung aus dem Lazarett. Es war jedes Mal, als befände er sich außerhalb seines Körpers, ein Beobachter, unfähig zu glauben, dass der junge Mann im Spiegel mit dem liebenswürdigen Gesicht und dem freundlichen Blick, der gerade seinen Tag begann, er war, Thomas Cavill. Dass die Erfahrungen der vergangenen anderthalb Jahre, das Gesehene und das Gehörte – das Kind, großer Gott, das tot und allein auf der Straße in Frankreich gelegen hatte – hinter diesem immer noch jugendlich glatten Gesicht existieren konnten.

*Du bist Thomas Cavill*, sagte er sich mit Nachdruck, als er bei zehn ankam, *du bist vierundzwanzig Jahre alt, du bist Soldat. Heute hat deine Mutter Geburtstag, und du wirst sie zum Mittagessen besuchen.* Seine Schwestern würden auch dort sein, die älteste mit ihrem kleinen Sohn Thomas – nach ihm benannt – und auch sein Bruder Joey. Aber Theo würde nicht kommen, er befand sich mit seinem Regiment zur Ausbildung im Norden und schrieb gut gelaunte Briefe über Butter und Sahne und ein Mädchen namens Kitty. Es würde wie immer ausgelassen zugehen, so wie seit Kriegsbeginn üblich: Keiner würde Fragen stellen, keiner würde sich beklagen oder sich höchstens auf scherzhafte Weise darüber beschweren, wie kompliziert es war, Eier und Zucker zu beschaffen. Niemand würde bezweifeln, dass England es mit den Deutschen aufnehmen konnte. Dass sie durchhalten würden. Tom konnte sich vage daran erinnern, dass er auch einmal so gefühlt hatte.

Juniper nahm den Zettel aus der Tasche und las noch einmal die Adresse. Drehte und wendete ihn und verfluchte sich selbst für ihre unleserliche Schrift. Sie schrieb zu hastig, zu unüberlegt, war, wenn sie etwas schrieb, in Gedanken schon bei der nächsten Idee. Sie schaute an dem schmalen Haus hoch, entdeckte die Nummer auf der schwarzen Haustür. Sechsundzwanzig. Es war das richtige Haus. Es musste es sein.

Entschlossen stopfte Juniper den Zettel wieder in ihre Tasche. Abgesehen von der Hausnummer und dem Straßennamen erkannte sie das Haus aus Merrys anschaulichen Beschreibungen so genau, wie sie die Abtei von Northanger oder den Gutshof Wuthering Heights erkennen würde. Leichtfüßig stieg sie die Stufen hoch und klopfte an.

Sie war seit genau zwei Tagen in London und konnte es immer noch nicht glauben. Sie kam sich vor wie eine Romanfigur, die ihr Buch verlassen hatte, die Geschichte, die ein Autor liebevoll für sie ersonnen hatte, als hätte sie sich mit einer Schere ausgeschnitten und wäre in die unvertrauten Seiten einer anderen Geschichte gesprungen, wo es viel schmutziger und lauter zuging, einer Geschichte mit einem ganz anderen Rhythmus. Aber die Geschichte gefiel ihr bereits: das Gedränge, das Durcheinander, die Dinge und Menschen, die sie nicht verstand. Es war genauso aufregend, wie sie es sich immer vorgestellt hatte.

Die Tür öffnete sich, und ein mürrisches Gesicht riss sie aus ihren Gedanken. Eine junge Frau, jünger als sie, aber zugleich auch irgendwie älter. »Was wollen Sie?«

»Ich möchte zu Meredith Baker.« Junipers Stimme klang fremd in ihren eigenen Ohren, hier in dieser anderen Geschichte. Plötzlich sah sie ein Bild vor sich, Percy, die immer genau wusste, wie sie sich in der Welt draußen zu verhalten hatte. Dann schob sich ein anderes Bild darüber, Percy, rot im Gesicht, nach einem Streit mit ihrem Vater, und Juniper ließ es wie Sand zu Boden rieseln.

Die junge Frau mit den widerwillig geschürzten Lippen, bei der es sich nur um Rita handeln konnte, musterte sie von oben bis unten und betrachtete sie argwöhnisch und seltsamerweise, wo sie sich doch noch nie begegnet waren, voller Abneigung. »Meredith!«, rief sie schließlich. »Komm an die Tür!«

Juniper und Rita beäugten einander wortlos, während sie warteten. Alle möglichen Wörter sammelten sich in Junipers Kopf und verbanden sich zu einer Beschreibung, die sie später benutzen würde, wenn sie ihren Schwestern schrieb. Dann kam Meredith angelaufen, die Brille auf der Nase und einen Lappen in der Hand, und plötzlich spielten die Worte keine Rolle mehr.

Merry war die erste Freundin, die Juniper je gehabt hatte, zum ersten Mal hatte sie erlebt, dass ihr jemand fehlte, und es hatte sie überrascht, wie sehr sie gelitten hatte. Als Merrys Vater unangekündigt in Milderhurst aufgetaucht war, um seine Tochter abzuholen, hatten die beiden Freundinnen einander in den Armen gelegen, und Juniper hatte Merry ins Ohr geflüstert: »Ich komme nach London. Wir sehen uns bald wieder.« Merry hatte geweint, aber Juniper nicht, jedenfalls nicht beim Abschied. Sie hatte gewinkt und war in ihr Dachzimmer hochgestiegen und hatte versucht sich zu erinnern, wie es war, allein zu sein. Sie war ihr Leben lang allein gewesen, aber in der Stille, die Merry zurückgelassen hatte, war etwas Neues zu hören. Eine Uhr, die leise tickte und die Sekunden bis zum Eintreffen eines Schicksals zählte, dem Juniper unbedingt entkommen wollte.

»Du bist gekommen!«, rief Meredith und schob sich blinzelnd die Brille hoch, als befürchte sie, nicht richtig zu sehen.

»Ich hab's dir doch versprochen.«

»Wo wohnst du?«

»Bei meinem Patenonkel.«

Merediths Miene hellte sich auf. »Lass uns rausgehen!«, sagte sie lachend und nahm Juniper an der Hand.

»Ich sag Mum, dass du das Geschirr nicht zu Ende gespült hast!«, rief die Schwester ihnen hinterher.

»Lass sie nur reden«, sagte Meredith. »Sie ist sauer, weil der Friseur, bei dem sie arbeitet, sie nicht aus der Besenkammer rauslässt.«

»Jammerschade, dass er sie nicht eingesperrt hat.«

Am Ende war Juniper Blythe auf eigene Faust nach London gefahren. Mit dem Zug, wie Meredith es ihr vorgeschlagen hatte, als sie zusammen auf dem Dach von Schloss Milderhurst gesessen hatten. Ihren Schwestern zu entwischen war viel einfacher gewesen, als sie erwartet hatte. Sie war einfach über die Wiesen und Felder gelaufen und war erst stehen geblieben, als sie den Bahnhof erreichte.

Vor lauter Begeisterung darüber, es bis hierher geschafft zu haben, hatte sie einen Moment lang ganz vergessen, dass sie jetzt den nächsten Schritt tun musste. Juniper konnte schreiben, sie konnte sich großartige Geschichten ausdenken, konnte aus Wörtern und Sätzen ganz eigene Welten entwerfen, aber in allen anderen Dingen war sie ein hoffnungsloser Fall. Alles, was sie über die wirkliche Welt und ihre Gesetze wusste, hatte sie sich aus Büchern zusammengereimt, aus den Gesprächen ihrer Schwestern – die auch nicht gerade weltgewandt waren – und aus dem, was Merry ihr von London erzählt hatte. So war es also kein Wunder, dass sie, als sie vor dem Bahnhof stand, keine Ahnung hatte, was sie als Nächstes tun sollte. Erst als sie die kleine Bude mit dem Schild »Fahrkarten« entdeckte, hatte sie sich daran erinnert, dass sie sich natürlich eine Fahrkarte kaufen musste.

Geld war etwas, das Juniper nie gekannt oder gebraucht hatte, aber nach dem Tod ihres Vaters war ein kleiner Betrag aufgetaucht. Für die Einzelheiten des Testaments hatte sie sich nicht interessiert – es reichte ihr zu wissen, dass Percy wütend war, Saffy beunruhigt und sie, Juniper, der ahnungslose Grund für all den Verdruss –, aber als Saffy ein Bündel richtiges Geld erwähnte, Banknoten, die man anfassen und zusammenfalten und gegen Dinge eintauschen konnte, und vorgeschlagen hatte, sie an einem sicheren Ort zu verwahren, hatte Juniper Nein gesagt und erklärt, sie würde sie gern behalten, um sie sich hin und wieder anzusehen. Saffy, die liebe, nachgiebige Saffy hatte die Bitte ohne mit der Wimper zu zucken akzeptiert, weil sie von Juniper gekommen war, die sie liebte, und deshalb hatte sie keine Fragen gestellt.

Der Zug war voll besetzt gewesen, aber ein älterer Herr im Abteil war aufgestanden und hatte sich an den Hut getippt, und Juniper hatte verstanden, dass er ihr seinen Platz anbot. Einen Fensterplatz. Wie charmant die Leute waren! Sie hatte gelächelt, und er hatte genickt, und sie hatte mit ihrem Koffer auf dem Schoß Platz genommen und abgewartet, was als Nächstes passieren würde. »Ist Ihre Reise *wirklich* notwendig?«, stand auf einem Schild am Bahnsteig. *Ja*, dachte Juniper, *ja, das ist sie.* Im Schloss zu bleiben, davon war sie mehr denn je überzeugt, würde bedeuten, dass sie sich in ein Schicksal fügte, das sie unmöglich akzeptieren konnte. Wie dieses Schicksal aussah, das hatte sie in den Augen ihres Vaters gesehen, als er sie an den Schultern gepackt und gesagt hatte, sie wären aus demselben Holz.

Dampf wirbelte und waberte über den Bahnsteig, und sie war so aufgeregt, als wäre sie auf den Rücken eines riesigen, fauchenden Drachen geklettert, der gleich losfliegen und sie an einen märchenhaften Ort bringen würde. Ein schrilles Pfeifen ertönte, das Juniper die Haare zu Berge stehen ließ, und dann setzte der Zug sich schnaufend und schwankend in Bewegung. Juniper drückte die Nase ans Fenster. Unwillkürlich musste sie lachen, vor Freude darüber, dass sie es getan hatte. Sie hatte es wirklich getan.

Mit der Zeit beschlug die Scheibe durch ihren Atem, und namenlose Bahnhöfe, Felder, Dörfer und Wälder flogen vorbei, verschwommene Grün- und Blau- und Rosatöne, wie von einem Künstler mit wässrigem Pinsel verwischt. Hin und wieder liefen die Farben zu einem Bild zusammen, eingerahmt vom Viereck des Fensters. Wie ein Gemälde von Constable oder von einem der anderen Maler, die ihr Vater bewunderte. Zeitlose Landschaftsdarstellungen, von denen er mit der vertrauten Traurigkeit in den Augen zu schwärmen pflegte.

Juniper hatte nichts übrig für das Zeitlose. Sie wusste, dass so etwas nicht existierte. Es gab nur das Hier und Jetzt und ihr Herzklopfen. Es klopfte schnell, aber nicht zu schnell, denn sie saß in einem Zug nach London, umgeben von Lärm und Bewegung und Hitze.

London. Juniper sprach das Wort ganz leise aus, dann noch einmal. Kostete seine Ausgewogenheit aus, seine zweisilbige Symmetrie, die Art, wie es sich auf der Zunge anfühlte. Leicht und doch schwer, wie ein Geheimnis, wie ein Wort, das Liebende sich zuflüsterten. Juniper wollte Liebe, wollte Leidenschaft, wollte Verwicklungen. Sie wollte leben und lieben, wollte Geheimnisse erlauschen, wissen, wie andere Menschen miteinander redeten, was sie fühlten, was sie zum Lachen, zum Weinen, zum Seufzen brachte. Menschen, die nicht Percy oder Saffy oder Raymond oder Juniper Blythe waren.

Einmal, als sie noch ganz klein war, war ein Ballonfahrer von den Wiesen in Milderhurst gestartet. Juniper konnte sich nicht erinnern, warum, ob er ein Freund ihres Vaters gewesen war oder ein Abenteurer, jedenfalls hatte es zur Feier des Ereignisses auf dem Rasen am Schloss ein Frühstückspicknick gegeben und alle waren zusammengekommen, sogar die Vettern und

Kusinen aus dem Norden und einige ausgewählte Leute aus dem Dorf, um dem großen Ereignis beizuwohnen. Der Ballon war mit dicken Seilen am Boden verankert gewesen, und als die Flamme gezüngelt hatte und der Korb vom Boden abhob, hatten Männer, die an den Seilen postiert waren, diese gelöst. Die Seile hatten unter der Spannung gekreischt, die Flammen waren höher geschlagen, und einen Moment lang, als alle das Schauspiel mit großen Augen verfolgten, hatte es ausgesehen, als würde es zur Katastrophe kommen.

Nur eins der Seile hatte sich gelöst, Ballon und Korb gerieten ins Schlingern, die Flammen kamen der Ballonhülle gefährlich nah. Juniper hatte ihren Vater angesehen. Sie war noch ein Kind gewesen und hatte nichts über die Schrecken seiner Vergangenheit gewusst, erst später sollte er seine jüngste Tochter mit seinen Geheimnissen belasten, aber in dem Augenblick hatte sie begriffen, dass er nichts so sehr fürchtete wie Feuer. Als er beobachtete, was sich vor ihnen abspielte, war sein Gesicht weiß wie Marmor gewesen, in das die Angst tiefe Furchen gemeißelt hatte. In letzter Minute hatten sich auch die anderen Seile gelöst, der befreite Ballon hatte sich ausgerichtet und war hoch in den blauen Himmel aufgestiegen.

Für Juniper war der Tod ihres Vaters wie das Lösen des ersten Seils gewesen. Sie hatte die Befreiung gespürt, als ihr Körper, ihre Seele zu schlingern begannen und ein großer Teil der erdrückenden Last von ihr abgefallen war. Die restlichen Seile hatte sie selbst gekappt: Sie hatte wahllos ein paar Kleider in einen kleinen Koffer gestopft, zwei Londoner Adressen eingesteckt und einen Tag abgewartet, an dem ihre Schwestern so beschäftigt waren, dass sie unbemerkt ihren Weg zum Bahnhof hatte antreten können.

Nur ein letztes Seil fesselte Juniper jetzt noch an ihr Zuhause. Es war von Percy und Saffy sorgfältig vertäut worden und viel schwerer zu lösen als die anderen. Aber es musste getan werden, denn die Liebe und Sorge ihrer Schwestern fesselten sie genauso wie die Erwartungen ihres Vaters. Als Juniper in London angekommen war und, umgeben von Dampfschwaden, im geschäftigen Treiben des Charing-Cross-Bahnhofs stand, hatte sie sich eine mächtige, glänzende Schere vorgestellt und das letzte Seil durchtrennt. Sie hatte zugesehen, wie es erschlaffte, einen Augenblick lang zögerte und dann in der Ferne verschwand und zum Schloss zurückschnellte wie ein Gummiband.

Endlich frei, hatte sie sich nach einem Briefkasten erkundigt und den Brief eingeworfen, in dem sie in knappen Worten erklärte, was sie getan hatte und warum. Er würde in Milderhurst eintreffen, bevor ihre Schwestern Zeit hatten, sich allzu große Sorgen zu machen oder einen Suchtrupp loszuschicken, um sie zurückzuholen. Sie würden sich furchtbar aufregen, das stand außer Frage, vor allem Saffy würde vor Angst vergehen, aber was sonst hätte Juniper tun sollen?

Eins war gewiss: Ihre Schwestern hätten sie niemals allein nach London fahren lassen.

Juniper und Meredith lagen im Park nebeneinander auf dem sonnenverbrannten Rasen, in den Baumkronen über ihnen spielten Lichtpunkte Fangen. Sie hatten sich nach Liegestühlen umgesehen, aber die meisten waren kaputt und von anderen Parkbesuchern an Baumstämme gelehnt worden in der Hoffnung, dass jemand sie reparierte. Juniper machte es nichts aus, es war sengend heiß, und das Gras und die kühle Erde darunter fühlten sich angenehm an. Sie hatte eine Hand unter ihren Kopf geschoben, während sie in der anderen Hand eine Zigarette hielt, die sie langsam rauchte. Sie schloss abwechselnd das rechte und das linke Auge und beobachtete, wie das Laub der

Bäume vor dem Himmel zitterte, während Meredith ihr von den Fortschritten mit ihrem Manuskript berichtete.

»Und wann lässt du es mich lesen?«, fragte sie, nachdem ihre Freundin geendet hatte.

»Ich weiß nicht. Es ist fast fertig. Aber …«

»Aber was?«

»Ich weiß nicht. Ich bin ein bisschen …«

Juniper drehte sich zu ihr, hielt sich die Hand über die Augen gegen das grelle Licht. »Ein bisschen was?«

»Nervös.«

»Nervös?«

»Was ist, wenn du es furchtbar findest?« Meredith setzte sich auf.

Juniper setzte sich ebenfalls auf und kreuzte die Beine. »Ich werde es nicht furchtbar finden.«

»Aber wenn doch, werde ich nie, *nie* wieder etwas schreiben.«

»Tja, wenn das so ist, mein Hühnchen«, sagte Juniper mit gespielter Strenge, Percy nachahmend, »dann hörst du am besten sofort auf zu schreiben.«

»Weil du jetzt schon glaubst, dass du es furchtbar finden wirst!« Verblüfft registrierte Juniper die Verzweiflung in Merediths Augen. Sie hatte nur einen Scherz gemacht, herumgealbert, so wie sie es immer taten. Sie hatte damit gerechnet, dass Merry lachen und mit ebenso strenger Stimme etwas ähnlich Albernes von sich geben würde. Verwirrt über Merrys Reaktion gab sie ihren gespielt strengen Ton auf.

»So habe ich das doch nicht gemeint«, sagte sie und legte ihre Fingerspitzen an das Herz ihrer Freundin, sodass sie spürte, wie es schlug. »Schreib, was hier drin ist, weil du es tun musst, weil es dir Freude bereitet, aber niemals, weil du möchtest, dass jemand anderem gefällt, was du schreibst.«

»Nicht einmal dir?«

»Mir am allerwenigsten! Lieber Himmel, Merry, was in Gottes Namen weiß ich denn schon?«

Meredith lächelte, die Verzweiflung war verflogen, und plötzlich erzählte sie ganz aufgeregt von einem Igel, der im Luftschutzraum ihrer Familie aufgetaucht war. Juniper hörte ihr zu und lachte und schenkte der seltsamen Anspannung ihrer Freundin nur wenig Aufmerksamkeit. Wenn sie ein anderer Mensch gewesen wäre, jemand, dem erfundene Personen und Orte nicht so leicht zu Gebote standen, dem die Worte nicht so willig zuflogen, hätte sie Merrys Ängstlichkeit besser verstanden. Aber so war sie nicht, und nach einer Weile hörte sie ganz auf, darüber nachzudenken. In London zu sein, frei zu sein, im Gras zu sitzen, die Sonne im Rücken zu spüren, das war das Einzige, was zählte.

Als Juniper ihre Zigarette ausdrückte, sah sie, dass ein Knopf an Merediths Bluse sich geöffnet hatte. »Du verlierst ja deine Bluse, Hühnchen«, sagte sie. »Komm, ich mach dir den Knopf zu.«

## 2

Tom beschloss, zu Fuß nach Elephant and Castle zu gehen. Er mochte die U-Bahn nicht; die Züge fuhren ihm zu tief unter der Erde, sie machten ihn nervös, sie gaben ihm das Gefühl, eingeschlossen zu sein. Es kam ihm wie eine Ewigkeit vor, dass er mit Joey auf dem Bahnsteig gestanden und auf das Getöse des herandonnernden Zuges gewartet hatte. Er lockerte die Hände, die er neben seinem Körper zu Fäusten geballt hatte, als er daran dachte, wie er das vor Hitze und Aufregung verschwitzte Händchen gehalten hatte, als sie gemeinsam in den Tunnel gespäht und auf das Auftauchen der zwei Lichter gewartet hatten, auf den muffigen, staubigen Windstoß, der die Ankunft des Zuges ankündigte.

Tom blieb noch einen Moment mit geschlossenen Augen stehen, während die Erinnerung langsam verblasste. Als er seinen Weg fortsetzen wollte, wäre er beinahe über drei junge Frauen gestolpert, jünger als er, die sich in ihren adretten Arbeitskostümen so selbstbewusst und forsch bewegten, dass er sich wie ein unbeholfener Tölpel vorkam. Sie lächelten ihm zu, als er beiseitetrat, und reckten die Hände zum Victory-Zeichen. Tom erwiderte ihr Lächeln, ein bisschen zu steif, ein bisschen zu spät, und ging weiter Richtung Brücke. Hinter sich hörte er noch ihr Lachen, spritzig und sprudelnd wie ein kühler Drink vor dem Krieg, und den Klang ihrer energischen

Schritte. Irgendwie hatte er das Gefühl, etwas verpasst zu haben; was genau, hätte er nicht sagen können. Er blieb nicht stehen und sah nicht, wie sie die Köpfe zusammensteckten und sich umdrehten, um noch einen Blick auf den großen jungen Soldaten zu werfen und über sein hübsches Gesicht und die ernsten dunklen Augen zu tuscheln. Tom konzentrierte sich auf das Gehen, darauf, einen Fuß vor den anderen zu setzen – genauso, wie er es in Frankreich getan hatte –, und dachte über dieses Symbol nach. Das V für Victory. Es tauchte überall auf, und er fragte sich, woher es kam, wer seine Bedeutung festgelegt hatte und wieso es inzwischen alle verwendeten.

Als er die Westminster Bridge überquerte und sich dem Haus seiner Mutter näherte, bemerkte Tom etwas, das er bisher ignoriert hatte. Die Rastlosigkeit, die Unruhe war wieder da, das Gefühl, dass ihm etwas fehlte. Es hatte sich zusammen mit der Erinnerung an Joey eingeschmuggelt. Tom holte tief Luft und beschleunigte seine Schritte in der Hoffnung, so seinem Schatten zu entkommen. Es war seltsam, dieses Gefühl. Wie konnte etwas, das nicht da war, genauso schwer auf einem lasten wie ein realer Gegenstand? Es war ein bisschen wie Heimweh, was ihn verblüffte; erstens war er kein Kind mehr und zweitens – er *war* doch zu Hause.

Als er auf den nassen Planken des Schiffs gehockt hatte, das ihn von Dünkirchen hergebracht hatte, oder später, als er in dem Krankenhausbett mit der gestärkten Wäsche lag, oder auch in seiner ersten Mietwohnung in Islington, immer hatte er gehofft, dieses Gefühl, dieser dumpfe, unauslöschbare Schmerz würde nachlassen, sobald er sein Elternhaus betrat, sobald seine Mutter ihn in die Arme nehmen, an seiner Schulter weinen und ihm versichern würde, er sei jetzt wieder zu Hause und alles werde gut. Aber diese Hoffnung hatte sich nicht erfüllt, und

Tom wusste, warum. Der Hunger hatte in Wirklichkeit überhaupt nichts mit Heimweh zu tun. Er hatte den Begriff zu leichtfertig benutzt, vielleicht sogar hoffnungsvoll, um das Gefühl zu beschreiben, das Wissen darum, dass etwas Grundsätzliches verloren gegangen war. Aber es war kein Ort, nach dem er sich sehnte; die Wahrheit war grausamer. Er vermisste einen Teil von sich selbst.

Er wusste, wo er diesen Teil verloren hatte. Es war auf jenem Schlachtfeld am Escaut-Kanal passiert, als er sich umgedreht hatte und dem Blick des anderen Soldaten begegnet war, eines Deutschen, der sein Gewehr direkt auf Toms Rücken gerichtet hatte. Vor Panik war ihm der Schweiß ausgebrochen, doch plötzlich war das Gewicht, das auf ihm lastete, leichter geworden. Ein Teil von ihm, der Teil, der fühlte und Angst hatte, hatte sich gelöst, wie eins der Zigarettenblättchen aus der Tabakbüchse seines Vaters, war zu Boden geflattert und auf dem Schlachtfeld zurückgeblieben. Der andere Teil, der übrig gebliebene harte Kern namens Tom, hatte den Kopf eingezogen und war gerannt, ohne zu denken oder irgendetwas zu empfinden, nur noch das Geräusch des eigenen keuchenden Atems in den Ohren.

Tom wusste, dass diese Abspaltung, diese Erschütterung zwar einen besseren Soldaten, aber zugleich einen untauglichen Menschen aus ihm gemacht hatte. Aus diesem Grund wohnte er nicht mehr zu Hause. Seitdem betrachtete er Dinge und Menschen wie durch eine beschlagene Glasscheibe. Er konnte sie zwar sehen, aber nur verschwommen, und vor allem konnte er sie nicht berühren. Der Arzt hatte es ihm im Krankenhaus erklärt und gesagt, dass viele seiner Kameraden an ähnlichen Symptomen litten. Das mochte ja stimmen, aber dadurch wurde es nicht erträglicher, dass er nichts als Leere empfand, als seine Mutter ihn angelächelt hatte wie früher, als er noch ein Junge war, und ihn aufgefordert hatte, seine Socken auszuziehen und ihr zum Stopfen zu geben; als er aus der alten Tasse seines Vaters getrunken hatte; als sein kleiner Bruder Joey – inzwischen ein Hüne, aber für ihn immer noch sein kleiner Bruder Joey – einen Freudenschrei ausgestoßen hatte und linkisch auf ihn zugestürmt war, in der Hand die zerfledderte Ausgabe von *Black Beauty*; als seine Schwestern gekommen waren und besorgt festgestellt hatten, wie abgemagert er war, und versprochen hatten, etwas von ihren Rationen abzuzweigen, um ihn wieder aufzupäppeln. Tom hatte absolut nichts empfunden, und deshalb hätte er am liebsten …

»Mr. Cavill!« Tom blieb beinahe das Herz stehen, als er den Namen seines Vaters hörte. In dem elektrisierenden Moment, der darauf folgte, wurde ihm schwindlig vor Glück, denn es bedeutete, dass sein Vater noch lebte und es ihm gut ging und alles wieder ins Lot kommen würde. Es war also keine Einbildung gewesen, als er in den vergangenen Wochen gesehen hatte, wie er ihm auf den Londoner Straßen entgegengekommen war, wie er ihm auf dem Schlachtfeld zugewinkt und auf dem Schiff, mit dem sie den Kanal überquerten, seine Hand ergriffen hatte. Das heißt, manche Dinge waren tatsächlich Einbildung gewesen, aber nicht die, von denen er es angenommen hatte: Diese Welt voller Bomben und Kugeln, das Gewehr in seiner Hand, die Überquerung des tückischen, finsteren Meers in lecken Schiffen und das monatelange Dahinsiechen in Krankenhäusern, wo die sterile Sauberkeit den Geruch nach Blut überdeckte und von Kindern, die im Bombenhagel verbrannt waren – das waren grausige Produkte der Fantasie. In der *wirklichen* Welt, durchfuhr es ihn mit überwältigender, kindlicher Freude, war nämlich alles in Ordnung, weil sein Vater noch lebte. Es konnte nicht anders sein, denn jemand rief ihn beim Namen. »Mr. Cavill!«

Tom drehte sich um. Ein Mädchen winkte ihm zu, das ihm bekannt vorkam. Sie ging in der Art junger Mädchen, die älter wirken wollen – die Schultern gestrafft, das Kinn vorgereckt, die Handgelenke nach außen gedreht –, und konnte doch ihre kindliche Aufregung nicht verbergen. Sie war von einer Parkbank aufgesprungen und kam durch die Absperrung gelaufen, wo zuvor der schmiedeeiserne Zaun gestanden hatte, aus dem jetzt Nieten, Kugeln und Flugzeugtragflächen hergestellt wurden.

»Hallo, Mr. Cavill«, sagte sie atemlos, als sie vor ihm stehen blieb. »Sie sind ja wieder zurück!«

Die Hoffnung, seinen Vater zu erblicken, zerstob; die Freude und Erleichterung lösten sich in nichts auf. Tom stieß einen erstickten Seufzer aus, als er begriff, dass er Mr. Cavill war und dass dieses Mädchen, das vor ihm auf dem Pflaster stand und ihn durch ihre Brille anblinzelte, eine Schülerin von ihm war, oder besser gesagt, eine ehemalige Schülerin von ihm. Aus einer Zeit, als er noch Schüler hatte, als er noch mit lächerlichem Pathos von hehren Idealen gesprochen hatte, die er selbst nicht einmal im Ansatz verstand. Tom wand sich innerlich, als er daran zurückdachte, wie er einmal gewesen war.

Meredith. Jetzt fiel es ihm wieder ein. So hieß sie, Meredith Baker, aber sie war gewachsen, seit er sie das letzte Mal gesehen hatte. Sie war kein kleines Mädchen mehr; sie war hoch aufgeschossen und stolz auf jeden Zentimeter. Er musste lächeln, rang sich ein Hallo ab, und dann durchströmte ihn ein angenehmes Gefühl, das er nicht sofort einordnen konnte, etwas, das mit dem Mädchen, mit Meredith zu tun hatte und mit dem letzten Mal, als er ihr begegnet war. Stirnrunzelnd durchforstete er sein Gedächtnis, bis das Bild vor ihm auftauchte, das dieses angenehme Gefühl hervorgerufen hatte: ein heißer Tag, ein runder Badeteich, eine junge Frau.

Und da sah er sie. Die junge Frau vom Badeteich, leibhaftig hier in London, und ganz kurz hatte er das Gefühl, dass seine Fantasie ihm einen Streich spielte. Wie sollte es sonst sein? Die junge Frau seiner Träume, die er so oft vor sich gesehen hatte, strahlend, schwebend, lächelnd, während er durch Frankreich marschiert war; als er unter dem Gewicht seines toten Kameraden Andy zusammengebrochen war, den er wer weiß wie lange auf den Schultern getragen hatte; als die Kugel ihn erwischt hatte und seine Knie nachgegeben hatten und sein Blut den Erdboden in der Nähe von Dünkirchen zu färben begann …

Kopfschüttelnd schaute er sie an, während er im Stillen bis zehn zählte.

»Das ist Juniper Blythe«, sagte Meredith an ihrem obersten Blusenknopf fingernd und sah die junge Frau schmunzelnd an. Thomas folgte ihrem Blick. Juniper Blythe. Ja, natürlich, so hieß sie.

Dann lächelte sie ihn mit erstaunlicher Offenheit an, und ihr Gesicht war wie verwandelt. *Er* hatte das Gefühl, verwandelt zu sein, als wäre er für den Bruchteil einer Sekunde wieder jener junge Mann, der an einem heißen Tag, bevor der Krieg begann, an einem glitzernden Teich stand. »Hallo«, sagte sie.

Tom nickte als Erwiderung, weil ihm die Worte nicht über die Lippen wollten.

»Mr. Cavill war mein Lehrer«, sagte Meredith. »Du hast ihn einmal in Milderhurst gesehen.«

Tom musterte Juniper verstohlen, während sie Meredith anblickte. Sie war keine schöne Helena. Wieder fielen ihm die zu weit auseinanderstehenden Augen auf, das zu lange Haar, die Lücke zwischen den Schneidezähnen. Doch was bei allen anderen Frauen als Makel gegolten hätte, bei ihr wirkte es wie eine Extravaganz, eine Steigerung ihrer Schönheit. Es war ihre besondere Art der Lebhaftigkeit, die sie zu etwas Besonderem machte, dachte er. Sie war eine unnatürliche Schönheit, und doch war sie vollkommen natürlich. Strahlender, erhabener als alles andere.

»Am Badeteich«, sagte Meredith gerade. »Erinnerst du dich? Er war gekommen, um zu sehen, ob ich gut untergebracht war.«

»Ach ja«, sagte die junge Frau, sagte Juniper Blythe, und als sie sich Tom zuwandte, gab etwas in ihm nach. Ihm stockte der Atem, als sie lächelte. »Sie sind in meinem Teich geschwommen.« Es war eine scherzhafte Bemerkung, und wie gern hätte er leichthin etwas erwidert, gescherzt, so wie früher.

»Mr. Cavill ist auch ein Dichter«, sagte Meredith, und ihre Stimme schien von irgendwo anders zu kommen, von weit her.

Tom versuchte sich zu konzentrieren. Ein Dichter. Er kratzte sich die Stirn. Als solchen betrachtete er sich schon lange nicht mehr. Er erinnerte sich vage, dass er in den Krieg gezogen war, um Erfahrungen zu sammeln, in dem Glauben, es würde ihm helfen, die Geheimnisse dieser Welt zu ergründen, die Dinge auf neue, intensivere Art wahrzunehmen. Und das hatte er getan. Er tat es immer noch. Nur dass die Dinge, die er gesehen und erlebt hatte, in Gedichten keinen Platz hatten.

»Ich schreibe nicht mehr viel«, sagte er. Es war der erste Satz, der ihm über die Lippen kam, und er hatte das Gefühl, ihn noch weiter ausführen zu müssen. »Ich bin mit anderen Dingen beschäftigt.« Er sah jetzt nur noch Juniper an. »Ich wohne in Notting Hill«, sagte er.

»Bloomsbury«, erwiderte sie.

Er nickte. Sie hier zu treffen, unter diesen Umständen, nachdem er sie sich so oft und auf so verschiedene Weise vorgestellt hatte, war ihm fast peinlich.

»Ich kenne nicht viele Leute in London«, fuhr sie fort, und er war sich nicht sicher, ob sie naiv oder sich ihres Charmes vollkommen bewusst war. Was es auch sein mochte, etwas an der Art, wie sie es sagte, ermutigte ihn.

»Sie kennen mich«, sagte er.

Sie sah ihn merkwürdig an, den Kopf geneigt, als lauschte sie Worten, die er nicht gesagt hatte, dann lächelte sie. Sie nahm einen Notizblock aus ihrer Tasche und schrieb etwas auf. Als sie ihm den Zettel gab und ihre Finger seine Handfläche streiften, durchfuhr es ihn wie ein Stromschlag. »Ja, ich kenne Sie«, bestätigte sie.

In diesem Moment und jedes Mal, wenn er sich später an das Gespräch erinnerte, war er davon überzeugt, dass keine vier Worte jemals schöner geklungen und mehr Wahrheit enthalten hatten.

»Sind Sie unterwegs nach Hause, Mr. Cavill?« Die Frage kam von Meredith. Er hatte ganz vergessen, dass sie auch noch da war.

»Ja, richtig«, antwortete er. »Meine Mutter hat heute Geburtstag.« Er warf einen Blick auf seine Armbanduhr, aber die Ziffern ergaben keinen Sinn. »Ich sollte mich auf den Weg machen.«

Meredith hob grinsend eine Hand und machte das Victory-Zeichen; Juniper lächelte nur.

Erst als er in die Straße einbog, in der seine Mutter wohnte, faltete Tom den Zettel auseinander. Bis er die Haustür erreichte, hatte er sich die Adresse in Bloomsbury bereits eingeprägt.

Es war schon spät, als Meredith endlich allein war und alles aufschreiben konnte. Der Abend war eine Qual gewesen. Rita und ihre Mutter hatten sich während des Essens die ganze Zeit gestritten, dann hatte ihr Vater darauf bestanden, dass sie sich alle zusammen im Radio Churchills Rede über die Russen anhörten, und anschließend hatte ihre Mutter, die Meredith noch immer wegen des Vertrauensbruchs am Schloss bestrafte, einen Haufen Socken hervorgekramt, die gestopft werden mussten. In die Küche verbannt, die wie immer im Sommer einem Brutkasten glich, hatte Meredith den Tag mehrmals an sich vorüberziehen lassen, um keine noch so geringe Einzelheit zu vergessen.

Und dann endlich hatte sie in die Stille ihres Zimmers entfliehen können, das sie mit Rita teilte. Sie saß auf dem Bett, den Rücken an die Wand gelehnt, ihr Tagebuch, ihr kostbares Tagebuch, auf den Knien, und schrieb wie im Rausch die Seiten voll. Es war richtig gewesen zu warten, Folter hin oder her; Rita verhielt sich ihr gegenüber in letzter Zeit besonders unausstehlich, nicht auszudenken, was passieren würde, wenn sie das Tagebuch entdeckte. Gott sei Dank hatte sie jetzt ungefähr eine Stunde für sich. Rita war es vor einiger Zeit auf irgendeine unerklärliche Art und Weise gelungen, die Aufmerksamkeit des Fleischergehilfen von gegenüber auf sich zu lenken. Es musste Liebe sein: Der Kerl schaffte Würste beiseite, die er Rita heimlich zusteckte. Rita hielt sich natürlich für die Größte und war felsenfest davon überzeugt, dass die Hochzeit nicht mehr lange auf sich warten ließ.

Leider machte die Liebe sie nicht sanftmütiger. Als Meredith am Nachmittag nach Hause kam, hatte Rita schon gewartet und zu wissen verlangt, wer die junge Frau gewesen war, die am Morgen an die Tür geklopft hatte, wohin sie so eilig verschwunden waren und was Meredith vorhatte. Meredith hatte es ihr natürlich nicht verraten. Das kam gar nicht infrage. Juniper war ihr Geheimnis.

»Eine Freundin«, hatte sie gesagt, bemüht, nicht allzu geheimnisvoll zu klingen.

»Mum wird nicht erfreut sein, wenn ich ihr erzähle, dass du dich vor der Hausarbeit drückst und dich stattdessen mit so einer Wichtigtuerin rumtreibst.«

Aber Meredith konnte es ihr ausnahmsweise mit gleicher Münze zurückzahlen. »Dad auch nicht, wenn ich ihm erzähle, dass du es im Luftschutzraum mit dem Würstchenmann treibst.«

Rita war vor Empörung rot angelaufen und hatte irgendetwas nach ihr geworfen, vermutlich ihren Schuh, der sie schmerzhaft am Knie traf, aber sie hatte gegenüber ihrer Mutter kein Wort über Juniper verlauten lassen.

Meredith setzte beherzt einen Punkt hinter den Satz und nuckelte gedankenverloren an ihrem Stift. Als Nächstes würde sie beschreiben, wie sie und Juniper Mr. Cavill über den Weg gelaufen waren, der so ernst und konzentriert vor sich auf den Boden gestarrt hatte, als würde er seine Schritte zählen. Schon als sie ihn vom Park aus entdeckte, hatte ihr Körper gewusst, dass er es war, noch bevor ihr Verstand es begriffen hatte. Ihr Herz hatte einen Satz gemacht wie eine losgelassene Sprungfeder, und sie musste daran denken, wie verknallt sie in ihn gewesen war. Wie sie ihn angesehen und bei jedem Wort an seinen Lippen gehangen und sich vorgestellt hatte, sie würden bestimmt eines Tages heiraten. Die Erinnerung ließ sie erschaudern. Sie war doch noch ein Kind gewesen damals. Was in aller Welt hatte sie sich nur dabei gedacht?

Wie seltsam es war, wie unergründlich, wie wunderbar, dass sie Juniper und ihn an ein und demselben Tag wiedergetroffen hatte. Ausgerechnet die beiden Menschen, die ihr am meisten dabei geholfen hatten, den Weg zu finden, den sie in ihrem Leben einschlagen wollte. Meredith wusste, dass sie eine blühende Fantasie besaß, ihre Mutter meckerte ständig an ihr herum wegen ihrer Tagträumerei, aber das konnte kein Zufall sein, es musste etwas zu bedeuten haben. Es musste ein Wink des Schicksals sein, dass sie beide gleichzeitig wieder in ihrem Leben aufgetaucht waren.

Plötzlich kam Meredith eine Idee; sie sprang vom Bett und zog ihre Sammlung billiger Notizhefte aus dem Versteck unten im Schrank hervor. Die Geschichte hatte noch keinen Namen, aber sie brauchte einen, bevor sie sie Juniper zu lesen geben konnte. Sie abzutippen wie ein ordentliches Manuskript konnte auch nicht schaden – Mr. Seebohm in Nummer vierzehn besaß eine alte Schreibmaschine; vielleicht durfte sie sie benutzen, wenn sie im Gegenzug anbot, ihm sein Mittagessen zu bringen.

Sie kniete sich auf den Boden, strich sich die Haare hinter die Ohren und blätterte in den Heften, las hier und da ein paar Zeilen. Aber selbst die Abschnitte, auf die sie ganz besonders stolz war, würden, das spürte sie, unter Junipers prüfendem Blick dahinwelken. Ihr sank der Mut. Die ganze Geschichte war viel zu steif. Ihre Figuren redeten zu viel und empfanden zu wenig und schienen überhaupt nicht zu wissen, was sie vom Leben wollten. Aber vor allem fehlte etwas Grundlegendes, ein Aspekt in der Existenz ihrer Heldin, der unbedingt mit Leben gefüllt werden musste. Wie merkwürdig, dass sie darauf noch nicht gekommen war!

Liebe, natürlich. Das war es, was ihre Geschichte brauchte. Denn es war doch allein die Liebe – dieses Sprungfeder-Gefühl im Innern –, die zählte, oder etwa nicht?

# 3

## London, 17. Oktober 1941

Das Fenstersims in Toms Mansarde war außergewöhnlich breit, darauf saß es sich perfekt. Es war Junipers Lieblingsplatz, was natürlich überhaupt nichts damit zu tun hatte, dass sie das Dachzimmer von Schloss Milderhurst vermisste. Denn das tat sie nicht. Und sie würde es auch nicht vermissen. Im Lauf der Monate, die sie fern von Milderhurst verbracht hatte, war in ihr der Entschluss gereift, nie wieder dorthin zurückzukehren.

Sie wusste inzwischen über das Testament ihres Vaters Bescheid, über die Rolle, die er ihr zugedacht hatte, und welchen Aufwand er betrieben hatte, um seinen Willen durchzusetzen. Saffy hatte es ihr alles in einem Brief erklärt, aber nicht, um Juniper ein schlechtes Gewissen einzureden, sondern um ihrem Verdruss über Percy Luft zu machen, die ihr in Milderhurst mit ihrer üblen Laune das Leben schwer machte. Juniper hatte den Brief zweimal gelesen, um sich zu vergewissern, dass sie ihn wirklich verstanden hatte, dann hatte sie ihn im Hyde Park in den Serpentine-See geworfen und zugesehen, wie sich das feine Papier langsam auflöste und die blaue Tinte zerfloss, während sich ihre Wut nach und nach legte. Ihr Verhalten erinnerte sie an ihren Vater, das war ihr ebenfalls klar geworden, und es passte zu dem alten Herrn, dass er noch aus dem Grab heraus versuchte, das Leben seiner Töchter zu bestimmen. Aber Juniper würde sich das nicht bieten lassen. Sie hatte nicht vor, sich von den Gedanken an ihren Vater den Tag verdüstern zu lassen. Dieser besondere Tag sollte nur von Sonnenschein erfüllt sein, auch wenn die wirkliche Sonne sich heute kaum blicken ließ.

Mit angezogenen Knien, den Rücken gegen die Fensterbrüstung gelehnt, rauchte sie zufrieden und ließ den Blick über den Garten schweifen. Es war Herbst, der Boden war übersät mit dichtem Laub, und der kleine Kater war außer sich vor Vergnügen. Seit Stunden tobte er dort unten herum, belauerte imaginäre Feinde und stürzte sich auf sie, verschwand unter Laubhaufen und versteckte sich an schattigen Stellen. Die Dame aus der Parterrewohnung, deren Wohnung in Coventry ein Raub der Flammen geworden war, kam gerade heraus. Sie stellte ein Schüsselchen mit Milch auf den Boden. Viel konnte sie nicht erübrigen angesichts der jüngsten Rationierungen, aber es reichte immer noch, das streunende Kätzchen glücklich zu machen.

Von der Straße kam ein Geräusch, und Juniper reckte den Hals, um besser sehen zu können. Ein Mann in Uniform näherte sich. Sie bekam Herzklopfen. Es dauerte einen Moment, bis sie begriff, dass es nicht Tom war; sie zog an ihrer Zigarette und unterdrückte einen angenehmen Schauer der Vorfreude. Natürlich war er es nicht, noch nicht. Er würde mindestens noch eine halbe Stunde brauchen. Wenn er seine Familie besuchte, dauerte es immer eine Ewigkeit, aber bald würde er zurück sein, den Kopf voll mit Geschichten, und dann würde sie ihn überraschen.

Juniper betrachtete den kleinen Tisch neben dem Gaskocher, den sie für ein paar Pennys erstanden und den ihr ein Taxifahrer für eine Tasse Tee nach Hause transportiert hatte. Auf dem Tisch stand ein Festessen, das eines Königs würdig gewesen wäre. Eines Königs während der Rationierung zumindest. Die beiden Birnen hatte Juniper auf dem Portobello-Markt ergattert. Wunderbare Birnen, noch dazu zu einem Preis, den sie so gerade hatte bezahlen können. Sie hatte sie gründlich poliert und sie malerisch neben die Sandwiches und die Sardinen und das in Zeitungspapier gewickelte Päckchen gelegt. In der Mitte thronte stolz auf einem umgedrehten Eimer der Kuchen. Ihr erster selbst gebackener Kuchen.

Schon vor Wochen war sie auf die Idee gekommen, dass Tom einen Geburtstagskuchen bekommen sollte und sie ihn backen würde. Der Plan war jedoch ins Stocken geraten, als Juniper klar wurde, dass sie keine Ahnung hatte, wie man so etwas machte. Zudem waren ihr ernsthafte Zweifel gekommen, ob der winzige Gaskocher so einer gewaltigen Aufgabe überhaupt gewachsen sein würde. Nicht zum ersten Mal hatte sie sich gewünscht, Saffy wäre in London. Nicht nur, um ihr bei dem Kuchen zu helfen; denn auch wenn Juniper dem Schloss nicht nachtrauerte, so vermisste sie doch ihre Schwestern.

Schließlich hatte sie an die Tür der Parterrewohnung geklopft, denn dort wohnte ein Mann, dessen Plattfüße ihn – ein Glücksfall für die örtliche Kantine – vor dem Kriegsdienst bewahrt hatten. Er war zum Glück zu Hause, und als Juniper ihm ihre Zwangslage darlegte, hatte er sich freudig bereit erklärt, ihr zu helfen, und gleich eine Liste der Dinge aufgestellt, die beschafft werden mussten, wobei die durch die Rationierungen bedingten Einschränkungen seinen Ehrgeiz geradezu zu beflügeln schienen. Er hatte sogar ein kostbares Ei aus seinen Vorräten beigesteuert, und als Juniper sich verabschiedete, hatte er ihr noch ein in Zeitungspapier gewickeltes, mit Schnur zugebundenes Päckchen in die Hand gedrückt. »Ein Geschenk für Sie beide.« Natürlich gab es keinen Zucker für die Glasur, aber Juniper hatte Toms Namen mit Pfefferminz-Zahnpasta auf den Kuchen geschrieben, und es sah wirklich gar nicht so schlecht aus.

Irgendetwas Kühles traf ihren Fußknöchel. Dann ihre Wange. Es hatte angefangen zu regnen. Juniper schaute sich um und fragte sich, wie weit Tom noch weg sein mochte.

Seit vierzig Minuten versuchte er sich loszureißen, höflich natürlich, aber es war nicht so einfach. Seine Angehörigen waren überglücklich, dass er sich halbwegs normal verhielt und fast wieder »ganz der Alte« war, und sie konnten gar nicht genug von ihm bekommen. Die winzige Küche seiner Mutter war zum Bersten mit Verwandten gefüllt, und jede Frage, jeder Scherz, jede Feststellung traf ihn wie ein Schlag ins Gesicht. Seine Schwester erzählte soeben von einer Bekannten, die während der Verdunkelung von einem Doppeldeckerbus überfahren worden war. Kopfschüttelnd ereiferte sie sich: »Was für ein Schock, Tommy. Sie war nur rausgegangen, weil sie ein Paket mit Schals für die Soldaten abgeben wollte.«

Tom stimmte ihr zu, dass das schrecklich war – es war wirklich furchtbar –, und er hörte zu, als Onkel Jeff berichtete, dass ein Nachbar ganz ähnlich mit einem Fahrrad kollidiert war, dann scharrte er ein wenig mit den Füßen und stand auf. »Also, schönen Dank, Mum …«

»Wie, du gehst schon?« Sie hielt den Wasserkessel hoch. »Ich wollte gerade frisches Teewasser aufsetzen.«

Er küsste sie auf die Stirn, überrascht, wie weit er sich hinunterbücken musste. »Dein Tee ist unschlagbar, aber ich muss wirklich los.«

Seine Mutter zog die Brauen hoch. »Und wann wirst du sie uns vorstellen?«

Sein kleiner Bruder Joey spielte Lokomotive, und Tom gab

ihm einen freundschaftlichen Klaps auf den Rücken. Er wich dem Blick seiner Mutter aus. »Vorstellen?«, sagte er, als er sich die Tasche über die Schulter warf. »Ich habe keine Ahnung, wovon du redest.«

Er schritt forsch aus, denn er hatte es eilig, in seine Wohnung zu kommen, zu ihr, und ins Trockene zu gelangen. Aber wie schnell er auch ging, die Worte seiner Mutter hielten Schritt und ließen ihn nicht los, denn eigentlich sehnte sich Tom danach, seiner Mutter und seinen Geschwistern von Juniper zu erzählen. Wenn er bei seiner Familie war, hätte er am liebsten irgendeinen von ihnen an den Schultern gepackt und gerufen, dass er verliebt war und dass die Welt ein wunderbarer Ort war, auch wenn junge Männer sich gegenseitig erschossen und jungen Frauen – Mütter kleiner Kinder – von Doppeldeckerbussen überfahren wurden, obwohl sie bloß Schals für die Not leidenden Soldaten abliefern wollten.

Aber er tat es nicht, weil Juniper ihm das Versprechen abgenommen hatte, es niemandem zu erzählen. Ihr entschiedener Wunsch, dass niemand von ihrer Liebe erfahren dürfe, verwirrte Tom. Die Geheimnistuerei passte überhaupt nicht zu einer Frau, die sonst so geradeheraus war, die Meinungen stets so klar äußerte, sich nie für irgendetwas entschuldigte, was sie empfand oder sagte oder tat. Zuerst war er gekränkt gewesen und hatte sich gefragt, ob sie vielleicht seine Familie nicht für gut genug hielt, aber ihr Interesse an seinen Verwandten hatte ihm diese Sorge genommen. Sie redete über sie, fragte nach ihnen wie jemand, der schon seit Jahren mit den Cavills befreundet war. Inzwischen hatte er begriffen, dass sie keinen Unterschied zwischen den Menschen kannte. Außerdem wusste Tom mit Sicherheit, dass Junipers Schwestern, die sie offenbar sehr verehrte, ebenso im Unklaren gelassen wurden wie seine eigene Familie. Briefe vom Schloss trafen über ihren Patenonkel ein (den das Täuschungsmanöver nicht groß zu verwundern schien), und Tom war aufgefallen, dass sie auf ihren Antwortbriefen Bloomsbury als Absenderadresse angab. Er hatte sie nach dem Grund dafür gefragt, zuerst unter einem Vorwand, dann geradeheraus, aber sie hatte ihm keine Antwort gegeben, sondern nur vage erklärt, ihre Schwestern seien übermäßig ängstlich und altmodisch, und sie wolle lieber warten, bis die Zeit reif sei.

Tom gefiel es nicht, aber aus Liebe tat er, was sie von ihm verlangte. Mit einer Ausnahme. Er hatte es sich nicht verkneifen können, Theo zu schreiben. Sein Bruder war mit seinem Regiment so weit weg im Norden des Landes stationiert, dass es irgendwie in Ordnung zu sein schien. Außerdem hatte Tom seinen ersten Brief über das seltsame, schöne Mädchen, das er kennengelernt und das ihm seine Leere genommen hatte, geschrieben, lange bevor es ihn gebeten hatte, niemandem etwas zu verraten.

Seit der ersten Begegnung in der Nähe des Bahnhofs Elephant and Castle hatte Tom gewusst, dass er Juniper Blythe unbedingt wiedersehen musste. Gleich am nächsten Tag war er beim Morgengrauen nach Bloomsbury spaziert, einfach nur, so hatte er sich eingeredet, um einen Blick auf die Tür, die Mauern, die Fenster zu werfen, hinter denen sie schlief.

Stundenlang hatte er vor dem Haus gewartet und eine Zigarette nach der anderen geraucht, bis sie endlich herausgekommen war. Tom war ihr eine Weile gefolgt, bis er sich schließlich ein Herz gefasst und ihren Namen gerufen hatte.

»Juniper.«

Er hatte ihn so oft gesagt, gedacht, aber es war anders, als er ihn jetzt laut aussprach und sie sich umdrehte.

Sie verbrachten den ganzen sonnigen Tag miteinander, gingen spazieren, redeten, pflückten Brombeeren von den Sträuchern, die über die Friedhofsmauern wucherten, und als es Abend wurde, brachte Tom es einfach nicht fertig, sie gehen zu lassen. Er schlug vor, tanzen zu gehen, weil er glaubte, dass junge Frauen sich dafür begeisterten. Nicht so Juniper. Ihr angewiderter Gesichtsausdruck war so arglos, dass es Tom die Sprache verschlug. Als er sich wieder gefasst hatte und sie fragte, was sie stattdessen lieber tun wollte, antwortete Juniper, sie könnten doch einfach weiter spazieren gehen. Die Gegend erkunden, so hatte sie es genannt.

Tom war es gewohnt, zügig zu gehen, und sie hielt mühelos Schritt, lief mal links, mal rechts neben ihm her, bald lebhaft redend, bald schweigend. Mit ihrer Unberechenbarkeit und Unbekümmertheit erinnerte sie ihn an ein Kind, und er wurde das mulmige und zugleich verführerische Gefühl nicht los, dass er sich auf jemanden einließ, für den normale Verhaltensregeln keine Bedeutung hatten.

Immer wieder blieb sie unvermittelt stehen, um sich etwas anzusehen, und holte ihn dann im Laufschritt wieder ein, ohne auf den Weg zu achten, und er fürchtete schon, dass sie im Dunkeln in ein Loch im Pflaster treten oder über einen der herumliegenden Sandsäcke stolpern könnte.

»Hier ist es anders als auf dem Land, weißt du«, erklärte er in ungewollt lehrerhaftem Tonfall.

Aber Juniper lachte nur und sagte: »Das hoffe ich doch. Genau deshalb bin ich hergekommen.« Sie erklärte ihm, sie habe Augen wie ein Adler, das habe etwas mit dem Schloss und ihrer Erziehung zu tun. Tom konnte sich nicht mehr an die Einzelheiten erinnern, er hatte irgendwann aufgehört zuzuhören. Die Wolken hatten sich verzogen, und der volle Mond verlieh ihrem Haar einen silbrigen Schimmer.

Zum Glück hatte sie ihn nicht dabei ertappt, wie er sie angesehen hatte. Sie hatte sich unvermittelt hingehockt und angefangen, in einem Schutthaufen zu wühlen. Als er näher ging, um zu sehen, was ihre Aufmerksamkeit erregt hatte, sah er, dass sie inmitten all der Zerstörung ein Gewirr aus Geißblattpflanzen entdeckt hatte, die zu Boden gefallen waren, als das Rankgitter umgestürzt war, und trotzdem weiterwuchsen. Sie brach einen kleinen Trieb ab und schob ihn sich ins Haar, während sie eine seltsame, liebliche Melodie vor sich hin summte.

Als sie bei Sonnenaufgang in seine Wohnung hochgegangen waren, hatte sie ein altes Marmeladenglas mit Wasser gefüllt, den Zweig hineingesteckt und das Glas auf die Fensterbank gestellt. Noch Nächte danach, wenn er allein in der warmen Dunkelheit lag und die Gedanken an sie ihn nicht schlafen ließen, hatte er den süßen Duft wahrgenommen. Und Tom musste denken, dass Juniper genauso wie diese Blume war. Ein Wesen von unfassbarer Vollkommenheit in einer Welt, die in Trümmern versank. Es war nicht nur ihr Aussehen, und es waren auch nicht nur die Dinge, die sie sagte. Es war etwas anderes, ihr inneres Wesen, ihr Selbstvertrauen, ihre Kraft, als wäre sie irgendwie mit dem Mechanismus verbunden, der die Welt antrieb. Sie war wie der Windhauch an einem Sommertag, wie die ersten Regentropfen, die auf die ausgedörrte Erde fielen, wie das Licht des Abendsterns.

Irgendetwas, sie wusste nicht genau was, lenkte Junipers Blick hinunter auf die Straße. Tom war da, früher, als sie ihn erwartet hatte, und ihr Herz machte einen Satz. Sie winkte ihm zu und wäre fast aus dem Fenster gefallen vor Freude, ihn zu sehen. Er hatte sie noch nicht bemerkt. Er hielt den Kopf gesenkt, sah nach der Post, aber Juniper konnte den Blick nicht von ihm abwenden. Es war Wahnsinn, es war Besessenheit, es war Verlangen. Aber vor allem war es Liebe. Juniper liebte seinen Körper, sie liebte seine Stimme, sie liebte es, wie seine Finger ihre Haut berührten, sie liebte die Stelle unter seinem Schlüsselbein, an die sie ihre Wange schmiegte, wenn sie schliefen. Sie liebte es, in seinem Gesicht alle Orte sehen zu können, an denen er gewesen war. Dass sie ihn nie zu fragen brauchte, wie es ihm ging. Dass Worte unnötig waren. Juniper hatte entdeckt, dass sie der Worte überdrüssig war.

Inzwischen regnete es, gleichmäßig, aber längst nicht so heftig wie an dem Tag, als sie sich in Tom verliebt hatte. Es war eins dieser plötzlichen, heftigen Gewitter, die sich auf dem Rücken einer gewaltigen Hitze heranschlichen. Sie hatten den Tag mit Spaziergängen verbracht, waren über den Portobello-Markt gestreift, den Primrose Hill hinaufgestiegen, hatten sich zurück zu den Kensington Gardens treiben lassen und waren durch das flache Wasser des Round Pond gewatet.

Als der Donner losbrach, kam er so unerwartet, dass die Leute entsetzt in den Himmel gestarrt und gefürchtet hatten, sie würden mit einer ganz neuen Waffe angegriffen. Und dann hatte es angefangen zu schütten, riesige, dicke Tropfen, die die Welt mit einem ganz eigenen Glanz überzogen hatten.

Tom hatte Juniper an die Hand genommen, und sie waren zusammen losgerannt, durch die Pfützen geplatscht und hatten, den Schreck noch in den Knochen, auf dem ganzen Weg zu ihm nach Hause und die Treppen hinauf gelacht, bis sie sein dämmriges, trockenes Zimmer erreichten.

»Du bist ja ganz nass«, hatte Tom gesagt, mit dem Rücken an die Tür gelehnt, die er soeben zugeworfen hatte, den Blick auf das dünne Kleid geheftet, das ihr an den Beinen klebte.

»Nass?«, hatte sie erwidert. »Ich bin so durchweicht, dass man mich auswringen könnte.«

»Hier«, sagte er, nahm sein Reservehemd vom Haken hinter der Tür und warf es ihr zu. »Zieh dir das an.«

Sie tat, was er von ihr verlangte, zog sich das Kleid aus und schlüpfte in die Ärmel seines Hemds. Tom hatte sich abgewandt und so getan, als machte er sich an dem kleinen Porzellanwaschbecken zu schaffen, aber als sie sehen wollte, was er da tat, war sie seinem Blick im Spiegel begegnet. Sie hatte ihm ein bisschen länger als üblich in die Augen gesehen, lange genug, um zu bemerken, dass sich etwas zwischen ihnen veränderte.

Der Regen ließ nicht nach, ebenso wenig der Donner, und ihr Kleid tropfte in der Zimmerecke, wo er es zum Trocknen aufgehängt hatte. Beide zog es zum Fenster, und Juniper, die normalerweise nicht schüchtern war, sagte irgendetwas Belangloses über die Vögel und wo sie sich wohl im Regen aufhielten.

Statt zu antworten legte Tom die Hand an ihre Wange; es war nur eine leichte Berührung, aber sie reichte. Juniper verstummte, schmiegte ihre Wange in seine Hand und drehte den Kopf so, dass sie mit den Lippen seine Finger liebkosen konnte. Dabei schaute sie ihn die ganze Zeit an, wie magisch in seinen Bann gezogen. Und im nächsten Augenblick waren seine Finger an den Hemdknöpfen, auf ihrem Bauch, ihren Brüsten, und ihr Puls begann zu rasen, als hätte ihr Blut sich in zahllose winzige Kügelchen aufgelöst, die durch ihren Körper wirbelten.

Nachher hatten sie auf der Fensterbank gesessen, die Kirschen gegessen, die sie auf dem Markt gekauft hatten, und die Kerne hinunter in die Pfützen fallen lassen. Keiner sagte ein Wort, aber hin und wieder trafen sich ihre Blicke, und sie mussten lächeln, fast verschwörerisch, als wären sie, und nur sie allein, in ein großes Geheimnis eingeweiht worden. Juniper hatte sich über die körperliche Liebe seit Jahren ihre Gedanken gemacht, hatte darüber geschrieben, sich vorgestellt, was sie tun und sagen und empfinden würde. Nie hätte sie geahnt, dass die geistige Liebe sich so eng mit ihr vereinigen könne.

Jemandem zu verfallen.

Juniper wusste auf einmal, was damit gemeint war. Das unglaubliche Gefühl, sich fallen zu lassen in traumhafter Sorglosigkeit, die völlige Aufgabe des eigenen Willens. Genauso war es für sie gewesen, aber es war auch noch mehr. Nachdem sie ihr ganzes Leben lang vor körperlichem Kontakt zurückgeschreckt war, hatte sie sich endlich mit einem anderen Menschen verbunden. Als sie im sinnlichen Dämmerlicht zusammenlagen und sie ihr erhitztes Gesicht an seine Brust drückte, sein Herz spürte und dem regelmäßigen Pochen lauschte, hatte sie gespürt, wie ihr eigenes Herz ruhiger wurde, um sich mit seinem Rhythmus zu verbinden. Und sie hatte irgendwie verstanden, dass sie in Tom den Menschen gefunden hatte, der sie ins Gleichgewicht bringen konnte, und dass sich zu verlieben vor allem bedeutete, aufgefangen … gerettet zu werden …

Die Haustür fiel krachend ins Schloss, und im Treppenhaus waren Geräusche zu hören, Toms Schritte, die immer näher kamen, und überwältigt von blindem Verlangen vergaß Juniper die Vergangenheit, wandte sich vom Garten ab, von der kleinen Katze, die im Laub herumtollte, und von der traurigen alten Dame, die um die Kathedrale von Coventry weinte, vergaß den Krieg draußen vor ihrem Fenster, die Stadt der Stufen, die nirgendwohin führten, die Bilder an Wänden ohne Decken und die Küchentische ohne Familien. Sie sprang von der Fensterbank herunter und lief zum Bett, während sie Toms Hemd abstreifte. Und als sich der Schlüssel im Schloss drehte, gab es nur noch sie und ihn in dieser kleinen, warmen Wohnung, in der das Geburtstagsessen bereitstand.

Sie hatten jeder zwei große Stücke Kuchen gegessen, und das ganze Bett war mit Krümeln übersät. »Das liegt daran, dass ich zu wenig Eier hatte«, sagte Juniper, die mit dem Rücken an die

Wand gelehnt dasaß und das Chaos mit einem resignierten Seufzer betrachtete. »Dann hält der Teig nicht so gut zusammen, weißt du.«

Tom lächelte sie an. »Was du alles weißt.«

»Da kannst du mal sehen.«

»Und was du alles kannst. So einen Kuchen könnte man bei Fortnum & Mason verkaufen.«

»Nun, ich will nicht lügen, ein bisschen Hilfe hatte ich schon.«

»Aha«, sagte Tom, rollte sich auf die Seite und reckte sich nach dem in Zeitungspapier eingewickelten Päckchen auf dem Tisch, bis er es mit den Fingerspitzen zu fassen bekam. »Unser Hauskoch.«

»Er ist gar kein richtiger Koch, er ist eigentlich Dramatiker. Ich habe ihn dieser Tage mit einem Mann reden hören, der eins seiner Stücke aufführen wird.«

»Aber sag mir eins, Juniper«, sagte Tom, während er behutsam das Papier entfernte und ein Glas mit Brombeermarmelade freilegte. »Wie kommt ein Dramatiker dazu, so etwas Köstliches zu produzieren?«

»Ach, Tom, das ist ja himmlisch«, rief Juniper aus und griff nach dem Glas. »So viel Zucker! Wollen wir gleich eine Scheibe Toast damit essen?«

Tom hatte den Arm blitzschnell gehoben und hielt die Marmelade außerhalb ihrer Reichweite. »Kann es wirklich sein«, fragte er ungläubig, »dass die junge Dame immer noch Hunger hat?«

»Nein, eigentlich nicht. Aber es hat auch nichts mit Hunger zu tun.«

»So?«

»Es ist nur die Verlockung, die süße Verlockung, auswählen zu können.«

Tom drehte das Glas zwischen den Fingern und betrachtete

eingehend die köstliche rotschwarze Beute. »Nein«, sagte er nach einer Weile, »ich finde, wir sollten es für eine spezielle Gelegenheit aufheben.«

»Spezieller als dein Geburtstag?«

»Meinen Geburtstag haben wir doch schon ausreichend gewürdigt. Das hier sollten wir für die nächste Feier aufbewahren.«

»Also gut«, sagte Juniper und schmiegte sich in seinen Arm, »aber nur, weil heute dein Geburtstag ist und ich viel zu satt bin, um aufzustehen.«

Lächelnd zündete Tom sich eine Zigarette an.

»Wie war's bei dir zu Hause?«, fragte Juniper. »Hat Joey die Erkältung überstanden?«

»Hat er.«

»Und Maggie? Hat sie dir dein Horoskop vorgelesen?«

»Ja, und das war sehr nett von ihr. Wie sollte ich sonst wissen, wie ich mich diese Woche verhalten soll?«

»Undenkbar.« Juniper nahm ihm die Zigarette ab und zog den Rauch langsam ein. »Stand denn etwas Interessantes darin? Los, erzähl schon.«

»Nichts Besonderes«, erwiderte Tom und ließ seine Finger unter das Laken gleiten. »Nur dass ich wohl einem schönen Mädchen einen Heiratsantrag machen werde.«

»Ach ja?« Sie wand sich unter seinem Kitzeln und stieß prustend den Rauch aus. »Das ist allerdings interessant.«

»Ja, durchaus.«

»Wobei natürlich die wirklich interessante Frage ist, was die junge Dame voraussichtlich antworten wird. Konnte Maggie denn dazu auch etwas sagen?«

Tom zog seinen Arm weg und rollte sich auf die Seite, um sie anzusehen. »Leider konnte Maggie mir da nicht helfen. Sie meinte, ich müsste das Mädchen selbst fragen und sehen, was passiert.«

»Na, wenn Maggie das sagt …«

»Und?«, fragte Tom.

»Und was?«

Er stützte sich auf einen Ellbogen und sagte näselnd: »Wollen Sie mir die Ehre erweisen, Juniper Blythe, meine Frau zu werden?«

»Nun, verehrtester Herr«, antwortete Juniper im Tonfall der Queen. »Das hängt davon ab, ob außerdem drei pummelige Kinderchen genehm wären.«

Tom nahm ihr die Zigarette ab und zog beiläufig daran. »Warum nicht vier?«

Es wirkte immer noch wie ein Spiel, aber das vornehme Näseln war verschwunden. Juniper war plötzlich verlegen und wusste nicht, was sie sagen sollte.

»Komm, Juniper«, drängte er. »Lass uns heiraten. Du und ich.« Und es konnte kein Zweifel mehr daran bestehen, dass er es ernst meinte.

»Es ist nicht vorgesehen, dass ich heirate.«

Er runzelte die Stirn. »Was soll das heißen?«

In dem Schweigen, das zwischen ihnen entstand, hörte man einen Wasserkessel, der in der Wohnung unter ihnen pfiff. »Es ist kompliziert«, sagte Juniper schließlich.

»Wirklich? Liebst du mich?«

»Das weißt du doch.«

»Dann ist es auch nicht kompliziert. Heirate mich. Sag ja, June. Was auch immer es ist, was dir Sorgen bereitet, wir finden dafür eine Lösung.«

Juniper wusste, dass es keine Antwort gab, die ihn zufriedenstellen würde, nichts außer »ja«, aber das konnte sie nicht. »Lass mich darüber nachdenken«, sagte sie schließlich. »Gib mir ein bisschen Zeit.«

Er setzte sich abrupt auf die Bettkante und ließ den Kopf

hängen. Er war unglücklich. Sie hätte ihn gern berührt, ihm den Rücken gestreichelt, hätte am liebsten die Zeit zurückgedreht, damit er sie nie gefragt hätte. Während sie ihn noch ratlos betrachtete, langte er in seine Tasche und zog einen Umschlag hervor. Er war einmal gefaltet, aber sie konnte sehen, dass sich ein Brief darin befand. »Hier hast du deine Zeit«, sagte er und reichte ihr den Brief. »Ich bin wieder zu meiner Einheit berufen worden. Ich muss mich in einer Woche melden.«

Juniper holte erschrocken Luft. Sie setzte sich neben ihn. »Aber wie lange …? Wann wirst du wieder zurück sein?«

»Keine Ahnung. Wenn der Krieg vorbei ist, nehme ich an.«

Wenn der Krieg vorbei ist. Er würde London verlassen, und plötzlich begriff Juniper, dass dieser Ort, diese Stadt ohne Tom bedeutungslos wäre. Dann konnte sie genauso gut wieder ins Schloss zurückkehren. Bei diesem Gedanken begann ihr Herz wild zu rasen, ein Warnsignal, das ihr nur allzu sehr vertraut war. Sie schloss die Augen in der Hoffnung, dass es vorüberging.

Ihr Vater hatte ihr erklärt, dass sie ein Geschöpf des Schlosses war, dass sie dorthin gehörte und dort am besten aufgehoben war, aber er hatte sich geirrt. Das wusste sie inzwischen. Das Gegenteil war der Fall. Fern vom Schloss, fern von der Welt des Raymond Blythe, fern von den schrecklichen Dingen, die er ihr erzählt hatte, und fern von seinen entsetzlichen Schuldgefühlen und seiner Traurigkeit war sie frei. In London war keiner ihrer Besucher aufgetaucht, und es hatte keine verlorene Zeit gegeben. Und auch wenn ihre schreckliche Angst, sie könnte anderen ein Leid zufügen, ihr bis hierher gefolgt war – hier war alles anders.

Juniper spürte einen Druck auf ihren Knien und öffnete blinzelnd die Augen. Tom kniete mit besorgter Miene vor ihr auf dem Boden. »Hey, mein Liebling«, sagte er. »Es ist alles in Ordnung. Alles wird gut werden.«

Sie hatte Tom nichts von alldem erklären müssen, und darüber war sie heilfroh gewesen. Sie wollte nicht, dass sich seine Liebe zu ihr änderte, dass er so fürsorglich und so besorgt wurde wie ihre Schwestern. Sie wollte nicht beaufsichtigt werden und auch nicht, dass ihre Stimmungen und ihr Schweigen bewertet wurden. Sie wollte nicht vorsichtig geliebt werden, sondern leidenschaftlich.

»Juniper«, sagte Tom, »es tut mir leid. Bitte sieh mich nicht so an. Ich ertrage es nicht, wenn du so ein Gesicht machst.«

Was war nur los mit ihr? Wollte sie sich etwa von ihm abwenden? Ihn aufgeben? Warum um alles in der Welt sollte sie so etwas tun? Nur um den Wünschen ihres Vaters gerecht zu werden?

Tom stand auf und wollte weggehen, aber Juniper fasste ihn am Handgelenk. »Tom …«

»Ich hole dir ein Glas Wasser.«

»Nein«, sagte sie und schüttelte heftig den Kopf. »Ich will kein Wasser. Ich will nur dich.«

Er lächelte, und ein Grübchen bildete sich in seiner stoppeligen Wange. »Mich hast du doch schon.«

»Nein«, sagte sie, »ich meine … ja.«

Er legte den Kopf schief.

»Ich meine, ich möchte, dass wir heiraten.«

»Wirklich?«

»Und wir sagen es meinen Schwestern gemeinsam.«

»Natürlich tun wir das gemeinsam«, antwortete er. »Was immer du willst.«

Und dann musste sie lachen, aus vollem Halse lachen, und fühlte sich auf einmal viel leichter. »Thomas Cavill und ich werden heiraten.«

Juniper lag wach, die Wange an Toms Brust geschmiegt, und lauschte auf seinen gleichmäßigen Herzschlag, seinen ruhigen Atem, versuchte, ihren Rhythmus mit seinem in Einklang zu bringen. Aber sie konnte nicht schlafen. Sie versuchte, in ihrem Kopf einen Brief zu formulieren. Denn sie würde ihren Schwestern schreiben müssen und sie darüber informieren, dass sie und Tom kommen würden, und sie würde es ihnen auf eine Weise erklären müssen, die sie erfreute. Sie durften nicht misstrauisch werden.

Und dann war ihr noch etwas Wichtiges eingefallen. Sie hatte sich nie für schöne Kleider interessiert, aber sie hatte das Gefühl, dass eine Frau, die heiratete, ein Kleid haben sollte, das der Gelegenheit angemessen war. Sie selbst legte auf diese Dinge keinen Wert, aber Tom vielleicht und seine Mutter ganz bestimmt, und es gab nichts, was Juniper nicht für Tom tun würde.

Sie erinnerte sich an ein Kleid, das einmal ihrer Mutter gehört hatte: blasse Seide mit einem Reifrock. Juniper hatte es sie einmal tragen sehen, vor langer Zeit. Wenn es noch irgendwo im Schloss existierte, würde Saffy es finden, und sie würde genau wissen, wie man es wieder in Schuss bringen konnte.

# 4

*London, 19. Oktober 1941*

Meredith hatte Mr. Cavill – Tom, wie er von ihr genannt werden wollte – seit Wochen nicht gesehen, und so war es eine Riesenüberraschung, als sie die Haustür aufmachte und er vor ihr stand.

»Mr. Cavill«, sagte sie und bemühte sich, nicht allzu aufgeregt zu klingen. »Wie geht es Ihnen?«

»Es könnte mir gar nicht besser gehen, Meredith. Und sag doch Tom, bitte.« Er lächelte. »Ich bin nicht mehr dein Lehrer.«

Meredith spürte, wie sie rot anlief.

»Darf ich einen Moment reinkommen?«

Sie warf einen Blick über die Schulter in die Küche, wo Rita mit finsterer Miene irgendetwas auf dem Tisch betrachtete. Seit Kurzem war es aus mit dem jungen Fleischergehilfen, und seitdem war sie fürchterlich schlecht gelaunt. Und offenbar hatte sie sich vorgenommen, ihre Enttäuschung an ihrer kleinen Schwester auszulassen.

Tom musste ihre Zurückhaltung gespürt haben, denn er fügte hinzu: »Wir können auch spazieren gehen, wenn dir das lieber ist?«

Meredith nickte dankbar und schloss die Tür leise hinter sich, als sie sich aus dem Staub machte.

Sie gingen die Straße enlang, und Meredith, die Arme verschränkt, den Kopf gesenkt, tat so, als lauschte sie seinen freundlichen Worten über die Schule und das Schreiben, über die Vergangenheit und die Zukunft, während sie in Wirklichkeit fieberhaft darüber nachdachte, was der Grund für seinen Besuch sein mochte. Sie versuchte angestrengt, nicht an ihre Schulmädchenschwärmerei von früher zu denken.

Schließlich hatten sie den Park erreicht, wo Juniper und Meredith im Juni, als es so heiß gewesen war, vergeblich nach Liegestühlen gesucht hatten. Der Kontrast zwischen der Erinnerung an den warmen Tag und dem grauen Himmel heute ließ Meredith frösteln.

»Du frierst ja. Ich hätte dich daran erinnern sollen, eine Jacke mitzunehmen.« Er zog seine Jacke aus und gab sie Meredith.

»Nein, nein, ich ….«

»Ach was. Mir ist ohnehin zu warm.«

Er zeigte auf eine Stelle auf dem Rasen, wo Meredith sich im Schneidersitz neben ihn setzte. Er erzählte noch ein bisschen, fragte, wie es mit dem Schreiben voranging, und hörte ihr aufmerksam zu. Er sagte, dass er sich noch gut daran erinnere, wie er ihr das Tagebuch geschenkt hatte, und wie sehr er sich darüber freue, dass sie es immer noch benutzte, und dabei zupfte er die ganze Zeit Grashalme aus, die er zu kleinen Spiralen rollte. Meredith hörte ihm zu, nickte und beobachtete seine Hände. Sie waren wunderschön, kräftig und wohlgeformt. Männerhände, aber nicht klobig oder behaart. Wie es sich wohl anfühlen würde, sie zu berühren?

Ihre Schläfe begann zu pochen, und der Gedanke, wie einfach das gehen könnte, machte sie ganz schwindlig. Sie müsste nur ihre Hand ein bisschen weiter ausstrecken. Ob seine Hand wohl warm war, fragte sie sich, glatt oder rau? Würde seine Hand zusammenzucken, sich dann aber um ihre schließen?

»Ich habe etwas für dich«, sagte er. »Es gehört mir, aber ich wurde wieder einberufen, deshalb muss ich ein gutes neues Zuhause dafür finden.«

Ein Geschenk, bevor er wieder in den Krieg zog? Meredith stockte der Atem, und die Gedanken an seine Hände verflogen. Waren das nicht genau die Dinge, die Liebespaare taten? Geschenke austauschen, bevor der Held davonzog?

Meredith erschrak, als Toms Hand ihren Rücken berührte. Er zog sie sofort wieder zurück und hielt ihr verlegen lächelnd die Handfläche hin. »Tut mir leid. Aber das Geschenk befindet sich in meiner Jackentasche.«

Meredith erwiderte sein Lächeln erleichtert, aber auch irgendwie enttäuscht. Sie gab ihm die Jacke, und er nahm ein Buch aus der Innentasche.

»›Die letzten Tage von Paris, das Tagebuch eines Journalisten‹«, las sie laut und drehte es um. »Danke … Tom.«

Seinen Namen auszusprechen ließ sie erschaudern. Sie war inzwischen fünfzehn und vielleicht nicht ausgesprochen hübsch, aber auch kein flachbrüstiges Kind mehr. Es konnte doch sein, dass ein Mann sich in sie verliebte?

Sie spürte seinen Atem an ihrem Hals, als er sich vorbeugte und auf den Umschlag tippte.

»Alexander Werth hat dieses Tagebuch geschrieben, als Paris fiel. Ich schenke es dir, weil es beweist, wie wichtig es ist, dass Menschen aufschreiben, was sie sehen. Vor allem in Zeiten wie den unseren. Sonst erfährt die Welt nicht, was wirklich passiert, verstehst du das, Meredith?«

»Ja.« Als sie ihn von der Seite ansah, lag eine solche Intensität in seinem Blick, dass ihr beinahe das Herz stehen blieb. Es dauerte nur Sekunden, aber für Meredith schien dieser Moment eine Ewigkeit zu dauern. Es war, als würde sie einer Fremden zusehen, als sie sich mit angehaltenem Atem und geschlossenen

Augen vorbeugte und in einem Augenblick absoluter Vollkommenheit ihre Lippen auf seine drückte …

Tom war sehr liebenswürdig. Er sprach freundlich mit ihr, als er ihre Hände von seinen Schultern nahm, sie kurz drückte, eine unmissverständlich freundschaftliche Geste, und sagte, sie brauche sich nicht zu schämen.

Aber Meredith schämte sich zu Tode, sie wäre am liebsten im Erdboden versunken. Oder hätte sich in Luft aufgelöst. Alles, nur nicht mehr neben ihm sitzen im grellen Licht ihres entsetzlichen Fehlers. Sie war so zerknirscht, dass sie, als Tom sie nach Junipers Schwestern fragte – wie sie waren, welche Vorlieben sie hatten, ob sie bestimmte Blumen bevorzugten –, ganz mechanisch antwortete. Und nicht auf die Idee kam, ihn zu fragen, warum ihn das eigentlich interessierte.

Am Tag, als Juniper London verließ, traf sie sich mit Meredith am Bahnhof Charing Cross. Sie war froh über die Gesellschaft, nicht nur, weil Merry ihr fehlen würde, sondern auch, weil sie sie von Tom ablenkte. Er war am Tag zuvor aufgebrochen, um sich wieder seinem Regiment anzuschließen – zuerst nur zur Ausbildung, bevor er wieder an die Front geschickt würde –, und die Wohnung, die Straße, die Stadt London, all das war ohne ihn unerträglich. Deshalb hatte Juniper beschlossen, einen frühen Zug zu nehmen. Aber sie würde nicht zum Schloss zurückfahren, noch nicht: Das Abendessen war erst für Mittwoch geplant, und da sie noch etwas Geld besaß, hatte sie sich entschlossen, die kommenden drei Tage zu nutzen, um einige der verwaschenen Landschaftsbilder zu erkunden, die sie auf der Fahrt nach London durch das Zugfenster gesehen hatte.

Eine vertraute Gestalt tauchte in der überfüllten Wartehalle auf und lächelte breit, als sie Junipers aufgeregtes Winken bemerkte. Meredith schob sich durch die Menge zu Juniper, die wie verabredet unter der Bahnhofsuhr auf sie wartete.

»Und«, fragte Juniper, nachdem sie sich umarmt hatten, »wo ist es?«

Meredith legte Daumen und Zeigefinger gegeneinander und verzog das Gesicht. »Nur noch ein paar klitzekleine Korrekturen.«

»Heißt das, ich kann es nicht im Zug lesen?«

»Nur noch ein paar allerletzte Korrekturen, ehrlich.«

Juniper trat zur Seite, um einem Kofferträger Platz zu machen, der einen Haufen Gepäck vor sich her schob. »Also gut«, sagte sie. »Noch ein paar Tage. Aber länger nicht!« Sie wedelte in gespielter Strenge mit dem Finger. »Ich erwarte es dann bis zum Wochenende in der Post. Einverstanden?«

»Einverstanden.«

Sie lächelten sich an, als der Zug ein schrilles Pfeifen ertönen ließ. Die meisten Fahrgäste waren schon eingestiegen. »Tja«, sagte Juniper, »ich glaube, ich muss jetzt …«

Der Rest ihres Satzes wurde in Merediths Umarmung erstickt. »Du wirst mir fehlen, Juniper. Versprich mir, dass du wieder zurückkommst.«

»Natürlich komme ich zurück.«

»In spätestens einem Monat?«

Juniper strich ihrer jungen Freundin eine Wimper von der Wange. »Wenn's länger dauern sollte, musst du vom Schlimmsten ausgehen und ein Rettungskommando schicken!«

Meredith grinste. »Und du gibst mir Bescheid, sobald du meine Geschichte gelesen hast?«

»Postwendend noch am selben Tag«, sagte Juniper und salutierte. »Pass auf dich auf, kleines Huhn.«

»Du auch.«

»Wie immer.« Juniper wurde wieder ernst, sie zögerte und

strich sich eine Strähne aus den Augen. Sie überlegte. Die Neuigkeit wurde größer und größer in ihrem Innern, wollte freigelassen werden, aber eine kleine Stimme drängte sie zur Zurückhaltung.

Die Pfeife des Schaffners übertönte ihre innere Stimme, und
Juniper traf ihre Entscheidung. Meredith war ihre beste Freundin, ihr konnte sie vertrauen. »Ich habe ein Geheimnis, Merry«,
sagte sie. »Ich habe es noch niemandem erzählt, wir wollen lieber noch warten, aber du bist nicht irgendjemand.«

Meredith nickte eifrig, und Juniper beugte sich zum Ohr
ihrer kleinen Freundin vor. Sie fragte sich, ob die Worte wohl
auch jetzt genauso fremd und wundervoll klingen würden wie
beim ersten Mal: »Thomas Cavill und ich werden heiraten.«

## Mrs. Birds Verdacht

### 1992

Es war dunkel, als ich das Bauernhaus erreichte, und ein feiner Nieselregen hatte eingesetzt, der sich wie ein Netz über die Landschaft legte. Das Abendessen würde erst in ein paar Stunden serviert werden, und darüber war ich froh. Nach meinem außerplanmäßigen Nachmittag in Gesellschaft der Schwestern brauchte ich ein heißes Bad und Zeit für mich, um die erdrückende Atmosphäre abzuschütteln, die mich auf dem Weg zurück begleitet hatte. Ich hätte nicht einmal genau sagen können, was es war, aber die Schlossmauern hatten so viel unerfüllte Sehnsucht, so viel enttäuschte Hoffnung erlebt, dass sie die bedrückende Atmosphäre geradezu auszudünsten schienen.

Und doch übten das Schloss und seine weltentrückten Bewohnerinnen eine unerklärliche Faszination auf mich aus. Ungeachtet des Unbehagens, das ich dort gespürt hatte, empfand ich, kaum dass ich das Schloss verlassen hatte, einen Zwang zurückzukehren, und zählte die Stunden bis zu meinem nächsten Besuch. Vernünftig klingt das nicht, aber welche Obsession ist schon vernünftig? Und dass es sich um eine Obsession handelte, sehe ich inzwischen ein.

Ein sanfter Regen fiel auf das Dach des Bauernhauses, während ich auf dem Bett lag, die Decke um die Füße gewickelt, las und döste und nachdachte, und zum Abendessen war ich wieder erholt. Es war verständlich, dass Percy Juniper schonen wollte, dass sie mir vehement Einhalt geboten hatte, als ich mich anschickte, alte Wunden aufzureißen. Es war taktlos von mir gewesen, Thomas Cavill zu erwähnen, vor allem, da Juniper in der Nähe war. Aber Percys heftige Reaktion hatte meine Neugier geweckt ... Vielleicht hatte ich ja Glück und konnte Saffy irgendwann unter vier Augen sprechen; dann würde ich noch ein bisschen weiterbohren können. Sie schien geneigt, ja begierig zu sein, mich bei meinen Nachforschungen zu unterstützen.

Nachforschungen, die jetzt sogar das Privileg einschlossen, in Raymond Blythes Notizbüchern stöbern zu dürfen. Allein der Gedanke ließ mich wohlig erschaudern. Freudig erregt rollte ich mich auf den Rücken, starrte an die Balkendecke und malte mir aus, wie es sein würde, in die Gedankenwelt des Schriftstellers einzutauchen.

Im gemütlichen Esszimmer von Mrs. Birds Bauernhaus setzte ich mich zum Abendessen allein an einen Tisch. Es duftete angenehm nach dem Gemüseeintopf, den sie mir servierte, und im offenen Kamin prasselte ein Feuer. Draußen wurde der Wind heftiger, rüttelte an den Fensterscheiben, ließ die Läden hin und wieder laut klappern. Nicht zum ersten Mal dachte ich, was für eine simple Wohltat es doch ist, im Warmen zu sitzen, wenn sich draußen die kalte, sternlose Nacht über das Land legt.

Ich hatte meine Notizen mitgenommen, um mit der Arbeit an meinem Essay über Raymond Blythe zu beginnen, aber meine Gedanken wanderten immer wieder zu seinen Töchtern. Wahrscheinlich war es das Geschwisterthema. Ich war völlig fasziniert von dem Netz aus Liebe, Pflichtgefühl und Groll, in dem sie gefangen waren. Die Blicke, die sie austauschten, das über Jahrzehnte entstandene komplizierte Kräftegleichgewicht, ihre wortlose Verständigung, die ich nie würde ergründen können. Und vielleicht war das der Schlüssel: Sie bildeten eine verschworene Gemeinschaft, und ich war allein. Sie gemeinsam zu erleben ließ mich deutlich und schmerzhaft erkennen, was mir fehlte.

»War wohl ein großer Tag heute?« Als ich aufsah, stand Mrs. Bird vor mir. »Und morgen steht Ihnen wieder einer bevor, wie ich das sehe?«

»Morgen früh darf ich mir Raymond Blythes Kladden ansehen.« Ich konnte nicht anders, die Worte sprudelten einfach so aus mir heraus.

Mrs. Bird war fassungslos, schien sich aber für mich zu freuen. »Also, das ist ja … Haben Sie etwas dagegen, wenn ich …?« Sie klopfte auf den Stuhl mir gegenüber.

»Natürlich nicht.«

Mit einem Seufzer ließ sie ihren fülligen Körper auf den Stuhl fallen, legte sich eine Hand auf den Bauch und richtete sich auf. »So, jetzt geht's mir besser. Ich bin schon den ganzen Tag auf den Beinen …« Sie nickte zu meinen Notizen. »Aber ich sehe, Sie arbeiten ja auch den ganzen Tag.«

»Ich versuch's. Aber irgendwie bin ich mit den Gedanken woanders.«

»Ach.« Ihre Augenbrauen zogen sich zusammen. »Wohl bei Ihrem Liebsten, was?«

»So was Ähnliches. Mrs. Bird, hat heute zufällig jemand für mich angerufen?«

»Angerufen? Nicht, dass ich wüsste. Haben Sie einen Anruf erwartet? Von dem jungen Mann, der in Ihrem Kopf herumspukt?« Plötzlich kam ein Leuchten in ihre Augen. »Ist es Ihr Verleger?«

Sie sah mich so hoffnungsfroh an, dass es mir beinahe herzlos erschien, sie zu enttäuschen. Um jedoch keine Missverständnisse aufkommen zu lassen, sagte ich: »Ich hatte einen Anruf von meiner Mutter erwartet. Ich hatte gehofft, sie könnte für einen Tag zu Besuch herkommen.«

Ein besonders heftiger Windstoß rüttelte an den Fensterläden. Mrs. Bird und ich waren die Einzigen, die noch im Esszimmer saßen, das Kaminholz war so weit heruntergebrannt, dass es rot glühte, hin und wieder laut knallte und winzige Goldstücke gegen die Kaminwände spuckte. Ich weiß nicht, ob es an dem warmen, verrauchten Zimmer lag, das in so starkem Kontrast zu dem stürmischen und nasskalten Wetter stand, oder ob es eine Reaktion auf die alles durchdringende Atmosphäre von Verwicklungen und Geheimnissen war, die ich im Schloss erlebt hatte, oder einfach nur ein plötzliches Verlangen danach, ein normales Gespräch mit einem anderen Menschen zu führen. Wie auch immer, mich überkam plötzlich ein starkes Mitteilungsbedürfnis. Ich klappte mein Notizbuch zu und schob es zur Seite. »Meine Mutter war während des Kriegs hier evakuiert«, sagte ich.

»Hier im Dorf?«

»Im Schloss.«

»Nein! Wirklich? Sie hat bei den Schwestern gewohnt?«

Ich nickte, beglückt über ihre Reaktion.

»Du liebe Güte!«, sagte Mrs. Bird und faltete die Hände. »Da wird sie ja eine Menge zu erzählen haben. Gar nicht auszudenken.«

»Ich habe sogar ihr Kriegstagebuch …«

»Kriegstagebuch?«

»Ihr Tagebuch aus der Zeit. Gedanken darüber, wie es ihr ergangen ist, über die Leute, die sie kennengelernt hat, über das Schloss.«

»Ach, dann kommt ja bestimmt auch meine Mutter darin vor«, sagte Mrs. Bird und richtete sich stolz auf.

Jetzt war ich es, die überrascht war. »Ihre Mutter?«

»Sie hat im Schloss gearbeitet. Hat als Dienstmädchen im Alter von sechzehn Jahren angefangen; zum Schluss war sie die Haushälterin. Lucy Rogers, aber damals hieß sie noch Middleton.«

»Lucy Middleton«, sagte ich langsam und überlegte, ob ich im Tagebuch meiner Mutter irgendwo auf den Namen gestoßen war. »Ich weiß nicht; da müsste ich nachsehen.« Die Enttäuschung war Mrs. Bird anzusehen. Sofort bekam ich ein schlechtes Gewissen und versuchte krampfhaft, die Situation wieder hinzubiegen. »Sie hat mir noch nicht viel darüber erzählt, wissen Sie. Ich habe überhaupt erst vor Kurzem von ihrer Evakuierung erfahren.«

Ich bereute meine Worte auf der Stelle. Als ich mich reden hörte, wurde mir mehr denn je bewusst, wie merkwürdig es war, dass eine Frau so etwas geheim hielt. Und zu allem Überfluss fühlte ich mich plötzlich mitschuldig, so als wäre das Schweigen meiner Mutter mein persönliches Versagen. Ich kam mir ziemlich töricht vor, denn wenn ich ein bisschen umsichtiger gewesen wäre, ein bisschen weniger darauf bedacht, Mrs. Birds Interesse zu wecken, hätte ich mich nicht in diese dumme Situation manövriert. Doch Mrs. Bird schien alles andere als verwundert. Mit einem wissenden Nicken beugte sie sich zu mir vor und sagte: »Eltern und ihre Geheimnisse, nicht wahr?«

»Stimmt.« Ein Stück glühender Holzkohle zerstob im Kamin, und Mrs. Bird bedeutete mir, sie werde gleich wieder zurück sein; sie erhob sich und verschwand durch eine Geheimtür in der tapezierten Wand.

Der Regen schlug gegen die Holztür und füllte den Teich im Hof. Ich legte die Handflächen gegeneinander, hielt sie einen Moment lang wie zum Gebet gefaltet an die Lippen und schmiegte dann meine Wange an meinen vom Kaminfeuer gewärmten Handrücken.

Mrs. Bird kehrte mit einer Flasche Whisky und zwei Kristallgläsern zurück. Es passte so perfekt zu dem rauen, launischen Wetter, dass ich erfreut lächelnd das Angebot annahm.

Über den Tisch hinweg stießen wir an.

»Meine Mutter wäre beinahe unverheiratet geblieben«, sagte Mrs. Bird und kostete mit zusammengepressten Lippen die Wärme des Whiskys. »Was sagen Sie dazu? Um ein Haar hätte es mich nie gegeben.« Sie fasste sich theatralisch an die Stirn.

Ich lächelte.

»Sie hatte einen Bruder, wissen Sie, einen älteren Bruder, den sie angebetet hat. So wie sie von ihm erzählte, hätte man meinen können, er hätte persönlich dafür gesorgt, dass jeden Morgen die Sonne aufging. Ihr Vater war jung gestorben, da hat Michael, der Bruder, die Rolle übernommen. Er war der Mann im Haus. Schon als Junge hat er nach der Schule und am Wochenende gearbeitet. Hat für zwei Pence Fenster geputzt. Und das Geld hat er seiner Mutter gegeben, damit sie das Haus in Ordnung halten konnte. Und dazu sah er auch noch gut aus … Warten Sie, ich habe ein Foto.« Sie eilte zum Kamin, ließ die Finger über eine Reihe Bilderrahmen flattern, die auf dem Sims standen, und nahm schließlich einen kleinen Messingrahmen herunter. Mit der ausgebeulten Vorderseite ihres Tweedrocks wischte sie den Staub vom Glas und reichte mir das Foto. Drei Personen, festgehalten in einem Moment aus längst vergangenen Zeiten: Ein junger Mann, der vom Schicksal mit einem guten Aussehen gesegnet war, zwischen einer älteren Frau und einem hübschen Mädchen von vielleicht dreizehn Jahren.

»Michael ist wie alle anderen in den Ersten Weltkrieg gezogen.« Mrs. Bird stand hinter mir und sah mir über die Schulter. »Meine Mutter hat ihn zum Zug begleitet, und beim Abschied hat er sie gebeten, bei der Mutter zu bleiben, falls ihm etwas zustoßen sollte.« Mrs. Bird nahm das Foto an sich und setzte sich wieder hin. Sie rückte ihre Brille zurecht und betrachtete das Bild, während sie weitersprach. »Was hätte sie sagen sollen? Sie hat es ihm versprochen. Sie war noch so jung – bestimmt hat sie nicht damit gerechnet, dass irgendetwas Schlimmes passieren könnte. Das hat eigentlich niemand. Zumindest nicht zu Kriegsbeginn. Da wussten sie es noch nicht.« Sie klappte den Pappständer an der Rückwand des Rahmens heraus und stellte ihn auf den Tisch neben ihr Glas.

Ich nippte an meinem Whisky und wartete; schließlich seufzte sie. Sie sah mich an, und dann machte sie eine Handbewegung, als wollte sie Konfetti streuen. »Jedenfalls«, fuhr sie fort, »kam es, wie es kommen musste. Er ist gefallen, und meine arme Mutter hielt sich an das Versprechen, das sie gegeben hatte. Ich weiß nicht, ob ich es getan hätte, aber damals waren die Menschen noch anders. Sie hielten ihr Wort. Meine Großmutter war ein richtiger Drachen, ehrlich gesagt, aber meine Mutter hat sie beide ernährt, alle Hoffnungen auf Ehe und Kinder aufgegeben und sich in ihr Schicksal gefügt.«

Schwere Regentropfen prasselten gegen das Fenster, und ich fröstelte in meiner Strickjacke. »Und doch sitzen Sie jetzt hier.«

»Ja, richtig.«

»Was ist dann geschehen?«

»Meine Großmutter ist gestorben«, sagte Mrs. Bird mit einem sachlichen Nicken, »es ging sehr schnell, im Juni 1939. Sie war schon eine Zeit lang krank gewesen, irgendwas mit der Leber, es war also nicht so überraschend. Nach allem, was ich weiß, muss es eine ziemliche Erleichterung gewesen sein, aber meine Mutter war viel zu gutmütig, um so etwas zuzugeben. Im neunten Kriegsmonat hat meine Mutter geheiratet, da war sie mit mir schwanger.«

»Eine stürmische Liebesgeschichte.«

»Stürmisch?« Mrs. Bird schürzte nachdenklich die Lippen. »Wahrscheinlich ja, gemessen an den heutigen Maßstäben. Aber nicht damals, im Krieg. Und ehrlich gesagt bin ich mir nicht einmal so sicher, ob es wirklich eine Liebesgeschichte war. Ich hatte immer den Eindruck, dass meine Mutter aus rein praktischen Gründen geheiratet hat. Das hat sie zwar nie gesagt, nicht einmal angedeutet, aber ein Kind spürt so etwas, nicht wahr? Auch wenn wir alle am liebsten das Produkt einer großen Leidenschaft wären.« Sie lächelte mich an, zögerlich, als versuchte sie einzuschätzen, ob sie mir noch mehr anvertrauen konnte.

»Ist denn irgendetwas vorgefallen?«, fragte ich und beugte mich vor. »Etwas, das Sie auf diese Idee gebracht hat?«

Mrs. Bird trank ihren Whisky aus und drehte das Glas hin und her, sodass feuchte Ringe auf dem Tisch entstanden. Stirnrunzelnd betrachtete sie die Flasche, während sie eine innere Debatte zu führen schien. Ich weiß nicht, ob sie gewann oder verlor, aber schließlich nahm sie den Verschluss von der Flasche und schenkte uns beiden noch einmal ein.

»Ich habe etwas gefunden«, sagte sie. »Ist schon ein paar Jahre her. Nachdem meine Mutter gestorben war und ich mich um ihre Angelegenheiten gekümmert habe.«

Der Whisky pulsierte warm in meiner Kehle. »Und was haben Sie gefunden?«

»Liebesbriefe.«

»Ach.«

»Aber nicht von meinem Vater.«

»O, là, là.«

»Versteckt in einer Blechdose hinten in der Schublade ihrer Frisierkommode. Ich hätte sie um ein Haar übersehen. Doch als ein Antiquitätenhändler kam, um sich ein paar Möbel anzuschauen, habe ich ihm die Sachen gezeigt. Erst dachte ich, die Schublade klemmt, habe noch einmal mit einem Ruck gezogen, vielleicht fester als nötig, und dabei ist die Dose zum Vorschein gekommen.«

»Und haben Sie die Briefe gelesen?«

»Später habe ich die Dose geöffnet. Schrecklich, ich weiß.« Sie errötete und begann, sich das Haar an den Schläfen glatt zu streichen, als wollte sie sich hinter ihren Händen verstecken. »Ich konnte nicht anders. Und als mir dämmerte, was ich da las, na ja, da konnte ich einfach nicht mehr aufhören. Die Briefe waren wunderschön, sehr innig. Sehr prägnant, wissen Sie, und gerade weil sie so kurz waren, so bedeutungsvoll. Aber es lag noch etwas anderes in diesen Briefen, eine Spur von Traurigkeit. Sie stammten alle aus der Zeit, bevor sie meinen Vater geheiratet hat – meine Mutter war nicht der Typ, noch Dummheiten zu machen, nachdem sie erst einmal verheiratet war. Nein, das war eine Liebesaffäre aus der Zeit, als ihre Mutter noch gelebt hat, als noch gar keine Möglichkeit bestand zu heiraten oder von zu Hause auszuziehen.«

»Wissen Sie, von wem sie stammen? Wer die Briefe geschrieben hat?«

Sie ließ ihre Haare in Ruhe und legte die Hände flach auf den Tisch. Die Stille war elektrisierend, und als sie sich vorbeugte, tat ich es auch. »Eigentlich dürfte ich es niemandem sagen«, flüsterte sie. »Ich habe nichts für Klatsch übrig.«

»Natürlich nicht.«

Sie schwieg einen Moment, ihre Mundwinkel zuckten leicht vor Aufregung, dann blickte sie sich verstohlen um. »Ich bin mir nicht hundertprozentig sicher; sie waren nicht mit vollem Namen unterzeichnet, sondern nur mit einem einzelnen Buchstaben.« Sie sah mich an, blinzelte, dann lächelte sie verschwörerisch. »Es war ein *R*.«

»Ein *R*.« Ich dachte einen Moment nach, dann begriff ich. »Was? Glauben Sie etwa …?« Aber warum eigentlich nicht? Sie glaubte, dass das R für Raymond Blythe stand. Der Schlossherr und seine langjährige Haushälterin: Es war natürlich ein Klischee, aber es war nur deshalb zum Klischee geworden, weil es immer wieder vorgekommen war. »Das würde auch die Heimlichtuerei in den Briefen erklären, die Unmöglichkeit, offen zu ihrer Beziehung zu stehen.«

»Es würde auch noch etwas anderes erklären.«

Ich schaute sie an, immer noch verwirrt von der ganzen Sache.

»Persephone, die ältere Schwester, ist mir gegenüber extrem reserviert, und gewiss nicht, weil ich ihr etwas getan hätte. Und doch habe ich es schon immer gespürt. Als ich klein war, hat sie mich mal erwischt, wie ich an dem runden Badeteich gespielt habe, wo die Schaukel hängt. Also – wie sie mich da angesehen hat! Als wäre ich ein Geist. Ich hatte Angst, sie würde mich auf der Stelle erwürgen. Aber seit ich das mit der Affäre meiner Mutter weiß und dass es dabei mit ziemlicher Sicherheit um Mr. Blythe ging, habe ich mich natürlich gefragt, ob Percy vielleicht davon wusste, ob sie es irgendwie herausgefunden und Anstoß daran genommen hat. Damals war ja alles noch ganz anders zwischen den Klassen. Und Percy Blythe ist eine unbeugsame Frau, die streng an Regeln und Traditionen festhält.«

Ich nickte langsam; es klang auf jeden Fall nicht abwegig. Percy Blythe hatte generell nichts Weiches und Warmherziges an sich, aber bei meinem ersten Besuch im Schloss war mir aufgefallen, dass sie Mrs. Bird gegenüber besonders kurz angebunden war. Das Schloss barg auf jeden Fall ein Geheimnis. War es möglicherweise diese Liebesaffäre, wovon Saffy mir erzählen wollte, das Detail, das sie Adam Gilbert nicht hatte anvertrauen wollen? Und war Percy deshalb so strikt dagegen, mich mit

Saffy reden zu lassen? Weil sie verhindern wollte, dass ihre Zwillingsschwester das Geheimnis ihres Vaters preisgab und mir von Raymond Blythes langjähriger Beziehung mit der Haushälterin berichtete?

Aber was kümmerte das Percy überhaupt? Loyalität gegenüber ihrer Mutter konnte nicht der Grund sein, schließlich hatte Raymond Blythe mehr als einmal geheiratet, und Percy waren solche Wirrungen des menschlichen Herzens bestimmt nicht unbekannt. Und selbst wenn Mrs. Bird recht damit hatte, dass Percy einfach altmodisch und gegen die Vermischung der Klassen war, konnte ich mir keinen Reim darauf machen, warum sie das alles noch nach Jahrzehnten derart beschäftigen sollte, zumal inzwischen so vieles geschehen war, das das Leben der Schwestern verändert hatte. Konnte eine mehrere Jahrzehnte zurückliegende Affäre ihres Vaters mit seiner Haushälterin tatsächlich ein solches Drama für sie darstellen, dass sie bis heute keine Mühen scheute, diese Episode vor der Öffentlichkeit geheim zu halten? Das schien mir unwahrscheinlich. Ob Percy Blythe nun altmodisch war oder nicht, tat eigentlich nichts zur Sache: Sie war in erster Linie pragmatisch veranlagt und, soweit ich es beurteilen konnte, durch und durch realistisch. Wenn sie Geheimnisse für sich behielt, dann nicht aus moralischen Erwägungen oder Prüderie.

»Außerdem«, sagte Mrs. Bird, die meine Zweifel zu spüren schien, »habe ich mich schon manches Mal gefragt, ob vielleicht … nicht dass meine Mutter so etwas angedeutet hätte, aber …« Sie schüttelte den Kopf und machte eine wegwerfende Handbewegung. »Nein, das ist dummes Zeug.«

Sie presste die Hände an die Brust, wirkte verlegen, und ich brauchte einen Moment, bis ich begriff, was in ihr vorging. Vorsichtig nahm ich den heiklen Gedanken auf und sagte: »Sie glauben, er könnte Ihr Vater sein?«

Ihr Blick sagte mir, dass ich ins Schwarze getroffen hatte. »Meine Mutter hat dieses Haus geliebt, das Schloss, die Familie Blythe. Sie hat manchmal auch vom alten Mr. Blythe gesprochen, wie klug er war und wie stolz sie darauf war, bei so einem berühmten Schriftsteller in Stellung gewesen zu sein. Andererseits hat sie sich auch merkwürdig verhalten. Sie wollte nie am Schloss vorbeifahren, wenn es sich irgendwie vermeiden ließ. Beim Erzählen brach sie manchmal mittendrin ab, dann war kein Wort mehr aus ihr herauszukriegen, und ihre Augen waren plötzlich ganz traurig und wehmütig.«

Es würde jedenfalls einiges erklären. Percy Blythe hätte vielleicht kein Problem damit gehabt, wenn ihr Vater einfach nur eine Affäre mit seiner Haushälterin gehabt hätte, aber mit ihr ein Kind in die Welt zu setzen? Eine jüngere Tochter, eine weitere Halbschwester für seine Töchter? Wenn dem wirklich so war, hätte das natürlich Konsequenzen, die nichts mit Prüderie oder Moral zu tun hatten, Konsequenzen, die zu vermeiden Percy Blythe, Hüterin des Schlosses und des Familienerbes, alles tun würde.

Und dennoch: Während mir all diese Dinge durch den Kopf gingen, als ich die verschiedenen Möglichkeiten und die durchaus materiellen Folgen in Erwägung zog, gelangte ich zu der Überzeugung, dass irgendetwas an Mrs. Birds Geschichte nicht stimmen konnte. Ich hätte nicht sagen können, was es war. Vielleicht war es nur eine sonderbare Art von Loyalität, die ich gegenüber Percy Blythe empfand, gegenüber der verschworenen Gemeinschaft auf dem Hügel. Vielleicht wollte ich nur nicht wahrhaben, dass ihre Dreizahl erhöht werden musste.

Die Uhr auf dem Kaminsims wählte diesen Moment, die volle Stunde zu verkünden, und es war, als würde ein Bann gebrochen. Mrs. Bird, die erleichtert wirkte, nachdem sie ihre Bürde mit mir geteilt hatte, begann, Salz- und Pfefferstreuer von den

Tischen einzusammeln. »Die Sachen räumen sich leider nicht von selbst auf«, sagte sie. »Zwar gebe ich die Hoffnung nicht auf, aber bisher hat sie sich nicht erfüllt.«

Ich stand ebenfalls auf und nahm die leeren Gläser vom Tisch.

Mrs. Bird lächelte mich an. »Eltern halten einem so manche Überraschung bereit, nicht wahr? Aber sie haben immerhin schon allerhand erlebt, bevor wir geboren werden.«

»Ja, unerhört«, sagte ich. »Führen einfach ihr eigenes Leben, ohne uns.«

## Der Abend, an dem er nicht kam

Am ersten Tag meiner offiziellen Gespräche mit den Schwestern brach ich schon früh zum Schloss auf. Der Himmel war grau. Der Regen vom Abend zuvor hatte zwar aufgehört, doch er schien alle Farben aus der Landschaft herausgewaschen zu haben. Eine scharfe Kälte lag in der Luft. Ich vergrub meine Hände tief in den Jackentaschen und verfluchte mich dafür, dass ich vergessen hatte, Handschuhe einzustecken.

Die Schwestern Blythe hatten mich gebeten, nicht zu klopfen, sondern einfach einzutreten und in den gelben Salon zu kommen. »Es ist wegen Juniper«, hatte Saffy mir diskret zu verstehen gegeben, als ich am Tag zuvor gegangen war. »Jedes Mal, wenn es an der Tür klopft, denkt sie, dass *er* endlich gekommen ist.« Sie erklärte nicht weiter, wen sie mit *er* meinte, aber das war auch nicht nötig.

Juniper in Unruhe zu versetzen war das Letzte, was ich wollte, deshalb war ich auf der Hut, vor allem nach meinem Fauxpas am Tag zuvor. Ich tat, wie mir geheißen, öffnete die Haustür, trat in die Eingangshalle und folgte dem düsteren Korridor. Aus irgendeinem Grund hielt ich für einen Moment den Atem an.

Im Salon war niemand. Auch Junipers grüner Samtsessel war leer. Ich stand unschlüssig da und fragte mich, ob ich mich vielleicht in der Uhrzeit geirrt hatte. Da hörte ich Schritte, und als ich mich umdrehte, stand Saffy in der Tür, wie üblich elegant gekleidet. Sie sah mich verdutzt an, als hätte ich sie überrascht.

»Oh!« Sie blieb wie angewurzelt an der Teppichkante stehen. »Edith, Sie sind schon da? Aber natürlich«, sagte sie mit einem Blick zur Kaminuhr, »es ist ja fast zehn.« Sie fuhr sich mit ihrer zarten Hand über die Stirn, bemüht, ein Lächeln zuwege zu bringen. Aber es wollte ihr nicht gelingen, und sie gab es auf. »Es tut mir leid, dass Sie warten mussten. Wir hatten einen ereignisreichen Morgen, und die Zeit ist uns davongelaufen.«

Etwas Beklemmendes war mit ihr in das Zimmer getreten und breitete sich aus. »Ist alles in Ordnung?« fragte ich.

»Nein«, antwortete sie, und in ihrem bleichen Gesicht lagen so viel Schmerz und Trauer, dass ich angesichts des leeren Sessels schon befürchtete, Juniper sei etwas zugestoßen. Ich war erleichtert, als sie sagte: »Bruno. Er ist verschwunden. Er ist aus Junipers Zimmer gelaufen, als ich ihr heute Morgen beim Anziehen helfen wollte, und seitdem haben wir ihn nicht mehr gesehen.«

»Vielleicht tollt er irgendwo herum«, sagte ich, »im Wald oder im Garten?« Aber dann musste ich daran denken, wie er am Tag zuvor ausgesehen hatte, mit seinen hängenden Schultern und grauen Streifen an seinem Rückgrat, kurzatmig japsend, und ich wusste, dass dem nicht so war.

Saffy schüttelte den Kopf. »Nein. Nein, das macht er nicht. Er entfernt sich kaum von Juniper, und wenn doch, dann setzt er sich höchstens auf die Eingangsstufen und bewacht die Zufahrt.« Sie deutete ein Lächeln an. »So etwas ist noch nie vorgekommen. Wir machen uns schreckliche Sorgen. Es geht ihm nicht gut, und er ist nicht mehr der Jüngste. Percy musste ihn gestern schon suchen gehen, und jetzt das.« Sie rang die Hände, und ich wünschte, ich hätte irgendetwas für sie tun können.

»Soll ich mal bei der Schutzhütte nachsehen, wo ich ihn gestern gesehen habe?«, fragte ich und wollte mich schon auf den Weg machen. »Vielleicht ist er aus irgendeinem Grund wieder dort.«

»Nein …«

Das kam so schroff, dass ich herumfuhr. Sie streckte eine Hand nach mir aus, während sie mit der anderen den Kragen ihrer Strickjacke an ihren zierlichen Hals drückte.

»Ich wollte sagen«, sie ließ den ausgestreckten Arm wieder sinken, »das ist sehr freundlich von Ihnen, aber es ist nicht nötig. Percy telefoniert gerade mit dem Neffen von Mrs. Bird, damit er herkommt und uns suchen hilft … Tut mir leid, ich drücke mich nicht ganz klar aus. Verzeihen Sie mir, ich bin ganz durcheinander, aber …«, sie sah an mir vorbei zur Tür, »… ich hatte gehofft, Sie einen Moment allein zu sprechen.«

Sie presste die Lippen zusammen, und mir wurde klar, dass sie sich nicht nur um Bruno sorgte, sondern auch aus einem anderen Grund nervös war. »Percy wird gleich hier sein«, sagte sie leise, »und sie wird Ihnen wie versprochen die Kladden zeigen, aber bevor sie kommt und Sie mit ihr gehen, muss ich Ihnen etwas erklären.«

Saffys Gesichtsausdruck war so ernst, so gequält, dass ich zu ihr trat und ihr eine Hand an die schmale Schulter legte. »Kommen Sie«, sagte ich und geleitete sie zum Sofa, »setzen Sie sich doch. Soll ich Ihnen irgendetwas holen? Vielleicht eine Tasse Tee?«

Sie lächelte mich mit der Dankbarkeit eines Menschen an, der es nicht gewöhnt ist, fürsorglich behandelt zu werden. »Sehr liebenswürdig, aber nein, danke. Dafür reicht die Zeit nicht. Setzen Sie sich bitte zu mir.«

Ein Schatten bewegte sich an der Tür. Saffy erstarrte und lauschte. Aber da war nur Stille. Stille und die eigenartigen Geräusche, an die ich mich mittlerweile gewöhnt hatte: eine Art Gurgeln hinter dem Deckenstuck, das leise Klappern von Fensterläden, das Ächzen im Balkenwerk des Hauses.

»Ich glaube, ich bin Ihnen eine Erklärung schuldig«, sagte sie mit gedämpfter Stimme. »Über Percy, über gestern. Als Sie nach Juniper gefragt haben, als Sie *ihn* erwähnt haben und Percy so schroff reagiert hat.«

»Sie müssen sich nicht entschuldigen.«

»Doch, doch, aber es ist schwierig, Sie unter vier Augen zu sprechen« – ein grimmiges Lächeln – »so ein riesiges Haus, und doch ist man nie allein.«

Ihre Nervosität war ansteckend. Mein Herz begann schneller zu schlagen, und ich senkte ebenfalls die Stimme. »Können wir uns nicht irgendwo treffen? Vielleicht unten im Dorf?«

»Nein«, sagte sie hastig und schüttelte den Kopf. »Nein, das geht nicht. Es ist nicht möglich.« Noch ein Blick zur leeren Tür. »Am besten wir reden hier.«

Ich nickte zustimmend und wartete, während sie ihre Gedanken ordnete wie jemand, der eine Handvoll Stecknadeln aufsammelt. Nachdem sie sie alle aufgelesen hatte, erzählte sie ihre Geschichte rasch, mit leiser, entschlossener Stimme. »Es war ganz schrecklich. Es ist jetzt über fünfzig Jahre her, und doch erinnere ich mich an den Abend, als wäre es gestern gewesen. Junipers Gesicht, als sie an der Tür stand. Sie traf erst sehr spät ein, hatte ihren Schlüssel verloren, deshalb hat sie geklopft, und als wir die Tür aufgemacht haben, kam sie hereingehüpft – sie ging nicht einfach, wie andere Menschen –, und ihr Gesichtsausdruck – den sehe ich immer vor mir, wenn ich abends die Augen zumache. Noch jetzt. Es war so eine Erleichterung, sie zu sehen. Am Nachmittag war ein fürchterliches Gewitter heraufgezogen. Es regnete, und der Sturm heulte, die Omnibusse hatten Verspätung … Wir hatten uns große Sorgen gemacht. Als es klopfte, dachten wir zuerst, er wäre es. Auch deswegen war ich nervös; beunruhigt wegen Juniper und nervös wegen ihm. Ich hatte mir schon gedacht, dass sie sich verliebt hatte, dass sie heiraten wollte. Sie hatte es Percy noch nicht erzählt – Percy hatte genau wie unser Vater eine klare Meinung zu diesen Dingen –, aber Juniper und ich standen uns immer sehr nah. Und ich wollte ihn unbedingt liebenswert finden; ich wollte, dass er ihrer Liebe wert war. Ich war natürlich auch neugierig, schließlich war Junipers Liebe nicht einfach zu gewinnen. Wir saßen eine Weile zusammen im guten Zimmer. Zuerst redeten wir über allgemeine Dinge, über Junipers Leben in London, und wir beruhigten uns damit, dass sein Bus wahrscheinlich Verspätung hatte, dass es am Verkehr lag, dass der Krieg schuld war, aber irgendwann schwiegen wir nur noch.« Sie sah mich von der Seite mit traurigen Augen an. »Der Sturm heulte, der Regen hämmerte gegen die Fensterläden, und das Abendessen verbrannte im Ofen … Der Geruch nach Kaninchenpastete« – sie verzog das Gesicht – »hing im ganzen Haus. Seitdem kann ich kein Kaninchen mehr essen. Es schmeckt für mich nach Angst. Klumpen aus entsetzlicher, verkohlter Angst … Juniper so zu erleben war unerträglich. Wir konnten sie nur mit Mühe davon abhalten, bei dem Unwetter nach draußen zu laufen und ihn zu suchen. Selbst als es schon längst Mitternacht war und es klar war, dass er nicht kommen würde, wollte sie nicht aufgeben. Sie wurde hysterisch, wir mussten ihr Schlaftabletten geben, die wir noch von Vater hatten, um sie zu beruhigen …«

Saffy versagte die Stimme; sie hatte sehr schnell gesprochen, um die Geschichte loszuwerden, bevor Percy kam. Sie hustete in ihr feines Spitzentaschentuch, das sie aus dem Ärmel gezogen hatte. Auf dem Tisch neben Saffys Sessel stand ein Krug mit Wasser, und ich goss ihr ein Glas ein. »Es muss furchtbar gewesen sein«, sagte ich und reichte es ihr.

Sie trank dankbar, dann hielt sie das Glas mit beiden Händen auf dem Schoß. Ihre Nerven schienen zum Zerreißen gespannt zu sein, ich sah, wie ihre Schläfen pulsierten.

»Und er ist nicht mehr gekommen?«, fragte ich.

»Nein.«

»Haben Sie nie erfahren, warum? Gab es keinen Brief? Keinen Anruf?«

»Nichts.«

»Und Juniper?«

»Sie hat gewartet und gewartet. Sie wartet immer noch. Die Tage vergingen, dann die Wochen. Sie hat die Hoffnung nie aufgegeben. Es war entsetzlich. Einfach entsetzlich.« Saffy ließ das Wort im Raum hängen. Sie war wieder in jene Zeit vor so vielen Jahren versunken, und ich bohrte nicht weiter. »Wahnsinn kommt nicht von heute auf morgen«, sagte sie schließlich. »Es klingt so simpel: ›Das hat sie in den Wahnsinn getrieben‹ – aber so ist es nicht. Es kam ganz allmählich. Zuerst hat sie sich zurückgezogen. Aber sie schien sich zu erholen, sprach davon, wieder nach London zu gehen, klang allerdings nicht sehr entschlossen, und sie hat es auch nie getan. Dann hat sie aufgehört zu schreiben, und da habe ich begriffen, dass etwas Zartes, etwas Wertvolles in ihr zerbrochen war. Eines Tages hat sie alles aus dem Fenster des Dachzimmers geworfen. Alles: Bücher, Manuskripte, einen Schreibtisch, selbst die Matratze …« Ihre Stimme erstarb, und sie bewegte nur noch die Lippen zu den Worten, die sie lieber nicht aussprechen wollte. Mit einem Seufzer fügte sie hinzu: »Die Blätter segelten überall herum, den Hügel hinunter, in den See, wie Herbstlaub. Wo das alles geblieben sein mag?«

Ich schüttelte den Kopf. Es musste schrecklich gewesen sein mitzuerleben, wie die geliebte Schwester in geistiger Umnachtung versank, vor allem für jemanden wie Saffy, die laut Marilyn Bird für Juniper fast so etwas wie eine zweite Mutter gewesen war.

»Die kaputten Möbel haben wir zu einem Haufen gestapelt und auf dem Gras stehen lassen. Wir haben es einfach nicht übers Herz gebracht, sie wieder hochzutragen, und Juniper wollte es auch nicht. Von da an hat sie ständig im Dachzimmer neben dem Schrank mit der verborgenen Tür gehockt, überzeugt, dahinter Stimmen zu hören. Sie glaubte, dass die Stimmen sie riefen, dabei waren sie natürlich nur in ihrem Kopf. Die Ärmste. Als der Arzt davon erfuhr, wollte er sie in eine … Anstalt …« Das schreckliche Wort kam ihr nur mit Mühe über die Lippen, und sie schaute mich flehend an, als suchte sie in meinen Augen nach Anzeichen desselben Entsetzens, das sie empfand. Sie begann, ihr weißes Taschentuch mit dem Handballen zu kneten, und ich legte ihr sanft eine Hand auf den Unterarm.

»Es tut mir so leid«, sagte ich.

Sie zitterte vor Wut und vor Verzweiflung. »Wir wollten nichts davon hören; *ich* wollte kein Wort davon hören. Ich hätte es niemals zugelassen, dass man sie mir wegnahm. Percy hat mit dem Arzt geredet und ihm erklärt, dass so etwas auf Schloss Milderhurst nicht infrage kommt, dass die Familie Blythe sich selbst um ihre Lieben kümmert. Schließlich erklärte er sich einverstanden – Percy kann sehr überzeugend sein –, aber er bestand darauf, Juniper ein stärkeres Medikament zu verschreiben.« Sie presste die lackierten Fingernägel gegen die Beine, wie eine Katze, um die Spannung abzubauen, und jetzt entdeckte ich etwas in ihren Zügen, das mir bisher entgangen war. Sie war zwar die sanftere der Zwillingsschwestern, diejenige, die sich unterwarf, aber sie war gewiss nicht schwach. Sobald es um Juniper ging, wenn sie um ihre geliebte kleine Schwester kämpfen musste, war Saffy Blythe stark wie eine Löwin. Die nächsten Worte kamen wie unter Hochdruck heraus, als hätte sich ein

577

Ventil geöffnet. »Wäre sie doch bloß nie nach London gegangen! Und hätte sie doch nie diesen Mann kennengelernt! Nichts bedaure ich in meinem Leben mehr, als dass sie weggegangen ist. Das hat alles zerstört. Danach war nichts mehr wie vorher, für keine von uns.«

Und da begann ich langsam zu ahnen, worauf sie mit ihrer Geschichte hinauswollte, warum sie glaubte, es würde helfen, wenn sie mir Percys Schroffheit erklärte; der Abend, an dem Thomas Cavill nicht erschienen war, hatte das Leben von allen dreien verändert. »Percy«, sagte ich, und Saffy nickte nur. »Percy war auch anders danach?«

Aus dem Flur war ein Geräusch zu hören, der entschlossene Schritt, das unverwechselbare Pochen von Percys Gehstock; als hätte sie ihren Namen gehört, als ahnte sie, dass man sich über sie unterhielt.

Saffy stützte sich auf der Sofalehne ab, um aufzustehen. »Edith ist gerade gekommen«, sagte sie hastig, als Percy in der Tür erschien. Sie zeigte mit der Hand, die das Taschentuch hielt, in meine Richtung. »Ich habe ihr von dem armen Bruno erzählt.«

Percy schaute erst mich an, die ich noch auf dem Sofa saß, dann Saffy, die direkt neben mir stand.

»Hast du den jungen Mann erreicht?«, fragte Saffy mit leicht zitternder Stimme.

Ein knappes Nicken. »Er ist unterwegs. Ich werde ihn an der Haustür empfangen und ihm sagen, wo er suchen soll.«

»Ja«, sagte Saffy, »das ist gut. Sehr gut.«

»Und dann gehe ich mit Miss Burchill nach unten.« Da ich sie fragend ansah, fügte sie hinzu: »Ins Familienarchiv. Wie versprochen.«

Ich lächelte, aber anstatt ihre Suche nach Bruno fortzusetzen, was ich erwartet hätte, kam Percy ins Zimmer und trat ans Fenster. Sie tat, als würde sie den Rahmen untersuchen, kratzte an einem Fleck an der Fensterscheibe, beugte sich vor, aber es war offensichtlich, dass die spontane Inspektion ein Vorwand war, bei uns im Zimmer zu bleiben. Saffy hatte recht. Aus irgendeinem Grund wollte Percy Blythe mich nicht mit ihrer Zwillingsschwester allein lassen, und ich fühlte meinen Verdacht vom Vortag bestätigt, dass Percy Saffy daran hindern wollte, etwas auszuplaudern. Die Kontrolle, die Percy über ihre Schwestern ausübte, war erstaunlich; es faszinierte mich, und gleichzeitig sagte mir eine leise innere Stimme, dass ich auf der Hut sein sollte. Aber mehr als alles andere spornte es meine Neugier an, das Ende von Saffys Geschichte zu erfahren.

Die folgenden fünf Minuten, in denen Saffy und ich über das Wetter plauderten, während Percy wütend aus dem Fenster starrte und an der staubigen Fensterbank herumkratzte, wurden quälend lang. Das Geräusch eines sich nähernden Autos erlöste uns schließlich. Wir beendeten unsere theaterreife Vorstellung und warteten schweigend.

Der Wagen hielt vor dem Haus. Eine Tür wurde zugeschlagen. Percy atmete aus. »Das wird Nathan sein.«

»Ja«, sagte Saffy.

»In fünf Minuten bin ich wieder da.«

Und dann endlich ging sie. Erst als Percys Schritte nicht mehr zu hören waren, seufzte Saffy auf, drehte sich zu mir um und schaute mich an. Sie lächelte entschuldigend und zugleich ein bisschen verlegen. Aber als sie den Faden ihrer Geschichte wieder aufnahm, lag eine neue Entschlossenheit in ihrer Stimme. »Sie haben es gewiss bemerkt«, begann sie, »dass Percy die stärkste von uns dreien ist. Meistens bin ich froh darüber. Eine Kriegerin im Bund zu haben kann sehr vorteilhaft sein.«

Mir fiel auf, wie sie ihre Finger aneinanderrieb und zur Tür schielte. »Aber bestimmt nicht immer«, bemerkte ich.

»Nein. Nicht immer. Nicht für mich, und für sie genauso

wenig. Dieser Wesenszug kann auch eine schwere Bürde sein, vor allem seit Juniper ... seit dem Vorfall. Es hat uns beide schrecklich mitgenommen. Juniper ist unsere kleine Schwester, und sie so zu erleben«, sie schüttelte den Kopf, »war sehr, sehr schwierig. Aber Percy ...« Saffys Blick wanderte zu einer Stelle über meinem Kopf, als könnte sie dort die passenden Worte finden, »Percy war danach in so einer düsteren Stimmung. Sie war schon seit einer Weile sehr launisch – meine Zwillingsschwester gehörte zu den Frauen, die sich im Krieg nützlich gemacht haben, und als keine Bomben mehr fielen, als Hitler in Russland einmarschierte, war sie geradezu enttäuscht, aber nach jenem Abend war es anders. Es hat sie persönlich getroffen, dass der junge Mann Juniper hat sitzen lassen.«

Das war allerdings eine unerwartete Wendung. »Aber warum denn das?«

»Es war merkwürdig, fast als fühlte sie sich irgendwie verantwortlich. Aber das war ja Unsinn, und sie hätte nichts tun können, um den Dingen eine andere Wendung zu geben. Aber so ist Percy nun mal, sie hat sich Vorwürfe gemacht, wie sie das immer tut. Einer von uns ging es schlecht, und sie konnte nichts dagegen tun.« Sie seufzte und faltete ihr Taschentuch, bis es ein ordentliches kleines Dreieck bildete. »Und deshalb erzähle ich Ihnen das alles, auch wenn ich fürchte, dass es ein großer Fehler ist. Sie sollen wissen, dass Percy ein guter Mensch ist und dass sie, auch wenn sie manchmal einen anderen Eindruck macht, ein großes Herz hat.«

Offenbar legte Saffy großen Wert darauf, dass ich nichts Schlechtes über ihre Zwillingsschwester dachte, daher erwiderte ich ihr Lächeln. Aber sie hatte recht, es gab da etwas, das keinen Sinn ergab. »Warum«, fragte ich daher, »warum sollte sich Percy verantwortlich gefühlt haben? Kannte sie den Mann denn? War sie ihm schon einmal begegnet?«

»Nein.« Sie sah mich fragend an. »Er wohnte in London, wo er Juniper kennengelernt hat. Percy war seit Kriegsbeginn nicht mehr in London gewesen.«

Ich nickte, aber ich musste auch an das Tagebuch meiner Mutter denken, in dem sie erwähnte, dass ihr Lehrer Thomas Cavill sie im September 1939 in Milderhurst besucht hatte. An dem Tag hatte Juniper Blythe den Mann kennengelernt, in den sie sich später verlieben sollte. Percy war vielleicht nicht wieder in London gewesen, aber es war durchaus möglich, dass sie ihn hier in Kent kennengelernt hatte. Saffy war ihm offenbar nicht begegnet.

Ein kühler Luftzug kroch ins Zimmer, und Saffy zog die Strickjacke enger um sich. Mir fiel auf, dass ihre Haut am Hals gerötet war, dass ihre Wangen glühten; sie bereute es, mir so viel erzählt zu haben, und jetzt hatte sie es eilig, ihre indiskreten Bemerkungen unter den Teppich zu kehren. »Ich will nur sagen, dass Percy sehr darunter gelitten hat. Es hat sie verändert. Ich war nur froh, als die Deutschen mit der V1 und der V2 anfingen, denn da hatte sie wieder eine Aufgabe.« Saffy lachte, aber es klang freudlos. »Manchmal denke ich, sie hätte nichts dagegen gehabt, wenn der Krieg endlos weitergegangen wäre.«

Die Situation war ihr peinlich, und sie tat mir leid. Eigentlich hatte sie wohl nur ein bisschen Schönwetter machen wollen, nachdem Percy am Tag zuvor so grob zu mir gewesen war, und es schien mir grausam, sie noch mehr in Verlegenheit zu bringen. Ich lächelte und versuchte, das Gespräch in andere Bahnen zu lenken. »Und wie war das bei Ihnen? Haben Sie auch während des Kriegs gearbeitet?«

Ihre Miene hellte sich auf. »Oh, wir haben alle unseren Beitrag geleistet; allerdings habe ich nichts annähernd so Aufregendes getan wie Percy. Sie eignet sich besser zur Heldin. Ich habe genäht und gekocht, solche Dinge eben, und Unmengen von Socken gestrickt. Auch wenn sie nicht immer gut gelungen sind.« Sie versuchte sich über sich selbst lustig zu machen, und ich lächelte pflichtschuldigst, während mir das Bild eines jungen Mädchens in den Sinn kam, das im Dachzimmer fror und sich zu klein ausgefallene Socken über die Füße und die Hand streifte, die sie nicht zum Schreiben brauchte. »Ich hätte beinahe eine Stellung als Gouvernante angenommen.«

»Wirklich?«

»Ja. Bei Leuten mit Kindern, die für die Dauer des Kriegs nach Amerika gegangen sind. Sie hatten mir die Stelle angeboten, aber dann musste ich sie doch ablehnen.«

»Wegen des Kriegs?«

»Nein. Der Brief traf genau zu der Zeit ein, als Juniper ihre schwere Enttäuschung erlebte. Nun sehen Sie mich nicht so an! Nein, ich bereue es nicht. Ich halte grundsätzlich nichts davon, irgendetwas zu bereuen, das bringt doch nichts, oder? Ich hätte es nicht über mich gebracht, zumindest damals. Ich wäre ja sehr weit weg gewesen, und das bei Junipers Zustand. Wie hätte ich sie alleinlassen können?«

Ich habe keine Geschwister und kenne mich mit so etwas nicht aus. »Hätte Percy denn nicht …?«

»Percy hat viele Fähigkeiten, aber sich um Kinder und Kranke zu kümmern gehört nicht dazu. Dafür braucht man eine gewisse« – ihre Fingerspitzen strichen über den alten Kaminschirm, während sie nach dem richtigen Ausdruck suchte – »Sanftmut, glaube ich. Nein. Ich hätte Juniper nicht einfach der alleinigen Obhut von Percy überlassen können. Deshalb habe ich einen Brief geschrieben und die Stelle abgelehnt.«

»Das ist Ihnen sicherlich schwergefallen.«

»Wenn es um die Familie geht, hat man keine Wahl. Juniper war meine kleine Schwester. Ich hätte sie nicht alleingelassen in dem Zustand. Und außerdem, selbst wenn der Mann wie geplant erschienen wäre, wenn sie geheiratet hätten und weggezogen wären, wäre ich wohl dennoch nicht weggegangen.«

»Und warum nicht?«

Sie drehte anmutig den Kopf zur Seite und wich meinem Blick aus.

Ein Geräusch im Korridor, genau wie zuvor, das gedämpfte Hüsteln und das Pochen des Gehstocks, der näher kam.

»Percy ...« Und in dem Augenblick, bevor sie lächelte, erhaschte ich die Antwort auf meine Frage. In ihrem gequälten Gesichtsausdruck sah ich das lebenslange Gefangenendasein. Sie waren Zwillinge, zwei Hälften eines Ganzen; aber während die eine sich danach gesehnt hatte, zu entkommen und ihre eigene Existenz zu führen, hatte die andere sich dem Verlassenwerden widersetzt. Und Saffy, deren Sanftheit sie schwach und deren Mitgefühl sie freundlich machte, war unfähig gewesen, sich daraus zu befreien.

# Das Familienarchiv und eine Entdeckung

Ich folgte Percy Blythe durch mehrere Flure und Treppengänge, hinab in die notdürftig erleuchteten Eingeweide des Hauses. Percy war sonst schon nicht redselig, und heute war sie entschieden frostig. Eine Wolke von abgestandenem Tabakqualm umgab sie, so intensiv, dass ich einen Schritt Abstand zwischen uns hielt. Ihr Schweigen kam mir durchaus gelegen; nach meiner Unterhaltung mit Saffy war mir nicht nach Plaudereien. Irgendetwas an Saffys Geschichte beunruhigte mich, und es war vielleicht weniger der Inhalt als vielmehr die Tatsache, dass sie sie mir überhaupt erzählt hatte. Sie hatte gesagt, es wäre ein Versuch, Percys Verhalten zu erklären, und ich konnte mir gut vorstellen, dass beide Zwillinge von Junipers Enttäuschung und dem darauf folgenden Nervenzusammenbruch erschüttert waren, aber warum behauptete Saffy, dass es für Percy schlimmer gewesen sei? Vor allem, wo doch Saffy die Mutterrolle gegenüber ihrer unglücklichen kleinen Schwester übernommen hatte. Percys Unhöflichkeit war ihr peinlich gewesen, das ja, und sie war bemüht, Percys menschliche Seite hervorzuheben; aber es kam mir ein bisschen dick aufgetragen vor. Sie war zu sehr bestrebt, Percy Blythe mit einem Heiligenschein zu versehen.

Percy blieb an der Kreuzung zweier Flure stehen und nahm ein Päckchen Zigaretten aus der Tasche. Mit ihren knorrigen Fingern riss sie ein Streichholz an. Im Schein der Flamme leuchtete für einen Moment ihr Gesicht auf; sie war sichtlich aufgewühlt von den Ereignissen am Morgen. Als der süßliche Qualm uns einhüllte, sagte ich, um das Schweigen zu brechen: »Das mit Bruno tut mir wirklich leid. Aber Mrs. Birds Neffe findet ihn bestimmt.«

»Ach ja?« Percy stieß den Rauch aus und musterte mich ohne eine Spur von Freundlichkeit. Ihr Mundwinkel zuckte. »Tiere wissen, wann ihr Ende naht, Miss Burchill. Sie wollen niemandem zur Last fallen. Sie sind nicht wie die Menschen, die immerzu getröstet werden wollen.« Sie neigte den Kopf, um anzudeuten, ich solle ihr um die Ecke folgen, und ich kam mir dumm und klein vor und beschloss, kein weiteres Wort des Mitgefühls zu verlieren.

An der nächsten Tür, die wir erreichten, blieben wir stehen; es war eine der vielen, an denen wir bei meiner Besichtigung Monate zuvor vorbeigekommen waren. Die Zigarette im Mundwinkel, nahm Percy einen großen Schlüssel aus ihrer Tasche und steckte ihn rasselnd in das Schloss. Es dauerte einen Moment, bis der alte Mechanismus sich bewegte und die Tür sich quietschend öffnen ließ. Der Raum war dunkel, es gab keine Fenster, und soweit ich sehen konnte, standen entlang den Wänden schwere hölzerne Aktenschränke, wie man sie vielleicht noch in altehrwürdigen Anwaltskanzleien in der Stadt findet. Eine Glühbirne hing an einem dünnen, schwachen Kabel und pendelte im Luftzug leicht hin und her.

Ich wartete darauf, dass Percy vorausging, aber als sie keinerlei Anstalten dazu machte, sah ich sie verunsichert an. Sie zog an der Zigarette und sagte nur: »Ich gehe da nicht rein.«

Vielleicht registrierte sie meine Verblüffung, denn sie fügte hinzu: »Ich ertrage keine engen Räume. Um die Ecke dort steht eine Petroleumlampe. Holen Sie sie her, dann zünde ich sie Ihnen an.«

Ich warf einen Blick in den engen, dunklen Raum. »Funktioniert die Glühbirne nicht?«

Sie musterte mich einen Moment lang, dann zog sie an einer Schnur, und die pendelnde Birne flackerte kurz auf, verbreitete jedoch nur noch schwaches Licht, in dem die Schatten hin und her flatterten. Das Licht reichte kaum aus, einen Quadratmeter Fläche zu beleuchten. »Sie sollten zusätzlich die Lampe benutzen.«

Tapfer lächelnd ging ich um die Ecke, wo ich die Lampe fand. Sie machte ein schwappendes Geräusch, als ich sie in die Hand nahm. »Klingt vielversprechend«, bemerkte Percy Blythe. »Denn ohne Petroleum nützt sie nicht viel.« Ich hielt die Lampe am Sockel fest, während sie den Glasschirm abnahm und den Docht geradezupfte, bevor sie ihn anzündete. »Ich konnte den Geruch noch nie ausstehen«, sagte sie und setzte den Glasschirm wieder auf. »Er erinnert mich an Bunker, Orte der Angst und Hilflosigkeit.«

»Aber auch Orte der Sicherheit, würde ich meinen. Und vielleicht auch des Trosts?«

»Für manche vielleicht, Miss Burchill.«

Sie sagte nichts mehr, während ich den dünnen metallenen Tragegriff überprüfte, um zu sehen, ob er halten würde.

»Diesen Raum hat schon seit Ewigkeiten niemand mehr betreten«, sagte Percy Blythe. »Da hinten steht ein Schreibtisch. Sie finden die Kladden in den Kisten darunter. Ich bezweifle, dass sie irgendwie geordnet sind. Unser Vater ist während des Kriegs gestorben, da hatten wir andere Probleme. Damals hatte niemand Zeit, sich um das Ordnen von Papieren zu kümmern.« Es klang, als wollte sie meinen Vorwürfen zuvorkommen.

»Natürlich.«

Der Anflug eines Zweifels huschte über ihr Gesicht, verschwand jedoch wieder, als sie laut in ihre Hand hustete. »Also gut«, sagte sie, nachdem sie sich wieder erholt hatte, »ich bin in einer Stunde wieder hier.«

Ich nickte, aber plötzlich wünschte ich, sie würde noch ein wenig bleiben. »Danke«, sagte ich, »ich bin Ihnen wirklich sehr dankbar für die Möglichkeit …«

»Passen Sie mit der Tür auf. Lassen Sie sie nicht hinter sich zufallen.«

»In Ordnung.«

»Sie lässt sich nicht von innen öffnen. So haben wir mal einen Hund verloren.« Sie verzog den Mund zu einer Grimasse, aber es kam kein Lächeln zustande. »Ich bin eine alte Frau, wissen Sie. Man kann sich nicht darauf verlassen, dass ich mich erinnere, wo ich Sie zurückgelassen habe.«

Der Raum war lang und schmal mit einer niedrigen Gewölbedecke. Ich umklammerte die Lampe und trug sie vor mir her, sodass der Lichtschein gegen die Wände flackerte, als ich mich langsam vorwärtstastete. Percy hatte recht gehabt. Hier war schon ewig niemand mehr gewesen. Es herrschte eine ganz eigene Stille, wie in einer Kirche, und mich beschlich das unheimliche Gefühl, von etwas beobachtet zu werden, das größer war als ich.

*Deine Fantasie geht mit dir durch*, ermahnte ich mich. *Hier ist niemand außer dir und den Wänden.* Aber das war nur die Hälfte meines Problems. Schließlich waren das hier nicht irgendwelche Wände, es war das Gemäuer von Schloss Milderhurst, in dem die fernen Stunden flüsterten und lauerten. Je tiefer ich in den Raum eindrang, desto mehr verstärkte sich das seltsame, bedrückende Gefühl. Ein Gefühl unendlichen Verlassenseins. Natürlich lag es an der Dunkelheit, an meiner Begegnung mit Saffy, an Junipers trauriger Geschichte.

Aber es war meine einzige Gelegenheit, Raymond Blythes

Kladden zu sehen. Ich hatte eine Stunde Zeit, dann würde Percy Blythe mich wieder abholen kommen. Ich konnte nicht davon ausgehen, dass sie mich noch ein zweites Mal ins Familienarchiv lassen würde, deswegen tat ich gut daran, mich voll zu konzentrieren. Ich prägte mir jede Einzelheit ein: hölzerne Aktenschränke an beiden Wänden, darüber – ich hob die Lampe, um besser sehen zu können – Landkarten und Architektenpläne aus verschiedenen Epochen. Ein Stück weiter hing eine Sammlung kleiner gerahmter Daguerreotypien.

Es handelte sich um eine Serie von Porträts, die alle ein und dieselbe Frau zeigten: Auf einem Bild lag sie leicht bekleidet auf einer Chaiselongue, auf den anderen blickte sie direkt in die Kamera, bekleidet mit einer hochgeschlossenen viktorianischen Bluse. Ich beugte mich vor, um ihr Gesicht zu betrachten, und hielt die Lampe etwas höher. Als ich den Staub wegpustete und das Gesicht zum Vorschein kam, lief es mir eiskalt über den Rücken. Sie war schön, aber doch wie eine Gestalt aus einem Albtraum. Weiche Lippen, perfekte glatte Haut straff über den hohen Wangenknochen, die Zähne groß und glänzend. Ich hielt die Lampe noch ein bisschen höher, um den unter der Abbildung in Schreibschrift eingravierten Namen entziffern zu können: »Muriel Blythe« – Raymonds erste Frau, die Mutter der Zwillinge.

Wie merkwürdig, dass all ihre Fotos in das Familienarchiv verbannt worden waren. War es aufgrund von Raymond Blythes Trauer geschehen, oder hatte seine zweite Frau es aus Eifersucht verfügt? Wie auch immer, ich nahm die Lampe fort und entließ Muriel Blythe wieder in die Dunkelheit. Da die Zeit nicht reichte, um jeden Winkel des Raums zu erforschen, entschloss ich mich, mir Raymond Blythes Kladden vorzunehmen, in der gewährten Stunde so viel wie möglich zu lesen und dann diesen seltsamen Ort mit seiner bedrückenden Atmosphäre hinter mir zu lassen. Mit hochgehaltener Lampe setzte ich meinen Weg fort.

Die Fotos an den Wänden wurden abgelöst von raumhohen Regalen, und trotz meiner Vorsätze blieb ich erneut stehen. Es war, als befände ich mich in einer Schatzkammer. Die Regale waren gefüllt mit allen möglichen Gegenständen: Unmengen von Büchern, außerdem Vasen und Porzellan, selbst Kristallgläser. Wertvolle Dinge, soweit ich das beurteilen konnte, kein Trödel oder Schrott. Was all diese Dinge im Familienarchiv zu suchen hatten, war mir ein Rätsel.

Daran anschließend entdeckte ich etwas, das sofort meine Neugier erregte. Eine Sammlung von vierzig oder fünfzig Schachteln, alle in derselben Größe, alle sorgfältig gestapelt und mit hübschem Papier beklebt – vorwiegend mit Blumenmuster. Auf einigen befanden sich kleine Etiketten, und ich trat näher, um eins davon in Augenschein zu nehmen. »Das wiedergewonnene Herz – Ein Roman von Seraphina Blythe«. Ich hob den Deckel und lugte hinein. Die Schachtel enthielt einen dicken Stapel maschinenbeschriebener Seiten: ein Manuskript. Mir fiel ein, dass meine Mutter erzählt hatte, alle Mitglieder der Familie Blythe, mit Ausnahme von Percy, seien Schriftsteller gewesen. Ich hob die Lampe, betrachtete staunend die Sammlung von Schachteln und musste lächeln. Das waren Saffys Geschichten. Offenbar war sie sehr produktiv gewesen. Aber es war bedrückend, all diese Werke in diesem Verlies zu sehen: Geschichten und Träume von Menschen und Orten, mit viel Eifer und Fleiß ersonnen, nur um dann für Jahrzehnte im Dunkeln zu liegen und zu Staub zu zerfallen. Auf einem anderen Etikett stand: »Hochzeit mit Matthew de Courcy«. Die Lektorin in mir konnte nicht anders: Ich hob den Deckel und nahm die Seiten heraus. Aber das war kein Manuskript, es sah eher nach einer Materialsammlung aus. Alte Zeichnungen – Skizzen von Hochzeitskleidern, Blumenarrangements –, Zeitungsausschnitte, in denen über diverse Hochzeiten der besseren Gesellschaft berichtet wurde, hingekritzelte Notizen über den Ablauf eines Hochzeitsfests und schließlich ganz unten eine schön gestaltete Karte aus dem Jahre 1924, auf der die Verlobung von Seraphina Grace Blythe mit Matthew John de Courcy angekündigt wurde.

Ich legte alles wieder zurück in die Schachtel. Es handelte sich tatsächlich um eine Materialsammlung, aber nicht für einen Roman. Diese Schachtel enthielt die Planung für Saffys Hochzeit, die nie stattgefunden hatte. Hastig legte ich den Deckel wieder auf die Schachtel und trat einen Schritt zurück, denn ich kam mir plötzlich vor wie ein Eindringling. Allmählich begriff ich, dass jeder Gegenstand in diesem Raum das Fragment einer größeren Geschichte war, die Lampen, die Vasen, die Bücher, die Reisetasche, Saffys blumenverzierte Schachteln. Das Familienarchiv war wie eine Grabstätte in der Antike. Ein dunkles, kühles Pharaonengrab, in dem wertvolle Dinge dem Vergessen anheimgegeben waren.

Als ich schließlich den Schreibtisch am Ende des Raums erreichte, hatte ich das Gefühl, einen Marathonlauf durch Alices Wunderland hinter mir zu haben. Ich drehte mich um und stellte überrascht fest, dass die Glühbirne und die Tür – die ich vorsichtshalber mit einer Holzkiste gesichert hatte – sich höchstens zehn, zwölf Meter hinter mir befanden. Raymond Blythes Kladden lagerten an der Stelle, die Percy Blythe mir genannt hatte, und genau so, wie sie es mir beschrieben hatte: lieblos in Kisten verstaut, als wäre jemand in sein Arbeitszimmer marschiert und hätte alles wahllos eingepackt und dann hier unten deponiert. Ich konnte gut verstehen, dass man im Krieg andere Sorgen hatte; dennoch fand ich es merkwürdig, dass sich die Zwillinge während der vergangenen Jahrzehnte nie die Zeit genommen hatten, hier unten Ordnung zu schaffen. Raymond Blythes Kladden, seine Tagebücher und Briefe, hatten es verdient, in irgendeiner Bibliothek ausgestellt zu werden, geschützt und gewürdigt, zugänglich für die Fachwelt der kommenden Jahrzehnte. Ich hätte gedacht, dass gerade Percy, die so sehr auf die Nachwelt bedacht war, ein Interesse daran haben müsste, das Vermächtnis ihres Vaters zu bewahren.

Ich stellte die Lampe auf dem Schreibtisch ab, weit genug weg, damit ich sie nicht aus Versehen umstieß. Dann zog ich die Schachteln unter dem Tisch hervor, hob sie eine nach der anderen auf den Stuhl, durchstöberte sie, bis ich die Kladden aus den Jahren 1916 bis 1920 gefunden hatte. Raymond Blythe hatte sie zum Glück mit Jahreszahlen gekennzeichnet, und es dauerte nicht lange, bis das Jahr 1917 aufgeschlagen vor mir lag. Ich nahm mein Notizheft aus meiner Umhängetasche und notierte mir alles, was für meinen Essay nützlich sein konnte. Immer wieder hielt ich inne, um zu würdigen, dass ich hier tatsächlich seine Kladden vor mir hatte, dass diese geschnörkelte Schrift, die Ideen und Gefühle tatsächlich von diesem bedeutenden Autor stammten.

Wie soll ich mit Worten den unglaublichen Augenblick beschreiben, als ich jene schicksalhafte Seite aufschlug und eine Veränderung der Handschrift unter meinen Fingerkuppen spürte? Die Schrift wirkte schwerer, entschlossener, als wäre sie schneller geschrieben worden: Zeile für Zeile, Seite für Seite, und als ich mich tiefer beugte, um die Handschrift zu entziffern, wurde mir bewusst, dass ich hier den ersten Entwurf des *Modermann* vor mir hatte. Fünfundsiebzig Jahre später war ich Zeugin der Geburt eines Klassikers.

Ich überflog die Seiten, verschlang den Text und registrierte die kleinen Abweichungen von der publizierten Fassung, wie ich sie in Erinnerung hatte. Endlich gelangte ich zum Schluss der Geschichte, und obwohl ich wusste, dass ich das nicht hätte tun sollen, legte ich meine Hand flach auf die letzte Seite, schloss die Augen und konzentrierte mich auf die Abdrücke der Feder auf dem Papier unter meiner Haut.

Und in diesem Moment fühlte ich es. Die feine Erhebung, die sich ungefähr zwei Zentimeter vom äußeren Rand entfernt über die Seite zog. Etwas steckte zwischen dem Lederrücken des Schreibhefts und der letzten Seite. Ich blätterte die Seite um und fand ein steifes Stück Papier mit wellenförmig gezacktem Rand, wie man es von teurem Briefpapier kennt. Es war in der Mitte gefaltet.

Wie hätte ich widerstehen können? Briefe ungelesen zu lassen liegt nicht in meiner Natur, und als ich ihn entdeckte, juckte es mich auch schon in den Fingern. Ich spürte Blicke auf mir, Blicke im Dunkeln, die mich drängten, das Blatt auseinanderzufalten.

Der Brief war säuberlich von Hand geschrieben, aber die Tinte war verblasst, und ich musste das Blatt nah ans Licht halten, um die Worte entziffern zu können. Der Text begann mitten in einem Satz, offenbar handelte es sich um ein einzelnes Blatt aus einem längeren Brief:

*... muss ich Dir nicht erst sagen, dass es eine wunderschöne Geschichte ist. Nie zuvor hat Dein Schreiben den Leser auf eine so lebhafte Reise mitgenommen. Die Sprache und die Wortwahl sind ausgezeichnet, und die Geschichte selbst fesselt mit einer fast unheimlichen Vorahnung, dem ewigen Streben des Menschen, seine Vergangenheit abzustreifen und Verfehlungen zu vergessen. Das Mädchen Jane ist ein besonders anrührendes Geschöpf, und ihre Situation kurz vor dem Erwachsenwerden ist überzeugend dargestellt.*

*Allerdings konnte ich beim Lesen des Manuskripts nicht umhin, auffallende Ähnlichkeiten mit einer anderen Geschichte zu bemer-*

*ken, mit der wir beide sehr vertraut sind. Aus diesem Grund und weil ich weiß, dass Du ein anständiger und freundlicher Mann bist, muss ich Dich inständig bitten, sowohl Dir selbst als auch der betreffenden Person zuliebe* Die wahre Geschichte vom Modermann *nicht zu veröffentlichen. Du weißt so gut wie ich, dass es nicht Deine Geschichte ist. Es ist noch nicht zu spät, das Manuskript zurückzuziehen. Solltest Du das jedoch nicht tun, werden die Folgen schrecklich …*

Ich drehte das Blatt um, aber da war nichts mehr. Ich suchte zwischen den übrigen Seiten nach dem Rest. Blätterte zurück, hielt die Kladde sogar am Rücken und schüttelte sie vorsichtig. Nichts.

Aber was hatte das zu bedeuten? Welche Ähnlichkeiten? Welche andere Geschichte? Welche Folgen? Und von wem konnte eine solche Warnung stammen?

Schritte im Korridor. Ich saß wie versteinert da und lauschte. Irgendjemand kam näher. Mit pochendem Herzen hielt ich den Brief zwischen den Fingerspitzen.

Ich zögerte kurz, schob ihn dann schnell in mein Notizheft und klappte es zu. Als ich mich umdrehte, sah ich die Silhouette von Percy Blythe mit ihrem Gehstock im Türrahmen.

## Ein tiefer Sturz

Wie ich zum Bauernhaus zurückgekommen bin, weiß ich nicht; ich kann mich nicht an eine Sekunde des Fußwegs erinnern. Wahrscheinlich habe ich es gerade noch geschafft, mich von Saffy und Percy zu verabschieden und wie benommen den Hügel hinunterzustolpern, ohne größeren körperlichen Schaden zu nehmen. Ich konnte nur noch an diesen Brief denken, den ich entwendet hatte. Ich musste unbedingt sofort mit jemandem reden. Wenn ich richtig verstanden hatte – und der Brief war nicht gerade missverständlich formuliert –, beschuldigte jemand Raymond Blythe des Plagiats. Wer mochte diese rätselhafte Person sein, und auf welche frühere Geschichte bezog sie sich? Wer auch immer behauptet hatte, Raymond Blythes Manuskript zu kennen, musste es gelesen und den Brief geschrieben haben, bevor das Buch 1918 veröffentlicht worden war; diese Tatsache engte zwar die Möglichkeiten ein, half mir aber noch nicht viel weiter. Ich hatte nicht die geringste Vorstellung, an wen das Manuskript geschickt worden sein konnte. Das heißt, eine Vorstellung hatte ich schon, immerhin habe ich mit dem Publizieren von Büchern zu tun. Das Manuskript musste von Verlegern, Lektoren und auch von vertrauten Freunden gelesen worden sein. Aber das waren nur allgemeine Überlegungen; ich brauchte Namen, Daten, Einzelheiten, bevor ich bestimmen konnte, wie ernst der Vorwurf in dem Brief zu nehmen war. Denn wenn er der Wahrheit entsprach, wenn Raymond Blythe sich tatsächlich die Geschichte vom *Modermann* unrechtmäßig angeeignet hatte, waren die Konsequenzen unabsehbar.

Es war die Art Entdeckung, von der Gelehrte und Historiker – und genesende Väter in Barnes – träumen, mit denen sich ein karrierefördernder Gewinn machen lässt, aber mich versetzte sie nur in Panik. Ich wollte nicht, dass es sich als wahr erwies; ich konnte nur hoffen, dass es sich um einen dummen Scherz handelte oder um ein Missverständnis. Meine Vergangenheit, meine Liebe zu Büchern und zum Lesen waren unauflöslich verbunden mit Raymond Blythes *Modermann*. Zu akzeptieren, dass es gar nicht seine Geschichte war, dass er sie jemand anderem gestohlen, dass sie ihre Wurzeln nicht im fruchtbaren Boden von Schloss Milderhurst hatte, käme nicht nur der Demontage einer literarischen Legende gleich, es wäre ein grausamer persönlicher Schlag.

Aber wie dem auch sei, ich hatte den Brief nun einmal gefunden, und ich wurde schließlich dafür bezahlt, über Raymond Blythes Entwurf, vor allem über die Anfänge des *Modermann* zu schreiben. Ich konnte den Vorwurf des Plagiats nicht einfach ignorieren, ob es mir nun gefiel oder nicht. Vor allem ließe sich damit möglicherweise erklären, warum Raymond Blythe sich derart in Zurückhaltung geübt hatte, wenn das Thema auf seine Inspiration kam.

Ich brauchte Hilfe. Und ich wusste auch schon, von wem ich sie bekommen konnte. Zurück im Bauernhaus ging ich Mrs. Bird aus dem Weg und eilte schnurstracks in mein Zimmer. Ich hatte den Hörer schon in der Hand, bevor ich mich überhaupt hingesetzt hatte. Meine Finger verhaspelten sich, so eilig hatte ich es, Herberts Nummer zu wählen.

Das Freizeichen ertönte in der Leitung, ich wartete und wartete, aber niemand ging ran.

»Nein!«, flehte ich den Hörer an.

Ich legte auf, dann versuchte ich es noch einmal, doch ohne Erfolg. Ich war drauf und dran, meinen Vater anzurufen, und nur die Sorge, was die Aufregung seinem Herzen antun könnte, hielt mich davon ab. Dann fiel mein Blick auf Adam Gilberts Abschrift seines Gesprächs mit den Schwestern Blythe.

Ich wählte, ich wartete. Keine Antwort. Ich wählte erneut.

Endlich das vertraute Klicken, wenn der Hörer abgenommen wird. »Hallo, hier spricht Mrs. Button.«

Ich hätte heulen können vor Freude. »Edith Burchill hier. Ich möchte gern Adam Gilbert sprechen.«

»Tut mir leid, Miss Burchill. Mr. Gilbert ist zu einem Krankenhaustermin nach London gefahren.«

»Ach so«, murmelte ich enttäuscht.

»Er müsste in ein oder zwei Tagen wieder zurück sein. Ich kann ihm eine Nachricht hinterlassen, wenn Sie wollen, damit er Sie zurückruft.«

»Nein«, sagte ich. Das war zu spät, ich brauchte jetzt Hilfe – andererseits war es besser als nichts. »Ja – in Ordnung. Danke. Richten Sie ihm doch bitte aus, dass es wichtig ist. Dass ich möglicherweise über etwas gestolpert bin, das im Zusammenhang mit dem Rätsel steht, über das wir uns unterhalten haben.«

Den Rest des Abends verbrachte ich damit, den Brief zu betrachten, unergründliche Muster in mein Notizbuch zu kritzeln und Herberts Nummer zu wählen; den Phantomstimmen zu lauschen, die in der leeren Telefonleitung gefangen waren. Um elf Uhr fand ich mich schließlich damit ab, dass es zu spät war, Herberts leeres Haus noch länger zu belästigen, und dass ich vorerst mit meinem Problem auf mich allein gestellt war.

Als ich am nächsten Morgen erschöpft und unausgeschlafen zum Schloss aufbrach, fühlte ich mich, als wäre ich die ganze Nacht durch Morast gewatet. Ich hatte den Brief in der Innentasche meiner Jacke verstaut und tastete immer wieder danach, um mich zu vergewissern, dass er noch da war. Ich weiß nicht, warum, aber als ich mein Zimmer verließ, verspürte ich den Drang, ihn sicher zu verwahren und am Leib zu tragen. Den Brief auf dem Schreibtisch liegen zu lassen war undenkbar. Es war keine überlegte Entscheidung, es war auch nicht die Angst, dass jemand anders ihn im Lauf des Tages zufällig finden könnte. Es war die seltsame brennende Überzeugung, dass der Brief zu mir gehörte, dass er sich mir offenbart hatte, dass wir auf irgendeine Weise zusammengehörten und ich die Aufgabe hatte, seine Geheimnisse zu enthüllen.

Als ich eintraf, erwartete Percy Blythe mich bereits und tat, als würde sie aus einem Blumenkübel an der Eingangstreppe Unkraut zupfen. Da ich sie gesehen hatte, bevor sie mich bemerkte, wusste ich, dass sie nur so tat. Bis ihr sechster Sinn ihr meine Anwesenheit verriet. Sie richtete sich auf, lehnte sich gegen den steinernen Treppenpfosten, die Arme vor der Brust verschränkt, den Blick auf irgendetwas in der Ferne gerichtet. So still und bleich, wie sie dastand, wirkte sie wie eine Statue – allerdings keine von der Art, wie man sie sich vors Haus stellen würde.

»Ist Bruno wieder aufgetaucht?«, rief ich ihr zu.

Sie machte ein Gesicht, als wunderte sie sich, dass ich schon da war, und rieb die Finger gegeneinander, sodass winzige Erdbröckchen zu Boden fielen. »Viel Hoffnung habe ich nicht. Vor allem nach diesem plötzlichen Kälteeinbruch.« Als ich näher kam, bedeutete sie mir mit einer einladenden Geste, ihr ins Haus zu folgen. »Kommen Sie.«

Im Schloss war es nicht wärmer als draußen. Die Mauern

schienen die kalte Luft festzuhalten, wodurch der alte Kasten noch grauer, düsterer und unfreundlicher wirkte als sonst.

Ich rechnete damit, dass wir wie üblich den Korridor zum gelben Salon nehmen würden, aber Percy führte mich zu einer kleinen Tür, die sich versteckt in einer Nische der Eingangshalle befand.

»Der Turm«, sagte sie.

»Ah.«

»Für Ihr Vorwort.«

Ich nickte und stieg hinter ihr die enge, gewundene Treppe hoch.

Mit jeder Stufe wuchs mein Unbehagen. Natürlich war der Turm für meinen Text wichtig, aber irgendwie machte mich Percy Blythes Angebot stutzig. Bisher hatte sie sich immer äußerst reserviert verhalten und war meinem Wunsch, mit ihren Schwestern zu sprechen oder die Kladden ihres Vaters einzusehen, nur widerwillig nachgekommen. Dass sie mich an diesem Morgen draußen in der Kälte erwartet hatte, um mir eine Besichtigung des Turms anzubieten, ehe ich sie darum gebeten hatte – das kam unerwartet, und unerwartete Dinge sind mir meistens nicht geheuer.

Wahrscheinlich schloss ich zu viel aus ihrem Verhalten: Percy Blythe hatte mich ausgesucht für die Aufgabe, über ihren Vater zu schreiben, und sie war ausgesprochen stolz auf ihr Schloss. Vielleicht war es so einfach. Oder sie sagte sich, je eher ich zu sehen bekam, was ich sehen musste, umso eher würde ich mich wieder verziehen und sie in Ruhe lassen. Aber allen logischen Erklärungsversuchen zum Trotz nagten Zweifel in mir. Konnte es sein, dass sie wusste, was ich entdeckt hatte?

Wir waren auf einem Treppenabsatz aus grob behauenem Stein angekommen, wo man durch eine Schießscharte im Turm ein Stück des dichten Waldes sehen konnte. Der Cardarker-Wald war normalerweise ein prächtiger Anblick, aber dieser Ausschnitt wirkte eher bedrohlich.

Percy Blythe stieß eine schmale Rundbogentür auf. »Das Turmzimmer.«

Auch diesmal ließ sie mir den Vortritt. Ich betrat den kleinen runden Raum und blieb auf einem abgewetzten, mit Rußflecken bedeckten Teppich stehen. Als Erstes fiel mir auf, dass im Kamin frisches Holz aufgeschichtet war, vermutlich in Erwartung meines Besuchs.

»So«, sagte sie und schloss die Tür hinter sich. »Jetzt sind wir allein.«

Ich bekam Herzklopfen, ohne recht zu wissen, warum. Es gab keinen Grund, Angst zu haben. Sie war eine gebrechliche alte Dame, die soeben all ihre Kraft hatte aufbringen müssen, um die Treppen hochzusteigen. Körperlich hatte ich von ihr nichts zu befürchten. Und dennoch. Es lag etwas in der Art, wie ihre Augen funkelten, ein Wille, der stärker war als ihr Körper. Und plötzlich konnte ich nur noch daran denken, wie tief es bis unten war, dass schon eine ganze Reihe Menschen aus diesem Fenster in den Tod gestürzt waren …

Zum Glück konnte Percy Blythe meine Gedanken nicht lesen und die Schreckensszenarien nicht sehen, die in einen Schauerroman gehörten. Mit einer knappen Handbewegung sagte sie: »Das ist es. Hier hat er gearbeitet.«

Als ich sie das sagen hörte, konnte ich endlich meine trüben Gedanken abschütteln und würdigen, wo ich mich befand. In diesen Bücherregalen, die an die runden Wände angepasst waren, hatte er seine Lieblingswerke aufbewahrt; an diesem Kamin hatte er Tag und Nacht gesessen und seine Bücher geschrieben. Ehrfürchtig fuhr ich mit den Fingern über den Schreibtisch, an dem er den *Modermann* geschrieben hatte.

Der Brief flüsterte in meiner Brusttasche. *Wenn er das Buch denn geschrieben hat.*

»Es gibt ein Zimmer«, sagte Percy Blythe, während sie mit einem Streichholz das Kaminfeuer anzündete, »hinter der kleinen Tür in der Eingangshalle. Vier Stockwerke tiefer, aber direkt unter dem Turm. Saffy und ich haben dort manchmal gesessen, als wir jung waren. Wenn unser Vater arbeitete …« Es war ein seltener Moment der Mitteilsamkeit, und ich betrachtete sie gebannt. Als spürte sie meine Neugier, erschien dieser typische Anflug eines schiefen Lächelns auf ihrem Gesicht, und sie straffte sich. Sie nickte mir zu und warf das abgebrannte Streichholz in die Flammen. »Fühlen Sie sich ganz wie zu Hause«, war alles, was sie sagte. »Sehen Sie sich um.«

»Danke.«

»Gehen Sie aber nicht zu nah ans Fenster, da kann man tief fallen.«

Ich rang mir ein Lächeln ab und begann, mir den Raum näher anzusehen. Die Regale waren ziemlich leer; wahrscheinlich befand sich ihr früherer Inhalt jetzt im Familienarchiv. Aber es gab noch einige gerahmte Bilder an der Wand. Eins stach mir besonders ins Auge. Es war eine Radierung, die mir vertraut war: Goyas *Der Schlaf der Vernunft.* Ich blieb davor stehen, betrachtete den Mann im Vordergrund, der – anscheinend verzweifelt – über einem Schreibtisch zusammengesunken liegt, während um ihn herum fledermausähnliche Ungeheuer flattern, die aus seinen Träumen aufsteigen und sich davon ernähren.

»Das hat unserem Vater gehört«, sagte Percy. Ihre Stimme ließ mich zusammenzucken, aber ich drehte mich nicht um. Als ich das Bild noch einmal betrachtete, hatte sich meine Perspektive verändert, sodass ich nicht nur mich selbst in der Glasscheibe reflektiert sah, sondern auch Percy, die hinter mir stand. »Das Bild hat uns immer schreckliche Angst eingeflößt.«

»Das kann ich gut verstehen.«

»Unser Vater meinte, es sei dumm, Angst zu haben. Wir sollten es als Lektion begreifen.«

»Und was für eine Lektion wäre das?« Nun drehte ich mich zu ihr um.

Sie wies auf den Sessel am Fenster.

»Nein, nein, ich …«, wieder rang ich mir ein Lächeln ab, »ich stehe lieber.«

Percy blinzelte langsam, und zuerst dachte ich, sie würde darauf bestehen, dass ich mich setzte. Aber sie sagte nur: »Die Lektion, Miss Burchill, lautet: Wenn die Vernunft schläft, kommen die Ungeheuer der Verdrängung ans Tageslicht.«

Meine Hände waren feucht, und Hitze kroch mir die Arme hoch. Sie hatte doch nicht etwa meine Gedanken gelesen? Sie konnte unmöglich die Ungeheuerlichkeiten ahnen, die ich mir seit dem Fund des Briefs ausmalte, und ebenso wenig meine kranke Fantasie, aus dem Fenster gestoßen zu werden.

»In dieser Hinsicht hat Goya Freud vorweggenommen.«

Ich lächelte gequält, meine Wangen glühten, und ich spürte, dass ich die Spannung, die Ausweichmanöver nicht mehr länger ertragen konnte. Ich war nicht geschaffen für solche Spielchen. Wenn Percy Blythe wusste, was ich im Familienarchiv gefunden hatte, und auch wusste, dass ich es mitgenommen hatte und versuchen würde, mehr herauszufinden, und wenn das hier alles nur ein geschickter Trick war, mich dazu zu bringen, meine Täuschung einzugestehen und mich mit allen Mitteln davon abzuhalten, die Lüge ihres Vaters öffentlich zu machen, dann hatte sie mich so weit. Mir blieb nichts anderes übrig, als zum Angriff überzugehen. »Miss Blythe«, sagte ich, »gestern habe ich etwas gefunden. Im Familienarchiv.«

Für einen Moment schien es, als würde sie die Fassung verlieren. Doch sie riss sich augenblicklich zusammen. Sie blinzelte. »Und? Ich glaube nicht, dass ich es erraten kann, Miss Burchill. Sie werden mich schon aufklären müssen.«

Ich griff in meine Jacke und zog den Brief hervor, bemüht, das Zittern meiner Finger abzustellen, als ich ihn ihr reichte. Sie nahm eine Lesebrille aus ihrer Tasche, hielt sie vor die Augen und überflog die Seite. Die Zeit schien stillzustehen. Sie folgte den Buchstaben mit der Fingerspitze. »Ja«, sagte sie. »Verstehe.« Sie wirkte beinahe erleichtert, so als wäre meine Entdeckung nicht das, was sie befürchtet hatte.

Ich wartete darauf, dass sie weitersprach, doch als sie schwieg, sagte ich: »Ich bin ziemlich beunruhigt …« Ich suchte nach Worten. »Falls irgendein … Zweifel daran besteht … dass der *Modermann* …« Ich konnte mich nicht dazu überwinden, das Wort »plagiiert« auszusprechen. »Wenn tatsächlich die Möglichkeit besteht, dass Ihr Vater die Geschichte woanders gelesen hatte«, ich musste schlucken, und der Raum begann vor meinen Augen zu schwanken, »wie es in dem Brief angedeutet wird, dann muss der Verlag das erfahren.«

Nachdem sie den Brief gewissenhaft gefaltet hatte, erwiderte sie: »Ich kann Sie beruhigen, Miss Burchill. Jedes Wort in diesem Buch stammt von meinem Vater.«

»Aber der Brief … Sind Sie sich ganz sicher?« Es war ein riesiger Fehler gewesen, ihr davon zu erzählen. Was hatte ich denn erwartet? Dass sie offen und ehrlich mit mir sprechen würde? Dass sie mir ihren Segen gab, während ich Nachforschungen anstellte, die geeignet waren, dem litarischen Ruhm ihres Vaters die Legitimation zu entziehen? Es war nur natürlich, dass seine Tochter ihm Rückendeckung geben würde, vor allem eine Tochter wie Percy.

»Ich bin mir dessen ganz sicher, Miss Burchill«, sagte sie und sah mir in die Augen. »Ich war es, die diesen Brief geschrieben hat.«

»*Sie* haben ihn geschrieben?«

Ein knappes Nicken.

»Aber warum? Warum haben Sie so etwas geschrieben?« Vor allem, wenn es der Wahrheit entsprach, dass jedes Wort von ihm stammte.

Sie warf mir einen verstohlenen Blick zu, den ich schon von ihr kannte, ein Blick, der verriet, dass sie von Dingen wusste, die ich nicht einmal erahnte. »Im Leben eines Kindes kommt irgendwann eine Zeit, in der es die Scheuklappen ablegt und sich bewusst wird, dass seine Eltern nicht gegen menschliche Schwächen gefeit sind. Dass sie nicht allmächtig sind. Dass sie manchmal Dinge tun aus ganz eigennützigen Gründen, Dinge, mit denen sie ihre eigenen Ungeheuer nähren. Wir sind von Natur aus egoistisch veranlagt, Miss Burchill.«

Meine Gedanken trieben in einem undurchdringlichen Nebel. Ich wusste nicht, wie eins mit dem anderen zusammenhing, aber ich nahm an, dass es etwas mit den verheerenden Konsequenzen zu tun hatte, die ihr Brief vorhergesagt hatte. »Aber der Brief …«

»Dieser Brief hat nichts zu bedeuten«, fauchte sie mit einer wegwerfenden Handbewegung. »Jetzt nicht mehr. Er ist vollkommen irrelevant.« Sie sah den Brief an, sie zögerte, doch dann warf sie ihn mit Schwung ins Feuer und zuckte kurz zusammen, als er knisternd verbrannte. »Ich hatte mich geirrt. Es war allerdings seine Geschichte.« Sie lächelte bitter. »Auch wenn er es damals selbst nicht wusste.«

Ich war völlig verwirrt. Wie konnte er nicht gewusst haben, dass es seine Geschichte war, und warum sollte Percy etwas anderes angenommen haben? Es ergab einfach keinen Sinn.

»Ich habe einmal eine junge Frau kennengelernt, im Krieg.« Percy Blythe hatte auf dem Stuhl hinter dem Schreibtisch ihres Vaters Platz genommen und stützte sich auf die Armlehnen, während sie fortfuhr. »Sie arbeitete bei der Regierung, sie begegnete Churchill hin und wieder auf dem Flur. Er hatte dort ein Schild anbringen lassen mit der Aufschrift: ›Bitte nehmen Sie zur Kenntnis, dass es für Niedergeschlagenheit in diesem Haus keinen Platz gibt und die Möglichkeit eines Scheiterns nicht in Betracht gezogen wird. Wir leugnen die Existenz von beidem.‹ Sie saß einen Moment schweigend da, das Kinn vorgereckt und die Augen schmal, während die Worte im Raum schwebten. In der Tabakwolke, mit ihrem säuberlich geschnittenen Haar, ihren feinen Gesichtszügen und in ihrer Seidenbluse wirkte sie fast so, als sei der Zweite Weltkrieg noch nicht vorüber. »Was halten Sie davon?«

Ich wusste nicht, was sie von mir hören wollte. Mir fiel nur eine Statistik ein, die ich einmal irgendwo gelesen hatte, dass in Kriegszeiten die Selbstmordrate sinkt; dass die Menschen im Krieg viel zu sehr mit dem Überleben beschäftigt sind, um darüber nachzugrübeln, wie schlecht es ihnen geht. »Ich glaube, im Krieg ist alles anders«, sagte ich, unfähig, mein wachsendes Unbehagen zu verbergen. »Ich glaube, dass in solchen Zeiten andere Regeln gelten. Ich kann mir vorstellen, dass Niedergeschlagenheit im Krieg gleichbedeutend ist mit dem Gefühl, sich geschlagen zu geben. Vielleicht ist es das, was Churchill sagen wollte.«

Sie nickte, und ein dünnes Lächeln umspielte ihre Lippen. Sie machte es mir absichtlich schwer, und ich hatte keine Ahnung, warum. Ich war auf ihren Wunsch hin nach Kent gekommen, aber sie ließ mich weder mit ihren Schwestern sprechen, noch ging sie direkt auf meine Fragen ein, sondern spielte mit mir Katz und Maus. Genauso gut hätte sie Adam Gilbert das Projekt fortführen lassen können. Er hatte seine Gespräche bereits geführt, er hätte sie nicht weiter belästigen müssen. Es war sicherlich ein Anzeichen von äußerstem Unbehagen und

Frustration, als ich schließlich sagte: »Warum haben Sie mich gebeten hierherzukommen, Miss Blythe?«

Eine ihrer narbengleichen Brauen schoss wie ein Pfeil nach oben. »Wie bitte?«

»Judith Waterman von Pippin Books hat mir gesagt, dass Sie sie angerufen haben. Dass Sie speziell nach mir gefragt haben.«

Ihr Mundwinkel zuckte, und sie sah mich direkt an. Man ist sich oft gar nicht bewusst, wie selten es vorkommt, bis es jemand tatsächlich tut und einem ohne zu blinzeln direkt bis auf den Grund der Seele blickt. »Hinsetzen«, sagte sie, so wie man es einem Hund sagt, den man erziehen will, oder einem ungehorsamen Kind, und sie sagte es mit so schneidender Stimme, dass ich nicht anders konnte, als zu gehorchen. Ich suchte mir den nächststehenden Sessel und setzte mich.

Sie klopfte das Ende einer Zigarette auf den Schreibtisch und zündete sie an. Sie sog den Rauch heftig ein und hielt den Blick auf mich gerichtet, während sie ausatmete. »Sie haben sich irgendwie verändert«, sagte sie, während sie die andere Hand auf ihrem Körper ruhen ließ, und lehnte sich im Sessel zurück. Um mich besser taxieren zu können.

»Ich weiß nicht, was Sie meinen.«

Sie kniff die Augen zusammen und musterte mich von oben bis unten mit einem sezierenden Blick, der mir eine Gänsehaut verursachte. »Ja, Sie sind weniger vergnügt als beim letzten Mal.«

Da konnte ich ihr kaum widersprechen. »Ja«, antwortete ich. Meine Arme drohten ein Eigenleben zu führen, deshalb verschränkte ich sie vor der Brust. »Tut mir leid.«

»Es braucht Ihnen nicht leidzutun«, sagte Percy, hob die Zigarette und das Kinn. »So gefallen Sie mir besser.«

Natürlich. Und glücklicherweise kam sie, bevor ich mit der Unmöglichkeit konfrontiert war, eine Antwort zu formulieren, auf meine Frage zurück. »Ich habe in erster Linie nach Ihnen gefragt, weil meine Schwester keinen fremden Mann in diesem Haus erträgt.«

»Aber Mr. Gilbert hatte seine Gespräche doch schon geführt. Es gab keinen Grund mehr für ihn, noch einmal nach Milderhurst zu kommen, wenn Juniper das nicht wollte.«

Das listige Lächeln erschien wieder auf ihren Lippen. »Sie sind sehr scharfsinnig. Sehr gut. Das hatte ich gehofft. Nach unserer ersten Begegnung war ich mir nicht ganz sicher, und ich hatte keine Lust, mich mit einer dummen Gans herumzuschlagen.«

Ich war hin- und hergerissen zwischen »danke« und »Sie können mich mal«, entschied mich dann aber doch für ein kühles Lächeln.

»Wir kennen nicht sehr viele Leute«, fuhr sie fort und stieß eine Qualmwolke aus, »nicht mehr. Und als Sie dann zu Besuch kamen und die Bird mir erzählte, Sie arbeiteten in einem Verlag, nun, da habe ich angefangen, mir Gedanken zu machen. Dann sagten sie, Sie hätten keine Geschwister.«

Ich nickte und versuchte, ihrer Logik zu folgen.

»Das hat den Ausschlag für meine Entscheidung gegeben.« Sie zog an ihrer Zigarette und suchte dann umständlich einen Aschenbecher. »Ich wusste, Sie würden nicht voreingenommen sein.«

Ich kam mir von Minute zu Minute weniger scharfsinnig vor. »Voreingenommen in welcher Hinsicht?«

»In Bezug auf uns.«

»Miss Blythe, ich verstehe leider nicht, was das alles mit dem Vorwort zu tun hat, das ich schreiben soll, mit dem Buch Ihres Vaters und Ihren Erinnerungen an die Veröffentlichung des Romans.«

Sie wedelte ungeduldig mit der Hand, sodass die Asche auf

den Boden fiel. »Nichts. Gar nichts. Es hat überhaupt nichts mit alldem zu tun. Es hat mit dem zu tun, was ich Ihnen erzählen werde.«

Spürte ich es in diesem Moment? Das unheimliche Kribbeln unter der Haut? Vielleicht war es auch nur der kühle, herbstliche Windstoß, der in dem Moment unter der Tür hindurchfegte und so lange am Schloss rüttelte, bis der Schlüssel zu Boden fiel. Percy ignorierte das Geräusch, und ich versuchte es ebenfalls. »Mit dem, was Sie mir erzählen werden?«

»Etwas, das geradegerückt werden muss, bevor es zu spät ist.«

»Zu spät wofür?«

»Ich werde bald sterben.« Sie sah mich mit der gewohnten kalten Freimütigkeit an.

»Das tut mir leid …«

»Ich bin alt. So etwas kommt vor. Bitte kommen Sie mir nicht mit unangebrachtem Mitgefühl.« Ihr Gesichtsausdruck veränderte sich, wie Wolken, die über den winterlichen Himmel jagen und sich vor den letzten Rest des schwachen Sonnenlichts schieben. Sie wirkte plötzlich gealtert und müde. Und ich begriff, dass das, was sie gesagt hatte, der Wahrheit entsprach; sie würde bald sterben. »Ich war nicht ehrlich, als ich diese Verlegerin angerufen und nach Ihnen gefragt habe. Ich bedaure die Unannehmlichkeit, die ich Ihrem Kollegen bereitet habe. Ich bezweifle in keiner Weise, dass er seine Aufgabe hervorragend gelöst hätte. Er war absolut professionell. Und dennoch blieb mir nichts anderes übrig. Ich wollte, dass Sie herkommen, und ich wusste nicht, wie ich das sonst hätte bewerkstelligen sollen.«

»Aber warum?« Ihre ganz Art war wie verwandelt, und ich spürte, wie sich mir die Nackenhaare aufstellten.

»Ich habe eine Geschichte. Ich bin die Einzige, die sie kennt. Ich werde sie Ihnen erzählen.«

»Warum?« Meine Stimme war belegt und tonlos, ich räusperte mich und wiederholte die Frage: »Warum?«

»Weil sie erzählt werden muss. Weil mir viel an genauer Berichterstattung liegt. Weil ich sie nicht länger mit mir herumtragen kann.« Bildete ich mir nur ein, dass sie in diesem Moment Goyas Ungeheuer im Blick hatte?

»Aber warum wollen Sie sie unbedingt mir erzählen?«

Sie blinzelte. »Weil Sie die sind, die Sie sind, natürlich. Und wegen Ihrer Mutter.« Aus der Andeutung eines Lächelns schloss ich, dass sie ihren Spaß an der Unterhaltung hatte, an der Macht vielleicht, die sie über mich Ahnungslose ausübte. »Es war Juniper, die darauf gekommen ist. Sie hat Sie Meredith genannt. Da ist bei mir der Groschen gefallen. Und in dem Moment wusste ich, dass Sie die Richtige sind.«

Das Blut wich aus meinem Gesicht, und ich fühlte mich wie ein Kind, das dabei erwischt wird, wie es den Lehrer belügt. »Tut mir leid, dass ich es nicht eher gesagt habe, ich dachte einfach …«

»Ihre Gründe interessieren mich nicht. Wir alle haben unsere Geheimnisse.«

Ich behielt den Rest meiner Rechtfertigung für mich.

»Sie sind Merediths Tochter«, fuhr sie fort, und ihr Ton wurde drängender, »was bedeutet, dass Sie zur Familie gehören. Und es geht um eine Familiengeschichte.«

Das war das Letzte, womit ich gerechnet hatte, und es haute mich um. Ich freute mich für meine Mutter, die diesen Ort so sehr geliebt und so lange Zeit geglaubt hatte, sie würde nicht gemocht. »Aber was soll ich tun?«, fragte ich. »Mit Ihrer Geschichte, meine ich.«

»Damit tun?«

»Soll ich sie aufschreiben?«

»Das denke ich nicht. Nicht aufschreiben, nur richtigstellen.

Ich muss mich darauf verlassen können, dass Sie das tun werden …« Sie richtete ihren Zeigefinger auf mich, eine strenge Geste, die jedoch gemildert wurde, als ihre Gesichtszüge sich entspannten. »Kann ich Ihnen vertrauen, Miss Burchill?«

Ich nickte, auch wenn ihr ganzes Verhalten eine böse Vorahnung in mir aufkommen ließ in Bezug auf das, was sie von mir verlangte.

Sie wirkte erleichtert – ein kurzer Moment, in dem sie aus der Deckung kam; aber im nächsten Augenblick hatte sie sich schon wieder verschanzt. »Also denn«, sagte sie kühl und wandte ihren Blick zum Turmfenster, aus dem ihr Vater sich in den Tod gestürzt hatte. »Ich hoffe, Sie halten es ohne Mittagessen aus. Ich habe keine Zeit zu verlieren.«

## Die Geschichte von Percy Blythe

Percy Blythe begann mit einer Klarstellung. »Ich bin keine Geschichtenerzählerin«, sagte sie, während sie ein Streichholz anriss, »so wie die anderen. Ich habe nur eine einzige Geschichte zu erzählen. Hören Sie aufmerksam zu. Ich werde sie kein zweites Mal erzählen.« Sie zündete sich eine Zigarette an und machte es sich in ihrem Sessel bequem. »Ich hatte Ihnen gesagt, dass es nichts mit dem *Modermann* zu tun hat, aber das stimmt nicht ganz. Auf die eine oder andere Weise beginnt und endet diese Geschichte mit dem Buch.«

Der Wind fuhr in den Kamin und spielte in den Flammen, ich klappte mein Notizbuch auf. Sie hatte zwar gesagt, es sei nicht notwendig mitzuschreiben, aber ich war inzwischen reichlich nervös und es beruhigte mich einigermaßen, mich hinter den fein linierten Seiten verstecken zu können.

»Mein Vater hat uns einmal gesagt, die Kunst sei die einzige Form der Unsterblichkeit. Solche Dinge sagte er öfter; wahrscheinlich hatte er es von seiner Mutter gehört. Sie war eine begabte Lyrikerin und eine ausgesprochene Schönheit, aber keine warmherzige Frau. Sie konnte grausam sein. Nicht absichtlich, ihr Talent machte sie grausam. Sie hat meinem Vater alle möglichen Flöhe ins Ohr gesetzt.« Percys Mundwinkel zuckten, und sie schwieg einen Moment, während sie ihr Haar im Nacken glättete. »Jedenfalls hat er sich geirrt. Es gibt eine andere

Art der Unsterblichkeit, die allerdings erheblich weniger angestrebt oder gefeiert wird.«

Ich beugte mich ein wenig vor und wartete auf die Erklärung, aber den Gefallen tat sie mir nicht. Ich würde mich an diesem stürmischen Nachmittag noch an ihre plötzlichen Themenwechsel gewöhnen, an die Art, wie sie eine bestimmte Szene ins Licht rückte und zum Leben erweckte, nur um sich im nächsten Moment etwas anderem zuzuwenden.

»Ich bin davon überzeugt, dass meine Eltern früher einmal glücklich gewesen sind«, sagte sie, »bevor wir geboren wurden, aber es gibt zwei Sorten Menschen auf dieser Welt. Die, die sich über Kinder freuen, und die, die das nicht tun. Mein Vater gehörte zu der ersten Kategorie. Ich glaube, er war selbst überrascht vom Maß seiner Zuneigung, als Saffy und ich auf die Welt kamen.« Als sie ihren Blick wieder zu dem Goya wandern ließ, begann eine Sehne an ihrem Hals zu zucken. »Er war ein anderer Mensch, als wir jung waren, vor dem Ersten Weltkrieg, bevor er das Buch schrieb. Für seine Zeit und seine gesellschaftliche Stellung war er ein ungewöhnlicher Mann. Er hat uns vergöttert – es war nicht einfach nur Zuneigung, er lebte in uns und wir in ihm. Wir wurden verwöhnt. Wir wurden überhäuft, nicht mit materiellen Werten, an denen wir ohnehin keinen Mangel litten, sondern mit seiner Aufmerksamkeit und seinem Glauben an uns. Er dachte, wir könnten nichts falsch machen, und war dementsprechend nachsichtig. Wahrscheinlich ist es nie gut für Kinder, wenn sie so vergöttert werden … Möchten Sie ein Glas Wasser, Miss Burchill?«

Ich blinzelte verwirrt. »Nein. Danke.«

»Aber ich, wenn Sie gestatten. Meine Kehle …« Sie legte die Zigarette im Aschenbecher ab, nahm einen Krug von einem niedrigen Regal und füllte ein Kristallglas. Sie schluckte geräuschvoll, und mir fiel auf, dass trotz ihres klaren, monotonen Tonfalls und ihres durchdringenden Blicks ihre Finger zitterten. »Haben Ihre Eltern Sie auch verwöhnt, als Sie klein waren, Miss Burchill?«

»Nein«, sagte ich. »Ich glaube nicht.«

»Den Eindruck habe ich auch nicht. Sie vermitteln nicht diese Anspruchshaltung eines Kindes, das immer im Mittelpunkt gestanden hat.« Sie schaute wieder nach draußen, wo immer mehr Wolken aufzogen. »Mein Vater hat uns beide in die alte Kinderkarre gesetzt, in der er selbst schon als Kind gesessen hatte, und hat lange Spaziergänge ins Dorf mit uns unternommen. Als wir älter wurden, ließ er unseren Koch einen üppigen Picknickkorb zusammenstellen, und wir drei erkundeten gemeinsam den Wald, spazierten über Felder, und dabei erzählte er uns Geschichten und sprach mit großem Ernst von wundersamen Dingen. Dass das hier unser Zuhause sei, dass die Stimmen unserer Vorfahren immer zu uns sprechen würden, dass wir nie allein sein würden, solange wir in der Nähe unseres Schlosses blieben.« Ein schwaches Lächeln deutete sich auf ihren Lippen an. »In Oxford war er einer der Besten in alten Sprachen gewesen, und er hatte eine besondere Vorliebe für das Angelsächsische. Er machte Übersetzungen, einfach so zum Vergnügen, und schon von früh an durften wir ihm dabei helfen. Meistens hier oben im Turm, aber manchmal auch unten im Garten. Eines Nachmittags lagen wir zu dritt auf einer Picknickdecke, schauten hoch zum Schloss auf dem Hügel, und er las uns aus *Der Wanderer* vor. Es war ein perfekter Tag. Solche Tage waren selten, und es lohnt sich, sie im Gedächtnis zu bewahren.« Sie schwieg eine Zeit lang, und ich bemerkte, dass sich ihr Gesicht umso mehr entspannte, je tiefer sie in die Vergangenheit eintauchte. Als sie schließlich fortfuhr, war ihre Stimme belegt. »Die Angelsachsen hatten einen Hang zu Melancholie und Sehnsucht, und natürlich zu Heldengeschichten. Kinder sind wohl sehr empfänglich für all diese Dinge. ›Seledreorig.‹« Das Wort klang wie eine Beschwörungsformel in dem runden Raum. »Trauer über das Fehlen eines Hauses«, sagte sie. »In der englischen Sprache haben wir so ein Wort nicht ... eigentlich müsste es das geben, finden Sie nicht auch? Aber ich schweife ab.«

Sie richtete sich in ihrem Sessel auf, griff nach der Zigarette, die jedoch schon zu Asche geworden war. »So ist das mit der Vergangenheit«, sagte sie, während sie sich eine neue Zigarette aus dem Päckchen fischte. »Immer bereit, einen auf Abwege zu locken.« Sie zündete das Streichholz an, inhalierte ungeduldig und blinzelte durch den Rauch. »Ab jetzt werde ich ein bisschen mehr auf der Hut sein.« In dem Moment erlosch die Flamme, wie um diese Absicht zu unterstreichen. »Meine Mutter hat sich sehr schwergetan, Mutter zu werden, und als sie endlich Erfolg hatte, bekam sie solche Depressionen, dass sie über lange Zeit kaum noch aus dem Bett aufstand. Als sie sich schließlich erholt hatte, musste sie feststellen, dass ihre Familie nicht auf sie gewartet hatte. Ihre Kinder versteckten sich hinter den Beinen ihres Vaters, wenn sie sie in den Arm nehmen wollte, und sie weinten und widersetzten sich, wenn sie ihnen zu nahe kam. Wir gewöhnten uns an, Wörter aus anderen Sprachen zu benutzen, die unser Vater uns beigebracht hatte, damit sie uns nicht verstehen konnte. Er lachte nur darüber und spornte uns an, weil unsere Altklugheit ihn amüsierte. Wie grausam müssen wir gewesen sein. Wir kannten sie kaum, wissen Sie. Wir weigerten uns, bei ihr zu bleiben, wir wollten nur mit unserem Vater zusammen sein, und er wollte nur uns um sich haben, und so wurde sie einsam.«

Einsam. Ich hatte das Gefühl, dass noch nie ein Wort für mich einen so unheilvollen Klang gehabt hatte wie dieses aus dem Munde von Percy Blythe. Ich musste an die Daguerreotypien von Muriel Blythe denken, die ich im Familienarchiv gesehen hatte. Es war mir sonderbar vorgekommen, dass sie an einem solch dunklen, vergessenen Ort hingen; aber jetzt bekam es etwas geradezu Bedrohliches. »Was ist passiert?«

Sie warf mir einen scharfen Blick zu. »Alles zu seiner Zeit.«

Ein Donnerschlag zerriss die Stille, und Percy schaute zum Fenster. »Ein Gewitter«, sagte sie angewidert. »Genau das, was wir brauchen.«

»Soll ich das Fenster schließen?«

»Nein, noch nicht. Die Luft tut mir gut.« Stirnrunzelnd blickte sie zu Boden, während sie an der Zigarette zog; sie sammelte ihre Gedanken, dann sah sie mich wieder an. »Meine Mutter nahm sich einen Liebhaber. Wer konnte es ihr verübeln? Mein Vater hatte die beiden zusammengebracht – natürlich ohne sich etwas dabei zu denken. So eine Geschichte war das nicht – er bemühte sich um Wiedergutmachung. Wahrscheinlich war ihm bewusst, dass er sie lange Zeit vernachlässigt hatte, jedenfalls ließ er umfangreiche Verbesserungen am Schloss und an den Gärten vornehmen. Die Parterrefenster wurden mit Fensterläden versehen, als Erinnerung an die, die sie auf dem Kontinent so bewundert hatte, und es wurden Arbeiten am Schlossgraben ausgeführt. Diese Arbeiten zogen sich ausgesprochen lange hin, und Saffy und ich sahen häufig vom Dachbodenfenster aus zu. Der Name des Architekten war Sykes.«

»Oliver Sykes.«

Sie war überrascht. »Sehr gut, Miss Burchill. Ich wusste ja, dass Sie klug sind, aber ich hätte nicht gedacht, dass Sie sich so gut mit Architektur auskennen.«

Ich schüttelte den Kopf und erzählte ihr, dass ich *Raymond Blythe in Milderhurst* gelesen hatte. Ich erwähnte allerdings nicht, dass ich über Raymond Blythes Hinterlassenschaft an das Pembroke-Farm-Institut informiert war. Was nur bedeuten konnte, dass er nichts von der Affäre gewusst hatte.

»Mein Vater war nicht im Bilde«, sagte sie, als hätte sie meine

Gedanken gelesen. »Aber wir. Kinder spüren solche Dinge. Aber wir sind nie auf die Idee gekommen, ihm davon zu erzählen. Wir lebten in der Überzeugung, dass wir seine Welt waren und er sich für die Aktivitäten unserer Mutter genauso wenig interessierte wie wir.« Sie veränderte ihre Sitzposition ein wenig, sodass ihre Bluse leicht verrutschte. »Ich bereue nichts, Miss Burchill, aber wir sind alle verantwortlich für unser Handeln, und ich habe mich seitdem immer wieder gefragt, ob dies der Moment war, an dem sich das Schicksal der Familie Blythe entschied, und ob alles anders ausgegangen wäre, wenn Saffy und ich ihm nur erzählt hätten, dass wir unsere Mutter mit dem Mann zusammen gesehen hatten.«

»Warum?« Es war dumm von mir, ihren Gedankenfluss zu unterbrechen, aber ich konnte nicht anders. »Warum wäre es besser gewesen, wenn Sie ihm davon erzählt hätten?« Ich hätte inzwischen wissen müssen, dass Percy Blythe Unterbrechungen nicht duldete.

Sie stand auf, stützte die Hände auf den Rücken und streckte sich. Dann zog sie ein letztes Mal an ihrer Zigarette, drückte sie im Aschenbecher aus und trat steif ans Fenster. Von meinem Platz aus sah ich den wolkenverhangenen Himmel, aber sie betrachtete mit verengten Augen den glitzernden Streifen Sonnenlicht am Horizont. »Dieser Brief, den Sie gefunden haben«, sagte sie, während der Donner näher kam, »ich wusste nicht, dass mein Vater ihn aufbewahrt hatte, aber ich bin froh, dass er es getan hat. Es hat mich viel gekostet, ihn zu schreiben ... er war so versessen auf das Manuskript, auf die Geschichte. Als er aus dem Krieg zurückkehrte, war er nur noch ein Schatten seiner selbst. Abgemagert bis auf die Knochen, die Augen glasig. Wir wurden die meiste Zeit von ihm ferngehalten – wir würden ihn stören, meinten die Krankenschwestern –, aber wir haben uns trotzdem zu ihm geschlichen, durch die Adern im Schloss.

Er saß am Fenster, schaute mit leerem Blick nach draußen und sprach von einer großen Leere in seinem Innern. Er meinte, sein Geist verlange danach, schöpferisch tätig zu werden, aber sobald er einen Stift in die Hand nehme, komme ihm nichts in den Sinn. ›Ich bin leer‹, sagte er immer wieder, und es stimmte. Sie können sich vorstellen, wie sehr es ihn aufgebaut hat, sich auf die Notizen zu stürzen, aus denen dann der *Modermann* entstand.«

Ich nickte und musste an die Kladden im Familienarchiv denken, an die veränderte Handschrift, voller Selbstvertrauen und Entschlossenheit von der ersten bis zur letzten Zeile.

Als ein Blitz den Himmel zerriss, zuckte Percy Blythe zusammen. Sie wartete, bis der darauf folgende Donner verklungen war. »Die Worte in diesem Buch waren seine, Miss Burchill, es war die Idee, die er gestohlen hat.«

*Von wem*, hätte ich am liebsten geschrien, aber diesmal biss ich mir auf die Zunge.

»Es hat mich geschmerzt, diesen Brief zu schreiben, seinen Enthusiasmus zu dämpfen, wo dieses Projekt ihn doch so aufgerichtet hatte, aber ich musste es tun.« Ganz plötzlich begann es, in Strömen zu regnen. »Kurz nachdem unser Vater aus dem Krieg zurückgekehrt war, bin ich an Scharlach erkrankt und wurde zur Genesung fortgeschickt. Zwillinge, Miss Blythe, verkraften Einsamkeit nicht gut.«

»Es muss schrecklich gewesen sein ...«

»Saffy«, fuhr sie fort, als hätte sie meine Anwesenheit vergessen, »war schon immer die Fantasievolle von uns beiden. Wir ergänzten und vervollständigten uns, Illusion und Realität wurden so in Schach gehalten. Aber durch die Trennung verstärkten sich unsere jeweiligen gegensätzlichen Neigungen.« Sie erschauderte und trat vom Fenster weg; Regentropfen prasselten auf die Fensterbank. »Meine Zwillingsschwester litt unter Albträumen. Das kommt häufig vor bei Menschen mit einer lebhaften Fantasie.« Sie sah mich an. »Doch im Grunde waren es nicht Alb*träume*, denn es war nur ein einziger Albtraum, immer wieder derselbe.«

Das Gewitter hatte das letzte Tageslicht verschluckt, sodass es im Turmzimmer immer dunkler wurde. Nur das rötliche Flackern des Kaminfeuers spendete ein unstetes Licht. Percy trat an den Schreibtisch und knipste die Lampe an. Der grünliche Schein ließ dunkle Schatten unter ihren Augen entstehen. »Sie träumte ihn, seit sie vier Jahre alt war. Sie wachte nachts schreiend und schweißgebadet auf und glaubte, ein mit Schlamm bedeckter Mann würde aus dem Graben klettern, um sie zu holen.« Sie neigte den Kopf ein wenig, und ihr Gesicht entspannte sich. »Ich habe sie jedes Mal beruhigt und ihr erklärt, dass es nur ein Traum sei, dass ihr nichts passieren würde, solange ich da war.« Sie atmete schwer aus. »Und sie ließ sich auch stets von mir beruhigen. Zumindest bis zum Juli 1917.«

»Das war die Zeit, wo Sie an Scharlach erkrankten und fortgeschickt wurden.«

Ein Nicken, so unmerklich, dass ich es mir vielleicht nur einbildete.

»Von da an hat sie stattdessen Ihrem Vater von dem Traum erzählt.«

»Er hatte sich vor den Krankenschwestern versteckt, so war er zu ihr gelangt. Sie muss ziemlich durcheinander gewesen sein – Zurückhaltung war noch nie Saffys Sache –, und er hat sie gefragt, was passiert sei.«

»Und dann hat er es aufgeschrieben.«

»Ihr Dämon war sein Erlöser. Zu Anfang jedenfalls. Die Geschichte beflügelte ihn: Er hat Saffy ausgefragt und wollte Einzelheiten wissen. Seine Aufmerksamkeit hat ihr sicherlich geschmeichelt, und als ich aus dem Krankenhaus kam, war alles anders. Mein Vater strahlte, er hatte sich erholt, er war wie berauscht, und er und Saffy hatten ein gemeinsames Geheimnis. Keiner von beiden hat mir gegenüber den Modermann erwähnt. Erst als ich die Druckfahnen auf seinem Schreibtisch sah, dämmerte mir, was geschehen war.«

Der Regen wurde immer heftiger, und ich musste das Fenster schließen, um Percy besser hören zu können. »Und da haben Sie den Brief geschrieben.«

»Ich wusste natürlich, dass es für Saffy schrecklich wäre, wenn er so etwas veröffentlichte. Aber er ließ nicht davon ab, und dann musste er den Rest seines Lebens mit den Konsequenzen leben.« Ihr Blick wanderte wieder zum Goya. »Mit der Schuld, die er sich aufgeladen hatte, mit seiner Sünde.«

»Weil er Saffys Albtraum gestohlen hatte«, sagte ich. Sünde fand ich ein bisschen übertrieben, aber ich konnte mir gut vorstellen, welche Auswirkung so etwas auf ein Kind haben musste, zumal auf ein Mädchen, das einen starken Hang zum Fantastischen hatte. »Er hat ihn ans Tageslicht geholt und zum Leben erweckt. Er hat ihn Wirklichkeit werden lassen.«

Percy lachte, ein gequältes, metallisches Geräusch, das mich erschaudern ließ. »Ach, Miss Burchill. Er war nicht nur für das Buch verantwortlich. Er war auch für den Albtraum verantwortlich. Nur wusste er das damals nicht.«

Ein dumpfes Donnergrollen erschütterte den Turm, und das Licht der Lampe wurde schwächer. Doch Percy Blythe schien davon nichts zur Kenntnis zu nehmen. Sie wollte ihre Geschichte zu Ende erzählen. Ich beugte mich vor, begierig zu erfahren, was Raymond Blythe ihrer Meinung nach getan hatte, um verantwortlich für Saffys Albtraum zu sein. Sie zündete sich die nächste Zigarette an. Ihre Augen leuchteten, und vielleicht spürte sie ja meine ungeduldige Neugier, denn sie schweifte erneut ab. »Meine Mutter hat ihre Affäre fast ein Jahr geheim gehalten.«

Ich ließ enttäuscht mein Notizbuch sinken, was meiner Gastgeberin nicht entging. »Strapaziere ich Ihre Geduld, Miss Burchill?«, fuhr sie mich an. »Dies ist die Geschichte der Geburt des *Modermann*. Und sie ist ein ziemlicher Knüller, wissen Sie. Wir alle haben unseren Anteil an seiner Entstehung gehabt, selbst unsere Mutter, auch wenn sie schon tot war, bevor der Traum geträumt oder das Buch geschrieben wurde.« Sie klopfte sich etwas Asche von der Bluse, ehe sie mit ihrer Erzählung fortfuhr. »Die Affäre meiner Mutter ging weiter, und mein Vater ahnte nichts davon. Bis er eines Abends früher von einer Reise nach London zurückkehrte. Er brachte gute Neuigkeiten mit. Eine amerikanische Zeitschrift hatte einen Artikel von ihm abgedruckt, der hochgelobt wurde – er war in Feierlaune. Es war schon spät. Saffy und ich, gerade erst vier Jahre alt, waren schon zu Bett geschickt worden, und die Liebenden vergnügten sich in der Bibliothek. Mutters Zofe versuchte meinen Vater aufzuhalten, aber er hatte Whisky getrunken und war nicht zu bremsen. Er war überglücklich und wollte mit seiner Frau auf den Erfolg anstoßen. Er platzte in die Bibliothek, und dort fand er sie.« Sie verzog den Mund bei dem Gedanken an das, was nun folgte: »Mein Vater bekam einen Tobsuchtsanfall, er stürzte sich mit den Fäusten auf Sykes, und nachdem Sykes zu Boden gegangen war, schrie er meine Mutter an, beschimpfte sie auf übelste Weise, packte sie an den Schultern und schüttelte sie so heftig, dass sie gegen den Tisch stürzte. Dabei fiel eine Lampe zu Boden und zerbrach, das Petroleum entzündete sich, und die Flammen erfassten den Saum ihres Kleids. Im nächsten Moment stand es in Flammen. Mein Vater geriet in Panik und zerrte sie zu den Vorhängen, um das Feuer zu ersticken, aber damit machte er alles nur noch schlimmer. Die Vorhänge fingen ebenfalls Feuer, bis das ganze Zimmer brannte. Er trug meine sterbende Mutter aus der Bibliothek – aber er dachte nicht daran, Sykes herauszuholen. Er überließ ihn den Flammen. Die Liebe lässt die Menschen grausame Dinge tun, Miss Burchill. Die Bibliothek brannte völlig aus, aber als die Polizei eintraf, wurde keine Leiche gefunden. Es war, als wäre Oliver Sykes nie da gewesen. Mein Vater vermutete, dass die Leiche bei der großen Hitze mehr oder weniger zu Staub wurde. Die Zofe meiner Mutter verlor kein Wort über die Angelegenheit aus Angst, den guten Namen ihrer Dienstherrin zu beschmutzen, und niemand kam, um nach Sykes zu suchen. Es war ein großes Glück für meinen Vater, dass Sykes als Träumer bekannt war, der oft von seinem Wunsch gesprochen hatte, auf den Kontinent zu entfliehen und alles zurückzulassen.«

Was sie mir erzählt hatte, war entsetzlich – dass das Feuer, das ihre Mutter dahingerafft hatte, auf diese Weise zustande gekommen war und Oliver Sykes den Flammen überlassen worden war – aber irgendetwas erschloss sich mir nicht, denn ich verstand nicht, was das mit dem *Modermann* zu tun haben sollte.

»Ich selbst habe nichts davon mitbekommen«, sagte sie. »Aber jemand anders. Oben im Dachzimmer war ein kleines Mädchen aufgewacht, ließ seine Zwillingsschwester schlafen und kletterte auf das niedrige Bücherregal, um den merkwürdig goldenen Himmel zu betrachten. Was es sah, waren Flammen, die aus der Bibliothek schlugen, und ganz unten einen Mann, schwarz und verkohlt, der in Todesangst schrie, während er versuchte, aus dem Graben zu klettern.«

Sie schenkte sich erneut Wasser ein und trank mit zitternder Hand. »Erinnern Sie sich daran, Miss Burchill, wie Sie zum ersten Mal zu Besuch kamen und davon sprachen, die Vergangenheit würde in den Mauern singen?«

»Ja.« Die Besichtigungstour, die schon eine Ewigkeit her zu sein schien.

»Ich hatte Ihnen erzählt, dass das Unsinn sei, das mit den fernen Stunden. Dass die Steine zwar alt seien, ihre Geheimnisse aber nicht preisgäben.«

»Ich erinnere mich.«

»Das war gelogen.« Sie hob das Kinn und betrachtete mich herausfordernd. »Ich höre sie. Je älter ich werde, desto lauter werden sie. Diese Geschichte zu erzählen ist mir nicht leichtgefallen, aber es musste sein. Wie gesagt, es gibt eine andere Art von Unsterblichkeit, eine weitaus einsamere.«

Ich wartete ab.

»Ein Leben, Miss Burchill, ein menschliches Leben, wird von zwei Ereignissen begrenzt: Geburt und Tod. Diese Daten gehören zu einem Menschen wie sein Name und die Erfahrungen, die er dazwischen macht. Ich erzähle Ihnen diese Geschichte nicht, weil ich auf Absolution hoffe. Ich erzähle Ihnen das alles, um einen Tod aktenkundig zu machen. Verstehen Sie?«

Ich nickte und musste an Theo Cavill und seine Nachforschungen zum Verbleib seines Bruders denken, an seine quälende Ungewissheit.

»Gut«, sagte sie. »In diesem Punkt darf keine Unklarheit herrschen.«

Ihre Erwähnung von Absolution erinnerte mich an Raymond Blythes Schuld, denn sie war natürlich der Grund, warum er zum Katholizismus konvertiert war und einen Großteil seines Vermögens der Kirche vermacht hatte. Und der andere Nutznießer war das Pembroke-Farm-Institut gewesen. Nicht weil Raymond Blythe die Arbeit dieser Einrichtung bewunderte, sondern weil er Schuld auf sich geladen hatte. Mir kam ein Gedanke. »Sie sagten eben, dass Ihr Vater nicht wusste, dass er den Albtraum inspiriert hatte: Ist es ihm später klar geworden?«

Sie lächelte. »Er erhielt einen Brief von einem norwegischen Doktoranden, der seine Doktorarbeit über Körperverletzungen in der Literatur schrieb. Er war interessiert an dem geschwärzten Körper des Modermanns, weil er fand, dass die Beschreibungen an Darstellungen von Brandopfern erinnerten. Mein Vater hat dem Mann nie geantwortet, aber da wusste er es.«

»Wann war das?«

»Mitte der Dreißigerjahre. Um diese Zeit fing es an, dass ihm der Modermann im Schloss erschien.«

Und um diese Zeit hatte er dem Buch eine zweite Widmung vorangestellt. MB und OS. Das waren gar nicht die Initialen seiner Frauen, sondern eine Ehrung der Toten, die er auf dem Gewissen hatte. Etwas wunderte mich: »Sie haben es nicht selbst gesehen. Woher wissen Sie dann so genau, was sich in der Bibliothek abgespielt hat? Dass Oliver Sykes an jenem Abend hier war?«

»Von Juniper.«

»Wie bitte?«

»Mein Vater hat es ihr erzählt. Sie hatte im Alter von dreizehn selbst ein traumatisches Erlebnis. Er hat ihr immer eingeredet, wie ähnlich sie sich seien. Wahrscheinlich hat er angenommen, es würde sie trösten zu wissen, dass wir alle fähig wären, Dinge zu tun, die wir später bereuen. Er konnte sehr weise und zugleich sehr töricht sein.«

Sie verfiel in Schweigen, langte nach ihrem Wasserglas, und das ganze Zimmer schien auszuatmen. Erleichterung darüber, dass die Wahrheit endlich enthüllt worden war? War Percy Blythe erleichtert? Ich wusste es nicht. Sie war zweifellos froh, ihre Pflicht erfüllt zu haben, aber nichts deutete darauf hin, dass das Erzählen der Geschichte ihr die schwere Last von den Schultern genommen hatte. Und ich glaubte auch zu wissen, warum: Jeder Trost, den sie daraus hätte ziehen können, wurde überschattet von ihrer Trauer. *Weise und töricht.* Das war das erste Mal, dass ich sie schlecht von ihrem Vater hatte sprechen hören, und aus dem Mund von Percy Blythe, die doch sonst so vehement sein Vermächtnis verteidigte, wogen die Worte besonders schwer.

Wie auch nicht? Was Raymond Blythe getan hatte, war unbestreitbar schändlich gewesen, und es verwunderte nicht, dass er, im Bewusstsein seiner Schuld, allmählich den Verstand verloren hatte. Mir fiel wieder jenes Foto vom älteren Raymond Blythe ein, das Foto in dem Buch, das ich im Dorf gekauft hatte. Die angsterfüllten Augen, die verkniffenen Gesichtszüge, der Eindruck, dass ein ungeheures Gewicht auf diesem Körper lastete. Einen ähnlichen Eindruck vermittelte seine älteste Tochter jetzt. Sie war in ihrem Sessel regelrecht geschrumpft, ihre Kleidung wirkte auf einmal zu groß für ihren knochigen Körper. Das Erzählen hatte sie erschöpft, ihre Augenlider waren schwer, und die zarte Haut war blau geädert. Wie grausam, dachte ich, dass eine Tochter auf diese Weise für die Sünden ihres Vaters büßen musste.

Der Regen draußen hielt unvermindert an, doch mittlerweile herrschte völlige Dunkelheit. Das Kaminfeuer, das Percys Geschichte mit seinem Flackern begleitet hatte, war fast erloschen, und die letzte Wärme wich aus dem Arbeitszimmer. Ich klappte mein Notizheft zu. »Wollen wir für heute Schluss machen?«, fragte ich und hoffte, nicht unhöflich zu klingen. »Wir könnten morgen weitermachen, wenn Sie möchten.«

»Fast, Miss Burchill, ich bin fast fertig.«

Sie schüttelte die letzte Zigarette aus dem Päckchen und klopfte das Ende auf den Schreibtisch. Es dauerte einen Moment, bis sie ein Streichholz entzündet hatte und die Zigarette brannte. »Jetzt wissen Sie über Sykes Bescheid«, sagte sie, »aber noch nicht über den anderen.«

Den anderen. Mir stockte der Atem.

»Ich sehe Ihrem Gesicht an, dass Sie wissen, von wem ich spreche.«

Ich nickte betreten. Es gab einen gewaltigen Donnerschlag, und ich fröstelte. Ich klappte mein Notizheft wieder auf.

Sie inhalierte heftig und musste beim Ausatmen husten. »Junipers Freund.«

»Thomas Cavill«, flüsterte ich.

»Er ist sehr wohl an jenem Abend hier eingetroffen. Am 29. Oktober 1941. Schreiben Sie das auf. Er ist hergekommen, wie er es ihr versprochen hatte. Nur hat sie es nie erfahren.«

»Warum nicht? Was war passiert?« Jetzt, so kurz davor, die Wahrheit zu erfahren, war ich mir nicht mehr so sicher, ob ich sie wirklich hören wollte.

»Ein fürchterliches Gewitter war ausgebrochen, so ähnlich wie heute, und es war stockfinster. Und es gab einen Unfall.« Sie sprach so leise, dass ich mich vorbeugen musste, um sie verstehen zu können. »Ich habe ihn für einen Einbrecher gehalten.«

Ihr Gesicht war aschfahl, und in seinen Falten las ich die jahrzehntealte Schuld. »Ich habe das alles noch keinem Menschen vor Ihnen erzählt. Schon gar nicht der Polizei. Ich fürchtete, dass man mir nicht glauben würde. Dass man annehmen würde, ich wollte die Schuld für jemand anderen auf mich nehmen.«

Juniper. Juniper, die als Kind gewalttätig geworden war. Der Skandal mit dem Sohn des Gärtners.

»Ich habe die Sache in die Hand genommen, ich habe mein Bestes getan. Aber bis heute weiß niemand davon, und es ist an der Zeit, die Dinge richtigzustellen.«

Da sah ich, dass sie weinte. Tränen flossen ihr über das alte Gesicht. Ich war erschüttert. Zwei Todesfälle, die vertuscht worden waren. Ich konnte keinen klaren Gedanken fassen. Meine Gedanken verliefen ineinander wie Aquarellfarben. Ich empfand keinerlei Genugtuung darüber, endlich die Antworten auf meine Fragen zu bekommen. Ich war fassungslos, und ich machte mir Sorgen um die alte Frau, die mir gegenübersaß, die über die quälenden Geheimnisse ihres Lebens weinte. Ich konnte ihren Schmerz nicht lindern, aber ich konnte auch nicht einfach nur dasitzen und vor mich hin starren.

»Kommen Sie«, sagte ich, »lassen Sie uns wieder nach unten gehen ...«

Ich stand auf und bot ihr meinen Arm an, und diesmal nahm sie mein Angebot wortlos an.

Ich stützte sie sanft, während wir langsam und vorsichtig die Wendeltreppe hinuntergingen. Sie bestand darauf, ihren Stock selbst zu tragen, den sie hinter sich her zog, sodass er auf jede Stufe schlug und unseren Abstieg mit einem tröstlichen Rhythmus begleitete. Keine von uns sagte etwas, wir waren beide zu erschöpft.

Als wir endlich die Tür zum gelben Salon erreichten, blieb Percy Blythe stehen. Mit einer letzten Anstrengung gewann sie ihre Fassung wieder und schien einige Zentimeter zu wachsen, als sie sich aufrichtete. »Kein Wort zu meinen Schwestern«, sagte sie. Ihre Stimme war nicht unfreundlich, aber ihre wiedergewonnene Schärfe ließ mich zusammenzucken. »Kein Wort, haben Sie mich verstanden?«

»Sie werden doch sicherlich zum Abendessen bleiben, Edith, nicht wahr?«, sagte Saffy fröhlich, als wir zur Tür hereinkamen. »Ich habe ein bisschen mehr gekocht, als es immer später wurde und Sie noch hier waren.« Sie schaute Percy liebenswürdig an, aber man sah ihr an, dass sie sich fragte, was ihre Schwester einen ganzen Tag lang zu erzählen gehabt hatte.

Ich wollte ablehnen, aber sie war schon dabei, ein weiteres Gedeck aufzulegen, außerdem regnete es draußen immer noch in Strömen.

»Natürlich bleibt sie«, sagte Percy, ließ meinen Arm los und ging langsam, aber entschlossen zum Kopfende des Tischs. Sie wandte sich mir zu, als sie Platz nahm, und im Schein des elektrischen Lichts nahm ich staunend zur Kenntnis, wie perfekt es ihr gelang, sich ihren Schwestern zuliebe zusammenzureißen. »Ich habe Sie schon vom Mittagessen abgehalten, da ist ein ordentliches Abendessen das Mindeste, was wir Ihnen anbieten können.«

Wir aßen zu viert. Es gab geräucherten Schellfisch – er war lauwarm, hellgelb und glitschig. Bruno, der endlich im Anrichtezimmer gefunden worden war, wo er sich verkrochen hatte, lag die meiste Zeit zu Junipers Füßen, die ihn mit Fischstückchen fütterte. Zum Dessert gab es Toast mit Marmelade, dann tranken wir Tee, bis uns irgendwann der Gesprächsstoff ausging. Das Gewitter hatte nicht nachgelassen, es wurde eher noch schlimmer. In unregelmäßigen Abständen flackerte das Licht – wahrscheinlich stand auch noch ein Stromausfall bevor –, und jedes Mal, wenn die Lampen sich wieder beruhigt hatten, lächelten wir erleichtert. Währenddessen stürzte das Wasser über die Dachtraufen und prasselte gegen die Fensterscheiben.

»Tja«, sagte Saffy schließlich. »Ich glaube, Sie haben keine Wahl. Wir werden Ihnen ein Bett herrichten, und Sie bleiben heute Nacht hier. Ich werde bei Mrs. Bird anrufen und ihr Bescheid sagen.«

»Nein, nein«, erwiderte ich schneller, als es die Höflichkeit geboten hätte. »Ich möchte Ihnen keine Umstände machen.« Das war nicht gelogen – aber vor allem widerstrebte es mir, die Nacht im Schloss zu verbringen.

»Unsinn«, sagte Percy und wandte den Blick vom Fenster ab. »Draußen ist es stockfinster. Am Ende fallen Sie noch in den Bach, und bei dem Wetter ist er ein reißender Strom.« Sie straffte sich. »Nein. Wir wollen nicht, dass es zu einem Unfall kommt. Wo wir in unserem Schloss doch wahrlich Platz genug haben.«

## Eine Nacht im Schloss

Saffy begleitete mich zu meinem Zimmer. Von dem Schloss-flügel aus, in dem die Schwestern Blythe wohnten, legten wir einen ziemlich weiten Weg zurück, und auch wenn es durch lange und düstere Flure ging, so war ich doch froh, dass ich nicht ins Kellergeschoss gesteckt wurde. Es reichte schon, die Nacht im Schloss verbringen zu müssen; auf keinen Fall wollte ich in der Nähe des Familienarchivs schlafen. Wir waren beide mit einer Petroleumlampe ausgerüstet, stiegen die Treppe zum ersten Stock hinauf und folgten einem breiten Korridor. Die schwachen Glühbirnen schufen trübe Lichtinseln.

»Da wären wir«, sagte sie und öffnete die Tür. »Das Gäste-zimmer.«

Sie – oder vielleicht auch Percy – hatte das Bett bezogen. Auf einem kleinen Nachttisch stapelten sich mehrere Bücher. »Es ist leider nicht sehr gemütlich«, sagte sie und sah sich mit einem entschuldigenden Lächeln im Zimmer um. »Wir haben nur sel-ten Gäste. Wir sind gar nicht mehr daran gewöhnt. Es ist schon lange her, dass jemand bei uns übernachtet hat.«

»Es tut mir leid, Ihnen solche Umstände zu machen.«

Sie schüttelte den Kopf. »Unsinn, Sie machen überhaupt kei-ne Umstände. Ich hatte immer gern Gäste. Besuch zu haben ge-hört für mich zu einem erfüllten Leben.« Sie trat ans Bett und stellte ihre Lampe auf den Nachttisch. »Ich habe Ihnen ein

Nachthemd zurechtgelegt und auch ein paar Bücher. Ich kann mir nicht vorstellen, den Tag ohne eine Geschichte zu beschließen, die mich in den Schlaf begleitet.«

Sie nahm das oberste Buch in die Hand. »*Jane Eyre* – eins meiner Lieblingsbücher.«

»Mir geht es genauso. Ich habe es immer bei mir, allerdings ist meine Ausgabe nicht annähernd so schön wie Ihre.«

Sie lächelte erfreut. »Sie erinnern mich ein bisschen an mich selbst, Edith. An den Menschen, der ich hätte werden können, wenn die Dinge anders verlaufen wären. In London leben, mit Büchern arbeiten. Als ich jung war, habe ich davon geträumt, Gouvernante zu werden. Zu reisen und Menschen kennenzulernen, in einem Museum zu arbeiten. Vielleicht meinen eigenen Mr. Rochester kennenzulernen.«

Plötzlich wirkte sie ganz schüchtern, und mir fielen die Schachteln mit dem Blumenmuster ein, die ich im Familienarchiv gefunden hatte, insbesondere die, die beschriftet war mit »Hochzeit mit Matthew de Courcy«. Junipers tragische Liebesgeschichte war mir bekannt, aber ich wusste kaum etwas über Saffys und Percys Liebesleben. Schließlich waren sie ja auch einmal jung und vermutlich sinnlich gewesen und hatten beides geopfert, um sich der Betreuung ihrer kleinen Schwester widmen zu können. »Sie haben neulich erwähnt, dass Sie mal verlobt waren.«

»Mit einem Mann namens Matthew. Wir haben uns ineinander verliebt, als wir noch sehr jung waren. Sechzehn.« Die Erinnerung entlockte ihr ein Lächeln. »Wir wollten heiraten, sobald wir einundzwanzig wären.«

»Darf ich fragen, was passiert ist?«

»Aber natürlich.« Sie machte sich daran, das Bettzeug ordentlich zu richten. »Es ist nicht dazu gekommen, er hat eine andere geheiratet.«

»Das tut mir leid.«

»Das braucht es nicht. Es ist sehr lange her. Außerdem sind beide schon seit Jahren tot.« Vielleicht war es ihr unangenehm, dass das Gespräch eine selbstmitleidige Wendung genommen hatte, denn sie fuhr mit einem Scherz fort: »Wahrscheinlich war es ein Glück, dass meine Schwester so freundlich war, mich zu so einem günstigen Preis weiter im Schloss wohnen zu lassen.«

»Ich kann mir nicht vorstellen, dass Percy irgendetwas dagegen gehabt hätte«, erwiderte ich lächelnd.

»Vielleicht nicht, aber ich meinte eigentlich Juniper.«

»Ich fürchte, ich …?«

Saffy blinzelte mich überrascht an. »Nun ja, das Schloss gehört ihr, wussten Sie das nicht? Wir hatten ganz selbstverständlich angenommen, dass Percy alles erben würde, aber unser Vater hat sein Testament in letzter Minute geändert.«

»Aber warum?« Ich hatte nur laut gedacht und rechnete nicht damit, dass sie die Frage beantworten würde, aber Saffy fuhr ganz selbstverständlich fort.

»Mein Vater war regelrecht besessen von der Überzeugung, dass kreative Frauen sich unmöglich weiter ihrer Kunst widmen können, wenn sie sich mit Ehe und Kindern belasten. Seit Juniper ein derart vielversprechendes Talent an den Tag legte, trieb ihn die Angst um, sie könnte heiraten und ihr Talent vergeuden. Deswegen hat er sie hier festgehalten, sie durfte weder zur Schule gehen noch andere Menschen kennenlernen, und schließlich hat er sogar sein Testament geändert und ihr das Schloss vererbt. Um sie davor zu bewahren, dass sie sich ihren Lebensunterhalt verdienen oder einen Mann heiraten musste, der sie ernährte. Aber das war eine große Ungerechtigkeit gegenüber Percy. Es war immer selbstverständlich gewesen, dass sie das Schloss erben würde. Sie vergöttert dieses Haus wie andere Leute einen geliebten Menschen.« Sie klopfte abschließend noch einmal die Kissen zurecht und nahm die Lampe wieder vom Nachttisch. »Insofern ist es wohl ein Glück, dass Juniper *nicht* geheiratet hat und nicht ausgezogen ist.«

Ich verstand den Zusammenhang nicht. »Aber wäre Juniper in diesem Fall nicht froh gewesen, eine Schwester zu haben, die das alte Haus so sehr liebte, dass sie hier leben wollte und sich um alles kümmerte?«

Saffy lächelte. »So einfach war es nicht. Unser Vater konnte grausam sein, wenn es darum ging, seinen Willen durchzusetzen. Er hat eine Bedingung mit dem Testament verknüpft. Sollte Juniper heiraten, würde sie ihre Rechte verlieren und das Schloss würde stattdessen in den Besitz der katholischen Kirche übergehen.«

»Der Kirche?«

»Unser Vater litt unter schrecklichen Schuldgefühlen …«

Und nach meinem Gespräch mit Percy wusste ich inzwischen auch, warum. »Wenn Juniper und Thomas geheiratet hätten, wäre das Haus verloren gewesen.«

»Ja«, antwortete sie, »das ist richtig. Die arme Percy hätte das nicht ertragen.« Sie fröstelte. »Es tut mir leid, dass es hier so kalt ist. Daran denkt man gar nicht. Wir benutzen dieses Zimmer ja nicht mehr. In diesem Flügel des Hauses gibt es leider keine Heizung, aber unten im Schrank liegen noch zusätzliche Decken.«

Ein gewaltiger Blitz erhellte den Himmel, gefolgt von einem Donnerschlag. Das schwache elektrische Licht flackerte, dann ging es aus. Gleichzeitig hoben Saffy und ich unsere Petroleumlampen, wie Marionetten, die vom selben Band gezogen werden. Wir betrachteten die erloschene Glühbirne.

»Oje«, sagte sie, »Stromausfall. Zum Glück haben wir die Lampen mitgenommen.« Sie zögerte. »Glauben Sie, Sie kommen zurecht?«

»Ganz bestimmt.«

»Also gut«, sagte sie lächelnd. »Dann lass ich Sie jetzt allein.«

Nachts ist alles anders. Die Dinge verändern sich, wenn die Welt schwarz ist. Ungewissheiten und Verletzungen, Sorgen und Ängste bekommen nachts Zähne. Vor allem, wenn man in einem gespenstischen alten Schloss schläft und draußen ein Gewitter tobt. Erst recht, wenn man den ganzen Nachmittag der Beichte einer älteren Dame gelauscht hat. Und deshalb hatte ich auch so schnell nicht vor, die Lampe zu löschen.

Ich zog mir das Nachthemd über und setzte mich weiß und gespensterhaft aufs Bett. Lauschte dem unaufhörlichen Klopfen des Regens und dem Wind, der an den Fensterläden rüttelte, als wäre jemand draußen, der unbedingt hereinwollte. Nein – ich schob diesen Gedanken beiseite, konnte mir sogar ein Lächeln abringen. Natürlich dachte ich an den Modermann. Verständlich, da ich ja genau an dem Ort übernachtete, wo der Roman spielte, in einer Nacht, die direkt dem Buch entnommen zu sein schien …

Ich kroch unter die Decken und dachte über Percy nach. Ich nahm mein Notizheft und schrieb alles auf, was mir einfiel. Percy Blythe hatte mir von den Ursprüngen des *Modermann* erzählt, was an sich schon eine Sensation war. Sie hatte außerdem das Rätsel um Thomas Cavills Verschwinden aufgeklärt. Eigentlich hätte ich erleichtert sein können, war aber eher aufgewühlt. Dieses Gefühl war ganz frisch, es hatte etwas mit dem zu tun, was Saffy mir erzählt hatte. Als sie vom Testament ihres Vaters gesprochen hatte, hatten sich beunruhigende Zusammenhänge ergeben, kleine Lämpchen, die aufleuchteten und mir zunehmend Unbehagen bereiteten: Percys Liebe zum Schloss, ein Testament, das seinen Verlust festschrieb, sollte Juniper heiraten, Thomas Cavills bedauernswerter Tod …

Aber nein. Percy hatte gesagt, es sei ein Unfall gewesen, und ich glaubte ihr.

Ich glaubte ihr wirklich. Aus welchem Grund hätte sie lügen sollen? Sie hätte die ganze Sache einfach für sich behalten können.

Und dennoch …

Die Gedankenfetzen kreisten in meinem Kopf: Percys Stimme, dann Saffys, und dazu meine Zweifel. Aber nicht Junipers Stimme. Ich schien immer nur *über* sie etwas zu hören, nie etwas von ihr. Schließlich klappte ich mein Notizheft frustriert zu.

Das reichte für einen Tag. Ich stieß einen tiefen Seufzer aus und blätterte in den Büchern, die Saffy mir hingelegt hatte, suchte etwas, das meine Gedanken halbwegs beruhigen konnte: *Jane Eyre, Mysteries of Udolpho, Sturmhöhe.* Ich verzog das Gesicht – alles gute alte Bekannte, allerdings nicht von der Sorte, die ich mir in so einer kalten, stürmischen Nacht als Gefährten wünschte.

Obwohl ich hundemüde war, wehrte ich mich gegen den Schlaf; ich konnte mich nicht überwinden, die Lampe zu löschen und mich der Dunkelheit zu überlassen. Aber irgendwann wurden meine Lider immer schwerer, und nachdem ich mich noch einige Male wach gerüttelt hatte, war ich offenbar so müde, dass ich schnell einschlafen würde. Ich löschte die Flamme und schloss die Augen, während der Rauch sich in der kalten Luft auflöste. Das Letzte, woran ich mich erinnere, ist der Regen, der gegen das Fenster schlug.

Irgendwann in der Nacht fuhr ich aus dem Schlaf. Ich lag reglos da und lauschte. Fragte mich, was mich geweckt haben mochte. Die Härchen auf meinen Armen standen senkrecht, und mich beschlich das unheimliche Gefühl, dass ich nicht allein war, dass noch jemand bei mir im Zimmer war. Mit pochendem Herzen starrte ich in die Dunkelheit, vor Angst wie gelähmt vor dem, was ich entdecken könnte.

Ich sah nichts, aber ich wusste es. Da war jemand.

Ich hielt den Atem an und lauschte angestrengt, aber es regnete immer noch, und so wie der Sturm heulte und an den Läden rüttelte und durch die Korridore fuhr, war es unmöglich, irgendetwas anderes zu hören. Da ich keine Streichhölzer hatte, konnte ich auch die Lampe nicht wieder anzünden, und so blieb mir nichts anderes übrig, als mich irgendwie zu beruhigen. Ich redete mir ein, dass es nur die Gedanken waren, die mich kurz vor dem Einschlafen beschäftigt hatten, meine Besessenheit vom *Modermann*. Dass ich das Geräusch nur geträumt hatte. Dass meine Fantasie mir einen Streich spielte.

Als ich mich gerade wieder etwas beruhigt hatte, erhellte ein gewaltiger Blitz die Nacht, und da sah ich, dass die Tür meines Zimmers einen Spaltbreit offen stand! Es war tatsächlich jemand bei mir im Zimmer gewesen, war vielleicht sogar immer noch da und wartete im Dunkeln …

*»Meredith …«*

Mein Herz hämmerte, schickte Stromstöße durch meine Adern. Das war nicht der Wind und auch nicht das Gemäuer. Jemand hatte den Namen meiner Mutter geflüstert! Panik erfasste mich. Ich schlug die Decke zurück und sprang aus dem Bett. Schlich auf Zehenspitzen zur Tür. Der Griff fühlte sich kühl und glatt an. Langsam und geräuschlos zog ich die Tür auf, machte vorsichtig einen Schritt in den Korridor und spähte in die Dunkelheit.

*»Meredith …«*

Um ein Haar hätte ich laut aufgeschrien. Die Stimme war hinter mir.

Ich fuhr herum, und da stand Juniper. Sie trug dieselben Sachen, die sie während meines ersten Besuchs in Milderhurst angehabt hatte, das Kleid, das Saffy – wie ich inzwischen wusste – für das Abendessen mit Thomas Cavill für sie geändert hatte.

»Juniper!«, stieß ich heiser aus. »Was machen Sie hier?«

»Ich habe auf dich gewartet, Merry. Ich wusste, dass du kommen würdest. Ich habe es dir mitgebracht. Ich habe es die ganze Zeit für dich aufbewahrt.«

Ich hatte keine Ahnung, was sie meinte, aber sie hielt mir im Dunkeln einen Gegenstand hin. Eine Art Schachtel, nicht besonders schwer. »Danke«, sagte ich.

Meine Augen hatten sich an die Dunkelheit gewöhnt, und ich sah, dass sie zögerlich lächelte. »Ach, Meredith«, sagte sie. »Ich habe etwas Schreckliches getan.«

Genau dasselbe hatte sie am Ende meines ersten Besuchs im Korridor zu Saffy gesagt. Es war die falsche Frage, aber ich konnte sie mir nicht verkneifen: »Was denn? Was haben Sie getan?«

»Tom kommt bald. Er kommt zum Abendessen.«

Plötzlich empfand ich tiefes Mitleid mit ihr. Seit fünfzig Jahren wartete sie nun schon auf ihn, überzeugt, dass er irgendwann kommen würde. »Natürlich kommt er«, erwiderte ich. »Tom liebt Sie. Er will Sie heiraten.«

»Tom liebt mich.«

»Ja.«

»Und ich liebe ihn.«

»Das weiß ich.«

Es berührte mich sehr, wie sie zurückkehrte, in glücklichere Zeiten, doch dann schlug sie sich entsetzt die Hände vor den Mund und sagte: »Aber da war Blut, Meredith …«

»Was?«

»… so viel Blut … auf meinen Armen und auf meinem ganzen Kleid …« Sie sah an sich hinunter, und dann schaute sie wieder mich an. Sie bot ein Bild des Jammers. »Blut, Blut, überall Blut. Und Tom ist nicht gekommen. Aber ich erinnere mich nicht. Ich kann mich einfach nicht erinnern.«

Und da fiel es mir wie Schuppen von den Augen.

Auf einmal passte alles zusammen, und mir wurde klar, was sie verheimlichten. Was Thomas Cavill wirklich zugestoßen war. Wer für seinen Tod verantwortlich war.

Junipers Phasen der Amnesie nach traumatischen Erlebnissen, die Gewaltausbrüche, an die sie sich nicht erinnern konnte, der Vorfall mit dem Gärtnersohn, den sie verprügelt hatte. Mit wachsendem Entsetzen fiel mir auch wieder ihr Brief an meine Mutter ein, in dem sie über ihre einzige Angst geschrieben hatte: dass sie genauso enden würde wie ihr Vater. Und genau das war eingetreten.

»Ich kann mich nicht erinnern«, sagte sie erneut. »Ich kann mich einfach nicht erinnern.« Sie sah mich ratlos an, und obwohl mir vor dem, was sie mir erzählte, grauste, wollte ich sie in diesem Augenblick nur noch in die Arme schließen, ihr ein bisschen von der Last nehmen, die sie seit fünfzig Jahren mit sich herumtrug. Sie flüsterte noch einmal: »Ich habe etwas Schreckliches getan«, und ehe ich irgendetwas Beruhigendes sagen konnte, lief sie an mir vorbei zur Tür.

»Juniper«, rief ich ihr nach. »Warten Sie!«

»Tom liebt mich«, sagte sie, als hätte sie ihr Glück gerade erst erkannt. »Ich will nach ihm Ausschau halten. Er kommt bald.«

Und dann verschwand sie im dunklen Flur.

Ich warf den Gegenstand, den sie mir gegeben hatte, in Richtung Bett und lief hinter ihr her. Folgte ihr um eine Ecke in einen weiteren kurzen Korridor, bis sie einen kleinen Treppenabsatz erreichte, von dem aus eine Treppe nach unten führte. Ein beißender, feuchter Luftzug fegte von unten herauf; offenbar hatte sie eine Tür geöffnet und wollte in die kalte, verregnete Nacht hinaus.

Ich zögerte. Ich konnte sie nicht einfach den Elementen überlassen. Am Ende lief sie noch die ganze Zufahrt hinunter bis zur Straße, in der Hoffnung, dass Thomas Cavill ihr entgegenkam. Am Fuß der Treppe befand sich eine Tür, die durch einen kleinen Vorbau nach draußen führte.

Es regnete immer noch in Strömen, aber ich konnte erkennen, dass eine Art Garten vor mir lag. Viel schien dort nicht zu wachsen, hier und da standen ein paar merkwürdige Statuen, das Ganze war von einer hohen Hecke eingefasst – ich hielt den Atem an. Es war der Garten, den ich bei meinem ersten Besuch vom Dachboden aus gesehen hatte, die quadratische Einfriedung, die Percy Blythe keinesfalls als Garten bezeichnet wissen wollte. Und sie hatte recht. Ich hatte darüber im Tagebuch meiner Mutter gelesen. Dies war der Haustierfriedhof, der Ort, den Juniper besonders liebte.

Juniper war mitten im Garten stehen geblieben, eine gebrechliche alte Dame in einem gespenstischen blassen Kleid, durchnässt und zerzaust. Mit einem Mal ergab es einen Sinn, was Percy über den Einfluss von Gewittern auf Junipers Gefühlszustände gesagt hatte. In jener Nacht im Jahr 1941 hatte es ein Gewitter gegeben, genau wie jetzt …

Eigenartigerweise schien sich das Gewitter zu beruhigen, wie sie dort stand. Ich betrachtete sie wie gebannt, bis mir klar wurde, dass ich sie ins Haus holen musste. Sie konnte unmöglich da draußen bleiben. Im selben Augenblick hörte ich eine Stimme und sah, wie Juniper sich nach rechts wandte. Durch ein Tor in der Hecke erschien Percy Blythe in Regenmantel und Gummistiefeln und rief ihrer kleinen Schwester etwas zu. Sie breitete die Arme aus, und Juniper stolperte ihr entgegen.

Plötzlich kam ich mir wie ein Eindringling vor; eine Fremde, die eine sehr intime Situation beobachtete. Ich wandte mich um.

Hinter mir stand jemand.

Es war Saffy. Sie trug das Haar offen und hatte sich in einen Morgenmantel gehüllt. »Oh, Edith«, sagte sie voller Verlegenheit, »ich muss mich für die Störung entschuldigen.«

»Juniper …«, begann ich mit einem Blick über die Schulter.

»Es ist alles in Ordnung«, sagte sie mit einem freundlichen Lächeln. »Sie geistert manchmal herum. Kein Grund zur Sorge. Percy bringt sie ins Haus. Sie können sich wieder ins Bett legen.«

Ich eilte die Treppe hoch, den Flur entlang und in mein Zimmer. Ich schloss die Tür sorgfältig hinter mir, lehnte mich dagegen und versuchte, wieder gleichmäßig zu atmen. Ich betätigte den Lichtschalter in der Hoffnung, dass es wieder Strom gab, aber es war nichts zu machen. Nur das Klicken des Schalters und kein beruhigender Lichtschein.

Ich schlich wieder ins Bett, stellte die rätselhafte Schachtel auf den Boden und wickelte mich in die Decke ein. Den Kopf ins Kissen gedrückt, lauschte ich meinem Pulsschlag. Immer wieder gingen mir Junipers Worte durch den Kopf, die Bemühungen ihres verwirrten Geistes, sich zu erinnern, die Umarmung mit Percy auf dem Haustierfriedhof. Und dann erkannte ich, in welchem Punkt Percy Blythe mich belogen hatte. Zweifellos war Thomas Cavill in einer Gewitternacht im Oktober 1941 ums Leben gekommen, aber nicht Percy hatte ihn auf dem Gewissen. Bis zum bitteren Ende nahm sie ihre kleine Schwester in Schutz.

## Der Tag danach

Irgendwann muss ich eingeschlafen sein, denn das Nächste, woran ich mich erinnere, ist ein schwacher, diesiger Lichtschein, der durch einen Spalt zwischen den Fensterläden ins Zimmer fiel. Das Gewitter hatte sich gelegt und einen erschöpften Morgen zurückgelassen. Ich blieb noch eine Weile liegen, blinzelte zur Decke und ließ die Ereignisse der Nacht Revue passieren. Als es endlich hell wurde, war ich überzeugter denn je, dass es Juniper war, die für den Tod von Thomas verantwortlich war. Alles andere ergab keinen Sinn. Und ich wusste auch, dass Percy und Saffy ängstlich darauf bedacht waren, dass niemand je die Wahrheit erfuhr.

Als ich aus dem Bett stieg, wäre ich fast über die Schachtel gestolpert, Junipers Geschenk. Über alles andere, was vorgefallen war, hatte ich es völlig vergessen. Die Schachtel hatte dieselbe Form und Größe wie die von Saffys Sammlung im Familienarchiv, und als ich sie öffnete, fand ich ein Manuskript, aber es stammte nicht von Saffy. Die Überschrift lautete: *Schicksal – Eine Liebesgeschichte. Von Meredith Baker, Oktober 1941.*

Wir hatten alle verschlafen, und obwohl es schon spät am Vormittag war, war im gelben Salon der Frühstückstisch gedeckt. Als ich die Treppe herunterkam, saßen alle drei Schwestern bereits an ihrem Platz; die Zwillinge plauderten angeregt, als wäre in der Nacht nichts Ungewöhnliches vorgefallen. Und vielleicht war es ja auch so; vielleicht war ich ja nur Zeugin eines ganz alltäglichen Vorfalls geworden. Saffy bot mir lächelnd eine Tasse Tee an. Ich bedankte mich und warf einen Blick zu Juniper hinüber, die mit ausdrucksloser Miene in ihrem Sessel saß; an ihrem Verhalten ließ sich nichts von ihren nächtlichen Eskapaden ablesen. Percy schien mich ein bisschen aufmerksamer zu beobachten als gewöhnlich, während ich meinen Tee trank, aber das konnte auch mit dem zusammenhängen, was sie mir am Tag zuvor gebeichtet hatte, ob es nun der Wahrheit entsprach oder nicht.

Nachdem ich mich von Saffy und Juniper verabschiedet hatte, begleitete Percy mich zur Haustür, und auf dem Weg dorthin unterhielten wir uns angeregt über belanglose Dinge. Auf den Stufen vor dem Haus pflanzte sie entschlossen ihren Gehstock auf. »In Bezug auf das, was ich Ihnen gestern erzählt habe, Miss Burchill«, sagte sie, »möchte ich noch einmal darauf hinweisen, dass es sich um einen Unfall gehandelt hat.«

Offenbar unterzog sie mich einer Prüfung; es war ihre Art, sich zu vergewissern, dass ich ihr die Geschichte auch abkaufte. Herauszufinden, ob Juniper mir in der Nacht irgendetwas erzählt hatte.

Jetzt wäre die Gelegenheit gewesen zu offenbaren, was ich erfahren hatte, und sie unverblümt zu fragen, wer Thomas Cavill wirklich auf dem Gewissen hatte. »Selbstverständlich«, antwortete ich. »Ich habe vollkommen verstanden.«

Wozu hätte ich es ihr sagen sollen? Um meine Neugier auf Kosten des Seelenfriedens der Schwestern zu befriedigen? Ich brachte es nicht über mich.

Sie war sichtlich erleichtert. »Ich habe schrecklich gelitten. Ich wollte nicht, dass es dazu kommt.«

»Natürlich nicht. Ich weiß.« Ich war gerührt von ihrem schwesterlichen Pflichtgefühl, einer Liebe, die so stark war, dass sie sich sogar zu einem Verbrechen bekannte, das sie nicht begangen hatte. »Sie sollten sich nicht mehr damit herumquälen«, sagte ich so freundlich wie möglich. »Es war nicht Ihre Schuld.«

Sie sah mich mit einem Ausdruck an, den ich bisher noch nicht an ihr erlebt hatte und den ich nur schwer beschreiben kann. Teils Kummer, teils Erleichterung, vermischt mit den Anzeichen von etwas anderem. Sie war jedoch durch und durch Percy Blythe, die sich nicht von Gefühlen beherrschen ließ. Kühl gewann sie ihre Fassung wieder und nickte knapp. »Vergessen Sie Ihr Versprechen nicht, Miss Burchill. Ich verlasse mich auf Sie. Ich gehöre nicht zu den Menschen, die auf den Zufall vertrauen.«

Die Erde war nass, der Himmel weiß und die Landschaft so bleich wie ein Gesicht nach einem Wutanfall. Ich ging vorsichtig, um nicht wie Treibholz hügelabwärts geschwemmt zu werden, und als ich das Bauernhaus erreichte, war Mrs. Bird bereits mit den Vorbereitungen für das Mittagessen beschäftigt. Im ganzen Haus duftete es nach Suppe, ein einfacher, aber herrlicher Genuss für jemanden, der die Nacht in einem Spukschloss verbracht hatte.

Mrs. Bird war gerade dabei, die Tische im Esszimmer zu decken. Die korpulente, freundliche Frau mit der Schürze um den Bauch wirkte so tröstlich normal, dass ich ihr hätte um den Hals fallen können. Ich hätte es vielleicht sogar getan, wenn ich nicht rechtzeitig bemerkt hätte, dass wir nicht allein waren.

Es war noch ein anderer Gast da, der aufmerksam die Schwarz-Weiß-Fotos an den Wänden betrachtete.

Eine sehr vertraute Gestalt.

»Mum?«

Sie drehte sich zu mir um und lächelte zögerlich. »Hallo, Edie.«

»Du hier?«

»Du hast doch gesagt, ich soll kommen. Ich wollte dich überraschen.«

Ich glaube, ich war noch nie im Leben so erfreut oder erleichtert darüber, einen anderen Menschen zu sehen. Ich umarmte *sie* anstatt Mrs. Bird. »Ich bin so froh, dass du hier bist.«

Vielleicht war es mein Überschwang, oder vielleicht hielt ich sie auch einen Moment zu lange, denn sie blinzelte und fragte: »Alles in Ordnung, Edie?«

Ich ließ mir einen Moment Zeit mit der Antwort, während sich die Geheimnisse und bitteren Wahrheiten, die ich erfahren hatte, in meinem Kopf wie Spielkarten mischten. Schließlich packte ich den ganzen Stapel zusammen und lächelte meine Mutter an. »Es geht mir gut, Mum. Ich bin einfach nur ein bisschen müde. Letzte Nacht hatten wir ein ordentliches Gewitter.«

»Mrs. Bird hat mir erzählt, dass du wegen des Gewitters im Schloss übernachtet hast.« Es lag eine kleine Spur von Skepsis in ihrer Stimme. »Zum Glück bin ich nicht wie ursprünglich geplant schon gestern Nachmittag losgefahren.«

»Bist du denn schon lange hier?«

»Nein, erst seit ungefähr zwanzig Minuten. Ich habe mir die Fotos angesehen.« Sie zeigte auf ein Foto aus der Zeitschrift *Country Life* aus dem Jahr 1910. Darauf sah man die Bauarbeiten für den runden Badeteich. »In diesem Teich habe ich schwimmen gelernt«, sagte sie. »Als ich im Schloss gewohnt habe.«

Ich beugte mich vor, um die Erläuterung unter dem Foto lesen zu können. *Oliver Sykes, der die Baustelle überwacht, erklärt Mr. und Mrs. Raymond Blythe den Fortgang der Arbeiten an ihrem neuen Badeteich.* Da war er also, der gut aussehende junge Architekt, der Modermann, der sein Leben in dem Schlossgraben, den er neu gestaltet hatte, beenden sollte. Ich bekam eine Gänsehaut. Und ich hörte wieder Percy Blythes inständige Bitte: *Vergessen Sie Ihr Versprechen nicht. Ich verlasse mich auf Sie.*

»Möchten die Damen gern zu Mittag essen?«, fragte Mrs. Bird. Ich wandte mich von Sykes' lächelndem Gesicht ab. »Was meinst du, Mum? Du musst doch Hunger haben nach der langen Fahrt.«

»Eine Suppe wäre wunderbar. Können wir uns vielleicht nach draußen setzen?«

Wir nahmen an einem Tisch Platz, von dem aus wir das Schloss sehen konnten; Mrs. Bird hatte den Vorschlag gemacht, und bevor ich ablehnen konnte, hatte Mum tapfer erklärt, das sei in Ordnung. Während die Gänse die Pfützen um uns herum nach Krümeln von unserem Tisch absuchten, erzählte meine Mutter von ihrer Vergangenheit. Von der Zeit, die sie in Milderhurst verbracht hatte, von ihren Gefühlen für Juniper, ihrer Schwärmerei für ihren Lehrer Mr. Cavill, und schließlich erzählte sie mir von ihrem Traum, Journalistin zu werden.

»Und was ist dazwischengekommen, Mum?«, fragte ich, während ich Butter auf mein Brot strich. »Warum hast du es dir anders überlegt?«

»Ich habe es mir nicht anders überlegt. Ich habe nur …« Sie veränderte ihre Position auf dem weißen Eisenstuhl, den Mrs. Bird mit dem Handtuch trocken gewischt hatte. »Ich glaube, dass ich … Am Ende konnte ich nicht …« Sie runzelte die Stirn über ihre Unfähigkeit, die richtigen Worte zu finden, aber schließlich sprach sie entschlossen weiter. »Dass ich Juniper kennengelernt habe, hat mir eine Tür geöffnet, und ich wollte unbedingt zu der Welt auf der anderen Seite gehören. Aber ohne sie konnte ich mich in dieser Welt nicht behaupten. Ich habe es versucht, Edie, ich hab's wirklich versucht. Ich habe davon geträumt zu studieren, aber während des Kriegs waren so viele Schulen in London geschlossen, und zu guter Letzt habe ich mich um eine Stelle als Schreibkraft beworben. Das sollte eigentlich eine Übergangslösung sein, und ich habe immer gehofft, irgendwann würde ich das machen können, was ich mir vorgenommen hatte. Aber als der Krieg zu Ende war, war ich achtzehn und zu alt für die Schule. Und ohne Abschluss an einer höheren Schule konnte ich nicht studieren.«

»Deswegen hast du mit dem Schreiben aufgehört?«

»Nein, nein.« Mit ihrem Löffel zeichnete sie eine Acht in ihre Suppe, immer hin und her. »Nein, ich habe nicht damit aufgehört. Ich war damals ziemlich hartnäckig. Ich war wild entschlossen, mich von so einer Kleinigkeit nicht aufhalten zu lassen.« Sie lächelte vor sich hin, ohne aufzublicken. »Ich sagte mir, ich würde einfach für mich selbst schreiben und irgendwann eine berühmte Journalistin werden.«

Ich musste ebenfalls lächeln, gerührt und beglückt über ihre Beschreibung der unerschrockenen jungen Meredith Baker.

»Ich habe mir ein eigenes Programm verordnet und alles verschlungen, was ich in der Bibliothek finden konnte, habe Artikel, Besprechungen, manchmal auch Geschichten geschrieben und verschickt.«

»Und ist irgendwas davon veröffentlicht worden?«

Sie rutschte verlegen auf ihrem Stuhl hin und her. »Ein paar kleine Sachen hier und dort. Ich bekam ein paar ermutigende Briefe von Herausgebern der größeren Zeitungen. Freundlich, aber bestimmt, in denen sie mir schrieben, ich hätte den Stil des Hauses noch nicht richtig verinnerlicht. Dann, 1952, wurde mir ein Job angeboten.« Sie schaute zu den Gänsen hinüber, die gerade mit den Flügeln schlugen, und etwas an ihrer Haltung änderte sich, sie sank ein bisschen in sich zusammen. Sie legte ihren Löffel ab. »Der Job war bei der BBC, ein bloßes Volontariat, aber genau das, was ich wollte.«

»Und was ist passiert?«

»Ich habe mir von meinem Ersparten passende Kleidung und

eine Ledertasche gekauft, um professionell zu wirken. Ich nahm mir fest vor, selbstbewusst aufzutreten, deutlich zu sprechen, nicht die Schultern hängen zu lassen. Aber dann«, sie betrachtete ihre Handrücken und rieb sich mit dem Daumen über die Knöchel, »gab es ein Durcheinander mit den Bussen, und anstatt mich am BBC-Gebäude aussteigen zu lassen, hat mich der Fahrer in der Nähe vom Marble Arch abgesetzt. Ich bin den Weg zurückgerannt, aber als ich in die Regent Street kam, sah ich all diese jungen Frauen aus dem Gebäude kommen, wie sie lachten und scherzten, sie wirkten so klug und sie schienen sich alle zu kennen. Die waren viel jünger als ich und sahen aus, als wüssten sie alle Antworten auf die Fragen des Lebens.« Sie wischte einen Krümel vom Tisch, bevor sie mir in die Augen sah. »Dann habe ich mein Spiegelbild in einem Schaufenster gesehen und kam mir vor wie eine Betrügerin, Edie.«

»Ach, Mum.«

»Eine zerzauste Betrügerin. Ich habe mich nur noch verachtet und dafür geschämt, dass ich mir eingebildet hatte, ich könnte zu ihnen gehören. Ich glaube, ich hatte mich noch nie so einsam gefühlt. Ich habe kehrtgemacht und bin tränenüberströmt in die andere Richtung gegangen. Ich muss einen fürchterlichen Anblick geboten haben. Ich fühlte mich so elend und voller Selbstmitleid, dass sogar Wildfremde mir im Vorbeigehen ein ›Kopf hoch‹ zuriefen, und als ich dann an einem Kino vorbeikam, bin ich reingegangen, um mich auszuheulen.«

Ich musste daran denken, wie mein Vater mir erzählt hatte, dass sie in dem Film die ganze Zeit geweint hatte. »Und du hast dir *The Holly and the Ivy* angesehen.«

Meine Mutter nickte, holte irgendwo ein Papiertaschentuch hervor und wischte sich die Augen. »Da habe ich deinen Vater kennengelernt. Und er hat mich zu Tee und Birnenkuchen eingeladen.«

»Dein Lieblingskuchen.«

Sie lächelte mich durch die Tränen an und schwelgte in der Erinnerung. »Er hat mich die ganze Zeit gefragt, was mit mir los wäre, und als ich ihm gesagt habe, der Film hätte mich zum Weinen gebracht, hat er mich ganz ungläubig angesehen. ›Aber es ist doch nur ein Film‹, hat er dann gesagt und ein zweites Stück Kuchen bestellt, ›ist doch alles nur gespielt.‹«

Wir mussten beide lachen. Sie hatte genau wie mein Vater geklungen.

»Er war so selbstsicher, Edie, so unerschütterlich, was seine Sicht auf die Welt und seinen Platz darin anging. Er war erstaunlich. Ich hatte noch nie einen wie ihn kennengelernt. Was nicht konkret vor ihm stand, hat er einfach nicht gesehen, er hat sich nie im Voraus Sorgen über etwas gemacht, sondern Probleme dann in Angriff genommen, wenn sie da waren. Darin habe ich mich verliebt, in seine Zuversichtlichkeit. Er stand mit beiden Füßen fest auf dem Boden, und wenn er mit mir redete, fühlte ich mich geborgen. Zum Glück hat er auch etwas in mir gesehen. Es klingt vielleicht nicht besonders aufregend, aber wir sind sehr zufrieden miteinander. Dein Vater ist ein guter Mann, Edie.«

»Ich weiß.«

»Ehrlich, freundlich, zuverlässig. Das kann man gar nicht hoch genug einschätzen.«

Ich konnte ihr nur zustimmen, und während wir unsere Suppe aßen, musste ich wieder an die Ereignisse der vergangenen Nacht denken. Mir fiel die Schachtel ein, die Juniper mir gegeben hatte.

»Gott, das hätte ich beinahe vergessen!«, sagte ich, griff nach meiner Tasche und holte sie heraus.

Meine Mutter legte ihren Löffel weg und wischte sich die Finger an der Serviette ab, die auf ihrem Schoß lag. »Ein Geschenk …?«

»Es ist nicht von mir.«

»Sondern?«

Ich war drauf und dran zu sagen: »Mach's auf und sieh selbst«, als mir einfiel, dass ich sie schon einmal mit einem ähnlichen »Geschenk« überfallen hatte. »Es ist von Juniper, Mum.«

Sie öffnete den Mund und sog erschrocken die Luft ein. Doch sie nahm die Schachtel und versuchte, sie zu öffnen. »Verflixt«, sagte sie mit einer Stimme, die mir fremd war. »Warum bin ich immer so ungeschickt.« Als sie den Deckel schließlich anhob, schlug sie sich die Hand vor den Mund. »Ach du je.« Sie nahm die brüchigen Seiten vorsichtig heraus und hielt sie in Händen, als wären sie das Wertvollste auf dieser Welt.

»Juniper hat mich für dich gehalten«, sagte ich. »Sie hat es für dich aufbewahrt.«

Meine Mutter schaute zum Schloss hinauf und schüttelte ungläubig den Kopf. »All die Jahre ...«

Sie blätterte durch die maschinengeschriebenen Seiten, las hier und dort einzelne Sätze, und immer wieder erschien ein Lächeln in ihrem Gesicht. Ich beobachtete sie, froh über das offensichtliche Vergnügen, das ihr ihre eigenen Zeilen bereiteten. Aber da war noch etwas anderes. Eine Veränderung ging in ihr vor, fast unmerklich, aber bestimmt, als ihr klar wurde, dass ihre Freundin sie nicht vergessen hatte: Ihre Gesichtszüge, ihre ganze Haltung schien sich zu entspannen. Eine lebenslange Abwehr fiel von ihr ab, und ich erblickte das junge Mädchen in ihr, als wäre es gerade aus einem langen, tiefen Schlaf erwacht.

»Und was ist aus deinem Schreiben geworden?«, fragte ich.

»Wie bitte?«

»Die Schriftstellerei. Hast du sie nicht weiterverfolgt?«

»Ach was. Das habe ich alles aufgegeben.« Sie zog die Nase kraus und sah mich beinahe entschuldigend an. »Wahrscheinlich findest du das feige.«

»Feige? Nein. Aber wenn es dir doch so viel Spaß gemacht hat, dann verstehe ich nicht, warum du damit aufgehört hast.«

Die Sonne brach durch die Wolken und zeichnete gesprenkelte Schatten auf die Wange meiner Mutter. Sie schob ihre Brille zurecht, strich sich leicht über das Haar und legte dann die Hände vorsichtig auf das Manuskript. »Es hatte so viel mit meiner Vergangenheit zu tun, mit dem, was ich einmal gewesen bin«, sagte sie. »Das spielt alles irgendwie mit hinein. Mein Kummer, weil ich dachte, Juniper und Tom hätten mich im Stich gelassen, das Gefühl, dass ich versagt hatte, weil ich nicht zu dem Bewerbungsgespräch gegangen war … Ich glaube, da hat es aufgehört, mir Spaß zu machen. Ich habe mich dann mit deinem Vater zusammengetan und mich lieber auf die Zukunft konzentriert.« Sie betrachtete erneut das Manuskript, hielt eine Seite hoch und lächelte über das, was sie las. »Es hat mir wirklich viel Spaß gemacht«, sagte sie. »Sich etwas Abstraktes vorzunehmen wie einen Gedanken, ein Gefühl oder einen Geruch, und das zu Papier zu bringen. Ich hatte ganz vergessen, wie viel Freude es mir bereitet hat.«

»Es ist nie zu spät, wieder anzufangen.«

»Edie, meine Liebe.« In ihrer Stimme lag leichtes Bedauern, während sie mich liebevoll über den Rand ihrer Brille hinweg anlächelte. »Ich bin fünfundsechzig. Ich habe seit Jahrzehnten höchstens noch Einkaufszettel geschrieben. Ich glaube, ich kann guten Gewissens behaupten, dass es dafür zu spät ist.«

Ich schüttelte den Kopf. Während meines ganzen Arbeitslebens habe ich Menschen jeden Alters kennengelernt, die schrieben, einfach weil sie nicht anders konnten. »Es ist nie zu spät, Mum«, sagte ich noch einmal, aber sie hörte schon gar nicht mehr zu. Ihre Aufmerksamkeit galt dem Schloss. Sie zog die Strickjacke enger um sich.

»Weißt du, das ist wirklich merkwürdig. Ich wusste nicht,

wie ich mich fühlen würde, aber jetzt, wo ich hier bin, weiß ich nicht, ob ich überhaupt dorthin gehen kann. Ich glaube, ich möchte es gar nicht.«

»Wirklich nicht?«

»Ich habe ein Bild im Kopf. Ein sehr glückliches Bild; ich will nicht, dass es sich ändert.«

Vielleicht erwartete sie, dass ich versuchen würde, sie zu überreden, aber ich tat es nicht. Ich konnte es nicht. Das Schloss war inzwischen ein trauriger Ort, vom Verfall gekennzeichnet, genauso wie seine drei Bewohnerinnen. »Das kann ich gut verstehen«, sagte ich. »Es sieht alles recht mitgenommen aus.«

»Du siehst auch mitgenommen aus, Edie.« Sie runzelte die Stirn, als hätte sie meine Erschöpfung erst jetzt bemerkt.

Prompt musste ich gähnen. »Na ja, es war eine ziemlich ereignisreiche Nacht. Ich habe nicht viel geschlafen.«

»Ja, Mrs. Bird hat von einem Gewitter gesprochen … Ich hätte Lust, ein bisschen im Garten spazieren zu gehen. Ich habe ja genug, womit ich mich beschäftigen kann.« Sie spielte mit den Fingern am Rand des Manuskripts. »Du kannst dich gern ein bisschen hinlegen.«


Als ich in mein Zimmer gehen wollte, stand Mrs. Bird auf dem Treppenabsatz, wedelte mit irgendetwas über dem Geländer und fragte, ob sie mich einen Moment sprechen könne. Sie wirkte so enthusiastisch, dass mich, obwohl ich mich einverstanden erklärte, eine gewisse Beklommenheit beschlich.

»Ich möchte Ihnen etwas zeigen«, sagte sie mit einem Blick über die Schulter. »Es ist ein kleines Geheimnis.«

Nach den vergangenen vierundzwanzig Stunden konnte mich das nicht mehr sonderlich beeindrucken.

Sie drückte mir einen grauen Briefumschlag in die Hand und flüsterte verschwörerisch: »Es ist einer von den Briefen.«

»Welche Briefe?«

In den vergangenen Monaten hatte ich eine Menge Briefe gesehen.

Sie sah mich an, als hätte ich vergessen, welcher Wochentag war. Was sogar stimmte. »Die Briefe, von denen ich Ihnen erzählt habe, die Raymond Blythe meiner Mutter geschrieben hat.«

»Ach so! Die Briefe, ja, natürlich.«

Sie nickte eifrig, und die Kuckucksuhr an der Wand hinter ihr wählte genau diesen Moment, ein Paar tanzender Mäuse auszuspucken. Wir warteten, bis sie ihren Tanz beendet hatten, dann sagte ich:

»Möchten Sie, dass ich ihn lese?«

»Sie brauchen ihn nicht zu lesen«, sagte Mrs. Bird, »falls Ihnen das peinlich ist. Es ist nur so, dass mich etwas, das Sie neulich abends gesagt haben, nachdenklich gestimmt hat.«

»So, was denn?«

»Sie sagten, Sie wollten sich Raymond Blythes Kladden ansehen gehen, und da dachte ich, dass Sie wahrscheinlich inzwischen einen guten Blick für seine Handschrift haben.« Sie holte Luft. »Ich habe mich gefragt, beziehungsweise gehofft …«

»Dass ich einen Blick darauf werfen und es Ihnen sagen könnte.«

»Genau.«

»Na ja, ich denke …«

»Großartig!« Sie faltete die Hände unter dem Kinn, während ich das Blatt aus dem Umschlag zog.

Ich sah sofort, dass ich sie würde enttäuschen müssen; der Brief war auf keinen Fall von Raymond Blythe geschrieben. Nachdem ich seine Kladden so eingehend studiert hatte, war ich sehr vertraut mit seiner schrägen Handschrift, den langen geschwungenen Unterlängen beim G und beim J, dem speziellen R in seiner Unterschrift. Nein, diesen Brief hatte jemand anders geschrieben.

*Lucy, meine Liebste, meine Einzige,*
*habe ich Dir je erzählt, wie ich mich in Dich verliebt habe? Dass es*
*passiert ist, als ich Dich zum ersten Mal gesehen habe? Etwas in*
*der Art, wie Du dort standst, wie Du Deine Schultern gehalten*
*hast, wie sich ein paar Haarsträhnen gelöst hatten und Dir in den*
*Nacken fielen: In diesem Moment war ich Dir bereits verfallen.*
 *Ich denke an das, was Du gesagt hast, als wir das letzte Mal zu-*
*sammen waren. Ich kann an nichts anderes mehr denken. Ich frage*
*mich, ob Du vielleicht recht hast, dass es nicht nur ein Wunsch-*
*traum ist. Dass wir einfach alles hinter uns lassen und zusammen*
*fortgehen könnten, weit fort von hier.*

Weiter brauchte ich nicht zu lesen. Ich überschlug die wenigen nächsten Absätze und betrachtete die einzelne Initiale, von der Mrs. Bird mir erzählt hatte. Und als ich den Buchstaben sah, fügte sich alles wie ein Puzzle zusammen. Diese Handschrift hatte ich schon einmal gesehen.

Ich wusste, wer den Brief geschrieben hatte, wen Lucy Middleton so sehr geliebt hatte. Mrs. Bird hatte recht – diese Liebe hatte allen gesellschaftlichen Konventionen widersprochen –, aber es war nicht die Liebe zwischen Raymond und Lucy gewesen. Die Initiale am Ende dieses Briefs war kein R, sondern ein P, geschrieben in einer altmodischen Handschrift, mit einem kleinen Bogen am unteren Ende des Buchstabens. Das konnte man leicht mit einem R verwechseln, vor allem, wenn man ein R lesen wollte.

»Was für ein wundervoller Brief«, sagte ich und hatte plötzlich einen Kloß im Hals, denn der Gedanke an diese beiden

Frauen und an die lange Zeit, die sie getrennt voneinander verbracht hatten, machte mich wehmütig.

»Und traurig, finden Sie nicht auch?« Seufzend verstaute sie den Brief wieder in ihrer Tasche, dann sah sie mich hoffnungsvoll an: »Und so wunderschön geschrieben.«

Nachdem ich mich endlich von Mrs. Bird befreit hatte, indem ich mich so unverbindlich wie möglich geäußert hatte, ging ich in mein Zimmer und warf mich quer aufs Bett. Ich schloss die Augen und versuchte, mich zu entspannen, aber es war zwecklos. Meine Gedanken kreisten unaufhörlich um das Schloss. Ich musste an Percy Blythe denken, die als junge Frau so innig geliebt hatte; die man für steif und kalt hielt; die ihr Leben lang ein Geheimnis gehütet hatte, um ihre kleine Schwester zu schützen.

Percy hatte mir von Oliver Sykes und Thomas Cavill erzählt, unter der Bedingung, dass ich »das Richtige« täte. Sie hatte von Geburts- und Todesdaten gesprochen, aber ich konnte mir einfach nicht erklären, warum sie den Drang verspürt hatte, mir das alles zu erzählen. Was ich ihrer Meinung nach mit diesen Informationen anfangen sollte, das sie nicht selbst hätte tun können. Ich war zu erschöpft an jenem Nachmittag. Ich brauchte Schlaf und freute mich darauf, den Abend mit meiner Mutter zu verbringen. Ich nahm mir vor, Percy Blythe am folgenden Morgen einen letzten Besuch abzustatten.

## Und zum Schluss

Aber dazu sollte ich keine Gelegenheit mehr bekommen. Nach dem Abendessen mit meiner Mutter schlief ich selig ein, schreckte jedoch kurz nach Mitternacht aus meinen Träumen. Ich blieb eine Weile liegen, fragte mich, was mich aus dem Schlaf gerissen hatte, ob ich irgendetwas gehört hatte, ein nächtliches Geräusch, das wieder verklungen war, oder ob ich mich selbst wachgeträumt hatte. Auf jeden Fall hatte ich keine Angst, so wie in der Nacht zuvor. Diesmal hörte ich nichts, was darauf hingedeutet hätte, dass jemand im Zimmer war. Und dennoch spürte ich ganz deutlich den Sog, den das Schloss nach wie vor auf mich ausübte. Ich schlüpfte aus dem Bett, trat ans Fenster und schob die Vorhänge beiseite. Und da sah ich es. Der Schreck fuhr mir in die Glieder, und mir wurde heiß und kalt zugleich. Wo sich eigentlich das düstere Schloss hätte erheben sollen, war alles hell erleuchtet: Rote Flammen loderten in den Nachthimmel.

Schloss Milderhurst brannte fast die ganze Nacht. Die Feuerwehr war bereits unterwegs, als ich dort anrief, konnte aber nicht mehr viel ausrichten. Das Schloss mochte zwar aus Stein gebaut sein, aber im Innern gab es reichlich Holz, das Balkenwerk, die Vertäfelungen, die Türen, und dazu Millionen Blätter Papier. Wie Percy Blythe einmal prophezeit hatte, ein Funken genügte, um das ganze Gebäude hochgehen zu lassen wie ein Pulverfass.

Für die drei alten Damen sei jede Hilfe zu spät gekommen, bemerkte einer der Feuerwehrmänner, als Mrs. Bird am nächsten Morgen das Frühstück brachte. Sie hätten in einem Zimmer im Erdgeschoss beisammengesessen, sagte er. »Wie es scheint, sind sie vom Feuer überrascht worden, während sie am Kamin dösten.«

»Ist das die Ursache gewesen?«, fragte Mrs. Bird. »Ein Funke aus dem Kamin? So war es auch damals, als die Mutter der Zwillinge umgekommen ist.« Sie schüttelte den Kopf angesichts der tragischen Parallele.

»Schwer zu sagen«, antwortete der Feuerwehrmann. »Es kann alles Mögliche gewesen sein. Ein Funke aus dem Kamin, eine Zigarette, die auf den Boden gefallen ist, ein Kurzschluss – die Kabel in diesen alten Häusern sind ja meistens noch älter als ich.«

Die Polizei, oder die Feuerwehr, hatte das schwelende Gebäude weiträumig abgesperrt, aber da mir die Gartenanlagen inzwischen ziemlich vertraut waren, gelang es mir, mich von der Rückseite her anzupirschen. Ich musste es unbedingt aus der Nähe sehen. Ich kannte die Schwestern Blythe erst seit Kurzem, aber ihre Geschichten, ihre Welt, waren mir so vertraut geworden, dass aufzuwachen und alles in Asche verwandelt zu sehen einen schrecklichen Verlust für mich bedeutete. Es war natürlich der Verlust der Schwestern und ihres Schlosses, aber es war auch noch etwas anderes. Es war, als hätten sie mich allein zurückgelassen. Als wäre mir eine Tür, die sich gerade erst geöffnet hatte, vor der Nase zugeschlagen worden, plötzlich und endgültig.

Eine Weile stand ich da, betrachtete die schwarze ausgebrannte Ruine und musste an meinen ersten Besuch vor einigen Monaten denken und an meine freudige Erwartung, als ich auf dem Weg zum Schloss am runden Badeteich vorbeigekommen war. An alles, was ich seitdem erfahren hatte.

*Seledreorig* … Das Wort tauchte auf wie ein Flüstern. Trauer über das Fehlen eines Hauses. Auf der Erde neben mir lag ein Stein aus dem Schlossgemäuer, und sein Anblick machte mich noch wehmütiger. Es war nur noch ein Stück Gestein. Die Schwestern Blythe existierten nicht mehr, und die fernen Stunden schwiegen.

»Ich kann es nicht fassen, dass das Haus weg ist.«

Als ich mich umdrehte, sah ich einen dunkelhaarigen jungen Mann neben mir stehen. »Ja, unfassbar«, sagte ich. »Hunderte von Jahren alt, und innerhalb von ein paar Stunden zerstört.«

»Ich habe es heute Morgen im Radio gehört und bin gleich hergekommen, um es mit eigenen Augen zu sehen. Ich hatte auch gehofft, Sie hier anzutreffen.«

Wahrscheinlich habe ich ihn ziemlich verblüfft angesehen, denn er streckte mir die Hand hin und sagte: »Adam Gilbert.«

Adam Gilbert? Aber das war doch ein alter Knabe in Tweed an einem antiken Schreibtisch. »Edie«, brachte ich mühsam hervor. »Edie Burchill.«

»Ja, ich weiß. Die Edie Burchill, die mir meinen Job weggeschnappt hat.«

Es war ein Scherz, und ich brauchte eine witzige Erwiderung. Stattdessen stammelte ich: »Aber … die Krankenschwester … Ihr Bein … ich dachte …?«

»Dem Bein geht's schon viel besser, wenn Sie das meinen«, sagte er und zeigte auf seine Krücke. »Würden Sie mir einen Unfall beim Freeclimbing abkaufen?« Ein schiefes Lächeln. »Nein? Also gut. Ich bin in der Bibliothek über einen Stapel Bücher gestolpert und habe mir was am Knie gebrochen. Die Gefahren im Leben eines Schreiberlings.« Er zeigte mit dem Kinn zum Bauernhof. »Gehen Sie wieder zurück?«

Ich warf noch einen letzten Blick auf das Schloss und nickte.

»Darf ich Sie begleiten?«

»Natürlich.«

Wir brauchten ziemlich lange wegen seiner Krücke und hatten viel Zeit, uns über unsere Erinnerungen an das Schloss und die Schwestern Blythe auszutauschen, und darüber, wie wir als Kinder den *Modermann* verschlungen hatten. An der Wiese, die an den Bauernhof grenzte, blieben wir stehen.

»Gott, es kommt mir fast unverschämt vor, das jetzt zu fragen«, sagte er, während er auf das qualmende Schloss zeigte. »Trotzdem …« Er schien auf etwas zu lauschen, das ich nicht hören konnte. Nickte. »Ja. Ich mache es einfach. Mrs. Button hat mir Ihre Nachricht übermittelt, als ich gestern Abend nach Hause kam. Ist es wahr? Haben Sie etwas über die Ursprünge des *Modermann* herausgefunden?«

Er hatte freundliche braune Augen, die es mir schwer machten, ihm ins Gesicht zu lügen. Ich konzentrierte meinen Blick auf seine Stirn. »Nein«, antwortete ich, »leider nicht. Es war falscher Alarm.«

Seufzend hob er eine Hand. »Na ja. Dann wird die Wahrheit wohl mit ihnen sterben. Die ganze Sache hat beinahe etwas Poetisches. Die Menschen brauchen Geheimnisse, finden Sie nicht auch?«

Bevor ich ihm zustimmen konnte, erregte etwas meine Aufmerksamkeit, und zwar beim Bauernhaus. »Würden Sie mich einen Augenblick entschuldigen?«, fragte ich. »Ich muss dringend etwas erledigen.«


Ich weiß nicht, was Chief Inspector Rawlins dachte, als er eine übernächtigte Frau mit zerzausten Haaren über die Wiese auf sich zukommen sah, erst recht nicht, als ich begann, ihm meine Geschichte zu erzählen. Man muss ihm zugutehalten, dass er keine Miene verzog, als ich ihm am Frühstückstisch nahelegte, seine Ermittlungen auszudehnen; dass ich aus glaubwürdiger

Quelle von zwei Leichen wüsste, die beim Schloss begraben seien. Er rührte seinen Tee nur ein wenig langsamer um, als er antwortete: »Zwei Männer, sagen Sie? Sie wissen nicht zufällig ihre Namen?«

»Doch. Der eine hieß Oliver Sykes, der andere Thomas Cavill. Sykes ist im Jahr 1910 bei dem Brand umgekommen, dem auch Muriel Blythe zum Opfer gefallen ist, und Thomas Cavill starb bei einem Unfall während eines Gewitters im Oktober 1941.«

»Verstehe.« Er schlug nach einer Mücke neben seinem Ohr, ohne den Blick von mir abzuwenden.

»Sykes ist auf der westlichen Seite des Schlosses begraben, wo früher der Burggraben war ...«

»Und der andere?«

Ich musste an die Nacht des Gewitters denken, als Juniper verzweifelt durch die Flure und in den Garten hinausgeeilt war und Percy genau gewusst hatte, wo sie sie finden würde. »Thomas Cavill liegt auf dem Haustierfriedhof«, sagte ich. »Genau in der Mitte, neben einem Grabstein mit der Aufschrift Emerson.«

Er musterte mich nachdenklich, während er an seinem Tee nippte und noch einen halben Löffel Zucker hinzufügte. Er rührte um, und seine Augen wurden schmal.

»Wenn Sie die Akten überprüfen«, fuhr ich fort, »werden Sie feststellen, dass Tom Cavill seither als vermisst gilt und für keinen der beiden Männer eine Todesurkunde ausgestellt wurde.« Und jeder Mensch brauchte seine vollständigen Daten, genau wie Percy Blythe es mir erklärt hatte. Es reichte nicht, nur den Beginn des Lebens zu registrieren. Ein Mensch, hinter dessen Leben die Klammer nicht geschlossen worden war, würde nie seine letzte Ruhe finden.

Ich entschloss mich, das Vorwort für die Neuauflage des *Moder-mann* nicht zu schreiben. Ich erklärte Judith Waterman von Pippin Books, es habe Terminprobleme gegeben und ich hätte kaum Gelegenheit gehabt, vor dem Brand mit den Schwestern Blythe zu sprechen. Sie sagte, sie könne das verstehen und sie sei überzeugt, dass Adam Gilbert mit Vergnügen die einmal begonnene Arbeit zu Ende führen werde. Das klang vernünftig. Schließlich hatte er bereits reichlich Material zusammengetragen.

Ich hätte den Text unmöglich schreiben können. Ich kannte die Lösung eines Rätsels, das die Fachwelt seit fünfundsiebzig Jahren beschäftigte, aber ich konnte mein Wissen einfach nicht veröffentlichen. Es wäre mir wie ein Verrat an Percy Blythe vorgekommen. »Dies ist eine Familiengeschichte«, hatte sie gesagt, ehe sie mich gefragt hatte, ob sie mir vertrauen könne. Außerdem hätte es bedeutet, eine traurige und schmutzige Geschichte ans Licht zu zerren, die den Roman für alle Zeiten überschatten würde. Ausgerechnet das Buch, das mich zur Leserin gemacht hatte.

Aber irgendetwas anderes zu schreiben und die alten Geschichten über die rätselhaften Ursprünge des Buchs noch einmal aufzuwärmen wäre unredlich gewesen. Letztlich hatte Percy Blythe mich unter einem falschen Vorwand zu sich bestellt. In Wirklichkeit sollte ich gar nicht das Vorwort schreiben, sondern dafür sorgen, dass einige Daten in den offiziellen Akten korrigiert und vervollständigt wurden. Und das hatte ich getan. Rawlins und seine Leute hatten zwei Leichen gefunden, genau an den Stellen, die ich angegeben hatte. Theo Cavill erfuhr endlich, was mit seinem Bruder Tom geschehen war: dass er in einer stürmischen Nacht während des Kriegs auf Schloss Milderhurst ums Leben gekommen war.

Chief Inspector Rawlins hätte gern weitere Einzelheiten von mir erfahren, aber ich erklärte ihm, mehr wisse ich nicht. Letztlich stimmte das sogar: Mehr wusste ich wirklich nicht. Percy hatte mir ihre Version erzählt, Juniper eine andere. Ich glaubte, dass Percy die Schuld für ihre Schwester auf sich genommen hatte, aber beweisen konnte ich es nicht. Und ich würde nichts preisgeben, so oder so. Die Wahrheit war mit den drei Schwestern gestorben, und sollten die Grundmauern des Schlosses immer noch von dem flüstern, was in jener Nacht im Oktober 1941 geschehen war, so konnte ich es wenigstens nicht hören. Ich wollte es auch nicht hören. Nicht mehr. Es wurde Zeit, mein eigenes Leben wieder in die Hände zu nehmen.

*Teil fünf*

# 1

*Schloss Milderhurst, 29. Oktober 1941*

D ie Gewitterwolken, die sich am Nachmittag des 29. Oktober 1941 von der Nordsee aus ihren Weg gebahnt hatten, rollten ächzend heran, verdichteten sich und ballten sich
schließlich über dem Turm von Schloss Milderhurst zusammen. In der Abenddämmerung lösten sich die ersten Tropfen
aus der dichten Wolkendecke. Die ganze Nacht hindurch ergoss sich der Regen in Sturzbächen, trommelte auf die Dachziegel, stürzte gurgelnd durch die Dachtraufen. Der Bach trat
über die Ufer, der dunkle Teich im Cardarker-Wald wurde
noch finsterer, und der weiche Erdstreifen um das Schloss herum, der ein bisschen tiefer lag als das umgebende Land, verwandelte sich in Morast und ließ den Schlossgraben erahnen,
der sich einst hier befunden hatte. Aber die Zwillinge im
Schloss bekamen davon nichts mit; sie hörten nur, wie es nach
stundenlangem, sorgenvollen Warten endlich an der Schlosstür klopfte.

Saffy war zuerst dort, legte die Hand an den Türpfosten und
steckte den Messingschlüssel ins Schloss. Er ließ sich nur schwer
drehen, wie immer, und während sie sich damit abmühte, fiel
ihr auf, dass ihre Hände zitterten, ihr Nagellack abgeplatzt war

und ihre Haut alt aussah; schließlich gehorchte der Mechanismus, die Tür ging auf, und alle trüben Gedanken flogen in die dunkle, nasse Nacht hinaus, denn vor ihr stand Juniper.

»Mein liebes Kind«, sagte Saffy, kurz davor, in Tränen auszubrechen beim Anblick ihrer kleinen Schwester, die endlich wieder nach Hause zurückgekehrt war. »Gott sei Dank! Du hast uns ja so gefehlt.«

»Ich habe meinen Schlüssel verloren«, sagte Juniper. »Verzeih mir.«

Trotz des langen Regenmantels und der fraulichen Frisur, die unter ihrer Mütze zu erkennen war, wirkte Juniper im Zwielicht vor der Tür wie ein schutzloses Kind, und Saffy konnte nicht umhin, das Gesicht ihrer Schwester in die Hände zu nehmen und ihr einen Kuss auf die Stirn zu drücken, so wie sie es getan hatte, als Juniper noch ein kleines Mädchen gewesen war. »Du musst dich nicht entschuldigen«, sagte sie. Sie warf einen Blick auf Percy, die mit düsterer Miene hinter ihr aufgetaucht war. »Wir freuen uns so, dich zu Hause zu haben, dass du wohlbehalten angekommen bist. Lass dich ansehen ...« Sie trat einen Schritt zurück, ohne Junipers Hände loszulassen, und als sie keine Worte fand für ihr Glück und ihre Erleichterung, nahm sie ihre kleine Schwester in die Arme. »Wir haben uns solche Sorgen gemacht, als es immer später wurde ...«

»Der Bus. Wir wurden angehalten, es hat irgendeinen ... Zwischenfall gegeben.«

»Einen Zwischenfall?« Saffy löste die Umarmung.

»Irgendetwas mit dem Bus. Wahrscheinlich eine Straßensperre, ich weiß nicht ...« Sie beendete den Satz nicht und zuckte lächelnd die Schultern, aber etwas wie Verwirrung flackerte in ihrem Blick. Es ging sofort vorbei, aber es genügte. Die unausgesprochenen Worte hallten so deutlich in der Eingangshalle wider, als hätte sie sie gesagt. *Ich erinnere mich nicht.* Vier einfache Worte, harmlose Worte, wenn sie nicht aus Junipers Mund kamen. Saffy spürte die Beklemmung wie einen Klumpen Blei im Magen. Sie schaute Percy an und entdeckte in ihren Augen dasselbe Unbehagen.

»Komm erst mal herein«, sagte Percy, die ihr Lächeln wiedergefunden hatte, »wir müssen ja bei dem Wetter nicht in der Tür stehen.«

»Genau!«, bekräftigte Saffy. »Du Armes, am Ende holst du dir noch eine Erkältung … Percy, kannst du eine Wärmflasche von unten holen?«

Als Percy durch den düsteren Korridor in Richtung Küche verschwand, packte Juniper Saffy an den Handgelenken und sagte: »Tom?«

»Noch nicht.«

Enttäuschung machte sich auf ihrem Gesicht breit. »Aber es ist so spät. *Ich* habe mich doch schon verspätet.«

»Ich weiß, Liebes.«

»Aber was könnte ihn denn aufhalten?«

»Der Krieg, Liebes, der Krieg ist an allem schuld. Komm rein und setz dich ans Feuer. Ich mach dir etwas Kräftiges zu trinken. Er kommt bestimmt bald, du wirst schon sehen.«

Als sie das gute Zimmer betraten, betrachtete Saffy für einen kurzen Moment die hübsche Szene, bevor sie Juniper zu dem Teppich am Kamin führte. Sie schob das größte Stück Kaminholz mehr zur Mitte, während Juniper eine Schachtel Zigaretten aus ihrer Manteltasche kramte.

Saffy zuckte zusammen, als das Holz Funken spie. Sie richtete sich auf, stellte den Schürhaken zurück an seinen Platz und wischte sich die Hände ab, obwohl es nichts abzuwischen gab. Juniper riss ein Streichholz an und inhalierte hörbar den Rauch. »Deine Haare«, sagte Saffy sanft.

»Ich habe sie mir abschneiden lassen.« Jede andere Frau hätte jetzt nach ihren Haaren gefasst, aber Juniper nicht.

»Also, mir gefällt es.«

Sie lächelten einander an. Juniper wirkte ein wenig verstört, fand Saffy. Was überhaupt keinen Sinn ergab, denn Juniper war nie nervös. Saffy tat so, als würde sie nicht hinsehen, als ihre Schwester einen Arm um sich schlang und weiterrauchte.

*London*, hätte Saffy am liebsten gesagt. *Du warst in London! Erzähl mir davon, zeichne es mir auf mit Worten, damit ich es mir vorstellen kann und alles kennenlerne, was du kennst. Warst du tanzen? Hast du am Serpentine-See gesessen? Hast du dich verliebt?* Fragen über Fragen, die ausgesprochen werden wollten, aber sie sagte nichts. Stattdessen stand sie da wie eine Närrin, während das Feuer ihr Gesicht wärmte und die Minuten vorübertickten. Es war absolut lächerlich; Percy würde jeden Moment zurück sein, und die Möglichkeit, allein mit Juniper zu reden, wäre vertan. Sie sollte sie einfach geradeheraus auffordern: *Erzähl mir von ihm, Liebes, erzähl mir von Tom, von deinen Plänen.* Das war schließlich Juniper, ihre innig geliebte kleine Schwester. Es gab nichts, worüber sie nicht hätten reden können. Und dennoch. Saffy dachte an den Tagebucheintrag, und ihre Wangen wurden heiß. »Ach, wie nachlässig von mir«, sagte sie. »Komm, gib mir deinen Mantel.«

Sie trat hinter ihre Schwester wie ein Dienstmädchen, zog erst an dem einen Ärmel, dann, nachdem Juniper ihre Zigarette in die andere Hand genommen hatte, am anderen, nahm den Mantel von den mageren Schultern und legte ihn auf den Sessel unter dem Gemälde von Constable. Es war nicht gerade die beste Lösung, das Wasser auf den Boden tropfen zu lassen, aber sie hatte jetzt keine Zeit, sich darum zu kümmern. Sie machte sich ein bisschen an dem Mantel zu schaffen, strich den Stoff glatt, bemerkte die Handarbeit des Saums, während sie sich fragte, warum sie so zurückhaltend war. Sie schalt sich dafür, dass ihr ganz normale Fragen nicht über die Lippen kamen, als wäre die junge Frau am Kamin eine Fremde. Das war Juniper, Herrgott noch mal, die endlich nach Hause gekommen war, wahrscheinlich mit einem ziemlich wichtigen Geheimnis.

»Dein Brief«, gab Saffy das Stichwort, während sie den Mantelkragen glatt strich und sich flüchtig fragte, wo ihre Schwester so einen Mantel herhaben mochte. »Dein letzter Brief.«

»Was ist damit?«

Juniper kauerte vor dem Kamin, wie sie es schon als Kind getan hatte, und wandte nicht einmal den Kopf. Enttäuscht begriff Saffy, dass ihre Schwester es ihr nicht leicht machen würde. Sie zögerte, straffte sich, dann erinnerte sie das entfernte Schlagen einer Tür daran, dass ihr nicht viel Zeit bleib. »Bitte, Juniper«, sagte sie und trat hastig ein bisschen näher. »Erzähl mir von Tom, erzähl mir alles, Liebes.«

»Von Tom?«

»Na ja, ich frage mich nur, wie es zwischen euch beiden steht … ist es etwas – Ernsthaftes?«

Schweigen, als wollten die Wände unbedingt mithören.

Juniper atmete keuchend aus. »Ich wollte warten«, sagte sie. »Wir haben beschlossen zu warten, bis wir beide hier wären.«

»Warten?« Saffys Herz flatterte aufgeregt wie das eines gefangenen Vogels. »Ich verstehe nicht, was du meinst.«

»Tom und ich.« Juniper zog heftig an ihrer Zigarette, dann legte sie eine Wange in ihre Hand und fuhr fort: »Tom und ich werden heiraten. Er hat mir einen Antrag gemacht, und ich habe Ja gesagt, und …« Zum ersten Mal schaute sie ihre Schwester an. »Ach, Saffy, ich liebe ihn so. Ich kann nicht mehr ohne ihn leben. Und das werde ich auch nicht.«

Obwohl Saffy keine andere Antwort erwartet hatte, war sie doch erschüttert von der Heftigkeit, mit der Juniper sie aussprach. Wie hastig die Worte aus Juniper herausgesprudelt waren, und mit welcher Vehemenz! »Nun«, sagte sie, ging zu dem Tisch mit den Getränken und rang sich ein Lächeln ab. »Wie wunderbar, Liebes, dann haben wir ja heute Abend einen Grund zu feiern.«

»Aber du erzählst Percy nichts davon, nicht wahr? Erst wenn …«

»Nein. Natürlich nicht.« Saffy zog den Stopfen aus der Whiskyflasche.

»Ich weiß nicht, wie sie … Hilfst du mir? Damit sie es versteht?«

»Das weißt du doch.« Saffy konzentrierte sich darauf, den Whisky einzuschenken. Es stimmte. Sie würde tun, was nötig war, denn es gab nichts, was sie nicht für Juniper tun würde. Aber Percy würde es nie verstehen. Das Testament ihres Vaters war eindeutig: Sollte Juniper heiraten, wäre das Schloss verloren. Percys Liebe, ihr Leben, ihr ganzer Lebensinhalt …

Juniper betrachtete stirnrunzelnd das Feuer im Kamin. »Sie wird mich bestimmt verstehen, meinst du nicht auch?«

»Ja«, log Saffy, dann leerte sie ihr Glas. Füllte es nach.

»Ich weiß, was es bedeutet, wirklich, und ich bedaure es von ganzem Herzen. Ich wünschte, Daddy hätte nicht getan, was er getan hat. Ich wollte nichts von dem hier haben.« Juniper machte eine ausladende Handbewegung. »Aber mein Herz, Saffy. Mein Herz.«

Saffy hielt Juniper ein Glas hin. »Hier, Liebes, nimm das …« Dann, als ihre Schwester aufstand und sich zu ihr umdrehte, schlug sie sich die Hand vor den Mund.

»Was ist?«

Saffy brachte keinen Ton heraus.

»Saffy?«

»Deine Bluse«, stieß Saffy hervor, »sie ist …«

»Sie ist neu.«

Saffy nickte. Es war eine optische Täuschung, sagte sie sich, sonst nichts. Sie nahm ihre Schwester bei der Hand und zog sie ins Licht der Lampe.

Dann beugte sie sich vor.

Es war unverkennbar Blut. Sie ermahnte sich, nicht in Panik zu geraten, dass sie jetzt vor allem Ruhe bewahren mussten. Sie suchte nach den passenden Worten, aber bevor sie sie fand, war Juniper ihrem Blick gefolgt.

Sie zupfte an ihrer Bluse, runzelte einen Moment die Stirn, dann schrie sie auf. Rieb panisch mit ihren Händen über den befleckten Stoff. Trat einen Schritt zurück, als könnte sie so dem Entsetzen entfliehen.

»Schsch«, sagte Saffy und wedelte mit der Hand. »Ganz ruhig, Liebes. Keine Angst.« Sie spürte jedoch, wie ihre eigene Angst in ihr aufstieg, ihre Schattengefährtin. »Lass mal sehen. Lass Saffy einen Blick darauf werfen.«

Juniper stand reglos da, während Saffy mit zitternden Fingern die Bluse aufknöpfte, mit den Fingerspitzen über die glatte Haut ihrer Schwester fuhr – so wie sie es getan hatte, als Juniper noch klein war –, ihre Brust, ihre Hüften, ihren Bauch nach Wunden absuchte. Als sie keine fand, seufzte sie erleichtert. »Alles in Ordnung.«

»Aber von wem ist es dann?«, fragte Juniper. »Von wem?« Sie zitterte. »Woher stammt das Blut, Saffy?«

»Erinnerst du dich nicht?«

Juniper schüttelte den Kopf.

»Überhaupt nicht?«

Zähneklappernd schüttelte Juniper erneut den Kopf.

Saffy sprach ruhig und sanft mit ihr, wie mit einem Kind. »Liebes, kann es sein, dass du die Zeit verloren hast?«

Juniper riss entsetzt die Augen auf.

»Hast du Kopfschmerzen? Deine Finger – kribbeln sie?«
Juniper nickte langsam.

»Also gut.« Saffy lächelte gequält, half Juniper aus der verschmierten Bluse und legte ihrer Schwester einen Arm um die Schulter; sie hätte vor Angst und Liebe und Kummer weinen können, als sie den schmalen Körper spürte. Sie hätten nach London fahren sollen, Percy hätte hinfahren und June nach Hause holen sollen. »Es ist alles in Ordnung«, sagte sie entschieden, »jetzt bist du zu Hause. Alles wird gut werden.«

Juniper erwiderte nichts; ihr Blick war glasig.

Saffy warf einen Blick zur Tür; Percy würde wissen, was zu tun war. Percy wusste immer, was zu tun war. »Schsch«, sagte sie, »schsch«, aber mehr zu sich selbst als zu Juniper, die schon nicht mehr zuhörte.

Sie setzten sich auf die Chaiselongue und warteten. Das Feuer prasselte im Kamin, der Wind heulte um die Mauern, und der Regen trommelte gegen die Fenster. Saffy hatte das Gefühl, eine Ewigkeit würde vergehen. Dann erschien Percy in der Tür, die Wärmflasche in der Hand. Sie hatte sich beeilt. »Ich dachte, ich hätte einen Schrei …« Sie unterbrach sich, als sie Juniper sah, die ihre Bluse abgelegt hatte. »Was ist los? Was ist passiert?«

Saffy zeigte auf die blutverschmierte Bluse und sagte mit angestrengter Fröhlichkeit: »Komm, hilf mir, Perce. Juniper hat eine lange Reise hinter sich, und ich dachte, wir könnten ihr ein schönes heißes Bad bereiten.«

Percy nickte grimmig. Sie fassten Juniper unter und führten sie zur Tür.

Nachdem sie das gute Zimmer verlassen hatten, begannen die Steine zu flüstern.

Der lose Fensterladen fiel aus seiner Angel, aber niemand bemerkte es.

»Schläft sie?«

»Ja.«

Percy atmete erleichtert aus und betrat das Dachzimmer, um ihre kleine Schwester zu betrachten, die auf dem Bett lag. Sie blieb neben dem Sessel stehen, in dem Saffy wachte. »Hat sie dir irgendetwas erzählt?«

»Nicht viel. Sie erinnert sich noch daran, dass sie zuerst mit dem Zug und dann mit dem Bus gefahren ist, dass der Bus angehalten hat und sie sich am Straßenrand hingekauert hat. Als Nächstes weiß sie nur, dass sie auf dem Weg hierher und schon fast an der Tür war und dass ihr alle Glieder gekribbelt haben. So wie immer – hinterher.«

Percy wusste, was Saffy meinte. Sie streichelte mit zwei Fingern Junipers Stirn, ihre Wange. Ihre jüngere Schwester wirkte so klein, so hilflos, wenn sie schlief.

»Weck sie nicht auf.«

»Keine Angst.« Percy zeigte auf das Medizinfläschchen ihres Vaters neben dem Bett.

»Du hast dich umgezogen«, sagte Saffy und zupfte leicht an Percys Hosenbein.

»Ja.«

»Du gehst nach draußen.«

Percy nickte knapp. Wenn Juniper aus dem Bus ausgestiegen war und den Weg nach Hause gefunden hatte, musste das, was zu der verlorenen Zeit geführt hatte und der Grund für das Blut auf ihrer Kleidung war, in der Nähe des Schlosses geschehen sein. Also musste Percy sofort nachsehen; die Taschenlampe nehmen, die Zufahrt hinuntergehen und nach Hinweisen suchen. Sie wollte keine Spekulationen darüber anstellen, was sie finden würde, aber es war ihre Pflicht, Spuren zu beseitigen, wie immer sie aussehen mochten. Im Grunde war sie froh über diese Aufgabe. Ein klares Ziel würde ihr helfen, ihre Ängste in

Schach zu halten und nicht zum Opfer ihrer Fantasie zu werden. Die Situation war schon beunruhigend genug. Sie betrachtete Saffys Kopf, die hübschen Locken, und runzelte die Stirn. »Versprich mir, dass du dich mit irgendwas beschäftigst, während ich weg bin«, sagte sie, »und nicht die ganze Zeit herumsitzt und dir den Kopf zerbrichst.«

»Aber Perce …«

»Ich meine es ernst, Saffy. Sie wird ein paar Stunden schlafen. Geh nach unten, schreib irgendwas. Beschäftige deinen Kopf. Wir können keine Panik gebrauchen.«

Saffy nahm Percys Hand. »Und du pass auf, dass Mr. Potts dich nicht erwischt. Richte den Strahl der Taschenlampe auf den Boden. Du weißt doch, wie sehr er darauf achtet, dass die Verdunkelungsvorschriften eingehalten werden.«

»Mach ich.«

»Und pass auch auf, dass die Deutschen dich nicht sehen, Perce. Sei vorsichtig.«

Percy zog ihre Hand weg; um die Geste weniger schroff erscheinen zu lassen, schob sie beide Hände in ihre Hosentaschen und antwortete sarkastisch: »In so einer Nacht? Die liegen alle schön in ihren warmen Betten, wenn sie vernünftig sind.«

Saffy versuchte ein Lächeln, das ihr missglückte. Wer konnte es ihr verübeln? Das Zimmer war voll mit alten Geistern. Percy unterdrückte einen Schauder, ging zur Tür und sagte: »Also, ich geh dann mal …«

»Erinnerst du dich noch, wie wir beide hier oben geschlafen haben, Perce?«

Percy schwieg einen Moment und suchte die Zigarette, die sie sich zuvor gedreht hatte. »Schwach.«

»Es war doch schön, oder? Mit uns beiden.«

»Ich erinnere mich nur daran, dass du es gar nicht abwarten konntest, nach unten zu ziehen.«

Saffy lächelte traurig. Sie vermied es, Percy anzusehen, und hielt den Blick auf Juniper gerichtet. »Ich hatte es immer eilig. Erwachsen zu werden. Von hier wegzukommen …«

Percy spürte einen Schmerz in der Brust. Sie straffte sich, als müsste sie sich gegen den Sog der Erinnerungen stemmen. Sie wollte nicht an das Mädchen denken, das ihre Zwillingsschwester gewesen war, damals, bevor ihr Vater sie gebrochen hatte, als sie noch Talent und Träume hatte und jede Möglichkeit, sie auszuleben. Jetzt nicht daran denken! Am besten nie, wenn es sich vermeiden ließ. Es tat zu weh.

In ihrer Hosentasche befanden sich die Papierschnipsel, die sie zufällig in der Küche gefunden hatte, als sie heißes Wasser für die Wärmflasche aufgesetzt hatte. Auf der Suche nach Streichhölzern hatte sie einen Topfdeckel angehoben, der auf einer Bank lag, und dort waren sie gewesen, die Schnipsel von Emilys Brief. Gott sei Dank hatte sie sie entdeckt. Dass Saffy wieder von ihrer alten Verzweiflung heimgesucht wurde, war das Letzte, was Percy jetzt gebrauchen konnte. Sie würde die Schnipsel mit nach unten nehmen und auf dem Weg nach draußen verbrennen. »Ich gehe jetzt, Saff…«

»Ich glaube, Juniper wird uns verlassen.«

»Was?«

»Ich glaube, sie will fortgehen.«

Wie kam ihre Zwillingsschwester dazu, so etwas zu sagen? Und warum jetzt, warum heute Nacht? Percys Puls begann zu rasen. »Hast du sie nach ihm gefragt?«

Saffys Zögern reichte Percy als Antwort, um zu wissen, dass sie es getan hatte.

»Hat sie vor zu heiraten?«

»Sie sagt, sie liebt ihn«, seufzte Saffy.

»Aber das tut sie nicht.«

»Sie glaubt es aber, Perce.«

»Du irrst dich.« Percy reckte das Kinn vor. »Sie würde nie heiraten. Sie wird es nicht tun. Sie weiß, was Daddy getan hat, was es bedeuten würde.«

Saffy lächelte traurig. »Die Liebe lässt die Menschen grausame Dinge tun.«

Percy fiel die Streichholzschachtel aus der Hand, und sie bückte sich, um sie aufzuheben. Als sie sich wieder aufrichtete, bemerkte sie, dass Saffy sie mit einem seltsamen Gesichtsausdruck beobachtete, als müsste sie eine komplizierte Idee erklären oder ein schwieriges Rätsel lösen. »Wird er kommen, Percy?«

Percy zündete die Zigarette an und ging zur Treppe. »Also wirklich, Saffy«, sagte sie. »Woher soll ich das wissen?«

Die Möglichkeit war Saffy erst nach und nach in den Sinn gekommen. Percys schlechte Laune den ganzen Abend über war nicht angenehm, aber auch nichts Ungewöhnliches, und so hatte sie nicht weiter darüber nachgedacht und nur versucht, ihre Schwester zu besänftigen, damit sie das Abendessen nicht verdarb. Aber Percy war ziemlich lange in der Küche gewesen, angeblich hatte sie nur eine Aspirin holen wollen, war dann mit verdreckten Kleidern zurückgekommen und hatte irgendetwas von Geräuschen vor dem Haus erzählt. Und als Saffy sie nach der Aspirin gefragt hatte, hatte Percy sie nur verständnislos angesehen, als könnte sie sich gar nicht mehr daran erinnern, sie überhaupt gesucht zu haben … Und jetzt die Entschiedenheit, mit der Percy darauf beharrte, dass Juniper nicht heiraten würde …

Aber nein.

Schluss damit.

Percy konnte hart sein, ja sogar gemein, aber dazu wäre sie nicht fähig. Das konnte Saffy nicht glauben. Ihre Zwillingsschwester liebte das Schloss über alles, aber nicht um den Preis ihrer Menschlichkeit. Percy war mutig und anständig und aufrichtig; sie kletterte in Bombenkrater, um Menschen das Leben zu retten. Außerdem war es nicht Percy gewesen, die eine blutverschmierte Bluse angehabt hatte …

Saffy zitterte. Dann stand sie abrupt auf. Percy hatte recht; es hatte wenig Zweck, Wache zu halten, solange Juniper schlief. Drei Tabletten aus den Vorräten ihres Vaters waren nötig gewesen, um Juniper in den Schlaf zu befördern, die Ärmste, sie würde in den nächsten Stunden bestimmt nicht aufwachen.

Sie einfach hier alleinzulassen, so klein und verletzlich, widersprach Saffys Mutterinstinkt, aber wenn sie blieb, würde sie nur in Panik geraten. Schon jetzt drohte ihre Fantasie mit ihr durchzugehen: Juniper verlor nur Zeit, wenn sie irgendein Trauma erlitten hatte; wenn sie etwas gesehen oder getan hatte, das sie so sehr aufgewühlt hatte; etwas, das ihr Herz schneller rasen ließ, als ihm guttat. Dann das Blut auf ihrer Bluse und die innere Unruhe, die sie ausgestrahlt hatte …

*Nein.*

*Schluss damit.*

Saffy presste die Handballen an die Brust. Atmete tief durch. Sie konnte sich jetzt keine Panikattacke leisten. Sie musste die Ruhe bewahren. So vieles war noch ungeklärt, aber eins stand fest. Sie würde Juniper keine Hilfe sein können, wenn sie ihre eigenen Ängste nicht in den Griff bekam.

Sie würde nach unten gehen und an ihrem Roman schreiben, so wie Percy es ihr nahegelegt hatte. Eine Stunde oder mehr in Adeles freundlicher Gesellschaft wäre jetzt genau das Richtige.

Juniper war in Sicherheit, Percy würde finden, was gefunden werden musste, und Saffy würde *nicht in Panik geraten* …

Sie durfte es einfach nicht.

Entschlossen zog sie die Decke gerade und strich sie über Junipers Brust glatt. Ihre kleine Schwester rührte sich nicht. Sie schlief tief und fest wie ein Kind, das erschöpft war nach einem Tag in der Sonne, unter klarem blauem Himmel, nach einem Tag am Meer.

Sie war immer so ein besonderes Kind gewesen.

Eine Erinnerung kam Saffy, ein Bild: Juniper als kleines Mädchen, Storchenbeine und weißblondes Haar, das in der Sonne leuchtete. Sie hockte da, die Knie voller Wundschorf, die dreckigen Füße flach auf der versengten Sommererde, und wühlte mit einem Stock im Dreck, auf der Suche nach dem passenden Stein, den sie über den Bach springen lassen konnte ...

Der Regen schlug gegen das Fenster und spülte das Mädchen, die Sonne, den Duft nach trockener Erde fort. Nur das düstere, muffige Dachzimmer blieb zurück. Das Zimmer, in dem Saffy und Percy ihre Kindheit verbracht hatten, zwischen dessen Wänden sie sich von quengelnden Kleinkindern zu launischen jungen Damen entwickelt hatten.

Aus dieser Zeit war kaum etwas übrig geblieben, jedenfalls nicht viel Sichtbares. Das Bett, der Tintenklecks auf dem Boden, das Bücherregal am Fenster, wo sie ...

*Nein!*

*Schluss damit!*

Saffy ballte die Fäuste. Sie bemerkte das Fläschchen mit den Tabletten ihres Vaters. Überlegte einen Augenblick, dann schraubte sie den Deckel ab und klopfte sich eine in die Hand. Die Tablette würde ihr helfen, sich zu beruhigen.

Sie ließ die Tür angelehnt und schlich vorsichtig die schmale Treppe hinunter.

Hinter ihr im Dachzimmer seufzten die Vorhänge.

Juniper zuckte zusammen.

Ein langes Kleid hob sich schimmernd gegen den Schrank ab wie ein bleiches, längst vergessenes Gespenst.

Es war Neumond, und es goss in Strömen. Trotz des Regenmantels und der Gummistiefel war Percy völlig durchnässt. Und als wäre das noch nicht genug, hatte auch noch die Taschenlampe Aussetzer. Percy suchte festen Halt auf der schlammigen Auffahrt und schlug die Taschenlampe gegen ihre Handfläche, sodass die Batterie klapperte. Das Licht flackerte kurz auf, und Percy schöpfte Hoffnung. Aber dann gab die Lampe den Geist auf.

Fluchend schob Percy sich die nassen Haare aus der Stirn. Sie hatte keine Ahnung, was sie eigentlich zu finden erwartete. Je länger es dauerte, je weiter sie sich vom Schloss entfernte, umso weniger wahrscheinlich wurde es, dass sich die Sache geheim halten ließ. Und sie musste unbedingt geheim gehalten werden.

Sie kniff die Augen zusammen, um im Regen irgendetwas ausmachen zu können.

Der Bach führte Hochwasser; sie hörte ihn gurgeln und tosen auf seinem Weg zum Wald. Wenn das so weiterging, würde die Brücke am Morgen unpassierbar sein.

Sie wandte den Kopf weiter nach links, wo sie das düstere Bataillon des Cardarker-Walds erahnen konnte. Der Wind fuhr durch die Baumwipfel.

Percy versuchte es noch einmal mit der Taschenlampe. Das verdammte Ding wollte einfach nicht mehr. Langsam und vorsichtig ging sie weiter in Richtung Straße und suchte, so gut es im Dunkeln ging, den Weg vor sich mit den Augen ab.

Ein Blitz tauchte die Szenerie in weißes Licht; die durchweichten Felder wichen von ihr fort, der Wald zog sich zurück, das Schloss stand da, wie mit trotzig verschränkten Armen. Die Welt schien stillzustehen, und Percy fühlte sich vollkommen allein, empfand innerlich wie äußerlich nichts als kalte, nasse Leere.

Sie sah es, als der Blitz erlosch. Etwas unten in der Zufahrt. Etwas, das dort reglos dalag.

Großer Gott, es waren die Umrisse einer Gestalt, eines Mannes.

## 2

Tom hatte Blumen aus London mitgebracht, einen kleinen Strauß Orchideen. Sie waren schwer zu finden und höllisch teuer gewesen, und als es Abend wurde, bedauerte er seine Entscheidung bereits. Sie sahen inzwischen ziemlich mitgenommen aus, und er fragte sich, ob er Junipers Schwestern mit gekauften Blumen überhaupt eine Freude machen würde. Aber außer den Blumen hatte er noch die Geburtstagsmarmelade mitgebracht. Gott, war er nervös.

Er schaute auf seine Uhr und ärgerte sich im selben Moment. Er würde zu spät kommen. Es ließ sich nicht ändern, der Zug war angehalten worden, dann hatte er einen anderen Bus finden müssen, und der einzige in Richtung Osten sollte von einer Kleinstadt in der Nähe abfahren, und so war er kilometerweit querfeldein gelaufen, nur um festzustellen, dass der Bus einen Motorschaden hatte. Der Ersatzbus war drei Stunden später eingetroffen, als er schon zu Fuß losgehen und es per Anhalter versuchen wollte.

Er trug seine Uniform, denn in ein paar Tagen musste er zurück an die Front, und außerdem hatte er sich inzwischen an die Uniform gewöhnt. Er hatte sich sogar den Orden angeheftet, der ihm nach seinem Einsatz am Escaut-Kanal in Belgien verliehen worden war. Der Orden löste gemischte Gefühle in ihm aus. Wenn er ihn an seiner Brust spürte, musste er immer an die Kameraden denken, die bei dem Ausbruchsversuch gefallen waren. Aber anderen schien der Orden wichtig zu sein, seiner Mutter zum Beispiel, und es konnte ja nicht schaden, ihn zu tragen, wenn er Junipers Familie vorgestellt wurde.

Er wollte einen guten Eindruck machen, wollte, dass alles glattlief. Vor allem ihr zuliebe. Ihre Widersprüchlichkeit verwirrte ihn. Sie hatte oft von ihren Schwestern und ihrem Zuhause gesprochen, und zwar immer liebevoll. Aus dem, was er aus ihren Erzählungen wusste, und dem, was er mit eigenen Augen gesehen hatte, ergab sich für ihn das Bild eines ländlichen Idylls, mehr noch, es wirkte alles wie aus einem Märchen. Und doch hatte sie lange nicht gewollt, dass er Milderhurst besuchte, und beinahe ängstlich reagiert, wenn er die Möglichkeit auch nur angedeutet hatte.

Dann, vor genau zwei Wochen, hatte sie es sich aus heiterem Himmel anders überlegt. Während Tom sich noch von dem Schock erholte, dass sie seinen Heiratsantrag angenommen hatte, hatte sie verkündet, sie müssten gemeinsam ihre Schwestern besuchen und ihnen die gute Nachricht überbringen. Natürlich hatte er ihr recht gegeben. Und jetzt war er unterwegs zum Schloss. Es konnte nicht mehr weit sein, denn der Bus hatte mehrfach angehalten, und er war einer der letzten Fahrgäste. Schon in London war der Himmel verhangen gewesen, eine weiße Wolkendecke, die an den Rändern immer düsterer wurde, je mehr sie sich Kent näherten. Aber jetzt regnete es in Strömen, und die hin- und herhuschenden Scheibenwischer kamen gegen die Wassermassen kaum an.

»Sie fahren nach Hause?«

Tom wandte sich der Stimme im Dunkeln zu. Eine Frau auf der anderen Seite des Gangs. Vielleicht fünfzig Jahre alt – schwer zu sagen – mit einem freundlichen Gesicht. So hätte seine Mutter vielleicht ausgesehen, wenn das Leben es besser mit ihr gemeint hätte. »Ich besuche eine Freundin«, antwortete er. »Sie wohnt in der Tenterden Road.«

»So, so.« Die Frau lächelte wissend. »Ihr Liebchen?«

Er lächelte, weil es stimmte, aber dann wurde er wieder ernst, weil es auch wieder nicht stimmte. Er würde Juniper Blythe heiraten, aber sie war nicht sein Liebchen. Ein »Liebchen« war das Mädchen, das ein Soldat hatte, wenn er auf Fronturlaub war, die hübsche Kleine mit dem Schmollmund und den langen Beinen und den leeren Versprechungen und nichtssagenden Briefen an die Front; ein Mädchen, das gern mal einen Gin trank, sich beim Tanz vergnügte und sich hinterher an die Wäsche gehen ließ.

Juniper Blythe war kein solches Mädchen. Sie würde seine Frau werden, er würde ihr Ehemann sein, aber sosehr er sich an solche Erwartungen klammerte, wusste Tom, dass sie nie wirklich ganz ihm gehören würde. Keats hatte Frauen wie Juniper gekannt. Als er von seiner *Belle Dame* schrieb, dem schönen leichtfüßigen Feenkind mit den langen Haaren und den wilden Augen, muss er eine Frau wie Juniper Blythe vor Augen gehabt haben.

Die Frau auf der anderen Seite des Gangs wartete noch auf eine Bestätigung, und Tom lächelte. »Meine Verlobte«, sagte er und genoss die bedeutungsschwangeren Worte, auch wenn er sich innerlich wand, weil sie so wenig mit der Wirklichkeit zu tun hatten.

»Ach, wie schön. Es tut gut, in diesen schlimmen Zeiten mal eine glückliche Geschichte zu hören. Haben Sie sich hier in der Gegend kennengelernt?«

»Nein ... äh, eigentlich schon und auch wieder nicht. Richtig kennengelernt haben wir uns in London.«

»London.« Sie lächelte mitfühlend. »Ich besuche ab und zu meine Freundin dort, und als ich beim letzten Mal in Charing Cross ausgestiegen bin ...« Sie seufzte. »Die arme, arme Stadt.

Schrecklich, was geschehen ist. Ihre Familie ist doch hoffentlich nicht zu Schaden gekommen?«

»Wir haben Glück gehabt. Bisher zumindest.«

»Sind Sie schon lange unterwegs?«

»Ich habe den Zug um neun Uhr genommen. Seitdem jagt ein Missgeschick das andere.«

Sie schüttelte den Kopf. »Die Züge stehen mehr, als dass sie fahren, und überfüllt sind sie obendrein. Und dann die Personenkontrollen … aber jetzt sind Sie ja fast am Ziel. Nur mit dem Wetter haben Sie Pech gehabt. Ich hoffe, Sie haben einen Regenschirm dabei.«

Hatte er zwar nicht, aber er nickte lächelnd und vertiefte sich wieder in seine Gedanken.


Saffy ging mit ihrem Schreibzeug ins gute Zimmer. Nur hier hatten sie an diesem Abend das Kaminfeuer angezündet, und irgendwie tat es ihr trotz aller Widrigkeiten gut, sich in dem Zimmer aufzuhalten, das sie so hübsch hergerichtet hatte. Saffy fühlte sich beim Schreiben nicht gern eingeengt, daher mied sie die Sessel und setzte sich lieber an den Tisch. Sie räumte ein Gedeck zur Seite, darauf bedacht, die drei anderen nicht durcheinanderzubringen.

Sie schenkte sich noch einen Whisky ein, setzte sich hin und schlug ihr Heft dort auf, wo sie zuletzt aufgehört hatte. Sie überflog die Seite, um sich wieder mit Adeles tragischer Liebesgeschichte vertraut zu machen. Seufzend ließ sie sich von der geheimen Welt ihres Buchs umfangen.

Ein Donnerschlag ließ Saffy zusammenfahren und erinnerte sie daran, dass sie sich vorgenommen hatte, die Szene umzuschreiben, in der William seine Verlobung mit Adele löste.

Die gute, arme Adele. Wie passend, dass ihre Welt während eines Gewitters zusammenbrach, bei dem der Himmel selbst einzustürzen schien! So musste es sein. Alle tragischen Momente des Lebens sollten von Urgewalten untermalt werden.

Als Matthew seine Verlobung mit Saffy gelöst hatte, hätte es auch blitzen und donnern müssen. Sie hatten in der Bibliothek auf dem Sofa neben der Terrassentür gesessen, und die Sonne hatte ihnen auf den Bauch geschienen. Ein Jahr war vergangen seit dem schrecklichen Abend in London, seit der Premiere in dem finsteren Theater, seit das abscheuliche Geschöpf sich aus dem Schlossgraben erhoben hatte und vor höllischen Qualen brüllend am Turm hochgeklettert war ... Saffy hatte gerade Tee für zwei eingeschenkt, als Matthew zu sprechen begann.

»Ich glaube«, hatte er gesagt, »es wäre das Beste für uns beide, wenn wir einander freigeben.«

»Einander ... freigeben? Aber ich verstehe nicht?« Sie blinzelte. »Liebst du mich denn nicht mehr?«

»Ich werde dich immer lieben, Saffy.«

»Aber ... warum?« Sie hatte sich extra das saphirblaue Kleid angezogen, als sie erfahren hatte, dass er kommen würde. Es war ihr bestes; es war das Kleid, das sie zur Premiere getragen hatte. Er sollte sie bewundern, sie begehren, sie so sehr wollen wie an jenem Tag am See. Sie kam sich lächerlich vor. »Warum?«, fragte sie noch einmal und ärgerte sich darüber, dass sie so zaghaft klang.

»Wir können nicht heiraten, das weißt du so gut wie ich. Wie sollen wir als Mann und Frau leben, wenn du dich weigerst, diesen Ort zu verlassen?«

»Aber ich weigere mich doch nicht, ich *sehne* mich danach, von hier fortzugehen ...«

»Dann komm mit mir, jetzt auf der Stelle ...«

»Ich kann nicht ...« Sie stand auf. »Ich habe es dir erklärt.«

Sein Gesicht veränderte sich, Verbitterung verzerrte seine Züge. »Natürlich kannst du. Wenn du mich wirklich liebtest, würdest du mit mir gehen. Dann würdest du mit mir ins Auto steigen, und wir würden weit wegfahren von diesem schrecklichen, vermoderten alten Kasten.« Er war aufgestanden. »Komm, Saffy«, flehte er sie an, und jede Spur von Enttäuschung schien wie weggeblasen. Er zeigte mit seinem Hut in die Richtung, wo der Wagen stand. »Lass uns gehen. Lass uns jetzt auf der Stelle wegfahren, wir beide zusammen.«

Am liebsten hätte sie noch einmal gesagt: »Ich kann nicht«, und ihn inständig gebeten, sie doch zu verstehen, Geduld zu haben, auf sie zu warten; aber sie schwieg. Ein lichter Moment, und sie hatte begriffen, dass es nichts gab, was sie sagen oder tun konnte, um ihm ihre Situation begreiflich zu machen. Die lähmende Panik, die sie allein bei dem Gedanken befiel, das Schloss zu verlassen; die schwarze und bodenlose Angst, die sie in den Klauen hielt, ihr die Lunge einschnürte und ihr das Atmen schwer machte, sodass sich alles zu drehen begann; die sie an diesem kalten, düsteren Ort gefangen hielt und sie schwach und hilflos machte wie ein Kind.

»Komm«, sagte er noch einmal und hielt ihr die Hand hin. »Komm.« Er hatte es so zärtlich gesagt, dass sie sechzehn Jahre später immer noch ein wohliger Schauder überlief.

Sie hatte ihn unwillkürlich angelächelt, obwohl sie wusste, dass sie auf einer steilen Klippe stand, unter ihr das tosende, dunkle Wasser, während der Mann, den sie liebte, sie beschwor, sich von ihm retten zu lassen, ohne zu ahnen, dass sie nicht zu retten war, dass sein Konkurrent so viel stärker war als er.

»Du hast recht«, sagte sie, sprang von der Klippe, weg von ihm: »Es ist wohl für uns beide das Beste, wenn wir einander freigeben.«

Sie hatte Matthew nie wiedergesehen, und ihre Kusine Emily ebenso wenig, die nur auf ihre Chance gewartet hatte, die immer das begehrte, was Saffy sich wünschte …

Es war nur ein Baumstamm. Ein Stück Treibholz, das von der Strömung des schnell anschwellenden Bachs mitgerissen worden war. Percy zog den Stamm an den Rand der Zufahrt, fluchte über das Gewicht, während sich ihr ein Ast in die Schulter bohrte, wusste nicht, ob sie verärgert oder erleichtert darüber sein sollte, dass sie die Suche jetzt fortsetzen musste. Sie war schon im Begriff, weiter in Richtung Straße zu gehen, als etwas sie innehalten ließ. Eine seltsame Vorahnung. Ein mulmiges Gefühl. Unentschlossen blieb sie im Regen stehen, schaute zurück, zu dem verdunkelten Schloss hinauf.

Zu dem nicht vollständig verdunkelten Schloss.

Ein Lichtschein, klein, aber hell, hinter einem der Fenster. Im guten Zimmer.

Der verfluchte Fensterladen. Hätte sie ihn doch bloß ordentlich repariert.

Es war der Fensterladen, der sie zu einer Entscheidung bewog. Das Letzte, was sie heute Abend gebrauchen konnten, war Mr. Potts mit seiner Heimatschutztruppe.

Mit einem letzten Blick zur Tenterden Road machte Percy kehrt und eilte zum Schloss.

Der Bus hielt am Straßenrand, und Tom stieg aus. Augenblicklich machte der strömende Regen seinen Blumen, die sich bis dahin so tapfer gehalten hatten, endgültig den Garaus. Einen Moment lang überlegte er, ob zerfledderte Blumen besser wären als keine, dann warf er sie kurzerhand in den Straßengraben, der zu einem reißenden Bach angeschwollen war. Ein guter Soldat wusste, wann er den Rückzug anzutreten hatte, und schließlich hatte er ja noch die Marmelade.

Durch den dichten Regen entdeckte er ein eisernes Tor und tastete nach dem Griff, um es zu öffnen. Als es unter seinem Gewicht kreischend nachgab, hob er den Blick zum tiefschwarzen Himmel, schloss die Augen und ließ sich die Regentropfen über die Wangen laufen. So ein Hundewetter! Ohne Regenmantel oder Schirm war er den Elementen schutzlos ausgeliefert. Er kam zu spät, er war völlig durchnässt, aber er war da.

Er schloss das Tor hinter sich, warf den Seesack über die Schulter und ging die Zufahrt hoch. Gott, war das finster. Verdunkelung in London war eine Sache, aber hier auf dem Land, wo das Mistwetter auch noch die Sterne abgeschaltet hatte, war ihm, als würde er durch Pech waten. Zu seiner Rechten sah er eine hoch aufragende schwarze Masse, noch dunkler als die Umgebung, das musste der Cardarker-Wald sein. In dem Sturm schienen die Baumwipfel die Zähne zu fletschen. Mit einem Schauder wandte er sich ab und dachte lieber an Juniper, die im warmen, trockenen Schloss auf ihn wartete.

Mit nassen Füßen stapfte er weiter, folgte einer Biegung, überquerte eine Brücke, unter der ein reißender Bach floss, und immer noch wand sich der Weg weiter den Hügel hinauf.

Als ein Blitz den Himmel zerriss, blieb er staunend stehen. Ein grandioser Anblick. Die Welt war in silbrig-weißes Licht getaucht – heftig wogende Bäume, das bleiche Gemäuer eines Schlosses auf dem Hügel, der Weg, der sich durch zitternde Felder schlängelte, um dann wieder mit der Dunkelheit zu verschmelzen. In der grell beleuchteten Szenerie, die er wie ein Fotonegativ vor Augen hatte, war Tom aufgefallen, dass er nicht allein in der regnerischen Nacht unterwegs war. Eine schmale männliche Gestalt ging vor ihm den Weg hinauf.

Tom fragte sich, wen es wohl außer ihm in einer solchen Nacht aus dem Haus trieb; vielleicht wurde ja noch ein Gast im Schloss erwartet, der ebenfalls zu so später Stunde eintraf, weil er aufgehalten worden war. Der Gedanke hob seine Stimmung, und er wollte schon rufen – es war doch bestimmt besser, gemeinsam mit einem verspäteten Gefährten an die Tür zu klopfen –, als ein gewaltiger Donnerschlag sein Vorhaben zunichtemachte. Er eilte weiter, den Blick auf den Hügel gerichtet, wo sich das Schloss befinden musste.

Als er näher kam, bemerkte er etwas, das sich schwach von der Dunkelheit abhob. Er runzelte die Stirn, blinzelte; nein, er hatte es sich nicht eingebildet. Ein winziger goldener Lichtschein, ein beleuchteter Spalt in der Festungsmauer. Er stellte sich vor, dass das Juniper war, die auf ihn wartete, wie die Nixe im Märchen, die ihrem Liebsten in stürmischen Nächten mit einer Laterne leuchtete, damit er sicher in den Hafen fand. Entschlossen schritt er weiter aus.

Während Percy und Tom durch den Regen stapfen, ist im Innern von Schloss Milderhurst alles still. Hoch oben im Dachzimmer liegt Juniper in düsteren Träumen; unten im guten Zimmer lehnt sich Saffy, müde vom Schreiben, auf der Chaiselongue zurück, kurz davor, vom Schlaf übermannt zu werden. Hinter ihr prasselt das Kaminfeuer; vor ihr öffnet sich eine Tür zu einem Picknick am See. Ein perfekter Tag im späten Frühjahr 1922, wärmer vielleicht als erwartet, der Himmel so blau wie feines venezianisches Glas. Man hat sich im See erfrischt und ruht jetzt auf Decken, trinkt Cocktails und isst leckere Sandwiches.

Ein paar junge Leute setzen sich von den anderen ab, und die träumende Saffy folgt ihnen; sie beobachtet das junge Paar ganz hinten, einen Jungen namens Matthew und ein hübsches sechzehnjähriges Mädchen namens Seraphina. Sie kennen sich seit ihrer Kindheit, er ist ein Freund ihrer seltsamen Vettern aus dem Norden und wird daher von ihrem Vater im Familienkreis akzeptiert. Viele Sommer sind sie gemeinsam durch Wiesen und Felder gejagt, haben Generationen von Forellen im Bach gefangen und mit großen Augen an den jährlichen Erntefeuern gesessen. Aber jetzt ist irgendetwas zwischen ihnen anders. Diesmal bringt sie in seiner Gegenwart kein Wort heraus; schon mehrmals hat sie bemerkt, dass er sie beobachtet mit einem Blick, der ihre Wangen zum Glühen bringt. Sie haben nicht mehr als drei Worte gewechselt, seit er eingetroffen ist.

Die Gruppe, der das Paar folgt, hat einen Platz gefunden, Decken werden nachlässig auf dem Boden ausgebreitet, eine Ukulele wird hervorgeholt, es wird geraucht und gescherzt; die beiden halten sich am Rande des Geschehens. Sie reden nicht miteinander und sehen sich nicht an. Sie setzen sich auf den Boden, tun so, als würden sie den Himmel betrachten, Vögel beobachten und das Spiel der Sonnenstrahlen auf den Blättern bestaunen, während sie in Wirklichkeit nur an die kleine Lücke zwischen ihrem Knie und seinem Schenkel denken können. An die elektrische Spannung, die die Lücke füllt, während der Wind flüstert, Blätter zu Boden taumeln und ein Star sein Lied erklingen lässt.

Sie stöhnt leise auf. Hält sich die Hand vor den Mund, damit niemand etwas merkt.

Seine Fingerspitzen berühren ihre Hand. So leicht, dass sie es vielleicht gar nicht gespürt hätte, wenn ihre Aufmerksamkeit nicht mit mathematischer Präzision auf jeden Millimeter Entfernung zwischen ihnen gerichtet wäre, auf seine atemberaubende Nähe … In diesem Moment verschmilzt die Träumende mit ihrem jugendlichen Selbst. Sie sieht die Liebenden nicht mehr aus der Distanz, sondern sitzt selbst auf der Decke, die Beine über Kreuz, hinten auf den Arm gestützt, mit klopfendem Herzen und der unbekümmerten Freude und Erwartung eines jungen Mädchens.

Saffy traut sich nicht, Matthew anzusehen. Sie wendet den Blick schnell den anderen zu, ist überrascht, dass offenbar niemand bemerkt hat, dass ihre Welt sich um hundertachtzig

Grad gedreht und völlig verändert hat, während um sie herum alles so geblieben ist, wie es war.

Sie lässt den Blick an ihrem Arm hinunterwandern, über ihr Handgelenk zu ihrer Hand, auf die sie sich stützt. Da. Seine Fingerspitzen. Seine Haut auf ihrer.

Sie nimmt all ihren Mut zusammen und lässt den Blick weiterwandern, über die Brücke, die er zwischen ihnen gebaut hat, zu seiner Hand, über sein Handgelenk seinen Arm hinauf, und sie weiß, gleich werden sich ihre Blicke begegnen. Aber plötzlich wird ihre Aufmerksamkeit abgelenkt. Von etwas Düsterem auf dem Hügel hinter ihnen.

Ihr Vater, ewig um sie besorgt, ist ihnen gefolgt und beobachtet sie von seinem Aussichtspunkt aus. Sie spürt seine Augen auf sich, weiß, dass er sie im Blick hat, weiß, dass er mit angesehen hat, wie Matthews Finger sich zu ihrer Hand bewegt haben. Sie senkt die Lider, errötet, und tief unten in ihrem Bauch regt sich etwas. Irgendwie macht die Anwesenheit ihres Vaters auf dem Hügel, sein Gesichtsausdruck, auch wenn sie nicht weiß, warum, ihr erst bewusst, was sie soeben erlebt hat. Ihr wird deutlich, dass ihre Liebe zu Matthew – denn natürlich ist das, was sie empfindet, Liebe – seltsamerweise ihrer Zuneigung zu ihrem Vater ähnelt, ihrem Wunsch, geschätzt zu werden, dem anderen zu gefallen, dem unbändigen Bedürfnis, für charmant und intelligent gehalten zu werden …


Saffy schlief tief und fest auf der Chaiselongue neben dem Kamin, ein leeres Glas auf dem Schoß, ein sanftes Lächeln auf den Lippen; Percy seufzte erleichtert. Das war wenigstens etwas; zwar hing der Fensterladen lose an einer Angel, und sie hatte auch keinen Hinweis darauf finden können, was Junipers verlorene Zeit verursacht haben konnte, aber zumindest an der häuslichen Front herrschte Ruhe.

Sie kletterte vom Fenstersims und sprang das letzte Stück von den Decksteinen herunter, darauf gefasst, im Morast zu versinken. Die Erde in dem ehemaligen Graben war völlig durchweicht, das Wasser stieg schnell an und reichte ihr bereits bis über die Knöchel. Es war so, wie sie vermutet hatte, sie brauchte das richtige Werkzeug, um den Fensterladen vernünftig zu befestigen.

Percy stapfte zur Küchentür, wuchtete sie auf und schlug sie rasch wieder zu, um das Unwetter auszusperren. Der Kontrast hätte größer nicht sein können. Die warme, trockene Küche mit ihren Essensdämpfen und dem summenden elektrischen Licht war der Inbegriff von häuslicher Gemütlichkeit, und am liebsten hätte sie sich ihrer nassen Kleider entledigt, der Gummistiefel und schlammigen Socken, sich vor dem Ofen eingerollt und sich um nichts mehr gekümmert. Sie wollte nur noch schlafen in der kindlichen Gewissheit, dass irgendjemand sich um alles kümmern würde.

Sie musste lächeln. Dann verscheuchte sie die törichten Gedanken. An Schlaf war nicht zu denken. Sie blinzelte, weil ihr das Wasser von den Haaren in die Augen lief, und machte sich auf den Weg zur Werkzeugkiste. Sie würde den Fensterladen heute Nacht einfach provisorisch zunageln und ihn morgen bei Tageslicht ordentlich reparieren.

Saffys Traum hat einen Sprung gemacht, Ort und Zeit sind anders, aber das zentrale Bild ist geblieben, wie eine dunkle Silhouette auf der Netzhaut, wenn man mit geschlossenen Augen in die Sonne blickt.

Daddy.

Saffy ist jetzt jünger, ein knapp zwölfjähriges Mädchen. Sie steigt Stufen hinauf, Mauern erheben sich zu beiden Seiten, und sie wirft einen Blick über die Schulter, denn Daddy hat ihr gesagt, dass die Krankenschwestern nicht mehr kommen, wenn sie es mitkriegen. Es ist das Jahr 1917, und es herrscht Krieg. Ihr Vater war weg, aber jetzt ist er wieder zurück und, nach dem, was die Krankenschwestern erzählt haben, ist er nur knapp dem Tod entronnen. Saffy geht die Treppe hoch, weil sie und Daddy ein neues Spiel haben. Ein geheimes Spiel, bei dem sie ihm von den Dingen erzählt, die ihr Angst machen, wenn sie allein ist, die seine Augen aber vor Freude aufleuchten lassen. Sie spielen es jetzt schon seit fünf Tagen.

Plötzlich, im Traum, ist es der Tag zuvor. Saffy steigt nicht mehr die kalte Steintreppe hoch, sondern liegt in ihrem Bett. Sie schreckt aus dem Schlaf. Allein und verängstigt. Sie streckt die Hand nach ihrer Zwillingsschwester aus, wie sie es immer tut, wenn sie einen Albtraum hat, aber das Laken neben ihr ist leer und kalt. Den ganzen Morgen geistert sie durch die Korridore, versucht die Tage auszufüllen, die jede Form und Bedeutung verloren haben, versucht dem Albtraum zu entfliehen.

Und jetzt sitzt sie mit dem Rücken an der Wand in der Kammer unter der Wendeltreppe. Nur hier fühlt sie sich sicher. Geräusche wehen vom Turm herab, die Mauern seufzen und singen, und wenn sie die Augen schließt, hört sie es. Eine Stimme, die ihren Namen flüstert.

Einen kurzen glücklichen Moment denkt sie, dass ihre Zwillingsschwester wieder da ist. Dann, wie durch einen Nebel, sieht sie ihn. Er sitzt auf einer Holzbank am Fenster auf der anderen Seite, einen Gehstock auf dem Schoß. Es ist Daddy, auch wenn er verändert ist, nicht länger der starke junge Mann, der vor drei Jahren in den Krieg zog.

Er ruft sie zu sich, und sie kann sich ihm nicht widersetzen.

Sie geht langsam, hat Angst vor ihm und seinen neuen Schatten.

»Du hast mir gefehlt«, sagt er, als sie neben ihm steht. Und etwas in seiner Stimme ist so vertraut, dass all die Sehnsucht, die sich in ihr aufgestaut hat, seit er weggegangen war, nach außen drängt. »Setz dich neben mich«, sagt er, »und erzähl mir, warum du so verängstigt dreinschaust.«

Und sie beginnt. Sie erzählt ihm alles. Alles über ihren Traum, den Mann, der sie holen will, den furchterregenden Mann im Schlamm.

Am Schloss angekommen, sah Tom, dass das Licht nicht von einer Laterne kam. Das rettende Leuchtfeuer, das die Seeleute sicher nach Hause geleitet und dem auch er gefolgt war, stammte in Wirklichkeit von einer elektrischen Lampe, deren Licht durch das Fenster eines der Zimmer im Schloss nach außen drang. Ein Fensterladen hing lose herunter, und deshalb war das Haus nicht vollständig verdunkelt.

Er würde sich anbieten, ihn zu reparieren. Von Juniper wusste er, dass die Schwestern sich ganz allein um das Haus kümmerten, nachdem sie das wenige Personal, das ihnen geblieben war, an den Krieg verloren hatten. Tom war nicht gerade ein großer Handwerker, aber mit einem Hammer konnte er zur Not umgehen.

Schon etwas zuversichtlicher watete er durch eine Pfütze in dem niedriger liegenden Streifen Erde, der das Schloss umgab, und stieg die Eingangsstufen hoch. Vor der Tür machte er Inventur: Sein Haar, seine Kleider, seine Füße hätten nicht nasser sein können, wenn er durch den Kanal geschwommen wäre, um hierherzugelangen. Aber er hatte sein Ziel erreicht. Er nahm den Seesack von der Schulter und suchte nach dem Marmeladenglas. Da war es. Er zog es heraus, hielt es fest in der Hand und tastete es prüfend ab, ob es keinen Schaden genommen hatte.

Es fühlte sich unversehrt an. Vielleicht ging es ja bergauf mit seinem Glück. Lächelnd fuhr er sich mit der Hand durchs Haar, um es in Ordnung zu bringen; dann klopfte er und wartete, das Marmeladenglas in der Hand.

Fluchend schlug Percy mit der flachen Hand auf den Deckel der Werkzeugkiste. Herrgott noch mal, wo war der verflixte Hammer? Sie zermarterte sich das Hirn, versuchte sich zu erinnern, wann sie ihn das letzte Mal benutzt hatte. Sie hatte Saffys Hühnerauslauf repariert, die losen Fensterbretter im guten Zimmer und die Balustrade im Treppenhaus des Turms … Sie konnte sich nicht mehr erinnern, bei welcher Gelegenheit sie den Hammer wieder in die Werkzeugkiste gelegt hatte, aber sie war sich ganz sicher, dass sie es getan hatte. Mit diesen Dingen ging sie achtsam um.

Verdammt.

Mit einer Hand griff Percy zwischen den Knöpfen ihres Regenmantels hindurch in ihre Hosentasche und atmete erleichtert auf, als sie den Tabakbeutel zu fassen bekam. Sie zog ein Zigarettenblättchen heraus, glättete es und hielt es so, dass kein Wasser von den Ärmeln, aus den Haaren und von der Nase darauftropfte. Sie verteilte den Tabak entlang der Falte, rollte das Blättchen ein, leckte es an und klebte es zu. Dann klopfte sie ein Zigarettenende auf ihre Hand, zündete ein Streichholz an, sog gierig den herrlich würzigen Rauch ein und atmete ihren Ärger aus.

Ein verschwundener Hammer hatte ihr heute Nacht gerade noch gefehlt, nach Junipers Rückkehr und dem rätselhaften Blut auf der Bluse, der Neuigkeit, dass sie zu heiraten beabsichtigte, ganz zu schweigen von ihrer Begegnung mit Lucy am Nachmittag …

Percy inhalierte noch einmal und atmete dann tief aus. Saffy hatte es nicht so gemeint, es konnte nicht sein – sie wusste nichts darüber, was mit Lucy gewesen war, nichts über die Liebe und den Verlust, den Percy erlitten hatte. Percy war immer äußerst vorsichtig gewesen. Natürlich konnte ihre Zwillingsschwester etwas gehört oder gesehen oder gespürt haben, was sie nicht wissen sollte, aber wenn schon. Saffy war nicht der Typ, Percy mit ihrem Kummer zu konfrontieren. Sie wusste besser als jeder andere, was es bedeutete, seiner Liebe beraubt zu werden.

Ein Geräusch. Percy hielt den Atem an und lauschte angestrengt. Nichts war zu hören. Sie musste an Saffy denken, die schlafend auf der Chaiselongue saß, das leere Whiskyglas auf dem Schoß. Vielleicht hatte sie sich bewegt, und es war zu Boden gefallen. Percy warf einen Blick zur Decke, wartete noch eine halbe Minute, dann sagte sie sich, dass es so gewesen sein musste.

Wie auch immer, sie hatte jetzt keine Zeit, herumzustehen und über die Vergangenheit zu lamentieren. Die Zigarette zwischen den Lippen, setzte sie ihre Suche nach dem Hammer fort.

Tom klopfte noch einmal und stellte das Marmeladenglas neben der Tür ab, damit er sich die Hände warm reiben konnte. Das Haus musste ziemlich groß sein; man brauchte wahrscheinlich wer weiß wie lange, um von ganz oben nach unten zu kommen. Nach einer Weile drehte er sich um, betrachtete das Regenwasser, das über die Dachtraufe schoss, und dachte, wie merkwürdig es war, dass man mehr fror, wenn man durchnässt im Trockenen stand, als wenn man durch strömenden Regen ging.

Ihm fiel auf, dass sich in unmittelbarer Nähe des Schlosses besonders viel Wasser sammelte. Irgendwann, als sie in London im Bett gelegen hatten und er alles über das Schloss wissen wollte, hatte Juniper ihm von dem ehemaligen Schlossgraben erzählt, den ihr Vater nach dem Tod seiner ersten Frau hatte zuschütten lassen.

»Seine Trauer wird ihn dazu gebracht haben«, hatte Tom gesagt, der sich, wenn er Juniper anschaute, gut vorstellen konnte, wozu ein solcher Verlust einen Menschen treiben konnte.

»Nicht Trauer«, hatte sie erwidert, während sie sich die Haarspitzen um die Finger wickelte. »Eher Schuldgefühle.«

Als er wissen wollte, was sie damit meinte, hatte sie ihn nur angelächelt, sich auf die Bettkante gesetzt und ihm ihren nackten Rücken zugewandt, sodass er nicht anders konnte, als ihre glatte Haut zu streicheln und seine Fragen zu vergessen. Erst jetzt fiel ihm die Situation wieder ein. Schuldgefühle. Er fragte sich, was sie damit gemeint haben könnte, und nahm sich vor, sie danach zu fragen, sobald er die Schwestern kennengelernt hatte, sobald Juniper und er ihre Neuigkeit verkündet hatten, sobald sie zusammen waren, allein, unter vier Augen.

Ein helles Dreieck erregte Toms Aufmerksamkeit, eine Spiegelung auf den Pfützen. Es war das Licht aus dem Fenster mit dem defekten Fensterladen. Vielleicht ließ er sich ja ganz einfach reparieren, vielleicht hatte er sich nur aus der Angel gelöst. Eigentlich könnte er sich jetzt gleich darum kümmern.

Das Fenster lag nicht sehr hoch. Das wäre ruckzuck erledigt. Dann müsste er nicht wieder in den Regen raus, nachdem er einmal im Warmen und Trockenen war, und nicht zuletzt konnte er damit bestimmt die Herzen der Schwestern erobern.

Mit einem Lächeln auf den Lippen stellte Tom seinen Seesack ab und eilte hinaus in den Regen.


Seit sie sich mit dem Rücken zum prasselnden Kaminfeuer gesetzt hat, ist Saffy durch ein Labyrinth von Träumen geeilt. Soeben hat sie das Zentrum erreicht. Den Ort der Stille, wo alle Träume ihren Ursprung haben und zu dem sie wieder zurückkehren. Der Ort, der ihr schon lange vertraut ist.

Sie hat es schon unzählige Male geträumt, schon seit ihrer Kindheit. Der Traum verändert sich nie. Wie ein Film, der immer wieder abgespielt wird. Und unabhängig davon, dass sie ihn kennt, ist der Traum immer wieder neu, der Schrecken immer wieder frisch.

Er beginnt damit, dass sie aufwacht und glaubt, in der realen Welt aufgewacht zu sein, bis sie feststellt, dass es um sie herum eigenartig still ist. Es ist kalt, und sie ist allein; sie schlüpft aus dem Bett und stellt die Füße auf den Holzboden. Ihre Kinderfrau schläft in dem kleinen Zimmer nebenan, aber ihr tiefer und regelmäßiger Atem, der normalerweise ein Gefühl von Sicherheit vermitteln würde, signalisiert in dieser Welt nur unüberbrückbare Distanz.

Saffy geht langsam ans Fenster. Etwas zieht sie unwiderstehlich dorthin.

Sie klettert auf das halbhohe Bücherregal, rafft ihr Nachthemd um die Beine, weil es plötzlich eiskalt wird. Sie wischt die beschlagene Scheibe ab und späht hinaus in die Nacht.

Percy hatte den Hammer gefunden. Nach langem Suchen und wildem Fluchen umschloss ihre Hand irgendwann den vertrauten, durch jahrelangen Gebrauch glatten Stiel. Na endlich, schnaubte sie, zog ihn unter den Schraubenschlüsseln und Schraubenziehern hervor und legte ihn neben sich auf den Boden. Öffnete das Marmeladenglas mit den Nägeln und schüttete sich einige in die Hand. Einen hielt sie gegen das Licht, begutachtete ihn und kam zu dem Schluss, dass fünf Zentimeter reichen mussten, zumindest für die notdürftige Reparatur heute Nacht. Sie stopfte die Nägel in die Tasche ihrer Regenjacke, nahm den Hammer und ging durch die Küche zur Tür.

Sein Vorhaben hatte sich doch nicht so gut angelassen wie erhofft. Er hatte einen steinernen Vorsprung unter dem Fenster falsch eingeschätzt, war abgerutscht und in den verschlammten

Graben gefallen. Es war ärgerlich und so nicht geplant, aber nach ein paar kräftigen soldatischen Flüchen – denn schließlich war er Soldat – hatte er sich sofort wieder aufgerafft, die Hand über die Augen gelegt, um den Feind besser einschätzen zu können, und dann die Mauer mit größtmöglicher Entschlossenheit erneut in Angriff genommen.

*Niemals aufgeben*, wie sein Offizier geschrien hatte, als sie sich ihren Weg quer durch Frankreich gekämpft hatten. *Niemals aufgeben.*

Endlich gelang es ihm, sich auf das Fenstersims hochzuziehen. Zum Glück konnte er sich in einem Spalt zwischen zwei Steinen, wo der Mörtel herausgebrochen war, mit einem Fuß abstützen. Das Licht aus dem Zimmer war ein Segen, und Tom brauchte nicht lange, um festzustellen, dass der Fensterladen nicht so einfach zu befestigen war.

Er war so auf seinen Kampfeinsatz fixiert gewesen, dass er dem Zimmer hinter dem Fenster keinerlei Aufmerksamkeit geschenkt hatte. Als er jetzt hineinschaute, bot sich ihm eine Szenerie vollkommener Behaglichkeit. Eine hübsche Frau, die neben dem Kamin schlief. Zuerst hielt er sie für Juniper.

Aber die Frau zuckte zusammen, und ihre Gesichtszüge spannten sich an, und im selben Moment begriff er, dass er nicht Juniper vor sich sah, sondern eine ihrer Schwestern. Das musste Saffy sein, vermutete er; die mütterliche Schwester, die nach dem Tod von Junipers Mutter an deren Stelle getreten war und sie großgezogen hatte; diejenige, die unter Panikattacken litt und es nicht schaffte, das Schloss zu verlassen.

Während er sie betrachtete, riss sie ganz plötzlich die Augen auf, und vor Überraschung hätte er beinahe den Halt verloren. Ihre Blicke trafen sich.

Percy sah den Mann am Fenster in dem Moment, als sie um die Ecke bog. Das Licht aus dem Zimmer beleuchtete ihn; eine dunkle Gestalt, wie ein Gorilla, der die Wand hochkletterte, sich an den Steinen festklammerte und in das gute Zimmer spähte. Das Zimmer, in dem Saffy schlief. Percys Puls begann zu rasen. Ihr Leben lang war es ihre Pflicht gewesen, ihre Schwestern zu beschützen. Sie umklammerte den hölzernen Stiel des Hammers. Die Nerven zum Zerreißen gespannt, rannte sie auf den Mann zu.

Schlammbedeckt und wie ein Einbrecher durchs Fenster spähend, so hatte er sich den Schwestern Blythe gewiss nicht präsentieren wollen.

Aber jetzt war er gesehen worden. Er konnte nicht einfach hinunterspringen, sich verstecken und so tun, als wäre nichts gewesen. Er lächelte zögerlich; hob die Hand, um freundliche Absichten zu signalisieren, ließ sie aber wieder sinken, als er bemerkte, dass sie ganz mit Schlamm bedeckt war.

O Gott. Sie war aufgestanden, und sie lächelte überhaupt nicht.

Sie kam auf ihn zu.

Die groteske Situation hatte das Potenzial, zu einer besonders beliebten Anekdote zu werden. »Erinnert ihr euch noch, wie wir Tom kennengelernt haben? Wie er, von Kopf bis Fuß mit Schlamm bedeckt, am Fenster aufgetaucht ist und freundlich gewinkt hat?«

Vorerst blieb ihm nichts anderes übrig, als zuzusehen, wie sie langsam auf ihn zukam, so als würde sie träumen. Sie zitterte, als würde sie so frieren wie er hier draußen im Regen.

Sie hob die Hand, um das Fenster zu entriegeln, während er nach erklärenden Worten suchte, und dann nahm sie etwas von der Fensterbank.

Percy blieb wie angewurzelt stehen. Der Mann verschwand. Vor ihren Augen war er plötzlich ins Wanken geraten und auf die Erde gestürzt. Sie schaute zum Fenster hoch; dort stand Saffy, zitternd, den Schraubenschlüssel in der Hand.

Ein harter Schlag. Er begriff nicht, was es war. Dann Bewegung. Er fiel, plötzlich und überraschend.

Dann lag er auf dem Rücken.

Etwas Kaltes an seinem Gesicht, Nässe.

Geräusche, vielleicht Vögel, die schrien und kreischten. Er zuckte und schmeckte Schlamm. Wo war er? Wo war Juniper?

Regentropfen prasselten auf seinen Kopf, er spürte sie einzeln, wie eine Musik, so als würden Saiten gezupft, die eine sonderbare Melodie spielten. Sie war wunderschön, und er fragte sich, wieso er sie nicht kannte. Einzelne Tropfen, perfekt, jeder einzelne. Sie fielen auf die Erde und sättigten den Boden, sodass sich Flüsse bilden und Meere füllen konnten, und Menschen, Tiere, Pflanzen zu trinken hatten … Es war alles so einfach.

Er musste an ein Unwetter denken, als er noch ein kleiner Junge gewesen war und sein Vater noch gelebt hatte. Tom hatte Angst gehabt. Es war dunkel und laut gewesen, und er hatte sich unter dem Küchentisch versteckt. Er hatte geweint, die Augen zugekniffen und die Fäuste geballt. Er hatte so heftig geweint, und sein eigener Kummer hatte ihm so laut in den Ohren gedröhnt, dass er nicht hörte, wie sein Vater ins Zimmer kam. Er wusste nur noch, dass der große Bär ihn vom Boden aufgelesen, in seine riesigen Arme gehoben und fest an sich gedrückt hatte; und dann hatte er Tom versichert, dass alles in Ordnung war, und der süßsaure, wundervolle Duft nach Tabak in seinem Atem hatte es bewiesen. Aus dem Munde seines Vaters klangen diese Worte wie eine Zauberformel. Ein Versprechen. Und Tom hatte keine Angst mehr gehabt …

Wo hatte er die Marmelade gelassen?

Die Marmelade war wichtig. Der Mann in der Parterrewohnung hatte ihm gesagt, dass es die beste war, die er je gekocht hatte; dass er die Brombeeren selbst gepflückt und dass er die Zuckerrationen von mehreren Monaten gebraucht hatte. Aber Tom konnte sich einfach nicht erinnern, wo er sie gelassen hatte. Er hatte sie gehabt, so viel wusste er. Er hatte sie in seinem Seesack von London mitgebracht, aber dann hatte er sie herausgenommen und auf den Boden gestellt. Hatte er sie unter dem Tisch stehen lassen? Als er sich vor dem Unwetter versteckt hatte, hatte er da die Marmelade mitgenommen? Er musste aufstehen und sie suchen, das würde er jetzt tun. Das musste sein, die Marmelade war ein Geschenk. Er würde sich aufmachen und sie ganz schnell finden, und dann würde er darüber lachen, denn er hätte sie ja auch verloren haben können. Aber vorher würde er noch einen Moment ausruhen.

Er war müde. So müde. Die Fahrt hierher hatte so lange gedauert. Das Gewitter, dann der mühsame Weg die Zufahrt hoch, den ganzen Tag lang Züge und Busse, die er beinahe verpasst hätte, aber das Wichtigste war, dass die Fahrt ihn zu ihr geführt hatte. Er war so weit gelaufen; er hatte so viel gelesen, gelehrt, geträumt, gewünscht, so viel erhofft. Es war nur natürlich, dass er sich ausruhen musste, dass er einfach die Augen schließen und sich eine Pause gönnen würde; nur ein bisschen ausruhen, damit er bereit war, wenn er sie wiedersah …

Tom schloss die Augen, und er sah Millionen winziger Sterne, die blinkten und sich hin und her bewegten, und sie waren so wunderschön, und er wollte ihnen nur noch zusehen. Es gab nichts mehr auf der Welt, was er lieber tun wollte, als dazuliegen und diese Sterne zu betrachten. Und als er dalag und sah, wie sie herumwirbelten, fragte er sich, ob er sie vielleicht berühren konnte, die Hand ausstrecken und einen fangen konnte, und dann sah er schließlich, dass sich etwas hinter ihnen verbarg. Ein Gesicht, Junipers Gesicht. Sein Herz bekam Flügel. Sie war da, endlich bei ihm. Sie war ganz nah, beugte sich zu ihm herunter, legte ihm die Hand auf die Schulter und sprach in sanften Worten zu ihm. Die Worte, sie schienen alles so vollkommen zu erklären, doch als er versuchte, sie zu wiederholen, zerrannen sie zu Wasser, und in ihren Augen schimmerten die Sterne, und auch auf ihren Lippen, und kleine Lichter hingen schimmernd in ihren Haaren; und er konnte sie nicht mehr hören, obwohl ihre Lippen sich bewegten und die Sterne blinkten, denn sie entschwand, bis es ganz dunkel um sie wurde; und auch er war dabei zu entschwinden.

»June …«, flüsterte er, als die letzten kleinen Lichter zu flackern begannen und eins nach dem anderen erloschen, als schwerer Schlamm ihm die Nase, den Mund, die Kehle verstopfte, als schließlich alle Luft aus seinen Lungen entwichen war. Er lächelte, als ihr Atem seinen Hals liebkoste …

# 3

Juniper schreckte mit pochenden Kopfschmerzen und einem bitteren Geschmack im Mund aus dem Schlaf. Ihre Augen schmerzten. Wo war sie? Es war dunkel, es war Nacht, aber von irgendwoher kroch schwaches Licht herein. Sie blinzelte und nahm hoch über sich eine Zimmerdecke wahr. Die Balken waren ihr vertraut, und doch stimmte irgendetwas nicht. Was war geschehen?

Etwas *musste* geschehen sein, sie wusste es, sie konnte es spüren. Aber was?

*Ich erinnere mich nicht.*

Sie drehte den Kopf – langsam – und ließ das Gewirr einzelner, namenloser Objekte in ihrem Innern durcheinanderpurzeln. Sie sah sich um auf der Suche nach Hinweisen, konnte aber nichts erkennen als ein leeres Blatt Papier, ein vollgestopftes Regal und einen schmalen Lichtstreifen, der durch eine angelehnte Tür ins Zimmer fiel.

Juniper wusste, wo sie war. Sie befand sich im Dachzimmer von Schloss Milderhurst. Sie lag in ihrem alten Bett. Sie war schon lange nicht mehr hier gewesen. Es hatte ein anderes Dachzimmer gegeben, sonnendurchflutet, ganz anders als das hier.

*Ich erinnere mich nicht.*

Sie war allein. Der Gedanke war ganz klar, so als hätte sie ihn gelesen, schwarzer Text auf weißem Papier, und das Alleinsein bedeutete Schmerz, eine bohrende Wunde. Sie hatte damit gerechnet, dass noch jemand anders hier bei ihr sein würde. Ein Mann. Sie hatte einen Mann erwartet.

Eine seltsame Vorahnung überkam sie; sich nicht an das erinnern zu können, was in der verlorenen Zeit geschehen war, war normal, aber da war noch etwas anderes. Juniper verheddderte sich im düsteren Gewirr ihrer Gedanken, aber obwohl sie nicht sehen konnte, was um sie herum lag, war sie erfüllt von einer Gewissheit, einer bedrückenden Angst, dass etwas Schreckliches in ihrem Innern eingeschlossen war.

*Ich erinnere mich nicht.*

Sie schloss die Augen und lauschte angestrengt; auf irgendetwas, das ihr helfen könnte. Es war nichts zu hören von dem Treiben auf Londons Straßen, von den Bussen, den vielen Menschen, kein Gemurmel aus den anderen Wohnungen. Aber die Adern des Hauses ächzten, die Mauern seufzten, und da war noch ein anderes, anhaltendes Geräusch. Regen – leichter Regen auf dem Dach.

Ihre Augen öffneten sich. Sie konnte sich an Regen erinnern.

An einen Bus, der anhielt.

Sie erinnerte sich an Blut.

Juniper setzte sich abrupt auf. Sie war so konzentriert auf diese eine Sache, auf diesen kleinen Lichtblick der Erinnerung, dass sie ihre Kopfschmerzen vergaß. Sie erinnerte sich an Blut.

Aber wessen Blut?

Die Angst verlagerte sich, streckte ihre Fühler aus.

Sie brauchte Luft. Im Dachzimmer war es plötzlich stickig; die Luft war warm und feucht und schwer.

Sie stellte die Füße auf den Holzboden. Ihre Sachen lagen überall herum, aber sie hatte keinen Bezug zu ihnen. Irgendjemand hatte sich bemüht, Ordnung zu schaffen in dem allgemeinen Durcheinander.

Sie stand auf. Sie erinnerte sich an Blut.

Was brachte sie dazu, ihre Hände anzuschauen? Was auch immer es sein mochte, sie schreckte davor zurück. Etwas war an ihren Händen. Sie wischte sie hastig an ihrem Nachthemd ab, und diese Handlung verursachte ihr ein vertrautes Kribbeln unter der Haut. Als sie die Hände etwas höher hob, um besser sehen zu können, verschwanden die Flecken. Schatten. Es waren nur Schatten gewesen.

Verwirrt, aber auch erleichtert trat sie mit unsicheren Schritten ans Fenster, zog den Verdunkelungsvorhang zur Seite und schob das Fenster hoch. Eine leichte frische Brise strich ihr über die Wangen.

Die Nacht war mondlos, Sterne waren auch nicht zu sehen, aber Juniper brauchte kein Licht, um zu wissen, was unter ihr lag. Die Welt von Milderhurst bedrückte sie. Im Unterholz zitterten unsichtbare Tiere, im Wald murmelte der Bach, in der Ferne klagte ein Vogel. Wo hielten sich eigentlich die Vögel auf, wenn es regnete?

Da war noch etwas anderes, direkt unter ihr. Ein kleines Licht, eine Lampe, die an einem Stock hing. Jemand war da unten auf dem Haustierfriedhof.

Percy.

Percy mit einer Schaufel.

Sie grub.

Etwas lag auf dem Boden hinter ihr. Ein Bündel. Groß, reglos.

Als Percy zur Seite trat, riss Juniper vor Schreck die Augen auf. Sie sandten rasend schnell eine Nachricht an ihr gequältes Hirn, das Licht in ihrem Kopf flackerte, und sie sah deutlich, nur einen kurzen Moment lang, das schreckliche, furchtbare Ding, das sich dort versteckte; das Böse, das sie gespürt, aber nicht gesehen hatte, das ihr solche Angst eingejagt hatte. Sie sah es, sie gab ihm einen Namen, und das Entsetzen fuhr ihr bis in die Nervenenden. *Du bist genau wie ich*, hatte ihr Vater gesagt, bevor er ihr seine grausige Geschichte gebeichtet hatte …

Ein Kurzschluss, und die Lichter in ihrem Kopf erloschen.


Verdammte Hände.

Percy hob die Zigarette, die ihr heruntergefallen war, vom Küchenboden auf, steckte sie sich zwischen die Lippen und zündete das Streichholz an. Aber sie war zu aufgewühlt. Ihre Hand zitterte wie Espenlaub. Die Flamme erlosch, und sie versuchte es noch einmal … Da bemerkte sie den dunklen Fleck auf ihrem Handgelenk, und sie ließ erschrocken die Schachtel samt brennendem Streichholz fallen.

Die Streichhölzer lagen verstreut auf den Steinfliesen, und sie kniete sich hin, um sie aufzulesen. Sie ließ sich Zeit, vertiefte sich in diese simple Aufgabe, wickelte sie sich um die Schultern wie einen Mantel und machte alle Knöpfe zu.

Es war Schlamm an ihrem Handgelenk. Nichts als Schlamm. Nur ein kleiner Fleck, den sie übersehen hatte, als sie am Waschbecken gestanden und sich den Schlamm von den Händen, vom Gesicht, von den Armen geschrubbt hatte, bis ihre Haut fast blutig war.

Percy hielt ein Streichholz zwischen Daumen und Zeigefinger. Schaute durch das Streichholz hindurch, sah jedoch nichts. Es fiel wieder auf den Boden.

Er war wirklich schwer gewesen.

Sie hatte schon viele Leichen angehoben, gemeinsam mit Dot; sie hatten Leute aus zerbombten Häusern gerettet, sie in den Krankenwagen geladen und ins Lazarett geschleppt. Sie wusste, dass die Toten mehr wogen als die Freunde, die sie zurückließen. Aber das hier war anders gewesen. Er war wirklich schwer gewesen.

Sie hatte gewusst, dass er bereits tot war, als sie ihn aus dem Graben gezogen hatte. Ob er durch den Schlag gestorben oder im schlammigen Wasser erstickt war, konnte sie nicht sagen. Aber er war schon tot gewesen, das wusste sie. Sie hatte noch versucht, ihn wiederzubeleben, aber eher aus Instinkt, Hoffnung hatte sie nicht. Sie hatte alles versucht, was man ihr im Lazarett beigebracht hatte. Und es hatte geregnet, und darüber war sie froh gewesen, denn so konnte sie ihre verdammten Tränen leugnen, die ihr in die Augen getreten waren.

Sein Gesicht.

Sie schloss die Augen, presste sie fest zusammen; sie sah es immer noch vor sich. Wusste, sie würde es immer wieder sehen.

Sie ließ die Stirn auf die Knie sinken, und der feste Kontakt verschaffte ihr ein bisschen Erleichterung. Die Härte der Kniescheibe, ihre kühle Gewissheit, als sie sie gegen ihr heißes Gesicht drückte, beruhigte sie; fast wie der Kontakt mit einem anderen Menschen, einer Person, die besonnener war als sie selbst, älter und klüger und besser dafür geeignet, die vor ihr liegenden Aufgaben zu bewältigen.

Denn es würden viele Dinge auf sie zukommen. Sie würde der Familie einen Brief schreiben müssen. Aber was sie ihnen mitteilen würde, wusste sie noch nicht. Jedenfalls nicht die Wahrheit. Dafür waren sie zu weit gegangen. Es hatte einen ganz kurzen Augenblick gegeben, in dem sie sich hätte anders verhalten können. Sie hätte Inspector Watkins anrufen und ihm den ganzen Schlamassel darlegen können, aber das hatte sie nicht getan. Was hätte sie ihm auch sagen sollen? Dass es nicht Saffys Schuld gewesen war? Also musste ein Brief an die Familie des Mannes geschrieben werden. Percy war keine Geschichtenerzählerin, aber Not macht bekanntlich erfinderisch, und sie würde sich schon etwas einfallen lassen.

Sie hörte ein Geräusch und zuckte zusammen. Jemand war auf der Treppe.

Percy versuchte ihre Fassung wiederzugewinnen und wischte sich mit der Hand über die nassen Wangen. Wütend auf sich selbst, auf ihn, auf die Welt. Auf jeden außer auf ihre Zwillingsschwester.

»Ich habe sie wieder ins Bett gesteckt«, sagte Saffy, als sie hereinkam. »Du hattest recht, sie war aufgestanden und fürchterlich ... Perce?«

»Ich bin hier hinten.« Ihre Kehle schmerzte vor Anspannung.

Saffys Kopf erschien über dem Tisch. »Was machst du denn da unten ... Ach Gott, Liebes, komm, ich helfe dir.«

Während Saffy neben ihr hockte, die restlichen Streichhölzer einsammelte und sie in die Schachtel tat, versteckte Percy sich hinter ihrer noch nicht angezündeten Zigarette und sagte: »Sie ist wieder im Bett?«

»Ja. Sie war aufgestanden – die Tabletten sind wohl nicht so stark, wie wir gedacht haben. Ich habe ihr noch eine gegeben.«

Percy rieb an dem Schlammfleck an ihrem Handgelenk und nickte.

»Sie war vollkommen außer sich, die Ärmste. Ich habe mir größte Mühe gegeben, sie davon zu überzeugen, dass alles gut werden wird, dass der junge Mann nur aufgehalten worden ist und morgen ganz bestimmt kommt. So ist es doch, nicht wahr, Percy? Er wird doch kommen? Perce? Was ist los? Warum kuckst du so komisch?«

Percy schüttelte den Kopf.

»Du machst mir ja richtig Angst.«

»Ganz bestimmt kommt er morgen«, antwortete Percy und legte ihrer Schwester eine Hand auf den Arm. »Du hast recht. Wir müssen nur Geduld haben.«

Saffy war offensichtlich erleichtert. Sie reichte Percy die volle Streichholzschachtel und nickte zur Zigarette in Percys Hand. »Hier hast du sie, du wirst sie brauchen, wenn du die alle rauchen willst.« Sie stand auf und strich sich das zu enge grüne Kleid glatt. Percy musste sich beherrschen, Saffy das Kleid nicht vom Leib zu reißen, zu weinen und zu klagen und zu zerstören. »Du hast natürlich recht. Wir müssen Geduld haben. Juniper wird es morgen früh schon wieder besser gehen. In der Zwischenzeit sollte ich vielleicht den Tisch abräumen.«

»Das ist bestimmt das Beste.«

»Natürlich. Es gibt doch nichts Traurigeres als ein gedeckter Tisch für ein Abendessen, das nicht stattgefunden hat … Mein Gott!« Sie stand an der Tür und betrachtete das Chaos. »Was ist denn hier passiert?«

»Ich habe nicht aufgepasst.«

»Und was ist das?« Saffy trat näher heran. »Das sieht doch aus wie Marmelade, ein ganzes Glas voll. Was für eine Schande!«

Percy hatte es an der Eingangstür gefunden, als sie mit der Schaufel zurückgekommen war. Der Regen hatte aufgehört, die Wolkendecke war aufgerissen, und ein paar übereifrige Sterne hatten die dunkle Himmelsdecke durchbrochen. Sie hatte zuerst den Seesack gesehen, und dann das Marmeladenglas daneben.

»Wenn du Hunger hast, Perce, bringe ich dir ein bisschen was von dem Kaninchen.« Saffy stand über die Scherben gebeugt und räumte auf.

»Ich habe keinen Hunger.«

Sie war in die Küche gekommen, hatte die Marmelade und den Seesack auf den Tisch gestellt und lange betrachtet. Eine Ewigkeit war vergangen, bis die Botschaft vom Kopf zur Hand gelangt war, der ihr befahl, den Seesack zu öffnen und nachzusehen, wem er gehörte. Sie hatte natürlich gewusst, dass er es sein musste, den sie beerdigt hatte, aber sicher war sicher. Mit zitternden Fingern und klopfendem Herzen hatte sie die Hand ausgestreckt und dabei das Marmeladenglas vom Tisch gestoßen. Was für eine unverzeihliche Verschwendung.

Im Seesack hatte sich nicht viel befunden. Unterwäsche zum Wechseln, eine Brieftasche mit sehr wenig Geld und ohne Adresse, ein in Leder gebundenes Notizbuch. In diesem Notizbuch hatte sie die Briefe gefunden. Einen von Juniper, den zu öffnen sie nicht übers Herz brachte, einen anderen von jemandem namens Theo, einem Bruder, wie sie dem Brief hatte entnehmen können.

Denn diesen hatte sie gelesen. Sie war so tief gesunken, die Post eines Toten zu lesen, hatte mehr erfahren, als sie je über seine Familie hatte wissen wollen – die Mutter, eine Witwe, die Schwestern und deren kleine Kinder, und es gab einen Bruder, der geistig zurückgeblieben war und von allen besonders geliebt wurde. Sie hatte sich dazu gezwungen, jedes Wort zweimal zu lesen; es war die unausgegorene Vorstellung, irgendwie etwas wiedergutmachen zu können, indem sie sich selbst bestrafte. Eine törichte Vorstellung. Es würde keine Wiedergutmachung geben für das, was geschehen war. Außer vielleicht durch Ehrlichkeit.

Aber gab es irgendeine Möglichkeit, ihnen zu schreiben und die Wahrheit zu berichten? Damit sie verstünden, wie es dazu gekommen war; dass es ein Unfall gewesen war, ein grässlicher Unfall, und nicht im Geringsten Saffys Verschulden; dass Saffy, ausgerechnet die arme Saffy, die Allerletzte war, die dazu fähig wäre, einem anderen Menschen einen Schaden zuzufügen; dass ihr eigenes Leben ebenfalls ruiniert worden war; dass es ihr trotz ihrer Träume von London, trotz ihres Verlangens, das Schloss zu verlassen, nie gelungen war, die Grenzen von Milderhurst zu durchbrechen, vor allem nicht seit jenem ersten hysterischen Anfall im Theater; dass, wenn überhaupt jemand die Schuld am Tod des jungen Mannes trüge, es ihr Vater wäre, Raymond Blythe …

Nein. Die Sache so zu sehen konnte man von niemandem erwarten. Niemand würde nachvollziehen können, was es bedeutete, im Schatten dieses Buches aufzuwachsen. Voller tiefer Verbitterung dachte Percy über das grauenhafte Vermächtnis des *Modermann* nach. Was heute Nacht geschehen war, der Schaden, den die arme Saffy unwissentlich angerichtet hatte – das war das Vermächtnis seiner Missetat. Er hatte ihnen Milton vorgelesen, als sie noch klein waren: »Der Böse fällt auf sich selbst zurück.« Und Milton hatte recht, denn sie bezahlten jetzt für die schlimme Tat ihres Vaters.

Nein. Es würde keine Ehrlichkeit geben. Sie würde der Familie etwas anderes schreiben, an diese Absenderadresse, die sie in seinem Seesack gefunden hatte, Henshaw Street, London. Den Seesack selbst würde sie vernichten. Wenn nicht vernichten, dann wenigstens verstecken. Das Familienarchiv war vielleicht der beste Ort dafür – was für eine sentimentale Närrin sie doch war: fähig, einen Toten zu begraben, aber unfähig, seine persönlichen Sachen wegzuwerfen. Die Wahrheit und die Leugnung derselben war eine Last, die Percy würde tragen müssen. Was ihr Vater auch getan hatte, in einer Hinsicht hatte er recht gehabt: Es lag in ihrer Verantwortung, sich um ihre beiden Schwestern zu kümmern. Und sie würde dafür sorgen, dass sie drei zusammenblieben.

»Kommst du bald nach oben, Perce?« Saffy hatte die Marmelade schon aufgewischt und stand mit einem Krug Wasser in den Händen vor ihr.

»Ich muss eben noch einige Dinge hier unten erledigen. Die Taschenlampe braucht neue Batterien …«

»Ich bringe das rauf zu Juniper. Die Arme hat bestimmt Durst. Kommst du auch bald?«

»Ja, ich komme gleich.«

»Halt dich nicht zu lange auf, Perce.«

»Keine Sorge. Ich bin bald bei euch.«

Saffy zögerte am unteren Treppenabsatz, drehte sich noch einmal zu Percy um und lächelte sanft, aber auch ein bisschen nervös. »Wir drei«, sagte sie. »Das ist doch schön, nicht wahr, Perce? Wir drei endlich wieder vereint?«

Saffy verbrachte die ganze Nacht im Sessel in Junipers Zimmer. Ihr Hals war steif, und sie fror trotz der Decke, die sie sich um die Knie gewickelt hatte. Dennoch blieb sie; ihr eigenes warmes Bett im Schlafzimmer unten stellte keine Versuchung dar, nicht, wenn sie hier gebraucht wurde. Saffy dachte manchmal, dass es für sie die glücklichsten Momente in ihrem Leben gewesen waren, als sie sich um Juniper kümmern konnte. Sie hätte gern selbst Kinder gehabt. Das hätte sie sich in der Tat sehr gewünscht.

Wenn Juniper sich regte, sprang Saffy auf, streichelte die feuchte Stirn ihrer kleinen Schwester und fragte sich, welche Nebel und Dämonen ihr zu schaffen machten.

Das Blut auf ihrer Bluse.

Das gab wirklich Anlass zur Sorge, aber Saffy weigerte sich, allzu viel darüber nachzudenken. Nicht jetzt. Percy würde es richten. Gott sei Dank hatten sie Percy. Percy, die rettende Seele, die immer wusste, was zu tun war.

Juniper hatte sich wieder beruhigt, ihr Atem ging tief und regelmäßig, und Saffy setzte sich wieder hin. Ihr taten die Beine weh von der Anspannung des Tages, und sie fühlte sich ungewöhnlich erschöpft. Aber sie wollte nicht schlafen: In dieser Nacht hatte sie schon genug seltsame Erscheinungen gehabt. Sie hätte die Tablette ihres Vaters nicht nehmen sollen; sie hatte einen entsetzlichen Albtraum gehabt, als sie im guten Zimmer eingedöst war. Denselben Traum kannte sie seit ihrer Kindheit, aber diesmal war er ausgesprochen realistisch gewesen. Es musste an den Tabletten gelegen haben und am Whisky, an der Aufregung des Abends, am Gewitter. Sie war wieder ein kleines Mädchen gewesen, allein im Dachzimmer. Etwas hatte sie geweckt im Traum, ein Geräusch am Fenster, und sie war aufgestanden, um nachzusehen. Der Mann, der an der Außenwand hochgeklettert war, war so schwarz wie Pech gewesen, wie jemand, der bei einem Brand verkohlt war. Bei einem Blitz hatte Saffy sein Gesicht gesehen. Die anmutige, verwegene Jugendlichkeit unter der tückischen Maske des Modermanns. Der überraschte Blick, das beginnende Lächeln. Genauso hatte sie es immer geträumt, als sie noch klein war, genauso hatte ihr Vater es in seinem Buch beschrieben. Die List des Modermanns war sein Gesicht. Sie hatte etwas in die Hand genommen, wusste nicht mehr, was, und hatte es ihm mit voller Wucht auf den Kopf geschlagen. Seine Augen hatten sich vor Verwunderung geweitet, und dann war er gestürzt. War an der Hauswand hinuntergerutscht und schließlich im Graben versunken, wo er hingehörte.

# 4

An einem anderen Ort in dieser Nacht, in einem Nachbardorf, drückte eine Frau ihr Neugeborenes an sich und fuhr sanft mit dem Daumen über seine pfirsichweiche Wange. Ihr Ehemann würde erst viele Stunden später nach Hause kommen, müde von seiner Nachtwache, und die Frau, immer noch benommen von der plötzlichen und traumatischen Geburt, würde die Einzelheiten bei einer Tasse Tee erzählen, von der Fahrt im Bus zur Arbeit, von den plötzlich einsetzenden Wehen, der Blutung und der panischen Angst, dass das Baby sterben könnte, dass sie sterben könnte, dass sie ihren neugeborenen Sohn nie würde in den Armen halten können; und dann würde sie erschöpft lächeln, zärtlich, und kurz innehalten, um sich die Tränen abzuwischen, die ihr Gesicht wärmten, und sie würde ihm von dem Engel erzählen, der neben ihr am Straßenrand erschienen war, sich neben sie gekniet und ihr Kind gerettet hatte.

Und es sollte eine Familiengeschichte werden, immer wieder erzählt und weitergegeben, in regnerischen Nächten am Kamin zum Leben erweckt, heraufbeschworen, um Streit zu schlichten, und bei Familienfeiern wiedergegeben. Und die Zeit würde verstreichen, Monat um Monat, Jahr um Jahr, Jahrzehnt um Jahrzehnt, bis am fünfzigsten Geburtstag jenes Kindes seine verwitwete Mutter von dem gepolsterten Stuhl am Ende des

Restauranttisches aus zusah, wie seine Kinder einen Toast ausbrachten und die Geschichte des Engels noch einmal erzählten, der das Leben ihres Vaters gerettet hatte und ohne den keiner von ihnen existieren würde.

Tom Cavill zog nicht mehr mit seinem Regiment in die Schlacht nach Nordafrika. Zu dem Zeitpunkt war er bereits tot. Tot und begraben, kalt in der Erde von Schloss Milderhurst. Er starb, weil die Nacht regnerisch gewesen war. Weil ein Fensterladen herunterhing. Weil er einen guten Eindruck machen wollte. Er starb, weil viele Jahre zuvor ein eifersüchtiger Ehemann seine Frau mit einem anderen Mann in flagranti ertappt hatte.

Lange Zeit erfuhr niemand etwas davon. Das Gewitter verzog sich, der Wasserspiegel sank, und der Cardarker-Wald breitete seine schützenden Flügel über Schloss Milderhurst aus. Die Welt vergaß Tom Cavill, und alle Fragen nach seinem Schicksal verloren sich in der Zerstörung und den Trümmern des Krieges.

Percy schrieb ihren Brief, der die endgültige, entsetzliche Unwahrheit enthielt, die sie ihr ganzes Leben quälen sollte. Saffy schrieb einen Brief, in dem sie auf die Stellung als Kindermädchen verzichtete – Juniper brauchte sie, was blieb ihr übrig? Flugzeuge flogen über das Schloss hinweg, der Krieg war aus, der Himmel klarte auf, die Jahre vergingen in steter Monotonie. Die Schwestern Blythe wurden alt und zu einem Kuriosum im Dorf. Legenden begannen, sich um sie zu ranken. Bis eines Tages eine junge Frau zu Besuch kam. Sie war verwandt mit einer anderen, die vor langer Zeit dort gewesen war, und die Mauern begannen zu flüstern, weil sie sie wiedererkannten. Percy Blythe begriff, dass es an der Zeit war. Fünfzig Jahre hatte sie an ihrer Last getragen, jetzt war es an der Zeit, sich davon zu befreien und Thomas Cavills Akte endgültig zu schließen. Die Geschichte würde endlich zu einem Ende kommen.

Das tat Percy und beauftragte die junge Frau, das Richtige damit anzufangen.

Dann blieb ihr nur noch eins zu tun.

Sie versammelte ihre geliebten Schwestern um sich und sorgte dafür, dass sie tief schliefen und träumten. Und dann entzündete sie ein Streichholz, in der Bibliothek, wo alles angefangen hatte.

# Epilog

Seit Jahrzehnten wird der Dachboden als Lagerraum benutzt. Nichts als Kartons und alte Sessel und uralte Druckerzeugnisse. Das Gebäude selbst beherbergt einen Verlag, und der schwache Geruch nach Papier und Tinte hat sich in den Wänden und Böden festgesetzt.

Es ist das Jahr 1993. Die Renovierung hat Monate in Anspruch genommen, aber jetzt ist sie endlich abgeschlossen. Der Schutt ist weggeräumt, die Wand, die irgendwann jemand errichtet hatte, um aus dem zugigen Dachboden zwei Räume zu machen, ist abgerissen, und zum ersten Mal seit fünfzig Jahren hat der Dachboden in Herbert Billings viktorianischem Haus in Notting Hill einen neuen Mieter.

Es klopft an der Tür, woraufhin eine junge Frau vom Fensterbrett springt. Es ist besonders breit, wie geschaffen dafür, es sich dort gemütlich zu machen. Sie fühlt sich von dem Fenster angezogen. Die Wohnung liegt nach Süden, sodass sie immer Sonne hat, besonders im Juli. Sie mag den Blick über den Garten, die Straße entlang, und es macht ihr Spaß, die Stare zu füttern, die sie seit einiger Zeit regelmäßig besuchen. Sie wundert sich über die merkwürdigen dunklen Flecken auf der Fensterbank, die fast wie Kirschflecken aussehen und trotz des frischen weißen Lacks durchschimmern.

Als Edie Burchill die Tür aufmacht, stellt sie überrascht und erfreut fest, dass ihre Mutter sie besucht. Meredith hält ihr einen Geißblattzweig hin und sagt: »Der wuchs an einem Zaun, und ich konnte nicht widerstehen, dir einen mitzubringen. Nichts bringt so viel Leben in ein Zimmer wie Geißblatt, findest du nicht auch? Hast du eine Vase?«

Edie hat keine, noch nicht, aber sie hat eine Idee. Ein Glas, so wie sie früher benutzt wurden, um Marmelade einzukochen, ist während der Renovierungsarbeiten aufgetaucht und steht jetzt neben dem Waschbecken. Edie füllt das Glas mit Wasser, steckt den Zweig hinein und stellt das Glas auf die Fensterbank, wo es von der Sonne beschienen wird. »Wo ist Dad?«, fragt sie. »Hast du ihn heute nicht mitgebracht?«

»Er hat Dickens entdeckt. *Bleak House*.«

»Wenn das so ist«, sagt Edie, »ich glaube, dann kannst du ihn für die nächste Zeit abschreiben.«

Meredith langt in ihre Tasche, zieht einen Stapel Blätter heraus und wedelt damit über dem Kopf.

»Du hast es fertiggestellt!«, sagt Edie und klatscht in die Hände.

»Allerdings.«

»Und das ist mein Exemplar?«

»Ich habe es extra binden lassen.«

Breit lächelnd nimmt Edie das Manuskript von ihrer Mutter entgegen. »Glückwunsch – du hast es geschafft!«

»Ich wollte eigentlich warten, bis wir uns morgen sehen«, sagt Meredith und errötet, »aber ich möchte, dass du es als Erste liest.«

»Das will ich doch hoffen! Wann musst du zum Unterricht?«

»Um drei.«

»Ich begleite dich nach unten«, sagt Edie. »Ich will Theo noch besuchen.«

Edie hält ihrer Mutter die Tür auf. Sie will ihr schon folgen, als ihr noch etwas einfällt. Sie ist später noch mit Adam Gilbert verabredet, um mit ihm auf die Neuerscheinung des *Modermann* bei Pippin Books anzustoßen, und hat ihm versprochen, ihm ihre Erstausgabe von *Jane Eyre* zu zeigen. Ein Geschenk von Herbert, als sie sich einverstanden erklärt hatte, die Leitung von Billing & Brown zu übernehmen.

Als sie auf dem Absatz kehrtmacht, sieht sie für den Bruchteil einer Sekunde zwei Gestalten auf der Fensterbank. Einen Mann und eine Frau, die sich beinahe an der Stirn berühren. Als sie einmal blinzelt, sind sie wieder verschwunden. Nur das Sonnenlicht ist noch auf der Fensterbank zu sehen.

Das passiert ihr nicht zum ersten Mal. Sie sieht es am Rand ihres Blickfelds. Sie weiß, dass es nur das Spiel der Sonne auf den weiß gestrichenen Wänden ist, aber Edie ist eine Träumerin und stellt sich einfach vor, dass mehr dahintersteckt. Dass irgendwann in der Wohnung, die jetzt ihre ist, ein glückliches Paar gelebt hat. Dass diese beiden die Kirschflecken auf der Fensterbank hinterlassen haben. Dass ihr Glück in die Wände der Wohnung gedrungen ist.

Denn jeder, der sie besuchen kommt, sagt dasselbe, dass der Raum eine besondere Ausstrahlung habe. Und es ist wahr. Edie kann es zwar nicht erklären, aber es stimmt, der Dachboden hat tatsächlich eine ganz besondere Ausstrahlung; es ist ein glücklicher Ort.

»Kommst du, Edie?«

Meredith steckt den Kopf zur Tür herein, sie will auf keinen Fall zu spät zu dem Kurs für kreatives Schreiben kommen, an dem ihr so viel liegt.

»Bin schon da.« Edie klemmt sich die Ausgabe von *Jane Eyre* unter den Arm, überprüft kurz ihr Aussehen im kleinen Spiegel über dem Waschbecken und folgt eilig ihrer Mutter.

Die Tür schließt sich hinter ihr und lässt die geisterhaften Liebenden wie so oft in der Stille und der Wärme allein zurück.

## Danksagung

Ich hatte schon rund ein Drittel einer anderen Geschichte geschrieben, als die Blythe-Schwestern mir im Kopf herumzuspuken begannen. Ich versuchte sie zu ignorieren, aber sie ließen nicht locker. Schließlich erklärte ich mich bereit, ihnen eine Woche Zeit zu geben. Ich schrieb das erste Kapitel, in dem der verschwundene Brief ankommt und Edie den Namen Juniper Blythe zum ersten Mal hört, in einer einzigen Nacht. Und als ich mich schlafen legte, wusste ich, dass ich nicht zu dem anderen Projekt zurückkehren würde. Ich konnte gar nicht. Mir war klar, dass ich genau diese Geschichte erzählen musste.

Die Figuren sind mir ans Herz gewachsen, und die Geschichte hat viele meiner Lieblingsthemen versammelt: ein verfallenes Schloss, eine Familie mit Schwestern, die Liebe zu Büchern und zum Lesen, die Heimsuchung der Gegenwart durch die Vergangenheit, unerfüllte Liebe, Zauber, Erinnerung und Geheimnisse.

*Die fernen Stunden* begann mit einer einzelnen Idee: Es sollte um Schwestern in einem Schloss oben auf einem Hügel gehen. Zur Inspiration dienten mir ganz unterschiedliche Quellen: Illustrationen, Fotografien, Landkarten, Gedichte, Tagebücher, demografische Studien, Websites zum Thema Zweiter Weltkrieg, die Ausstellung »Children's War« im Imperial War Museum, eigene Besuche in Schlössern und Landhäusern, Romane und Filme aus den Dreißiger- und Vierzigerjahren, Gespenstergeschichten und Schauerromane des achtzehnten und neunzehnten Jahrhunderts. All die Sachbücher zu nennen, die ich konsultierte, ist mir nicht möglich, ich nenne daher nur einige meiner Lieblingstitel:

Nicola Beauman, *A Very Great Profession* (1995); Katherine Bradley-Hole, *Lost Gardens of England* (2008); Richard Broad und Suzie Fleming (Hg.), *Nella Last's War: The Second World War Diaries of »Housewife, 49«* (1981); Ann De Courcy, *Debs at War* (2005); Juliet Gardiner, *Wartime Britain 1939–1945* (2004); Juliet Gardiner, *The Children's War* (2005); Mark Girouard, *Life in the English Country House* (1979; dt.: Das feine Leben auf dem Land: Architektur, Kultur und Geschichte der englischen Oberschicht, Campus-Verlag 1994); Susan Goodman, *Children of War* (2005); Vere Hodgson, *Few Eggs and No Oranges: The Diaries of Vere Hodgson 1940–45* (1998); Gina Hughes, *A Harvest of Memories: A Wartime Evacuee in Kent* (2005); Norman Longmate, *How We Lived Then: A History of Everyday Life in the Second World War* (1971); Raynes Minns, *Bomber & Mash: The Domestic Front 1939 – 45* (1988); Jeffrey Musson, *The English Manor House* (1999); Adam Nicolson, *Sissinghurst* (2008); Virginia Nicolson; *Singled Out* (2007); Miranda Seymour, *In My Father's House* (2007); Christopher Simon Sykes, *Country House Camera* (1980); Ben Wicks, *No Time to Wave Goodbye* (1989); Sandra Koa Wing, *Our Longest Days* (2007); Mathilda Wolff-Mönckeberg, *On the Other Side: Letters to My Children from Germany 1940 – 1946* (1979; dt.: Briefe, die sie nie erreichten, Hoffmann & Campe 1992); Philip Ziegler, *London at War 1939 – 1945* (1995)

Mein aufrichtiger Dank gilt meiner ganzen Familie und vielen Freunden, die es akzeptiert haben, dass ich mich so häufig nach Schloss Milderhurst abgesetzt habe, und die mich ertragen haben, wenn ich den Hügel wieder heruntergestolpert kam, benommen, zerstreut und ein bisschen heimatlos. Mit dieser Geschichte, die die Kraft von Büchern und die Freude am Lesen feiert, möchte ich den Buchhändlern und Bibliothekaren überall auf der Welt danken, weil sie verstehen, dass Bücher etwas Besonderes sind. Und nicht zuletzt ein riesiges Dankeschön an meine Leserinnen und Leser. So sehr ich auch das Schreiben liebe – erst wenn das Buch gelesen wird, beginnt es zu atmen. Und mit dem Lesen von *Die fernen Stunden* habt ihr die Figuren, die Vergangenheit und Schloss Milderhurst zum Leben erweckt.

# LESEPROBE

Ein verzauberter Sommer voller Kunst und Poesie,
bis ein Schuss in der Dunkelheit fällt

»Kate Morton zu lesen ist wie ein Sog«
*Freundin* DONNA

ISBN 978-3-453-36059-4
Auch als E-Book erhältlich

**DIANA**

Über dieses Buch

Birchwood Manor 1862: Der talentierte Edward Radcliffe lädt Künstlerfreunde in sein Landhaus am Ufer der Themse ein. Doch der verheißungsvolle Sommer endet in einer Tragödie – eine Frau verschwindet, eine andere stirbt ...

Über hundertfünfzig Jahre später entdeckt Elodie Winslow, eine junge Archivarin aus London, die Sepiafotografie einer atemberaubend schönen Frau und die Zeichnung eines Hauses an einer Flussbiegung. Warum kommt Elodie das Haus so bekannt vor? Und wird die faszinierende Frau auf dem Foto ihr Geheimnis jemals preisgeben?

## Die Aktentasche

Wir waren nach Birchwood Manor gekommen, weil Edward gesagt hatte, dort würde es spuken. Das stimmte zwar nicht, aber nur ein Langweiler lässt sich von der Wahrheit eine gute Geschichte verderben, und ein Langweiler war Edward weiß Gott nicht. Seine Leidenschaft und sein ansteckender Glaube an alles, was er verkündete, hatten dazu geführt, dass ich mich in ihn verliebte. Er besaß den Feuereifer eines Predigers, der seine Meinungen in bare Münze verwandelte. Er zog die Menschen an, weckte in ihnen eine Begeisterung, von der sie gar nicht wussten, dass sie dazu fähig waren, und die alles außer ihm und seinen Überzeugungen in den Hintergrund treten ließ.

Aber Edward war kein Prediger.

Ich erinnere mich an ihn. Ich erinnere mich an alles.

Das Atelier mit dem Glasdach im Londoner Garten seiner Mutter, der Geruch der frisch angemischten Farben, das Scharren der Pinselborsten auf der Leinwand, während sein Blick über meine Haut strich. An dem Tag war ich ganz kribbelig vor Nervosität. Ich wollte ihn beeindrucken, wollte etwas darstellen, das ich gar nicht war, und während er mich betrachtete, gingen mir Mrs. Macks eindringliche Worte durch den Kopf: »Deine Mutter war eine anständige Frau, du stammst aus einer angesehenen Familie, vergiss das nicht. Wenn du deine Karten richtig ausspielst, haben wir am Ende alle etwas davon.«

Und so richtete ich mich noch ein bisschen gerader auf in dem mit Samt bezogenen Sessel, an jenem ersten Tag damals in dem weiß gestrichenen Atelier hinter den üppig blühenden Wicken.

Seine kleine Schwester brachte mir Tee und Kuchen, wenn ich Hunger hatte. Manchmal kam auch seine Mutter den schmalen Weg herunter, um ihm bei der Arbeit zuzusehen. Sie bewunderte ihren Sohn. In ihm erfüllten sich die Hoffnungen der Familie. Er war ein angesehenes Mitglied der Royal Academy, verlobt mit einer Tochter aus reichem Hause, zukünftiger Vater einer Schar braunäugiger Erben.

Er war nichts für meinesgleichen.

Für das, was dann passierte, gab seine Mutter sich die Schuld, aber sie hätte eher den Tag daran hindern können, auf die Nacht zu folgen, als uns beide voneinander fernzuhalten. Er nannte mich seine Muse, seine Bestimmung. Er sagte, er habe es sofort gewusst, als er mich im schummrigen Licht der Gaslampen im Foyer des Theaters in der Drury Lane gesehen hatte.

Ich war seine Muse, sein Schicksal. Und er war meins. Es ist lange her; es war gestern.

Ach, ich erinnere mich an die Liebe.

Diese Ecke hier, auf halber Höhe der Treppe, ist meine Lieblingsstelle.

Es ist ein seltsames Haus, absichtlich so gebaut, dass es verwirrt. Treppen mit ungewöhnlichen Wendungen, Geländer mal niedrig, mal hoch, Fenster, die nicht auf gleicher Höhe sind, egal, wie sehr man die Augen zusammenkneift, Holzböden und hölzerne Wandvertäfelungen mit raffinierten Geheimtüren.

Hier in dieser Ecke ist es immer warm, das ist fast übernatürlich. Es ist uns allen gleich aufgefallen, als wir hier ankamen, und den ganzen Frühsommer über haben wir gerätselt, wo die Wärme herkam.

Ich habe eine Weile gebraucht, aber schließlich habe ich es herausgefunden. Ich kenne diese Ecke in- und auswendig.

Es war nicht das Haus selbst, mit dem Edward die anderen geködert hat, sondern das Licht. An klaren Tagen kann man von den Dachfenstern aus über die Themse hinweg bis nach Wales sehen. Blassviolett und grün erheben sich die walisischen Hügel am Horizont, schroffe Kreidefelsen recken sich den Wolken entgegen, und die warme Luft lässt die ganze Landschaft schimmern.

Und das war sein Vorschlag: ein ganzer Sommermonat voller Malerei, Poesie und Picknicks, ein Monat voller Geschichten und Gespräche über Wissenschaft und die neuesten Erfindungen. Ein Monat voller himmlischen Lichts. Weit weg von London, weit weg von neugierigen Augen. Kein Wunder, dass alle sofort mit Begeisterung dabei waren. Edward hätte den Teufel bekehren können, wenn er gewollt hätte.

Nur mir hat er gestanden, dass er noch einen weiteren Grund hatte, hierher zu kommen. Nicht nur das Licht zog ihn hierher, er hatte auch ein Geheimnis.

Vom Bahnhof gingen wir zu Fuß.

Es war ein perfekter Julitag. Eine leichte Brise zupfte an meinem Rocksaum. Jemand hatte Sandwiches mitgebracht, die wir unterwegs aßen. Wir müssen einen merkwürdigen Anblick geboten haben – Männer, die ihre Krawatten gelockert hatten, Frauen, die ihr Haar offen trugen. Gut gelaunt, ausgelassen.

Was für ein großartiger Anfang! Ich erinnere mich an das Plätschern eines Bachs und das Gurren einer Waldtaube. Ein Mann kam uns entgegen, der ein Pferd mit Wagen führte; auf den Strohballen hockte ein kleiner Junge, und überall duftete es nach frisch gemähtem Gras – ach, wie mir dieser Duft fehlt! Ein Paar fette Gänse betrachteten uns mit ihren Knopfaugen, als wir uns der Themse näherten, und schrien hinter uns her, nachdem wir an ihnen vorbeigegangen waren.

Alles war hell und leicht, aber nicht sehr lange.

Aber das ist wohl überflüssig zu erwähnen, denn wenn alles so schön geblieben wäre, gäbe es keine Geschichte zu erzählen. Niemand interessiert sich für einen stillen, glücklichen Sommer, der so endet, wie er begonnen hat. Das habe ich von Edward gelernt.

Die Abgeschiedenheit spielte natürlich eine Rolle, dieses Haus, dort am Flussufer gestrandet wie ein Binnendampfer. Auch das Wetter trug seinen Teil dazu bei, die glühend heißen Tage, und dann das Sommergewitter, das uns an jenem Abend alle ins Haus trieb.

Der Wind heulte, und die Bäume ächzten, und der Donner rollte den Fluss herunter und rüttelte am Haus, während die Gespräche sich drinnen um Geister und Verzauberungen drehten. Im Kamin prasselte ein Feuer, und die Kerzenflammen flackerten, und in der Dunkelheit, in dieser Atmosphäre der heimeligen Angst und der heimlichen Geständnisse, wurde etwas Böses heraufbeschworen.

Kein Geist, nein, nein – die Tat, als sie begangen wurde, war ganz und gar menschlich.

Zwei unerwartete Gäste.

Zwei lange gehütete Geheimnisse. Ein Schuss in der Dunkelheit.

Das Licht ging aus, und alles war pechschwarz.

Der Sommer war verdorben. Die ersten vorwitzigen Blätter fielen in die Pfützen unter den Hecken, und Edward begann, wie ein Gefangener durch die Flure des Hauses zu schleichen, das er liebte.

Schließlich hielt er es nicht länger aus. Er packte seine Sachen und reiste ab, und ich konnte ihn nicht aufhalten.

Die anderen folgten ihm, wie immer.

Und ich? Ich hatte keine Wahl. Ich bin geblieben.

## Sommer 2017

Es war Elodie Winslows liebste Tageszeit. Sommer in London, und an einem bestimmten Punkt schien die Spätnachmittagssonne auf ihrem Weg den Himmel entlang zu zögern, um ihre Strahlen durch die kleinen Glasfliesen im Gehweg über ihr direkt auf ihren Schreibtisch zu schicken. Und das Beste war: Da Margot und Mr. Pendleton schon Feierabend gemacht hatten, gehörte ihr dieser Moment ganz allein.

Das Kellergeschoss von Stratton, Cadwell & Co an der Straße The Strand war längst nicht so ein romantischer Ort wie das Archiv im alten Gemäuer des New College in Oxford, wo Elodie nach ihrem Masters-Abschluss einen Ferienjob gehabt hatte. Hier war es nie warm, selbst während der gerade herrschenden Hitzewelle musste Elodie bei der Arbeit eine Strickjacke tragen. Aber hin und wieder, wenn auch ganz selten, hatte das Büro, in dem es nach Staub und Alter und der Feuchtigkeit der Themse roch, etwas Charmantes.

In der winzigen Teeküche hinter den Aktenschränken füllte Elodie ihre Henkeltasse mit kochendem Wasser und drehte die Sanduhr um. Margot fand das übertrieben, aber Elodie ließ ihren Tee gern genau dreieinhalb Minuten ziehen. Während sie darauf wartete, dass die Sandkörner nach unten rieselten, musste sie an Pippas Nachricht denken. Sie hatte ihr Handy abgehört, als sie kurz über die Straße gelaufen war, um sich ein Sandwich zu kaufen: eine Einladung zu einer Modenschau, die Elodie sich etwa so interessant vorstellte wie eine Stunde im Wartezimmer eines Arztes. Zum Glück hatte sie bereits etwas vor – einen Besuch bei ihrem Vater in Hampstead, um die Videoaufzeichnungen abzuholen, die er für sie herausgesucht hatte – und brauchte sich keine Ausrede auszudenken, warum sie nicht mitgehen konnte.

Pippa etwas abzuschlagen war gar nicht so einfach. Sie war Elodies beste Freundin, und zwar seit dem ersten Tag des dritten Schuljahrs in der Pineoaks Primary School. Immer noch dankte Elodie im Stillen oft ihrer Lehrerin Miss Perry dafür, dass sie sie nebeneinander gesetzt hatte: Elodie, die Neue mit der ungewohnten Schuluniform und den schiefen Zöpfen, die ihr Vater mühsam geflochten hatte, und Pippa mit dem breiten Lächeln und den Grübchen und den Händen, die ständig in Bewegung waren, wenn sie redete.

Seit damals waren die beiden unzertrennlich. Während der Grundschule, während der Oberschule und selbst später, als Elodie in Oxford und Pippa am Central Saint Martins College in London studierte. Inzwischen sahen sie sich nicht mehr so oft, aber das war zu erwarten gewesen – die Welt der Kunst war ein geschäftiges Netzwerk, und Pippa schickte Elodie eine Einladung nach der anderen aufs Handy, während sie von einer Galerieeröffnung oder Vernissage zur nächsten hetzte.

Die Welt der Archivare dagegen war alles andere als geschäftig. Das heißt, sie war nicht auf die glamouröse Weise geschäftig wie Pippas Welt. Elodie hatte lange Arbeitstage, und sie hatte viel mit Menschen zu tun, wenn auch nicht mit lebenden. Die Gründer von Stratton und Cadwell hatten die Erde bereist, als sie gerade erst begann, immer kleiner zu werden, und als die Erfindung des Telefons die schriftliche Korrespondenz noch nicht obsolet gemacht hatte. Und so verbrachte Elodie ihre Tage mit den verstaubten, stockfleckigen Hinterlassenschaften der Toten, mit Berichten über Soireen im Orientexpress oder über die Abenteuer viktorianischer Entdecker auf der Suche nach der Nordwestpassage.

Diese Art sozialen Engagements über die Zeiten hinweg machte Elodie sehr glücklich. Gut, sie hatte nicht viele Freunde, jedenfalls nicht von der Sorte, die aus Fleisch und Blut waren, aber das störte sie nicht. Sie fand es ermüdend, sich lächelnd über die Wetteraussichten auszutauschen, und nach einem geselligen Abend fühlte sie sich, egal wie nett die Leute gewesen waren, immer völlig erschöpft, so als hätte sie dort einen Teil ihrer selbst verloren, den sie nie wieder zurückbekommen würde.

Elodie nahm den Teebeutel aus der Tasse, drückte die letzten

Tropfen über der Spüle aus, bevor sie ihn in den Mülleimer warf, und goss einen winzigen Schuss Milch in den Tee.

Sie ging mit der Tasse zurück zu ihrem Schreibtisch, wo die Prismen des Sonnenlichts gerade ihre tägliche Wanderung begannen, und während der Dampf sich kräuselte und sie ihre Hände an der Tasse wärmte, überlegte sie, was sie an dem Tag noch zu tun hatte. Das Inhaltsverzeichnis zum Bericht von James Stratton Jr. über seine Reise an die Westküste Afrikas im Jahr 1893 war zur Hälfte fertig, sie musste einen Artikel für die nächste Ausgabe des Monatshefts *Stratton, Cadwell & Co Monthly* schreiben, und Mr. Pendleton hatte ihr den Katalog für die bevorstehende Ausstellung dagelassen, den sie Korrektur lesen sollte, bevor er in den Druck ging.

Aber Elodie hatte sich heute schon so viel mit Texten beschäftigt, dass ihr davon der Kopf qualmte. Ihr Blick fiel auf den gewachsten Pappkarton unter ihrem Schreibtisch.

Er stand da seit Montagnachmittag, als ein Rohrbruch im oberen Stockwerk es erfordert hatte, den alten Abstellraum auszuräumen, eine architektonische Randnotiz mit niedriger Decke, den Elodie in den zehn Jahren, seit sie hier arbeitete, noch nie betreten hatte. Der Karton war unter einem Stapel eingestaubter Brokatvorhänge im untersten Fach einer Chiffonier-Kommode aufgetaucht, versehen mit einem von Hand beschrifteten Zettel »Inhalt des Schränkchens vom Dachboden, 1966 – nicht aufgelistet«.

Dass sich in dem alten, längst nicht mehr benutzten Raum Archivmaterial fand, das noch dazu bereits mehrere Jahrzehnte zuvor eingetroffen sein musste, war äußerst beunruhigend, und Mr. Pendleton hatte sich natürlich furchtbar aufgeregt. Mr. Pendleton war in solchen Dingen mehr als korrekt, und es war ein Glück, da waren sich Elodie und Margot einig, dass derjenige, der die Lieferung 1966 angenommen hatte, längst aus der Firma ausgeschieden war.

Der Zeitpunkt hätte nicht unpassender sein können: Seit ein Unternehmensberater dagewesen war, um »den Betrieb zu verschlanken«, war Mr. Pendleton außer sich. Dass man in seinen persönlichen Arbeitsbereich eingedrungen war, war schon schlimm genug, aber seine Effizienz infrage zu stellen, war eine Beleidigung, die er nicht auf sich sitzenlassen konnte. »Das ist genauso, als würde sich jemand Ihre Uhr borgen, um Ihnen zu sagen, wie spät es ist«, hatte er frostig gesagt, nachdem der Unternehmensberater gegangen war.

Und als dann plötzlich dieser Karton aufgetaucht war, hätte ihn beinahe der Schlag getroffen, und so hatte sich Elodie, die nicht nur ordnungs-, sondern auch harmoniesüchtig war, den Karton geschnappt und versprochen, sich darum zu kümmern.

Seitdem hielt sie ihn unter ihrem Schreibtisch versteckt, um Mr. Pendletons Nerven zu schonen, doch jetzt, allein im Büro, kniete sie sich auf den Teppichboden und zog den Karton unter dem Schreibtisch hervor …

Das plötzliche Licht traf sie wie ein Schlag, und die Aktentasche, tief unten im Karton verstaut, atmete auf. Sie hatte eine lange Reise hinter sich, und es verwunderte nicht, dass sie ziemlich mitgenommen war. Ihre Ränder waren abgewetzt, die Schnallen verrostet, und in ihrem Inneren hatte sich ein strenger, modriger Geruch festgesetzt. Die ehemals edle Oberfläche war von einer matten Patina bedeckt und hatte die Tasche zu einem Gegenstand gemacht, den man am ausgestreckten Arm hochhielt und mit halb abgewandtem Kopf misstrauisch beäugte. Sie war zu alt, um noch von Nutzen zu sein, doch eine undefinierbare Geschichtsträchtigkeit verhinderte, dass man sie entsorgte. Die Tasche war einmal geliebt worden, bewundert wegen ihrer Eleganz – und, noch wichtiger, wegen ihrer Funktion. Zu einer bestimmten Zeit, als Attribute wie sie hochgeschätzt wurden, war sie für eine bestimmte Person unverzichtbar gewesen. Seitdem war sie versteckt und ignoriert, gerettet und missachtet, verloren, wiedergefunden und vergessen worden.

Jetzt jedoch wurden all die Dinge, die jahrzehntelang auf ihr gelegen hatten, nacheinander weggenommen, bis schließlich auch sie selbst in diesem von schwachem elektrischen Summen, leisem Rohrgeklapper und dem Geruch nach Papier erfüllten Raum wieder ans Tageslicht gelangte. Weiche, weiße Handschuhe hoben sie aus der Dunkelheit des Kartons.

In den Handschuhen steckten die Hände einer Frau.

Sie war jung, hatte zarte Rehkitzarme, einen grazilen Hals, ein von kurzem, schwarzem Haar eingerahmtes Gesicht. Sie hielt die Tasche am ausgestreckten Arm, aber nicht mit Abscheu.

Ihre Berührung war sanft. Ihre Lippen waren neugierig geschürzt, und ihre Augen weiteten sich, als sie die handgefertigten Nähte aus kostbarer indischer Baumwolle gewahrten.

Die Tasche überlief ein wohliger Schauder, als die Frau vorsichtig mit dem Daumen über die ausgeblichenen Initialen auf der Lasche fuhr. Die Aufmerksamkeit dieser jungen Frau konnte bedeuten, dass die unerwartet lange Reise der Tasche endlich zu Ende war.

*Öffne mich,* flehte die Tasche. *Schau in mich hinein.*

Vor langer Zeit war die Aktentasche einmal neu und glänzend gewesen. Von Mr. Simms persönlich in der Werkstatt der Hoflieferanten W. Simms & Son in der Bond Street hergestellt. Die vergoldeten Initialen waren mit großem Aufwand eingestanzt, die Messingnieten und -schnallen waren sorgsam ausgewählt und poliert, das wertvolle Leder war exakt geschnitten und genäht, liebevoll geölt und gewienert worden. Düfte von fernöstlichen Gewürzen – Nelke und Sandelholz und Safran – waren aus der Parfümerie nebenan in die Werkstatt gedrungen, sodass der Tasche ein Hauch von fernen Orten anhaftete. *Öffne mich …* Die Frau mit den weißen Handschuhen öffnete die Messingschnalle. Die Tasche hielt den Atem an.

*Öffne mich, öffne mich, öffne mich …*

Die Frau zog das lederne Band aus der Schnalle, und zum ersten Mal seit mehr als hundert Jahren drang Licht in die dunklen Ecken der Tasche.

Mit dem Licht kam ein Ansturm aus bruchstückhaften, verworrenen Erinnerungen – das Klingeln eines Glöckchens über der Tür bei Simms & Son; das Rascheln der Röcke einer jungen Frau; Pferdegetrappel; der Geruch nach frischer Farbe und Terpentin; Leidenschaft, Wollust, Geflüster. Gaslicht in Bahnhöfen; ein langer, gewundener Fluss; der Duft sommerlicher Weizenfelder …

Die behandschuhten Hände zogen sich zurück und nahmen den Inhalt der Tasche mit.

Die alten Eindrücke, Stimmen, Mementos verschwanden, und endlich war alles leer und still.

Es war vorbei.

Elodie untersuchte die leere Tasche. Es war ein edles Teil, das gar nicht zu den anderen Sachen passte, die sich in dem Karton befunden hatten, lauter alltägliche Büroutensilien – ein Locher, ein Tintenfass, ein hölzerner Schubladeneinsatz zur Aufbewahrung von Stiften und Büroklammern und dergleichen – und ein Brillenetui aus Krokodilleder mit der Aufschrift »Eigentum von L. S-W« auf dem Herstelleretikett. Vermutlich hatten die Chiffonier-Kommode und ihr Inhalt einmal Lesley Stratton-Wood gehört, einer Großnichte des Firmengründers James Stratton. Von der Jahresangabe her würde es hinkommen – Lesley Stratton-Wood war in den Sechzigerjahren gestorben –, und es würde auch erklären, warum der Karton bei Stratton, Cadwell & Co gelandet war. Die Aktentasche jedoch war, wenn es sich nicht um eine perfekte Nachbildung handelte, viel zu alt, um Ms. Stratton-Wood gehört zu haben, sie stammte definitiv aus einer Zeit vor dem zwanzigsten Jahrhundert, ebenso wie ihr Inhalt: ein schwarzes Journal mit Monogramm (E.J.R.) und marmoriertem Vorderschnitt, ein Stifteetui aus Messing, spätviktorianisch, und eine mit ausgebleichtem dunkelgrünem Leder bezogene Dokumentenmappe. Auf den ersten Blick ließ sich unmöglich sagen, wem die Aktentasche gehört haben konnte, aber unter der Lasche der Dokumentenmappe befand sich ein eingestanztes, vergoldetes Etikett: »James W. Stratton, Esq. London, 1861«. Die Mappe war so dünn, dass Elodie zuerst annahm, sie sei leer, doch als sie die Lasche anhob, kam ein filigraner silberner Bilderrahmen zum Vorschein, der ein Foto enthielt. Das Foto zeigte eine junge Frau; sie hatte hohe Wangenknochen und langes Haar, hell, aber nicht blond, das zu einem losen Knoten hochgesteckt war; ihr Blick war direkt und ihr Kinn vorgereckt. Ihre Lippen wirkten wie bereit zu einem intelligenten Gespräch, vielleicht sogar etwas herausfordernd.

Während sie das Sepia-Foto betrachtete, spürte Elodie, wie das vertraute Gefühl der Vorfreude sich einstellte, die Ahnung, dass sie auf etwas gestoßen war, das darauf wartete, wieder zum Leben erweckt zu werden. Das Kleid der Frau saß lockerer als zur damaligen Zeit üblich. Es hatte einen tiefen V-Ausschnitt, und der weiche, weiße Stoff umspielte sanft ihre Schultern. Die bauschigen Ärmel waren durchsichtig und an einem Arm bis zum Ellbogen hochgeschoben. Sie hatte zarte Handgelenke, eine in die Hüfte gestemmte Hand betonte ihre Taille.

Der Hintergrund war ebenso interessant, denn die Frau posierte nicht in einem geschlossenen Raum auf einer Chaiselongue oder vor einem Vorhang mit aufgemalter Szenerie, wie es für ein viktorianisches Porträt typisch gewesen wäre. Vielmehr befand sie sich unter freiem Himmel, umgeben von wucherndem Grün, eine sehr lebendige Kulisse. Das diffuse Licht schuf eine betörende Atmosphäre.

Elodie legte das Foto weg und nahm sich das Journal mit dem Monogramm vor. Die cremefarbenen Seiten waren aus dickem, teurem Baumwollpapier; in schöner Handschrift verfasste Zeilen rahmten Tuschezeichnungen von Personen, Gegenständen oder Landschaften ein. Es war also gar kein Journal, sondern ein Skizzenbuch.

Zwischen zwei Seiten rutschte ein Blatt Papier heraus, das irgendwo herausgerissen worden war. Darauf stand geschrieben:

*Ich liebe sie, ich liebe sie, ich liebe sie, und wenn ich sie nicht haben kann, werde ich verrückt, denn wenn ich nicht in ihrer Nähe bin, fürchte ich* – Die Worte sprangen Elodie entgegen, als wären sie laut ausgesprochen worden. Sie drehte das Blatt um, aber wer auch immer der Autor der Worte war, hatte seinen Satz nicht beendet.

Sie fuhr mit dem behandschuhten Finger über den Text. Als sie den Zettel gegen das letzte Sonnenlicht hielt, konnte sie die Fasern des Baumwollpapiers erkennen, und wo die spitze Feder über das Papier gekratzt war, fiel das Licht durch winzige Löcher.

Elodie schob das Blatt vorsichtig wieder zwischen die Seiten des Skizzenbuchs.

Die Worte, obwohl sie aus einer längst vergangenen Zeit stammten, waren ergreifend, sprachen sie doch auf kraftvolle Weise von einer unerledigten Angelegenheit.

Elodie blätterte in dem Skizzenbuch, ihr Blick wanderte über die saubere Schrift, die künstlerischen Studien und winzigen Porträts, die hier und da an den Rand gekritzelt waren.

Dann hielt sie inne.

Auf einer Seite befand sich eine Zeichnung, die sorgfältiger ausgeführt war als alle anderen, vollständiger.

Es handelte sich um eine Landschaft an einem Fluss mit einem Baum im Vordergrund und einem Wald in der Ferne. Rechts hinter einem Wäldchen war ein Haus mit zwei Giebeln zu sehen, mit acht Kaminen auf dem Dach und einer aufwendig gestalteten Wetterfahne, die die Sonne, den Mond und andere Himmelskörper darstellte.

Es war eine sehr gelungene Zeichnung, aber das war nicht der Grund, warum Elodie den Blick nicht davon abwenden konnte. Sie hatte ein Déjà-vu, das so stark war, dass es ihr den Atem raubte.

Sie kannte diesen Ort. Die Erinnerung war so lebhaft, als sei sie selbst dort gewesen, und dennoch wusste Elodie, dass sie ihn nur in ihren Gedanken besucht hatte. Die Worte kamen ihr in den Sinn wie Vogelgezwitscher bei Tagesanbruch:

*Die kurvenreiche Straße hinunter und über das weite Feld liefen sie zum Fluss mit ihren Geheimnissen und ihrem Schwert.*

Und dann erinnerte sie sich. Es war eine Kindergeschichte, die ihre Mutter ihr erzählt hatte. Eine Gutenachtgeschichte, romantisch und verwoben, mit Helden, Schurken und einer Feenkönigin, und sie spielte in einem Haus in einem dunklen Wald, an einem langen, gewundenen Fluss. Aber ihre Mutter hatte gar kein Buch mit Bildern gehabt. Sie hatte ihr die Geschichte einfach nur erzählt, während sie neben ihr im Bett gelegen hatte, damals in dem Kinderzimmer mit der Dachschräge.

In Mr. Pendletons Büro schlug die Wanduhr, tief und warnend, und Elodie schaute auf ihre Armbanduhr. Sie war spät dran. Die Zeit hatte ihre Struktur verloren, die Zeiger hatten sich im Staub um sie herum aufgelöst. Sie warf einen letzten Blick auf die seltsam vertraute Landschaftsszene, klappte das Skizzenbuch zu, verstaute es zusammen mit den anderen Gegenständen wieder in dem Karton und schob ihn unter ihren Schreibtisch.

Elodie hatte ihre Tasche gepackt und wollte gerade die Bürotür abschließen, als ein unwiderstehlicher Drang sie überkam. Sie eilte zurück zu ihrem Schreibtisch, zog den Karton noch einmal hervor, nahm das Skizzenbuch heraus und ließ es in ihre Umhängetasche gleiten.

*Lesen Sie weiter in:*

Kate Morton
Die Tochter des Uhrmachers

ISBN 978-3-453-36059-4

Auch als E-Book erhältlich